KB144967

타임 트래블러 II부

타임 트래블러 II부

1판 1쇄 찍음 2015년 12월 22일
1판 1쇄 펴냄 2015년 12월 30일

지은이 윤소리
펴낸이 정 필
펴낸곳 (주)뿔미디어

출판등록 2002년 9월 11일 (제1081-1-132호)
주소 경기도 부천시 원미구 소향로 17, 303(두성프라자)
전화 032)651-6513   팩스 032)651-6094
E-mail bbulmedia@hanmail.net
홈페이지 http://bbulmedia.com

ISBN 979-11-315-6914-6 04810
ISBN 979-11-315-6913-9 04810 (SET)

※파본은 구입하신 서점에서 교환하여 드립니다.

※이 책은 (주)뿔미디어를 통해 독점 계약되었습니다.
저작권법에 의해 보호를 받는 저작물이므로 무단 전재와 무단 복제를 엄금합니다.

타임 트래블러 III부

얼굴 없는 미인도 · 윤소리 장편 소설

1권

타임 트래블러(Time Traveler)

과거로 여행할 수 있는 자들을 통칭하는 말. 이동 방법은 시간 여행자에 따라 다르다. 주인공 민호의 경우, 오래된 물건을 타고 여행한다.

시간 여행을 하는 자들은 과거로의 여행만 가능하며, 자신이 속한 시간에서 미래에 해당되는 곳에는 갈 수 없다. 하지만 미래에서 온 사람이 끌고 갈 경우, 동행은 가능하다.

〈시간 여행자의 레벨〉

시간 여행자는 능력에 따라 세 개의 레벨로 나뉜다.

1. 타임 트래커(Time Tracker)

자신의 의지로 과거를 오갈 수 있는 사람. 그러나 시간을 정확하게 며칠 몇 시, 하는 식으로 지정해서 갈 수는 없다. 익숙한 트래커라면 자신이 오간 자취와 다른 사람들이 드나든 흔적을 읽고 따라가거나 대략 비슷한 시간대로 이동할 수 있다. 그래서 추적자—트래커라는 호칭이 붙었다.

트래커는 매우 드물다.

2. 타임 트래블러(Time Traveler)

시간 이동 능력은 있으나 자신의 의지에 따라 자유롭게 오가지는 못하는 사람. 그들은 길을 읽지도 못하고, 어떻게 과거로 갔는지, 무엇을 타고 갔는지도 알지 못하기 때문에 난데없이 과거로 들어가 울며 헤매고 다닐 가능성이 매우 높다.

3. 드리머(Dreamer)

시간 여행자 중 가장 레벨이 낮다. 직접 과거로 가지 못하고 과거에 일어났던 일을 꿈의 형태로 바라보기만 한다. 현실적으로 꾸기도 하고 혹은 상징적인 형태로 꾸기도 한다.

드리머의 경우 넓은 의미로 예지몽을 꾸는 사람들까지 포함시키기도 하지만, 좁은 의미로는 꿈을 통해 과거의 장면을 보는 자들을 말한다.

위의 세 레벨을 한꺼번에 합쳐 부를 때도 타임 트래블러라 한다.

〈시간 여행의 위험 요소〉

낯선 시공에 대한 적응도 문제지만 가장 위험한 것은 타고 들어온 길이 막힐 경우이다.

1. 타고 들어온 물건이 이동 중일 때, 파괴되었을 때.
2. 현대의 물건임이 '확실하게 드러나는' 물건을 과거에 남겨 두었을 때.
3. 과거의 기록에 남게 되었을 때(사진, 영상, 문서 등).

이 경우 문제가 해결되지 않으면 현재로 돌아올 수 없다.

〈1부 인물 및 배경 설명〉

윤민호

키 176cm 몸무게 57kg, 유치원 파트타임 교사. 1급 타임 트래커. 강력한 식욕과 수면욕 그리고 밑 빠진 항아리와 비슷한 기억력 소유. 생존 및 귀환 능력이 탁월. 그녀의 소박한 꿈은 잘생긴 남자와의 아삼아삼 연애 및 남녀상열지사, 그리고 열심히 돈을 모아 A/4컵 가슴을 F컵으로 확대하는 것.

엄마의 두 번째 기일에 처음 시간 여행을 해 엄마를 만난 후, 계속 시간 위를 여행하며 살고 있는 중.

박이완

키 184cm 몸무게 68kg, 앤티크 딜러. 뉴욕에서 고미술품 갤러리를 운영하던 중 골치 아픈 유산 문제를 의뢰하면서 윤민호를 알게 됨. 어렸을 때부터 고미술품에 대해 교육받았으며 국보급 유물 3,500여 점 소유. 첼로 연주가 취미. 과르네리 첼로 소장.

뛰어난 기억력, 매끈한 매너, 결벽증, 독설을 이죽대는 버릇이 있고, 시간 여행에는 전혀 소질이 없음.

김준일

민호에게 교양한국사를 가르쳤던 강사. 드리머. 시간 여행 카페를 운영하며 그곳에서 의뢰를 받고 민호에게 연결해 줌. 민호가 그에게 호감을 가진 것을 알고 오랫동안 이용.

김선정

민호의 하우스메이트이자 친구. 연애 고수. 하지만 그녀의 가르침은 수준이 너무 높아 민호가 소화할 수 없음.

윤진희
민호의 동갑내기 조카이자 배꼽친구. 어릴 적 민호와 함께 자람.

앤드류 황
이완의 5촌 조카뻘 되는 친척. 이완의 친구이자 수행 비서.

토마스 폰 에디슨
민호의 양아들로 독일계 귀족으로 추정. 고자라는 것만 빼놓으면 나무랄 데 없는 천재 슈나우저.

야광귀 소년
미숙한 타임 트래커. 얼결에 시간 여행을 갔다가 커다란 안경 덕에 야광귀로 몰려 과거에 갇힐 뻔했던 중학생. 그때 구출해 준 민호를 평생 은인으로 생각하며 민호의 대학 진학에 혁혁한 공을 세움.

안락재(安樂齋)
남양주 천마산 인근에 자리한 99칸 규모의 한옥. 400년 된 종가이자 민호가 어린 시절을 보낸 고택으로 이완이 사들여 대대적으로 개축. 3,500여 점의 유물이 보관된 수장고와 2개의 사랑채, 안채, 별채, 정자, 객실 용도의 우미헌 등으로 구성되어 있음.

갤러리 려(Gallery 麗)
이완이 운영하는 고미술품 매장. 뉴욕 맨해튼 뮤지엄 마일에 본점이, 인사동에 지점이 있음.

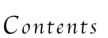

Contents

프롤로그

"아직두 대가리가 말랑말랑한 에미나이래 이런 덴 와 온 기야? 여게가 뭐 하는 덴 줄 알간?"

깜깜한 어둠 속, 낮게 웅웅대는 목소리가 들린다.

아무것도 보이지 않는다. 북한 사투리? 이게 뭐야? 나는 겁에 질려서 부스럭대며 뒤로 물러앉았다. 어둠이 눈에 익자 거대한 인영이 눈에 들어온다. 이내 정체를 알 수 없는, 바늘 끝처럼 날카로운 향기가 내 몸을 더듬기 시작했다.

꿈인가……?

꿈이라면 눈을 꽉 감았다 뜨면 깨어날 것도 같은데. 무시무시한 침묵 끝에 다시 눈을 뜨니 거대한 그림자가 가까워진 것만 보인다. 와들와들 떨려서 목소리가 제대로 나오지 않았다.

그림자는 움직임을 멈추고 대답을 기다려 주었다. 나는 울먹이는 소리를 내지 않으려고 입술을 피가 나게 물었다.

"여, 여기 다른 사람 못 보셨나요? 고모를 따라왔어요."

"고모가 꾀아서? 고모란 에미네는 널 여게 밀어 넣고 어드로 튀고 너 혼자 남았네?"

나직하게 혀 차는 소리. 거친 목소리에 연민이 실린다. 부스럭거리는 소리가 가까워지더니 깜깜한 어둠 속에 희미하게 빛이 돌았다.

……눈 색깔이?

어둠 속에서 황갈색의 홍채가 번들거린다. 눈 속에 흡사 황금으로 만든 달이 들어가 있는 것 같다. 나는 겁도 없이 그 눈동자를 자세히 보려고 하다가, 위험한 사람의 얼굴을 정면으로 보면 안 된다는 것을 떠올리고 고개를 돌렸다.

대체 나는 왜 여기 와 있을까. 숨이 막히고 목이 졸린다. 그때 그가 무심하게 말을 던졌다.

"나이가 어드레 되나? 이름은? 집은 어데고?"

"여, 열여섯 살이에요. 집은 남양주 천마산 쪽이에요."

혼돈한 와중에도 이름은 알려 주면 안 된다는 생각이 들었다. 그가 갑자기 풀썩 웃었다.

"허, 대가리가 물렁한 줄 알았더니 다 큰 처네였구나. 기레두 또박또박 대답하는 걸 보니끼니 겁은 없구나야."

생각보다 부드러운 웃음소리에 이상한 향기가 다시 실린다. 방 안을 채우고 있는 퀴퀴한 냄새 사이로 생전 처음 맡는 나른하고 취할 것 같은 향이 출렁였다. 가벼운 꽃향기와는 전혀 다른, 너무 달고 무거워 토할 것 같은 향이었다. 그가 낮은 소리로 툭툭 집어 던졌다.

"여겐 사난들이 쓰넌 방이디, 에미나이들이 있을 곳은 아니다."

지독하게 거칠고 깊은 목소리, 흡사 사포로 귀를 긁는 것 같다.

"날래 도망가라우. 딴 눈깔에 띠먼 신세 조지디. 내래 못 본 걸루 해 줄 테니끼니."

"어, 어떻게 가요? 저 집에 어떻게 가는지 몰라요."

그예 눈물이 쏟아지려는 걸 눈을 힘껏 치뜨는 것으로 참았다. 넘칠까 말까, 아슬아슬할 때 츨츨 혀 차는 소리가 들렸다.

"무섭나?"

갑자기 손이 불쑥 다가왔다. 사내의 손이 턱을 잡아 올린다. 헉! 나는 크게 몸서리를 쳤다. 손이 닿는 순간 벼락을 맞은 것처럼 몸이 떨리기 시작했다.

무섭지 않아. 절대. 필사적으로 뇌었다. 지금 정신을 놓아 버리면 정말 끔찍한 일을 당하게 될 것이다. 나는 눈꺼풀에 있는 힘껏 힘을 주어 눈을 부릅떴다.

여자는 아무 때나 질질 짜도 괜찮다는 생각이 세상에서 가장 한심했다. 나는 어릴 때부터 독하게 울지 않는 아이라고 했다. 몇 시간 전에 돌아가신 할아버지 앞에서도 눈물 한 방울 나오지 않았다. 하물며 지금처럼 정신 똑바로 차리고 빠져나가야 할 상황에서야.

하지만 어디로? 어떻게?

고개를 옆으로 돌리려 했으나 굳은살이 단단히 박인 손은 턱을 억세게 잡고 놓아주지 않았다. 손가락 하나하나가 불에 달군 인두처럼 느껴졌다. 그가 가늘게 뿜는 날숨이 뺨으로 고스란히 와 닿는다. 맑게 세공된 황옥처럼 빛을 뿜는 홍채가 내 눈을 집요하게 따라오는 것 같다. 굵은 눈썹이 꿈틀 요동쳤다.

"너…… 눈에 물이 들었구나야."

흠칫 놀란 듯, 목소리가 살짝 갈라졌다. 턱을 잡은 손아귀에서 갑자기 힘이 턱 풀렸다. 울지 않았어. 난 울지 않았는데. 바짝 느껴지던 사내의 숨결이 한 발짝 멀어진다.

창으로 들어온 달빛이 비스듬한 각도로 우리의 얼굴을 비추었다. 눈을 깜박였다. 그 순간 무겁게 괴어 있던 눈물이 뺨을 타고 툭, 떨어졌다. 그가 희미하게 중얼거렸다.

"눈에 파란 물이 담박하니."

그의 손이 눈에 닿을 듯 말 듯 허공에서 머뭇거리다가 천천히 뒤로 물러선다. 나는 우들우들 떨리는 몸을 벽에 기댔다. 이제는 온몸이 떨리다 못해 몸을 가눌 수 없을 지경이었다. 몸을 휘청거릴 때마다 할아버지의 장례식을 위해 입었던 한복의 허옇고 긴 치맛자락이 버석거리는 소리를 냈다. 정체를 알 수 없는 향기와 그의 중얼거리는 목소리가 더 이상 두렵지 않다. 외려 점점 몽롱해진다.

그의 시선이 방을 한 바퀴 휘돌더니 벽에 걸린 족자에 잠시 머물렀다.

"아하. 혹시?"

낮고 거친 목소리가 주변에서 희미하게 흩어진다. 이보라우, 이름이 어드레 되나⋯⋯. 그의 흔들리는 목소리가 주문처럼 온몸을 감는다.

팽팽한 긴장과 허기를 견디지 못한 몸이 휘청거렸다. 어둠에 잠긴 천장이 빙글 땅으로 처박힐 때, 벽에 걸린 긴 족자가 설핏 눈으로 들어왔다.

그림 한가운데를 가로지른 거대한 대나무, 나무 옆으로 반쯤 숨어 있는 한 자락 구름과 그 사이로 보이는 보름달, 사내의 눈 색깔을 담고 있는 황금의 달. 나는 무엇에 취한 듯 크게 어지러웠다.

"⋯⋯곱구나."

의식을 놓기 전, 혹은 놓은 후 무엇인지 알 수 없는 것이 입술에 잠깐 닿았던 것 같다. 인두로 지지는 것처럼 뜨거웠지만 이상하게도 통증은 없었다.

눈을 떴을 때는 익숙한 하얀 천장이 보였다. 그새 할아버지의 장례식이 끝나 상복을 벗어 버린 어머니가 내 어깨를 끌어안고 울부짖고 있었다.

정신을 놓고 동네를 헤매기라도 했는지 길바닥에 쓰러져 얼어 죽어 가는 것을 동네 친구 어머니가 발견해서 데려왔다고 했다. 열이 펄펄 끓어 의식도 없었고, 정신을 차리는 데만도 하루가 걸렸다고도 했다.

얼굴이 시퍼렇게 되어 펑펑 울고 있는 동생들과 동갑내기 고모 뒤로, 장례식 때 왔던 친척들이 빙 둘러싸고 나를 내려다보며 혀를 차고 있었다. 상문살(喪門煞)이네, 간질이네, 신이 지폈네, 종부가 400년 종가를 버린다 망발을 해서 망자가 심술을 부렸네, 종부가 덕이 없어서, 수군대는 소리도 함께 귀에 들어왔다. 간신히 일어나 주위를 두리번거렸다.

꿈을 꾸었구나.

……그게 꿈이었다고?

알 수 없었다. 꿈인지 현실인지 가늠조차 안 되는 무수한 기억 조각이 머리를 흔들 때마다 속에서 거듭 깨어져 가루처럼 흩어졌다. 나는 멍청하게 손을 들어 입술을 더듬었다.

입술에 남아 있는 깊고 무거운 감촉. 끔찍하게 강렬한 그 감촉. 나를 짓눌렀던 냄새, 지독하게 달콤하고 나른하여 구토가 날 것도 같고 취할 것도 같던 그 냄새. 어둠 속에 빛나던 금빛 선연한 맹수의 눈동자, 연민을 담은 낮고 무거운 목소리, 달군 쇠로 지지는 것처럼 느껴지던 그의 손길, 뺨을 간질이는 숨결.

하지만 남아 있는 것은 아무것도 없었다. 그저 몸을 움직일 때마다 온몸이 몽둥이로 얻어맞은 것처럼 아플 뿐이었다.

"아아?"

눈을 깜박거렸다. 남아 있는 것 하나.

낯익은, 하지만 이상하게 생소해진 그림이 눈앞에 걸려 있었다. 화폭 한가운데를 가로지른 거대한 대나무, 그리고 어둑한 밤하늘에 둥실 떠오른 황금빛 달이 나를 빤히 내려다보고 있었다.

1
알라딘의 레이디

"벗어 봐. 얼른 벗어 보라니까? 속에 입고 왔어?"

맞은편에 앉은 여자가 눈을 반짝이며 주먹을 움켜쥐었다. 이미 상체는 앞으로 쭉 내밀고 있다. 이완은 진땀을 흘리며 주변을 두리번거리다 고개를 수그리고 소곤거렸다.

"입고 왔습니다. 시킨 대로 입었으니까, 제발 좀 조용히. 그리고 그걸 지금 어떻게 보여 줘요?"

"아, 거참. 남자가 그런 걸로 내숭이냐? 우리 피차 더 심한 꼴도 봤는데! 여긴 지금 칸막이도 있고!"

"아, 알았으니까 제발 그 목소리 좀. 민호 씨."

갤러리 려 맞은편에 있는, 꽃차 전문점 수상화(水上花). 야트막한 칸막이 너머에서 힐끔대는 시선이 오락가락한다. 당사자는 창피를 모르니, 부끄러움은 온전히 수치를 아는 자의 몫이다.

왜 여기서 기다리라고 했을까. 사무실의 앤디를 피하기 위해서 이곳으로 왔는데, 이건 개 피하려 지붕에 올라갔다가 독수리한테 채인 기분이었다.

　민호는 지난달, 마석에 있는 유치원에 드디어 '정식' 취직을 했다. 물론 수습 기간이 걸려 있긴 했지만, 매우 좋은 일이었다. 새 직장에서 첫 월급을 받자마자 바로 남자친구의 선물을 사 들고 인사동으로 득달같이 달려온 것도 매우 좋은 일이었다. 그 선물이 무병백세라는 글귀가 새겨진 황토 내복이라는 것만 빼놓으면.

　하지만 한국에는 사랑하는 사람에게 첫 월급으로 정열의 빨간 내복을 사 주는 전통이 있다고 박박 우기는 걸 보니, 그나마 황토 내복이 아주 나쁘지는 않다는 생각이 들었다. 그 매장에 남성용 빨간 내복이 없었던 것이 얼마나 행운인가.

　둘이서만 있을 때 주었으면 더 좋았겠지만 여자에게 그런 걸 바라는 건 무리였다. 별수 없이 곁에 서 있던 앤디의 폭소를 고스란히 감내해야 했다. 차라리 잠옷이나 팬티 같은 거라면 민망하긴 해도 연인 간의 선물로 어울리기라도 했을 텐데, 하는 생각을 하는 순간 민호가 한 마디 덧붙였다.

　"입어 봐! 지금 화장실에 들어가서 갈아입고 와. 입은 거 보고 싶어!"

　팬티 취소. 이완의 등으로 식은땀이 흘러내렸다. 그래도 월급 받고 사 온 첫 선물인데, 언짢은 기색을 보일 순 없었다. 이완은 필사적으로 손을 저었다.

　"삼복더위 지나간 지 얼마나 됐다고 지금 내복을 입어 보라고 해요?"

　"이제 9월이잖아! 아침저녁 찬바람 돌아! 보고 싶어. 보고 싶어어어."

　아주 노래를 한다. 물론 연인에게 속옷을 선물해 주는 이유는 그것을 벗기기 위해서라는 말도 있지만, 저 여자는 날 벗기고 싶어 그러는 게 아니다. 벗기고 싶어 그러는 거면 차라리 좋겠다. 그냥 아무 생각도 없이 30세 혈기 넘치는 젊은 사나이의 황토 내복 착용 샷을 보고 싶은 것뿐이다.

이완은 한숨을 푹 쉬었다. 어떻게 내가 스타일 구기게 이런 걸 입을 거라고 생각했을까. 난 한겨울에도 슈트 라인 때문에 내복은 안 입는다고. 하긴, 드레스셔츠 속엔 원래 러닝셔츠도 안 입는 것이 정석이라는 걸 아는 여자라면 첫 선물로 황토 내복을 사 들고 올 리가 없지.

하지만 조건반사가 이상하게 걸린 걸까, 저 여자가 나 모르는 사이에 레드 썬을 걸어 둔 걸까. 다른 사람에게 하듯 코웃음 치며 딱 잘라 거절하는 것이 잘 안 되었다. 여자를 앞의 찻집에 가 있으라 해 놓고 파블로프의 강아지처럼 내복을 꺼내 입을 수밖에 없었다.

가라면 빨리 가기나 할 것이지, 여자가 문밖에서 다른 기능성 내복에 대한 설명까지 늘어놓기 시작했다. 박 실장님 있잖아, 팬티가 필요 없는 남성용 내복도 있어서 고민 많이 했어! 얼마나 편해, 노팬티 내복. 궁금하지, 응? 안 궁금해요. 절대로 안 궁금합니다. 맹렬히 텔레파시를 보내 봐야 뇌세포가 철벽인 여자에게는 씨알도 먹히지 않는다.

왜 팬티가 필요 없는지, 중요 부위를 위해 어떤 수납 장치가 되어 있고, 그것이 특정 부위의 체온만 어떻게 선택적으로 내려 주는지 열심히 설명해 주는 걸 들으니 벨트를 풀기도 전에 식은땀이 줄줄 흘러내렸다. 앤디가 미친 듯이 웃어 대는 소리가 함께 들린다. 망할 자식. 눈치 없는 것도 전염병인가. 확 해고해 버릴까 보다.

이완은 눈을 반짝반짝 빛내면서 두 주먹을 불끈 움켜쥐고 있는 여자 앞에서 느릿느릿 칼라 바(collar bar)를 빼고 넥타이 매듭을 풀었다. 얼굴에 열이 오른다.

애써 웃으며 셔츠의 단추를 세 개 풀고 깃을 살짝 벌렸다. 여자의 시선이 벌어진 옷 속으로 냅다 꽂힌다. 이완은 눈을 질끈 감았다. 봐라, 제발 얼른 봐라. 건강 만세 백세 장수 자랑스러운 황토 내복.

여자의 얼굴이 흐늘흐늘 풀리는 것을 확인한 이완은 급히 단추를 잠가 버렸다. 이쯤에서 끝났으니 그나마 다행이지, 만약 팬티를 선물 받았으면 카페에서 바지를 벗어야 했을 거고, 팬티가 필요 없는 기능성 내복을 선물 받았으면 노팬티 인증까지 했을지도 모른다.

그녀는 웃고 있지만 이완은 웃을 마음이 손톱만큼도 들지 않았다. 가끔 이완은 자신의 남아 있는 나날이 걱정스러웠다. 아무리 계산해도 살아온 날보다 남은 날이 훨씬 더 많은데.

이완은 다시 넥타이 매듭을 올리고 칼라 바까지 끼워 고정한 후에야 안도의 한숨을 쉬었다.

"이런 건 앞으로 집에서, 둘이 있을 때만 보여 달라고 해요. 그러잖아도 조금 있으면 황금연휴인데, 집에서 보여 달라 하면 좋았잖아요. 뭐가 그렇게 급해서 사람을 볶아요."

"무슨 말이야. 나 연휴 때 집에 없어."

"왜요! 연휴가 5일이나 되는데요!"

이완의 목소리가 울컥 올라갔다. 대망의 9월 추석 연휴, 빨간 날이 무려 줄줄이 다섯 개나 붙어 있는 그날, 박이완이 손꼽아 기다리던 최장 연휴가 다가오고 있었다.

그동안 이완은 특별전시회 준비로 몹시 바빴고, 최정국 과장의 마수에 걸려 국립중앙박물관이 있는 이촌동과 인사동에 내내 박혀 있어야 했다. 게다가 민호까지 정식교사로 취직을 했으니, 만날 시간은 훅 줄어 버렸다.

물론 두 사람은 자주 못 만나는 것에 대해 안달하거나 관심이 식었느냐 어쨌느냐 쪼아 대지 않았다. 그러기에는 연애의 경험이랄까 기술이랄까 시시때때로 전화해서 간질간질 자잘자잘한 이야기를 속삭거릴 내공 따위가 턱없이 부족했다. 게다가 남자는 너무 바쁘고 여자는 주변에 사람이 너무 많아 외로울 틈이 없기도 했다. 연애 상초보인 두 사람은 그게 좋은 건지 나쁜 건지도 몰랐다.

"왜긴, 추석이잖아. 오빠네 가야지."

"당일 얼굴만 비추고 오면 되지, 왜……."

"뭔 말이야. 5일 다 있어야 해. 큰오빠가 종손인걸."

여자가 손가락 다섯 개를 쫙 펴며 대답했다. 물론 알고는 있는데, 하지만 오빠가 종손이면 종손이지 민호 씨가 대체 오빠 집에서 5일이나 멀뚱멀뚱하게 앉아서 뭐 하려고. 독립한 지 10년을 훌쩍 넘긴 처자가, 엄마 아빠도 안 계신 오빠 집이 편할 리가 없지 않나? 생각을 듣기라도 한 듯 여자가 고개를 저었다.

"아냐 아냐. 나하고 진희, 어, 큰오빠 딸이야, 이 둘은 준비 시작할 때부터 마지막 날까지 붙어 있어야 해. 올케언니들이 친정에 가면 계속 밀어닥치는 병정개미 떼를 대접할 여자가 없어."

"아아."

"예전에 언니들이 우리도 제사 지내고 친정에 보내 달라고 데모했다가 야단난 적이 있었거든. 그때 오빠들이 손님 치러야 하는데 여자가 집 비우고 어딜 가냐, 정신 나갔냐고 막 지랄했다? 올케언니들은 이따위 소리 듣고 살 거면 이혼한다고 울고불고 그러다가 제사 모시기도 전에 재수 없게 여자가 훌쩍거린다고 작은할아버지들한테 30분을 혼났어. 잠도 못 자고 죽겠다고 일만 한 언니들이 줄줄 울고 있는 걸 보니까 와, 대가리가 펑 터지데?"

"그, 그래서요?"

어쩐지 불길한 예감에 이완은 말을 더듬었다.

"그래서는 뭐 그래서야. '멀쩡한 남의 집 딸내미 눈에서 피눈물 뽑고 처드시는 밥이 맛도 있겠다, 잘난 조상님들부터 다들 한번 굶어 봐라!' 하고 큰소리 빵 쳐 주고, 밥솥 뒤집고, 제사상 걷어차고 지방까지 박박 찢어 줬지 뭐. 언니들 이혼하면 조상이건 친척이건 아예 철철이 쫄쫄 굶게 될 건데 뭘 모른다니까."

이완은 입을 딱 벌리고 여자를 바라보았다. 대체 말이 나오지 않는다. 무, 물론 정의의 용사는 좋은데 저 여자, 어쩐지 집안의 깡패로 낙인이 찍혀 있을 것 같다.

도대체 이 여자에게선 왜 종가의 위엄이나 아우라가 전혀 느껴지지 않는 걸까? 원래 종가의 여자라 하면 뭐랄까, 범절이 반듯하고, 기품이 있고, 한복이 잘 어울리고, 우아하고, 교양 있고, 단아한 목소리로 그랬사옵니다 저랬사옵니다, 하는 분위기 아닌가? 우아? 교양? 히드라 성불하는 소리 하고 있다.

"……무사했습니까?"

"물론 오빠들이 날 잡아 패긴 했지. 다행히 내가 통뼈라 부러진 데는 없었고, 진희가 오빠들 붙잡고 있는 사이에 바로 튀었어. 득달같이 전화가 와서 다음번에 또 그럴 거냐고 하기에 당근 또 그런다고 했지. 죽인다고 하기에 재주껏 해 보라 했고, 호적에서 판다기에 만세 좀 불러 줬고, 집에 못 들어오게 한다기에 그럼 나도 대문 틈에다 에폭시 수지를 쫙 발라서 아무도 못 나오게 만들겠다고 했지. 그때 진희가 중재해서 타협 본 게 올케언니들 친정 가고 나면 나하고 진희가 남아서 남자들 밥 챙기고 설거지하겠다고 한 거야."

아아, 용사여. 무덤을 스스로 파셨군요. 맨틀을 지나 내핵까지 깊이도 파셨군요. 이완은 폭폭 한숨을 쉬었다.

"약속을 했으면 지켜야지. 여자들이 없으면 남자들은 설거지는커녕 숟가락 젓가락이 어디 있는지도 모르고, 수세미도 어디 있는지 몰

라. 알려 줘도 일부러 기억을 안 하나 봐. 더러운 그릇을 레고처럼 쌓아 두는데, 며칠 지나면 바퀴벌레 초파리가 부엌에서 3대쯤 번성해 있어. 명절 내내 고생한 올케언니한테 벌레 사냥에 설거지 한 트럭을 또 시킬 수는 없잖아. 나이 먹은 오빠들, 돌대가리 조카 새끼들 대가리를 후려 깔 수도 없고."

"젠장. 왜 못 해요! 그 집 남자들은 장님입니까? 손모가지가 다 잘렸어요? 남자들 왜 안 시켜요!"

"영감님들이 펄펄 뛰던데? 남자들 제사 때 부엌 들어가면 동티인지 날티인지 난다고. 뭔 전통인지 밥통인지 하여간 그런 게 있대."

별 같잖은 전통도 다 있다. 하지만 살아 있는 사람과는 싸울 수 있어도, 죽은 자들이 만든 전통과 싸우긴 어렵다. 더욱이 민호 씨네 집처럼 전통으로 무장한 종가라면, 밖에서 누가 입 대는 것도 여의치 않다. 이완은 그저 이를 부득거리며 쓴 물만 삼켰다.

차라리 명절 때 매장이나 지킨다고 할걸. 앤디에게 '안락재에서 연휴를 즐길 거니 찾지도 말고, 전화도 하지 말아'는 둥, '혼자 집에 있으면 뭐해. 매장이나 지키지?'라는 둥, 애인 생긴 자의 유세까지 톡톡히 부리고 온 판이었다.

솔로를 놀린 천벌인가. 앤디도 민호에게 작두 타고 방자하는 법을 배운 걸까. 이완은 소파에 해파리처럼 늘어져서 중얼거렸다.

"명절에 여자들이 할 일이 많은가요?"

"많아, 존나리 많아. 밤 까는 것만 한 부대야. 밤을 기계로 까면 접시에 올리는 각이 안 나와서 생율 치는 공식대로 손으로 다 친다? 만두 속 같은 건 탈수기로 물기를 짜야 하고, 잡채는 김장용 빨간 고무함지박에 가득 만들어. 식혜, 수정과, 배숙은 김장용 김치 통에 몇 개씩 담아 놔야 해."

이완은 부르르 진저리를 쳤다. 민호의 위로 첩첩 쌓여 있는 네 명의 올케들에게 진심으로 동정심이 일었다. 민호는 본격적으로 손가락을 꼽아 가며 음식을 헤아리기 시작했다.

"토란국을 식당에서 쓰는 커다란 들통에 끓여 놓고, 갈비찜, 조기찜, 쇠고기산적 이렇게 남의 살로 만든 놈이 세 종류, 나물이 다섯 통, 부침개가 일곱 종, 과일 말고 과자, 강정 종류만 아홉 종이고 추석 때는 송편 추가야! 다들 밥 대신 송편만 먹어! 송편 천 개 만들어, 천 개!"

이완은 하얗게 질려서 입을 다물었다. 송편 천 개? 정신 나간 거 아냐? 송편 못 먹고 횡사한 걸귀들이 그 집에서 동창회라도 하나.

"떡집 뒀다 뭐 해요!"

"내 말이! 시장 떡집 꿀 송편은 맛도 좋더만, 뭐 후손들의 정성이 들어가야 한다나? 하지만 새벽 세 시 반까지 송편을 만들다 보면 정성이 아니라 한 개 한 개마다 저주 방자를 콱콱 박아 넣지 않겠냐고? 누가 그따위 규칙을 정했는지, 여행하다 만나기만 하면 확 고자를 만들어 버릴라. 조상들이 고자가 돼서 남편들이 태어나지 않는다고 하면 올케언니들은 좋아서 춤을 출걸?"

이완의 얼굴은 점점 핏기를 잃었다. 한국의 명절이란 책이나 텔레비전에서 소개하듯 전통의 아름다움이라든가, 가족애라든가 조상공경이라든가 하는 애틋하고 낭만적인 콘텐츠로 구성된 게 아닌 모양이다.

이완은 한국에서 보낸 시간이 짧지는 않았지만 전통 명절을 한 번도 제대로 쇠어 보지 못해서, 명절을 '정식으로' 치르는 일에 대한 개념이 부족했다. 그저 고속도로에 노상방뇨를 한두 번씩 해 가며 열 몇 시간씩 차를 타고서라도 온 일가붙이가 기어코 한 집에 다 모여야만 한다는 것, 기름진 음식을 산더미처럼 만들고 한 끼에 2,000Kcal씩 먹어 대느라 다들 몸무게가 2~3kg 늘어난다는 것, 각종 사건 사고에 친척 간 칼부림 한두 건 정도는 반드시 뉴스에 올라온다는 것 정도로만 기억하고 있었다.

아니 대체, 먹을 것도 풍요한 시대에, 친척끼리 그렇게 살가울 일도, 도울 일도 많지 않은 시대에, 왜 그렇게 사람 눈에 피눈물까지 나게 하면서 미친 듯이 모이고 미친 듯이 먹어 대는 겁니까? 추석은 굶주림에 시달리던 시대에 만들어진 폭식 축제의 전통일 뿐이에요. 현대에 맞게, 합리적이고 간결하게 바꾸어야 한단 말입니다! 하고 아무리 주장해 보아야, 결말이 달라지진 않을 것이다. 근거를 상실한 많은 불합리한 습관들은 전통이라는 이름으로 고착되어 긴 시간 끈덕지게 살아남는 법이다.

"근데, 사실 명절이 골치 아픈 이유는 따로 있다고."

"뭔데요?"

"어른들이 젊은 애들을 잡아먹지 못해서 환장이거든. 나 공부 못하는 거 알면서 몇 등 했는지 왜 그렇게 악착같이 물어? 댁의 딸이 전교 5등으로 밀려서 속상한 걸 나한테 어쩌라고. 저는 밑에서 세 번째인데요. 저보단 훨씬 낫네요, 그랬다가 등짝 스매싱 바바방!"

"……."

"공무원 시험 준비 3년째 하는 조카 붙잡고 너 언제까지 엄마 아빠 등골 빼먹고 살래, 그런 훈계를 삼십 분씩 하고 싶을까? 너 남자 있냐 없냐. 왜 없냐. 노력을 안 해서 그렇지. 내 딸 올봄에 결혼한다. 남자가 아파트 해 온다더라. 민호 너도 이젠 정신 좀 차려야지. 아오, 씨밤바가! 차라리 부조금 받는 계좌번호나 벽에 붙여 놓고 그놈의 주둥이는 처닫고 있으면 소원이 없겠어. 아주 때마다 지랄 만세를 찍으니 나하고 쌈이 붙겠어, 안 붙겠어?"

맙소사. 듣는 것만으로도 어찔어찔하다. 관심 혹은 애정이라는 이름 아래 자행되는 폭력이란 끔찍한 것이었다. 오지랖이 태평양인 것도 집안 내력인가? 아니면 집안마다 명절 때면 다 저런가?

"제일 힘든 게 손님 접대야. 친척들이 붉은 병정개미 떼처럼 끝도 없이 몰려오는데, 하루에도 스무 번 넘게 상을 차려야 해. 명절 끝나면 빨랫방망이로 허리하고 어깨, 다리를 백 대씩 맞은 것 같고, 대갈통 속은 병정개미 떼가 지나간 초원처럼 휑하지."

"손님이 대체 얼마나 오시는데요?"

"시골집에 있을 때는 150명 가까이 왔었고, 지금도 100명은 넘게 오는 것 같아. 돌아가신 울 아버지가 11남매 중에 장남이었거든. 나도 오빠가 넷이고."

"미, 민호 씨, 가지 마세요. 안 간다고 누가 죽입니까?"

"음, 하지만 피할 수 없으면 즐기자, 하는 마음으로 씩씩하게……."

운명을 받아들인 여자는 비장하지도 않았다. 이완은 빽 고함을 질렀다.

"즐길 수 없으면 피하는 겁니다!"

"결혼해서 튀기 전엔 못 피해."

이완은 다관을 내려놓고 민호의 손을 꾹 잡았다.

"민호 씨! 제가 해방시켜 드리겠습니다! 결혼하면 송편 만들러 뉴욕에 간다고 합시다! 없는 시댁을 가짜로 만들어서라도 절대 오빠 집에 발도 안 디디게 해 드리겠습니다! 그러니까 얼른 결혼합시다!"

……하는 대사가 막 튀어나올 뻔했다.

제기랄. 이따위 엉터리 프러포즈를 하려고 그동안 오만 삽질을 하며 인내한 건 아니다. 나도 오기가 있지. 프러포즈는 좀 더 근사하고 황홀하게, 일생일대의 기억으로 남을 정도로 해야 했다.

다만 그러기 위해서는 민호와 제대로 된 연애라도 해서, 연인다운 달콤한 감정과 적절한 눈치, 그리고 우아한 분위기 정도는 만들어 두어야 했다. 그것이 박이완이 생각하는 최소한의 전제조건이었다.

청혼을 하려다가 개망신당하는 거대 흑역사는 두 번으로 충분했다. 결혼하자는 말을 듣고 으헤헤, 와하하, 웃는 대신 감동하여 훌쩍훌쩍 흑흑 울거나, 어머 이거 뭐야, 고마워엉, 하면서 얼굴을 붉힐 수 있을 정도만 되면 소원이 없겠다. 아니, 다른 건 다 몰라도 저 싸구려 말본새와 정의의 오지랖과 산통을 깨는 짓거리들만큼은 뚝 떼어서 마리아나 해구에 갖다 버리고 싶어 미치겠다.

앞에 놓인 찻잔 위로 조그맣게 말린 국화가 하늘하늘 천천히 퍼질 때 민호가 아차, 하며 머리를 쥐어박는다.

"이것도 주고 가야지. 한참 만든 건데 잊어버릴 뻔했다."

민호가 꾸물꾸물하며 커다란 가방을 뒤적거린다. 뭘까, 고개를 기웃하는 사이 부대 자루 같은 가방에서 시커먼 비닐봉지가 덜렁 끌려 나왔다.

"이거, 입이 심심하면 먹어. ……생긴 건 후져도 먹을 만해."

구깃구깃 지저분한 봉지를 탁자에 내려놓고 무안한지 눈을 옆으로 돌린다. 이완은 멀뚱멀뚱 검은 비닐봉지를 내려다보았다. 표정 관리가 되지 않는다.

주는 건 고마운데 뭔지 몰라도 먹을 걸 상자도 없이 비닐봉지에 싸온 것 좀 봐라. 유치원에서 먹다 남은 간식이라도 모아 온 건가? 설마 내가 애들이 먹던 과자 부스러기를 먹을 거라 생각했나?

"이건……."

여는 순간 독특한 향기가 코로 훅 밀려들었다. 햇빛에 잘 말린 드라이플라워에서 나는 냄새와 비슷했다. 이완은 손에 잡힌 것을 보고 눈을 커다랗게 떴다. 동그랗고 조그맣게 말린 노란 감국과 코스모스였다.

"화……차?"

"전에 꽃 따서 씻어서 덖어 놨던 거야. 코스모스는 얼마 전에 산에 올라가서 따 온 거고."

"아, 이런 맙소사. 이걸 민호 씨가 직접 만들었다고요?"

"깨끗한 거야! 열 번 씻었어, 열 번!"

입이 저절로 벌어졌다. 이완이 차를 좋아하고, 종종 화차를 마시는 모습을 눈여겨보았던 모양이다. 세상에, 뒷산에 이르게 가을꽃이 피었다는 말을 하기에 흘려들었는데, 그걸 말도 없이 혼자 따러 다닌 건가? 새로 취직해서 바빴을 텐데 언제 만든 거야, 대체.

이완은 손바닥 위에 놓인 것을 자세하게 살펴보았다. 이런 종류의 차가 손이 몹시 가는 것은 알고 있었다. 노란 감국을 따서 꽃받침을 일일이 따내고 씻고 데치고 한지 위에 널어 말리고 뒤집고를 일주일 가까이 반복해야 하는 것이다. 코스모스차는 햇볕에 말린 후 손으로 덖기까지 해야 하는데. 이렇게 손이 많이 가는 걸.

입에 들어가는 건 한 번만 먹어 보면 대충 만들 수 있다고는 했지만, 이런 것까지 해 줄 줄은 몰랐다. 애초 이완은 비싼 티를 풍풍 내는 크고 폼 나는 선물보다는 작지만 제대로 정성이 들어간 수제품 선물을 훨씬 좋아했다. 황토 내복 따위보다 백만 배는 감동적인 선물을 이런 검은 비닐봉지에 싸 오는 센스가 이제는 두렵기만 하다.

이완은 봉지를 든 채 한참 동안 먹먹하게 앉아 있었다. 고개를 드니 눈을 데굴데굴 굴리며 눈치를 살피던 여자가 냉큼 고개를 돌린다.

"고마워요. 정말 고맙습니다. 이렇게나 많이……. 잘 마실게요."

목이 아릿해서 말이 잘 나오지 않았다. 그건 맞은편의 여자도 마찬가지인 모양이었다. 얼굴로 발그레한 안개가 모락모락 퍼지는 것이 보인다.

"아, 아니 뭐, 그냥 후딱 만든 거야. 어, 그, 그냥. 한두 개로 향이 잘 안 나면 한 주먹씩 넣으라고 좀 많이 했어."

아까는 그리도 당당하게 욕질을 하던 여자가 사정없이 말을 더듬었다. 이완은 웃으며 속삭였다.

"추석 쇠러 가기 전에 한 번만 더 봐요. 제가 후원 정자에서 차를 대접할게요. 저녁때 후원에 정원등 켜 놓고 민호 씨가 만들어 준 차를 마시면 정말 환상적일 거예요."

여자의 얼굴이 빨개진다. 분위기가 한껏 무르익는다. 자, 다소곳하게 고개를 끄덕여 주세요. 드디어 저도 분위기 잡고 데이트다운 데이트를…… 하는 순간 갑자기 주머니에서 전화기 소리가 요란하게 터졌다.

― 지금 뭐 하고 있어! 빨리 와!

"왜? 무슨 일인데?"

― 매장에서 손님끼리 싸움 붙었어! 최정국 과장님이 손님을 두 분 모시고 오셨는데, 왜 접때 말씀하신 김성길 사장님하고 전농동의 이명석 사장님 있잖아! 근데 오자마자 멱살 잡고 난리 났어!

앤디의 목소리가 크게 울린다. 이완은 눈썹을 확 찌푸렸다. 이건 또 무슨 일이지? 이제 별놈의 인간들이 튀어나와 산통을 깨는구나.

"뭐? 싸워? 대체 누가! 아오, 웬 잡놈의 새끼들이, 감히 어디서 쌈박질이야?"

이완이 계산서를 챙겨 일어서기도 전에 주먹을 불끈 움켜쥔 용사가 문을 박차고 뛰어나간다. 어찌나 용감하게 달려 나가는지, 비닐봉지 안에 들어 있던 말린 꽃들이 탁자 위로 훌떡 쏟아지고 말았다.

……용사여.

"이 씨발 새끼야, 가짜? 가짜? 어디서 나한테 사기를 치려고 들어!"

"어지간히 좀 합시다. 한때 반짝하던 화가였다고 봐주는 것도 한두 번이지, 가짜 그림 들이대다 들킨 주제에 나한테 사기라고 덮어씌워?"

"씨발, 가짜 아니라니까! 당신 내 손에 죽었어! 내가 파는 그림 가짜라고 헛소문 퍼트리는 너 같은 새끼들, 내가 지금까지 싸그리 조져버린 거 알아, 몰라?"

"이러니 미친개 소릴 듣지, 원. 이 바닥에서 누가 당신 말 믿는 줄 알아요?"

"이 개쌍놈의 새끼가! 미친개? 말 다했어? 너 나이가 몇인데 그따위 말버릇이야!"

"나이 말곤 내세울 게 없는 인간들이 꼭 이러지. 나도 나이는 먹을 만큼 먹었소, 엉? 이거 안 놔!?"

"김성길 씨, 아 김 사장, 이명석 사장? 진정해요. 좀 진정하라니까?"

갤러리 려 매장은 서로 멱살을 잡은 두 사내의 시끄러운 욕설로 가득했다. 안에 들어왔던 손님들은 허둥지둥 빠져나가고, 밖에서 오가는 사람들은 유리문 안을 힐끗거린다.

미친개라 불린 성길은 바짝 마른 몸에 통통하고 높은 코와 깊이 들어간 눈매 등으로 상당히 서구적인 외양을 갖고 있었으나, 술에 절어붙은 뺨은 온통 거무칙칙했고 입 주변에는 침버캐가 허옇게 끼어 있었다.

벌게진 얼굴로 멱살을 맞잡은 이명석이라는 사내는 전농동에서

2대째 고미술품 매장 '갑골'을 운영하고 있었다. 서른 넘으면서부터 벗겨지기 시작한 머리 덕에 본디 나이보다 한참 더 들어 보이지만 사실 50줄에 갓 들어선, 이 바닥에서는 가끔 젊단 소리를 듣는 사내였다. 지난번 전시회 때 이완과 안면을 트긴 했지만 아직은 데면데면한 사이였다.

성길에게 미친개라는 별명이 붙은 것은 꽤 오래되었다. 상식도 염치도 예의도 다 팔아먹고, 그림 몇 점을 파는 데 오만 진상 짓거리는 다 저지르고 다녔기 때문이다.

그가 물려받은 그림 중엔 조선 후기, 특히 오원의 것이 많았는데, 작품마다 수준 차이가 많이 나서 같은 호수라도 가격 차이가 엄청났다. 하지만 그는 누가 보아도 형편없는 태작을 들고 와서 국보급 대접을 바랐고, 눈에 뻔히 보이는 위작이나 모작도 태연하게 진품이라 들이댔다.

그동안 팔아 치운 그림값으로만 쳐도 한밑천 잡았을 것이로되, 그는 여전히 무일푼이었다. 돈이 들어오면 정선으로 튀어서 그 돈을 모두 털어먹을 때까지 돌아오지 않았다. 마누라나 딸이 있었다면 그것까지 판돈으로 걸었을 거라 다들 뒤에서 이죽거렸다. 몇 해 전 조선족 출신 젊은 마누라가 생기긴 했지만 사기 결혼이네 위장 결혼이네 하는 소문만 무성했다.

"씨발, 저 대머리 새끼가 내 그림값을 후려치려고 수작하는 거잖아! 죽여 버릴라, 진짜! 아, 최 과장도 어떻게 딱 부러지게 저 자식 게 가짜라고 말 안 합니까! 왜 그딴 거 하나 몰라? 내가 낸 세금으로 박물관 밥을 그렇게 오래 먹어 놓고!"

정국은 중간에서 난감한 표정을 지었다. 오원 화파 특별전을 할 때 저 인간을 연결해 준 은사를 때려잡고 싶다. 저 미친개를 괜히 여기까지 데려와서 박 실장까지 난감하게 만드는 게 아닐까 슬슬 걱정도 된다.

박이완 실장은 워낙 감식안이 좋은 편이고, 특히 작품의 수준 편차가 심하고 위작이 많은 오원의 작품에 대해서는 최고로 꼽히는 진위감정 전문가이자 수집가였다.

하지만 아무리 그렇다 해도 위작을 백 퍼센트 가려낸다 장담할 수는 없었다. 평생 이 바닥 물을 먹은 전문가 중에서도 위작이나 모사화에 넘어가는 사람들이 얼마나 많은가. 이름깨나 알려진 유명한 작품 중에도 위작이 적지 않다는 것은 고미술계의 공공연한 비밀로, 어떤 고미술상은 유명 화원들의 도장을 천 개나 갖고 있다는 소문도 있었다.

위작임을 알아도 쉽게 밝혀 주기는 어려웠다. 천문학적인 돈이 오가는 바닥이라 위작 의견을 내면 그림의 판매자와 주인에게 철천지 원수가 되는 것은 떼 놓은 당상이었다. 어떤 감정 전문가는 가짜라는 것을 밝혀 주었다가 너 때문에 이 그림을 못 쓰게 되었다, 너 때문에 엄청난 손해를 보았다며 양쪽에서 폭행을 당해 보름간 입원한 적도 있었다.

하지만 이완은 그 문제에서는 초지일관 단호했다. 위작은 누가 위작이라 말해서 가짜가 된 것이 아니라, 애초부터 가짜였으니 최선을 다해 밝히는 것이 옳다, 만에 하나 그것이 폭행으로 연결될 경우 바로 형사 고소와 천문학적인 민사 소송으로 연결될 것이라 공언했던 것이다. 최 과장은 박 실장이라면 적어도 눈치를 보며 엉터리 감정 소견을 씨불이지는 않으리라 믿었다.

"거 말씀 좀 좋게 하십시다. 김 사장님? 그러니까 알아보러 온 거 아닙니까. 여기 박 실장 감식안 하나는 확실한 사람이니 조금만 기다려 봅시다, 예?"

"아, 왜들 이러세요. 실장님은 금방 들어오실 겁니다. 이 근처에 계세요. 잠시만 기다리시라니까요!"

정국과 앤드류는 쩔쩔매며 주먹코 노인을 달랬다. 하지만 취한 사내는 허연 침을 튀기며 고함을 질렀다.

"이건 뭐야, 노랑머리 새끼 저리 가! 야 이가야, 너 아까 분명 나보고 미친개라고 했겠다? 엉?"

다시 두 사람이 맞붙었다. 그때 문이 활짝 열리더니 자루 같은 가방을 대각선으로 둘러멘 키 큰 여자가 뛰어들었다.

"그만들 하세요! 남의 가게에서 지금 뭐 하는 짓들이에요?"

여자는 고함을 지르더니 맹렬한 속도로 돌진해 두 사람 사이를 갈라놓았다. 두 사람은 어리둥절해서 잠깐 싸움을 멈추고 눈을 껌벅였다.

아? 저 여자는? 뒤에 서 있던 정국은 고개를 갸웃했다. 예전에 이 매장에서 잠깐 본 적이 있는 얼굴이다. 하지만 그 이후 내내 보이지 않아 그만둔 줄 알았는데?

주먹코가 시근대며 물었다.

"어, 어라? 이년은 또 뭐야? 여기가 네 가게야?"

"그건 아니지만, 왜 남의 영업집에서 쌈박질을 하고 이래요! 물건 부서지면 어떡하라고! 나가서 싸워요! 나가서!"

기차 경적 소리보다 우렁찬 소리에 귀청이 터질 지경이다. 성길은 이제 민호의 멱살을 붙잡고 으르렁거렸다.

"이건 어디서 굴러먹던 년이 들어와서 참견질이야? 뭘 안다고 중요한 얘기하는데 끼어들고 지랄이야? 여자가 깩깩대면 삼 년이 재수가 없다고! 개쌍년 주둥이를 쭉 째 놓을라, 썩 못 꺼져?"

초장부터 욕을 들어 먹은 여자의 얼굴로 열이 훅 오른다. 그녀는 멱살을 잡은 손을 탁, 세게 뿌리치더니 허리에 손을 얹고 쏘아 대기 시작했다.

"이 씨붐바 영감탱이 좀 봐요? 얻다 대고 초면에 욕질에 반말이래요? 영감님만 욕할 줄 알고 반말할 줄 알아? 나도 할 줄 안다, 엉? 삼년 아니고 삼십 년 재수 없도록 한번 제대로 붙어 볼까? 주둥이를 째? 그래애, 한번 째 봐! 나는 머리 가죽을 째서 홀랑 벗겨 놓을 테니까!"

모여 있는 사람들의 입이 멍하니 벌어졌다. 앤드류의 얼굴은 새하얗게 변했다. 저 미친개는 욕설로는 어디 가서도 뒤지지 않는 여자의 뇌관을 건드린 것이다. 성길의 얼굴이 시뻘게졌다.

"너 이년, 몇 살이야? 어디 새파란 계집년이 어른한테 욕질을 함부로 해? 집에 가둬 놓고 삼 일간 개 패듯이 패 버릴라. 대체 집에서 가정교육을 얼마나 개같이 받았기에 머리에 물도 안 마른 계집년이 어른 앞에서 이 지랄이야?"

"엠병, 댁은 어디서 뭘 얼마나 잘 배워서 처음 본 아가씨한테 개쌍년 주둥이 소리가 나오는데? 내 나이는 알아서 뭐 하게요? 백 원 받고 중국 사이트에 팔게? 가정교육? 엄마 아버지 나 어릴 때 다 돌아가셨는데, 왜요? 댁이 노잣돈이라도 보태 주게? 나이는 똥구멍으로 처먹고도 나이 자랑, 가정교육 씨불일 생각이 들까? 남의 영업집에서 싸우지 말라는데 아오, 엿 같아서 정말, 내가 틀린 말 했냐고요, 엉? 싸우려면 나가서 싸우란 말이야. 여기 비싼 거 많은데 깨 먹으면 돈 처물어낼 거냐고요! 누가 누굴 개 패듯이 패? 누군 손모가지 없나? 난 그럼 북어 패듯이 패 줄까요, 엉? 아주 노오란 가루가 풀풀 날리도록 작신작신 패 줄까요, 엉!"

뒤에서 노인을 붙잡고 있던 앤드류는 정말 울고 싶었다. 욕 하나는 정말 푸짐하게 잘하는 여자다. 어떻게 들으면 속이 뻥 뚫리게 시원하기도 한데, 문제는 저게 바로 이완의 얼굴에도 먹칠하는 일 아니던가.

민호 씨는 평시에는 그냥저냥 예의가 있는 편이었지만 뇌관에 불이 붙으면 그대로 다이너마이트였다. 성길은 폭포수처럼 쏟아지는 구정물에 질려 더듬거렸다.

"씨발 그, 그러잖아도 가짜 그림 때문에 골이 터지겠구만…… 재수 없게. 네년이 여기 주인이라도 돼? 동양화에 대해 뭐 좀 알고나 이렇게 나대는 거야?"

"싸움 뜯어말리는데 주인이면 어떻고, 지나가는 사람이면 어때서! 동양화인지 화투짝인지 모르는 인간도 있어요? 한석봉이는 동양화! 피카소는 서양화! 아오, 엿 같아서 정말. 김정호가 그린 나무 밑의 개집 같은 건 나도 백 장은 그릴 수 있다고요, 엉?"

싸움은 갑자기 멈췄다. 개집? 김정호가 그린…… 나무 밑의 개집?

"……세한도?"

성길과 명석은 갑자기 여자를 손가락질하며 미친 듯이 웃어 대기 시작했다.

딸그랑, 이완이 문을 열고 들어섰을 때 먼저 뛰쳐나간 여전사는 자리에 없었다. 모여 선 네 사람 모두 얼굴이 불그레했다. 두 명은 옷차림이 엉망이었고, 앤드류와 정국은 땀에 폭 젖어 있었다.

그들은 조금 전까지 매장에서 벌어진 1차 대전과, 여자가 점화시킨 2차 대전에 대해서는 약속이라도 한 듯 입을 다물었다. 그랬다간 성질 깐깐한 주인에게 좋은 소리가 나올 턱이 없다. 막 들어선 젊은 사내가 갤러리 려의 대표라는 말을 들은 성길은 아래위로 훑어보더니 입을 비쭉거렸다.

"뭐야, 새파랗게 어린놈이잖아. 최 과장도 참, 이런 놈이 쥐뿔 알기는 뭘 안다고 날 여기까지 끌고 와? 내가 거래하는 그림들이 한두 푼 하는 것도 아닌데 어떻게 저런 병아리를 들이댈 생각을 해? 섭섭하네.”

이완의 입이 비틀렸다. 도움을 청하러 온 주제에 술 냄새를 풍풍 피우고, 남의 매장에서 싸움질에 나이 타령까지? 골고루 하는군. 이완은 정중하게 웃으며 출입문을 다시 열었다.

“그러게 말입니다. 쥐뿔 아는 게 없으니 도와 드릴 것도 없군요. 조심해서 돌아가십시오.”

어, 어어? 이게 아닌데. 잠시 기선을 제압해 보려고 주둥이를 놀렸던 성길이 입을 실룩거린다. 이완이 문가에 선 채로 쏘아붙였다.

“안 나가십니까? 아아, 경찰을 불러서 밖으로 모셔야 하는군요?”

입이 얼어붙은 노인 대신 정국이 나섰다.

“어이어이, 박 실장, 거 미안하게 됐어요. 내가 대신 사과할 테니 화 좀 풉시다. 김성길 사장님이 아직도 장난기가 많으셔서. 급하게 진위 감정 받을 게 몇 개 있는데, 박 실장 아니면 마땅한 사람이 생각이 안 나서 말이지, 내 얼굴 봐서라도 좀 부탁합시다, 예?”

정국의 통사정에 이완은 피시식 웃고 말았다. 융통성 없는 정국이 특별전시회 기간 동안 이완을 고생시킨 것은 사실이었지만, 박이완과 서담 박부전의 명예회복을 위해 적극적으로 힘을 써 준 것도 사실이었다. 게다가 전시과장으로 승진한 지 얼마 되지 않아 인맥 관리에 신경을 쓰고 있는 것도 이해가 갔다. 이완은 성길을 보며 매끄럽게 웃어 보였다.

“김성길 씨라 하셨나요? 개뿔도 없는 어린놈한테 너무 정중하게 말씀하시니 어찌나 황송한지 입이 영 떨어지지 않는군요.”

정국은 속으로 진땀을 흘렸다. 성질 더러운 박 실장, 하여간 끝까지 말에 가시를 팍팍 박는구나. 당사자가 제대로 사과하라 이거지. 성길의 성질대로라면 대가리에 물도 안 마른 새끼가 건방을 떤다고 멱살부터 잡을 판이지만 지금 그랬다간 말 한 마디 못 붙이고 쫓겨날 것이 뻔했다.

이완은 웃음기가 가신 눈으로 냉랭하게 내려다보기만 한다. 성길은 잠시 망설였다. 그도 고서화를 제대로 감정할 만한 사람이 그리 많지는 않다는 것도, 어지간한 실력자들은 대부분 자신에게 이를 갈고 있다는 것도 알고 있었다. 드디어 한껏 비굴해진 노인이 꼬리를 말아 넣고 고개를 수그렸다.

"거, 정말 미안하게 됐네. 내가 술김에 흥분해서 그랬어. 앞으로는 말조심하겠네."

그제야 이완은 안으로 들어섰다. 가타부타 대답도 하지 않았다. 입술 끝이 살짝 비틀린 것이 그가 보인 반응의 전부였다.

벽에는 학과 붉은 해와 파도가 그려진 두 장의 그림이 나란히 걸려 있었다. 전서체로 첨재(添齋)라 새겨진 낙관을 확인한 이완은 한마디 툭 뱉었다.

"강세황의 세화(歲畵)로군요."

동일한 새해맞이용 그림이 두 점. 궁중 화원이 어명으로 제작해 왕이 하사한 것도 아니고, 민간의 지전에서 한꺼번에 그려 팔던 물건도 아니었다. 다른 사람도 아닌 강세황이라. 이 정도면 싸움이 날 만도 하군.

"별실로 들어오시죠."

이완은 허리를 굽혀 두 폭의 그림을 한참 집중해서 쳐다보았다. 확대경까지 꺼내 낙관과 붓의 선, 종이의 질감, 물감의 특징 등을 꼼꼼하게 살폈다. 힘차게 날개를 뻗은 학이 한 마리, 운치 있게 굽은 소나무, 파도가 이는 푸른 바다와 그 위로 일렁이는 붉은 해가 조화롭게 배치되어 있었다.

두 장 모두 표암의 그림이 맞는 것 같다. 문제는, 두 개의 그림이 바다 색깔을 제외하고는 복사본처럼 똑같다는 점이었다. 라이트 박스를 놓고 따라 그리거나 슬라이드 필름을 쏘아서 대고 그린다 한들 이렇게까지 똑같은 선을 만들지는 못할 것이다.

결론은 하나였다. 종이를 물에 불리거나 습기를 먹여 앞장, 뒷장으로 분리해 두 장으로 만든 것. 이완은 고개를 끄덕이며 자리에서 일어섰다.

"앞장 떼기로 한 장을 더 만들었습니다. 뒷장의 흐린 선에 말끔하게 가필한 것을 보면 전문가 솜씨네요."

명석과 정국은 그럴 줄 알았다는 듯 고개를 주억거렸으나, 성길은 주먹을 꽉 움켜쥐고 목에 핏대를 올렸다.

"웃기지 마! 내 그림은 진짜야! 나는 그림에 장난질은 치지 않아! 이따위 가짜는 죄다 손재주 부리는 저런 놈들의 매장에서 만들어지는 거라고!"

"어떤 분이 가짜 그림을 만들었는지 저로서는 알 바가 아닙니다."

앞장 떼기를 한 그림의 진위공방은 곤혹스러운 일이다. 어지간한 경우 두 그림을 모두 진작으로 인정하기도 한다. 하지만 그러려면 그림을 크게 훼손하거나 가필을 해서는 곤란했다.

그림 한 장을 두 장으로 떼어 냈으니 뒷장은 아무래도 필선이 죽거나 채색한 것이 제대로 스며들지 않아 얼룩이 진다. 그럴 경우 솜씨 좋은 사람이 가필을 하거나 새로 색을 채워 넣기도 하고, 희미해진 낙관을 붓으로 새로 그려 넣고 시치미를 뚝 떼기도 한다. 그런 것까지 온전한 진품이라 말하기는 곤란했다. 문제는 그 차이를 분별하는 것이 몹시 어렵다는 점이었다.

현재 두 그림의 두드러진 차이점이라면 파도의 색깔이었다. 이완은 한참 동안 바라보다가 조심스럽게 말했다.

"김성길 사장님 그림의 파도는 담청색 얼룩만 가장자리에 약간 남아 있고 대부분 색이 다 날아갔군요. 이명석 사장님 그림의 파도는 매우 짙고 어두운 남색…… 거의 검은색에 가깝고요."

"그렇지."

"김 사장님 그림의 허연 바다는 인디고 단일 염료를 사용한 것 같습니다."

인디고, 쪽풀에서 나온 진한 남색. 청출어람이라는 속담까지 있을 정도로 쪽에서 나온 염료는 진하고 선명한 청색을 띤다. 하지만 그것을 햇빛 중에 그대로 방치해 두면?

"천연 인디고나 알리자린 같은 식물성 염료는 빛이나 열에 매우 취약합니다. 방치된 상태로 시간이 흐르면 퇴색이 진행되는데, 어떤 경우는 거의 색이 남아 있지 않을 정도로 날아가 버리죠. 김성길 사장님의 얼룩진 허연 바다처럼요."

"하지만, 앞장 떼기를 했을 경우, 색이 잘 안 스며든 뒷장도 이렇게 얼룩진 꼴이 되지 않습니까?"

이명석 사장이 끼어들었다. 이완은 고개를 저었다.

"빛 때문에 희게 탈색된 부분과 물감이 안 스며들어 허옇게 된 부분은 모양새가 다르죠. 그나저나 이명석 사장님 그림의 바다는 원래 사용된 청색 염료가 흑변(검게 변함)한 것 같습니다. 일단 바다색이라기엔 너무 검고, 표암은 물의 색을 이렇게 어둡게 쓰지 않습니다."

"그래서, 그래서! 결론이 뭐지?"

성길은 주먹을 움켜쥐고 재촉했다.

"솜씨 좋은 기술자가 오래전에 그림을 두 장으로 분리했고, 나중에 뒷장 그림에 바다색이 안 먹힌 부분을 프러시안 블루로 덧입힌 겁니다. 프러시안 블루는 착색력도 좋고 저렴하니까요. 물론 덧칠할 당시는 본디 그림의 바다색과 최대한 비슷하게 칠했을 겁니다. 하지만 시간이 지나면서 인디고는 희게 탈색됐을 것이고, 프러시안 블루는 검게 변한 겁니다."

순간 이명석 사장의 얼굴이 싸늘해졌다.

"박 실장이 너무 단순하게 생각하는 것 같은데요. 표암이 애초에 프러시안 블루를 썼을 거란 생각은 안 합니까?"

이완은 푸스스 웃었다.

"천연 인디고가 쓰이기 시작한 건 2000년도 더 되었습니다. 색도 선명하고 구하기도 쉬워서 청색 계열 안료 중에서 널리 쓰였죠. 하지만 프러시안 블루가 유럽에서 최초로 합성된 건 1700년도 초반이었죠. 상용화가 되고 우리나라에 본격적으로 풀린 건 훨씬 이후의 일이고요."

이완은 명석이 들고 있는 그림의 검은 파도를 가리켰다.

"강세황은 프러시안 블루라는 염료를 사용할 수 없었을 겁니다. 그 염료가 조선에 들어오기 전의 사람이니까요."

"아."

결정적이었다. 모인 사람들의 입에서 나직한 신음이 흘러나왔다. 이완은 명석에게 고개를 살짝 수그렸다.

"이 사장님께서 갖고 오신 그림이 나중에 가필된 그림입니다. 자세히 보면 선에도 덧댄 부분이 살짝살짝 보이는 데다, 낙관을 붓으로 그려 넣은 자국이 보입니다. 선이 떨리고 뭉친 것은 손으로 그린 가짜 낙관에서나 볼 수 있는 증거죠. 라이트 박스 위에 놓고 비교하시면 좀 더 명확하게 구별이 될 겁니다. 위작이 이루어진 시기 자체가 오래되었고 가필은 육안으로 구별이 쉽지 않으니 전 소유주들은 진품으로 믿고 있었을 것 같습니다만. 하여튼 이런 말씀 드리게 돼서 죄송합니다."

"허, 허허, 박 실장이 미안할 게 뭐 있나요. 그거, 참. 그거, 참."

명석은 콧김을 시근거리며 억지로 대답했다. 얼굴뿐 아니라 훤히 벗겨진 이마까지 붉으락푸르락했지만 별달리 반박하지는 않았다. 거봐, 거보라고! 주먹코가 채신없이 펄쩍대며 소리를 질렀다.

이완은 속으로 비소했다. 대충 분위기 파악이 된다. 위작인 걸 눈치채고도 우긴 건 김성길이 아니고 이명석 쪽이었다. 그래서 저 진품을 헐값에 후려서 살 생각이었겠지. 어쩌다 보니 내가 저 개차반 같은 놈의 편을 들어 준 꼴이 됐군. 그는 김성길이 침을 튀기며 자신을 치하하는 것이 점점 짜증스러워졌다.

정국 같은 사람이 몰랐을 것 같지는 않다. 하지만 두 사람 모두에게 밉보이기 어려운 관계라고 알고 있다. 저 미친개라는 놈은 은사가 소개한 놈이고, 명석은 그 아비가 인사동의 정보통이고 인맥도 넓으니 함부로 말하기 곤란한 것도 있었을 것이다. 그래서 나한테 입바른 소리 좀 대신 해 달라고 끌고 온 것이겠다.

이완이 눈을 가늘게 뜨고 지그시 노려보자 정국은 살려 달라는 듯 난처하게 웃으며 악수를 청했다. 미안해요, 미안해. 내 사정 알지 않아요.

"아아, 하여간 고맙게 됐어요. 박 실장한테 빚을 하나 졌어. 내 조만간 신세를 톡톡히 갚겠어요. 그렇잖아도 이번 전시회 평도 무척 좋았고, 박 실장 특별 강연도 호평 일색이었죠. 관련해서 의논할 일도 있고 하니 겸사해서 한번 봅시다. 내가 승진 턱 겸해서 거하게 한턱 쏘지요."

"……감사합니다. 제가 그런 건 사양하는 미덕을 배우지 못해서 기꺼이 얻어먹겠습니다."

이완은 적당한 선에서 유쾌하게 웃었다. 그제야 안도한 정국이 너털웃음을 웃었다.

"열 턱이라도 낼 테니, 차제에 안락재에나 한번 초대해 주시죠? 후원을 그렇게 멋지게 꾸몄다면서요? 수장고에 숨겨 둔 것도 구경 좀 시켜 주시고. 3,500점이 넘는 특급 문화재들을 꽁꽁 감춰 두기만 하실 겁니까? 문턱이 높아도 너무 높아서, 원."

"공짜 점심은 환영이고 안락재도 말 난 김에 바로 모시겠습니다만 수장고는 보안 문제상 곤란하겠습니다."

이완은 싱긋 웃으며, 하지만 단호하게 거절했다. 업계의 불문율이 있어서인지 정국은 수장고 개방을 길게 조르지는 않았으나 아쉬워하는 눈치를 보였다. 이완은 달래듯 말을 보탰다.

"대신 후원 정자에서 좋은 차를 대접하겠습니다. 때마침 지인이 향이 좋은 코스모스차와 국화차를 직접 만들어서 선물했거든요."

"아, 수제 화차라니. 이거 운이 좋은데요. 멋진 분을 친구로 두고 계시는군요. 초대만 해 주시면 내일이라도 날아가겠습니다."

이완은 웃으며 정국의 손을 맞잡았다. 정국은 융통성이 없긴 하지만 김준일 교수와 달리 속이 명료하게 보이는 원칙주의자였고, 성품도 그만하면 넉넉한 데다 발도 두루두루 너른 편이었다. 빚을 지워두는 것도, 적당한 선까지 마음을 트고 친분을 쌓아 두는 것도 나쁘지는 않을 것이다.

오늘 밤에라도 인사동을 뒤져서 맞춤한 병을 찾아내야지. 작은 백자 단지나 청자투각병도 좋고, 분청사기 단지도 잘 어울릴 것 같지만 아무래도 속이 잘 보이는 유리병이 제일 낫겠지.

그걸 기껏 만들어서 검은 비닐봉지에 담아 온 그녀의 센스는 지금도 경악스럽지만, 말리고 덖은 솜씨와 정성만큼은 나무랄 데 없었다. 귀한 걸 남에게 주기 아까운 마음과 남에게 자랑하고 싶은 마음이 뒤죽박죽이었으나, 결국 자랑하고 싶은 마음이 이겼다.

"젊은 사람이라 좀 걱정스럽긴 했는데 그림 제대로 볼 줄 아시네. 비싼 고서화가 그렇게 많다니 정말 대단해."

성길이 갑자기 끼어들어 은근한 목소리를 내기 시작했다. 이완은 소태 씹은 얼굴로 대답했다.

"……과찬이십니다. 소문만 크게 났지 사실 소장품 목록은 비루하기 짝이 없습니다."

"에이, 그게 무슨 말이야. 려 갤러리 박 실장이 그림 제대로 잘 보고 그림값 후려치지 않고 신사적으로 거래한다고 칭찬이 얼마나 자자한데. 인사동이든 황학동이든 다 좁쌀영감이라 어떻게든 속여서 한 푼이라도 깎으려고 더러운 짓들을 하지. 간송 선생 같은 호기는 턱도 없고, 유물을 아끼는 마음도 없고, 살 돈도 없이 찔러 보려니까 그런 짓들이지. 하지만 여기 주인은 귀한 고서화를 제대로 대우해 준다는 소문이 파다해. 내가 박 실장 본 건 오늘이 처음이지만 나이도 젊은데 참 대단하다 생각했어."

번들번들 빛나는 눈, 갑자기 은근하게 잦아든 목소리. 그렇게 욕을 하고 깎아내리다가 바로 띄워 대면서도 그것을 부끄러워할 줄도 몰랐다. 무슨 목적인지 바로 짐작한 세 사람은 불쾌한 기분으로 말을 삼켰다. 아니나 다를까.

"사실 내가 그동안 박 실장을 만나 보려고 얼마나 애를 썼는지 몰라. 나한테 이것 말고도 정말 괜찮은 그림들, 국보급을 남겨 둔 게 몇 개 있어. 괜찮은 가격에 드리겠소. 지금 이 그림도 정말 좋은 가격에 넘겨주지."

국보급 좋아하시네. 또 어떤 허섭스레기를 들이대려고. 정국과 명석은 속으로 신랄하게 웃었다. 이완은 그림을 곁눈으로 일별하고 심드렁하게 물었다.

"일단, 이 세화의 가격대를 어느 정도로 생각하시는지요?"

"6억9천만, 그 정도면 정말 잘 쳐 주는 거야."

하, 하, 와하하하! 이완은 예의고 나발이고 집어치우고 크게 웃음을 터뜨렸다.

작년엔가 동경 옥션에서 강세황의 산수화가 나온 적이 있었다. 7천만 엔, 당시 환율로 한화 6억9천만 원 정도에 낙찰되어 한동안 화제가 된 적이 있었다. 크기도 상당했거니와 워낙 잘빠진 작품이고, 제자인 단원의 제문도 붙은 데다 보관 상태도 훌륭했다. 그래도 적정가로 예상했던 금액보다 훨씬 높게 낙찰되었다. 그 자리에 있던 몇몇 작전세력이 작정하고 덤터기를 씌운 결과였다.

어디 검색질 몇 번 해서는, 비교도 안 될 그림을 들이대고 날로 먹으려 드나. 이명석 사장이 끼어들었다.

"거 김 사장님, 진품 소리 듣고 기분 좋은 건 알겠지만 뻔뻔한 것도 분수가 있는 겁니다. 내 마누라를 걸고 말하는 건데, 그거 1/10로 불러도 요새 같은 불경기엔 팔릴까 말까야."

"당신은 끼어들지 마! 진짜 가짜 구별도 못 하는 놈이 뭐 잘났다고 끼어들어!"

"바가지도 먹힐 놈한테나 씌우는 거요. 그 값으로 들이대 봐야 욕이나 먹지. 나중에 우리 매장에나 한번 가져와 봐요."

"사기꾼 새끼한텐 안 팔아!"

성길은 양껏 소리를 지르다가, 이완의 찌푸린 이마를 보고 얼른 표정을 감춘다. 사람 참 비루하다. 이완은 속으로 진저리를 쳤다.

"박 실장, 실은 나한테 여자 초상화가 하나 있는데, 그게 물건이야."

"초상화요?"

"뭐, 모델이 있는 그림이면 초상화라고 해야 하겠지만 다들 '미인도'라고 부르지. 그게 정말 대박 작품이야."

"화가가 누굽니까?"

이완은 여전히 심드렁하게 물었다. 성길은 우물우물 대답했다.

"그, 그게…… 낙관이나 제문은 없어. 아 근데 말이지, 낙관이 중요한 건 아니잖나. 굉장히 유명하고 실력 있는 화가가 틀림없어. 신윤복, 김홍도는 어림도 없는 신필이야! 신품, 신필, 딱 보면 알아. 공재(恭齋) 초상화 따위하고는 비교도 되지 않는 그림이라고."

"아하."

"틀림없어. 같은 사람이 그렸다는 그림이 하나 더 있는데 같이 가져와 봄세. 유명한 화가가 이름을 숨기고 그린 게 틀림없어. 이름은 몰라도 그림만큼은 기가 막혀."

이완은 속으로 다시 코웃음을 쳤다. 화가도 모르는 그림을 부풀려 봤자.

국보로 지정된 공재 윤두서의 자화상은 점 하나 터럭 한 올까지 사실주의 기법에 따라 그렸으면서도 내면세계와 성품을 고스란히 드러내는 전신(傳神)초상화의 걸작이다. 작은 크기에도 불구하고 실물로 볼 때에만 느낄 수 있는 위압감이 어마어마하다. 갖다 붙일 게 따로 있지, 어디 단원, 혜원, 공재를 갖다 붙이나?

이완은 문득 주변의 분위기가 이상해진 것을 느끼고 눈썹을 찌푸렸다. 사방이 조용하다. 둘러보니 정국과 전농동 이 사장의 눈빛이 확 달라진 것이 보인다. 고개를 갸웃했다. 어진도 아니고 화가도 알려지지 않은 여자 초상화 한 점에 왜 이렇게 긴장을 할까?

이완은 문득 호기심이 일었다. 작가를 알 수 없다 했나? 물론 그림 자체가 훨씬 많은 것을 말할 때도 있다. 화가들은 낙관이나 제문 말고도 그림에 고유한 흔적을 남기는 법이니까. 누구는 물 흐르듯 시원시원 이어지는 호방한 붓선으로, 누구는 세심한 필선을 사용한 묘사로, 누구는 자신이 개발한 독특한 준법으로.

내 실력으로 그 화가를 짐작할 수 있을까?

어쩌면 호기심이 아니라 호승심일지도 모른다. 그가 생각에 잠기자, 명석이 무언가 할 말이 있는 것처럼 멈칫거리며 다가온다. 그 초상화에 대해서 무언가 알고 있는 게 틀림없다. 하지만 성길은 눈을 부라리며 손을 저었다. 제삼자는 끼어들지 말라는 것이다. 성길은 이완에게 바투 다가서서 속삭였다.

"사실 그 그림엔 비밀이 있어. 이 바닥에서 오래 묵은 사람 중엔 아는 사람이 몇몇 있어."

"무슨……?"

"그림의 분위기가 정말 오묘해. 어딘가 신비로운 분위기가 있어서 보면 볼수록 빨려 들어간다니까?"

모여 있는 사람들의 눈이 더욱 날카로워졌다. 이제는 최 과장까지 무언가 할 말이 있는 것처럼 입을 달싹인다.

신경이 곤두서기 시작했다. 뉴욕에서 활동하던 이완은 인사동의 해묵은 루머나 오래 떠돌아다닌 뜬소문에 취약한 편이었다. 대체 어떤 그림이기에? 성길의 입이 자신만만 비틀어진다.

"나중에 때가 되면, 그림 속 여자가 그림 밖으로 나와 훨훨 날아갈 거라는군. 왜 화룡점정이라고, 솔거인지 담징인지 용 다 그려 놓고 마지막으로 눈깔 그리니 그 용이 벽에서 나와 하늘을 날아갔다는 이야기 있잖나."

"중국 난징 안락사의 장승요 고사입니다. 그나저나 여자가 하늘로 날아간다면 그림의 주인이 손해 아니겠습니까?"

핏 웃으며 정정하는 이완에게 늙은 사내는 머쓱한 빛도 없이 킬킬거린다.

"거 젊은 사람이 순진해서는. 하늘로 날아가기 전에 잡아서 날개옷 벗기고 확 자빠뜨리면 게임 끝나는 거지. 방에 가둬 놓고 애 서넛만 까게 하면 상황 끝이야. 선녀와 나무꾼도 몰라?"

천박한 말에 이완은 눈썹을 확 찌푸렸다. 남자끼린데 뭐 어때. 거 참 젊은 사람이 점잖은 척하기는. 허허허. 눈치 빠른 사내가 얼른 말을 돌렸다.

"사실, 이건 정말 영업 비밀인데 박 실장에게만 말함세."

늙은 사내는 썩은 내가 나는 입을 들썩이며 빠르게 소곤거렸다.

"그림 속 여자는 올라가기 전에 그림 주인에게 소원을 하나 들어준다는 거야. 가끔 그림 밖으로 나와서 소원이 무어냐 묻는 걸 본 사람도 있었던 모양이야. 전설이 아니라 진짜로."

허 참. 이완은 이제 대놓고 실소했다. 소원? 소원이라고? 기가 막혀서. 아예 동화를 쓰시지. 알라딘의 레이디냐. 이런 말에 귀를 기울이고 있는 것이 한심하면서도 어쩐지 등으로 길게 뻗는 긴장감에 이완은 입술 끝을 틀어 올린 채 잠자코 귀를 기울였다.

"뭐, 하, 하여간 거짓말은 아니야. 어머니는 물려받은 이 그림을 다른 그림들 틈에 넣어서 평생 벽장에 처박아 놨지만 배냇귀머거리인 외할머니는 어렸을 때 그 여자를 직접 보았다는데……."

말을 끊은 늙은 사내가 입술을 벌리고 소리 없이 웃는다. 술과 담배에 절어 검게 삭은 앞니들이 모습을 드러낸다. 구역질이 나 시선을 옆으로 돌리는 순간, 바짝 긴장한 정국의 얼굴과 희게 질린 명석의 얼굴이 눈에 들어온다. 이가 검은 사내가 음산하게 웃었다.

"그 초상화 속 여자는 사람이 아니었다더군."

2
이별을 위한 백만 가지 이유

나, 그냥 죽게 두면 안 되나? 왜 이렇게 사람을 달달 볶나그래?
이봐, 밖에 아무도 없어? 도, 동벽이 이놈, 밖에 있어?

대답은 없었다. 목소리가 목구멍에 맺혀 나오지 못한 탓이다.

작은 방은 거칠고 느린 숨소리만 가득했다. 침대 가장자리로 쏟아
지는 햇빛을 한 가닥이나마 만지고 싶어 손을 드니 혈색이 사라진 손
가락이 검은 뱀처럼 축 늘어진다.

그는 머리를 괴고 있는 베개를 손가락으로 훑었다. 손에는 뭉텅이
로 빠진 머리카락이 시커멓게 엉켜 있었다. 지금 내 꼴이 어떨까. 뭐,
보나 마나 볼만하겠지. 뺨이 흉하게 쑥 들어가고, 눈두덩도 푹 꺼지
고 피부도 시커멓게 삭은, 절반쯤 시체처럼 보이는 영감이 눈을 게슴
츠레 뜨고 실실 웃고 있겠지.

다시 발작처럼 옆구리가 아팠다. 거기 누구 좀. 아무도 없어? 말이
나오는 대신 헛구역이 솟는다. 우웨엑, 우우. 더듬더듬하며 옆에 놓

인 단추를 눌렀다. 기다렸다는 듯, 미닫이문이 열리더니 풍채 좋은 백발 사내가 들어섰다.

"부르셨습니까, 아, 이런! 선생님! 교수님? 속이 많이 불편하십니까?"

단정한 정장 차림의 사내는 황급히 침대 곁으로 다가와 구토용 종이컵을 환자의 오른손에 쥐어 주었다. 곁에 놓인 기계의 그래프를 일별하고, 왼쪽 팔에 주렁주렁 꽂혀 있는 여러 개의 링거와 환자의 안색도 살펴보았다. 종이컵에 대고 한참 헛구역질을 한 환자가 헐떡이며 뒤로 물러앉았다.

"야야, 또, 똥벽아, 이놈아, 나 부탁, 나 좀 편히 죽게 해 줘. 이러다 정말 죽겠어. 나 좀 살려 주는 셈 치고."

"저런, 그렇게 말씀하시면 의사선생님도 헷갈리시겠어요."

치맛단이 긴 생활한복을 입은 여자가 들어서며 대답했다. 여자는 남편과 달리 몸매가 호리호리했고, 움직임 하나하나가 깃털처럼 가벼웠다.

"수술 경과가 그렇게 좋지는 않대요. 게다가 체력이 생각보다 좋지 않아서 약을 다 못 쓸 것 같다고 하네요. 여덟 번 남았는데."

여자는 그런 약한 소리 하지 마세요, 꼭 나으실 거예요, 하는 판에 박힌 말 대신 의사에게 들은 비관적인 결과를 담담하게 전해 주었다. 환자는 시커멓게 질린 얼굴로 고개를 저었다.

"여덟…… 번은 개뿔, 야야! 하, 한 번만 더 했다가는 바로 황천행이야. 고대 죽고 말걸. 응."

"그러시면, 치료보다는 진통 쪽으로만 주력하게 해 달라고 말씀드릴까요?"

"여보, 그걸 말이라고."

옆에 서 있던 사내가 무거운 목소리로 아내를 나무랐다. 하지만 환자는 여자의 말에 솔깃했는지 손을 저어 여자의 말을 재촉했다.

"지금 미국에서 개발 중인 신약 중에서 획기적인 진통 효과가 있는 게 클리니컬 트라이얼 사이트에 올라왔대요. 3차 임상 대상 신청을 지금 받고 있는데, 윤이 말로는 진통 효과가 정말 뛰어난 건 사실이고 중독성이나 습관성 같은 부작용도 적은 편이라고 했어요."

"그건 우리가 정할 일이 아니잖아. 선생님, 지금이라도 집에 연락을 드릴까요?"

"응. 우리가 정하는 게 아니고, 가족이 정하는 것도 아니고, 본인이 정하는 거 맞지. 그래서 지금 여쭤 보고 있는 거고."

여자는 담담하게 미소를 지으며 침대 옆의 의자에 앉았다.

환자는 한참 동안 대답하지 않았다. 손가락을 꾸물거리며 햇살을 더듬자, 여자가 환자의 푸석푸석한 머리카락을 가만히 쓸어 올려 주었다. 환자는 눈을 감은 채 바람 빠지는 소리를 내며 웃었다.

"선생님."

"웬일이냐? 네가 나한테 선생님 소릴 다 하고."

노인은 헹헹 웃었고, 여자는 밝은 목소리로 따라 웃었다.

"선생님."

"응."

"……선생님."

"왜……."

여자는 가늘게 떨리는 환자의 시커먼 손을 두 손으로 잡고는 볕에 바싹 말린 햇솜 같은 음성으로 다시 물었다.

"그래, 많이 좋으셨어요?"

환자의 시커먼 손이 가늘게 떨렸다. 뒤에 서 있는 백발 사내는 손을 앞으로 모으고 말없이 스승의 대답을 기다렸다. 시커멓게 혈색이 죽어 가는 얼굴에 짓궂은 웃음이 떠올랐다.

"……고약한 것."

선생은 묻는 말에는 대답하지 않았다. 육십갑자를 한 순배 돌고, 열두 간지를 덤에 덤으로 더 붙여 돌았다 해서 어찌 남은 날이 아깝지 않으랴. 마음대로 한세상 원 없이 살았다 생각했지만 미진하게 남겨 두고 가는 일은 여전히 남아 있었다. 그 마음을 읽기라도 했는지 여자가 가만히 웃는다.

"아직 남겨 둔 일이 있으세요?"

"저 고약한 심보 봐라. 왜 훌훌 털고 가려는 사람한테 자꾸 미련을 갖게 하누."

아아, 정말이지 여자들이란 사내들을 이승에 잡아매 두는 사악한 종자들이야.

"내 제자들은 늘 고생만 바가지로 하지. 심전이 소림이 놈도 모자라서 동벽이 자네까지. 선생질, 교수질 조금 했답시고 가르친 것도 없이 오만 뒷감당만 다 시키고."

"고생이라뇨, 당치 않습니다."

"어휴 세상에, 그걸 이제 아셨어요? 너무하셨네! 그러면 지금이라도 회개하시고 반성문이라도 좀 쓰세요! 적어도 백 장쯤 써서 인쇄해서 제자들한테 뿌리셔야 할 거예요! 제가 우편배달이라도 할까요?"

상반된 부부의 반응에 환자는 킬킬대며 사내에게 말했다.

"야야 됐다. 동벽이 너, 속에 없는 말 할 것 없어. 지금까지 자네를 평생 들볶고 마누라까지 줄창 고생시켰는데 뭘. 반성문 써도 싸지."

"선생님, 그런 말씀 마십시오. 당연히 해야 할 일을 한 것뿐입니다. 필요한 게 있으면 말씀만 하세요. 제가 할 수 있는 일이라면 뭐든지……."

"좋아, 이거 분명 네 입으로 해 주겠다 말한 거다? 그럼 마지막으로 가는 길에 부탁 하나만 더……."

사내가 눈썹을 찌푸리며 토를 단다.

"선생님, 마지막이라는 말씀 마십시오. 제발 포기하지 마시고."

"시끄러워. 듣기나 해."

환자는 말을 끊고 심하게 헛구역질을 했다. 한참 웩웩대도 먹은 것이 없으니 종이컵으로 떨어지는 것도 거의 없었다. 사내는 스승의 목소리를 정확히 듣기 위해 고개를 수그렸다. 달싹거리는 환자의 입에서 썩은 내가 확확 밀려왔지만 그는 까딱도 하지 않았다.

"없어진 그림을 찾아오고 싶어."

"무슨 그림 말씀이십니까?"

"……미인도."

잠시 정적이 흘렀다. 여자가 웃음기를 지운 얼굴로 물었다.

"첫 번째 마나님이 없앤 그 그림요? 그림에 귀신 지폈다고 태워 버렸다고 말씀드렸잖아요."

"시끄러, 안 태운 거 다 알아. 네놈들이 안 태운 걸 알고 있는 것도 다 알아."

아 정말, 눈치도 빠르시지. 노부인은 한숨을 쉬며 손을 들었다.

"……작정하고 없앴다 태웠다 잡아떼는 그림 찾아오기가 쉬운 줄 아세요?"

"귀찮게 해서 미안하구만. 그런데 그 그림만은 아무래도 가져가야겠어. 세상에 남겨 두고 갈 물건이 아니거든."

"관 속에 같이 넣어 달라는 말씀이세요?"

"응."

"정말, 스타일 구기게 이렇게 집착하실 거예요?"

아내의 농담에 동벽의 찌푸린 이마에 주름이 더욱 굵어진다. 하지만 환자는 여자의 가벼운 농담이 유쾌한지 헐떡이면서도 홀홀 웃었다.

"그러게 말이야. 내 손에 있을 때 내 손으로 진작 끝을 냈어야 했는데……."

환자의 얼굴에서 웃음기가 천천히 사라진다. 그 그림은 이제 누구의 손에도 넘기지 않아. 형상 한 자락이라도, 그곳에 담긴 영혼 한 가닥이라도 남겨 두지 않을 것이다. 그림 속 여자는 나의 평생을 오롯이 지배했고, 영원의 시간까지 함께하게 될 것이다.

"정말 시황제처럼 나쁜 남자라니까요. 나쁜 주제에 욕심까지 과해요."

"욕심이 과해서 나쁜 남자가 된 거야."

"알았어요, 알았어. 찾아볼 테니까 저승에서 호러 영화를 찍으시든 미저리를 찍으시든 마음대로 하세요."

환자는 입술을 찌그러뜨리고 헐걱헐걱하는 소리를 냈다. 여자는 환자가 있는 힘껏 웃고 있는 것을 알았다. 잠자코 뒤에 서 있던 사내가 마땅찮은 얼굴로 나섰다.

"이런 말씀 드리는 게 부질없는 건 압니다만……."

"부질없는 거 알면 말하지 마. 다음에는 내 부탁을 들어주고 싶어도 못 들어줄 테니 기회 있을 때 들어주는 게 좋잖아. 응? 응?"

환자는 짓궂게 눈을 찡긋했다. 동벽은 그 말에 잠자코 고개를 수그렸다.

"꼭 찾아올 테니까, 제발 포기하지 마시고 기다려 주십시오."

"허허허. 또 나 때문에 돈을 퍼 들이겠구만. 그냥 내 제자가 된 팔자려니 해."

"비용이 문제가 아니고, 찾아오는 데에 시간이 꽤 걸릴지도 모릅니다."

"걱정 마. 내가 성질은 더러워도 끈덕지게 기다리는 건 이골이 났어."

"……."

"내, 자네들 덕분에 그동안 많이 즐거웠어. 어떻게든 신세를 갚음세. 저승에서라도. 고마우이."

두 사람은 더 이상 대답하지 않았다. 동벽의 울대뼈가 아래위로 크게 꿈틀거렸다.

여자는 사뿐사뿐 뒷걸음으로 물러나 병실 문을 가만히 닫았다. 사사사삭, 움직일 때마다 가볍게 비단이 스치는 소리만 났다. 여자는 뒤를 돌아 남편을 보더니 픽 웃었다.

"하여간 선생이란 사람은 끝까지 제자를 못 잡아먹어 안달이지. 당신은 선생님 일이라면 호구처럼 번번이 덤터기만 쓰고."

"무슨 말이지? 해 주겠다 한 건 당신 아닌가?"

"이 아저씨 말하는 거 봐요? 당신이 먼저 할 수 있는 일을 다 한다고 생색을 내 놓으니 별수 있나? 그런 부탁은 딱 잘라서 거절하기로 약속까지 해 두고서."

"그럼 지금이라도 거절할까?"

동벽은 여상하게 물었다. 여자는 피시시 고소(苦笑)했다.

"답을 다 정해 놓고 그렇게 물어보는 건 좀 비겁한데?"

"……음."

"그나저나 지금 미인도를 누가 갖고 있으려나? 김성길 사장이 갖고 있을까? 그 그림이 숭례문만큼이나 비싼 거라고 헛소릴 하고 다녔다면서?"

동벽은 마땅찮은 듯 한숨을 쉬었다.

"지금 김 사장이 갖고 있는 건 맞아. 하지만 그놈의 사채 때문에 오늘 아침나절부터 미인도 싸 들고 안락재로 갔어."

"확실해?"

"확실해."

"그럼 미인도가 안락재에 팔리면 우리도 그 뭣 같은 결벽증 환자를 보러 가야 하는 건가? 대체 몇 년 만이야?"

"잘생겨서 좋다고 앞에서 호호거리더니, 뒤에선 뭣 같은 결벽증 환자?"

남편의 퉁명스러운 대답에 아내 역시 시큰둥하게 대답했다.

"잘생긴 건 잘생긴 거고, 결벽증은 결벽증이지. 지금 갤러리 려에 드나드는 사람 중에 그거 모르는 사람도 있어?"

"됐어. 하여튼, 쥐뿔도 없는 어린놈이 잘난 척하는 꼴 보기 싫으니 당신이나 다녀와요."

"괜히 또 튕긴다. 그렇게 안 튕기면 입에서 가시가 막 돋치지? 마누라가 혼자 갔다가 초상화 귀신한테 잡혀가면 어쩌려고?"

"어쩌긴. 뒤에서 만세를 부르지."

백발 사내가 눈을 반쯤 감고 코로 대답한다. 여자의 맑은 웃음소리가 조용한 복도에서 잔잔하게 흩어졌다. 여자는 병실을 돌아보며 말했다.

"당분간 뉴욕에는 못 가겠네. 애들이 걱정할 텐데."

"시커먼 사내놈들인데 걱정도 팔자지. 그림 찾아올 일이나 신경 씁시다."

"안락재에 선 대는 건 조카한테 부탁해 둘 테니 너무 신경 쓰지 마. 잘 될 거니까."

동벽은 고개를 끄덕인 후, 창턱에 팔꿈치를 대고 시선을 돌렸다. 그의 시선 끝에서는 멀찍이 보이는 한옥의 검은 현판에 적힌 안락재, 라는 글자가 햇빛을 받아 하얗게 반짝거렸다.

❖　　❖　　❖

— 초상화 이야기는 은사님께 들은 적이 있어요. 아마 이 바닥에서 나이 드신 분 중 '김성길 사장이 소장한 작자 미상의 미인도'라고 하면 아는 분들이 좀 계실 겁니다. 저도 실물은 보지 못했습니다만.

수화기 너머로 흘러나오는 정국의 목소리에는 근심이 섞여 있었다. 이완은 말없이 기다렸다. 어쩐지, 무언가 말하고 싶은 게 있는 눈치더라 했다.

— 우스운 이야기지만, 소원을 들어준다는 전설이 있는 것도 사실이에요. 그래서 작가 미상인데도 그런 걸 믿는 호사가들이 예전에 비싼 가격에 거래를 하기도 했던 것 같아요. 화가가 누군지, 어느 시기의 그림인지도 모릅니다. 그 그림을 지금껏 소장했던 사람 중에서 전문 감정가가 없었던 것 같아요.

"그렇군요."

— 하여튼, 그 그림은 몇 번 다른 사람에게 팔렸다가 지금은 원주인이었던 김성길 사장에게 돌아간 상태고, 그걸 찾는 사람이 심심찮게 있다는 걸 알고 상투값으로 팔려고 그동안 꽁꽁 감춰 두고 있었던 거예요. 지금도 맘만 먹으면 얼마든지 팔 수 있을 텐데 김성길 사장이 값을 지나치게 불러서 번번이 판이 깨지고 있죠.

이완은 눈썹을 찡그리고 수화기를 손에 든 채 한 손으로 탁자를 툭툭 두드렸다. 무언가 느낌이 이상하다.

"최 과장님, 무슨…… 하기 어려운 말씀이 있으십니까?"

정국은 한참 망설이다가 결국 길게 한숨을 쉬었다.

— 은사님께 그림에 대한 이야기를 들은 적이 있어요. 젊었을 때그 그림을 보셨다더군요. 아까 김 사장이 신비로운 기운이라고 말하기는 했는데, 저도 그런 걸 딱히 믿는 사람은 아니지만.

"······."

— 그림에 신기(神氣)가 서려 있답니다. 귀기라 하나? 하여간 뭔가 이상한 게 끼어 있다는 말이 있어요. 그래서 그런지, 여의도와 줄이 닿아 있는 유명한 무속인 두엇도 그 그림을 구하려고 입질을 넣기도 했고, 실제 국회의원이나 이름 들으면 알 만한 기업가가 그 그림을 구입했던 적도 있었어요.

허? 이건 또 무슨 말인가.

이완은 귀신이니 유령이니 폴터가이스트니 하는 말을 단 한 번도 믿어 본 적이 없었다. 있다 하더라도 물리학의 법칙대로 운용되는 세계에 하등 영향을 미치지 못하는 존재에 대해선 신경 쓸 가치도 없다고 생각했다. 그래서 정국 정도 되는 사람이 이런 말을 진지하게 하고 있으니 당황스러웠다.

"신기요? 그림 모델이 사람이 아니었다는 말 때문에 퍼진 소문 같은데요. 설마 최 과장님 정도 되시는 분이 그런 말을 정말 믿는 건 아니시겠죠. 그림에 사연이나 분위기를 넣으면 가격이 올라가니까 지어낸 이야기 아닐까요?"

오래된 유물에 놀랍고 애틋한 뒷이야기가 숨어 있을 경우 경매에서 가격이 폭등하는 일이 비일비재하다. 그래서 유물의 주인이나 경매사들은 유물에 얽힌 이야기들을 알아내기 위해 애를 쓰기도 한다.

— 그런 거라면 교수님이 모르셨을 리가 없죠. 그런데 교수님 말씀으로는 그것을 오래 들여다보고 있으면 이상한 느낌이 든다고 하셨어요.

정국이 말하는 은사는 이완도 잘 알고 있었다. 이완의 모교에서 교편을 잡고 있는 한승헌 교수였다. 이완 역시 그에게 한국 회화사 강의를 듣기도 했었다. 그는 성미가 꼬장꼬장하긴 했지만 꼿꼿하고 강단이 있는 노학자로, 싸구려 잡지 따위에서나 나올 말에 귀가 팔랑거릴 만한 사람은 아니었다.

— 문제는 한 교수님만 그러셨던 게 아니라는 거죠. 한 교수님 친구분 중에 한국화가 한 분이 계신데, 그 그림의 전 소유주 중 한 명이었어요. 박철웅 화백이라고, 예전에 저희 학교에서 한국화 교수로 잠시 재직하기도 하셨었어요. 아마 실장님도 아실 겁니다.

"예, 이름은 알고 있습니다."

— 그분 같은 경우는 증세가 훨씬 심각했다고 들었어요. 잘 때 헛것을 보고, 환청을 듣고 가위에 눌리기도 하고. 오죽하면 아내 되시는 분이 소금에, 부적에, 무당을 불러서 굿까지 했겠습니까. 결국 아내분이 박 화백을 정신병원에 입원시킨 다음에 김 사장에게 다시 헐값에 팔았다지요. 남편한테는 그림을 태워 버렸다고 거짓말을 했는데, 결국 그 일로 이혼까지 하게 됐다더군요. 그 후로 박 화백은 지독한 슬럼프에 빠져서 작품 하나 제대로 못 내고 주정뱅이 폐인이 되었고요. 오래전 이야기라 저도 알음알음 듣기만 한 겁니다만 아마 틀림없을 겁니다.

이완은 이 어이없는 이야기를 계속 듣고 있어야 하나 고민했다. 하지만 정국은 진지했다.

— 그런데 문제는 다음 주인도 마찬가지였다는 겁니다. 심호식이라는 국회의원도 그림의 주인이었는데, 오래전 여의도에서도 떠들썩했던 섹스 스캔들 아실지 모르겠습니다. 술집 여자를 라이벌 후보에게 몰래 보냈다가 여자가 상대 의원에게 붙는 바람에 똥물 뒤집어쓰고 쇠고랑 차고 폐인이 됐죠.

"……."

— 어떤 주식회사 회장은 고미술품이 돈이 된다는 말만 믿고 공격적으로 투자하면서 그 미인도도 사들이게 됐는데 산 지 1년도 되지 않아 IMF로 파산해서 자살했어요. 생각해 보면 김성길 사장도 정상

적으로 살고 있는 건 아니죠. 그 유명한 호프 다이아몬드가 왜 스미스소니언에 기증될 수밖에 없었는지 박 실장도 생각해 보세요.

주인들을 미치거나 비명횡사하게 만드는 것으로 유명했던 푸른색 다이아몬드 '호프'는 스미스소니언에서도 꽤 유명한 전시 품목이었다. 물론 그 다이아몬드에 얽힌 전설은 절반 이상 보석상 카르티에가 만들어 낸 것이지만 굳어진 전설은 진실 이상의 힘을 가지고 있다. 이완은 무어라 말해야 할지 알 수 없었다.

"소원을 이루어 준다는 말에 혹해서 구매했을 텐데, 소원을 이룬 사람은 없었던 모양이군요."

— 그게, 김성길 사장이 제대로 말을 안 한 거지요. 못된 인간 같으니. 아마 거래가 완료되고 돈을 다 받고서야 얘기해 줄 테지만.

수화기 너머에서 혀를 차는 소리가 들렸다.

— 김 사장이 화룡점정이라는 이야기 얼결에 했었죠? 그림이 덜 된 부분이 있대요. 소원을 이루려면 마무리가 덜 된 부분을 완성해야 한답니다. 그런 중요한 이야기를 돈 다 받고서 하니 욕을 안 먹습니까? 하지만 생각해 봐요. 고서화를 완성하라는 게, 화제 몇 줄 덧붙이는 거하고는 차원이 다르지 않습니까.

"그렇겠죠. 일단 실력도 있어야 할 거고, 무엇보다 누가 감히……."

— 그렇죠. 감히 그릴 수 없는 거죠. 그게 김성길 사장 손에서 나와서 제대로 된 교수나 감정 전문가나 박물관에 들어가면 어떤 화원의 그림인지 자세한 연구가 들어갈 텐데, 그 화원이 단원이나 혜원같이 유명한 사람이라 밝혀지면 어떡합니까? 그럴 가능성이 없는 것도 아니랍니다. 대가의 작품이라는 느낌이 난대요. 그런 그림에 섣불리 손을 대면 더 이상 고미술품으로서의 가치가 없어지는데, 소원을 들어줄 거라는 허무맹랑한 말만 믿고 그림에 손을 댈 사람이 누가 있겠어요. 김성길 사장이 욕을 진탕 먹는 건 다 이유가 있어요.

이완은 고개를 끄덕였다.

그림에 호기심과 호승심이 일기는 했으나 소원을 이루어 준다는 엉터리 전설에는 흥미가 없었고, 뒤통수를 맞으며 거래를 할 생각은 더더욱 없었다.

그는 정국에게 미리 알려 주어 고맙다고 정중하게 인사했다. 어쩌면 최정국 이 사람도 빚을 남겨 두고는 못 사는, 나름 선량한 사람일지도 모르겠다. 뭘 그런 걸 가지고, 하며 웃던 사내가 지나가는 말로 묻는다.

— 아, 그리고 혹시, 예전에 매장에서 일하던 키 큰 여직원, 아직도 일하고 있습니까?

"윤민호 씨 말씀하시는 겁니까? 아닙니다. 그만둔 지 반년도 훨씬 넘었는데, 갑자기 그건 왜 물으십니까?"

— 아, 아닙니다. 괜한 걸 물었군요. 안락재에서 뵙지요.

이건 또 뭐지. 이완은 뚜뚜뚜 소리만 나는 전화기를 들고 눈썹을 찌푸렸다. 순간 다시 전화기가 울렸다.

이완은 액정화면에 뜬 발신자를 확인하고 눈썹을 찌푸렸다. 김성길이 초상화에 대해 떠들 때 내내 긴장한 빛을 감추지 못했던 전농동 '갑골'의 사장, 이명석이었다.

❀ ❀ ❀

"어, 진희 왔구나. 역시 재량 휴업일이 좋긴 좋네."

400년 묵은 도깨비 소굴이 아닌, 날아갈 듯 높직한 솟을대문 안에서 민호가 나타났다. 자다가 일어났는지 부스스한 머리가 귀신 산발이 따로 없었다. 진희는 거울을 내밀며 짐짓 진지하게 말했다.

"그대 두발의 방향성이 참으로 강건하고 자유분방하네."

멀뚱멀뚱 거울을 쳐다본 시각 테러범은 우와, 도깨비 분수다! 하며 커다랗게 웃어 댔다. 그러고는 얼른 머리를 정돈하는 대신 머리를 여러 방향으로 흔들어 갖가지 모양의 도깨비 분수를 만들어 본다. 그사이 진희는 사방을 휘둘러보며 눈을 동그랗게 떴다.

"뭐야, 민호야. 창고에서 세 산다더니, 이거 우리가 살던 집 맞아?"

상전벽해 부럽잖을 변화였다. 귀신이 나올 것 같던 시골집은 어디로 사라졌을까. 새하얗게 자갈이 깔린 마당과 주변으로 깔린 잔디, 그리고 대문을 정면으로 마주하고 있는 큰사랑채와 동향으로 놓인 작은사랑채는 한눈에 보아도 중후하면서도 깔끔하다.

지붕 아래 걸린 검은 편액에는 매끄러운 해서체로 '安樂齋'라 씌어 있었다. 평지풍파 태풍의 눈 윤민호가 사는 집의 택호가 무려 '안락재' 씩이나. 작명 센스를 보아하니 집주인이 인간 윤민호에 대해 뭔가를 모르고 있는 모양이다.

"창고 용도로 지은 건 맞아. 그렇지만 굉장한 창고야! 나도 첨 와 보고 눈깔이 홀랑 튀어나오는 줄 알았다니까! 내 돈은 아니지만, 역시 지랄 중엔 돈 지랄이 최고지, 응!"

민호의 대답에 진희는 맑은 목소리로 웃어 주었다. 발밑에서 자그락자그락 하얀 자갈이 밟히는 소리가 경쾌하게 들렸다.

"여기 집주인, 골동품 장사를 한댔나?"

"응. 그것도 그냥 골동품이 아니고 존나 비싼 골동품. 여기 보관하는 물건이 3,500개가 넘는대. 그래서 보안이 말도 못 해."

"그 정도면 박물관이네. 개방 안 하고 박아 두기만 하면 아까울 텐데. 간송에선 일 년에 두 번이나마 개방을 하잖아."

"감송인지 밤송인지 몰라도 유물에 바람이 타면 값이 떨어지신단다. 바람막이를 잘 해 놓고 전시하면 될 텐데. 하여간 오블레주 노블

레주인지 홍익 감인지는 못 되는 인간이라니까.”

‘고유물은 사람들에게 많이 노출될수록 좋은 값을 받기 어렵다’
는 말을 문자 그대로 받아들인 민호는 서른한 살답지 않게 여전히
순진하고 우스웠다. 민호는 열네 살 이후로 영 나이를 먹지 않는 것
같았는데, 남들은 그런 모습을 비웃기도 했지만 진희는 그것이 좋았
다.

항렬상으로 진희는 민호의 첫 조카였지만 나이는 동갑에 생일은
진희가 더 빨랐던지라, 유치원을 같이 다닐 때부터 항렬의 위엄, 높
임말 따위는 진작 팔아 치우고 말았다. 초등학생 때는 화장실까지 같
이 다니던 소문난 단짝으로, 좀 더 정확히 말하자면 야무지기로 소문
난 진희가 민호를 친언니처럼 이것저것 챙겨 주는 형세였다.

“진희야, 오늘 명절 전야제는 내가 완전 쏜다. 나한테 빅 뉴스가
있어.”

민호가 갑자기 몸을 죄죄 꼬며 웃기 시작했다.

“이번엔 또 뭐야? 굿 뉴스야?”

“당근 굿 뉴스, 빅굿? 굿빅 뉴스! 조금 이따가 애들 모이면 얘기해
줄게! 으하하하!”

씩씩한 웃음소리가 터졌다.

민호는 작고 사소한 일에서 큰 기쁨을 누리는 재주가 있었다. 슈
퍼에서 이벤트할 때 선착순 100명에 100번으로 들어서 너구리 20마
리 한 상자를 받았다거나, 가을 옷을 꺼내 정리했는데 주머니에서 꼬
깃꼬깃한 만 원짜리가 나왔다거나, 유치원을 옮겼는데 연봉이 자그
마치 50만 원이 올랐다거나 하는 일을 로또 당첨된 것만큼이나 기뻐
했다. 그 정도만으로도 행복하다면 윤민호의 세상은 행복으로 가득
차 있는지도 모른다.

“좋아. 그럼 취조는 밤으로 미뤄 주지.”

으히해해하하히히히히. 기다렸다는 듯 웃음소리가 더욱 요상해졌다. 진희는 고개를 옆으로 돌리고 따라 웃고 말았다.

'얘얘 진희야, 오늘 너 민호 고모 만나러 간다며.'

진희를 둘러싸고 있는 엄마, 아버지, 명절 준비를 위해 줄줄이 모인 숙부, 숙모, 사촌 동생들이 눈을 반짝반짝 빛냈다.

'가서, 대체 아가씨가 어떤 남자랑 만나고 있는지 확실하게 알아와.'

진희는 이미 중차대한 임무를 부여받은 상태였다. 그것도 명절 전야제라니, 허당 윤민호를 샅샅이 까발려 놓기에 좋은 기회였다.

여자들의 명절 전야제. 그것은 조만간 윤씨 집안 처자들에게 닥칠 막노동판 전투를 대비하여 미리 '영양보충'과 '뒷담 까기'를 통해 전의를 다지는 조촐한 의식이었다. 남자들은 절대, 절대 끼어들지 못하는 이 금남의식은 윤민호와 윤진희를 주축으로 하여, 근 20년 이상 꾸준히 유지되어 나름 새로운 전통이 되어 가고 있었다.

'종가의 의무노역'에 일찍부터 찌든 두 처자는 초등학생 때부터 이미 크림빵과 쿨피스를 사다 놓고 '나름 전야제'를 거행하기 시작했다. 나이가 스무고개를 넘으면서부터 음료가 바뀌었고, 아르바이트를 시작하면서부터 메인 메뉴도 바뀌게 되었다. 맑고 청순한 이슬, 풍부한 탄산을 자랑하는 보리 음료, 순백의 라이스 와인 따위로 뇌를 적당히 마비시킨 후, 돼지족발이나 화끈 닭발 따위로 단백질과 콜라겐, 젤라틴을 확보해 근육과 관절에 기름칠을 미리미리 해 두고, 적정량의 캡사이신도 축적해 전투력을 상승시키는 것이 전야제의 주목표였다. 밤이 깊어 가면 윤씨 일가 남성형 나무늘보, 판다맨, 남자 지렁이 및 마룻바닥에 붙어사는 수컷 껌들을 자근자근 안주로 씹으며 전의를 활활 불태우곤 했다.

근처에 사는 진희와 민호의 배꼽 친구—삼거리 빨간 지붕 집 일곱 딸도 주 멤버였고, 친척 여동생이나 비슷한 나이의 조카들이 몰려들기도 했다. 선정이 같은 민호의 친구들이나 유치원 동료들이 재미있어 보인다며 꼽사리를 붙을 때도 있었다.

그렇게 화끈하게 밤을 달린 처자들은 다음 날 아침 징징 울리는 머리를 감싸 안고 민호가 끓인 황태콩나물해장국으로 전야제의 대장정을 마무리하게 된다.

그리고 그날 저녁, 전야제의 주축인 윤씨 집안 두 처자는 트레이닝복, 앞치마, 비닐장갑의 무장 전투복 차림으로 진희네 집 부엌에서 비장한 얼굴로 조우하는 것이다.

하지만 오늘 전야제는 콘셉트가 다르다. 바야흐로 이 모임의 기둥이자 천년의 모태 솔로를 갓 탈출한 윤민호의 청문회가 될 것이다.

'세상 남자 복이라곤 없을 것 같던 허당 시누이한테 드디어 남자가 생긴 것 같다!'

어리바리 멀대 교포에게 팔아 치운 시골 도깨비 집에 민호가 세를 살게 된 것을 계기로, '윤민호 어쩌면 득남(?) 소식'이 친척들 사이에 빛의 속도로 퍼졌다.

'대체 어떤 남자냐.'

학벌 좋은 골동품 장수라는 것과 올해 갓 서른, 꽃띠 사나이라는 것 말고는 정보가 전무했다. 대충 받은 명함을 홀라당 잃어버린 어르신들 탓이었다. 촐랑촐랑 가벼운 발과 달리 입이 무거운 민호 역시 미지의 사나이에 대한 정보를 아무에게도 발설하지 않았다.

어디 뭐 한 가지 모자란 사나이가 아니고서야, 라는 전제로 친척들 사이에선 미지의 사나이에 대한 추측이 난무했다. 당사자가 미남을 그렇게 밝힘에도 불구하고 한동안 대한민국 대표 골룸설, 난쟁이 똥자루설, 빛나리 청춘의 대머리설 등이 대세를 차지했다.

그러다가 병문안을 다녀왔던 몇몇 증인들에 의해 '물광 나게 잘생겼다' 라는 믿을 수 없는 정보가 흘러나온 후부터 백년 백수설, 만년 마마보이설, 히드라 아이큐설, 혹시나 파산설, 어쩌면 유부남설, 까 보기 전엔 모르는 고자설 혹은 전광석화 조루설 등이 판을 치기 시작했다.

진희가 제대로 된 정보를 수집해 보고하지 않으면 훨씬 지독한 악성루머가 기정사실인 양 돌아다니게 될 것이고, 민호는 환갑이 될 때까지 악성루머를 해명하느라 진땀을 빼야 할 것이다.

과연 어떤 사람일까? 진희는 싱긋 웃으며 민호를 따라 안채로 들어섰다.

아무래도 뭔가 이상해.

진희는 주변을 빙 둘러보며 눈을 가늘게 떴다. 옆에서 입이 째져라 웃으며 겅중겅중 안내를 하는 민호를 보면서도, 진희는 전혀 웃을 마음이 들지 않았다.

본래 한옥에선 안채의 후원이 가장 볼만한 곳이라지만 이건 '볼만한' 수준이 아니다. 경복궁 자경전 후원이나 창덕궁 후원이 부럽잖을 정도로 기가 막히게 꾸며 놓았다.

높직한 담장에 새겨진 화조화 부조가 한눈에 들어오고, 사방을 울처럼 두르고 있는 어린 적송과 다섯 색 구름처럼 피어 있는 가을꽃이 화사하게 어우러졌다. 괴석으로 주변을 두른 작은 샘과 그곳에서 흐르는 물로 뱅글뱅글 돌아가는 물레방아, 편안하게 깎은 나무 벤치와 괴목 밑동을 잘라 만든 탁자는 멋스러웠고, 좁은 오솔길 위에 설치된 정원등과 오솔길 끝에 자리 잡은 아담한 정자, 그리고 그 뒤를 두르고 있는 푸른 대나무밭은 한 폭의 그림처럼 우아하면서도 기품이 넘쳤다. 이어지는 담장 너머로는 가을빛이 곱게 들어 가는 천마산과 새파란 하늘이 맞닿아 있었다.

진희는 달각달각 소리를 내며 앙증맞게 돌아가는 모형 물레방아와 옆에 설치된 물레방앗간을 물끄러미 내려다보았다. 방앗간의 열린 문 안에서는 통, 통 소리를 내며 디딜방아가 빈 방아질을 하고 있었다. 정교하게 만들어진 수공예품이 분명했다.

　돈 지랄이라는 민호의 말이 아니라도, 안목 있는 사람이 그야말로 돈을 아끼지 않고 쏟아부어 꾸민 공간이라는 것이 훤히 보인다.

　"민호, 너 정말 여기서 세 들어 산다고? 월세 얼마씩 내는데? 혹시 월급을 다 월세로 쏟아붓는 거 아니니?"

　"어, 그, 그게 월세가 아니라, ……야야, 이건 다른 사람들한테 말하면 안 돼."

　계약의 내용을 들은 진희는 고개를 갸웃했다. 일을 도와준 보너스로 이곳을 무려 '공짜로', '공과금만 받고', '이 집을 소유하는 한 계속' 살게 해 주겠다? 이게 대체 무슨 뜻이지? 민호가 무슨 일을 도와주었는지는 모르겠지만, 보통 돈으로 보상을 하지 이런 번잡한 짓은 안 할 텐데?

　정말 민호를 좋아해서 그런 조건을 걸었다는 가정도 미심쩍긴 마찬가지였다.

　이 정도로 재력이 좋고 학벌이 좋다는 사람이 왜 민호를……?

　뭔가 이상해.

　진희는 민호를 좋아하긴 하지만 결혼 시장 혹은 소개팅 시장에서 민호의 점수가 바닥에 가깝다는 것은 인식하고 있었다.

　진희는 어릴 때부터, 운명적인 사랑이니 한눈에 반하는 사랑이니 하는 말을 믿지 않았다. 사랑이 영원하리라는 장담이나 신데렐라가 작은 발을 밝히는 왕자님과 영원히 행복하게 살았다는 말을 들으면 코웃음부터 나왔다.

　남자들이 사랑에 빠지면 물불 안 가린다는 건 헛소문이다. 요새 남자들이 얼마나 약았는데. 천칭이 조금이라도 기울어지면 귀신같이 알아차리는데 이건 조금 기울어진 정도가 아니잖아.

……가만있자. 아까 계약 조건이?

진희는 마지막 조건을 떠올리고 속으로 혀를 찼다.

그러면 그렇지. 이 럭셔리 셋집 계약의 가장 큰 허점은 집주인이 이 집을 팔아 버리는 순간 계약이 종료된다는 점이었다. 이 집은 진희의 아버지가 분명 헐값에 팔았고, 이 정도로 환골탈태를 시켰으면 본전을 훨씬 넘는 값으로 팔아 치울 수도 있다.

역시, 결혼을 전제로 사귀는 게 아니었나?

여자를 꾀어서 집이 팔릴 때까지 한동안 재미를 보다가 차 버릴 가능성도 있고, 혹은 지금 잘해 주는 건 거짓이 아니라도 몇 달 지나지 않아 싫증을 내고 걷어차는 습관성 바람둥이한테 걸린 것일 수도 있다. 슬프긴 하지만, 대책 없는 운명적 사랑설이나 소속성애 왕자설보다는 훨씬 현실적인 가정이었다. 여전히 아무 생각 없이 해맑은 민호가 턱, 어깨동무를 하며 묻는다.

"두나네선 몇이나 온대? 웬만한 학교 다 재량 휴업일이니 집에 다 들 있지?"

진희는 마석에 있는 중학교로 발령을 받은 후, 친구인 두나의 집에서 자취를 하고 있었다. 두나는 삼거리에 있는 빨간 지붕 집 일곱 딸 중 둘째로 진희뿐 아니라 민호와도 꽤 친한 편이었다.

"조금 이따가 일곱 명 다 올 거야. 미국에서 오랜만에 아재들이 온다고 좀 늦는대. 막내 이레가 완전 좋아해. 그렇게 잘생겼나."

"야, 친척 오빠 잘생긴 것만큼 쓸모없는 게 어딨냐. 연애를 할 수 있냐, 결혼을 할 수 있냐. 이레 그건 쪼그만 게 얼굴만 밝힌다니까. 야야, 확실히 얘기해 둬라. 아무리 잘생긴 오빠 달고 와도 남자는 다 쫓아낸다고."

민호는 자신이 얼굴 밝히는 것을 까맣게 잊어버리고 큰소리를 치다 덧붙였다.

"아, 참. 선정이도 저녁 전에 오겠대."

"선정이가? 웬일이래? 명절 전이면 남친이랑 부모님들 선물 고르러 다니느라 노상 바빴잖아."

"그러잖아도 오늘 점심때 경훈 씨네 엄마한테 인사하러 간다더라고. 아무래도 조만간 날 잡지 싶어."

"아하. 뭐 나이가 나이니까. 그나저나 남자 이름이 경훈 씨야? 주명 씨 아니었어? 주명 씨는 벌써 전 남친이 된 건가?"

"전 남친은 신예상인가 그랬는데? 주명 씨는 아마 전전전 남친일 걸? 야야, 근데 너 선정이 앞에서 그 이름들 입도 뻥긋하면 안 돼."

언제 또 바뀌었냐. 진희는 입을 내밀고 툴툴거렸다. 아무리 신경 써서 외워도 만날 때마다 남자 이름이 달라져서 헷갈려 죽겠다.

"한정식집에서 만나자 했다니 아마 배 터지게 먹고 올 거야. 그 집 어른들이 그렇게 자상하시다며. 경훈 씨도 선정이가 해 달란 대로 다 해 준다니 완전 쌍따봉이지 뭐야."

"드디어 콧대 높은 공주마마의 청첩을 받겠구나. 나이가 되니까 청첩장이 비처럼 쏟아지고 축의금은 통장에서 낙화유수처럼 흘러나가네."

"진희 너도 억울하면 세영 씨랑 결혼 빨리 해서 돌려받아! 너 그동안 뿌린 게 얼만데!"

"뿌린 돈 아까워서 인생을 걸고 도박을 해야겠냐?"

"이게 진짜! 거기서 도박 소리가 왜 나와? 그럼 세영 씨는 왜 사귀는데?"

남자와 사귀면 꼭 결혼해야 한다고 굳세게 믿는 순진한 처자를 보며 진희는 풀풀 웃고 말았다.

안채의 대청에 앉자 기다렸다는 듯 인터폰이 울렸다. 수화기 너머로 '민호야아아아!' 하는 부르짖음이 터졌다.

"어? 선정아? 이게 웬일이야?"

지금 서울 어드메에 있는 한정식집에서 떡 벌어진 12첩 수라상을 받고 있어야 할 아가씨가 왜 황금색 스카프를 휘날리며 뛰어 들어오고 있느냐? 민호는 벌떡 일어나 친구에게 달려갔다.

"어, 왜, 왜 그래 선정아? 야아아! 너 왜 울어! 김경훈 그 뱀통 같은 자식은 어디 가고 너 혼자야!"

민호가 화통 삶아 먹은 것처럼 소리를 지르자 선정은 빨갛게 부은 눈을 손수건으로 꼭꼭 누르며 더 크게 울었다.

보면 알조다. 이번에도 지뢰냐.

진희가 뒤에서 팔짱을 끼고 한숨을 쉬는 순간, 으어어어어! 본격 홍수가 터졌다. 선정은 바늘 끝 같은 하이힐 뒷굽으로 마당을 콱콱 찍어 대며 울부짖었다.

"내가 왜 저녁때 퇴근해서 시어머니 옷 가게 카운터를 봐 줘야 하는데! 믿을 사람 없는 게 나하고 무슨 상관인데? 시어머니가 그만큼 널 믿어 주니 고마워해야 한다는 생각은 대체 어떻게 하면 튀어나오는 건데? 그런 새끼를 믿고 살아야 해? 내가 유치원 선생이면 선생이지, 시누가 산후 우울증이라고, 조카 돌봐 줄 사람 생겨서 너무 좋다는 헛소리가 왜 튀어나와? 사람이 저만 알면 안 된다고? 그 주둥이가 달린 대가리엔 대체 뇌가 있는 거야 없는 거야?"

선정은 눈물을 줄줄 흘리면서 악을 썼다.

"내가 왜 아침을 그 집 가족들하고 매일 같이 먹어야 하는데? 누가 피곤하다고 밥 차려 달래? 집이 가까우면 그래야 해? 차라리 회사 근처에 집을 얻으면 둘 중 하나가 밥을 하면 되는 거지 어떻게 회사에서 한 시간 반 걸리는 자기 엄마네 집 옆에 방을 얻어 놓고 엄마 밥 얻어먹으러 갈 수 있어서 다행이란 생각을 해? 그렇게 엄마 음식 맛있어 죽겠으면, 그래서 마누라한테 엄마 손맛 얼른 배우라고 개소리할 거면 천년만년 엄마 옆에 들러붙어서 그 밥이나 처먹지 뭘 장가를 가겠다고 날치고 지랄이야! 그건 힘들겠다 한마디 했다고 내가 왜 게으르고 저만 아는 년이 되는 건데?"

"……."

"자기 아들 굶을까 봐 그렇게 걱정이면 아들이 혼자 밥하고 혼자 반찬 해서 처먹을 수 있게 가르치기나 할 것이지 나이 서른이 넘도록 밥 한 끼 못하게 키워 놓고 굶을까 봐 별 생쇼를 다 하고 지랄이야! 대체 결혼은 왜 시키는 거야! 그건 안 된다고 딱 막아 줘야 하는 새끼가 너 고생 안 시키려고 하는 거니까 엄마한테 고맙다고 하라고 씨불이면 대체 난 어떡하라는 거야? 그 병신 같은 새끼를 대체 어떻게 믿고 평생 살아야 하는데?"

입이 곱기 그지없던 공주님의 입에서 처음 들어 보는 욕설이 무지막지하게 튀어나온다.

"내가 비싼 가방을 들든지, 비싼 옷을 입든지 내 맘이지! 결혼하고서 신랑이 귀하게 번 돈이니까 아껴 쓰라고? 내가 번 돈은 안 귀해? 나중에 매달 가계부 보여 달라는 말이 감히 어디서 튀어나와? 간덩이가 부어터졌어? 어디서 내 살림 하는 거 참견질 할 생각을 해? 엄마 가계부 30년 동안 쓰셨다고, 너도 보여 드리고 배우면 좋을 거라고 웃고 자빠진 병신 같은 새끼를 뭘 믿고 살아?"

아아. 듣는 것만으로도 골이 지근지근하다. 왜 저런 문제는 꼭 결혼 결정하고 날 받고서야 드러나는 걸까. 진희는 머리를 흔들면서 조심스럽게 물었다.

"그래서 어떻게 했니?"

"뭘 어떻게 해. 똥차 고쳐 쓰는 거 아니라는 거 너도 알잖아. 진희

네가 그랬잖아. 똥은 백년 묵어도 된장 되는 법 아니라면서. 그래서 나도 진희 너처럼……."

"나처럼 뭘?"

"찼어! 확 집어던져 버렸어! 네가 처음 사귀었던 남자 뻥, 차고 왔을 때처럼 했다고!"

흐으어어어! 다시 폭포가 쏟아졌다. 민호와 진희의 입이 한꺼번에 벌어졌다.

❀　　　❀　　　❀

진희의 첫 번째 연애와 그 결말은 꽤 드라마틱해서 아직도 친구들의 입에 종종 회자하곤 한다. 선정도 물론 그 결말에 신선한 충격을 받은 사람 중 한 명이었다.

인생은 지뢰밭이고, 발 앞에는 무수한 뇌관이 돌멩이나 보석의 모습을 하고 흩어져 있다. 그것을 밟아 보기 전에는 지뢰인지 보석인지 알 수 없다는 점이 인생사 더러운 점이다. 다행히 진희는 단 한 번의 지뢰를 밟음으로 만 번의 지뢰를 피할 수 있는 요령을 얻었다.

진희는 대학교에 입학하자마자 첫 연애를 시작하게 되었다. 이름도 기억나지 않는 사내의 머리카락이 햇빛을 받아 노르스름하게 빛나던 것이 마음에 들었다.

그는 언변이 엄청나게 좋아서 같은 말을 해도 달달하고 기분 좋게 돌려 말할 줄 알았다. 유머 감각도 있고 매너도 그럴듯해서 처음 연애를 해 보는 나름 순진한 대학생 새내기에게 사랑받는다는 기분을 듬뿍 안겨 주었다.

그는 작은 증권회사의 애널리스트로 '남들이 우러러보는 전문직'에 종사하는 것을 대단히 자랑스럽게 생각했다. 부모님이 서울 시내에서 한식집을 하고 있다는 말도 종종 했는데, 노후 준비가 되지 않은 노인들이 한심하다는 말을 항상 덧붙이곤 했다. 교사는 연금이 안정적으로 나오고 수입도 나쁘지 않으니 여자 직업 중에서는 최고라는 말과 함께 진희가 사범대를 택한 것이 정말 현명한 선택이었다는 칭찬을 하기도 했다.

그는 진희와 만날 때 하루하루 달라지는 은행 금리와 대기업의 주가, 지수들에 대해 장광설을 늘어놓았고, 각종 금융 관련 뉴스에 대해 열변을 토할 때도 많았다. 자신이 운용하는 상품이 다른 상품보다 얼마나 손해가 적었는지에 대해서도 자랑이 많았고 사회 정의 구현에도 관심이 많아 헤드라인 기사마다 사회에 횡행하는 불의에 분노를 터뜨렸다.

진희는 중고등학생 시절부터 금융과 경제에 대해서는 관심이 없었고, 그쪽 이야기는 구토가 나올 정도로 싫다고 대여섯 번을 말했으나 그는 그 말을 매번 잊어버렸다. 그래서 진희는 대놓고 구토를 하는 대신 돈과 숫자 이야기는 한 귀로 듣고 한 귀로 흘리기로 했다. 그는 연애를 하는 몇 년 동안 진희가 경제와 정치 뉴스를 싫어하는 것도, 배스킨라빈스의 딸기 아이스크림을 좋아한다는 것도 끝내 알지 못했다.

다만 그는 칭찬하는 데는 인색하지 않았다. 생일이나 기념일이 다가오기 시작하면 그는 종갓집 여자라 달라도 뭐가 다르다, 다른 여자들은 발랑 까지고 이기적이며 헤프기 그지없다, 비싼 가방이나 장신구 따위에 돈을 쏟아붓는 것들은 사치하고 대가리는 텅 빈 것들이다, 너는 안 그래서 너무 사랑스럽다, 하며 칭찬을 거듭했다.

가방이나 액세서리를 사는 데 돈을 들이는 것이 아깝다고 말하면 될 일을 왜 엄한 여자들까지 싸잡아 욕을 하나. 진희는 의아하게 생각했지만, 가치관의 차이까지 굳이 고쳐 줄 필요는 없는 듯하여 내버려 두었다. 액세서리나 가방을 사는 일 따위로 사랑이 식다니, 헤어질 일이 생기면 참 편하겠구나, 하며 실소한 것이 전부였다.

이름도 까먹은 그 사나이는 진희가 임용시험에서 합격 통지를 받은 날, 로맨틱한 이벤트로 진희를 축하해 주었다. 진희가 사는 아파트 앞에 주차해 둔 그의 자동차 트렁크에선 화려한 풍선 더미가 날아올랐고, 그는 자그마한 체구의 진희가 푹 파묻힐 정도의 장미를 안겨 주며 포옹했다.

네 공부에 방해가 될까 봐 연락도 제대로 못 했어. 내가 그동안 정말 얼마나 괴롭고 속상했는지 알아? 기다렸어. 피가 마르게 기다렸어. 사랑해, 진희야. 그가 눈물이 그렁그렁한 눈으로 진희의 손가락에 축하반지를 끼워 주는 바람에 진희는 잠수가 잦았던 사내를 거절할 타이밍을 놓치고 말았다.

그는 맛있는 점심이라도 먹자며 진희를 차에 태웠다. 한참을 달리면서 그는 아무렇지도 않게 말했다.

"지금 우리 엄마가 너 되게 보고 싶다고 기다리고 계셔. 우리 엄마 처음 보지?"

진희는 당황해서 말이 나오지 않았다. 무슨 부모님 만나는 걸 옆집 아주머니 만나러 가듯 하나.

하지만 달리는 차에서 뛰어내릴 수도 없고, 어른이 기다리고 있다는 말에 진희는 딱 잘라 거절하지는 못했다. 그래도 사귀는 남자의 부모님 아니던가. 진희는 이 일에 대해선 나중에 이야기를 한번 해야겠다 생각하고 치마의 주름을 펴고 매무시를 정리했다.

만나는 장소는 그의 어머니가 하는 한식집이라 했다. 그동안 진희는 그의 집에서 운영하는 '한식집=규모 있는 한정식집'이라 생각했고, 이름도 잊힌 그 사나이는 진희가 그렇게 생각하는 것을 알면서도 고쳐 주지 않았다.

〈전주 생선구이〉

작은 식당이 조밀하게 모인 골목 어귀, 새카맣게 기름때가 얹힌 간판이 달린 작은 식당, 식탁이 열 개 정도 좁다랗게 놓인 백반집 앞에서 진희는 고개를 갸웃하며 입구에서 한참을 서 있었다. 이것을 거짓말이라 여겨야 할까 애교로 봐 줄 수 있는 허풍으로 생각해야 할까 조금 헷갈렸다.

"얘가 걔냐? 하이고, 오목조목 짜그마하네. 일단 여기 좀 앉아라. 한 명이 휴가를 당겨 써서, 원."

이름도 까먹은 사나이의 어머니는 키가 작고 배가 퉁퉁하게 나온 여자로, 화장기 없이 머리만 자글자글했다. 그녀는 진희를 자리에 앉혀 두고는 다시 주방으로 들어가 버렸다.

점심때여서 손님들이 하나둘씩 유리문을 밀고 들어오기 시작했고, 머리가 자글자글한 여자는 그들을 놔두고 주방과 테이블, 카운터 사이를 바쁘게 오가기 시작했다. 진희의 옆자리에 앉아 있던 사내는 음식 안 나르고 뭐 하냐는 어머니의 지청구에 얼른 엉덩이를 떼고 일어났다. 손님은 점점 많아지고, 그는 돌아오지 않았다.

진희는 30분 동안 백치처럼 웃으며 혼자 앉아 있었다. 아무리 발군의 인내심으로 이름난 진희라고 해도 30분은 길었다. 억지로 웃느라 입술 근육은 시간이 갈수록 파들파들 떨렸다.

친척 간 요상한 기 싸움과 예의범절 그리고 서열 간 신경전에 익숙한 진희는 주인 여자가 자신을 대놓고 깔아뭉개며 어찌하나 떠보고 있음을 바로 알아차렸다. 진희는 사내를 잡아 앉히고 속삭였다.

"지금 이거 좀 너무하시는데? 이럴 거면 나하고 의논해서 약속을 다시 잡든가 하시지. 갑자기 약속도 없이 끌고 와서 사람 바보 만드는 건 좀 아니지 않아?"

"어? 무슨 말이야? 바보라니? 지금 사람이 하나 비어서 바쁘잖아.

엄마 하는 말 못 들었어?"

이름도 까먹은 사나이는 생각할 것도 없이 어머니 편으로 붙고 말았다. 진희는 자리에서 일어섰다.

"아무리 그래도 이건 나한테 예의가 아니지. 오늘은 그냥 가는 게 낫겠네. 말씀이나 잘 드려 줘."

그는 그 자리에서 당연히 사과하고 조치를 취해야 옳았다. 두 사람은 여러 가지로 무례했다. 잠수가 잦던 사내가 임용시험에 합격하자마자 의논도 없이 어머니에게 끌고 온 것부터 뒤집어엎고도 남을 일이었다. 물론 진희는 어른 앞이라, 그가 사과라도 하면 일단 예의는 갖춰 주겠다는 생각이었다. 하지만 그의 입에서 나온 말은 예상과 한참 달랐다.

"야, 윤진희! 너 삐쳤다고 티 내는 거야? 너 그렇게 안 봤는데 좀 실망이다."

머리가 어찔했다. 아아, 그래. 내가 남자를 잘 몰라서 똥하고 된장을 헷갈렸구나. 하지만 똥은 백년 묵힌다고 된장 되는 법이 없다 했지.

진희는 말없이 가방을 집어 들고 인사도 없이 밖으로 나왔다. 윤진희가 정해 둔 대인관계의 규칙. 먼저 상대에게 예의 바르게 대해 주고, 그것이 예의로 돌아오면 다시 예의로, 무례로 돌아오면 똑같은 무례나 무시로 돌려주는 것. 저 아주머니는 단연코 후자였다. 햇빛이 쾌청하게 얼굴로 내려왔다.

문이 닫히는 순간 기다렸다는 듯 커다란 목소리가 와르르 쫓아 나온다.

걔 지금 나간 거니? 지금 뭐 하자는 거니? 엉? 아니 엄마, 잠깐 나간 거야. 잘하는 짓이다. 요새 여자 같지 않고 참하다고? 어디가? 바빠 죽겠는데 팔 걷어붙이고 행주질이라도 할 생각은 안 하고 인상 뿍

뿍 쓰다가 톡 튀어 나가? 어디서 배워 먹은 버르장머리야? 어, 엄마 잠깐만, 내가 데려온다니까. 됐다, 내가 가만히 봤는데 애초부터 텄다. 의자에 궁둥이 딱 붙이고 새치름하게 눈깔 요리조리 굴리면서 앉아 있는 꼴이 까스랑거려서 못쓰겠더라. 나중에 결혼하면 식당 일 좀 도우라고 말이나 할 수 있겠냐, 그 눈깔 무서워서? 넌 여자 하나 못 잡고 지금까지 뭐 한 거야? 엄마는 이제 늙어서 한 해 한 해 힘도 달리는데, 도와주는 메누리 하나 없이 칠순 팔순까지 혼자 이 짓을 다 하리?

진희는 햇볕을 받으며 가만히 서 있었다. 손끝이 들들 떨리는 것을 가만히 내려다보니 속이 이상하고 조금 토할 것 같기도 했다. 이름도 잊어버린 사내가 문을 열고 나오더니 어깨에 손을 얹고 다정한 목소리로 달랬다.

"진희야, 왜 그래 응? 잠깐 혼자 앉혀 났다고 그걸 못 참고 톡 튀어 나오냐? 얼른 들어가서 엄마한테 사과하고 조금만 기다려 줘, 응? 점심때 금방 끝나."

"……."

"우리 엄마가 속의 말을 다 하는 성격인데, 그래도 화통하고 뒤끝 없는 분이야. 바빠서 잠깐 신경 못 쓰긴 했어도, 사실 엄마 말이 아주 틀린 건 아니잖아. 눈치 봐서 바쁘면 알아서 도울 수도 있지. 네가 이제 남이냐? 우리 가족이잖아."

진희는 그를 가만히 올려다보았다. 가족이라는 말을 듣는 순간, 속에서 툭, 하는 소리가 들렸다.

아하. 남녀 관계는 이런 식으로 끝나는 거구나.

하지만 그럼에도 아무렇지도 않은 것이 너무 이상했다. 속이 아픈 것도 아니고 슬픈 것도 아니고, 굳이 분류하자면 시원한 것과 가장 가까웠다.

진희는 그의 얼굴을 물끄러미 올려다보았다. 문득 이상하다는 생각이 들었다. 저 사람에게서 마음에 들었던 것은, 햇빛을 받았을 때 노르스름하게 빛이 나는 갈색 머리카락 한 가지뿐이었다. 그나마도 염색한 것이라는 것을 알게 되었을 때 사기를 당한 것 같은 기분을 느끼고 고개를 갸웃하기도 했었다.

정말 그것 말고는 좋아했던 게 아무것도 없구나. 스스로에게 조금 어이가 없어진 진희는 살짝 웃으며 물었다.

"가족? 생전 처음 보는 당신 엄마하고 내가 왜?"

"……뭐?"

"가족이 뭔지 잘 모르나? 당신은 엄마한테 떨어져 나오고, 나는 내 집에서 떨어져 나와서 둘이 가족이 되는 거야. 내가 너희 엄마, 너희 가족 밑으로 기어들어 가는 게 아니고. 그것도 모르고 결혼을 하려고 했어? 차라리 무급 파출부 구함, 돈도 벌어 와야 하고 섹스도 가끔 해 주어야 함, 하고 광고를 내지 그랬어."

이름을 잊어버린 사내의 얼굴이 이상하게 일그러졌다. 진희는 식당 문을 열고 또각또각 걸어 들어갔다. 소리가 크게 나는 하이힐을 신고 온 것이 마음에 들었다.

아침 든든히 먹고 오길 잘했다. 배고팠으면 억울할 뻔했어.

주방에 있던 여자와 눈이 딱 마주쳤다. 못마땅한 시선이 팽팽하게 얼굴에 박혔다. 진희는 다시 싱긋 웃어 주었다.

세상 어느 누구라도, 처음 보는 손님을 이따위로 대우하진 않아. 만만하게 공짜로 부려 먹을 종년 면접을 보려던 게 아니라면 말이지.

하지만 진희는 그에게 끝까지 설명하지 않았다. 알아듣지 못할 것이다. 30년을 모르고 자랐으니, 60살이 된다고 해도 알아들으리란 보장이 없다. 알아듣게 하기 위해선 자신의 피와 살과 시간을 갈아 넣어야 할 것인데, 저 남자에게 그런 에너지를 퍼부어 가며 희생을 해 줄 이유가 전혀 없었다. 진희가 알고 있는 남자들이란, 자기에게 편하고 좋은 것만 골라 배우는 족속이었다.

진희는 이름도 까먹은 남자가 끼워 준 반지를 손가락에서 뽑아 있는 힘껏 주방 쪽으로 집어 던졌다. 반지는 팅, 소리를 내며 바닥에 굴렀다. 얼빠진 꼴로 따라 들어온 사내의 얼굴이 돌처럼 굳어 버렸다. 진희는 사내에게 마지막으로 웃어 주었다.

"갈게, 잘 있어. 차단할 거니까 연락 안 해도 돼."

"저, 저년, 저거 어디서 배워 먹은 버릇이야! 넌 어디서 저런 버릇 없는 애를!"

"처음 보는 손님 앉혀 놓고 바보 만든 분한테 배워 먹은 버릇이라고 전해 드려. 아줌마도 많이 파세요. 물 한 모금 얻어 마시지도 못했지만."

밥을 먹던 손님들이 좋은 구경이 났다 싶은지 대놓고 눈을 굴린다. 진희는 식당 문을 쾅! 부서져라 닫고 나왔다. 아아, 속이 다 시원하다. 진작 집어치울걸, 진작! 이렇게 시원한 걸 보니 그동안 연애를 했나 육아를 했나 헷갈릴 지경이었다.

저년 다시 데려오면 호적에서 파낼 줄 알아, 요새 젊은 년들은 싸가지가 왜 죄다 저 모양이야! 하는 소리가 뒤에서 터졌다. 진희는 고개를 쳐들고 큰 소리로 대답했다.

"네네, 제가 싸가지가 좀 괜찮다는 말은 많이 듣죠."

진희는 휘파람을 불며 걸었다. 이름이 끝까지 기억나지 않는 사내는 끝까지 따라 나오지 않았다. 대신 기괴하게 울부짖는 소리가 울려 퍼졌다. 손님 있는 식당에서 저리 소리를 질러 대면 엄마한테 얻어터지지 않을까 생각하니 그것도 기분이 삼삼했다.

택시를 잡기 위해 큰길까지 한참 걸어 나와야 했다. 기분은 상쾌한데 눈이 욱신거렸고, 울퉁불퉁한 바닥에 하이힐의 굽이 걸려 진희는 자꾸 비틀거렸다. 창피하게 눈물이 나오지 않기를 하느님과 부처님과 10대 조상신까지 모조리 소환해 가며 빌었다.

누가 소환이 되었는지 모르지만 하여튼 눈물은 한 방울도 나오지 않았다. 진희는 그 이름도 잊어버린 사내를 위해 몸속의 물 한 방울도 낭비하지 않은 것이 퍽 기분이 좋았다.

재미있는 것은, 진희의 연애사는 그때를 기점으로 일사천리 탄탄대로를 걷게 되었다는 점이었다.

진희는 한 번의 고생으로 세상의 모든 지뢰를 피할 수 있는 무림신공을 얻을 수 있었고, 각종 선과 소개팅에서 지뢰 제거를 위한 조건을 걸게 되었다.

진희는 그 후로 두세 명의 사내와 더 사귀었는데, 현재 만나고 있는 진세영이라는 남자와는 연애 3년 차였다. 세영은 객관적으로 보아도 나무랄 데 없이 훌륭했고, 진희를 진심으로 사랑하는 것이 눈에 보였다.

주변 사람들이 보기에 두 사람은 삼 년간 싸움 한 번 하지 않은 공인 염장 닭살 커플로, 그들의 연애는 시간이 갈수록 점점 꿀밭이었다. 그러한 성공적 후일담으로 인해 윤진희의 반지 투척 사태는 친구들 사이에 어느덧 까마득한 전설로 떠돌게 되었다.

❀　　❀　　❀

"그림을 사겠다니, 그게 무슨 말씀이십니까?"

이완은 전화기를 귀에 댄 채 머리를 저었다. 어이가 없어서 말도 나오지 않았다.

"그러니까, 이명석 사장님 말씀은, 오늘 김성길 사장이 저한테 적당한 가격에 미인도를 팔면, 사장님께 그림을 넘겨 달라는 거 아닙니까."

— 예, 맞습니다. 구입 의향이 없으시더라도 만약 3억 아래쪽으로 흥정이 되면 구입하셨다가 저희에게 바로 팔아 주십사, 하는 겁니다. 세금과 부대비용은 3억 안에서 저희가 전부 지불하겠습니다.

이완은 눈을 크게 뜨고 침묵했다. 화가도 알려지지 않은 그림을, 지금 같은 불경기에 덜컥 3억이라. 생각보다 단위가 크다. 게다가 이런 거래방식은 또 뭐냐.

"그러시면 이 사장님께서 직접 거래를 하시면 되지 않습니까."

— 아버지가 벌써 몇 번 시도하셨다가 포기했습니다. 의원님께서 오래전에 의뢰를 하신 적이 있어서요. 하지만 저희가 사겠다 하니 10억 부르고 시작하더군요. 미친놈. 흥정도 어느 정도지 말이 됩니까, 10억이.

"나름 가격관리를 하는 모양이군요. 팔고 싶어서 가격을 낮추어 흥정하면 정작 그림은 못 팔고 그림값이 똥값이 될까 봐 비싸게 소문을 내는 모양인데요."

— 주제에 또 그런 건 어디서 주워들어선. 맞습니다. 특히 살 능력도 없는 것 같은 놈이 찔러 본다고 생각하면 어김없이 미친 금액을 불러요. 그래 봐야 자기가 손해라는 걸 아직도 몰라요. 정신이 나가지 않고서야 누가 그 값을 다 주고 사겠습니까.

"저와 흥정한다고 해도 마찬가지 아니겠습니까?"

— 아뇨, 그러잖아도 김 사장, 안락재에 그 그림을 팔려고 여기저기 쑤석대고 있었습니다. 어제 박 실장한테 야코가 죽어서 무턱대고 높이 불러서 밀고 당기는 짓은 아마 못 할 겁니다. 실장님에게는 처음부터 제대로 된 가격으로 흥정할 겁니다.

"살 생각도 안 하고 있는데 김칫국부터 거하게 마시고 있군요."

— 급하니까요. 김성길 사장 도박중독인 거 아시죠? 정선에서 사채를 끌어 썼답니다. 지금 채권 추심이 굉장히 고약한 업체로 넘어간 모양입니다.

이완은 눈썹을 찌푸렸다. 하여간 가지가지다. 잘하면 사채업자와 삼자대면할 수도 있겠구나.

"글쎄요. 그렇다면 더 내키지 않는군요. 하여간 그림을 한번 보고 결정하도록 하겠습니다."

수화기를 내려놓은 이완은 눈을 가늘게 뜨고 생각에 잠겼다. 귀찮은 걸 피하면 돈을 벌지 못하는 법. 내키지 않는다고 거래를 회피한 적은 없었다. 적당한 가격으로 거래가 성사되면 자신은 갑골에서 부른 3억을 받고 판매해 중간 마진을 남겨 먹으면 되고, 성사가 안 된다 해도 딱히 아쉬울 건 없다.

신기가 들린 그림? 그래서 사람들이 사려고 덤벼들고 있다고?

미친놈들.

하지만 속에서는 질긴 의문이 물풀처럼 자신을 휘감고 있다. 대체 어떤 그림이기에? 사람들은 그 그림을 보면서 무엇을 느꼈기에 그림이 수면으로 부상하자마자 이렇게 몰려드는 걸까?

대체 그 화가는 누구이며, 모델이 되었다는 그림 속 여자는 대체 누굴까? 그림의 제작 시기라도 알아볼 수 있을까? 그 엄청난 비용을 지불해서 사람들이 이루고 싶어 하는 소원은 무엇일까?

만약 그 그림이 내 앞으로 떨어진다면 나도 무언가 소원을 빌게 되려나?

생각할수록 점점 불쾌해졌다. 이완은 눈썹을 찌푸리고 탁자를 내려다보았다. 눈앞에는 둥그런 모양의 유리병과 핀셋과 마른 국화들이 커다란 목반 위에 어수선하게 흩어져 있었다.

"그, 그래서, 선정이 너도 경훈 씨네 가족들이 있는 앞에서 반지를 집어 던지고 왔다는 거야?"

선정은 빨개진 눈을 비비며 고개를 끄덕였다.

아아, 맘에 들어. 진희는 이야기를 들으며 고개를 끄덕였다. 저 공주과 친구가 딱히 좋은 건 아닌데 가끔 용감무쌍하게 저런 짓을 따라 하는 걸 보면 사람이 달라 보이기도 한다.

진희는 민호를 통해 선정을 알게 된 후 데면데면하지 않을 정도의 친분은 있었고, 그녀가 줄기차게 부르짖는 '운명적 사랑론'도 익히 알고 있었다.

하지만 그녀의 운명적인 사랑들은 딱하게도 수명이 그리 길지 않았다. 짧으면 3개월, 길어도 세 계절을 넘기기 어려웠다. 그런 것치고는 지치지도 않는지 공백기도 없이 줄기차게 연애를 해 댄다. 선정이 만나는 남자를 모두 지뢰남으로 키우는 건지, 혹은 세상의 모든 남자가 잠재적 지뢰인지는 알 수 없는 일이다.

하여간 저 공주님이 좋은 건, 지뢰라는 점이 발견되면 어쨌거나 가차 없이 쳐내고 온다는 점이었다. 선정은 진희와 마찬가지로, 한번 헤어진 남자와 다시 만나지 않았다. 진희는 다정하게 선정의 어깨를 두드려 주었다.

"선정아, 그건 굿 뉴스야. 잘했어. 멋지게 잘한 거야. 이제 그만 울고 들어가서 나한테 축하주 한 잔 받아."

선정이 눈을 동그랗게 뜨고 딸꾹질을 한다. 옆에서 듣고 있던 민호의 눈썹이 위로 확 솟구쳤다.

"진희 넌 또 뭔 소리야! 왜 불난 데 부채질하고 앉았어?"

"맞잖아. 결혼하면 안 될 남자하고 헤어진 거보다 더 좋은 소식이

어덨어. 그럼 제 발로 헬 게이트로 걸어 들어가는 게 굿 뉴스야? 애까지 낳고 지지고 볶고 얻어터지고 오만 정 다 떨어질 때까지 버티는 게 굿 뉴스야?"

"그래도 너 너무하다! 어떻게 애인하고 헤어지고 온 사람한테 그래? 남친 있다 유세하는 방법도 여러 가지다!"

선정은 눈물을 잔뜩 매단 채 소리를 질렀다. 진희는 선정의 얼굴을 가만히 쳐다보다가 덤덤하게 웃었다.

"나도 어제 세영 씨하고 헤어졌어."

진희는 임용고시에 합격해 모 중학교 한문 선생님이 되면서 명실공히, 자타공인 '천하제일 신붓감 1순위' 그룹에 속하게 되었다.

민호의 오라버니들 말에 의하면, 천하제일 신붓감의 1순위는 '예쁜 여자 선생님', 2순위가 '안 예쁜 여자 선생님', 3순위가 '돌아온 여자 선생님', 4순위가 '애 딸린 여자 선생님'이라고 했다. 민호는 그런 말을 들을 때마다 남자들 대가리 속에 뭐가 들어 있는지 두개골을 깨서 들여다보고 싶었지만, 하여간 명절 때마다 귀에 못이 박히게 듣던 자랑질이라 까먹으려야 까먹을 수도 없었다.

진희가 이름도 잊어버린 사나이와 헤어지자마자 선이 폭포수처럼 쏟아지던 이유도 그래서였고, 선남들이 하나같이 진희와 결혼 이야기부터 꺼내던 이유도 '첫눈에 튀긴 불꽃 사랑' 때문은 아니었다.

하지만 천하제일 신붓감과 1등 신랑감들과의 선은 번번이 깨졌다. 그것도 번번이 진희가 차이는 것으로. 진희는 얌전한 옷을 입고 호텔 커피숍에 참하게 앉아 조신하게 만남을 가진 후 항상 같은 말로 만남을 끝맺는 것이다. 저는 현모양처가 꿈이에요. 결혼하면 반드시 직장을 그만두고 집에서 살림만 할 거예요.

민호는 진희가 교사를 그만둘 생각이 눈곱만치도 없다는 것을 잘 알고 있었다. 인생은 길고 누릴 것은 많다! 가늘고 길게 교단에 붙어 있으면서 최후의 순간까지 꽉꽉 채워 월급을 받고, 좋아하는 취미생활을 하며 사는 것이 윤진희의 평생 마스터플랜이었다.

한문을 진저리 나게 싫어하는 한문 선생님이라는 점은 그녀의 마스터플랜을 전혀 위협하지 못했다. 그리고 정치 싸움, 사회 문제 따위에 대해서도 철저하게 무심했다. 개인이 힘을 합치면 사회를 변화시킨다는 신념이나 사회정의 구현 따위의 구호도 신뢰하지 않았다.

"사랑하는 사람을 위해서조차 손톱만큼도 변하려 하지 않는 인간들이 모여 사는 세상이야. 대체 뭘 바라니? 남이 사랑해 주길 애타게 기다리다 좌절하고, 있는 것 없는 것 다 퍼 주다 뒤통수 맞고 울고. 그럴 거 뭐 있어? 남의 사랑 구걸할 거 없어. 너 자신이 아낌없이 너 스스로를 사랑하면 되는 거야."

진희는 자신의 말대로, 모든 능력과 에너지를 철저하게 자신의 삶에 쏟아부었다. 방학 때마다 꼬박꼬박 여행을 가고, 돈을 좀 모으면 해외로 나가기도 한다. 빨간 지붕 집 일곱 딸과 진희는 죽이 잘 맞는 여행 친구였다. 일곱 명과 함께 유럽 배낭여행을 다녀오던 해, 빨간 지붕 집은 하마터면 파산신고를 할 뻔했다.

주말에는 친구들과 맛있는 아이스크림을 먹으러 다니고, 사이클 동호회 사람들과 한강을 따라 서울—인천 종주를 하기도 한다. 스포츠댄스와 요가를 배우고, 어학원에 다니고, 턴테이블에 LP판을 걸어 놓고 소파에 푹 파묻혀 책을 읽고, 좋아하는 뮤지컬을 보러 다니는 것, 은퇴한 후에는 모아 놓은 돈으로 실버타운에 들어가, 다달이 지급되는 나랏돈을 늙어 죽을 때까지 빼 잡수시며 편안하게 인생의 대미를 장식하는 것이 그녀의 라이프 플랜이었다.

현재 그녀의 계획은 편안하고 안정적으로 작동하는 중이었고, 남자와 앵앵이를 철저히 배제해야만 영원히 편안하고 안정적으로 작동할 터였다. 기존에 갖고 있던 인생철학에 이름도 까먹은 사나이를 통해 완성된 지뢰 제거 기술까지 합쳐지니 윤진희의 라이프 플랜은 그야말로 견고하기가 천하무적이었다.

"결혼은 싫고, 연애만 한다면 생각해 볼게요."

진희는 주변에서 얼쩡대며 줄기차게 들이대는 남자들에게 늘 그렇게 말했다. 대부분의 사내는 그 말을 아가씨들이 으레 하는 삼대 거짓말 중 하나라 믿고 자신만만 웃으며 상관없다고 대답했다. 진희는 생긋 웃으며 조건을 붙였다.

"그럼 사귀어 볼까요. 대신, 난 정말 결혼할 생각이 없으니까, 결혼 이야기가 나오면 바로 헤어지는 걸로 해요."

말이 그쯤 나오면 남자들의 표정이 이상해진다. 적잖은 남자들은 그쯤에서 걸러졌다.

"진짜 독신주의자였구나, 윤진희. 나도 딱히 결혼할 생각은 없어. 지금 이대로가 편한데 왜 굳이. 그렇지?"

몇몇 남자들은 그 말을 오히려 더 반가워했다. 진세영도 그중 하나였다. 진희는 곱게 웃으며 조건을 덧붙였다.

"제가 원하지 않을 때 관계를 갖자고 압박을 주는 것도 마찬가지예요. 억지로 밀어붙이시려다간 기대와는 다르게 많이 곤란한 상황을 겪으실 거예요. 미리 알려 드려야 할 것 같아서 말씀드려요."

같이 자는 일에 대한 결과는, 결혼과 마찬가지로 남자와 여자가 공평하지 않다. 진희가 보기에 섹스에서 좋은 것은 대부분 남자의 몫이고, 부담과 책임과 괴로움은 대부분 여자의 것이었다. 주도권, 결정권은 부담과 괴로움이 많은 쪽에서 갖는 것이 당연한 일이었다.

허언과 허튼 행동이 없던 여자의 정중한 웃음은 사내들에게 두려움을 불러일으켰다. 자고 튈 생각으로 들이댔던 자칭 쿨한 남자들은 그 말에 똥 씹은 표정으로 물러섰다.

세영은 남았다. 진희는 그가 남은 것이 마음에 들었다.

조건이야 어찌 되었든, 외롭지 않다는 것은 좋은 것이었다. 두 사람은 함께 영화를 보러 다니고, 맛집을 탐색해 함께 찾아다녔다. 세영은 아이스크림을 좋아하는 진희를 위해 매주 다른 아이스크림을 사 들고 왔고, 진희는 그가 아플 때 집에 찾아가 죽을 끓여 주고 약을 챙겨 주었으며 밸런타인데이 때는 직접 만든 초콜릿 세트를 곱게 포장해 선물하기도 했다. 서로의 생일과 기념일에 맞춰 선물을 주고받고, 아침저녁 안부 메시지로 서로를 챙기고 잡다한 이야기를 나누었다. 두 사람은 취미와 관심 영역이 비슷했고 성격도 잘 맞는 편이라 흔한 말다툼 한 번 없었다. 첫눈이 오면 일찍 퇴근해 다정하게 손을 잡고 거리를 걸어 다녔고, 차 안에서 입도 맞추었다. 첫 키스에서는 가그린의 민트 맛이 났다. 세영은 진희가 좋아하는 딸기 아이스크림의 맛이 난다 하며 웃었다.

진희는 세영과 일곱 번의 명절을 함께 보냈다. 서로에 대해 아는 것이 많아지고 더 편안해질수록 그의 눈빛이 점점 심각해지는 것을 보며, 진희는 그가 조만간 하지 말아야 할 말을 할 거라 생각했다.

그는 추석을 며칠 앞두고 집 앞으로 찾아와서 꽃다발과 조그만 상자를 내밀었다. 이게 뭐 하는 거야? 눈으로 묻는 진희의 앞에서, 겁에 질려 얼굴이 희어진 사내가 더듬더듬 말했다.

"엄마 아버지가, 널 보고 싶다고⋯⋯. 이번 명절에 다 모이면⋯⋯."

진희는 한참 동안 꽃다발을 내려다보았다.

명절 때 오라는 것이 무슨 의미인지 모르지는 않는다. 크고 붉은 색의 장미 옆, 작은 상자 속에서 반짝이는 황금 구속 고리가 보였다.

그 위로 눈물같이 투명한 보석이 무지갯빛을 난반사하고 있었다. 세영이 드문드문 이야기해 주었던 따뜻하고 화목한 가족 이야기가 빛과 함께 허공에서 산란했다.

평생 결근 조퇴 한 번 하지 않았다는 대기업 이사인 아버지, 아무리 힘들어도 남편과 두 아들의 새벽밥은 단 한 번도 굶기지 않았다는 어머니, 어디 내놓아도 자랑스러운 일류대학 출신의 형제와 며느리. 결혼한 형 내외가 아침밥을 잘 먹고 다니는지, 먹을 것이 떨어지진 않았는지 매일 확인하고, 하루가 멀다 하고 반찬을 싸 들고 찾아가 우렁각시처럼 냉장고를 정리해 주는 자상한 어머니. 아이를 안 낳겠다는 아내를 설득하다 결국 콘돔에 구멍을 내는 고전적인 방법으로 쌍둥이 아들을 만든 형님의 유쾌한 인간승리, 외국계 회사를 그만두고 이제는 아들들에게 열두 가지 종이비행기를 접어 주는 것으로 전공을 발휘(?)하게 된 공대 출신의 형수. 툭하면 아이들에게 소리를 지르고 어떤 일에도 웃지 않아 화목한 집안 분위기를 다 망치는 며느리. 그런 며느리를 포기하지 않고, 매일 아침저녁으로 챙겨 먼저 전화를 해 주고 살림과 육아교육에 풍부한 조언을 아끼지 않는 헌신적인 어머니.

진희가 끝까지 꽃다발을 받지 않자 그의 팔이 천천히 아래로 내려갔다.

"내가 왜 세영 씨 부모님을 봐야 하지? 정말 결혼할 사이도 아닌데?"

얼굴이 우유처럼 희어진 사내가 말도 없이 비틀대며 물러났다. 진희는 잡지 않았다.

새벽 다섯 시에 전화가 왔다. 세영은 말도 없이 30분을 울었다. 진희 역시 대답 없이 그의 흐느낌을 계속 들어 주었다.

"세영 씨, 나는 왜 세상의 모든 사람이 기어코 결혼을 하려는 건지 이해할 수 없어. 우리 3년 동안 행복하지 않았어?"

30분이 지난 후, 진희는 조용히 말했다. 세영은 진희를 설득하는 대신 전화를 끊었고, 진희는 연락을 차단했다.

결혼하자는 대신 같이 살자 할까 걱정했는데. 그러면 나는 조금쯤은 망설였을지도 모르는데. 그는 나를 사랑하고, 나 역시 그를 싫어했던 게 아니니까.

하지만 세영은 그것을 알았음에도 그렇게 하지 않았고, 3년 반의 관계는 진희의 생각대로 깔끔하게 정리되었다.

진희는 얼빠진 얼굴로 자신을 보고 있는 두 여자를 둘러보고 싱긋 웃었다. 나는 그를 좋아했지만, 그와 결혼하지 않게 되어 더 행복하다는 걸 어떻게 설명할까?

진희는 앞에 놓인 막걸리 병을 들어 선정과 민호의 잔을 채워 주었다. 상실감은 없다. 똘똘똘똘, 희고 고운 색깔의 물에선 맑고 경쾌한 소리가 났다. 축하해야지. 축하해야 하고말고. 진희는 자신의 앞에 놓인 그릇도 뽀얗게 채운 후 머리 위로 높이 들어 올렸다.

"브라보! 마이 라이프."

❀　　　❀　　　❀

망했다. 제대로 존나 망했다.

민호는 뽀얀 막걸리를 들이켜며 속으로 욕설을 퍼부었다.

오늘의 계획은, 명절 전야제를 빙자한 '청문회'를 통해 나의 물광 나고 자랑스러운 남자 사람에 대해 소박하게 자랑질을 해 보는 것이었다.

그동안 명절이나 시제 때마다 애인에 대해 자랑스럽게 청문회에

임하던 조카들과 친척 동생들이 얼마나 부러웠던가. 이제는 나도 유세 좀 부려 볼 만하니, 주변 상황이 우라지게 비협조적이다.

그렇다고 두 친구의 슬픔에 동조하여 울어 주기도 상당히 고약하다. 진희는 3년 넘게 사귄 애인과 막 헤어지고 온 여자답지 않게 너무도 뻔뻔하고 경쾌하게 '브라보 마이 라이프'를 연발하고 있고, 선정은 함께 사는 4년 동안 지나치게 많은 이별을 했다.

선정을 위시한, 연인과 헤어진 친구들은 늘 비슷한 행태를 보였다. 그네들은 둥지를 찾아가는 새들처럼, 꿋꿋하게 모태 솔로의 외길을 걷고 있는 민호를 찾아오곤 했다. 민호는 왜 그네들이 하나같이 자신을 찾아오는지도 잘 몰랐으나 애인 한 번 없던 자신을 보며 위로를 받으려는 고약한 심보는 아닐 거라 믿었다.

민호가 할 수 있는 일은 별로 없었다. 식음을 전폐하고 짠물을 뽑고 있는 친구 앞에서 힘껏 욕을 해 주고, 흑기사가 되어 술도 대신 마셔 주고, 먹을 것을 만들어 대령하는 것뿐이었다. 그네들은 민호가 정성껏 끓여 준 죽을 퍼먹으며, 나는 이렇게 슬픈데 이 죽은 왜 이렇게 맛있느냐고 눈두덩이 퉁퉁 붓도록 또 우는 것이다.

그녀들의 이별 사이클은 길었다. 종일 울고, 이불을 뒤집어쓰고 사나흘 앓고, 전화기만 들여다보며 한숨을 한 며칠 쉬고, 그러다가 자리에서 벌떡 일어나 스마트폰 앨범을 대대적으로 정리하며 이것저것 차단하고, 옥상 한구석에서 편지와 말린 꽃들을 모조리 태워 버려야 한 사이클이 끝이 난다.

그럴 거면 대체 왜 헤어지는 거냐고 물어봐야 소용없다. 민호는 열렬히 사랑하던 남자 여자가 헤어지는 이유를 지금까지도 잘 알지 못했다. 본인의 표본값은 제로였고, 선정을 위시한 친구들을 표본으로 삼기엔 이별에 이르는 메커니즘이 너무 복잡하고 섬세했다.

상대에 대한 폭행 폭언과 습관적인 무시, 결혼하기 직전에서야 들통이 나는 엄청난 빚이나 평생 고질이라는 바람, 도박, 알코올 중독이나 도벽, 혹은 필사적으로 숨긴 지병이라면 그래도 이해가 간다.

어떤 때는 남자가 너무 바빠 잠수가 잦았기 때문이었고, 어떤 때는 남자가 하루 200통의 카톡을 보냈기 때문이었다. 처가에서 받을 수 있는 유산과 여자친구의 정확한 연봉과 예금총액을 그렇게나 궁금해하던 놈도, 엄마가 돈을 잘 굴리니까 결혼하고 월급을 엄마한테 전부 맡기라고 진지하게 권고한 놈도 그 자리에서 걷어차였다.

'무형문화재 자수장(刺繡匠)이 수젓집에 수를 놓은 은수저 세트'가 예단 목록에 포함된 것을 본 어떤 친구는 청첩까지 돌린 혼사를 엎기도 했다. 그 친구는 소주를 나발로 불며, 차라리 밍크코트를 사달랬으면 엎지는 않았어, 하며 울었다. 드라큘라 버금가는 형제자매와 큰집 작은집, 결혼과 동시에 넝쿨째 굴러 들어올 호박 같은 빚덩이, 친구들이 읊는 이유는 끝도 없었다.

민호는 그런 말을 들을 때마다 머리를 쥐어뜯었다. 애인과 그 주변을 두르고 있는 사람들과의 관계란 물 밑으로 열 배의 덩어리가 숨어 있는 빙하와 같은 모양이다. 창피한 것 하나 없는 완벽한 집이 얼마나 되고, 털어 먼지 하나 안 나는 완벽한 사람이 얼마나 되겠느냐. 내가 상대방을 털어 먼지를 찾으면 상대방은 나에게 틀림없이 쓰레기 산을 찾아내고야 말 것이다. 완벽한 상대를 찾으려면 나부터 완벽해야 하는데, 아무리 생각해도 자신은 물론이고 친구들도 딱히 완벽한 여자들이란 생각이 들지 않는 것이다.

우라질. 좋아하는 사람끼리 결혼해서 같이 먹고사는 것이 뭐 이렇게 어려워?

나쁜 놈은 벌을 받고, 착한 놈은 복을 받는다, 좋은 대우 받고 싶으면 먼저 잘해 주어야 하고, 제비가 아니라도 은혜는 반드시 갚아야 하며, 어른을 공경하고 어려운 사람은 도와야 하며, 악당은 물리쳐야 하며, 신호등은 초록불일 때만 건너야 한다. 유치원 때 형성된 황금률을 철석같이 믿고 사는 민호에게 남자와 관련된 파워 메커니즘은 너무 어려웠다. 민호가 난감한 얼굴로 쩔쩔매자 진희가 선정의 어깨를 토닥이며 끼어들었다.

"얘, 선정아. 우리가 나이도 있는데 그깟 남자하고 헤어졌다고 번번이 남 붙잡고 찔찔 짜야겠니. 똥 밟았다 생각하고 툭툭 털자, 응?"

"너는 어떻게 그게 툭툭 털어지니? 경훈 씨도 나도 이렇게 눈물 나게 서로 좋아하는데, 왜 결혼 문제만 걸리면 다 이 모양이야!"

"매번 이렇게 못 견디는 문제가 튀어나오면, 남자를 보면 십 리 백리 도망질을 쳐야지. 왜 그렇게 열심히 사귀고 그랬어. 이렇게 힘들어할 거 알면서. 일신남 우일신남(日新男 又日新男)이 모토는 아니잖니."

진희는 선정이 남자와 헤어질 때마다 민호를 괴롭히는 것이 별로 마음에 들지 않았다. 고개를 갸웃하던 선정이 갑자기 팩하니 고개를 들었다.

"말이 너무 심한 거 아냐? 누군 그러고 싶어 그러니? 사람이 외로워서 어떻게 혼자 살아? 그래도 옆에 남자는 있어야지, 잘 찾아보면 있을 거라고!"

민호는 눈을 끔벅였다. 일산남 우산남이 뭔지 모르겠지만 선정이 화를 발칵 내는 걸 보니 좋은 말은 아닌가 보다. 옆에 남자는 있어야 한다고? 잘 찾아보면 있을 거라고? 그 말은 선정이 솔로 시절의 민호에게 항상 위로차 하던 말이었다. 헤어지고 울면서 하는 말이라 그런지 굉장히 설득력이 있다? 진희가 눈을 가늘게 뜨고 한숨을 쉬었다.

"선정아, 네 엄청난 능력치를 가지고도 지금까지 못 골랐으면 텄지. 그냥 적당히 포기하고 속이나 편히 사는 건 어때? 결혼 안 하고 연애만 하면서 싱글로 사는 것도 괜찮잖아."

"혼자 살라고? 그걸 말이라고 하니! 넌 힘들어 죽겠다는 사람한테 왜 이래? 너나 잘하세요!"

언성이 점점 거칠어진다. 진희도 툭 쏘아붙였다.

"헤어진 게 벼슬이야? 네가 좋아 연애하고, 네가 싫어 걷어차고, 그래 놓고 왜 그때마다 민호는 들들 볶고 그래? 가끔이면 말도 안 해. 민호가 그렇게 만만해?"

"아, 진희야? 나는 괜찮아. 난 왜 걸고넘어져?"

"민호 넌 좀 가만있어 봐. 옆에서 볼 때마다 내가 더 힘들다, 내가. 그렇잖아. 남자마다 다 못 견딜 조건이 있으면 그냥 혼자 살든가, 결혼 포기하고 연애만 하겠다고 시작할 때부터 못을 박든가, 그도 저도 안 되면 깨졌을 때 남까지 힘들게 하지 말고 혼자 좀 버텨 보든가. 왜 주변 사람까지 보름이건 한 달이건 번번이 볶니?"

탁! 요란한 소리가 터졌다. 선정이 막걸리 사발을 집어 던지고 벌떡 일어난 것이다.

"너 지금 나한테 시비 거는 거야?"

"됐다 얘, 내가 무슨 시비를 걸었다고. 민호를 위해서라도 네 입맛에 꼭 차는 남자를 빨리 찾았으면 좋겠구나. 그런 남자가 세상에 있을진 모르겠지만."

있어도 굳이 너를 선택할지는 의심스럽지만. 진희는 그 말까지는 예의상 삼키며 차분하게 대답했다.

"야야, 그만 그만!"

민호는 두 여자 사이에 끼어들어서 두 손을 휘저었다. 진희가 티를 안 내서 깜박 잊고 있었다. 선정은 진희를 멋지다 생각하고 따라쟁이 노릇을 종종 하지만 진희는 선정을 그리 좋아하지 않았다. 정확히 말하자면, '하얀 말, 어깨 뽕, 호박 바지 사나이'와의 행복한 결혼을 목표로 올인하고 있는 선정을 한심해했고, 갈라설 때마다 주변 사람을 줄창 괴롭히는 꼬락서니도 싫어했다. 날카로운 목소리가 귓가에서 쨍, 울렸다.

"야! 진희 너 지금 말 다했어?"

황금색 아름다운 스카프가 다시 펄럭였다. 이, 이 오사리잡것들아, 쨰 죽이고 싶은 건 남자 사람이면서 왜 니들끼리 싸우고 지랄이냐. 민호는 두 사람 사이에 뭉그러지듯 끼어들었다.

"야아, 윤민호, 윤진희 오랜만이네? 대문에 중문까지 활짝 열어 놓고 뭐 해? 선정이도 간만에 보네? 근데 지금 분위기가 왜 이래?"

활짝 열린 중문 쪽에서 짱짱한 목소리가 날아왔다. 손에 바리바리 검정 비닐봉지를 든 대부대가 줄줄이 열을 지어 안으로 들어선다.

서른세 살 임산부 맏딸부터 상고머리로 홀러덩 깎아 버린 꺽다리 둘째에 스물세 살 발랄한 여대생 막내까지, 에누리 없이 총 일곱이다. 어깨까지 딱 바라진 꺽다리 아가씨가 허리에 손을 얹고 워커 신은 발을 댓돌에 턱 올리더니 씩 웃었다.

박두나. 천마제일고등학교의 공포의 체육 선생님이자 천마산 칠공주의 행동대장께서 납셨다.

❀   ❀   ❀

"김성길 씨. 지금 뭐 하자는 수작입니까. 바쁜 사람들 붙잡고 장난하자는 겁니까?"

날카로운 목소리가 방 안을 징, 울렸다. 망했다. 오늘 하루 곱게 보내기는 다 글렀구나. 뒤에 서 있던 앤드류는 어깨를 잔뜩 움츠렸다.

애당초, 어제저녁부터 느낌이 안 좋긴 했다.

시끄러운 손님들을 보내고, 이완과 저녁을 함께 먹을 때까지만 해도 분위기는 괜찮았다. 주변 매장을 샅샅이 뒤져 유리로 된 작은 병을 몇 개 사 올 때나 검은 비닐봉지에 담긴 국화차들을 핀셋으로 집어 유리병에 차곡차곡 담을 때는 콧노래도 흥얼흥얼했다. 그 국화차 누가 만들어 준 거냐고 묻자 기다렸다는 듯 바로 대답이 나왔다.

"……민호 씨 아니면 누가 이런 걸 직접 만들겠어?"

심드렁한 척은 하는데, 귓불은 대놓고 빨개지고, 입술은 저절로 흐늘흐늘 위로 올라가는 꼴이 다 보였다. 그래. 연애 상초보의 염장 복장 지르기 정도는 속 넓은 내가 너그러이 이해할 수 있다.

그때만 해도 분위기 좋았다. 아주 좋았다. 무슨 말을 해도 용서받을 만큼. 한참 망설이던 앤드류는 결국 진상을 실토하기로 마음먹었다. 어차피 김성길 씨나 최 과장하고는 여러 번 얼굴 봐야 하는 사이니 아까 무슨 일이 있었는지는 이완도 알아 두어야 했다.

"민호 씨도 참, 이런 거 만드는 거 보면 천생 여잔데, 싸울 때 보면 무서워 죽겠다니까. 아까만 해도 경찰에 끌려가는 줄 알았다고."

"무슨 말이야? 민호 씨가 경찰엔 왜!"

"아까 왔던 주정뱅이 손님, 김성길 사장인가 하고 민호 씨하고 대판 싸웠거든. 너 매장에 도착하기 전에. 둘 다 욕을 어찌나 걸쭉하게 쏟아 내던지 내가 노인네 안 잡고 있었으면 민호 씨 한 대 얻어맞았을지도 몰라. 뭐 물론 김성길 그 사람이 먼저 욕을 퍼붓긴 했지만."

말없이 이야기를 듣던 이완의 눈썹이 크게 꿈틀거렸다. 파스락. 핀셋에 잡혀 있는 마른 국화가 납작하게 찌그러졌다.

"다치진 않았고?"

"안 다쳤어. 민호 씨가 뭐 순순히 얻어맞을 사람인가. 싸움 한두 번 해 보는 것도 아니고."

달그락. 핀셋이 탁자 위에 놓였다. 이완은 한참 만에야 무겁게 중얼거렸다.

"……매장에서 욕을 해 가면서 싸웠다고? 내가 아는 사람들 앞에서?"

사무실로 순식간에 한기가 내려앉았다.

사태를 악화시킨 건 김성길이었다. 함께 점심을 먹고 안락재까지 오며 이완에게 바짝 달라붙어 친한 척을 하는 것으로도 모자라, 엊저녁 야차처럼 뛰어들어 구정물 같은 욕설을 퍼붓고 사라진 미친 여자에 대해 침을 튀기며 찢어발기기 시작했다. 머리 가죽을 째서 홀랑 벗긴다는 둥, 나이는 똥구멍으로 처먹었느냐는 둥 하는 욕설과 김정희의 세한도를 김정호의 개집이라 외치는 용감무쌍까지 남의 입을 통해 까발려지는 동안 이완은 한마디도 대답하지 않았다.

성길이 들고 온 것은 족자 한 무더기와 큼직한 목함이었다. 그는 집주인이 차를 내기도 전에 '불타기 전 숭례문의 가치에 맞먹을' 그림들에 대해 떠들어 대기 시작했다. 분위기를 보아하니 사채를 돌렸다는 말이 사실인 모양인데, 애석하게도 현재 안락재의 주인님은 그의 다급함을 웃음으로 받아 줄 만한 상태가 아니었다.

눈앞에 펼쳐진 그림들을 보고 이완은 입술을 비틀었다. 어제 보았던 표암의 세화는 양반이었다. 낙관도 화제도 없는 월죽도, 누가 그렸는지 모르지만—연습을 위해 모사한 임화로 추정되지만— 어찌나 발발 떨며 그렸는지 필선까지 발발 흔들린 모란 그림이 한 폭, 사임당이 그렸다는 그저 그런 초충도(草蟲圖, 풀과 벌레 그림)와 어딘가 엉성해 보이는 단원의 기명절지도(器皿折枝圖, 꺾인 나뭇가지와 정물 그림), 민간 지전에서 그려진 듯한 작자 미상의 작호도(鵲虎圖, 까치와 호랑이 그림).

그림의 주인은 이것들 모두 국보급이라 박박 우기고는 있지만 애석하게도 제대로 값을 받을 만한 것은 낙관이 남은 표암의 세화뿐이었고, 나머지 그림은 살 만한 가치가 없었다. 이완은 하나씩 들여다보며 한마디씩 차갑게 내뱉었다.

"사임당이 그렸다는 초충도는 후대에 만들어진 위작입니다. 종이색이 오래돼서 변색한 게 아니고 담배 우린 물이나 갈색 물을 종이에 칠하신 모양인데, 누런 물 칠할 때 생긴 붓 자국이 가장자리에 보입니다. 게다가 조선 말에야 나온 중국산 호피선지를 조선 중기의 사임당이 썼다니, 신 여사께서 무슨 시간 여행자라도 되는 모양입니다?"

"……."

"단원의 기명절지도라. 재미있군요. 흰색이 검게 변색한 걸 보면 흰 물감으로 납이 든 백연을 쓴 모양인데, 김홍도 시대에는 조개 가루를 빻아서 만든 흰 가루를 썼지 납이 든 물감은 들어오지 않았습니다. 기명절지도가 유행한 시기도 단원 사후이고, 선만 봐도 단원의 능숙한 필체와 거리가 멉니다. 게다가 여기 기존 낙관 자리 주변이 허옇게 색이 달라진 게 보이죠? 낙관 자리를 비눗물로 지우면서 종이 색깔이 달라진 겁니다. 그 위에 새로 가짜 도장을 찍은 거고요. 이 그림은 조선 말에 나온 거고, 유명하지 않은 화원의 작품에 단원의 가짜 낙관을 찍은 겁니다."

이완은 말을 하다 말고 그림들을 옆으로 밀었다. 친절하게 설명까지 하며 감정해 줄 필요도 없는데 괜한 말을 했다. 위작 감정이란 애초부터 좋은 말을 들을 만한 일은 아니었다. 하물며 인사동의 미친개라 불리는 저 사람의 그림인 바에야. 안 사겠다고 물리면 그만이었다.

그림의 주인은 얼굴이 벌게졌지만, 진품이라 핏대를 올리며 싸우는 대신 위작이라 찍힌 그림들을 둘둘 말아 집어넣었다. 소리 지르며 우겨 봐야 통하지 않을 사람이란 걸 알았기 때문이다.

하지만 목함 속에서 나온 화첩을 여는 순간 방의 분위기가 확 달라졌다. 정국의 어깨가 움찔 굳는 것이 보인다. 이완은 눈썹을 찌푸렸다. 한눈에 보아도 방금 보았던 위작들과는 수준 자체가 다른 그림들이 후두두 눈앞으로 지나간다.

"화첩……이군요. 화가가 밝혀지지 않은 겁니까?"

이완은 화첩을 받아 한 장씩 펼쳐 보기 시작했다. 그림을 넘길 때마다 훅, 훅, 하는 날숨이 저절로 튀어나왔다. 오래된 옥판선지가 손끝에서 부드럽게 넘어가며 먼지가 풀풀 올라왔다. 뒤에서 들여다보는 정국 역시 연신 감탄사를 뱉고 있었다.

이거 물건인데.

혼례식 과정을 그려 놓은 화첩으로 총 일곱 장의 그림이 반으로 접힌 상태로 들어 있었다. 시간의 흐름에 따라 연결된 그림이었다.

사모관대 차림의 새신랑이 점박이 말을 타고 청사초롱을 든 별배 구종을 앞세우고 신나게 길을 나선다. 차면선으로 얼굴을 가렸지만 도무지 웃음을 감추지 못한다.

연지곤지 올려 찍고 붉고 화려한 스란치마에 활옷을 갖춰 입은 신부는 방에 꼭꼭 들어앉았다. 생전 처음 꽂는 큰비녀에 금박이 일렁이는 드림댕기 도투락댕기가 앞뒤로 늘어졌다. 구슬과 나비 장식, 갖은 자수가 어룽어룽한 화관까지 갖춰 쓴 신부는 신랑이 언제 오나 엉거주춤 앉았다 일어섰다 땀만 흘리는데 눈길은 방 밖으로만 들락날락하고, 옆에서 시립한 아낙 서넛은 손으로 입을 가리고 웃음을 참느라 야단이다.

높직한 담장 안 날아갈 듯한 기와집 뜰에 차려진 초례청, 흐드러지게 배설한 혼례상. 온 동네 사람들이 다 모이기라도 했는지 너른 뜰은 한가위 앞둔 오일장처럼 북적인다.

신랑 신부가 처음으로 대례상에 마주 섰다. 홀기를 읊는 주례 영감은 신이 나서 목청을 돋우고, 합환주를 마시는 신랑은 고개를 비쭉 빼서 각시의 얼굴을 바라보고, 각시는 한삼을 들어 얼굴을 가리고 눈만 살짝 힐끔대며 앙큼이다.

징, 소고, 북, 장구를 든 놀음판의 사람들과 화려하게 단장하고 춤을 추는 기생들이 등장했다. 곱게 물들인 치마를 입고 덩실덩실 춤을 추는 노파, 두루마기를 갖춰 입고 흥겹게 손뼉을 치는 영감, 팔을 둥둥 걷어 올리고 치맛자락을 무릎까지 걷어 고쟁이를 훤히 드러낸 채 음식을 나르는 여자들. 교자상마다 산더미같이 고인 과줄과 귀한 고기, 나물과 술, 마른안주 진안주들이 푸짐하게 차고 넘친다. 기름기가 질벅한 상을 받고 유쾌한 낯으로 수염을 쓰다듬는 백발노인, 약과를 손에 들고 좋아하는 반 벌거숭이와 무언가를 얻어먹겠다고 그 뒤를 졸랑거리고 따라가는 검정 강아지까지, 와글와글 시끄럽고 흥거운 잔치 분위기가 손에 잡힐 것만 같다.

이젠 술이 들어가 얼굴이 불콰해진 젊은이들이 작당이다. 내일까지 기다릴 것 없다, 신부를 뺏어 가는 괘씸한 새신랑 아예 오늘 밤에 혼쭐을 내어 주세, 새신랑의 발을 붙들어 매고는 버선을 벗기고 발바닥에 매타작을 시작했다. 여자들에게 붙잡혀 있는 각시는 옆에서 발만 동동 구르는데, 몽둥이를 들고 있는 친구들의 짓궂은 웃음소리가 쟁쟁 귀에 들리는 것 같다.

뒤에 붙은 그림 한 장은 서민의 혼례 장면을 따로 그린 것인지 소박하고 보잘것없었다. 서민조차도 되지 못하는 빈한한 자들의 혼례인지 사모관대 활옷조차 입지 못한 신랑 신부가 등장했다.

무명 바지저고리에 상투도 제대로 틀지 못한 신랑이 초라한 나무 비녀를 꽂고 때 묻은 치마저고리만 간신히 두른 새색시와 함께, 조촐한 소반 하나를 앞에 놓고 맞절을 한다. 좁은 마당에 손님은 뵈지 않고 신랑 각시 맞절을 시키는 나이 먹은 사내만 가운데서 벌쭉 웃고 있다.

실제 있었던 일을 기록한 그림일까. 혹은 화가의 상상에서 나온 풍속화일까. 묘사 자체로만 보면 의궤 같은 기록화에 버금갈 정도로 세세했으나 등장인물의 감정과 이야기가 흠뻑 실린 분위기는 풍속화 쪽에 가까웠다. 특히 붓의 흐름이 물 흐르는 것처럼 거침없고 흥겨웠다.

이완은 그림을 앞뒤로 샅샅이 뒤져 보았으나, 낙관이든 화제든, 화가를 짐작하게 해 줄 만한 것은 아무것도 없었다. 정국이 혀를 차며 물었다.

"이런……. 낙관이 남아 있었다면 좋았을 텐데. 아깝군요. 짐작 가시는 바가 있습니까?"

"왕실 여자가 아닌 민간인 신부가 활옷에 화관을 쓴 것을 보면 정조에서 고종 정도 시대로 보입니다만 확실치는 않습니다. 붓을 활달하게 쓰는 스타일이나 준법, 그리고 주조색이 담황이나 담청이고 물을 듬뿍 넣어서 시원하게 칠한 솜씨를 보면, 의심이 가는 사람이 있긴 합니다만."

이완은 피시시 웃고는 말을 갈무리했다. 정국도 그 화원이 누군지 대충은 짐작할 터이지만, 확실하지 않은 것을 확정 지어 말하기는 난감했다.

"아무래도 애매하죠. 아시다시피 그 화원은 풍속화나 기록화 종류를 남긴 사람이 아니니까요."

이완은 장갑을 벗고 손가락을 닦은 후, 화첩의 종이를 세심하게 만져 보고 다시 천천히 넘겨 보았다.

아무래도 이상하다. 배접을 대체 몇 겹으로 한 건가? 종이가 생각보다 훨씬 두꺼웠다. 왜요. 뭔가 이상합니까? 하는 정국의 말에 이완이 대답했다.

"종이가…… 많이 두껍군요."

"아하, 박 실장도 그건 몰랐나 보군."

설욕하기를 기다렸다는 듯, 한때 화가 소리 듣던 사내가 턱을 쳐들고 이기죽거렸다.

"그건 옥판선지라는 중국산 종이인데 원래 좀 두껍다네. 색을 잘 먹지. 오원도 그 종이를 많이 썼다고 소문이 났지. 차제에 제대로 기억해 두라고."

"아아, 옥판선지. 그렇군요. 그런데 왜 먹이나 색을 그렇게 잘 먹는 겁니까?"

이완이 눈을 가늘게 뜨고 물었다. 그런 것까지 어떻게 알아? 내가 종이공장 사장도 아니고. 전직 한국화가였던 노인은 투덜대며 내뱉었다. 아, 그렇군요. 이완은 점잖게 말을 받는다.

"닥섬유를 종이로 뜰 때 다른 종이처럼 한 겹이 아닌 세 겹으로 겹쳐 떠서 흡수력이 좋은 거라더군요. 그래서 오원의 그림엔 앞장 떼기 위작도 많다지요. 물론 저도 종이공장 사장은 아닙니다만 지금 이 종이가 일반 옥판선지보다도 훨씬 두꺼워서 말입니다. 하여간 좋은 정보 알려 주셔서 감사합니다."

성길의 똥 씹은 얼굴과 정국의 난처한 얼굴을 보고도 안락재의 주인은 심술을 풀지 않고 이죽거렸다. 앤드류는 저럴 때마다 연예인의 탈을 쓰고 있는 놀부 새끼를 보는 기분이었다.

"자, 이젠 어제 말씀하셨던 알라딘의 레이디를 보여 주시죠."

드르륵, 마지막까지 봉인되어 있던 족자가 끌려 나왔다. 귀기인지 신기인지가 깃들어 있다는 작자 미상의 그림, 주인의 소원을 들어주고는 하늘로 날아 올라간다는 신비한 여자. 이완이 미친개라 불리는 사내를 안락재에 초대한 것은 순전히 그 그림에 대한 호기심 때문이었다.

하지만 족자가 펼쳐짐과 동시에 방의 분위기가 싸늘하게 가라앉았다. 그림에 대해 들은 바가 있던 정국마저도 얼빠진 얼굴로 입을 벌렸다. 이완은 한참 만에야 날 선 목소리로 쏘아붙였다.

"……이게 당신이 말한 국보급 초상화라고요?"

"그, 그게 내 설명 좀 들어 봐, 박 실장……. 그 소원을 들어준다는 게 그냥 헛소문은 아니고, 얼굴만 완성해 주면 돼……. 그러니까 붓질 몇 번만 해 주면 전설이 이루어질 거라고. 정말 이 여자가 나오려는 걸 본 사람들도 있었다니까? 나도 돈만 급하지 않으면 천금을 줘도 안 팔려고 했던 거야. 요 월죽도하고 같은 사람이 그린 거고, 굉장한 실력을 가진 화원이라고 했어."

"김성길 씨. 지금 뭐 하자는 수작입니까. 바쁜 사람들 붙잡고 장난하자는 겁니까?"

짜증이 극에 달한 이완에게서 날카로운 목소리가 터졌다.

김성길 사장의 말이 아주 틀린 것은 아니었다. 김홍도 신윤복의 그림, 윤두서의 초상화 따위와 비교할 수 없는 그림이라던 그의 말에 공감이 될 만큼, '미인도'는 신필이었다.

물 흐르듯 유려하고 거침없이 이어지는 몸의 윤곽이 감탄스러웠다. 갖가지 장식으로 꾸민 머리채는 매끄럽게 빛났고 세세하게 묘사된 옷의 무늬는 화려하고 우아했다. 부드럽고 탄력 있는 육체의 느낌을 한껏 살린 여자의 전신 자태가 고혹적이고 아름다웠다. 손을 대보면 따뜻한 피부를 가진 여자의 몸이 만져질 것 같았다.

그림에서 느껴지는 화가의 에너지는 무지막지했다. 그림에 깃든 것이 신기인지 귀기인지는 알 수 없지만, 한눈에 보아도 일급 화원의 작품인 것을 알 수 있었다. 그것도 평생의 역작으로 꼽힐 만한, 영혼이 담긴 듯한 그림이었다.

다만, 그 여인에게는 얼굴이 없었다.

❀   ❀   ❀

"이름이 박이완? 오케이, 그래서 나이가? 잘생겼어? 키는 어느 정도야? 난쟁이 똥자루는 아니지?"

"우와, 올해 서른? 이야아, 꽃띠네. 이 인간이 돌벽을 보고 10년도를 닦더니 드디어 연하 꽃미남을 잡아채는구나. 성공했네!"

하이파이브! 뒤에 둘러앉은 대부대에서 요란하게 박수가 터졌다.

"민호야, 그 사람 직업이 뭐래? 연봉은 얼마쯤 된대?"

"학교는 어디 나왔어? 전공은?"

"대체 언제 만난 거야?"

"민호 언니, 언니? 뽀뽀는 해 봤어? 해 봤어?"

"대체 그 남자는 네 어디에 반했대?"

일곱 여자는 민호 앞에 둥글게 모여 앉아 눈을 반짝거렸다. 이들은 미스코리아까지는 아니라도 미스 천마 소리 정도는 듣는 진희처럼 단아하고 곱상한 외양을 갖고 있었다. 하지만 성격은 정반대인지라 내숭을 떨며 말을 가리는 법이 없었다.

"다 예쁘대! 눈도 예쁘고 뭣도 예쁘고 그냥 다 예쁘대! 으해, 으하하하."

이 순간을 위해 저장해 두었던 웃음소리가 드디어 우렁차게 안채를 울린다.

동네 사람들에게 안락재의 주인은 미스터리 특급의 주인공에 준하는 신비의 인물이었다. 저렇게 큰 집을 새로 지어 놓고도 이사 떡을 돌리지도 않고 마을회관이나 노인정 근처를 어슬렁대며 인사를 붙인 적도 없고 동네 만남의 광장인 삼거리 슈퍼마켓에 얼쩡대는 일조차 없었기 때문이었다.

안이 보이지 않을 정도로 높아진 담장과 그 위를 흉흉하게 두른 사금파리에 담벼락 꼭대기마다 고압전선을 설치해 두었다는 소문이 돌면서 안락재 주인의 이미지는 드라큘라 백작과 점점 비슷하게 되어가고 있었다. 천마산 7공주도 안락재의 새 주인에게 궁금한 점이 많았다.

"민호 네가 여기서 사는 줄 알았으면 진작 전화해서 물어볼걸."

"우리 반의 어떤 녀석이 그러는데 허우대 멀쩡하고 잘생긴 사람이라고는 하던데. 걔네 아빠가 소방관이잖아."

"대체 그 사람은 하는 일이 뭐야? 왜 걸핏하면 소방차를 출동시키고 난리야?"

소문을 악화시킨 것은 안락재에서 시도 때도 없이 치솟는 연기와 그로 인한 소방차 출동 사태였다. 민호는 발을 퍼덕이며 깔깔 웃었다.

"아아, 맞아 맞아. 그 사람이 깔끔쟁이 노릇을 하느라 세금을 좀 축냈어. 뭐 어차피 세금 많이 내는 사람이긴 하지만."

천마산 아랫자락에 그림처럼 자리 잡은 안락재에선 걸핏하면 연기가 치솟았다. 집이 완공된 지 몇 달 되지도 않았는데 벌써 세 번이나 소방차가 출동했다. 안락재에 문화재급 유물들이 적지 않다는 것을 전해 들은 소방관들은 신고가 접수되면 발에서 불이 나도록 출동하곤 했다.

원인은 벌레였다. 이완은 먼지가 굴러다니는 것이나 물건이 비뚤게 놓인 것도 싫어했지만 제일 끔찍하게 여기는 것이 바로 벌레였다.

날개, 혹은 다리가 많이 있는 것들이 잘잘대고 기는 꼴이 발견되었다 하면 이완은 바로 발작을 일으켰다—그렇다고 다리나 날개가 없는 지렁이 종류에 너그럽다는 것은 아니었다. 일단, 기본으로 2미터쯤 껑충 뛰어 주신 후에 근처에 있는 약을 미친 듯이 뿌려 벌레를 약액에 익사시키고 휴지로 한 주먹 크기로 싸서 테이프로 둘둘 말아 밀봉해 버린 후 대대적으로 벌레 사냥을 시작하곤 했다.

벌레 사냥 중 가장 효과가 강력한 것이 캔으로 되어 있는 연막살충제였다. 안락재가 산자락 아래에 위치하고 있다 보니 밤낮 벌레들이 날아들 수밖에 없었다. 그때마다 안락재에선 방마다 번갈아 가며 연기 폭탄이 터졌다. 높은 곳에 자리 잡은 안락재에서 연기가 치솟으면 온 동네에 다 보였다. 동네 사람들은 그럴 때마다 합심하여 119를 눌러 주었다.

양치는 소년에게 몇 번 당한 소방서는, 이제 안락재에서 연기가 솟아오르면 바로 출동하는 대신 전화기를 든다. 전화기 너머에서는 으레 낮고 점잖은 목소리가 흘러나온다. 연막 소독 작업 중입니다, 항상 수고가 많으십니다. 사실 안락재는 겉만 전통 목조건물이지 방화 방음 방진 및 자가발전 시스템이 철저하게 갖추어진 현대식 건물이기도 했다.

이야기를 들은 친구들은 걱정 근심이 가득한 눈으로 민호의 손을 잡았다. 민호의 벌레 사냥 솜씨를 잘 알고 있는 친구들이지만 결혼생활 중에 그 실력을 발휘하면 큰일이 벌어질 판이었다.

민호야, 절대 그 남자 앞에서 벌레 잡지 마, 한 큐에 바퀴벌레 세 마리 잡는다고 자랑하지 마. 날아다니는 파리한테 따귀 날려 줄 수 있다고, 나무젓가락으로 모기 잡는 연습 하는 중이라고 절대, 절대 말하지 마! 민호는 어리둥절한 얼굴로 그저 고개만 갸웃거릴 뿐이었다.

박두나 군단이 온 후로 선정과 진희의 전투상황은 엉겁결에 종료

되고 모두 왁자한 분위기에 휩쓸리게 되었다.

껌 한번 제대로 씹어 보지도 못한 사춘기를 보냈지만 워낙 세가 막강하다 보니 '천마산 7공주'라는 우아한 별명이 붙고 만 그녀들의 제일 철칙은 여자라는 이유로 찔찔대지 않는 것, 특히 남자 때문에 찔찔대지 않는 것이었다. 자매 중 두나를 비롯한 몇몇은 진희처럼 강력한 독신주의자이기도 했다. 민호는 독신주의도 전염병처럼 옮는 걸까 하고 생각하곤 했다.

두나는 일곱 자매 중에서 제일 어깨가 벌어지고 힘이 좋아, 가늘가늘한 맏언니를 대신해 7공주의 리더를 맡고 있었다.

두나는 초등학교 4학년 때 진희와 짝꿍이 된 이래 진희네가 일산으로 이사할 때까지 6년 동안 진희와 단짝으로 지냈다. 키 큰 민호와 두나 사이에 키 작은 진희가 달랑달랑 매달리듯 걸어 다니는 모습은 재미있는 구경거리였다. 하지만 헤게모니는 똑똑하고 야무진 진희가 쥐고 있었고, 그래서 '내 팔은 내가 흔든다'의 쿨 시크 모토는 언제부터인지 7공주에게 모조리 전염되어 있었다.

진희가 세영과 헤어졌다는 소식에도 그녀들은 공평하게 심드렁했다. 다만 선정과는 다르게, 진희 저거 조만간 이럴 줄 알았어, 하는 반응이었다.

"그렇지. 그따위 일로 울고 짜면 윤진희가 아니지."

"그럼 그럼, 혼자 먹는 밥도 맛만 좋더라."

"닭발 족발 순대 곱창 막걸리 막 먹어도 되고. 응."

배불뚝이 배신자 한 명을 포함한 독신주의 처자들은 나름 위로랍시고 떠들었지만 남이 듣기엔 전혀 위로가 아니었다. 그저 '웰컴, 독신 랜드에 오신 것을 환영합니다'의 축하 분위기일 뿐이었다. 두나가 닭발을 우물거리며 손을 휘저었다.

"솔직히 난 진희 네가 세영 씨랑 파토 날 거 눈치 다 까고 있었어.

그냥 신경 꺼. 속 편하게 혼자 사는 것도 좋고, 더 좋은 사람을 만날 수도 있잖아? 우리 보스 여사가 아빠 뒷담을 그렇게 까면서도 오만 닭살 행각은 다 저지르고 애를 일곱이나 낳은 거나 민호가 자그마치 연애를 하게 된 거 좀 보라고. 세상일 모르는 거야."

"두나 언니, 세상일이 아니라 밤일을 모르는 거 아닌가?"

난데없는 이레의 말에 민호는 족발의 왕뼈를 붕붕대며 끼어들었다.

"야! 박이레! 저건 제일 쥐방울만 한 게 말만 나오면 그쪽으로 연결이야! 호를 에로로 붙여 줄까 보다. 연애도 안 해 본 게 발랑 까져서, 엉?"

"그러는 민호 언니도 작년까지 대마법사였잖아! 맨날 남녀상열지사 어쩌고 하고 다닌 게 어디 사는 누군데! 배신자가 완전 웃겼어!"

"내가 왜 배신자야! 한나 언니는 노상 혼자 산다고 너희한테 바람만 넣다가 홀랑 튀었으니 배신자 맞지만, 난 머리털 나고 단 한 번도 연애를 포기한 적이 없다고! 봐! 꿈은 이루어지잖아?"

술도 얼근하게 올랐겠다, 목소리는 화통을 삼킨 듯 점점 커졌다. 애인과 헤어진 사람이 둘, 애인을 새로 만든 사람이 하나, 결혼해서 애를 아랫배에 담아 온 사람이 하나, 독신주의자, 연애 중인 사람과 휴애 중인 사람, 그리고 아직 연애다운 연애를 한 번도 못 해 본 대학생까지, 여자 열 명이 다리를 모으고 질펀하게 족발과 닭발을 뜯었다.

이렇게 분위기가 대화합의 장으로 엮이는 날에는 가무가 빠질 수 없다. 열 명의 여자들은 일차로, '남실남실(男失男失) 처자'들의 위로와 배려 차원에서 '남자는 여자를 귀찮게 하네'를 2절까지 옹골차게 불러 주었다.

밤하늘의 달도 별도 따 주마 미더운 약속을 하던 사나이들이 딱 네

소절 만에 일에 지친 마누라가 귀찮아 죽을 때까지 애처럼 졸라 댔다. 남자아는 여자아를 정말로 귀찮게 하네에에. 모인 여자들은 목에 핏대를 세워 악을 썼고, 목소리가 걸걸하고 목통이 제일 큰 민호의 목소리는 그야말로 안채의 지붕을 떵떵 울렸다. 떼창을 끝낸 그들은 이번에는 민호의 등을 펑펑 두드렸다.

"민호야, 그래, 네 배신은 용서할 수 없지만 어쨌든 네가 째지게 좋다니 재수 없어도 축하는 좀 해 주마. 깨가 쏟아지게 연애하는 꼬라지 정도는 봐줄 테니, 대신 단독 공연 좀 해라."

"그래그래, 네가 속풀이용 뚫어송이라고 하는 거 있잖아. 예전에 어디 오일장에 여행 갔다가 배워 왔댔잖아! 각설이 타령하고 비슷한 거. 그거 좀 해 봐!"

"조으아, 한 달 묵은 변비까지 뻥 뚫어 주지!"

민호는 사양도 않고 벌떡 일어섰다. 와르르르, 커다란 환호와 박수가 터졌다.

얼씨구! 선 추렴을 걸걸하게 넣은 민호는 엉덩이를 뒤로 쭉 빼고 고춧물이 묻은 나무젓가락과 빈 주발을 양쪽으로 펴 들었다. 곱사처럼 등짝을 둥글게 굽히고 발을 들썩거리며 스텝을 밟는다. 발을 모으고 둘러앉은 처자들은 젓가락 숟가락을 갈라 쥐고 뚜당뚜당 주발을 두드리며 장단을 맞춘다. 민호의 춤이나 노래에는 요상하게 어깨를 들썩거리게 하는 힘이 있었다.

"어허얼씨구씨구 들어간다, 저허얼씨구씨구 들어나 가."

막걸리에 폭 잠긴 목소리가 구성지게 흘러나오며 움츠린 어깨가 출썩출썩, 엉거주춤 구부린 발은 어기죽어기죽 갈지자를 긋는다. 남도지방에서 전해지는 병신춤 중 안팎곱사춤과 각설이의 욕 타령 사설을 짜 맞춘, 이 전야제에서만 구경할 수 있는 특별공연이었다.

"오늘 와 주셔서 감사드립니다. 두 분 모두 서울까지 모셔 드리겠습니다. 앤디? 서울까지 운전 좀 부탁해."

매너 좋게 웃고는 있지만 엄연한 축객령이었다.

이완은 기분이 영 껄끄러웠다. 귀기니 신기니 따위는 딱히 신경 쓰지 않았지만, 질기게 달라붙는 찜찜한 기분을 떨칠 수 없었다. 나를 얼마나 만만하게 봤으면, 싶은 생각도 들어 더 불쾌했다.

싸게 해 줌세, 박 실장. 이런 기회가 없어. 내가 사실 급하게 막을 게 있어서. 박 실장? 대체 얼마면 되겠어? 노인의 애가 타는 말에도 이완은 가타부타 말도 없이 자리에서 일어섰다.

정국은 욕설을 삼키며 그림을 주워 담는 성길을 향해 못마땅한 표정을 지었다. 다음번 특별전시나 강연을 점잖게 부탁해 볼 참이었는데 다 글러 먹었다. 물론 애초에 저 진상을 매장에 달고 간 것이 자신이니 입이 열 개라도 할 말은 없는데, 오늘따라 박 실장도 꽤 날이 서 있는 것 같다.

미인도 건이 아니었으면 혼례 화첩 같은 것은 괜찮은 가격으로 거래가 될 수도 있었는데.

그나저나 미인도는 정말 의외였다. 얼굴이 없다니. 그런 그림이 몇 십 년 전에 억대를 훌쩍 넘는 가격으로 매매가 되었다는 것이 믿어지지 않았다.

솔직히 그림에서 헛것이 보이고 환청이 들리면 자신 같으면 손도 대기 싫을 것 같은데, 하고 생각하는 순간 이상한 소리가 흘깃 들리다 사라진다. 박 실장이 멈칫했다.

"이게 대체 무슨 소립니까?"

정국과 성길도 눈썹을 찌푸리고 귀를 쫑긋 세웠다. 대청의 양쪽

벽을 다 내려놓은 상태인 데다, 방문까지 닫아 조용한 사랑방이었다.

설마, 초상화에서 소리가?

등줄기로 소름이 쫙 돋았다. 다들 팽팽하게 긴장한 얼굴로 초상화를 쳐다보는 순간 다시 이상한 소리가 스며들었다. 정국은 한숨을 쉬며 이마에 난 땀을 문질렀다.

"초상화에서 난 소리는 아니군요. 밖에서 들리는 소리 같은데 혹시 이 집에 다른 사람이 있습니까?"

"아닙니다. 지금 이 집엔 저희뿐입니다. 관리하는 사람도 명절 휴가를 보냈습니다만."

이완은 고개를 갸웃했다. 민호 씨도 명절 준비 때문에 오빠네 갈 거라 했는데. 이완이 창문을 살짝 여는 순간 그아아악, 그아아악, 갈까마귀의 떼창처럼 뭐라 형언할 수 없는 소리가 터졌다.

남자아는 여자아를, 정말로 귀찮게 하네에에.

가사가 들리는 순간 성길은 폭소를 터뜨렸고 정국과 앤드류도 입을 틀어막고 웃었다. 이완은 당황했다.

"이상하군요. 잡상인들이나 외부인이 들어올 일은 없을 텐데."

"이상할 건 뭡니까. 잡상인이라기보다, 여자들이 집 근처에서 자리 잡고 노는 모양이죠. 들어올 때 보니 안락재 근처에 큰 나무도 있고 평상도 있지 않았습니까?"

정국은 창밖으로 고개를 내밀고 두리번거렸다. 꽥꽥대는 아우성은 점점 걸직해졌다.

일광단 이광단이 화투패냐 일광단 이광단이 비단이냐
빌어 처먹을 놈의 별호더냐 어허얼시구시구 들어간다
개놈 소놈의 개자식, 이놈 저놈에 개쌍놈
열사흘 굶어 허기진 배에 욕심 한 보따리 들어가서 배 터져서 뒈

질 놈

　범우한테 물려가다 오줌똥 지리구 토악질해서 숨 막혀서 뒈질 놈
　씹을 할 놈, 씹을 할 년…….

　옆에서 달라붙는 웃음소리에 제대로 된 추임새까지 듣자 하니 한두 번 놀아 본 솜씨들이 아니다. 사설의 더러움은 차치하고, 풀어내는 건 또 맛깔스러워 얼핏얼핏 들리는 것만으로도 귀에 착착 감긴다. 설마하니 각설이 패거리로 전승되다가 소실되었다는 그 욕 타령은 아니겠지. 정국은 머쓱하게 웃었다.

　"사설 한번 험악하군요. 저러면 고성방가로 동네주민이 신고 안 하나 모르겠네요. 대체 누가……."

　"거, 뻔하지 뭐. 동네 여편네들이 개떼처럼 모여서 술 한잔 걸치고 남편 욕하면서 지랄 염병하는 거지. 잡혀가서 콩밥이나 뒈지게 먹어야 정신을 차리지. 하여간 치마 두른 것들은 집에 가둬 놓고 삼 일 밤낮으로 먼지 나게 패야 남편 고마운 줄 안다니까. 밥버러지 같은 년들."

　이완의 미간으로 주름이 깊이 모여들었다. 뱃속에서 불길한 느낌이 스멀스멀 일기 시작했다.

　용천(나병, 간질)배기 호로자식, 호랑이한테 물려갈 놈
　멀쩡한 벼락을 쫓아가서 두 번 맞고 뒈질 놈!
　어허이 시원하다 어절씨구씨구 시원하다아……
　그래애, 김경훈 이 나쁜 새끼야! 너도 벼락이나 한 번 된통 맞아라!

　흥겨운 가락 사이로 앙칼진 목소리가 끼어들었다. 머리로 지끈 벼락이 꽂히는 것 같다.

"이런 제기랄!"

이완은 문을 왈칵 열고 안채로 연결된 복도로 황급히 뛰기 시작했다.

소음의 근원지는 바로 안채였다.

❀　　　❀　　　❀

사랑채와 안채 침실 쪽으로 연결된 복도에 양복 차림의 남자 네 명이 입을 멍하니 벌린 채 서 있다. 하나는 퉁퉁하고, 하나는 바짝 말랐고, 하나는 머리가 노랑노랑하고, 하나는 광채 나게 잘생겼다. 두 사람은 어디서 본 것 같고, 나머지 두 사람은 민호가 잘 아는 사람들이었다.

진희는 몸을 반쯤 일으킨 채 고개를 갸웃하며 눈으로 저 사람들이 누군지 묻는다. 저 멀대가 누군지 아는 선정은 진땀을 흘리기 시작했다.

민호는 눈을 껌벅거리며 네 사나이를 쳐다보았다. 지금 저 사람들이 인사동이 아니고 왜 여기에 있는 거지? 소, 손님인가?

"박 실장, 이거이거, 먼저 손님이 계셨네? 한두 명도 아니고 아가씨들이 우글우글? 어허? 저거 대체 뭐 하는 아가씨들인가?"

바짝 마른 노인이 흥미진진한 얼굴로 묻는다. 물광 사나이는 입을 벌린 채 대답도 없이 서 있다.

민호는 얼른 주변을 둘러보았다. 기암괴석과 멋진 나무, 화려한 가을꽃이 흐드러진 후원을 배경으로, 술과 안주가 질펀하게 나뒹구는 바닥과 탁자, 여기저기 날아다니는 검은 비닐봉지, 산더미처럼 쌓여 있는 돼지족발의 거대한 뼈 무더기가 보였다.

발을 와글와글 뻗고 커다란 돼지 뼈다귀로 장단을 맞추던 친구들의 꼬락서니도 볼만했고, 병신춤에 욕 타령을 늘어놓고 있던 자신은 오갈 데 없이 전통의 각설이였다. 더욱이 막판엔 타령 수위도 좀 셌던 것 같은데? 들었을까? 설마, 설마?

"어, 이와…… 저, 저기 박 실장님? 지금 여기 웬일로……?"

민호는 이완의 이름조차 부르지 못하고 어물거렸다. 그의 얼굴에 괴어 있는 경악과 환멸의 감정이 뚜렷하게 느껴졌기 때문이다. 순간 느른하던 노인의 목소리가 탁구공처럼 튀었다.

"어허! 어허! 그러고 보니 저, 저 여자! 어제 매장에 들어와서 지랄 발광하던 년 아닌가?"

아, 그러고 보니! 정국도 얼굴을 확인하더니 화들짝 놀라 성길의 소매를 잡았다. 김 사장, 말씀이 심하십니다, 하는 정국의 말에 성길의 목소리가 와락 커졌다.

"저 미친년이 왜 박 실장 집에 있어?"

이완은 어질어질하는 머리를 손가락으로 꾹 눌렀다.

대체 저 미친년이라 불리는 여자를 누구라 소개해야 하지? 저 꼴은 뭐고? 옷이라도 사라고 카드를 주면 내가 거지냐, 내가 벌어서 내가 산다, 큰소리를 치더니 저 꼴로 나를 망신 주려고 작정한 건가? 늘어지고 해진 데다 뻘건 고춧가루까지 묻은 트레이닝복을 입고, 나무젓가락을 들고 엉덩이를 뒤로 쭉 뺀 채 굳어 있는 여자. 내 약혼녀. 윤민호.

귓가에서는 아직도 걸걸한 소리로 씨불이던 더러운 욕설이 쟁쟁 울린다. 연휴 내내 오빠네 가 있겠다던 당신은 왜 지금 여기 있고, 얼굴도 모르는 저 여자들은 왜 남의 집에 하이에나 떼처럼 몰려와서 버글대고 있나? 노인의 삐죽대는 소리가 흩어졌다.

"사람 함부로 안 들인다고 문턱 높은 유세는 다 하더니, 요상한 광년이가 춤추고 놀고 있구만. 어제 저 여자가 왜 그렇게 건방을 떨면서 발광을 하나 했더니. 에에이, 참."

거래 불발로 잔뜩 삐친 노인은 마당에 침을 탁 뱉으며 투덜거렸다. 이완은 그의 모욕적인 언사보다 엉뚱한 곳에서 먼저 폭발했다.

"앤디! 앤드류! 지금 당장 저 잔디 걷어 내고 소독약 갖다 부어!"

이완은 이를 부득 갈면서 고함을 질렀다. 왜 멀쩡한 목구멍으로 침을 삼키지 못하고 더럽게 밖으로 뱉는 거냐, 여기가 네 집이냐, 멱살을 잡고 욕설을 퍼붓고 싶은 것을 참느라 속이 부글부글한다.

성길과 정국은 입을 떡 벌리고 이완과 앤드류를 쳐다보았고, 이완의 이런 반응에 익숙한 앤드류는 베타딘이나 락스를 잔디에 부어도 괜찮을지, 붓는다면 잔디가 하얗게 나올지 노랗게 나올지를 진지하게 고민하며 황급히 사랑채 쪽으로 뛰어갔다.

사방이 쥐 죽은 듯 조용한 가운데 뚜앙, 주발이 마룻바닥에 팽개쳐지는 소리가 난다.

"야, 근데 저 영감님이 나한테 뭐라고 했냐?"

욕 타령을 씨불이던 여자의 목소리가 음산하게 바닥에 깔렸다.

"옘병, 노망이 나려면 곱게 나지 뭐가 어째? 지랄발광 미친년? 요상한 광년이? 이런 씨붐바 영감이, 날 어떻게 보고, 엉?"

……오늘 정말 무슨 날인가. 이젠 내 앞에서도 욕질을 하면서 싸움판을 벌일 참인가.

이완은 지끈대는 이마를 꾹 눌렀다. 다행인지 불행인지 옆에 앉은 친구들이 민호를 급히 붙잡아 앉혔고, 성길 역시 욕을 받아치며 대거리를 하지는 않았다. 하지만 이완과 민호 두 사람을 번갈아 바라보더니, 야릇하게 웃으며 속삭였다.

"저 봐, 어제도 저랬다니까? 아, 근데 박 실장, 저 여자가 왜 안락재에 있어? 혹시 여기서 같이……? 허허허, 아무래도 젊은 혈기가 좋아. 그렇지, 응?"

눈치를 주다 포기한 정국이 이맛살을 찌푸리며 입을 다무는 것이 보인다. 성길은 주둥이 싸고 성질이 더러운 데다 발까지 넓기로 소문 난 노인이었다.

민호가 이곳에 들어와서 산 지는 꽤 되었지만 이완은 자신이 말한 대로, 민호의 털끝 하나 건드리지 않고 지내는 중이었다. 하지만 저 노인의 입을 통한다면, 소문이 어떻게 퍼질지 듣지 않고도 뻔했다. 이완은 그러잖아도 사적인 이야기가 남의 입에 오르내리는 것이 끔 찍하게 싫었다. 그는 여자들을 외면하고 차갑게 내뱉었다.

"어지간히 하시죠. ……안채를 전 집주인의 동생에게 세를 준 것 뿐입니다."

모인 여자들의 얼굴에서 핏기가 빠져나간다. 그는 아랫입술을 지 그시 씹은 채, 민호나 선정에게 인사 한 마디 없이 자리를 벗어났다. 정국은 당황한 얼굴로 연신 민호를 돌아보며 이완을 따라갔다. 그들 이 사라진 자리에서 매운바람이 일었다.

민호는 자리에 주저앉았다. 다리에서 갑자기 기운이 훅 빠져나가 는 것 같다.

이상하다? 내가 무슨 소리를 들은 거지?

"저 사람 지금 뭐래?"

선정의 날카로운 목소리가 터졌다. 진희가 얼굴을 찌푸리고 조심 스럽게 물었다.

"민호야, 저 키 큰 사람이 집주인이니?"

"저 인간 뭐야? 설마 저 사람이 민호 애인이라는 거야?"

"아닌 거 같은데? 민호 언니 보고 그냥 전 집주인의 동생이라고 했 잖아."

"아니야. 저 사람이 박이완 씨 맞아! 아니, 어떻게 저럴 수가 있어?"

아무 말도 들리지 않는다. 민호는 멍하니 앉아 그가 내뱉은 대답을 되풀이했다.

안채를 전 집주인의 동생에게 세를 준 것뿐입니다. 전 집주인의 동생에게 세를, 전 집주인의 동생에게.

어, 그건 맞긴 맞는데, 조, 좀 다르게 말해 주어야 하는 거 아닌가? 가령, 제 여자친구입니다, 라든가. 제 애인이에요, 저랑 결혼할 사람입니다, 라든가. 소개해 드릴게요. 제 약혼녀 윤민호 씨예요, 제가 사랑하는 사람입니다, 라든가.

민호는 눈을 껌벅였다. 저 사람이 왜 그렇게 말을 했는지 모를 정도로 멍청하지는 않았다. 목구멍이 천천히 짓눌리는 것처럼 아프기 시작했다.

어, 그, 그래. 좀 창피할 수도 있겠다. 생각해 봐. 네가 무슨 짓을 하고 있었는지. 어제는 가게에서 무슨 짓을 했었는지. 보자마자 또 무슨 욕을 퍼부었는지.

그래도 그러면 안 되는 거 아닌가? 결혼할 사람이잖아.

야! 이 뻔뻔한 년아! 너 진짜 염치없어. 진상, 개진상 윤민호. 지금 네 꼴을 봐. 내가 박이완이었으면 쪽팔려서 오만 정 다 떼어 내고 바로 파투 냈다고, 엉!

그렇다. 나는 지금까지 그 사람한테 얼마나 무식하고 못난 꼴만 보여 주었느냐. 어제 듣기로, 그중에 있던 한 명은 박물관 사람이라고 했었다. 이완 씨가 사회생활을 하며 자주 만나야 할 사람일지도 모른다. 결혼식 때 초대해야 할 사람 중 하나일 수도 있고. 머릿속이 윙, 하는 진동으로 가득 차는 것 같다.

이완 씨. 지금 내 꼴이 그, 그 정도로 이상했어? 난 그냥 평소대로 논 것뿐인데. 매일매일 친구들하고 놀던 대로. 내가 매일 하던 대로.

당신도 내가 그러는 거, 모르는 거 아니었잖아?

민호는 두리번대며 주변을 둘러보았다. 분노와 놀람, 동정, 걱정 등의 감정이 한꺼번에 얽혀 얼굴에 와 닿는다. 왜 나를 그렇게 봐, 눈으로 묻던 민호는 진희의 연민 어린 시선을 보는 순간 더럭 겁이 나고 말았다.

"왜 그렇게 보고 있어? 내가 차이기라도 한 것처럼?"

그런데, 당연하게 차인 게 아니라고 해야 할 친구들이 입을 다물고 눈을 찌그러뜨린다. 이것들이 왜 이래. 나 전 집주인의 동생 맞잖아. 저 사람도 창피해서 잠깐 도망칠 수도 있는 거잖아. 이따가 잔소리 한번 때때때 해 주고, 나도 잔소리 한 방 먹고 그러고 끝내면 되는 거잖아. 민호는 필사적으로 고개를 저었다.

하지만 속으로 아무리 뇌어도 속에서 시커멓게 연기가 솟아오르기 시작했다. 민호는 자리에 주저앉은 채 눈을 껌벅였다. 이상하다. 왜 이렇게 온몸이 떨릴까?

민호야! 이완 씨가 어떻게 그런 말을 할 수가 있어! 사랑한다는 사람이! 선정아, 조용히 좀 해! 넌 뭐든지 남자 잘못이니? 아까 그 사람 얼굴도 못 봤어? 진희 너야말로 아까 저 개자식이 민호한테 뭐라 하는 거 못 들었어? 넌 네 남자친구가 널 그렇게 말하고 다니면 그걸 가만둘 거야? 너야말로 생각해 봐! 아까 그 꼴로 있는데 거래처 사람들에게 어떻게 여자친구라고 소개를 해! 옆에서 핏대를 세워 떠들어대는 친구의 목소리가 전혀, 전혀 들리지 않는다. 민호는 덜덜 흔들리는 손으로 전화기를 잡았다.

— 지금은 전화를 받을 수 없사오니 나중에 다시 걸어 주시기 바랍니다⋯⋯.

— 지금은 전화를 받을 수 없사오니⋯⋯.

— 받을 수 없사오니.

"나 정말 차인 거야?"

전화기를 붙잡은 손이 계속 떨렸다. 애들아. 야, 이것들아. 이, 이 잡것들아. 누, 누가 아니라고 말 좀 해 줘. 내가 생각하는 게 아니라고. 민호는 둥그렇게 둘러앉은 친구들을 향해 열심히 두리번거렸다.

하지만 아무도 대답하지 않았다. 진희는 선정에게처럼 굿 뉴스, 브라보 마이 라이프를 외치는 대신 민호의 손을 꽉 잡았다. 두나와 자매들은 진희에게처럼 독신 라이프의 즐거움을 떠들어 대는 대신 시선을 돌리고 눈을 끔벅거렸다. 나쁜 자식, 남자들은 다 똑같아! 선정은 분에 겨운 목소리로 울먹거렸다.

와자하던 안채의 대청은 순식간에 얼음 같은 침묵으로 가라앉았다. 민호 너 괜찮아? 한마디 묻는 사람조차 없이 전화를 받을 수 없사오니, 하는 매끄러운 목소리만 천둥처럼 울린다.

어? 어어? 민호는 화들짝 몸을 소스라쳤다. 슬프다기보다, 아프다기보다 그냥 놀란 것뿐인데, 갑자기 마룻바닥으로 툭툭툭 맑은 물이 떨어지기 시작했다.

화차를 선물 받고 그렇게 행복해하던 그를 본 지 정확하게 만 하루가 지났다.

3
꽁치 통조림의 유통기한

"민호가 지금 자리에 없네요. 분명 옆에서 자는 줄 알았는데. 어쩌죠? 연락도 되지 않네요."

자정이 다 되어 가는 시각. 민호는 안락재에 없었다. 대신 아까 민호 곁에서 보았던 여자가 안채에서 나와 옆에서 난감한 얼굴을 했다. 또 어디로 뛴 거지? 욱하는 감정이 치받는 것을 누르고 이완은 여자에게 물었다.

"죄송하지만 아까 무슨 일이 있었는지 여쭤 보고 싶습니다. 잠시만 시간을 내 주실 수 있으십니까?"

여자가 말없이 고개를 들어 올린다. 달빛에 반쯤 잠긴 갸름한 얼굴은 어딘가 이국적인 분위기를 갖고 있었다. 여자는 키가 작았지만 몸의 비율이 좋았고, 코코넛의 속살처럼 투명하고 하얀 피부를 갖고 있었다.

자신을 담담하게 올려다보는 눈이 인상적이었는데, 홍채에 어두운 회색과 푸르스름한 색이 깃들어 있어 신비롭게 느껴졌다. 민호와 이목이 비슷한 부분이 있으면서도 전혀 닮지 않게 느껴지는 것은 그 서늘한 눈동자 때문인지도 몰랐다.

"윤진희라고 해요. 민호와 동갑인데, 촌수로는 조카가 되니 편하게 말씀하셔도 됩니다."

하지만 여자의 분위기는 잔잔하면서도 엄위하여 편안하게 느껴지지 않았다. 이완은 그녀와 실내에서 이야기하는 것이 조심스러워 후원의 정자로 안내했다.

이완은 들고 있던 찻종을 내려놓았다. 어제 선물 받은 국화가 어둠 속에서 노랗게 퍼져 있었다. 정원등까지 운치 있게 켜 두었지만, 상상했던 것만큼 분위기가 안온하지는 않았다.

대체 안채에 모여 무슨 짓들을 하고 있던 거냐, 추궁하고 싶었는데 쉽게 말이 나오지 않았다. 여자가 차분한 목소리로 먼저 말을 건넸다.

"아까 오셔서 많이 놀라셨죠?"

"놀라지 않았다 하면 거짓말이겠죠."

"아까 같이 오신 분들이 거래처 분들이었나요? 저희 때문에 곤혹스러우셨죠? 민호가 요새 정신이 없어서 오늘 모임 있다고 말해 두는 걸 깜박 잊었나 본데 정말 죄송해요. 그 부분은 제가 민호 대신 사과할게요."

"……아, 예."

곤혹스럽다는 말로도 모자란다. 지금 아무리 사과를 받는다 해도 아까의 일이 없어지는 것도 아니고. 겸양으로라도 괜찮다는 말이 나오지 않았다.

"아까 무슨 일이 있었는지 알려 주실 수 있겠습니까? 아, 그보다 지금 민호 씨가 어디에 있는지 짐작 가는 데라도 있으신지. 혹시 아까 함께 있던 친구들 집에 간다거나 하는 말은 없었습니까?"

"아까 있던 친구 집에 간 건 아니에요. 조금 아까 두나네하고 사당동 선정이네까지 전부 연락을 해 봤거든요. 얘가 가끔 이럴 때가 있어서 큰 걱정은 안 하지만 답답하긴 하네요."

"대체 왜, 왜 민호 씨는 걸핏하면 연락을 받지 않는 겁니까?"

이완은 눈썹을 곤두세우고 으르렁대다 쓴웃음을 지었다.

저 여자한테 화를 낼 일이 아니다. 뻔하다. 또 다른 시간으로 튄 거지. 스트레스만 받으면 도망질부터 치는 건가. 이번엔 또 며칠 만에 나타나려고. 제발 말이라도 하고 가라 했지 않나.

하지만 그리 따지기도 우스운 것이 전화를 받지 않은 것은 자신이었다. 아니나 다를까, 맞은편의 여자가 조심스럽게 토를 달았다.

"이런 말 하긴 죄송하지만, 연락도 내내 안 받으신 분이 하실 말씀은 아닌 것 같아요. 민호는 날벼락을 맞은 기분이었을 거예요."

"날벼락은 제가 맞았던 것 같습니다만."

목소리에 다시 날이 선다. 전화를 왜 안 받았느냐고? 그 상황에서 전화를 받았으면 결코 좋은 말이 나가지 않았을 것이다. 나는 기분이 바닥을 치면 말의 마디마디 독설을 박는 몹쓸 버릇이 있고, 민호 씨에게만큼은 후회할 말을 하고 싶지 않았다.

물론, 그 자리에서 민호 씨를 외면하고 나왔다는 걸 잘했다는 건 아니다. 바로 전화를 받아 태연하게 대화할 정도의 인격을 갖추지 못한 것도 자랑은 아니다. 하지만 나로서는 그게 최선이었다.

하지만 이완은 입을 다무는 쪽을 택했다. 그 일에 대해 사과를 하건 따지며 싸우건, 그건 민호 씨와 둘이 해결할 일이지 저 여자에게 미주알고주알 늘어놓을 일은 아니었다.

"그냥…… 민호 씨의 전화를 받기 어려운 상황이었습니다."

"올라가시면서 무슨 일이 있으셨나요?"

이완은 이마로 흘러내린 머리카락을 쓸어 올렸다. 손바닥으로 땀이 묻어났다. 서울까지 올라가며 겪었던 일을 되짚는 것만으로도 눈앞이 아찔했다.

❀　　❀　　❀

띠릉띠릉띠르르, 띠릉띠릉띠르르. 전화기가 끝도 없이 울렸다. ♡♡♡민호 씨♥♥♥라고 저장해 둔 이름이 깜박거릴 때마다 얼굴이 화끈거렸다. 깜빡이 하트라니. 내가 왜 이런 미친 짓을 해 놓았지. 그는 흘끔대는 시선이 치가 떨려 결국 전화기를 꺼 버렸다.

"세상에 무슨 여자가, 꼴이 우스워도 우스워도, 원."

"아, 예."

정국은 이완의 눈치를 보며 난감한 듯 대꾸했다. 하지만 성길은 어제 여자에게 당한 분풀이를 제대로 하려는지 혹은 거래가 파투가 난 것에 대해 분풀이라도 하려는지 집요하게 떠들어 댔다.

"어제 보니 평소에도 입에 구정물 좀 달고 사나 싶더니만 아니나 달라, 욕 타령이 입에 착착 감기데. 안 그래요, 최 과장?"

"아아, 글쎄요. 그게 말입니다."

"박 실장도 좀 이상하네. 그런 사람들에게 덜렁 세를 주다니. 불안하고 정신 산만해서 어디 살겠나?"

정국 역시 어제 그렇게 평지풍파를 일으키고 내뺀 여자가 이완이 철통 보안으로 지키는 안락재, 그것도 안채에 살고 있다는 사실이 놀랍기는 했다. 보통 사이가 아니라는 뜻이었지만 생각 가는 대로 연결하기엔 도저히 이해가 가지 않는 조합이었다. 다른 이야기나 했으면 좋겠는데 남의 뒷소문을 일파만파 퍼뜨리기 좋아하는 노인장은 아주 신이 나셨다.

"허허허, 최 과장, 박 실장이 혹시 그 정신 사나운 여자한테 뭔가 큰 약점을 잡힌 것 아닐까?"

"약점이라뇨. 지난번 소송에서 크게 신세를 진 일이 있어서 보답 차원에서 그렇게 한 것뿐입니다."

이완은 돌처럼 굳은 얼굴로 억지로 대화를 잘라 냈다. 그 여자가 자신과 결혼할 여자라는 말이 도저히 나오지 않았다. 정국이 한숨을 쉬며 고개를 돌렸다.

"아, 유산 관련 소송에서 도움을 줬다는 그 사람입니까? 혹시 변호사요? 아니면 어디에 있는 큐레이터요?"

정국은 어떻게든 이완의 체면이라도 세워 주려 애를 쓰는데, 성길은 기고만장 침을 튀긴다.

"최 과장, 어제 그 꼴을 보고도 변호사 큐레이터 소리가 나오나? 동양화가 한석봉이, 세한도를 개집이라 하는 사람이? 그것도 김정호의 세한도라? 참 내. 아까도 봐, 머리에 꽃 한 송이만 꽂으면 딱 광년이야, 광년이."

노인은 입을 크게 벌리고 웃었다. 이완은 부들부들 떨리는 손에 억지로 힘을 주었다. 화가 나서 눈앞이 부옇게 엉긴다. 무슨 말로 저 비웃음을 막아야 할지 모르겠다.

아까 자신의 입에서 저도 모르게 흘러나온 대답이 떠올랐다.

'전 집주인의 동생에게 세를 준 것뿐입니다.'

알고 있다. 그렇게 대답해서는 안 되었다는 거. 그따위로 대답을 해서 저 인간이 함부로 비웃어 대는 것이다. 아무리 창피해도, 저 여자가 내 연인이고 결혼할 사람이라고 제대로 소개를 하는 게 옳았다.

물론 민호 씨가 손님이 온다고 미리 말을 해 주었으면 좋았겠지만 친구를 부르지 말라거나 반드시 허락을 받아야 한다 얘기해 둔 적도 없었으니, 그따위 꼬락서니로 떼창을 부르고 막춤을 추던 걸 마냥 비난할 수도 없었다. 지금이라도 제대로 말을 해서 저렇게 쩧고 까부는 짓을 멈추게 해야 했다.

하지만 입이 떨어지지 않았다. 상상만 해도 얼굴로 숯불이 쏟아지는 것 같다. 민호 씨의 잘못인지, 내 잘못인지, 누가 화를 내야 하고, 누가 사과를 해야 하는지 알 수 없으니 속이 더 뒤집힌다.

놀라서 전화를 해 대고 있을 여자를 생각하니 속이 쓰렸지만 전화를 받았다가는 하지 말아야 할 소리를 하게 될 것 같아 받을 수가 없었다.

귀를 틀어막고 싶었다. 만약 다른 친구들이 저런 짓을 했으면 이렇게까지 부끄럽지는 않았을 것이다. 민호는 그렇지 않았다. 그 여자의 수치는 바로 자신의 수치였다. 결혼을 하게 되면 더욱 그러할 것이다.

노아가 그랬던가, 세상에서 제일 멋진 아내를 맞이해야 하는 이유. 반려자란 자신의 수준 혹은 능력을 나타내는 척도가 된다고. 그때는 허투루 들었는데 이제야 실감이 난다.

이완은 눈을 감고 생각을 하나로 모았다. 모르고 사랑한다고 한 거 아니었다. 저 여자가 본데없이 무식하고, 욕 잘하고, 꼴이 이상한 거 다 알고도 결혼까지 생각하는 거였다.

내 여자다. 내가 사랑하고, 지키고, 누구에게나 당당하게 인정해야 할 내 여자. 나와 평생 살을 맞대고 일상을 함께하며 살아야 할 내 여자. 저렇게 남이 입방아를 쩧도록 놔두면 안 되는 내 여자. 이완은 수건을 꺼내 이마에 맺힌 땀을 꾹 눌렀다.

"김 사장님. 이제 어지간히 하시죠. 연락도 안 하고 들어간 제 잘못도 있으니까요. 그쪽도 당황했을 것 아닙니까."

목소리가 갈라졌다. 재미있다는 듯 혹은 걱정스럽다는 듯 자신을 살피는 두 사람의 시선이 느껴진다. 내가 이 말을 했을 때 저 사람들에게 나올 반응이 눈에 보인다. 안락재의 안채에 사는 기괴한 여자와 그녀와 결혼하려는 나에 대한 소문이 일파만파 퍼질 것이고, 사람들은 자신을 볼 때마다 뒤에서 손가락질하며 히죽거릴 것이다.

무언가 사고를 쳤겠지. 그렇지 않고서야 저런 여자와. 사고? 뻔하지. 왜 그렇고 그런 거 있잖아. 아하, 하긴 박 실장이 아직 팔팔할 때니 그럴 수도 있지, 응응. 거봐. 아무리 점잖아 보이는 사람도 다 뒤로는 저렇게 추잡한 짓을 하고 다니다가 발목이 잡히는 거라고. 별수 없는 거야.

땅을 파고 들어가고 싶다. 왕왕대는 뒷소리가 환청처럼 귀에 감긴다. 말하고 싶지 않다. 절대 말하고 싶지 않다. 이완은 심호흡을 하고 천천히 말했다.

"그 여자, 저와 결혼할 사람입니다."

❀　　❀　　❀

진희는 고개를 끄덕였다. 얼마나 창피하고 곤혹스러웠을까. 욕 잘하고 무식한 여자와 함께 지낸다는 소문만으로도 저 사내의 체면은 사정없이 구겨지게 되어 있다. 실제로는 동거하는 것도 아니었고 함께 있을 때도 선을 깍듯하게 지키는 모양이었지만 소문이란 항상 가장 지저분한 쪽으로 퍼지게 마련이었다.

그 상황에서 저 여자가 나와 결혼할 사람이라 밝힌 것은 대단한 용기였다. 민호 씨에게는 말하지 말라 당부하는 것을 보니 그는 민호에게 자신의 힘든 사정을 말할 생각이 없는 듯했다.

힘든 걸 감추고 참는다고 문제가 해결되지는 않을 텐데.

하지만 진희는 가타부타 이야기하지 않았다. 자신이 나설 일이 아니었다. 다만, 아까 있었던 요란한 모임에 대해서는 조심스럽게 설명을 해 주었다. 사내가 기가 막힌 듯 웃는다.

"명절 전의 속풀이를 위한 금남의 전야제라."

이완은 허탈하게 고개를 저었다. 도떼기시장처럼 왁자했던 것치고는 기껏 모여서 수다 떨며 속풀이하는 자리였던 거군. 자신으로서는 상상도 못 할 발상이다. 명절 때 사람에게 부대끼는 것만으로도 피곤해 죽을 판인데, 그 피곤을 미리부터 상쇄하기 위해 시끌벅적한 모임을 따로 만들었다?

명불허전이군.

하기야, 그동안 지켜본 바로는 민호는 잡다하게 건수를 만들어 여러 사람과 함께 부대끼는 것을 좋아했다. 아침이면 눈을 뜨자마자 발딱 일어나고, 집에서도 가만히 앉아 있는 스타일이 아니었다.

자신처럼 날이 바짝 서게 깔끔을 떨거나 정리벽이 있는 것은 아니지만 하루 종일 바지런히 무언가를 쑤석대며 동당동당 돌아다닌다. 사람과 만나면서 에너지를 충전하는, 살아 있는 에너자이저였다.

이완은 자기 자신을 잘 알았다. 조용하고 정적인 사람이었다. 많은 사람과 부대끼면 에너지가 고갈되고, 사람들과 부대끼면서 소모한 에너지를 혼자 있는 시간을 통해 충전해야 하는 사람이었다.

자신과 달라도 너무나 다른 여자. 생각보다 행동이 먼저 튀어 나가는 여자. 문장 하나에 욕설 한 마디는 꼭 박아 넣어야 직성이 풀리는 여자. 단 한 번 보았던 김성길이나 최 과장 같은 사람에게도 그대로 들통이 날 만큼, 도무지 감출 수 없는 무지.

내가 다 감수한다고는 했지만, 그것이 계속 발목을 잡게 된다면 나는 언제까지 견딜 수 있을까.

"민호 씨를 보게 되면 늦더라도 연락 좀 부탁한다고 전해 주시겠습니까?"

"민호가 원한다면 그렇게 하라고 할게요."

"원한다면, 이라고요? 걱정하는 사람 생각하면 싫어도 연락을 해 주어야⋯⋯."

여자가 살짝 눈썹을 찌푸리는 것을 보고 이완은 말을 끊었다. 여 자의 태도는 나무랄 데 없이 정중했지만, 아까부터 단단한 벽이 느껴 진다. 이완은 누그러진 말투로 부탁했다.

"제가 불안해서 그렇습니다. 돌아왔는지만이라도 확인하고 싶습 니다."

"그러면 명함 한 장만 주시겠어요? 민호가 바로 연락하고 싶지 않 다고 하면 제가 문자라도 넣어 드릴게요."

명함을 받은 여자는 말 한 마디 덧대지도 않고 묵례만 남긴 후 바 로 몸을 돌렸다.

"아, 진희 씨."

이완은 여자를 불러 세워 놓고 말을 망설였다. 아무래도 여자가 감추어 둔 말이 있는 듯싶었다. 파스스스스, 정자 뒤에 우거진 대나 무 숲에서 댓잎이 부딪치는 소리가 유난히 크게 들린다.

"혹시 저한테 하시고 싶은 말씀이 있습니까?"

여자는 비스듬하게 몸을 돌려 이완을 올려다본다. 반 역광으로 달 빛을 받고 있는 여자는 기품 있고 엄정한 자태로 서 있었는데, 푸른 물이 한 자락 배어 있는 듯한 홍채와 어우러져 범접할 수 없는 아우 라를 형성하고 있었다. 여자는 글쎄요, 아직 특별히 드릴 말씀은⋯⋯ 하며 애매하게 말끝을 접었다.

"아, 알고 계실지 모르겠는데 민호가 여행을 좋아해요. 어릴 때부 터 말도 없이 훌쩍 여행을 갔다가 돌아올 때가 많았어요."

이완은 움직임을 멈췄다. 이게 무슨 말이지? 시간 여행에 대해서 는 가족에게도 말하지 않았다고 했는데? 그냥 단순히 집을 자주 비 운다, 이런 일이 종종 있으니 이해해 달라 대신 변명이라도 하려는 건가?

"그래서 우리 엄마하고 아버지한테 걱정을 많이 들었었죠. 그런데 이상하게 저는 그게 부러웠어요. 돌아올 때마다 풍기는 바람 냄새가 좋았거든요."

"무슨 말씀을 하시고 싶은 겁니까?"

"아, 민호는 돌아올 거니 너무 걱정하지 마시라는 말씀을 드리고 싶었던 건데…… 말이 길어졌네요."

말끄러미 바라보는 여자의 예의 바른 미소가 두 겹으로 느껴졌다. 여자는 부드럽게 미소하며 묻는다.

"박 실장님, 직업 때문에 민호와 결혼하시려는 건 아니죠?"

입이 그대로 얼어붙었다. 굳이 대답을 듣지 않아도 되는 듯, 여자는 간결한 동작으로 눈인사를 하더니 뒤도 돌아보지 않고 안채로 돌아갔다.

진희는 어둠 속에서 눈을 깜박였다. 잠이 오지 않는다. 드르르르 쇠가 부딪치는 소리가 고막을 찌른다. 주차장의 문이 올라가는 소리였다.

"서울로 올라가는구나."

안채에 자신이 혼자 자고 있으니, 자기 집이지만 굳이 서울까지 돌아가려는 모양이다. 생각보다 조심성 많고 예의가 바른 사람이었지만, 그 미덕을 상쇄시킬 만큼 냉소적인 분위기가 느껴졌다.

나하고 비슷한 구석도 꽤 있는 것 같고?

진희는 어둠 속에서 실쭉 웃었다. 알 수 없는 일이다. 저런 사람이 어떻게 민호와 결혼할 생각까지 하게 되었을까?

"……응?"

진희는 문득 주위를 둘러보았다. 몸의 솜털이 바짝 일어선다. 가늘게 흘러나오는 이상한 소리가 귀를 근지럽힌다.

진희는 어둠이 눈에 익을 때까지 한참 동안 소리 나는 곳을 응시했다. 옷장과 화장대 사이의 구석진 곳에서 시꺼먼 바위처럼 뭉쳐 있는 형체가 눈에 들어왔다. 민호가 들어왔구나. 집 안에 있었던 건가? 진희는 조용히 말을 붙였다.

"정자 근처에 있었니? 아까 이완 씨가 하는 이야기 다 들은 거야?"

대답은 나오지 않았다. 대신 소리가 조금 더 커졌다. 흐륵, 흐르륵, 끅. 민호는 한참 후에야 소매로 얼굴을 문지르고 고개를 들었다.

"진희야, 나 어떡해. 내가 섭섭한 게 문제가 아니었어. 그 사람이 나 때문에 그렇게 창피한 꼴을 당하고 다니는데."

라면 한 상자, 만 원 한 장에도 로또 맞은 것만큼이나 행복해하던 친구는 다시 이불을 뒤집어쓰고 끅끅 소리를 내기 시작했다.

진희는 문득 강렬한 기시감을 느꼈다. 어렸을 적 이불 속에서 들릴락 말락 흘러나오던 엄마의 소리, 내장을 토막토막 끊으며 흐르던 소리와 똑같이 느껴졌다.

❃　　　❃　　　❃

진희의 동갑내기 고모, 진희보다 더 늦게 태어난, 동생들에게 '멍충이 고모'라 불리던 민호는 가출이 잦았다.

할머니가 돌아가시고 몇 년 후부터 시작된 가출은 별다른 이유 없이도 점점 걷잡을 수 없이 빈번해졌다. 어느 날 문득 사라져 온 집안을 뒤집어 놓고, 어디선가 홀연히 나타나 부엌에 퍼질러 앉아 식은 밥과 남은 김치를 퍼먹고 있는 등짝을 보고 있노라면 살기가 절로 일었노라, 아버지는 길게 한숨을 쉬었다.

아버지에게 연거푸 따귀를 맞고 어디에 있었느냐, 무슨 짓을 하고 싸돌아다니느냐, 대체 왜 나갔느냐 무섭게 추궁을 당해도 그녀는 설명 한 자락, 변명 한번 제대로 한 적이 없었다. 어머니는 "내가 엄마가 아니고 올케라서, 만만해서 반항하는 거냐?" 하며 가슴을 치며 울었다. 아무리 맞아도 울지 않던 민호는 그제야 쭈그리고 앉아 잘못했다며 울었지만 왜 집을 나갔는지, 그동안 어디에서 무슨 짓을 했는지는 한마디도 말하지 못했다.

짧게는 이삼 일, 길게는 몇 주, 어른이 되어서는 몇 달간 연락이 되지 않을 때도 있었다. 그러잖아도 친척의 보증 빚에 치여 정신이 없던 아버지와 지친 어머니는, 나중에는 실종신고조차 하지 않았다.

하지만 진희는 그것이 가출이 아니라는 것을 알고 있었다.

제사 준비로 부엌에 기름 냄새가 진득하던 날, 진희는 민호와 술래잡기를 했다. 땀이 끈끈하게 흘러 진희가 좋아하는 하얀 레이스 원피스가 등과 다리에 들러붙던 날이었다.

진희는 손으로 눈을 가리고 열을 셌지만, 손가락이 눈을 가리기 직전, 민호가 안방으로 껑충 뛰어 들어가는 것을 볼 수 있었다. 드륵, 벽장문이 열리는 소리까지. 야, 윤민호! 이제 찾는다! 진희는 여유 있게 방으로 들어가 벽장문을 열어젖혔다.

"찾았다……?"

벽장 안에는 아무도 없었다. 한참 동안 멍청하게 서 있었다. 분명이 안으로 들어왔는데? 다시 나가서 다른 곳으로 갈 시간은 전혀 없었잖아. 등 뒤로 땀이 흘러내리며 생긴 간지러운 감각이 아직도 기억나는데 다리는 덜덜 떨리고 있었다.

진희는 비틀비틀 나와 못 찾겠다 꾀꼬리를 외쳤다. 방을 향해, 악을 쓰며 외쳤다. 뱃속에 든 거대한 공포가 자신을 잡아먹지 않도록. 민호는 한참 만에야 벽장문을 열고 어리둥절한 얼굴로 나와 주변을 두리번거렸다.

"엄마, 엄마? 진희야, 엄마 못 봤어?"

진희는 할머니의 기일에 할머니를 찾는 멍충이 고모가 어딘가 알지 못하는 곳에 숨었다 나온 것을 알았다. 그 뒤로 이어진 잦은 가출 역시 엄마 아빠의 속을 뒤집어 보려는 시시한 반항 따위가 아니었다.

민호의 여행이 점점 잦아지고 길어지면서, 가끔 알 수 없는 것을 배워 오고, 알 수 없는 흔적을 휘감고 귀환하는 그녀를 보며 진희는 문득 소름이 돋았다.

다른 장소…….

……혹은 다른 시간?

누구도 알지 못하는 어디엔가 갔다가 귀환한 그녀에게선 새로운 바람 냄새가 났다. 금방 짜낸 우유처럼 싱싱한 그 냄새. 진희는 묻지 않았다. 물을 수도 없고, 대답해 줄 수도 없는 일임을 알았다.

진희는 민호에 대한 모든 판단을 멈추어야 한다고 결론을 내렸다. 일견 모자라 보이는, 거칠고 성근 삶의 모습은 사람이 판단하기 어려운 영역에 있었다. 그녀가 가진 야생의 모습을 한 순수함을 보존해 주고 싶었다. 지금 생각해 보면 그것은 태고의 모습을 간직한 원시림을 경외하고 그대로 보존하려는 마음과 일맥상통할지도 모르겠다.

그래도, 이렇게 이불을 뒤집어쓰고 우는 네 모습만큼은 보지 않기를 바랐는데.

진희는 무겁게 한숨을 쉬며 민호의 옆에 쪼그리고 앉았다.

민호야, 난 네가 세상의 많은 여자들처럼 멍청하게 사랑에 빠지고, 그 사랑에 골수와 창자를 모조리 발라 주고, 다 닳아 빠져서 추레한 껍데기가 되지는 않았으면 좋겠어. 가끔 밤에 일어나 이불을 뒤집어쓰고 울어야 하는 길, 사람들이 위대하네 숭고하네 칭송하지만 사실 가장 하찮게 여겨지고 가장 존중받지 못하는 길. 민호야, 난 네가 그 길로 가지 않았으면 좋겠어.

진희는 이불 위를 투덕투덕 두드려 주었다.

진희는 어릴 적, 엄마의 웃는 모습을 본 적이 거의 없었다.

엄마는 오랫동안 우울증을 앓고 있었다. 여덟 살 때 교통사고로 할머니가 돌아가신 후, 막내 고모의 실질적 양육이 엄마의 손에 떨어지면서 문제는 더욱 악화되었다.

아버지는 맏딸과 동갑인 막냇동생의 양육 문제를 어떻게 '처리' 해야 할지 몰랐다. 자꾸 비어져 나오는 문제에 쩔쩔매던 그는 결국 아내의 호소를 외면하는 방법을 택했다.

초등학교 평교사였던 아버지는 그 나이에서는 드물게 어머니와 열렬한 연애결혼을 했다고 늘 자랑삼았다. 물려받은 것 없는 종손인 아버지는 나름 지역 유지라는 약국집 딸내미와 3년간 불타는 연애를 했다. 캠퍼스 커플이랬다. 젊었을 때 사진 보면 아버지는 눈이 부리부리하고 키가 커서 여자들이 혹할 법하게 생기기도 했다.

3년 열혈 연애 동안 아버지는 자신이 종손이라는 것을 숨겼고, 일년에 열댓 번의 제사를 드리는 것도, 명절이나 가을 시제 때면 백 명이 훨씬 넘는 친척들이 몰려온다는 것도, 부양해야 할 동생들이 줄줄이 딸려 있다는 것도, 잔소리 많은 시부모를 부양해야 한다는 것도, 그 시부모에게는 밭에서 꿈지럭거리면서 푸성귀나 따는 것 외에는 아무런 수입이 없다는 것도, 팔 수도 없는 세금 덩어리 선산과 돈 되지 않는 덩치 큰 시골집 말고는 땡전 한 푼 없다는 것도 모조리 숨겼다.

어머니 입장에서는 꿈같은 신혼 대신 진정한 헬 게이트의 시작이었다. 약국 일과 집안일을 악으로 버티다가 첫아이를 유산한 어머니는 진희를 갖자마자 일을 그만두고 들어앉아야 했다. 게다가 할머니는 진희가 태어난 지 몇 달 되지 않아 늦둥이 고모까지 낳아 막 몸을 추스른 어머니에게 무거운 짐을 턱 안겨 주는 것으로 헬 게이트의 대미를 장식했다.

진희는 어머니가 가끔 밤에 발작하는 것처럼 울부짖던 것을 기억했다. 똑똑하고 배움이 길었던 어머니는 자신이 계획한 삶의 그림이 뚜렷했고 그것을 만들어 낼 의지와 능력도 충분했다. 너무 충분해서, 그것들을 모조리 포기하는 순간 아름다웠던 청사진과 강인한 의지와 능력은 고스란히 독이 되어 돌아왔다.

어머니의 울음소리는 작았지만 귓구멍을 송곳으로 쑤시는 것처럼 날카로웠다. 겨울이든 여름이든 바람 소리가 휭휭대는 시골집에서, 오밤중에 찢어지는 소리가 솟구치면 등골이 오싹했다. 차라리 늑대 울음소리가 덜 무섭겠다. 진희는 주먹을 꼭 쥐고 숫자를 셌다.

왜 이래, 꽃노래도 한두 번이지 같은 말을 몇 년째 듣는 내 심정은 어떻겠어? 그까짓 거 조금 더 못 참아 주나? 너만 참아 주면 온 집안이 조용해, 다른 집 여자들도 다 이러고 살아, 우리 엄마도 다 이러고 살았어, 따위의 말로 매번 어머니를 진정시키려 했던 건, 열렬한 연애를 자랑삼던 아버지였다.

어머니는 눈물이 말라서 입으로만 울었다. 가슴을 치다 치다 어떤 때는 거품을 물고 이불에 고꾸라졌다. 아버지는 그럴 때마다 진저리를 치면서도, 할아버지 할머니나 삼촌들이 엄마가 발광하는 꼴을 알게 될까 봐 엄마의 등에 이불을 뒤집어씌웠다.

난 혼자 살 거야.

진희는 이불을 뒤집어쓰고 어머니의 울음소리가 잦아들기를 기다렸다.

진희는 새벽부터 부뚜막 앞에 쪼그리고 앉아 국을 끓이고 있는 엄마 옆에 서서 엄마를 내려다보았다. 매번 부엌을 개량한다 고친다 하면서도 엄마와 할머니의 편리는 매번 뒤로 밀렸다. 아궁이에서는 젖은 솔가지에서 나온 매운 연기가 무덕무덕 밀려 나오고 있었다. 밤에 눈물도 없이 울었던 엄마는 무심한 얼굴로 연기를 맞으며 눈을 비비고 있었다.

엄마, 왜 이혼 안 해?

나무를 뒤적이던 손이 멈췄다. 엄마는 벌게진 얼굴로 진희를 가만히 올려다보았다.

뺨이 쑥 들어간 데다 눈가에 시커멓게 기미가 끼었고 자글자글한 머리가 멋대로 뻗쳐 있었다. 대학 졸업앨범에서 보았던, 화사한 봄 정장을 입고 머리를 미스코리아처럼 세팅한 여자는 어디로 사라졌을까. 결혼식 사진에서 머리를 우아하게 틀어 올리고 행복하게 웃던 여왕님은 어디로 사라졌을까. 아빠는 사진에 있는 예쁜 여자들은 다 어디로 팔아 치우고 어디서 이런 얼룩진 월남치마에 아빠가 입던 체크무늬 남방을 걸친 아줌마를 주워 와서 같이 살고 있을까.

억울해서.

엄마는 한참 만에야 한 마디 툭 내뱉었다.

진희 너 때문에, 네가 있어서, 따위의 말은 하지 않았다. 진희는 그것만이 고마웠다.

엄마, 나 결혼 안 할래.

그래. 하지 마라.

정말 안 할래.

그래. 진희 너만은, 절대.

진희의 손이 등을 토닥토닥 두드리는 것이 두꺼운 이불을 통해 느껴진다. 진희는 다정하긴 하지만 괜찮다는 위로를 싸구려로 내뱉지는 않는다. 힘들어서 어쩌니, 하필이면 민호 네가. 조용히 혀를 차며 이불 속으로 손을 넣어 꼭 잡아 줄 뿐이다.

"처음 봤을 때 어디에 그렇게 반했어? 경제적인 게 마음에 들었어? 아니면 똑똑한 거?"

전시실에서 처음 본 남자가 돈이 많은지 거지인지, 아이큐가 얼마인지 어떻게 아냐. 불꽃 스파크는 숫자 따위 모른다네.

"잘생겼잖아."

아하하하, 어둠 속에서 맑은 웃음소리가 들렸다.

"민호야, 원래 누구를 사랑하게 되는 이유는 한 가지뿐이래. 이유가 많아 보이는 건 사실 다 뇌가 만들어 낸 핑계래."

"그게 뭔데? 어떻게 사랑의 이유를 한 가지로 설명할 수 있어?"

"페로몬."

"……뭐?"

"남자하고 여자가 새끼를 어떻게든 많이 까게 만드는 페로몬. 본능이 페로몬을 감지하면 방아쇠가 빵, 당겨지고, 이성은 본능이 시키는 대로 '사랑해야 할 이유'를 만들어 낸다는 거야. 사람들이 사랑에 빠진다는 이유를 생각해 봐. 얼굴이 멋져서 혹은 소탈하게 생겨서, 키가 훤칠해서 혹은 아담한 맛이 있어서, 목소리가 부드럽고 사랑스러워서 혹은 거칠고 섹시해서, 돈이 많아서 혹은 경제관념이 투철해서, 자상해서 혹은 터프해서. 다 제각각이잖아. 페로몬에 홀린 상태에서 갖다 붙인 이유라서 그런 거지."

"이런 우라질레이션. 어떤 놈들이 그런 헛소릴 해."

"호르몬을 전문으로 연구하는 학자들 말이 그러니 어쩐다니."

"……."

"그런데 정말 문제는 그 효과가 2년도 안 간다는 거야. 2년이 지나선 콩깍지가 떨어지고 내가 왜 저 사람을 사랑했나 하고 좌절을 하는 사람들이 생겨."

민호는 얼굴을 찡그리고 근지러운 콧잔등을 문질렀다. 좋지도 희망적이지도 않은 연구결과를 듣고 있노라니 기분이 삼삼해 죽겠다.

하긴, 나도 그 사람한테 홀랑 반하기 전에 남녀상열지사를 찍어 보려고 껄떡댔었지.

그렇지만 그와의 인연은 정말 특별하다고 생각했었다. 내 모든 것을 그에게 주어도 좋다고 생각했다. 그의 미래와 내 생의 갈림길 앞에 서 있을 때, 나는 내 생명을 내놓고 그의 미래를 택했다. 아깝지 않았다. 지금 다시 같은 상황이 된다 해도, 다른 선택을 할 것 같지 않다.

"그게 사악한 2년짜리 페로몬이 시킨 짓이라고? 유통기한이 박힌 꽁치 통조림도 아니고!"

"뭐, 비슷하긴 하지. 꽁치는 하늘을 날지 못하고, 누군가의 배 속에서 똥이 될 운명이잖아."

"이 히드라 같은 잡년이! 고만해! 넌 남학교 선생을 너무 오래 했어!"

민호는 이불 속에서 악을 썼다. 한참 후, 밖에서 조용조용한 대답이 흘러들어 왔다.

"민호야, 어느 쪽이든 네가 제일 행복할 길을 선택해. 20년, 30년, 50년 후에 생각했을 때 후회하지 않을 길로 가. 난 네가 이렇게 이불을 뒤집어쓰고 우는 길 따위는 절대로 가지 않았으면 좋겠어. 절대로."

폭, 가만히 어깨를 안아 주는 체온이 느껴졌다.

❀   ❀   ❀

"나는 벌을 받은 걸까. 솔로가 된 친구들의 마음을 새카맣게 태워서."

민호는 처량하게 중얼거리며 손으로 눈을 가렸다. 아침 햇볕이 얼굴로 내리쬐는 것이 따가운 것을 넘어 아프게 느껴졌다. 밤을 새운 끝이라 그런지 손 그늘 아래서도 눈이 따끔따끔했다.

"그래서, 이완 씨하고 용감하게 결혼을 해야 한다는 거야, 말아야 한다는 거야?"

평생을 갈 것 같던 경훈 씨와 선정이의 사랑도 반나절 만에 틀어지고, 그렇게 잘 어울리던 진희와 세영 씨도 결국 결혼에 이르지 못하고 좌초했다. 그러면 나나 이완 씨처럼 거대한 암초와 구덩이가 널린 사이는 어찌해야 하지?

민호는 손을 눈 위에 얹은 채 중얼거렸다. 하늘을 날지 못하는 꽁치의 운명, 배 속에서 똥, 똥, 똥, 똥, 똥이 될 수밖에 없는 더럽게 비장한 운명. 사랑의 비극적 최후는 입에서 맑게 튀는 소리를 냈지만 혀를 백 번 튕겨 봐야 상황이 좋아지지는 않는다.

발가락에서 보드랍고 촉촉한 느낌과 후릉, 후릉 하는 콧김이 느껴진다. 친구들이 모두 돌아간 빈방에선 그저 검정 강아지만 혼자 남아 불쌍한 주인을 위로하려 애를 쓰고 있었다. 민호는 부석부석한 눈을 비비며 일어나 고자 양아들을 끌어안았다.

사랑을 했다 하면 끝장을 봐야 한다고 생각했다. 머리가 우윳빛깔로 뽀얘질 때까지, 벽에 황동 칠을 할 때까지 뚝심 있게 하게 될 거라 믿었다. 한번 마음이 가면 도무지 물려지지 않는 고질병도 있어서 충분히 그럴 수 있을 거라고. 유통기한은 무슨 개코 같은 소리냐. 좋아하면 결혼하는 거고, 결혼하면 당연히 훌랄라 해피 라이프와 연결될 거라고 믿었다. 아아, 단순 퀸이여.

"내가 죽어라 노력하면 되려나?"

한참 동안 생각을 굴려 보던 민호는 10분도 되지 않아 머리를 베개에 박고 늑대처럼 울기 시작했다. 좀 어지간해야 노력해서 고쳐 보겠다고 하지. 인간 윤민호를 이루고 있는 것들을 분자 원자 단위부터 싸그리 갈아엎어도 모자랄 판인데.

막말로 노력은 할 수 있다. 이완 씨를 위해서라면 못 할 게 뭐가 있겠나. 입을 꿰매서라도, 대가리가 터지더라도 된다는 가능성만 있으면 해 보겠다. 하지만 나도 나를 알고, 그 사람도 나를 안다. 30년 동안 굳어 버린 말버릇에 허허벌판처럼 비어 있는 대갈통이라니! 밑 빠진 항아리처럼 붓는 대로 줄줄 새 나가는 이 대갈통 속에, 그 사람만큼 무언가를 꽁꽁 쟁여 넣으려면 1000년으로도 모자랄 것이다.

도저히 어떻게 해야 할지 방법을 알 수 없다. 그렇다고 방법을 이완 씨에게 만들어 달랄 수도 없는 노릇이다. 될 만한 방법이 있다면 그 똑똑한 사람이 왜 나에게 진작 말하지 않았겠나.

자존심도 강하고 똑똑하고 오만방자하던 사람이다. 나 때문에 그렇게 창피를 당했는데, 독설이 그렇게 풍작인 사람이 말 한 마디 않고 있으려니 얼마나 속이 끓었을까. 몸을 탈탈 털면 사리가 콩 튀듯한 말은 튀어나올 것이다. 멍청한 나는 혼자 좋아 헬렐레 춤이나 추고 있었던 거다. 아아, 한심해.

최면이라도 걸린 것처럼 잊고 있었다. 윤민호가 어떤 여자인지. 예뻐요. 눈도 예쁘고, 얼굴도 예쁘고, 안 예쁜 곳이 없어요. 그 사람의 다정한 목소리, 꼭 잡아 주는 손, 나에게만 보여 주는 부드러운 눈웃음에 새까맣게 잊어버리고 뻔뻔해질 수 있었던 거였어.

"며칠만 생각해 보자. 그 사람이 후회 안 할 결혼을 하려면 대체 내가 뭘 어떻게 해야 할지. 토마스, 토마스? 너는 좋겠구나. 이런 고민 안 해서. 아니야, 미안해! 흐엉, 땅콩까지 억지로 뗀 너한테 할 소린 아니구나. 너 내가 땅콩 떼었다고 몰래 방자한 거 아니지? 그래, 착한 네가 그럴 리는 없지."

"……"

"그래그래. 하여간 토마스, 일단 우린 나가야 해. 내가 여기에 더 있다간 그 사람, 가는 데마다 지저분한 소릴 듣게 될 거라고."

민호는 크게 코를 훌쩍이며 여행용 가방에 옷을 챙겨 넣었다. 결론이 났으면 바로 행동에 옮겨야 옳다.

옮길 때마다 필요한 것만 갖고 다닌다고 생각하는데 짐은 항상 늘었다. 꼬리가 짤막한 곱슬머리 고자 견공이 발톱의 때까지 긁어 낼 기세로 열심히 발을 핥았다. 민호는 양아들을 끌어안고 뺨을 비볐다.

"야야, 괜찮아. 아오 씨, 나 정말 괜찮다니까. 뭐 꼭 헤어지겠다는 건 아니고, 그냥 방법, 그래 방법을 좀 찾아보려는 것뿐이야. 방 구할 때까지 며칠 동안만 두나네 집에서 지낼 거야. 숙자 아줌마가 와도 된댔어."

삐르르 삐르르.

인터폰이 울리기 시작했다. 민호는 인터폰 소리를 애써 무시했다. 이완이나 앤드류는 모든 택배를 사무실로 받고 민호는 물건이라곤 좁쌀 한 알도 시킨 게 없으니 택배 기사님일 리는 없다. 그렇다면 포교 활동에 전념하는 도사님이나 전도사님이나 심리검사님 중 하나일 것이다. 하나도 반갑지 않다. 관리인 정씨 아저씨가 휴가를 가셨으니 어차피 모른 척하면 아무도 없는 줄 알고 갈 것이다.

하지만 이번의 포교단은 강력했다. 삐르르 삐르르, 삐삐삐삐삐르 르르. 삐삐삐삐삐르르르. 민호는 가방을 내려놓고 눈을 문지르며 일어섰다.

돌을 아십니까?

잘 알아요. 내 머리가 돌입니다.

하지만 인터폰 속에서는 돌을 아느냐 묻는 사람들 대신 몸집이 작은 여자가 박통처럼 부풀어 오른 배를 감싸 안고 서 있었다.

일산, 백산 아파트, 104동 1004호.

천사, 천사 호라. 하지만 천사가 아니라 악마의 소굴로 걸어 들어가는 것 같다.

이완은 주차장에 차를 대 놓고 위를 올려다보았다. 밤 열 시 반. 눈으로 한 층 한 층 세어 올라가는데 열 번째 층의 창문에는 불이 훤하게 켜져 있다. 방이든 거실이든 남기지 않고 모조리.

윤민호와 연락 두절 상태로 하루 반이 지났다. 고작 하루 반으로 무슨 유난이냐 하겠지만 그중 절반은 민호가 미친 듯이 연락하던 것을 이완이 씹었고, 나머지 절반은 이완이 미친 듯이 연락하는 것을 민호가 씹었다.

집에 가 보니 몇 벌 안 되는 옷가지며 소박하기 짝이 없던 짐이 모조리 없어졌고, 토마스 폰 에디슨도 감쪽같이 사라졌다. 여자가 안락재를 나갔다는 뜻이었다. 이완이 빈방에서 머리를 쥐어뜯고 있을 때 문자 한 통이 날아왔다.

그 문자가 새로운 날벼락이었다.

[박 실장님, 말도 없이 친구 데리고 와서 놀다가 쪽팔리게 해서 미안해. 이완 씨가 손님이랑 올 줄 알았으면 욕 타령 병신춤 아니고 한복 입고 부채춤을 추고 있었을 건데.]

[근데 미안하지만 나 우리 관계에 대해서 진지하게 생각해 볼 게 있어. 당분간 전화 못 받을 것 같아.]

[너무 걱정하지 말고 잘 지내. 쏘리.^^]

이완의 눈에서 불꽃이 튀었다. 아주 속 긁는 방법도 가지가지다! 당신 같으면, 이따위 메시지를 받고도 걱정이 안 되겠나? 사람 걱정하라고 불을 질러 놓고 뭐가 어째?

이완은 심호흡을 하며 간신히 속을 가라앉혔다. 다른 여자가 보냈다면 이건 분명 '이따위로 굴면 너하고의 관계를 끝내겠다'라는 위협이고, 이런 위협의 십중팔구는 자신에게 신경을 좀 쓰라는 밀당일 것이다. 연애 경험이 전무한 이완이지만 그 정도 상식은 있었다.

하지만 민호의 메시지는 밀당도 아니고, 관계를 끝내고 싶다는 말을 가장한 협박도 아니었다. 정말 우리 관계에 대해 문자 그대로 진지하게 생각하겠다는 것인데, 차라리 협박성 밀당을 당하는 게 백번 낫겠다는 생각이 들었다.

아니, 애초에 밀당을 할 요령이라도 있으면 걱정을 안 한다. 혼자 끙끙대며 생각한 여자가 무슨 결론을 내릴지 겁이 나서 죽을 지경이었다. 보통 혼자서 죽자고 진지하게 생각한 결론이 해맑고 희망차게 나올 턱이 없지 않나.

대체 왜 당신이 이래? 곤혹스러운 처지에 빠진 건 당신이 아니라 나란 말이야. 생각을 해도 내가 하고, 고민을 해도 내가 해야지 왜 당신이?

시간이 갈수록 불안해서 미칠 지경이었다. 며칠이 아니라 하루 버티는 것도 피가 마를 지경인데 연락은 안 되고 집까지 비워 놓으니 밥은 고사하고 물 한 모금 마실 수조차 없었다. 저녁이 되니 아예 입술이 허옇게 떠서 갈라졌다.

그래서 결국 한밤중의 백산 아파트 104동 1004호.

이완은 초조하게 시계를 들여다보고 다시 위를 올려다본다. 오늘을 넘기기 전에 무슨 수를 써서든 얼굴을 보고 이야기라도 해 볼 참이었는데 이 집 사람들은 왜 이 야심한 시간에 잠도 안 자고 야단인가.

괜히 왔나.

……돌아갈까.

그는 간절한 마음으로 다시 전화기를 꺼내 들었다. '지금은 전화를 받을 수 없사오니.' 18시간 내내 들었던 멘트가 다시 흘러나온다. 이완은 한참 망설이다 '윤진희'라는 이름을 입력했다.

"찾아오시느라 고생하셨어요. 그런데 어쩌죠?"

단발머리를 질끈 묶고 나온 여자의 셔츠에는 군데군데 기름 얼룩이 남아 있었다. 민호만 내보낼 줄 알았던 이완은 엉뚱하게 진희가 문을 열고 나오자 당황했다.

"민호 일하다 지쳐서 자고 있어요. 깨워 봤는데 영 못 일어나네요. 도착도 늦은 데다, 어제 잠도 제대로 못 잔 모양이에요. 여기까지 오셨는데 일단 들어오시겠어요?"

여자도 피곤한 듯 눈을 비볐다. 이완은 얼굴을 찡그렸다. 이 시각에 들어오라고? 민호 씨만 만나려고 아무 준비도 못 하고 왔는데? 그는 자신의 꼬락서니를 내려다보았다. 집에서 입고 있던 반소매 리넨 셔츠에 7부 바지, 맨발에 스포츠 샌들이 빤히 보였다.

"지금 처음 와 보는 집에 들어가서 자는 민호 씨를 업고 나오라는 말씀입니까? 이렇게 늦었는데? 다른 가족들은 안 잡니까? 죄송한데 민호 씨 좀 어떻게든 깨워서 내보내 주시면 안 될……?"

"진희 누나아! 왜 안 들어와?"

"근데 누나, 누가 멍충이 고모를 찾……?"

안에서 누군가의 목소리가 들리더니 문이 홀떡 열렸다. 이완은 그대로 굳어 버렸다. 이제 변성기가 올랑 말랑 한 정도의 꼬꼬마 사내 놈 둘이 어리둥절한 얼굴로 이완을 쳐다보며 눈을 껌벅거린다. 널찍한 거실이 앞으로 툭 펼쳐지면서, 까맣게 반짝거리는 눈동자 수십 개가 이완에게 왈칵 쏠렸다.

What the……?

거실에는 사람들이 새카맣게 모여 있었다. 기름 냄새와 담배 냄새, 사람 냄새가 부옇게 엉겨 있는 곳에 함지박을 앞에 놓고 둘러앉아 무언가 꾸물꾸물 다듬고 있는 여자들, 옆에서 아무렇지도 않게 담배를 뻑뻑 빨고 있는 영감, 이불을 뒤집어쓰고 스마트폰을 들여다보고 있는 아이들, 갓난쟁이에게 우유병을 물리며 달래는 사람들, 막걸리에 부침개를 집어 먹으며 영화를 보고 있는 사내들이 피난민들처럼 뒤엉켜 있었다.

이완은 그 자리에서 땡땡 얼어붙었다. 호호백발 할아버지에서부터 병아리 같은 꼬맹이까지 와그르르 자신의 얼굴을 돌아본다. 서로 인사도 통성명도 못 한 상태로, 짧지만 무시무시한 침묵이 흘렀다.

"엄마! 우와, 엄마! 민호 고모 남자친구 왔나 봐!"

현관문을 연 놈의 말이 떨어지기 무섭게 이번엔 산지사방 문이 벌컥벌컥 열리면서 사람들이 마루로 튀어나왔다.

"뭔 말이여? 남자친구하고 먼 일이 있다고, 아까 양파 다듬으면서 눈물 콧물 다 짜내기에 똑 찢어진 줄 알았는데."

"차인 게 아니었어? 으응, 양파가 매워서 눈물을 짜낸 거였구만."

갑자기 벌집을 쑤신 것처럼 왕왕대는 소리가 쏟아졌다.

그럼 그렇지. 짜개진 거 아니고 잠깐 싸운 거여. 싸우기는 뭘, 연애할 때는 싸우는 것도 삼삼하니 재미난 법이여. 그럼 지금 인사하러 온 거야? 추석이라고? 어이구메. 지금? 일이 늦게 끝났나 봐. 세상에, 설마설마 정말 있으랴 했는데 정말 있었나 봐. 어디, 얼굴이나 좀 볼까. 오메. 허우대 멀쩡한 것 좀 봐.

눈앞이 노래지기 시작했다. 이, 이게 아닌데. 일단 처가라면 처가 비슷한 곳이 될 수도 있는 집에 온 건데 선물도 없고, 아니 선물이 문제가 아니고, 너무 급하게 나오느라 머리도 손질 안 하고, 옷도, 아, 옷도 문제가 아니고, 아직 카운터펀치를 주고받고서 제대로 말 한 마디도 못 한 상태란 말입니다.

작년에 민호 씨가 입원했을 때 병원에서 한 번 본 듯한, 어쩐지 진희와 닮은 것도 같은 아주머니가 서왕모의 포스를 풍기며 앞으로 썩 나선다.

"명절 인사 하러 온 거구만? 잘 왔네! 어여 들어와, 어여!"

생전 처음 보는 아줌마들이 자신을 아래위로 연신 훑으며, 등을 밀어 대며 줄줄이 꼬리로 달라붙는다. 이완은 종부마마님의 손을 뿌리치지도 못하고 발을 비비적대며 진땀을 흘리기 시작했다. 말 많은 여사님들, 거만한 사장, 회장님에 오만 진상 손님들을 겪은 관록이 나름 만만찮다고 생각했지만 이런 당혹스러운 사태는 머리털 나고 처음이었다.

이봐요 아줌마들, 대체 남편들 옆에 두고 왜 외간 남자 손은 함부로 잡고 이러십니까? 나 맨발에 스포츠 샌들 신은 거 안 보입니까? 인사하러 온 거 아니라고. 민호 씨. 민호 씨? 어디 있어요? 이봐요, 윤진희 씨. 그렇게 뒤에서 나 몰라라 서 있을 겁니까? 이, 이 빌어먹을 꼬꼬마 놈들아. 나한테 어쩌라고 이래.

민호 씨, 지금까지 나한테 저지른 모든 짓을 다 용서할 테니 어떻게든 해 봐요! 내가 잘못한 건 안락재 마당에 거적 펴 놓고 석고대죄할 테니, 제발 좀 깨서 나와 봐요. 제발! 가공할 인파를 아무리 헤쳐 보아야, 자신을 소개하든 커버하든 함께 도망치든 할 윤민호는 보이지 않았다.

민호는 앞치마를 두른 채 새우처럼 허리를 꼬부리고 맨바닥에서, 이불도 없이 잠을 자고 있었다. 청바지와 티셔츠에는 기름이 묻어 얼룩덜룩했고 양말도 그대로 신은 채였다. 코로록, 코로록, 그 와중에 코 고는 소리까지 착실하게 들린다.

그 옆에서는 촌수도 알 수 없는 오라범인지 할아범인지들인지 모여서 술상을 끼고 거나하게 동양화 판을 벌이고 있었다. 쟤가 피곤해서 신경이 곤두선 거지, 거 연애하다 보면 좀 토닥토닥 홀짝홀짝 할수도 있지, 하며 큰오빠가 너털웃음을 웃는다. 그들에게는 이완이 어젯밤을 하얗게 새운 것도, 오늘 하루 종일 미칠 것 같은 기분으로 머리를 쥐어뜯던 것도, 민호가 하루 종일 짠 내 물씬한 음식을 만들었던 것도 전부 '연애 시절의 토닥토닥 홀짝홀짝'이었다.

이완은 무릎을 꿇고 엉거주춤 앉은 채 앞으로 돌아오는 술을 받아 마시기 시작했다. 첫 잔부터 속이 울렁거렸다. 적의 본진에 들어앉은 포로 신세가 이 모양일까. 이름도 촌수도 모르는 숱한 사람들. 그들은 나를 알고, 나는 그들을 모르는 곳에 혼자 던져진 상황이 끔찍했다.

그럼에도 성질대로 자리에서 일어날 수 없었던 것은, 지금 상황에 그녀의 주변 사람 중에 적을 만들면 안 된다는 강렬한 자각 때문이었다.

술이 두어 순배 돌자 머리가 빙, 돈다. 그제야 운전을 못 하게 되었다는 사실에 생각이 미쳤다. 제기랄, 그럼 택시를 타고 내빼야 하나? 저렇게 코까지 골면서 자고 있는 여자를 업고 큰길까지 나가서 택시를 잡으라고? 아니, 그보다 저 영감들이 결혼도 안 한 남자친구가 동생을 업고 가는 꼴을 놔둘 턱이 없다. 무슨 핑계로 데려가지? 머리가 터지도록 고민하는데, 종손의 권위가 실린 손이 어깨에 턱 얹혔다.

"자고 가게."

종손의 명령이 떨어짐과 동시에 이완은 올나이트 동양화 클럽의 멤버로 자동 낙찰되었다. 조금만 꿈지럭대고 일어날라치면 종손과

형제자매 아들 손자 사돈의 팔촌까지 빤히 쳐다보며 바짓부리를 잡아 앉히고, 거절해도 거절해도 눈을 부라리고 호통까지 쳐 가며 술을 들이댔다. 젊은 사람이 이 정도도 못 받을 거면 우리 집에 장가들 생각은 꿈에도 하지 마! 사나이라면 고기 열 근에 술 한 말은 거뜬히 먹을 줄 알아야지!

여기 모인 인간들은 다 제정신이 아니다. 관우 장비 특공대 출정하는 것도 아니고, 고기 40인분에 소주 30병이라니, 사람 창자가 터져서 죽는 꼴을 보고 싶은 건가. 그나마 고깃값이 비싸서인지 고기 열 근은 종적 없되, 내처 돌려 먹는 폭탄주는 미칠 지경이었다. 저 더러운 입들이 주르르 닿은 술잔에 입을 대라고? 침과 음식 찌꺼기가 묻은 입술로 마신 잔을 다른 사람에게 돌리고 싶을까? 토악질이 나올 것 같다.

내가 나이가 어리다고 함부로 대하는 거겠지?

속에서 천불이 일었지만, 이완은 말끝에 토씨 하나 붙이지 않고 참고 또 참았다. 나이 잔뜩 먹은 손위 처남들에게 초장부터 약해 빠진 놈이라는 평을 받을 수는 없었다. 그러잖아도 지금 민호 씨는 멍충이 고모라고 불리고 있지 않나.

얼마 지나지 않아 소다에 식초를 부은 것처럼 속이 부글부글 끓어오르기 시작했다. 자리에서 일어나니 천장이 빙글빙글 돌고, 걸을 때마다 바닥이 훅훅 솟아올랐다.

화장실엔 사람이 있었다. 그가 화장실 앞에서 사색이 되어 입을 틀어막고 있자 진희가 급하게 뛰어와 화장실 문을 두드리며 얼른 나오라고 고함을 친다. 누나아아! 아 씨! 아아아이 씨! 똥 눈다고! 진철이 너 시끄러워. 끊고 나와. 너 거기서 폰 게임하는 거 모를 줄 알아? 네 엄마한테 폰 뺏으라고 할까?

스마트폰을 들고 화장실에서 게임을 하던 꼬맹이가 바지를 반쯤 추키며 뛰어나와 있는 대로 짜증을 낸다. 아씨이이이 진짜! 누나는 누다 끊는 괴로움을 알아? 너 입 안 다물어? 물도 안 누르고 나와? 게임에 정신이 빠졌지, 엉!

화장실에는 신선한 인돌 향과 여럿이 공동으로 쓰는 화장실 특유의 싸한 지린내가 가득했다. 지옥이 따로 없었다. 여기저기 낀 물때와 한쪽 구석에 뭉텅이로 쌓여 있는 똥 기저귀를 인식하는 순간, 속에 든 것이 모조리 역류하고 말았다. 먹은 것도 거의 없이 빈속에 술을 부은 참이라 나중에는 쓴 물까지 올라왔다.

이 미친 영감들아, 눈깔이 있으면 작작 좀 들이대란 말이다.

그는 세면대를 붙잡고 10분이나 입을 헹구며 속으로 욕을 퍼부었다. 여러 사람이 북새를 하며 같이 쓰는 탓인지 수건에선 벌써 퀴퀴한 냄새가 났고, 수도꼭지에는 지저분한 손 얼룩이, 세면대에는 거뭇한 물때가, 손잡이에는 끈적한 기운이 남아 있었다.

속을 말끔히 비웠음에도 눈을 돌릴 때마다 헛구역질이 쏟아졌다. 물 얼룩이 얽힌 거울을 들여다보니 시체처럼 변한 사람이 둥실 떠 있었다.

그는 투덜대던 것을 멈추고 쓴웃음을 지었다. 나는 왜 이렇게 까다롭고 예민해서 나 자신뿐 아니라 주변 사람까지 불편하게 하는가. 이럴 때는 민호 씨처럼 넉살 좋고 두루뭉술 무딘 성격이라면 얼마나 좋았을까.

그는 자신이 민호를 한심하게 생각하고 뜯어고치려는 유혹에 시달리는 것처럼 민호 역시 자신을 뜯어고치고 싶어 하지 않을까 하는 생각을 처음 해 보았다.

그렇다면 나는 민호 씨를 위해서 얼마나 노력할 수 있을까.

그는 얼굴을 탁탁 치고는 이를 꽉 물고 방으로 되돌아갔다.

청문회 군단은 규모가 더 늘어나 있었다. 이완에 대해 궁금한 사촌과 조카들까지 눈을 빛내며 몰려들었다. 대체 어디에 반했느냐, 언제부터 알게 되었느냐, 아버지는 뭐 하시고 어머니는 뭐 하시고, 어디 다니고, 돈은 얼마를 벌고 따위를 시시콜콜 까발리려 든다. 제대로 대답을 하지 않으면 그 자리에서 폭탄주가 날아왔다.

청문회에 아줌마 군단이 끼어들면서 질문공세가 야시시해지기 시작했다. 세상에 멀끔하게 생긴 것 좀 봐. 연예인 안 부럽네. 호호호, 아가씨가 웬 용쓰는 재주래? 에이, 남자 여자 사이는 남이 알 수 없는 뭐가 있는 거여. 손은 잡아 봤나, 뽀뽀는 그래 해 본 거냐. 어휴 참내. 형님, 요새 젊은 사람들 진도가 얼마나 빠른데. 아유, 아가씨가 순진한 줄 알았더니 그래도 할 거 다 하고 다녔구만?

"에이, 작은엄마, 이러다 내일 신문에 기사 나오겠어요. 제일 가까이 지내는 저도 모르는 고모 속사정을 누가 어떻게 알겠어요."

살살 웃으며 브레이크를 거는 장질녀 덕에 잠시 수굿해진 여자들은 다시 새로운 이야기를 끄집어낸다. 신혼집은 지금 남양주 그 집이 되는 건가요. 싹 갈아엎었다며. 그래도 거기 딸린 땅이 넓어서 괜찮을 건데. 대지만 1,500평이었나? 나 같으면 과수원도 하겠다. 세상에 아가씨가 그래도 소 뒷발에 쥐 잡는 재주가 있었네. 쥐가 뭐야 봉 잡는 재주지.

"저기 혹시, 혼숫감이 생겨서 억지로 잡힌 건 아닌가? 그렇지 않고서야?"

소곤댄답시고 목소리를 낮추는 시늉은 하지만, 애초 음전하게 가릴 요량 따윈 없는 판이었다. 하긴 요샌 배 속에 혼숫감 챙겨서 식장 들어가는 게 예의라며. 진희 너 혹시 그런 말 못 들었니? 의뭉한 말들이 다시 꼬리를 문다. 이완이 욱, 해서 일어서려 할 때, 진희가 웃으며 나섰다.

"아 맞아요, 작은엄마. 저번에 진숙이도 똑같은 얘길 하더라고요. 언니가 뭘 몰라서 그렇지, 예식장에 배 속의 애랑 같이 세 가족이 들어가는 게 매너야! 하기에, 그래도 드레스 입어야 하는데 배 나오면 안 예쁘잖아, 하니까 요새는 배 가려 주는 드레스도 많아! 그러더라고요."

"뭐? 진숙이가 그따위 얘길 해? 그년이 미쳤나, 다리몽뎅이를 그냥!"

"아이고, 그게 말이여 방구여. 아가씨는 속도위반이 예의고 진숙이는 다리몽뎅이여? 뭐가 그래?"

"그려그려. 지금 옆에 사람도 와 있는데 다들 너무들 나갔지?"

조용히 있던 서왕모께서 퉁, 한마디를 놓자 화를 발칵 내던 여자는 이내 제 얼굴에 똥물을 끼얹은 것을 알아차리고 입을 다물고 말았다.

이완은 이야기를 듣는 것만으로도 넌더리가 났다. 남에 대한 싸구려 관심, 이해할 수 없는 무례함. 이따위 말 폭풍에 휩쓸리는 것 자체가 치욕으로 느껴진다.

당신들이 뭔데 우리를 이렇게 찢어 대나? 민호 씨한테 댁들이 뭘 얼마나 베풀어 주었는지 모르지만, 나이 서른에 친구 집에서 추위에 덜덜 떨며 월세 걱정을 하던 걸로 짐작하면, 여기서 주둥이질을 할 자격을 가진 사람은 아무도 없을 것 같은데?

결혼하면 그날로 의절한다. 나는 다시는 여기 오지 않을 것이고, 민호 씨도 절대 보내지 않을 것이다. 나는 이곳과의 모든 연락을 차단하고 내 여자를 보호하며 절해고도처럼 살 것이다. 당신들의 천박한 주둥이에서 우리의 이야기가 굴러다닐 일은 더 이상 없을 것이다.

잠시 밖으로 나왔을 때, 진희가 기척 없이 따라 나와 미안한 듯 웃었다.

"많이 힘드셨죠. 죄송해요. 저희 집 명절 전 분위기가 항상 이래요. 그런데 민호하고 비슷한 구석이 없는 줄 알았더니 요령 없는 거 하나는 어쩌면 이렇게 똑같으세요. 다들 밤새 저러실 텐데 힘드셔서 어떡하면 좋아요."

여자의 말에 이완은 한숨을 푹 쉬었다. 어제 후원에서는 서늘하고 거리감이 느껴지던 여자였는데 현재는 이 집안에서 유일한 지원군이었다.

"진희 씨……."

"개미지옥에 빠지시고 싶은 건 아니죠? 제가 적당한 때에 술상을 치울 테니 눈치 봐서 그냥 픽 쓰러지세요. 다 받아 주면 끝도 없어요."

여자는 눈을 찡긋하며 웃었다. 이완은 지근대는 머리를 붙잡고 짧게 따라 웃었다. 그나마 저 여자가 막아 주어 다행이었다. 사람들은 조용조용 웃으며 뒤로 나긋하게 가시를 박는 장질녀를 꽤 어려워하는 듯했다.

"저희 둘 사이를 마땅찮아 하시는 줄로만 알았는데 제가 오해를 했나 봅니다."

"독신주의자가 커플을 응원할 이유가 뭐가 있겠어요? 그저 민호를 위해서 여기까지 찾아오신 게 고마워서 그러는 거예요. 건투를 빌어요."

진희의 눈이 보일락 말락 가늘어졌다. 이완은 싸늘하게만 여겨지던 그녀의 얼굴이 생각보다 곱고 정감이 있다는 것을 알게 되었다.

내일도 진종일 일해야 한다며 아줌마 군단이 하나둘 빠져나가자 이번엔 늦잠을 자도 되는 사나이들끼리 고스톱이라는 것을 쳐야 했다.

혼미한 정신으로 룰을 익히는데 예외규정은 뭐가 그리 많은지, 패를 낼 때마다 여기저기서 구박이 쏟아졌다. 간신히 돈을 좀 따게 되자 이번에는 적당히 잃어 주는 예의도 눈치도 없다고 또 핀잔이었다. 이완은 이 더럽고 먼지 나는 담요를 화투짝 채로 탈탈 털어 버릴까 심각하게 고민했다.

"우리 고조할아버지가 진사님이었는데 말이지. 제대로 된 유학자였다는데 말이지."

종손인 전직 교장 선생님은 불콰한 얼굴로 짝 소리 나게 패를 붙였다.

"뼛속부터 제대로 양반이셨다고. 아무리 노엽고 당황해도 언성을 높이시는 법도 없고, 아무리 급하셔도 상것들처럼 뛰는 법도 없으셨다더군. 정말 기골이 장대한 호남이면서 양반다운 기품과 무게가 있는 분이었다네. 우리 집안 남자들이 훤칠하게 생긴 게 그 어르신 닮아서 그런 게야. 젊었을 때 이런 일도 있었다지, 어이쿠, 이게 뭐야. 쌌네, 똥 쌌어."

진사님의 고손자는 점잖은 목소리로 혀를 차며, 쌌네에, 쌌어어어, 거하게도 쌌어, 를 노랫가락처럼 반복했다.

"어느 날 밤에 인왕산에서 호랑이가 내려와서 안채에 계시는 마나님, 우리 고조할머님을 물어 가지 않았겠어? 왜 인왕산 호랑이, 라는 말도 있지 않던가? 온 집안이 발칵 뒤집혔지. 행랑채 하인들, 동네 사람 다 깨워 가지고 쫓아가자, 잡으러 가자 하고 야단야단을 하고 있었지."

대체 인왕산의 호랑이가 왜 남양주 천마산까지 쫓아와서 할머니를 잡아가느냐, 라는 말이 목구멍까지 올라왔지만 이완은 꾹 참으며 똥 무더기를 노려보았다. 남은 한 장의 패가 자신의 손에 있었다. 거하게 싸신 종손께서는 점잖은 목소리로 집안의 구전을 풀어 내렸다.

그때 윤 진사님 거동 보소. 기침하고 일어나서 진중하게 일을 묻고, 오냐 일이 급하구나, 내가 한번 나가 보마, 경거망동하지 마라, 서릿발로 하명 후에, 찬물에 활활 소세하고, 상투를 다시 틀고 의관을 정제한 후, 갓 쓰고 버선 신고 대님까지 착착 맨 후 새로 다린 도포까지 엄위하게 떨쳐입었겠다. 윤 진사님 나가신다, 배 내밀고 뒷짐 지고 한 손에는 장죽 들고 다른 손엔 합죽선에 진득한 팔자걸음, 여유만만 흔들 걸음, 긴 수염을 쓰다듬고 부채를 활짝 펴며 낭랑하게 목청을 돋웠겠다.

심사안지호오가 (深山之虎, 깊은 산에 사는 호랑이가)

금야아내촌하여 (今夜來村, 오늘 밤에 마을에 들어와서)

오처어어피납하니 (吾妻被拉, 내 아내를 잡아갔으니)

즉지생명이 풍전등화인지라 (則之生命 風前燈火, 지금 그 생명이 매우 위급하게 되었다)

고로 유창자는 소지이창하고 (故 有槍者 所持槍, 그러하니, 창을 가진 사람은 창을 들고)

유봉자는 소지이봉하고 (有棒者 所持棒, 몽둥이를 가진 사람은 몽둥이를 들고)

유궁자는 소지이궁하여 (有弓者 所持弓, 활을 가진 사람은 활을 잡고서)

오처구출사역에 적극협력요망야라. (吾妻救出使役 積極協力要望也, 내 아내를 구하는 일에 최선을 다해 도와주기를 바란다)

오호통재라, 오호애재라. 미천한 촌인들이 뜻을 새겨 알지 못하였구나. 말 귀에 동풍이요, 쇠귀에 경 읽기라, 오직 잠결에 청아한 시조 한 가락을 자장가로 들었다며 황송하게 여겼더라.

"고조할머님께서는, 그날 밤 호 선생에게 잡아먹히셨지."

노 교장은 비장하게 말했다. 그리고 결국 남의 손으로 넘어갈 똥무더기를 바라보며 목소리를 잔뜩 깔고 으스스하게 덧붙였다.

"그렇게 돌아가신 고조할머님은 한참 동안 저승에도 가지 못하고 이승을 배회했다더군. 가끔 집 근처나 한양 거리를 둥둥 돌아다니고, 윤 진사님 방에 나타나는 걸 하인들이 보기도 했었다지. 엇흠, 그랬다네."

"스톱! 스토오옵!"

똥 무더기를 운 좋게 주워 온 덕에 무사히 3점 통과한 이완은 미련 없이 판을 세운 후, 동전을 쓸어 모으며 깊은 회의에 빠졌다.

내가 아주 미쳐 버리겠다. 싸구려 양반 타령에 더 싸구려 전설의 고향이냐. 나 이런 집안의 유전자를 가진 여자와 평생 함께 살아야 하는 건가. 눈앞이 검게 물들기 시작했다. 이완은 결국 어지러움을 견디지 못하고 벽에 머리를 박고 쓰러졌다.

❀　　❀　　❀

아직도 코가 맹맹하고 눈이 버석버석하다. 민호는 눈을 쓱쓱 비비고는 힘껏 기지개를 켰다. 어제는 그렇게 처량하고 암담했는데 기지개를 켜면 똑같이 개운하다는 것이 슬펐다.

오늘도 하루 종일 정신없겠지. 하지만 이렇게 바쁜 것이 차라리 낫다. 안 그랬으면 어제 하루 종일 무슨 일을 저질렀을지 몰랐다.

희미하게 새벽빛이 들어와 여기저기 구겨 박혀 자는 사람들의 윤곽을 비춘다. 코 고는 소리도 여기저기서 크릭크릭 굴착기 소리처럼 울린다. 남자들은 새벽까지 술 처먹고 놀다가 얼마 전에야 곯아떨어졌겠지. 하여간 10년 전이든 20년 전이든 징그럽게 변함없는 꼬라지들이다.

……하고 투덜댄 것이 무색하게, 무언가 변함 있는(?) 꼬라지가 펼쳐져 있었다.

오 마이 갓, 설마 이건 꿈이지?

민호는 오른뺨을 주욱 당겨 존나게 아프다는 것을 확인한 후, 옛 성현의 말씀대로 왼뺨도 돌려 대고 존나게 아프다는 것을 재차 검증한 후에야 어울리지 않는 장면 앞에 다가갈 수 있었다.

"이게 뭔……."

분명 잘못 본 것은 아닌데 이것이 현실일 리도 없는 것이, 항상 10미터 후광을 자랑하던 사나이가 시체 같은 꼴로 방문 앞에 구겨져 있었다. 그것도 먼지 구덩이인 카펫 위에, 맨발로, 집 밖에서는 절대 입지 않는 정강이가 드러난 바지를 입고, 구겨진 셔츠 소매에 지저분한 얼룩을 묻힌 채, 머리가 까치집이 된 상태로. 민호는 입을 떡 벌리고 얼빠진 목소리로 중얼거렸다.

"저, 저기 그 뭐냐, 이, 이완 씨?"

다른 사람에게 들리지 않도록 조그만 목소리로 깨워 봤지만 그는 괴로운 듯이 신음하며 일어나지 못했다. 몸을 흔들수록 꿍꿍 앓는 소리를 내며 몸을 둥그렇게 말았다.

민호는 그에게서 알코올의 향내가 풍풍 올라오고 있다는 것을 알아차렸다. 어쩐지, 정상적인 상태라면 여기서 널브러져 잘 사람이 아니지. 어제 우리 집안 수컷들 스타일대로, '케파'를 훨씬 넘길 때까지 두꺼비인지 개구리인지를 때려 부으신 모양이다. 민호는 바람 빠진 풍선처럼 자리에 주저앉았다.

미쳤다, 미쳤다! 이 인간이 왜 남의 집까지 와서 술을 퍼마시고 인간 쓰레기가 돼서 퍼져 있냐?

민호는 전화기를 꺼내 차단 메시지를 확인하고는 땅이 꺼지게 한숨을 쉬었다. 안 봐도 비디오다. 내 탓이오, 내 탓이오. 연락이 안 되니까 발을 동동 구르다가 수소문해서 찾아왔겠지. 어쩌면 진희나 선정이가 연락처를 남겼을지도 모르고.

내가 방까지 비운 것을 보고 겁이 났구나. 좀 더 자세히 설명을 해 줄 걸 그랬나?

하지만 아무리 그래 봐야 이 트리플 소심 A형이 걱정을 안 할 턱이 없다. 나하고 이야기라도 해 보려고 겁도 없이 개미굴에 발을 들였다가 붉은 병정개미 떼한테 잡아먹힌 모양이다. 이 개미떼는 따로따로 떼어 놓으면 다들 멀쩡하고 점잖은 일반인인데 이렇게 모아 놓으면 불개미 물귀신으로 둔갑하고 만다.

으으으, 다시 짧은 신음이 새 나왔다. 민호는 잔뜩 찡그린 그의 이마를 가만히 쓰다듬었다. 푸석푸석하게 윤기를 잃은 피부와 그늘이 내려앉은 눈가를 보니 목구멍이 싸하게 아리다.

"이 씨…… 나 어떡하지……."

그냥, 얼굴을 보는 것만으로도 눈물이 나려고 한다. 2년짜리 페로몬이든, 똥이 될 꽁치 통조림이든 아무래도 좋다. 민호는 코를 문지르며 중얼거렸다.

"빌어먹을. 이렇게 염통이 미어지게 좋은데…… 나한테 어쩌라고."

처음엔 잘생겨서 좋아했다. 얼굴을 보면 마음이 설레었다. 나는 잘생긴 사람을 좋아했던 속물이고, 이 사람은 일반적인 기준을 뛰어넘을 정도로 참 잘생겼기 때문에 당연한 반응이라 생각했다.

하지만 지금은 딱히 잘생겨서 좋아한다는 생각이 들지는 않는다. 이제는 이 사람이 오크나 트롤이면 어떠랴 싶은 무서운 생각조차 든다. 난쟁이 똥자루가 된다면 작은 고추가 맵다는 메리트가 있을 것이고, 배가 감자처럼 나오게 되면 베고 누울 때마다 얼마나 따뜻하고 폭신폭신하겠는가.

성격이 지랄이고 말투가 마음에 안 들었던 적이 있었는데, 지금은 이 인간의 성격이나 말버릇이 초밥 속의 와사비나 달걀 프라이에 얹힌 소금처럼 느껴진다.

돈이 많은 건 좋은 일이다. 하지만 돈 때문에 이 사람을 좋아했던 건 아니었다. 이 사람이 거지깡통이 된다 한들 무슨 상관일까. 같이 일해서 같이 먹고살면 그것만으로도 좋은걸.

그냥 바보가 된 것 같다. 앞뒤 가릴 것도 없이, 이 인간이 좋아서 미칠 것 같다. 가만히 보고만 있어도, 아니 눈을 감고 상상만 해도 눈물이 날 만큼 좋아 죽겠다. 내가 이 사람에게 망신살이 된다는 건 변함이 없는데, 내가 뭘 어떻게 해야 하는지 감도 안 잡히는데, 이걸 대체 어떡하면 좋으냐고.

민호는 그의 머리카락을 가만히 쓰다듬었다. 천천히 눈물이 괸다.

"용감하게 헛소리를 찍어 보낼 땐 언제고, 왜! 왜 구질구질 내 앞에서 쥐어짜고 이래요."

갑자기 으르렁대는 소리가 흘러나왔다. 깜짝 놀란 민호가 펄쩍 뛰어 일어나려는 순간 몸이 확 바닥으로 처박혔다. 아니, 바닥이 아니었다. 탄력이 느껴지는 무언가에 머리를 박고, 익숙하면서도 그리운 냄새를 맡고서야, 민호는 누워 있는 사내의 가슴으로 억세게 끌려 들어간 것을 알았다. 몸을 으스러뜨릴 것처럼 강한 팔 힘이 등에서 느껴졌다.

"울지 마, 울지 말라고! 말도 안 되는 헛소리 지껄이면서 뻔뻔하게 눈물 내지 마세요."

쏘아붙이는 그의 얼굴을 볼 수 없었다. 고개를 들려 하자 뒤통수가 강하게 눌렸다. 뺨과 입술에 따끔거리는 감촉이 지그재그로 미끄러졌다. 축축한 뺨을 소맷자락으로 문지르는 움직임에는 수만 갈래의 감정이 무섭게 압축되어 있었다.

"차라리 화가 나면 분이 풀릴 때까지 욕을 해요. 번번이 말도 없이 내빼서 속을 뒤집지 말고! 답답하면 말을 하고, 미안하면 사과하고! 어차피 완벽한 사람은 없어요. 왜 내빼기부터 해요? 내가 어제 문자 받고 어떤 기분이었는지 알기나 해요?"

"방법을 생각해 보려고 했어. 그런데 아무리 생각해도 가능한 방법이 별로 없⋯⋯."

"딴소리는 하지 마세요. 늦었어. 한참 늦었어요."

말이 끝나기도 전에 웅웅대는 목소리가 민호의 귀를 파고들었다.

"나, 사람들한테 당신하고 결혼할 거라고 말 다 했어요. 당신하고 싸운 김 사장은 입이 워낙 싸서 벌써 인사동에 소문이 다 퍼졌을 거예요."

"어어⋯⋯."

"어제 오빠들하고 숙부님들한테도 다 못을 박아 뒀어요. 내가 당신 남자라고. 이제 다른 남자가 더 잘생겼다고 한눈만 팔아 봐요. 또 이렇게 엉뚱한 소리 지껄여 봐요. 그땐 가만 안 둬요."

얼치기로 협박을 하는 사내의 목이 꿀럭꿀럭 크게 움직였다.

"당신을 바로 인정 못 해서 미안해. 창피해서 미안해. 그러니까⋯⋯."

장마철 습기를 먹은 한지처럼 축축하고 부드러운 목소리가 귓속으로 스며들었다.

"⋯⋯다시는 말도 없이 그렇게 나가 버리지 마세요. 당장 짐 싸서 다시 들어오세요. 얼마나 걱정했는지 물 한 모금 못 마셨단 말입니다."

"이 까탈 종자야. 왜 그딴 일로 물도 못 먹고 그러냐. 레드 썬 걸고 밥이든 물이든 넘겨야 할 거 아냐."

"싫습니다. 또 그딴 문자 보내고 또 말없이 나가고 그러면 나도 또 밥 안 먹을 거예요. 도망치지 말고 나한테 와서 레드 썬인지 옐로 썬인지 직접 걸라고요."

엄마, 나 어떻게 해.

민호는 눈을 꽉 감았다. 그의 팔이 등을 너무 힘껏 끌어안아서, 그의 얼굴은 끝내 볼 수 없었다. 그가 소곤소곤하는 소리가 맞닿은 가슴을 통해 들렸다.

"지성이면 감천이고, 진인사대천명이랬어요. 사람은 최선을 다해서 노력을 하고, 그다음에는 하늘이 길을 열어 주는 거예요. 문제는 나중에 하나씩 맞닥뜨리면서 어떻게든 방법을 생각하면 되잖아. 그러니까 민호 씨."

가슴에서 울리는 두둥, 두둥 하는 북소리에 그의 목소리가 얹혀 온몸으로 물결치며 퍼졌다. 민호는 가만히 그의 말을 되풀이했다. 지성이면 감천, 좋은 말이다. 하늘이 길을 열어 준다. 하늘이. 민호는 그의 가슴에 얼굴을 댄 채 눈을 깜박였다.

······하늘이 길을 열어 준다······라.

민호는 갑자기 움직임을 멈추고 무엇인가 골똘하게 생각하기 시작했다. 이완은 여자가 무슨 생각을 하고 있는지 알 수 없어 초조했다. 민호는 심각한 소리로 물었다.

"이완 씨, 사람이 최선을 다하면 정말 하늘이 길을 열어 줄까?"

"그렇대요."

"이완 씨는 믿어, 그 말?"

"······예."

이완은 눈을 내리깔고 거짓말을 했다. 지금은 그렇게 말을 해야 했다. 이런 말이라도 좋은 씨가 되어 새로운 길이라도 열렸으면 싶었다. 민호는 고개를 끄덕이며 중얼거렸다.

"그래, 생각해 보면 방법이 아주 없는 건 아니었어. 맞아. 하늘이 무너져도 솟아날 구멍은 있는 거였지."

민호는 주먹을 불끈 쥐고 고개를 들더니 씩씩하게 말했다.

"이완 씨, 걱정 마. 방법이 하나 떠올랐어."

"민호…… 씨?"

민호는 입술에 힘을 주어 용감하게 웃어 보였다. 그래, 그렇지. 가능성이 있는 것이라면 모든 방법을 동원해야 한다. 나 때문에 밤새 병정개미와 두꺼비의 공격을 당하다가 야전 막사 같은 곳에서 구겨진 저 불쌍한 사나이, 머리가 까치집이 된 것도 모르고 눈을 껌벅대고 있는 저 사랑스러운 사나이를 잃어버릴 수는 없다.

"……민호 씨? 저, 대체 무슨 말인지. 그게 무슨 방법입니까?"

"걱정 마, 내가 해 볼게. 내가 어떻게든 해 볼게. 나 믿어! 이완 씨 나 믿지?"

고릴라처럼 가슴을 펑펑 치던 민호는 이완을 화닥닥 끌어안더니 캑캑캑 요상하게 웃어 젖힌다. 이완은 이게 무슨 도깨비 조홧속인지 알 수 없어 여자의 팔 속에 갇힌 채 멍청한 얼굴로 고개만 끄덕였다.

뭐가 뭔지 알 수는 없지만, 어쨌든 우리 관계에 대해 진지하게 생각해 보겠다는 말은 일단 들어간 것 같아, 이완은 어젯밤의 개미지옥을 깨끗이 잊어 주기로 했다.

진희가 간신히 일어나 부엌으로 나왔을 때는 이미 음식 준비가 한창이었다. 삭혀 두었던 엿기름물과 밥알이 커다란 솥에서 설설 끓고 있었고, 어제 만들어 놓은 육수도 어느새 커다란 들통에서 토란국이 되어 가는 중이었다.

토란이든 무든 제대로 손질도 안 해 놨을 텐데 하여간 손도 겁나게 빠르다. 특별히 요령을 부린 것 같지도 않은데 깊은 맛이 기가 막혀 민호가 끓인 국은 종류 여하를 막론하고 인기 폭발이었다.

다만 민호는 자신이 만든 음식의 레시피를 전혀 기억하지 못했다. 그래서 주변의 열화 같은 요청에도 불구하고 그녀의 요리는 다른 집으로 전파가 되질 않았다. 민호는 요리 재료와 분량을 기억하느라 불쌍한 대갈통이 터지는 꼴을 보느니, '네년이 참말로 혼례라는 것을 치를 수만 있다면, 수라간에 대대로 내려오는 비책들을 내놓겠다' 라고 장담한 고약한 인간들을 믿는 것이 낫겠다는 결론을 내렸다.

머리를 위로 바짝 묶어 올린 민호는 팔을 활딱 걷어붙이고 쌀가루를 신나게 치대고 있었다. 언제 해치운 건지, 색깔별로 반죽이 벌써 네 덩어리가 나와 있었다. 쑥 가루, 백년초, 치자, 오미자 우린 물로 송편 반죽에 고운 물을 들이는 건 어디서 배워 왔는지 알 수 없지만 하여간 민호의 전매특허였다.

"진희 일어났냐? 피곤한데 좀 더 자지 않고."

"그래도 다들 늦게까지 술 드셨는데 해장 상이라도 미리 준비해야지. 그거 말고도 준비할 거 많은데."

"술 처먹은 놈들은 항아리 앞에 줄 서서 김칫국물이나 한 그릇씩 퍼먹으라 하면 되지, 뭘 상을 갖다 바치기씩이나."

투덜대는 소리에 진희가 킬킬 웃었다.

"안녕히 주무셨습니까."

뒤에서 들린 갈라진 목소리에 진희는 깜짝 놀라 뒤를 돌아보았다. 머리가 부스스한 남자가 절굿공이를 손에 쥔 채 머쓱한 얼굴로 인사를 한다. 일곱째 작은할아버지가 시골에서 털어 온 참깨를 절구에 넣고 자근자근 빻고 있던 참이었다.

팔촌 너머까지 두루두루 뒤져 보아도 음식 준비를 도와주는 남자를 한 번도 보지 못한 진희는, 쭈그리고 앉아 절구질을 하는 이완의 모습이 퍽 생소했다. 성격이 꽤나 꼼꼼한 듯, 소리가 나지 않게 이리

저리 절구통을 돌려 가며 찧고 있는 것을 보니 이상하게 웃음이 나왔다.

어느새 반죽을 마친 민호는 이완에게 깨를 받아 토종꿀과 설탕, 소금과 물을 턱턱 넣고 신나게 송편 소를 만들기 시작한다. 민호는 신이 날수록 손이 빨라지는 경향이 있었다. 눈 깜짝할 사이에 참깨 소를 만든 민호는 백년초로 물을 들인 반죽을 조금 떼어 번개처럼 손을 놀렸다. 접시 위에 발그레한 색깔의 송편이 열두어 개 조르르 앉았다. 양쪽 귀가 귀엽게 올라가고 모가 동그라니 깔끔하게 잡힌 앙증맞은 송편이었다.

민호는 콧노래를 흥얼거리며 작은 냄비에 찜 틀을 얹고 어젯밤에 깨끗이 씻어 둔 솔잎을 뭉텅이로 깔았다. 어릴 때부터 손이 컸던 처자는 도무지 재료를 아끼는 법이 없다. 민호는 위엄이 깃든 목소리로 선포했다.

"송편은 우리가 개시한다. 새벽부터 일어나서 일한 사람들의 특권이야."

커다란 밥솥에선 칙칙 증기 빠지는 소리가 들린다. 토란국은 구수한 냄새를 풍기며 설설 끓고, 명절맞이로 새로 담은 김치는 하룻밤 사이 살풋 익어 삼삼하니 맛이 든 냄새가 난다.

어제 만들어 냉장고에 넣어 둔 나물들을 꺼내 수북수북 담고, 무언가를 도마 위에서 잠시 통통거리고, 팬을 얹고 계란과 밀가루를 꺼내 몇 번 주물럭대나 싶더니 어느새 노랗게 익은 동태전과 호박전이 한 접시 나온다. 전 위에는 빨갛고 동그란 고추까지 상쾌하게 박혔다. 어느새 넣어 두었는지 그릴에서는 양념장에 재운 생선구이와 떡갈비구이가 뚝딱 튀어나온다. 입에 착 달라붙는 뜨끈한 토란국이 한 사발, 그 뒤를 이어 금방 한 밥이 김을 무럭무럭 피우며 고봉으로 얹힌다. 이완은 밥상을 앞에 놓고 얼이 빠져 눈만 껌벅거렸다.

"자! 송편도 다 됐어. 일단 우리가 먹을 것만 몇 개 쪘어. 우히히, 이거 봐. 냄새 죽인다."

발그레한 색의 송편에서는 갓 바른 참기름 냄새와 향긋한 솔잎 냄새가 풍겼다. 이완은 저도 모르게 손을 뻗어 아직도 뜨거운 김이 올라오는 송편을 한 입 깨물었다. 햇참깨와 토종꿀의 진한 맛과 소나무의 향이 입속으로 확 퍼졌다.

이런 맛은 난생처음이었다. 예쁜 색깔, 앙증맞은 모양의 송편이 먹기가 아깝다고 생각하면서도 그는 무엇에 홀린 듯 정신없이 먹었다. 여자의 눈꼬리가 가늘게 휘어 올라갔다.

"맛있지? 맛있을 거라 했잖아. 우리 친척들 밥 안 먹고 죄다 송편만 먹는다고. 내가 떡이랑 과자 만드는 걸 배우면서 얼마나 구박을 받았는지. 그 수라간 대마왕 성깔이! 아, 사람이 솜씨만 좋으면 뭐 하냐고! 그 오사리잡……."

말을 하던 여자가 갑자기 뜨끔, 말을 멈추더니 진희 쪽을 흘낏 보고는 텔레비전에서, 대장금이가, 최 상궁이, 응, 하며 어물어물한다.

이완은 실소하고 말았다. 여자는 이리 봐도 허당 저리 봐도 허당이지만 눈앞의 요리는 수라간에서 직접 배운 궁중요리였던 것이다. 갑자기 왕이 되어 상을 받는 기분이었다. 정말 전승 계보만 제대로 밝힐 수 있다면, 문헌만이라도 제대로 뒷받침된다면 무형문화재 기능인에 요리 명인 소리를 듣게 될 텐데, 생각할수록 아깝다.

제대로 궁중요리 코스라도 밟게 해서—물론 가르치는 스승보다도 훨씬 정확한 정보와 솜씨를 갖고 있겠지만— 제대로 된 계보를 만들어 주는 건 어떨까. 학부모와 아이들에게 정신없이 휘둘리는 유치원 교사보다는 훨씬 적성에 잘 맞을 것 같은데.

생각이 툭 끊어진다. 토란국 냄새가 너무 강렬하게 고혹적이다.

이완은 말도 없이 식탁 위에 얹힌 것들을 먹기 시작했다. 뜨끈하고 구수한 국물이 배 속으로 확 퍼지자, 저절로 신음이 흘러나왔다. 숙취로 뒤집히던 속이 찌르르 가라앉는다. 소화기가 예민하고 입맛이 까다로운 이완은 외식보다는 집에서 편하게 먹는 것을 훨씬 좋아하는데, 이 여자가 하는 음식은 종류 여하를 막론하고 입에서는 착 달라붙고, 배 속에서는 믿을 수 없을 만큼 편하게 받는다.

"으으, 누, 누나, 고모, 아우 속 쓰려, 우와, 국이다. 나 국 한 그릇만."

어제 늦게까지 동양화 판에 끼어 있던 진희의 동생이 머리를 쥐어잡고 기어 나와 이완이 마시다 내려놓은 국그릇을 더듬어 잡았다. 순간 녀석의 등짝에 강렬한 스매싱이 작렬했다.

"그거 손대면 죽는다. 네놈 새끼가 퍼먹어, 새꺄!"

순식간에 만한전석을 차려 낸 수라간 윤 상궁은 어디 가고, 눈앞에서는 욕쟁이 깡패로 변신한 여기사가 주먹을 휘두르고 있었다. 이완은 침략자의 손이 닿은 국그릇을 얼른 뺏어 들고 입으로 후루룩 털어 넣었다. 설탕 따위가 들지 않아도, 여전히 천하를 평정하는 맛이었다.

이완은 하루 종일 보조 주방에서 어정거리며 요리를 거들었다. 거들었다기보다 민호가 무언가를 만들어 내는 것을 넋을 빼놓고 구경하다가 계피 좀 줘, 소금 좀 줘, 생강 좀 넣어 줘, 하는 말에 허둥지둥 옆에 놓아둔 무언가를 대령하는 것이 고작이었다. 손이 어찌나 빠르고 움직임이 시원시원한지 눈으로 따라가기만도 바빴다.

설설 끓던 엿물을 검은깨에 눈대중으로 두어 국자 넣고 번개처럼 버무리더니 넓은 사각쟁반에 푸닥푸닥 빠르게 펼치고 반반하게 다듬는다. 한참 바람에 말려 굳힌 후에 넓적한 칼을 대고 장난하듯이 툭툭 두드리는데 그대로 곧게 쪼개져 한입에 들어갈 강정이 된다.

민호는 '도우미 특권'이라는 말로 제일 먼저 나온 것들을 이완의 입에 계속 넣어 주었다. 파는 것처럼 지독하게 달지도 않고 고소한 향이 잘 살아 있어 입에 꼭 맞았다.

이완은 도깨비 소굴에 빌붙어 있는 끔찍한 상황을 깡그리 잊어버리고, 민호가 입에 넣어 주는 대로 병아리처럼 납죽납죽 받아먹었다. 어제 그렇게 속을 끓이고서 도래한 고진감래라 생각하니 입에 감기는 조청의 맛이 곱으로 달았다.

깨강정뿐이 아니었다. 콩강정에 호박씨와 해바라기 씨, 호두가 들어간 견과강정이 후루룩 뚝딱 튀어나온다. 매작과, 약과, 다식까지 차례로 먹고 나니 배가 터질 지경이었지만 입에서는 여전히 넙죽넙죽 집어삼키려고 안달이었다. 과자가 나올 때마다 조카며 노인들이 줄을 서서 고개를 들이미는 꼴을 보니 묘하게 으쓱하기도 했다.

종가의 종부들인 네 올케 역시 다들 요리라면 한가락씩 하는 것 같았지만, 메뉴의 다양함이나, 시원시원 어렴성 없이 일을 해치우는 스타일이나, 전광석화의 속도나, 누구도 범접하지 못할 거대 스케일에서는 민호를 따라갈 사람이 아무도 없었다.

민호가 빠져나가면 명절 때 다른 사람들이 꽤 고생할 것 같다는 생각을 하니 은근 부아도 났다. 먹을 때는 아귀같이 달려드는 놈들이 왜 요리를 해 주는 사람을 멍충이 고모라 깔겨 부르나.

흥, 결혼만 해 봐라. 아무리 모셔 가려고 빌어도 보내 주지 않을 테니까.

어쨌든 이쯤 해서 집에 가야 하는데, 가서 좀 씻고, 옷도 갈아입고, 제대로 쉬기도 해야 하는데 발이 떨어지지 않는다. 여자가 친척들에게 둘러싸여 신나게 일하는 모습이 계속 보고 싶었다. 지금껏 본 여자의 모습 중 가장 생동감이 있고 사랑스러웠다.

이제 저 그림에 친척들 대신 내가 들어가게 될 테지. 나와 우리의 아이를 위해서 이렇게 신명 나게 솜씨를 발휘해 주겠지. 내 아내라는 이름으로. 내 아이들의 엄마라는 이름으로. 상상만으로도 가슴이 뻐근했다.

　— 지금 어디야! 안락재에 경찰이랑 김성길 사장이 들이닥쳤다고! 김 사장이 완전 눈이 뒤집혀서 압수 수색해야 한다고 야단이 났어! 안락재에서 장물을 취급했다는 거야!

　평화는 잠시 후 깨어졌다. 오후 네 시. 앤드류의 목소리에 불이 붙은 것 같다. 이완은 이맛살을 찌푸렸다.

　"무슨 말이야! 난 그 사람한테 종잇장 하나 사들인 게 없는데."

　— 누가 자기 그림을 훔쳐서 안락재에 팔았다는데. 일단 영장은 없어서 수색은 못 했는데, 장물취득죄로 콩밥 좀 먹으라고 아주 길길이 뛰고 있어. 너 지금 있는 데가 어디야?

　불길해. 불길해. 이상한 느낌이 뱃속에서 스멀스멀 피어올랐다. 이완은 고개를 돌려 다 된 약과 위에 달인의 솜씨로 잣가루를 확확 도포하고 있는 여자를 바라보았다.

　"음, 저, 저기 민호 씨……. 혹시, 여기 오시기 전에 안락재에서 뭐 사신 게 있습니까?"

　"아? 어, 그게, 짐 싸 갖고 나오려고 준비하는데, 배가 이렇게 나온 여자가 문 앞에 와서 물건을 팔더라고. 원래 잡상인 물건을 살 생각은 없었는데, 사, 사야 할 것만 같았어. 딱히 그 여자 말을 믿은 건 아닌데 어, 뭐 아주 안 믿었다 하면 거짓말이긴 한데, 여자가 너무 안됐더라고. 그런데 왜?"

　손에서 전화기가 툭 떨어졌다.

4
월죽도의 비밀

김성길 사장과 경찰이 일산의 아파트로 들이닥친 것은 한 시간이 조금 지나서였다. 하지만 친척들이 팔짱을 낀 채 구름처럼 포진한 것을 보자, 기세등등하던 성길도 야코가 죽었다. 일단 장소가 싸움닭 윤민호의 본진이었던 것이다. 게다가.

"이런 씨붐바 아저씨를 봤나, 얻다 대고 반말에 욕질이야? 내가 그게 장물인지 방물인지 어떻게 알아요? 영감님 마누라가 물건 들고 팔러 왔고! 난 돈 제대로 내고 샀고! 뭐가 문젠데요? 카드도 아니고 현찰박치기로, 영감님 통장에 직빵으로 쏴 줬다고요, 엉? 입금 내역 보여 줘요? 그나저나 와이프가 애 낳은 거 알아요, 몰라요? 이런 개 호롤롤로 같은 영감을 봤나. 당신이 그래 사람이야? 무슨 낯짝이 코끼리 하마 가죽도 아니고, 아예 무쇠 철판이야 그래!"

피의자는 너무도 당당하게 피해자(?)에게 욕설을 퍼부었다.

대문을 연 민호는 깜짝 놀랐다. 박통처럼 부풀어 오른 배를 움켜

쥔 여자는 낯빛이 우유처럼 새하얀 것이 금방이라도 쓰러질 것 같았다. 등에는 커다란 배낭을 메고 손에는 보퉁이를 쥐고 있었는데, 이마에는 진땀이 줄줄 흘러내리고 있었다.

"요게서 오래된 그림 사고판다 들었시요. 쥔이 마음에 들어 하셨댔는데, 고만 값이 안 맞아 안 사겠다구 하셨담시요. 내래 깎아 드리갔시요. 많이 깎아 드리갔시요. 야? 아이고, 죽갔다."

"아이고! 이게 뭔 일이래요. 여기 일단 좀 앉으세요!"

민호는 황급히 여자를 대청에 앉히고 꿀물을 내왔다. 여자는 진통이 시작됐는지 자꾸 눈썹을 찌푸리고 배를 만졌다. 아이고 죽갔다, 아이고 오마니 아바지, 나 죽갔시요. 끙끙대며 허리를 설설 고부리는 걸 보니 정말 심하게 아파 보였다.

푸석푸석 갈라진 머리카락, 다 터 버린 입술, 퉁퉁 부은 손발, 눈가와 뺨을 가득 덮고 있는 기미와 거칠어진 피부를 보니 영양 상태도 몹시 안 좋은 듯했다.

"남펜이 그림을 팔레 했는데, 욕심을 과히 부린 모양이야요. 그 인간 하는 짓이 늘 그 모양이디요. 기레두 내래 많이 깎아 드레요."

아줌마, 잘못 찾아오셨어요. 그러면 박 실장님한테 전화로 흥정을 하면 되지 어쩌자고 집까지 찾아오시나. 그렇다고 지금까지 연락을 피하고 있다가 짐 싸서 나가는 판에 홀랑 전화를 하기도 거시기했고, 번호를 함부로 알려 주기도 곤란했다.

"그럼 남편분한테 박 실장님 연락처라도 알아보지 그러셨어요. 근데 지금 그림이 문제가 아니라 병원에 가셔야 하는 거 아닌가요?"

"그 웬수 같은 서방 새끼가 내 전화를 받디 않아요! 병원비하고 산구완비 게우 모사 둣는데 그 간나 새끼가 홀랑 빼서 덩선으로 가 베렛시요. 기걸 어드렇게 모은 건데! 식당 쥔 아즈마이하고 동료들이 갓난이 기장굿값이라고 보태 준 돈도 있는데! 500만 원 숨가 논 통에 딸랑 2천 원 남아 있시요. 아이고, 인두겁을 쓴 놈이 어째. 아이고, 내래 길바닥에서 몸 풀게 생겼시요."

먼지가 잔뜩 얹힌 여자의 뺨으로 눈물이 땟물처럼 흘렀다.

"당장 애 낳아야 한다고 얘기하지 그랬어요! 아저씨 전화번호가 어떻게 돼요? 아줌마 전화 안 받으면 제 전화로 해 볼게요!"

"말했시요! 귀청이 미어디게 했시요. 근데 그, 그 간나 새끼는 갓난이 따위 키울 생각도 없는데 멋대로 만들었다고 없애라는 기야요. 직일 새끼! 갓난이를 혼자 만든대요? 길구, 발질을 뻥뻥하는 걸 어드레 없애갔시요. 없애라 했는데 안 없앴으니 님자가 알아서 키라고, 내래 모른다고 기러디 않습네까. 고게가 아바이란 새끼가 할 말이야요? 노름판에 있음 전화두 아예 꺼 놓구 받디 않아요. 환갑 넘은 가이새끼라두 사난이라고 믿은 내가 등신이야요! 아이구우."

"확 걷어차고 나오지 왜 지금까지!"

"혼인신고를 여지껏 안 해 주니끼니 이 지랄이 난 거 아니야요. 내년에 해 준다 멩년에 해 준다 신고해 주문 내뺄 거 아니냐, 죽기 전에 해 준다, 하지 않갔시요? 갓난이까지 생긴 판에 내빼기는 무얼 내뺀단 말이요. 내래 죽기 전에 영감 쌍판때기를 째 놓고 말디."

여자의 눈에서 다시 눈물이 흘렀다. 몸집이 작고 꼴은 비루해도 젊은 여자였다. 가진 것 없는 주정뱅이 노름꾼 늙은이와 결혼한 이북 사투리를 쓰는 젊은 여자라면 대충 답은 나온다. 돈을 벌려고 어찌어찌 한국에 들어왔을 거고, 국적을 취득하려고 환갑 영감하고 결혼할 생각을 한 모양이다. 하지만 그 영감은 여자의 약점을 알고 혼인신고를 미루고 버티면서 여자의 등골을 착실히 빼먹은 것이다. 목적을 위해 늙어 빠진 영감과 결혼한 여자도 곱게 보이지 않았지만 그 개 같은 영감은 정말 쓰레기였다.

같은 여자지만 팔자도 참 기구하다. 세상의 어떤 여자도 제 나이

의 두 배가 넘는 개 같은 영감하고 결혼하고 싶진 않을 거고, 길바닥
에서 애를 낳고 싶지도 않을 것이다.

앓는 소리가 점점 커지고, 얼굴이 희게 질리면서 이마로 땀방울이
진득하게 맺혔다. 민호는 속이 바작바작 탔다. 여기서 이러고 있으면
어쩌하나. 빨리 병원에 보내야 하는데 돈이 2천 원밖에 없다니 어쩌
하나. 일단 내 돈이라도 들여서 구급차라도 불러야 하나.

민호는 단숨에 태도를 결정했다. 아무리 출근길이 급해도 지하철
선로에 떨어진 사람은 끌어 올려 주어야 하듯, 이런 상황이라면 옆에
서 먼저 본 사람이 도와야 하는 게 맞았다. 여자의 결혼 목적이 불순
한 것은 부차적인 문제였다.

"그림은 나중에 이야기하고 병원부터 가요. 제가 앰뷸런스 부를게
요. 이러다 큰일 나요."

"구리 동전 한 푼 없는데 병원에 가면 또 뭐하갔시요! 아즈마이 돈
있으면 하나라도 사 주시라요. 기게 날 돕는 기야요. 내래 구걸하자
는 게 아니라요!"

강판이 구걸보다 나은지는 모르겠지만, 여자는 막무가내였다.

"아저씨가 나중에 아줌마한테 화낼지도 모르는데 어쩌려고요?"

"기건 암 걱정 마시라요. 땡전 한 푼 없다, 냉장고든 텔레비든 집의
것 재주껏 내다 팔아 처먹으라 꽥꽥대는 거, 다 녹음해 놨시요. 지 주
머니두 빈털터리가 돼 봐야 내 기분 알디 않갔시요? 암 걱정 마시구
사 주시기나 하시라요. 아, 아이고, 아이고! 이 웬수엣 간나이가……."

"아, 진짜 이 아줌마 때문에 미치겠네. 알았어요, 알았어. 그럼 얼
른 그림이나 보여 주세요. 그리고 얼른 병원에 가야 할 테니까 콜택
시라도 불러 드릴게요."

민호의 속이 물렁해진 것을 눈치챈 여자는 황급히 종이가방에 든
것을 끄집어냈다.

하지만 달과 대나무 그림을 본 민호는 얼빠진 소리로 웃고 말았다. 어디서 많이 본 그림이다 했더니, 어릴 때부터 집에 걸려 있던 고조할아버지의 그림과 똑같았다.

집에서 먼지 먹고 굴러다니는 것이다 보니 썩 대단한 그림이라는 생각은 들지 않았고, 어른들의 생각도 비슷했는지 유리 위로 가끔 낙서를 해도 딱히 야단맞지 않았다. 지금은 창고에 처박아 놓고 아무도 거들떠보지도 않는 상태인데, 한마디로 '전혀 비싸지 않은', '어디서나 볼 수 있는 정도의' 그림이었다.

민호는 여자가 펼쳐 놓은 다른 그림들 역시 비슷한 수준의 싸구려일 거라 판단을 내렸다. 가격이 안 맞아서 안 샀다는 말은, 살 가치가 없다는 말을 박 실장이 점잖게 돌린 것이 틀림없었다.

뒤따라 나온 그림들도 마찬가지였다. 지저분한 얼룩이 묻은 큼직한 그림책, 학과 바다가 그려진 누런 족자 따위는 꽤 지저분해서 저걸 돈 주고 사는 인간도 있나 싶을 지경이었다. 민호의 표정을 눈치챈 여자는 남편에게 주워들은 대로 열심히 설명했다.

"요 학 그림은 새해에 대문간에 붙여 놓으면 복이 들어오는 그림이야요. 와 남자들도 대문간에 닙춘대길, 쪼가리 붙여 놓고 그르디 않습네까?"

여자와 마찬가지로 민호도 '세화'라는 말 자체를 몰랐다. 다만, 그렇게 복을 주는 그림이면 아줌마네 집에 걸어 놓고 아줌마가 복을 받아야지 왜 이것까지 남에게 팔아요, 하는 딱한 마음뿐이었다. 하지만 그 안타까운 마음도 다음 그림에 이르러서는 폭 꺼지고 말았다.

"……이건 뭐예요!"

긴 족자가 펼쳐진 순간, 민호는 저도 모르게 고함을 팩 지르고 말았다. 이거 제대로 사기를 당하는구나. 아 진짜, 이 아줌마가. 내가 어지간하면 아무 말 않고 사 주려고 했더만.

"이봐요, 아줌마! 내가 어지간하면 대충 사 드릴 생각이었는데, 이런 것까지 팔 생각을 하시다니 너무하시네. 아니 아무리 팔 게 없어도 어떻게 달걀귀신 그림을 돈 받고 팔 생각을 해요, 차라리 가져오질 말지."

얼굴도 없이 으스스하게 귀기만 뿜어 대는 여자 그림을 보고 민호가 손을 내젓자 여자가 황급히 손을 잡았다.

"아니, 아니야요, 요게가 조 대나무 그림하고 같은 사람이 기린 거라는데, 젤로 비싼 거라 했시요. 배 속의 갓난이를 걸고 말하는데 틀림없시요."

아니라니까. 저 대나무 그림은 우리 고조할아버지 그림하고 똑같다고, 따지려던 민호는 여자의 새하얀 얼굴을 보고 말을 돌리고 말았다.

"달걀귀신 그림이 제일 비싸다고요?"

"기레요. 때가 되면 에미나이가 그림 밖으로 나온다 했시요. 길구 소원을 들어주구 날아간다 들었시요."

엥? 민호의 눈이 둥그레졌다.

"소원을 들어줘요? 원래 달걀귀신 본 사람은 며칠 있다 죽는다고 하지 않아요? 그럼 이 여자 어떻게 나오게 만드는 건데요?"

"기거까지 내래 어드레 알갔시요? 방법을 알믄 지금껏 기양 있갔시요? 틈날 적마다 그림에 대구 저 빌어먹을 영감 베락을 맞든 칼팀을 맞든 복날 가이새끼같이 뒤지라고 줄창 빌었는데, 그림에선 쥐뿔 나오는 것두 없구, 영감은 여지껏 말짱하디 않아요. 뭐 영감두 만날 복권에 돈베락 한판 싹쓸이 웬수엣 종자 빌어먹다 뒈지라 하냥 빌구 있디만 입때껏 그지 깡통인 걸 보면 그 인간도 부르는 방법을 모르는 기야요."

그림값을 올리려면 하지 말아야 할 말만 쑹덩쑹덩 해 대는 여자는 장사꾼으로서의 자질이 한참 모자랐고, 외려 그래서 말에 믿음이 갔다.

무, 물론 계란귀신인지 달걀귀신인지 소원을 들어준다는 말을 딱히 믿는 건 아니지만 어쩐지 뭔가 솔깃하기도 한 것이, 뭔가 사연이 있을 것도 같은 것이, 하여간 그럴듯해 보였다. 민호는 만약 지금 고스트 달걀 양이 나온다면 무슨 소원을 빌까, 하다가 갑자기 마음이 돌덩이처럼 무거워졌다.

순간 여자가 아이구우, 소리를 지르며 마당에 주저앉아 버렸다. 여자가 연극을 하는 게 아니라는 건 이마에 맺힌 진땀이나 파들파들 떨리는 손만 봐도 알겠다. 주둥이가 홀랑 움직였다.

"사요. 아이고 아줌마, 산다고요! ……얼만데요?"

"전부 합쳐서 오백만 원이야요."

여자의 표정은 단호했다. 자신이 남편에게 빼앗긴 딱 고만큼의 금액이었다. 엄청 깎아 주겠다고 했지만, 눈치를 보아하니 원래 가격이 얼마였는지는 전혀 모르는 모양이었다.

고서화 가격에 대해 아는 것이 없기는 민호도 마찬가지였다. 그래도 예전보단 조금 눈치가 생겨서 그림 한 점이 만 원, 이만 원 하지는 않는다는 것을 알게 되었고, 눈깔 돌아가게 비싼 것이 가끔 있지만 그 역시 흔하지는 않다는 것도 알게 되었다. 제법 큰 그림 족자가 여섯이고, 그림 일곱 장이 든 낡은 책이 하나. 그림 열셋에 오백이면, 한 장에 대충 삼사십만 원 정도 치는 건가?

그 정도라면 빈말로라도 비싸다고 할 수 없다. 하지만 그쪽 사정이 어떻든, 오백만 원은 민호로서는 눈 돌아가게 거금이었다. 월세 두어 달 밀리는 수준이 아닌 것이다. 대체 몇 달로 긁어야 하는 거야, 계산을 굴리던 민호는 문득 큰 깨달음을 얻었다.

아, 그래. 내가 돈이 없진 않지.

월급이 묻자마자 항상 카드 값으로 말끔히 닦여 나가던 민호의 통장에는 현재 '큰 것 두 장'이 잠자고 있었다. 올 초에 박 실장님이 김준일 교수에게서 받아 전해 준 '성과급'이었다. 통장에 이렇게 큰 것을 거느려 본 적이 없던 민호는 밀린 월세를 갚고도 여전히 많이 남아 있는 돈의 존재를 가끔 잊고 살았다.

아아. 김준일 교수가 박 실장님한테 덤터기를 쓴 이유는 이 여자를 불쌍히 여기신 하늘의 섭리로구나. 그래, 오백이 별거냐. 원장 선생님이 남편한테 선물 받았다고 틈날 때마다 자랑하는 가방만 해도 오백만 원이 넘는다 하지 않았더냐.

나도 그럼 푼수에 맞지 않게 비싼 가방 하나 산 셈 치고, 아기 하나제대로 살리는 게 옳지 않겠나? 사람은 누구나 살면서 몇 번쯤은, 이해할 수 없는 이유로 길고 험한 사막을 맨몸으로 통과해야 할 때가 있지 않으냐. 민호는 그런 사람들에게 베푸는 작은 도움이 그들을 살리는 오아시스가 된다고 믿었다. 새로 진통이 시작되었는지, 여자가 다시 허리를 구부리고 앓는 소리를 시작했다.

"아이고, 아줌마, 아줌마? 괜찮아요? 그래요, 사요, 사. 뭐 저도 이번 기회에 문화예술에 투자라는 걸 해 보죠, 뭐. 오백 정도면 애 낳고 산후조리비 정도는 되는 거죠?"

민호는 그 자리에서 아기 기저귓값과 분윳값이라도 보태라고 50만 원을 더 얹어, 총 550만 원에 강세황의 세화와 작자 미상의 미인도, 일곱 장의 그림이 묶인 화첩과 고조할아버지 월죽도의 짝퉁 버전 등을 사들였다.

여자는 자신의 통장이 없었지만, 대신 남편의 통장과 현금카드, 인감도장을 챙겨 왔다. 그리고 미리 발급받은 듯한 인감증명과 급하게 적은 위임장까지 들이대며 입금을 재촉했다. 민호는 번갯불에 콩 튀겨 먹듯 얼떨떨 서류를 받고 550만 원을 입금했다. '그림6개그림책1권값' 이라는 말까지 친절하게 넣어 보낸 후, 얼른 콜택시를 불러 여자를 태웠다.

여자는 진땀을 줄줄 흘리면서도 은행에 들러 현금으로 돈을 찾는 다고 고집을 부렸고, 민호는 은행에서 돈을 찾다가 양수가 터진 여자를 부축해 근처의 병원으로 끌고 가야 했다.

분만실로 들어가기 전 이미 아이 머리가 보인다고 야단하는 와중에도, 가물가물하는 의식으로 남편의 전화번호를 부르면서도, 여자는 퉁퉁해진 지갑을 필사적으로 붙잡고 있었다.

민호는 정신이 반쯤 빠진 상태로 복도에 한참 서 있었다. 여자의 비명이 분만실 밖으로 미어졌다.

내래 니놈 새끼를 언젠간 직여 버리고 말 기야, 이 간나 새끼야아 아아! 직여 버릴 기야아아.

속이 맵고 얼얼했다. 생전 처음 보는 여자인데도 저 여자와 아기가 어떻게 살아가야 하나 걱정이 됐다. 아이를 낳았으니 한동안 일도 못 할 텐데, 남편이라는 게 그 모양이면 저 여자는 아기와 쫄쫄 굶게 될까. 애를 키울 수는 있을까. 다 버리고 도망치고 싶지 않을까.

진희의 말대로 딸린 것 없이 혼자 즐기며 평생 사는 것이 가장 행복한 인생일까?

민호는 혼자 사는 것이 얼마나 즐거워야, 아니 결혼해서 맞닥뜨리게 될 삶이 얼마나 끔찍해야 좋아하는 사람을 걷어차고도 브라보, 마이 라이프를 외칠 수 있을까 잠시 생각했다. 분만실에선 악에 받쳐 남자를 저주하는 사투리가 찢어지게 울렸다.

경찰의 옆에서 이야기를 듣고 있던 성길의 표정이 허옇게 변했다. 그는 마누라가 혼자 아기를 낳았다는 말 따위는 신경도 쓰지 않았으나, 500만 원이라는 말이 나오자마자 바로 눈이 뒤집히고 말았다.

"뭐가 어째? 지금 500만 원이라고 했어, 엉? 50억도 아니고, 5억도 아니고, 500만 원에! 그 그림들이 얼마나 귀한 건데, 한두 개도 아니고 열세 점을! 열세 점을 고작, 고작!"

성길은 목에 핏대를 세우고 바락바락 악을 쓰면서 민호의 가슴팍을 틀어잡았다.

"아 이년아, 그게 얼마나 비싼 그림인데……."

순간 사내는 입에 거품을 문 채 그대로 뒤로 나둥그러졌다. 주먹으로 성길의 가슴을 후려친 민호는 얼굴이 시뻘겋게 되어 길길이 날뛰었다.

"이 새끼가 어디 가슴에 손을 대! 이 개잡놈의 새끼, 손목을 콱콱 찍어 놓을라! 마누라도 애새끼도 뒈지라고 내굴리는 주제에! 엉! 너도 남자냐! 콱 똥창변기에 코 박고 죽어라, 새꺄!"

친척들은 황급히 두 사람의 사이를 가로막은 후 성길을 노려보았다. 흉흉하게 린치라도 일어날 듯한 일촉즉발의 분위기였다.

❀　　❀　　❀

"안락재의 폐쇄회로 카메라에서 부인과 거래하는 장면이 확인됐다고 연락이 왔습니다. 보시다시피 통장 내역도 윤민호 씨 말씀대로고요. 바로 출금이 되긴 했지만 윤민호 씨는 당신 통장으로 물건값을 분명히 입금했습니다."

"……."

"이런 경우는 장물 취득이라고 할 수 없어요. 알 만한 분이 그러십니다. 사실혼 관계의 부인이 인감증명에 인감이 찍힌 위임장까지 갖고 거래를 한 거고, 당신이 집의 물건 팔아 처먹으라고 막말도 했고, 본인 명의의 통장으로 제대로 돈도 들어간 게 어떻게 장물 거래가 됩니까? 당신 인감 관리와 통장 간수를 잘못한 게 윤민호 씨 책임은 아니잖습니까. 정히 잡고 싶으면 김성길 씨가 부인을 잡아 와서 고소를 하든 말든 할 문제지. 뭐, 그래 봐야 부인이 애 낳으려고 모은 돈 훔쳐서 도망간 남편이니 결과가 어찌 될지는 알 수 없고요."

함께 온 경찰관은 늙은 사내에게 경멸의 빛을 감추지도 않고 툭툭 내뱉었다.

"하여간 엉뚱한 구매자한테 이렇게 화풀이를 하시면 곤란합니다, 어르신. 그것도 부인이 애 낳을 때 병원까지 데려가고, 애 기저귓값까지 보태 주었다는 사람한테요. 고맙다고 말은 못할망정."

"고맙다? 고맙기는 뭘 지랄이야. 그 애새끼가 나하고 뭔 상관이야. 낳지도 말란 걸 덜렁 만든 년 잘못이지. 게다가 식당에 일하러 간답시고 맨날 오밤중에 들어오는 년인데, 배 속에 든 게 내 애새낀지 뭔지 어떻게 알아?"

"아오 저 영감탱이가! 주제에 의처증도 있으셔? 아주 지랄도 쌍쌍이 세트야! 마누라 애 낳을 돈 훔쳐서 정선에서 털어먹은 건 미안하지도 않고요, 엉?"

노인에게 모이는 시선에 점점 경멸의 시선이 강해진다. 성길은 민호에게 삿대질을 하며 소리쳤다.

"내가 마누라 돈으로 뭔 짓을 하건, 네년이 뭔 상관이야? 그년 속을 내가 모를 줄 알아? 국적 취득하자마자 남자 버리고 도망갈 게 뻔하니, 나도 미리미리 본전을 뽑아야 할 거 아냐! 어쨌든 이 거래 취소야. 그림을 사기로 산 건 맞잖아! 한 폭에 7억 원 가까이도 받을 수 있는 그림들을 뭐가 어째? 500만 원? 이런 건 다른 데 가면 백이면 백, 다 사기거래라고 그래!"

"한 폭에 7억 좋아하시네요. 개집이나 소집이나 다 걸려 있는 그림인데! 사기를 치려면 제대로 치라고요!"

175

"이 무식한 년아, 세한도도 개집이라고 하는 년이 뭘 알아? 뭐가 개집이나 소집에 걸려 있는 그림이야?"

유혈 대신 욕설이 낭자한 싸움판에 끼어들 수 있는 사람은 아무도 없었다. 다만 여전히 당황하며 진땀을 빼는 이완과 달리 민호의 친척들은 팔짱을 끼거나 머리를 긁거나 주머니에 손을 꽂고 건들거리는 등 여유 있는 관전자의 모습을 보이고 있었다. 민호는 허리에 손을 얹고 핑, 콧방귀를 뀌었다.

"이 영감이 진짜 개쪽을 당해야 정신을 차리려나. 이딴 그림은 우리 집 부엌에도 걸려 있는 거거든요? 내가 이 위에 막 낙서하고 그래도 아무도 신경도 안 쓰던 거거든요?"

민호는 종이가방에서 아무렇게나 둘둘 말린 족자를 끄집어내서 확 펼쳤다. 사람들의 눈이 둥그레졌다.

"어, 맞다. 저 그림 나도 많이 봤는데."

"허이고 웃기네. 저게 무슨 7억이야."

"저거 옛날에 시골집 골방인지 부엌에 걸려 있던 거 아니었어?"

여기저기서 비웃음이 흘러나왔다. 이완은 고개를 갸웃했다. 민호 씨 친척들이 어떻게 저 그림을 알고 있지? 성길은 황망한 목소리로 고함을 질렀다.

"이것들이 아주 짜고 고스톱이야!"

"얼씨구, 못 믿겠으면 지금 보여 줄까요? 언니, 올케언니! 그 그림 어디 있어요? 옛날 부엌에 걸려 있던 그림. 왜 고조할아버지 거라서 없애지도 못한다고 그랬었잖아요."

어제 이완의 손을 억세게 잡아끌고 들어간 종부마마님은 이제 날듯이 다용도실로 들어가, 먼지가 사방에서 엿처럼 굳어 버린 액자를 들고 나왔다.

얼마나 험하게 굴러다녔는지 유리는 벌써 세 귀퉁이가 나가 초록색 테이프로 더덕더덕 발려 있었고, 표구를 해 둔 비단에는 시커먼 얼룩이 해일처럼 주변을 잠식하고 있었다. 그림 자체도 그리 깨끗하지는 않았고, 유리 위로는 매직으로 해 둔 낙서 자국이 여전히 남아 있다. 특히 달 속에 그려진, 텔레토비에 나오는 해님처럼 환하게 웃는 얼굴 그림이 가장 인상적이었다.

그림을 본 노인의 입이 떡 벌어졌다. 두 장의 그림은 지난번 강세황의 세화처럼, 복사라도 한 것처럼 똑같았다. 다만 이 집에 있는 그림에는 매끄러운 초서체의 한시가 달려 있었고, 민호가 산 그림에는 아무런 제문도 낙관도 없었다. 모인 사람들의 얼굴에는 신기해하는 표정이 둥둥 떴다.

"아이고메, 재미있네. 언놈이 할아버지 그림을 요렇게 똑같이 따라 그렸대?"

"이거 복사한 거 아냐?"

"옛날에 복사가 어딨어? 보고 따라 그렸겠지."

"혹시 위에 대고 그렸으려나? 이 봐, 아주 위치까지 똑같은데그 래."

"아하. 요건 그런데 글자가 없네. 따라 그린 놈이 글자까지 따라 쓰진 못한 거지. 진사 할아버님이 글씨 하나는 천하명필 소리 듣는다 하셨잖아. 한석봉이가 다시 태어났다고."

"응. 시대를 잘못 만났다고 하셨지. 아무리 날고 기는 따라쟁이라도 할아버지 글씨까지 따라 쓰지는 못한 거지."

똑같은 그림이 덜렁 나타난 데다 제문까지 제대로 붙은—오리지 널로 추정이 되는— 그림이 욕쟁이 처자의 고조할아버지 작품이라는 무수한 증언이 쏟아짐에 따라 한 장에 7억이라는 주장은 씨알도 먹히지 않게 되었다. 경찰은 이제 성길을 대놓고 사기꾼처럼 깔아 보기 시작했다. 성길은 몸을 부들부들 떨며 중얼거렸다.

"그, 그 미친년, 비싼 거라고 수도 없이 이야기했는데. 이제 남은 그림도 하나 없는데. 내 손에 잡히면 그년 다리몽둥이를 그냥."

"그런데 김성길 씨, 부인 다리몽둥이는 둘째 치고 미역이라도 한 줄기 사 들고 병원부터 가 보셔야 하지 않겠습니까?"

옆에서 경찰이 퉁명스럽게 끼어들었다.

"이제 이 집도 명절 준비해야 하니 김성길 씨도 이만 들어가시죠."

❁   ❁   ❁

친척들은 민호가 500만 원이라는 거금(?)을 들여서 산 그림들과 화첩, 윤 진사 할아버지의 그림까지 죽 펼쳐 놓고 제각기 품평이 한창이다.

이완은 모인 사람들에게 이 두 그림은 원래는 한 장이었으며 '앞장 떼기'라는 위조 수법으로 두 장이 되었고, 윤형순이라는 사람이 한시를 썼다는 것을 알려 주었다. 민호의 큰오빠가 나서서 고조할아버지의 함자라고 확인을 해 주었다. 이완은 고조할아버님의 호가 '허당(虛堂)'이었다는 사실은 차마 말하지 못하고 삼켰다.

그렇다면 혹시 저 미인도도 윤 진사라는 분이 그린 걸까? 이완은 조심스럽게 물었다.

"고조할아버님이 화원이셨습니까?"

"아니. 그런 말은 전혀 못 들었는데."

"한학자였지. 약관이 되기 전에 진사가 되셨지만 성균관에도 들지 않으셨고 대과도 보지 않으셨어. 후손들에게도 진사 이상 벼슬은 하지 말라고 하셨고."

"그래도 기본 그림 정도는 배우지 않으셨을까? 옛날 선비들은 사군자 정도는 기본 교양으로 그릴 줄 알았잖아."

178

이완은 차근차근 생각을 정리했다. 시를 쓴 사람은 윤형순이 맞다. 서명과 낙관의 이름이 동일하고 한시와 서명의 서체가 동일하다.

하지만 서체와 그림에서는 이질감이 느껴진다. 글자는 지나치게 매끄러웠고, 그림은 투박하고 에너지가 넘쳤다. 문인화는 기본적으로 글자와 그림의 일치를 중시했기 때문에, 같은 사람이 그림을 그리고 화제를 달았을 경우 그림과 서체에서는 동질감이 느껴진다. 하지만 이 그림과 글자는 완전히 다른 분위기였다.

누군가 그린 그림을 앞장 떼기 해서 윤 진사가 글을 썼을까? 아니면 윤 진사가 거칠게 그린 것이 맞는데, 시를 쓰기 전에 누군가 앞장 떼기를 해서 빼돌린 것일까?

이완은 고개를 저었다. 취할 수 있는 단서가 너무 적었다. 그는 한숨을 쉬며 옆에 놓인 미인도를 펼쳐 보았다. 신의 경지에 도달한 그림체. 사람을 짓누르는 존재감.

미인도와 월죽도는 수준 차이가 여실했으나, 이완은 어쩐지 두 그림이 같은 사람의 것이라는 확신이 왔다. 수준과 필법의 차이가 있으나, 두 그림에서 느껴지는 힘, 기백, 자유로운 붓의 선이 증언하는, 얼굴 없는 화원의 거대한 아우라 때문이었다.

이완은 윤 진사가 썼다는 한시를 물끄러미 들여다보았다. 노란 달 아래쪽으로 8행의 7언 율시가 달려 있었다. 필획이 매끄러우면서도 리드미컬한 변화가 있는 것이, 큰 거슬림 없이 편안하고 품위가 있으면서도 탐미적이라 할 만큼 아름다웠다. 힘이나 기개가 다소 부족하여, 붓을 꺾지 않으면 한석봉 같은 명필이 되었으리라는 장담에는 동의할 수 없었지만 글씨 좋다는 이야기는 적잖이 들었으리라 싶다.

"근데 이건 뭐라고 써 있는 거예요? 뜻이 뭐예요?"

머리를 동그랗게 깎은 화장실 꼬꼬마가 활짝 웃는 달님 밑의 지렁이들을 가리켰다. 종손 큰아버지가 너털웃음을 웃었다.

"그래, 그건 진희 누나가 잘 알 거다. 한문 선생님이잖냐. 진희야, 이거 뜻이 뭐냐?"

"아빠, 전 초서체는 잘 못 읽어요."

"뭐? 아니 왜 못 읽어? 전공했잖아! 초서가 별거냐! 영어로 치면 그냥 필기체지 필기체!"

딸 자랑 좀 해 보려다 머쓱해진 아버지가 괜히 버럭 한다.

"그럼 오빠가 별거 아닌 필기체 좀 읽어 봐요. 난 지금껏 지렁이가 날아다니는 줄 알았네."

민호가 진희를 구하기 위해 끼어들다 등짝을 얻어맞았다. 진희는 사근사근 웃으면서 말했다.

"아빠, 저희는 한글세대라, 전공을 해도 초서 읽을 줄 아는 사람은 별로 없어요. 외려 어르신들은 한문 세대시라 전공 안 하셔도 이런 글자 잘 읽으시는 분 많으시잖아요. 작은아버지나 종조부님들 중에서 아시는 분 계시면 뜻 좀 알려 주세요."

공격을 돌려보내는 요령이 아주 좋다. 그러고 보니 진희라는 여자는 겉으로 보면 참하고 조신한 아가씨인데 가끔 튀어나오는 저런 말에서 사내 서넛쯤 아무렇지도 않게 휘두를 저력이 느껴진다. 덩치가 산 같은 젊은 사내놈들이나 천하무적 아줌마 군단이 저 자그만 아가씨한테 쩔쩔매는 이유를 알 것도 같다.

"한심타, 이 많은 자손 중에 이 시를 읽을 줄 아는 사람은 아무도 없었냐?"

본인의 한심함은 잊어버린 틀니 영감이 혀를 꼴꼴 찬다. 설마 이 많은 사람 중에서 한 명도 없으랴, 하며 두리번대던 후손들은 잠시 머쓱하더니, 이내 개구리 와글대듯 찍기 신공을 발휘하기 시작했다.

"뭐, 산 좋고 달 좋고 대나무 운치 좋고, 그런 거 아니었나? 그런 줄 알았는데?"

"연애 시 아니었나? 난 분명 연애 시로 알고 있었는데."

"무식하긴, 대나무하고 바위가 있고, 밤하늘에 달이 둥실인데 연애는 무슨. 딱 보면 몰라? 선비님이 운치 있게 정자에 좌정하시고, 도포 자락을 딱 떨치고 술 한 잔 높이 들고 '내 벗이 몇인고 하니 수석과 송죽이라, 동산에 달 오르니 긔 아니 반가우랴' 이런 시를 읊는 그림쯤은 그려져야지. 어디 자발없이 계집을 끼워 넣으려고 해?"

"아, 어르신, 여자 이야기가 나오긴 나옵니다만."

이완이 듣다못해 끼어들었다. 이 지렁이를 읽을 줄 안단 말인가? 모인 사람들의 눈이 둥그레졌다.

督山之香千年重
浩江之佳萬世潢
굳건한 산의 향기는 천년의 무게에 있고
큰 강의 아름다움은 만세의 깊음에 있는데

構竹葉難操流風
解渙雲叵守月光
얽힌 대나무 잎은 흐르는 바람을 잡기 어려우며
흩어지는 구름은 달빛을 지킬 수 없구나

朱脣皓齒虛散消
魚水之親浮廢荒
젊고 아름다운 미인의 얼굴은 헛되이 흩어져 사라지고
사랑하고 아끼던 사이도 덧없이 황폐하여지는도다

盡命羿孤晞滿月

熙月宮又淸濩珧

명을 다한 예는 쓸쓸하게 보름달을 쳐다보는데

눈부신 달 궁전에서는 다시 맑은 옥피리 소리가 들리네

모여 있는 사람들은 눈만 끔벅끔벅한다. 그들이 막연히 상상하던, 도포 자락을 떨치고 밤하늘의 달을 보며 조국이니 민족이니 군자의 도 운운하는 폼 나는 선비님은 어디에도 안 계셨다. 민호가 고개를 갸웃하며 물었다.

"명을 다한 예는 뭐야?"

"'예(羿)'는 활을 잘 쏘던 신선 이름인데, 미인으로 소문난 항아의 남편입니다. 제준의 망나니 아들들을 활로 쏘아 죽여서 부인인 항아 하고 같이 지상으로 추방되었죠."

"아항."

"그래서 예가 서왕모한테 가서 불사약을 두 개 얻어 오는데, 하나를 먹으면 불로장생하고 두 개를 먹으면 하늘로 다시 올라간다 했습니다. 예는 항아하고 나눠 먹고, 우리 땅에서라도 영원히 행복하게 살자 하려 했는데, 항아는 자기 혼자서 몰래 두 개를 다 집어먹고 다시 하늘로 올라가요. 하지만 하늘나라에서 안 받아 주니까 달로 가게 되지요. 지상에 남은 예는 항아가 떠난 기일마다 항아가 좋아하던 음식을 차려 놓고 제를 지내면서 혼자 늙어 가게 됩니다."

저런 때려잡을 년이 있나. 월궁항아가 그렇게 못된 년이었어? 사람들은 비분강개해서 미인이란 종자의 의리 없음을 개탄했다.

이완은 시를 쓴 윤형순이라는 사내에 대해 호기심이 일었다. 시 뒤에서, 외롭게 죽음을 기다리는 처량한 노인과 아름다운 시절의 사랑을 평생 간직하는 로맨티스트의 모습이 겹쳐 보였다. 하지만 그 대상이 본처인지까지는 알 수 없어, 후손들에게 사연을 물어보기가 곤란했다. 민호가 고개를 갸웃하며 물었다.

"근데 이거 앞장 떼기로 두 장을 만들었다 했잖아. 복사도 아닌데 어떻게 그렇게 만들어?"

"그림을 엿기름물에 담그거나 습기를 흠뻑 먹여서 아래위 두 장으로 떼어 낸 다음에 잘 펴서 말리는 거예요. 예전부터 꽤 자주 쓰이는 수법입니다."

"우와. 그럼, 다른 그림들도 모두 두 장씩 만들 수 있다는 건가?"

"아뇨, 애초에 종이를 만들 때 닥섬유 층을 두세 겹씩 겹쳐 떠서 두껍게 나온 종이들이 있어요. 가령 오원이 즐겨 사용했던 중국산 옥판선지라든가. 그런 종이라면 가능하죠."

"아하."

"이 화첩도 아마 그런 종이로 만들어진 것 같습니다. 만져 보세요. 종이 자체가 꽤 두껍게 느껴지죠. 그림은 겨우 일곱 장밖에 안 들었는데 처음엔 열댓 장은 든 줄 알았습니다."

이완은 혼례식 그림이 그려진 화첩을 펼쳐 내밀었다. 민호가 손가락을 바지에 쓱쓱 문지르고 종이를 만져 본다. 이건 완전 마분지 같다, 하고 중얼대는 얼굴은 여전히 헷갈리는 표정이었다.

뒤에 서 있던 주렁주렁 조카들도 한 번씩 만져 보겠다 덤비는 걸, 이완은 질겁하고 떼어 냈다. 전과 송편을 집어 먹던 손으로 고서를 만지려는 몰상식한 놈들이 이렇게 많을 줄이야. 처음 만났을 때 민호 씨가 맨손으로 병풍을 만졌던 것은, 그러니까 양반이었던 것이다.

"이완 씨, 우리 이 책도 두 장씩 떼어서 두 권 만들어 볼까?"

"가짜 만들어서 갖다 팔려고요? 그러면 정통으로 잡혀 들어갑니다. 그리고 말짱한 그림을 왜 두 개를 만들어서 사람 골치 아프게 해요?"

"안 팔면 되지. 하나는 보관용, 하나는 막 보는 용도로. 어차피 누가 그렸는지도 모른다며. 그럼 그렇게 비싼 건 아닐 텐데?"

"민호 씨. 이 선이랑 구도 나온 거 보세요. 정말 잘 그리는 화가가 그린 겁니다. 게다가 풍속화잖아요. 김홍도, 신윤복하고는 화풍이 다르지만 누가 그린 건지만 밝혀지면 대박일 겁니다."

선을 백번 들여다봐야 그게 그 선이지, 잘 그린 건지 못 그린 건지 무슨 재주로 아나. 민호는 자신의 무식을 무마하기 위해 얼른 화제를 돌렸다.

"어쨌든 지금으로선 누구 건지 모르니까, 밑져야 본전이잖아."

"밑져야 본전 아닙니다. 분리하다 조금이라도 찢어지면 끝장이에요. 앞장 떼기 같은 거 아무나 하는 줄 아세요?"

"근데 이완 씨는 할 줄 아는 거잖아? 그치? 어떻게 하는지 궁금해서 그래."

민호는 이완을 보며 배시시 웃었다. 왜 갑자기 비행기를 태우시나? 이완은 불길한 예감에 슬금슬금 뒤로 물러섰다.

"다른 사람도 아니고, 그 유명한 려 갤러리 주인이고, 미래의 박물관 주인님이고, 네이롱 검색창이고, 저런 이상한 글자도 읽을 줄 알고, 떼기인지 뽑기인지도 할 줄 알고. 엉? 응?"

등이 근질근질해진다. 이걸 자랑스러워해야 하는지는 잘 모르겠지만 그냥 내버려 두었다간 중인환시에 몹시 쪽팔리는 상황이 벌어질 건 확실했다. 사방에서 핑핑 팽팽 콧방귀를 뀌고, 주변에 둘러선 올케들의 눈이 갈쭉해지는 것도 보인다.

"허이구 아가씨, 지 남자라고 자랑하는 꼴 좀 보소. 저거 콩깍지."

"일 년만 지나 봐. 웬수 덩어리니 밑천을 뗀다느니 지렁이 굼벵이 욕이나 하지 않으면."

"원래 연애할 때는 생판 초짜도 뭐든 잘한다고 나서는 거예요. 그거에 속아 넘어가면 나중에 우리처럼 땅을 쳐요, 아가씨."

이완은 속이 뾰족해지는 것을 느꼈다. 민호 씨는 자신의 홈그라운드에서, 저 엄청난 퀄리티의 노동력을 제공하고도 왜 이렇게 무시를 당하는 걸까? 그러니 나까지 그렇게 만만하게 보고 싸잡아 뭉개려 하지 않나. 이래서 초장의 기선제압이 중요하다는 거지.

그리고 사실 민호 씨가 틀린 말 한 건 아니잖아.

잠깐 스친 민망함을 눌러 버리고, 이완은 드디어 멍석 위로 올라서고 말았다.

"정 그렇게 못 미더우시다니 한번 보여 드리죠. 어차피 종이가 필요 이상으로 두꺼워서 저도 이상하게 생각하던 참이었습니다. 넓은 함지박에 엿기름물이나 만들어 주세요."

❀   ❀   ❀

내가 이런 얼간이 광대 짓을 저지르다니.

앞장 떼기의 성패를 좌우하는 것은, 겹쳐 있는 종이가 물을 먹고 풀어지며 아래위로 분리가 될 때 얼마나 조심스럽게 들어 올려 손상이 안 되게 잘 말리느냐 하는 것이었다. 그것은 경험과 기술, 그리고 타고난 손 감각도 있어야 하지만 시간도 한참 걸리는 작업으로, 사람들의 기대처럼 무언가를 단숨에 뿅뿅 뽑아내는 마법이 아니었다. 이완은 함지박 세 개에 담긴 엿기름물과 그곳에 잠겨 있는 그림들을 번갈아 쳐다보며 한숨을 쉬었다.

사람들의 관심은 오삼 년 전에 그림에서 벗어났다. 이완이 책들을 샅샅이 촬영하고 제본한 실을 조심스럽게 풀고, 그림들을 물 위에 띄울 때까지만 해도 침을 꼴깍대며 구경하던 사람들은 5분도 채 지나지 않아 하품을 하더니 다시 일을 하거나, 텔레비전 삼매에 빠지거나 게임을 하러 빠져나갔다. 아직 학교도 안 들어간 어린애만 가끔 와서 함지박에 손을 덜렁 집어넣는 위험천만한 짓을 하고, 같이 떠들 사람이 궁한 칠순 이상 노인들만 엉덩이를 뭉기적거리며 '나 젊었을 적에는'을 읊어 대다가 어슬렁어슬렁 되돌아갈 뿐이었다.

"음? 이게 뭐지?"

이완은 눈썹을 찌푸렸다. 마른 상태에서는 보이지 않던 다른 선이 나타나 있었다. 처음에는 그저 얼룩 비슷한 것인 줄 알았는데, 아니었다. 분명히 어떤 형체를 갖춘 선이었다. 이완의 등으로 쭈뼛 긴장이 올라왔다.

혹시 그림 뒤에 다른 그림을 배접했나?

오래된 그림을 보강하기 위해 뒤에 다른 종이를 배접할 때가 종종 있다. 그런 종이는 후일 재표구 시 잘 떼어 낼 수 있도록, 항아리에서 몇 년씩 삭히고 물을 타서 묽게 한 풀로 붙여야 한다.

종이가 귀하던 시절엔 새 종이 대신 잘못 그려진 그림이나 습작 등을 붙이는 경우도 있었는데, 그런 그림은 표구를 새로 하다가 종종 발견되곤 했다. 이완도 유명한 화가의 미공개 습작을 재표구하면서 얻은 적이 있었다.

다른 목적으로, 즉 그림을 숨기기 위해서 그림 뒤에 다른 그림을 배접하는 경우도 있었다. 예컨대 세금 문제를 피하기 위해 가격대가 높은 서너 장의 그림을 한 장으로 붙인 상태로 표구해 상속하는 경우가 그랬다. 비싼 유화 위에 새로 페인팅을 해서 다른 그림처럼 위장해 세금폭탄을 피하는 것과 비슷한 속임이었다.

침이 꿀꺽 넘어갔다. 이건 김성길 그 인간도 모르고 있던 게 틀림없다. 혹여 세금 문제 등으로 숨겨 놓은 그림이라면, 귀하고 비싼 그림일 가능성이 높다. 잘하면 앞장 떼기 같은 사기가 아닌, 진짜 새로운 그림들을 추가로 건지게 될 것이다.

이건 횡재다. 어쩌면 앞장의 그림을 그린 화가가 누군지 알게 될 수도 있다. 이완은 흥분한 목소리로 외쳤다.

"민호 씨! 뒤에 아무래도 다른 그림이 더 붙어 있는 것 같습니다!"

"새끼들아, 들어가! 들어가, 새꺄!"

"애들은 가라! 가, 뭘 구경해! 진철이 진명이 너 안 들어가! 확 걷어차기 전에 안 들어가?"

"아 씨, 고모! 나도 알 건 다 안다고! 아이 씨!"

"고모오! 나 주민등록증 받았단 말이야."

"어디 고딩들이 민증을 까서 들이대고 난리야, 건방지게. 뭘 보겠다고 새끼들아아! 썩 들어가아아!"

망했다. 내 발등을 내가 찍었다.

이완은 얼굴이 불타는 고구마가 된 상태로 머리를 쥐어뜯었다. 번듯한 혼인식 풍속화 뒤에 숨어 있던 그림들은 춘화였다. 그것도 솜씨가 몹시 좋은 화가가 그린 듯, 필체가 매우 훌륭하고 묘사가 자세한 춘화였다. 초장에 기선제압은 개뿔, 이젠 평생 두고두고 입방아에 오르내릴 일만 남았다.

그림 뒤에 배접해 둔 것을 보면 뭔가 숨기려는 의도가 있는 거, 그래, 그건 맞지. 그런데 옛날에 그런 짓을 한 이유가 세금 때문이었겠냐. 다른 가능성이 훨씬 높을 거라는 대가리도 안 굴러가냐.

난 지금 이 집안의 바보 바이러스에 감염된 거야.

"허허, 거참 멋지긴 한데."

"것 참, 그거, 그것참."

여기저기서 킥킥대는 소리와 헛기침하는 소리가 울린다. 그는 핑크빛이 난무하는 그림을 막대기들로 조심스럽게 끌어 올려 소반에

평평하게 펴면서 진땀을 폭포수처럼 흘렸다.

"아, 조선 후기에는 말입니다. 성에 대한 인식이 많이 달라져서, 이런 종류의 춘화첩이나 야한 소설이 민간에 많이 돌아다녔어요. 정말로, 진짜로 많았습니다. 그, 그게 사람 사는 거나 생각하는 게 다 비슷하지 않겠습니까? 그래도 춘화첩 같은 경우는 밖으로 공개를 안 해서 잘 알려지지 않았을 뿐입니다."

"아, 맞아. 김홍도나 신윤복이 그린 야한 그림도 인터넷에 있던데."

누군가 아는 체하면서 끼어들었다.

"그, 그런 건 확실한 건 아니고, 낙관이나 제문 없이 그냥 김홍도 그림, 신윤복 그림, 그렇게 전해지는 겁니다. 사실 단원 춘화라 전해지는 것들은 그림 수준이 너무 많이 떨어져서, 미, 믿을 수는 없고……."

민망한 것을 없애려고 되는대로 설명을 하면서도 목소리가 땅속으로 기어들어 간다. 설명이고 화첩이고 죄다 집어치우고 내빼고 싶었지만, 그림 뒤처리를 할 사람이 없었다. 지금 자신이 도망질을 치면 춘화는 둘째 치고 혼례 장면이 기록된 본 화첩이 완전히 망가질 판이었다.

화첩의 그림과 춘화들을 잘 말려서 제대로 분책하여 묶을 때까지 그는 꼼짝도 못 하는 상황이 되어 버렸는데, 어르신들의 헛기침과 아줌마들의 킬킬대는 소리는 접어 두더라도, 더 큰 문제가 남아 있었다.

대체 이 그림들을 어디에 놓고 말린단 말인가. 쓸데없이 역동적이고 쓸데없이 묘사와 색감이 좋으며 필요 이상 적나라한 그림들, 게다가 쓸데없이 체위까지 다양한 그림들을!

총 일곱 장의 그림 중 맨 앞과 맨 뒤는 시시덕대며 분탕질을 하는 그림이고, 다섯 개는 본 게임을 그린 것이었다. 앞의 흐드러진 잔치 묘사와 달리 방의 배경은 허술하기 짝이 없었다. 원래 가구가 없는 허접한 방인지, 화가가 귀찮아서 생략을 했는지는 알 수 없었다. 다만 남녀 주인공의 묘사만큼은 땀방울 하나 터럭 한 올까지 확실하고 자세했다.

덥수룩한 수염쟁이 사나이는 허연 등짝과 불룩한 궁둥이를 모조리 드러낸 채 볼이 발그레한 아가씨와 거사를 치르는 중이다. 벗겨지다 만 여자의 속적삼이 땀에 푹 젖어 피부에 들러붙은 묘사하며, 입을 벌린 사내의 찡그린 미간과 눈가의 주름, 땀방울 맺힌 것까지 너무 생생해서 바로 눈앞에서 그들을 보고 숨소리를 듣는 것 같다.

체위는 또 왜 쓸데없이 다양한지, 각도별로 묘사는 얼마나 힘을 빡빡 주어 가며 했는지 작정하고 만든 밤 시간 교과서라고 생각해도 될 지경이었다. 야동의 예술적 영상미만큼이나 쓸데없는 것이 춘화의 퀄리티라지만, 워낙 잘빠진 그림이 엿기름물에 축축하게 젖어 놓으니 곱으로 야살스러워 보인다.

드라이, 선풍기를 동원할 수도 없고 옥상에 널어놓을 수도 없으니, 명절음식과 잡동사니가 가득 쌓인, 아이들이 풀방구리 쥐 드나들 듯 하는 베란다에 줄줄 늘어놓고 말려야 할 판이었다.

베란다에 줄줄이 널린 고전 야동 시리즈라니. 경사 났네.

사태는 뜬금없이 나타난 흑기사로 인해 해결되었다. 김성길 사장과의 일이 무사히 해결되었는데도 안락재로 전화하는 것을 잊어버리는 바람에, 앤드류가 득달같이 일산으로 달려온 것이다.

진동으로 바꾸어 둔 전화기를 뒤늦게 확인하니 앤드류의 번호가 50개가 넘게 찍혀 있었다. 앤드류는 틀림없이 무슨 일이 생겼다 싶어 갤러리 려의 15인승 밴을 배트모빌의 속도로 몰고 날아왔다. 이완은 시커먼 티셔츠 차림으로 사람들이 바글바글하는 한가운데 당당히 뛰어든 앤드류가 난생처음으로 배트맨처럼 보였다.

이완과 달리 앤드류는 생전 처음 보는 아줌마 아저씨들에게 일일이 붙임성 있게 인사를 하고 그녀들의 맹렬한 신상 털기에도 나름 귀엽게 웃으며 대답을 해 주면서 파평 윤씨 문중의 호감을 듬뿍 샀다.

그는 신발 벗고 들어온 김에 신나게 명절 음식을 얻어먹었고, 소반에 널려 있는 그림들을 보고 뻔뻔스럽게 이야! 그림 좋네요! 하면서 넉살을 부려 종손님의 하이파이브도 얻어 냈다. 소개팅 제의를 그 자리에서 세 건이나 받은 것도 모자라 민호의 올케들이 싸 주는 명절 음식까지 사양하지 않고 넙죽넙죽 챙기기까지 했으니, 이번 명절에 가장 실속을 차린 사람이 있다면 바로 앤드류일 것이다.

30분 후, 갤러리 려의 보안차량이 물기가 흠뻑 밴, 쓸데없이 솜씨가 좋은 앤티크 핑크핑크 그림들과 건전한 풍속화들이 펼쳐진 소반들을 잔뜩 싣고 안락재로 도주함으로써, 티 없는 어린이들을 춘풍난만의 마수에서 건져 낼 수 있게 되었다.

앤드류가 딱하다는 얼굴로 몰래 건네주고 간 비상용 양말과 속옷과 세면도구, 그리고 깨끗이 세탁해 밀봉해 둔 차량용 모포 팩을 들여다보던 이완은 문득 나는 누구? 여긴 어디? 대체 내가 왜? 왜? 왜? 하는 공황상태에 빠지고 말았다.

그러거나 말거나, 옆에서는 진희의 동생과 사촌 동생들이 대대적으로 모여, 오늘도 자고 갈 것이 분명한 저 멍충이 고모의 남자친구 호칭을 '형이라 해야 하나 고모부라 해야 하나' 에 대한 열띤 토론을 벌이기 시작했다.

❀　　　❀　　　❀

"이완 씨, 박 실장님. 잠깐 일어나 봐."

귓가에서 민호의 속삭이는 소리가 잉잉거린다. 창으로 들어오는 시원한 밤바람과 여자의 숨결이 동시에 느껴진다. 여자의 목소리는 작지만 빠르고 다급했다.

"……?"

눈을 비볐다. 안방에서 올케들과 자는 줄 알았던 민호가 코앞에서 자신을 들여다보고 있었다. 무슨 일이지? 곁에는 화장실 꼬맹이와 진희의 동생들이 엉거주춤 서 있었다. 옆에서 부엌 쪽을 바라보며 서 있는 것은 진희였다.

쉿. 민호는 사방을 두리번거리며 손가락을 입에 가져다 댔다. 부엌에 켜 둔 미등으로 사람들이 마루 이곳저곳에서 허리를 꼬부리고 얇은 담요를 덮고 있는 것이 눈에 보인다. 새벽 두 시였다.

"박 실장님, 혹시 저 달걀귀신에 대해서 무슨 설명 들은 거 있어?"

"달걀귀신요? 아니 갑자기 뜬금없이 달걀귀신은 왜……. 화장실에 뭔 일 생겼어요?"

"아니, 내가 산 그림 중에 계란귀신 여자 있잖아."

이완은 갑자기 터져 나오려는 웃음을 틀어막느라 헛기침을 해야 했다. 하여간 이 여자의 입을 거치면 아무리 심각한 것이라도 무게를 잃어버린다.

"얼굴 없는 미인도 말입니까? 소원 들어준다는 그림요? 그게 왜요?"

"어? 이완 씨도 소원 이야기 알고 있었네? 진짠가? 어 물론, 내가 그 말을 믿어서 산 건 아니야. 진짜 아닌데."

믿었다는 말인가. 이완은 픽 웃으려다 문득 웃음을 거두었다. 민호의 표정이 생각보다 심각했다. 그제야 뒤에 서 있는 사람들의 얼굴이 눈에 들어왔다. 꼬마와 진희의 동생들이 하얗게 질려 있는 것은 둘째 치고, 윤진희 저 침착한 여자의 얼굴마저 돌처럼 굳어 있었다. 잠이 확 달아났다.

"그림에서, 소, 소리가 들렸어요."

진철이라는 꼬마는 눈에 보일 정도로 덜덜 떨고 있었다.

"어, 엄마가 방에서 게임하지 말라고 해서 마루에 나와서, 진희 누나 옆에서 하는데, 그림이 걸린 벽에서 웃음소리가 들렸어요."

"아하, 그랬던 거구나. 난 또 뭐라고."

민호는 금세 표정을 바꾸어 가볍게 웃는 얼굴로 아이의 머리를 쓰다듬었다.

"요 말도 안 듣는 꼬맹아, 일찍 자라는데 두 시까지 잠을 안 자니까 그렇지. 그러면 귀가 멍해지고 어지럽다고. 게다가 안방에서 할아버지들 잠꼬대가 얼마나 심한데."

"어? 잠꼬대예요? 막 웃었는데요?"

민호는 여전히 웃는 얼굴로 꼬마의 귀에 대고 속닥였다.

"이건 비밀인데, 셋째 할아버지는 자면서 울기도 해. 술이라도 드시면 아주 눈물까지 흘리면서 잠꼬대를 하신다? 아, 근데 이거 비밀이니까 나한테 들었단 말 하면 안 된다? 자, 그럼 이제 얼른 작은방에 들어가서 엄마랑 진혁이랑 같이 자. 내일부턴 일찍일찍 자라고. 알았어? 진경아. 진철이 좀 작은방에 데려가지?"

아이는 적잖이 안심하는 듯 포, 한숨을 쉬며 형을 따라 순순히 걸음을 옮겼다. 방문이 닫히자 민호가 표정을 싹 바꾸며 다그쳤다.

"하여간 똘추들, 애를 안심시켜서 들여보낼 생각부터 안 하고 똑같이 뭐 하는 짓이야! 아무튼, 이제 무슨 일이 있었는지 자세히 말해 봐."

"그 웃음소리, 나도 들었어. 진경이 형도."

남아 있는 녀석이 여전히 우들우들 떨면서 말했다.

"잠꼬대 같은 건 정말 아냐. 우리 뒤에는 방이 아니고 외벽이었다고. 아까 고모가 사 온 그림을 달력 위에 걸어 놓은 거 말고는 아무것도 없었어."

처음에는 잘못 들었거나, 누가 잠꼬대를 하는 줄로 알았다. 하지만 잠시 벽이 흔들리는 느낌이 들었다. 고개를 갸웃했다. 이상한데? 잠깐 찾아온 현기증인지 정말 흔들린 건지 애매해서 두리번거리다 동생과 눈이 마주쳤다. 순간 등 뒤에서 웅웅웅, 하는 진동이 느껴졌다. 온몸이 딱딱하게 굳는 것 같았다.

지진인가?

하지만 지진이라기에는 느낌이 이상했다. 벽 쪽에서 싸늘한 한기가 느껴진 것이다. 순간, 귓가에 똑똑하게 누군가의 목소리가 들렸다. 아니, 한 사람의 목소리가 아니다. 왁자하게 떠드는 소리, 어쩌면 고함 같기도 하다. 벽으로부터 바람이 날카롭게 일다가 칼로 베인 것처럼 스러졌다.

이야기를 듣던 이완은 담요를 걷어치우고 일어났다. 그들은 잠을 자는 사람들을 넘어 조심조심 미등을 켜 둔 부엌으로 들어갔다. 새벽 두 시. 창은 열려 있었지만 사방은 쥐 죽은 듯 조용했다.

사람들은 한참 그림을 들여다보았다. 볼수록 빨려 들어갈 것 같은 얼굴 없는 미인도. 이제는 아무 소리도 들리지 않는다. 바짝 긴장해서 들여다보던 진경과 진명이 으으, 진저리를 치며 물러섰다.

"그림 태워야 하는 거 아냐?"

"정말 귀신 붙은 거?"

"야, 세상에 귀신이 어딨냐?"

"없긴 왜 없어? 조상들이 일 년에 열댓 번이나 젯밥 드시러 오신다며! 그게 귀신이지, 신선이겠냐?"

"시끄러, 이것들아. 내 그림은 내가 알아서 처리할 거니까, 지금은 들어가서 잠이나 자!"

민호는 두 놈의 엉덩이를 걷어차서 방으로 들여보냈다.

뻐꾹, 뻐꾹, 뻐꾹, 팽팽하게 당겨진 공기를 뻐꾸기시계 소리와 오르골 소리가 채웠다. 이완은 뻐꾸기시계 소리가 그렇게 으스스하고 을씨년스러운 것을 처음 알았다. 졸졸 하는 물소리까지 지나간 후, 파스스 하는 짧은 울림이 덧붙는다.

민호는 자리에서 벌떡 일어났다. 진희도 긴장한 얼굴로 민호의 손을 꽉 잡았다. 이완은 모르겠지만 두 사람은 그 이질적인 소리를 알아차렸다. 시계의 오르골 소리의 끝에 붙은 짧은 어떤 소리는 수십 년간 매시간 들어 왔던 그 소리가 아니었다.

"헉! 저게 뭐야!"

비어 있는 여자의 얼굴 속으로, 희미한 형상이 일렁이고 있었다. 워낙 희미해서 정확히 어떤 모습인지는 알 수 없었으나, 그림 위로 유령처럼 뿌연 형체가 덧씌워지는 것이 똑똑하게 보였다. 형체는 이리저리 흔들거리며 움직였다. 틀림없이 사람의 형상이었다.

"악!"

"저, 저게 뭐야, 저게!"

세 사람은 주춤주춤 물러섰다. 우유처럼 새하얀 얼굴이 흐릿하게 나타나기 시작했다. 핏빛처럼 붉은 옷, 눈처럼 흰 동정, 새까만 머리가 어수선하게 흐트러져 내려왔고, 얼굴엔 눈도 코도 입도 없었다. 미인도 속에 그려진 것처럼 얼굴이 없는 바로 그 여자였다.

"아, 아오 쉣! 정말 달걀귀신이 있어! 야, 너 잘 나왔다. 내가 꼭 할 말이 있는데!"

민호는 앞으로 벌컥 튀어 나가려다 팔이 확 꺾였다. 뒤에 서 있던 이완이 억센 힘으로 민호의 팔을 잡아채 끌어당긴 것이다.

"민호 씨! 내 뒤에 있어요! 나서지 말고."

그는 민호를 붙잡은 손에 힘을 꽉 주었다. 얼굴 없는 여자의 얼굴만큼이나 핏기가 없는 얼굴로, 그가 차갑게 물었다.

"······넌 대체 누구냐."

그림에서는 아무 대답도 나오지 않았다. 이완과 얼굴 없는 여자가 대치하는 짧은 순간이 천년만큼이나 길었다. 뒤에서 탁한 비명이 희미하게 엉키나 싶더니, 그림 속 여자의 일렁이는 형상도 아스라하게 공간 속으로 스며들기 시작했다.

순간, 그 위로 투명한 인영이 오버랩이 되는 것처럼 형상이 훅 변하더니 전혀 새로운 얼굴이 나타나기 시작했다. 봉두난발을 한 인영이 새로 출렁거렸다. 얼굴은 제대로 보이지 않지만 호랑이의 눈처럼 인광(燐光)이 튀는 눈동자가 보였다. 얼굴의 근육이 실룩거리고, 어깨와 손이 그림 밖으로 불쑥 튀어나오려는 듯 버르적거린다.

아까의 얼굴 없는 여자가 뿌연 수증기처럼 일렁이던 것에 비하면 두 번째 형상은 앞으로 튀어나오려는 것처럼 확실한 입체감을 가지고 있었다. 이완은 이를 부득 갈며 물었다.

"우리한테 무슨 말을 하고 싶은 거야!"

순간 이상한 소리는 칼로 베인 것처럼 잘려 나가고, 다시 사방은 조용해졌다.

민호는 주변이 빙글 도는 것을 느꼈다. 옆에서 이완이 허리를 꽉 틀어잡는다. 진희가 미끄러지듯 바닥에 주저앉는다. 왜 소원을 안 물어보지? 왜? 저것이 왜? 중얼대던 민호가 고개를 번쩍 쳐들었다.

"이완 씨. 혹시 이 그림에 대해서 더 들은 말 있어? 여자가 나와서 소원 들어준다는 거 말고?"

이완은 손등으로 이마를 문질렀다. 끈적하게 식은땀이 묻어난다.

"소원을 이루기 위해선 조건이 있다고 했습니다."

"조건? 아줌마는 그런 말 안 하던데. 무슨 조건인데?"

"얼굴을 완성해야 한다고 했어요. 하지만 그런 짓을 했다간 그림의 가치가 폭락할 위험이 있어서, 국전출신 화가도, 젊어서 한국화를

195

그렸던 김성길 사장도 손대지 않았다고 했습니다. 어쩌면 그림에서 느껴지는 기운이 너무 강력해서 감히 손을 못 댄 것인지도 모르겠습니다."

이완은 그림을 보며 중얼거렸다. 들여다볼수록 획 하나하나마다 거대한 에너지가 느껴진다. 소원을 들어준다는 전설 따위 상관없이 한 인간의 절절한 감정이, 들끓는 생명력이 고스란히 들어간 그림이었다.

모델이 사람이 아니라고 했던가?

머리가 터질 것 같다. 대체 이 그림은 무슨 그림인가? 무슨 사연이 있고, 대체 누가, 왜, 누구를 그린 것일까. 이완은 길게 생각하고 싶지 않아 고개를 저었다. 몹쓸 물건이다. 갖고 있기 꺼림칙하다. 많은 사람이 이 그림을 비싸게 사 놓고는 성길에게 되팔았다 했었다. 되팔았던 이유가 이해가 된다.

그렇다면 그들은 왜 판 그림을 다시 사겠다고 나서는 걸까?

그때 진희가 하얗게 질린 얼굴을 들고 떨리는 목소리로 말했다.

"눈이 마주쳤어요. 두 번째로 나왔던 사람하고."

민호는 진희에게 차가운 물 한 잔을 내밀었다. 진희의 얼굴이 몹시 창백했다. 그림 속 얼굴 없는 여자가 진희를 비스듬하게 내려다보고 있는 것처럼 보였다. 창백하면서도 서늘하게 눈만 반짝이는 진희는 그림 속 얼굴 없는 여자와 비슷하게 기괴한 분위기를 뿜고 있었다.

"민호야, 나 어렸을 때도 그림 속에서 이상한 거 본 적이 있었어. 이 그림은 아니었지만."

민호는 눈썹을 찌푸렸다.

"아빠 돌아가셨을 때 일 말하는 거야? 그거 네가 꿈꾼 거라고 했잖아! 상문살도 아니고 귀신한테 홀린 것도 아니라고. 넌 그때 나 찾으러 다니다가 힘들어서 쓰러졌던 거고.”

“꿈꾼 거 아니야. 처음엔 꿈인 줄 알았지만, 난 집 밖으로 나가지 않았어.”

“아냐, 그건 내가 잘 알아. 너 삼거리 쪽 골목길에서 얼어 죽을 뻔한 걸, 두나네 엄마 아빠가 발견하고 데리고 왔다고. 나도 봤는걸.”

“……”

“이상한 거에 홀린 게 아니고, 나 찾으러 나갔다가 어지러워서 쓰러진 거고, 앓는 동안 악몽을 꾼 거라고 말했잖아. 원래 상갓집에선 꿈자리가 사납다며.”

아니, 아니야. 진희는 천천히 고개를 저었다. 목소리에선 이제 떨림이 사라졌다.

“나 그때 어떤 사람을 만났어. 눈이 특이한 남자였는데.”

고양잇과 맹수들의 눈이 그와 비슷할까? 터럭 하나 먼지 한 낱까지 남김없이 기억할 듯, 날카롭고 열기 넘치는 그 눈빛. 시선이 닿는 곳마다 피부가 화끈대며 솜털이 곤두서는 듯한 그 느낌. 지금까지도 귓가에 끈덕지게 들러붙어 있는 선이 굵고 거친 그의 목소리, 귓속을 거친 모래로 문지르는 듯한 그 느낌. 인두로 입술을 지지는 듯한 그 감촉.

그때의 감촉과 느낌을 떠올리면 자동적으로 환취가 스며들었다. 구토가 나올 만큼 달콤하게 느껴지던 무겁고 나른한 향, 그 향기. 진희는 긴 한숨과 함께 속에 든 말을 토해 냈다.

“나중에 나타났던 남자, 열여섯 살 때 내가 봤던 그 사람이야.”

❊   ❊   ❊

“민호야, 민호야! 어디 가아!”

"나 잠깐만 어디 갔다 올게. 잠깐만."

"잠깐만이라고? 웃기지 마! 또 갔다가 이틀이고 사흘이고 일주일이고 있다 올 거잖아!"

"아냐. 정말로 금방 와."

버석버석한 싸구려 소복을 입은 민호의 다리가 껑충하니 드러났다. 진희는 고개를 바짝 쳐들었다. 민호는 중학생 때도 키가 몹시 커서, 키가 작은 진희는 민호와 이야기를 할 때마다 목에 힘을 빳빳이 주어야 했다.

"할아버지 장례식인데 딸이 빠져나가면 어떡해. 나중에 아빠가 화를 낼 거라니까!"

손을 잡고 끌어도 막무가내였다. 민호는 목소리는 컸지만 속은 물렁하고 순한 축이었는데, 다만 가끔 고집을 부렸다 하면 황소, 당나귀보다 더 뻣세게 굴었다.

최근 들어 제일 골치 아픈 일은, 툭하면 집을 나가 들어오지 않는 것이었다. 어른들은 공부도 못하는 년이 대가리에 헛바람이 들어서 떼 지어 다니며 아이들을 괴롭히고 돈을 뜯는 게 아니냐 다그쳤지만, 그건 아니었다. 민호는 성적은 시원찮았으나 옳고 그른 일에 대한 기준은 확실했다. 오히려 이유 없이 남을 괴롭히는 꼴을 보면 소매를 둥둥 걷고 덤벼들다가 보호자 호출을 당하는 쪽이었다.

진희는 민호가 힘든 일이 있을 때, 어디엔가 가서 속을 풀며 시간을 보내다 오는 것은 알고 있었다. 하지만 그곳이 어디인지, 돈도 없이 어떻게 가는지는 알 수 없었다.

따라가야 해. 오늘은 꼭 따라가서 다시 질질 끌고 나와야 해.

그러게 왜 작은엄마 작은할아버지들은 그런 못된 말을 해 가지고!

2년 가까이 누워 앓다가 새벽에 돌아가신 할아버지는 큰사랑채에 누워 계시고, 아버지와 숙부들은 시신을 지키고 있었다.

아버지와 숙부, 숙모들, 그리고 열 명 가까이 되는 할아버지들은 팔지도 못하는 선산의 세금과 관리 비용 분담 문제, 얼마 되지도 않는 유산을 두고 하루 종일 언성을 높였다. 그리고 지금은 누가 민호를 키울 것이냐, 양육비용을 누가 대느냐, 하는 문제로 싸우는 중이었다.

일단 진희의 엄마는 지금껏 이 큰살림을 건사하고 어른들과 시동생 시누이들 수발한 것만으로도 충분히 맏며느리의 도리를 했으니, 염치들이 있으면 이제 막내 시누 문제는 다른 형제들이 의논해서 맡으라 통보를 한 상태였다. 쥐뿔만 한 선산의 명의 다툼에는 콧방귀만 뀌던 작은엄마들도, 시누 양육 문제에 이르러서는 눈에 도끼처럼 날을 세우고 덤벼들었다.

당사자인 민호는 나설 자격이 없는 판이었다. 민호가 누구와 살고 싶으냐가 관건이 아니라 누가 대학 졸업 때까지 '생때같은 돈을 처들여' 바라지를 해 줄 것이냐가 관건이 되기 때문이었다.

작은엄마들은 자신에게 뜨거운 감자가 굴러올 때마다 펄펄 뛰었다. 종가에 시집와서 받은 것 하나 없이 그간 죽게 고생한 것도 모자라서, 저 손 많이 가는 중학생 기르는 일까지 덤터기를 쓰란 말이냐, 차라리 죽으라고 해라, 이 자리에서 이혼 도장 찍고 싶으냐. 남의 자식을 키운다는 의미를 알고 있는 여자들, 남편의 동생이라지만 결국 키우는 몫은 온전히 여자의 것이 되리라는 점을 잘 알고 있는 그네들은 입에서 불을 뿜으며 악을 썼다.

사정 되는 사람이 아무나 좀 데려다 키우지, 먹던 밥상에 숟가락 하나만 더 놓으면 되는 거잖아, 라는 얼빠진 소리나 내뱉던 숙부들이며 작은할아버지들은 크게 당황했다. 각자 마누라들을 향해 욕을 하고 소리를 질렀지만, 이미 독이 잔뜩 오른 숙모들은 눈에 핏발을 세우고 덤벼들었다. 이런 건 원래 큰올케가 키우는 게 맞지 않냐, 왜 분란을 일으키냐, 라는 말이 할아버지 중에서 한마디 나왔다가 어머니의 매서운 대거리가 터졌다.

"작은아버님. 저는 속아서 결혼을 했지만, 지금껏 고생을 하면서도 집안 남자들이 떠드는 도리라는 것은 다 지켰습니다. 그런데 아직도 모자라십니까? 맏이란 것이 그렇게 큰 죄인가요? 받은 것도 없이 고생한 사람한테 왜 끝까지 짐을 지라 요구합니까. 이성도 양심도 없는 짐승이 아니라면, 이젠 다른 형제들도 짐을 나누는 것이 지당하지 않습니까?"

말이야 지당하기 짝이 없었으되, 누구 하나도 자신이 희생을 감수하겠다 나서지 않았다. 자기 자식들에게 돌아갈 소중한 교육비, 양육비를 뭉텅뭉텅 떼어 내 덕도 못 볼 친척에게 발라 쓰고 싶은 사람은 아무도 없었다.

검은 머리 짐승은 거두면 덕 보는 건 고사하고 뒤통수나 맞지 않으면 다행이라 하지 않더냐. 기른 공도 치사도 없을 그 희생을, 가외로 동전 한 푼 쥐어 주지도 않은 주제에 감히 누구에게 강요하느냐. 그럼 어쩌느냐, 저 어린 동생을 길바닥에 내다 버리란 말이냐!

남자들의 호통에 마누라들은 독기 오른 얼굴로 받아쳤다. 그렇게 애틋하면, 오빠들이 진작 술값이라도 아껴서 아가씨 방 얻을 돈이라도 마련해 주지 그랬어. 마누라 닦달하지 말고 잘난 오빠들끼리 번갈아 가면서 살림해 주고 대학 보내 주면 되겠네!

사람들은 당사자인 어린 동생이 어디 있는지 살필 경황도 없었다. 민호는 남들이 보이지 않는 옷걸이 뒤의 구석에 숨어서 멀거니 앉아 있기만 했다. 진희는 이불을 뒤집어쓴 채 간절히 뇌었다.

민호야, 나가 있어, 제발 나가 있어.

문득 엄마가 방 안을 둘러보았다. 눈을 끔벅이던 민호와 눈이 마주치자 그녀의 눈이 확 찌푸려졌다.

엄마, 엄마, 제발, 제발…….

하지만 진희는 빌다가 입을 막았다. 민호가 고아처럼 떠돌며 사는 것을 원하지도 않았지만 그러잖아도 악으로 버티고 있는 엄마에게 끝내 짐을 더 얹으라 할 수도 없었다. 엄마가 방구석을 바라보는 그 짧은 시간이 천년처럼 길었다. 엄마가 무슨 생각을 하는지 알 수 없어 진희는 두려웠다.

엄마는 말을 끊고 한참 끌끌대며 혀를 찼다. 엄마의 눈빛이 흐려진 게 아닌가 생각하는 순간, 엄마가 자리에서 일어나며 통명스럽게 내뱉었다.

"그만들 합시다! 뻔뻔한 인간들 같으니."

"……."

"그간 기른 정도 있으니, 아가씨는 내가 데리고 있지요. 다들 잘 먹고 잘 사세요. 대신."

사람들은 갑자기 멍한 얼굴로 진희의 어머니를 올려다보았다. 오 랫동안 무거운 짐에 짓눌려 살아온 여자는 본디 나이보다 20년은 더 늙고 지쳐 보였다.

"이 집은 팔아 치우고 서울 갈 거니 그리 아세요. 다음 시제 때 다 모이면 제대로 이야기하지요. 하여간, 이 집은 이제 기왓장 한 장도 꼴 보기 싫어."

"아니 형님, 그게 무슨 말이에요."

"아니 질부, 말이라고. 여긴 400년이나 된 종가야. 그렇게 함부로 파네 마네 하면 어떡해."

"질부, 그게 무슨 괴악한 말이여! 어째 저런 것이 이 집안에 들어 와서 지금껏 종부 소릴 듣고 살았어! 고이헌."

"그럼 숙부님들이 아가씨 데려가시고 제사도 가져가세요. 선산이랑 집 세금도 내 주시고. 친척 보증 서라고 온갖 잔소리도 하셨으니, 보증 빚 2억 7천도 이번 기회에 대신 좀 갚아 주시면 되겠네요. 숙모님과 며느님이 춤을 추면서 좋아하실 거니까요."

그녀는 싸늘하게 쏴붙였다. 좌중은 조용해졌다. 엄마는 다시 방구석을 보고 길게 한숨을 쉬더니 누그러진 목소리로 말했다.

"아가씨, 눈 좀 붙여요. 그러게 이런 자리에서 뭐 좋은 얘길 한다고 눈치 없이 들러붙어 있누."

진희의 어머니는 결국 민호를 바라보며 딱하다는 듯 혀를 찼다. 사람들은 그제야 옷걸이가 놓인 방구석에서 민호가 눈을 끔벅거리며 듣고 있는 것을 발견했다. 새까만 눈동자에는 너무 많은 감정이 뒤섞여 오히려 멍한 것처럼 보였다.

이불 속에서 진희는 그만 울고 싶었다.

민호는 누가 따라오는 사람이 있나 살핀 후 안채로 들어섰다.

양식 싱크대가 들어온 후 창고처럼 애매하게 변해 버린 부엌 살강 옆에는 고조할아버지의 그림이 걸려 있었다. 민호는 그림 앞에서 사람이 있는지 두리번거렸다. 큼직한 냉장고와 쌀뒤주 사이에서, 진희는 민호가 무슨 짓을 하려는지 보았다.

아무도 없는 것을 확인한 민호가 달 그림에 손을 가져다 댄다. 진희는 고개를 갸웃했다. 짧은 순간, 공기가 부르르 흔들리는 것 같았다. 저도 모르게 소름이 돋았다. 무언가 투명한 커튼 같은 것이 커다랗게 펄럭펄럭하는 느낌인데, 소리가 들리지는 않는데 큰 소리를 들은 기분이었다. 사방 닫힌 공간에서 뺨에 바람이 닿는 것을 알아차린 진희는 문득 소스라쳤다.

민호의 모습이 흐려지고 있다. 공기가 커튼처럼 펄럭이며 민호를 켜켜이 덮어 버리는 것 같다. 진희는 비명이 터지려는 것을 두 손으로 간신히 틀어막았다.

뭐야! 저렇게, 저런 식으로 가는 거였어?

혹시 그림으로 들어가는 거야? 그림 속에서 시간을 보내다 나오는 건가? 진희는 동화책에서 나오는 전우치 같은 도사들이 그림으로 들어가는 장면들을 떠올렸다. 민호는 그럼 도술을 부리는 건가? 그러면 그림 속에 민호가 나타나는 걸까? 진희는 어질어질하는 머리를 꽉 잡아 누르고 중얼거렸다.

일단 잡아야 해. 지금 가긴 어딜 간단 말이야?

진희는 벌떡 일어나 민호의 뒤를 쫓았다. 손을 잡아채서 다시 끌고 나와야 했다. 아무리 모진 소리를 들었어도 아버지 장례식마저 자리를 비우고 도망가게 둘 수는 없었다. 진희는 민호에게 뛰어가며 손을 뻗었다. 희미하게 잡힐락 말락, 뒷모습이 사라지려 할 때, 진희는 온 힘을 다해 민호의 등을, 그 움직임을 눈으로 쫓았다.

놓치면 안 돼. 잡아야 해.

그림 속으로 흐릿하게 스며들던 민호의 뒷모습이 다시 선명해졌다. 아. 다행이다. 진희는 한숨을 쉬었다. 하지만 민호는 뒤를 돌아보지 않았다. 진희는 민호의 옷자락을 잡으려 손을 뻗었다. 순간, 거짓말처럼 주변의 풍경이 뒤섞이기 시작했다.

어? 이건 뭐야?

진희는 민호를 잡아야 한다는 사실을 순식간에 잊었다. 벼락을 맞은 것처럼 멍청하게 사방을 두리번거렸다.

여기는 어디지? 난 분명히 우리 집 부엌에 서 있었는데.

진희는 다리에 힘이 쫙 풀려 자리에 주저앉았다. 민호, 민호야. 고모야. 목이 졸려 목소리가 나오지 않는다. 하지만 민호는 이 장소가 익숙한 듯, 좌우를 건성 둘러보더니 뒤도 돌아보지 않고 문을 열고 뛰쳐나간다.

진희는 열린 문틈으로 보이는 바깥 풍경을 보고 그대로 얼어붙었다. 분명히 훤한 낮이었는데 눈앞으로 붉게 낙조가 펼쳐져 있었다. 사방을 둘러볼수록 눈에 선 것뿐이다. 쩍쩍 갈라진 방바닥, 새까맣게 때에 결은 종이 벽지, 그 사이로 시커멓게 허물어지는 흙벽, 바닥에 깔린 거친 멍석, 구역질이 날 정도로 퀴퀴하고 역한 냄새. 한쪽에 놓여 있는 작은 나무장과 시커먼 이부자리. 모든 것이 소름이 끼칠 정도로 낯설었다.

낯익은 것은, 낯익은 건 하나도 없나?

있었다. 단 하나만이 낯이 익다. 벽에 걸려 있는 긴 족자였다. 부엌 살강 옆에 걸려 있던 달과 대나무 그림과 흡사했다. 다만 눈앞의 그림 속에서 보름달은 더욱 선명하게 노랬다. 집의 그림과 무엇이 다른 것 같은데? 고개를 갸웃했지만, 무엇이 달라졌는지는 바로 알아차리진 못했다. 확실한 것은 민호나 자신이 그림이 된 것은 아니라는 사실이었다.

그러면 민호는 대체 어딜 간 거야? 여긴 대체 어디고?

순간 생전 처음 듣는 사람들의 목소리가 들린다. 사내의 웃음소리와 여자의 흥얼대는 노랫가락이 얽혀 흥겨운 리듬을 탄다. 문을 살짝 열자, 맞은편에 긴 판자로 가로막을 해 놓은 마구간에 갈기가 검고 뱃구레가 지저분한 말 한 마리가 투레질을 하며 힝힝, 코로 우는 모습이 보인다. 멀찍이 두루마기에 갓을 쓴 누군가가 비틀거리며 걷는 모습도 눈에 띈다. 진희는 얼른 방문을 닫았다,

미쳤어. 이게 뭐야.

몽둥이로 머리를 얻어맞은 기분이었다. 사방을 아무리 둘러봐도 무슨 일인지 짐작도 되지 않는다.

일단 눈에 띄지 않는 구석으로 가서 무릎을 안고 고개를 푹 파묻었다. 하얀 치맛자락이 귓가에서 버스럭거리는 소리를 냈다. 시간과 공

간 감각이 모조리 사라진 느낌이었다.

난 미친 걸까?

아, 혹시 이건 꿈일까? 눈을 꽉 감았다가 번쩍 뜨면 사라지는?

아니 아니. 진희는 고개를 저었다. 예전에 벽장에서 민호가 사라진 것을 알아채지 못했으면, 분명 미쳤거나 꿈을 꾸고 있다고 생각했을 것이다. 진희는 칼끝에 선 것처럼 긴장한 상태로 시시때때로 끊어지려는 신경줄을 붙잡으려 안간힘을 쓰면서 민호가 돌아오기를 기다리고, 기다리고, 기다렸다.

시간이 얼마나 흘렀는지 까무룩했다. 툭, 투덕, 툭, 투덕. 무거운 발걸음 소리에 화다닥 눈을 뜨니 조그마한 창으로 노랗게 달이 떠 있었다. 머리가 멍하니 흐렸다. 몸이 주체할 수 없게 덜덜 떨리는데, 열이 올라서 그러는지 무서워서 그러는지 구별도 되지 않았다.

"……!"

투덕, 투덕, 턱. 발걸음 소리가 가까워진다. 서그럭, 서그럭. 옷이 스칠 때마다 나는 성긴 천의 소리까지 귀를 엘 듯 잡힌다.

그냥 지나가는 사람이 아니라, 방으로 들어오려는 사람이다. 밤은 먹물처럼 까맣고, 달은 혼자 생명을 가진 것처럼 소름 끼치게 선명하고, 그 외에는 잡다한 소리도 빛도 느껴지지 않았다. 오로지 한 사람의 소리뿐이었다.

"것 참, 달도 밝구. 달 그림은 잘 있나."

굵고 낮은 목소리가 지척이다. 차라리, 차라리 이 자리에서 죽었으면. 덜그럭, 덜컥 덜그럭, 문고리를 잡아당기는 소리, 삐걱, 문틀과 문짝이 맞닿는 마찰음, 낡은 경첩이 삐걱이는 소리가 사금파리처럼 고막을 찌른다.

보름달이 사내의 긴 그림자를 만들었다. 낯선 기척을 느꼈는지 사내가 걸음을 멈추고 사방을 둘러본다.

"게 누구 있소?"

어둠에 눈이 익을 때까지 그는 숨소리를 죽인 채 좁은 공간을 응시했다. 진희는 안간힘을 쓰며 눈에 힘을 주었다. 역광으로 비친 인영의 얼굴에선 아무것도 보이지 않았다. 진희는 그가 자신을 발견한 것을 알아차렸다.

"허."

깜깜한 어둠 속, 웅웅대는 낮고 서늘한 목소리가 들린다.

"아직두 대가리가 말랑말랑한 에미나이래 이런 데 와 온 기야? 여게가 뭐 하는 덴 줄은 알간?"

눈앞에서 어둠에 잠긴 황금빛 보름달이 물결처럼 술렁였다. 강렬한 냄새가 콧속으로 찌르듯이 파고들었다. 난생처음 맡아 보는 나른하고 숨 막히는 향이 진희를 짓누르기 시작했다.

실종된 진희를 발견한 것은, 장례식 때 사흘 내내 엄마를 도와주었던 두나네 엄마였다. 진희가 발견된 곳은 삼거리 근처의 두나네 집 근처, 차가 다니지 않는 작은 골목이라 하였다. 발견한 사람이 다른 사람이고, 진희의 신원을 확인하는 데 시간이 더 걸렸으면 진희는 길에서 죽었을지도 모른다고도 했다.

민호는 진작 돌아와 있었는데, 진희에게 무슨 일이 있었는지 전혀 알아차리지 못했다. 진희는 오랫동안 자신이 겪은 것이 꿈인지 현실인지 혼란스러웠다. 오랜 세월이 지난 후, 그것이 꿈이 아니라는 확신을 갖게 되고서도 진희는 말하지 않았다. 그때 사실 어떤 일이 있었는지, 어떤 사람을 만났는지 그리고 민호가 어딜 돌아다니는지, 어떤 방법으로 다니는지. 사람들이 믿어 주지 않을 것을 알았기에, 진희는 그때 겪었던 일에 대해 끝내 함구했다.

"진희…… 씨도 민호 씨가 여행하는 것을 알고 있었군요."

그래서 제 직업 때문에 민호 씨와 결혼하는 건 아니냐 물어보셨던 거군요. 이완이라는 사내가 눈썹을 찌푸리며 중얼거린다.

진희는 고개를 끄덕였다. 역시 저 남자도 알고 있었구나. 하긴 결혼까지 생각한 사람이라면 말할 수도 있겠지. 하지만 민호는 가까운 가족에게도 친구에게도 이런 말을 한 적이 없었다. 어떻게 만난 지 몇 달 되지도 않은 사람에게 그런 비밀을 털어놓게 된 걸까? 진희는 조심스럽게 물었다.

"이완 씨도 민호처럼 여행을 다니시는 분인가요?"

"제가요? 설마요."

사내는 씁쓸하게 웃었다.

"저는 움직이지 못하는 사람이에요. 그저 기다릴 뿐이죠."

정말로 얼이 빠진 것은 민호였다. 저, 저 오사리잡것이, 알고 있으면서 아주 시침을 뚝 떼고? 이 오라질 것이, 중얼대면서 똥 마려운 강아지처럼 한참을 뱅뱅 돌았다.

"그렇게 배신당한 얼굴 할 것 없어. 너도 지금까지 나한테 시간 여행에 대해서 말 안 하고 있었잖아. 말 안 하는 걸 꼬치꼬치 따지고 캘 생각은 없다고."

"야, 솔직히, 난 어릴 때 까기는 깠어! 애들이 하나도 안 믿어 줘서 그렇지. 자랑 한번 하니까 얼음 만들고 불 만들고 변신 정도는 해 줘야 초능력이라잖아? 그 말을 듣고 확 찌그러졌지 뭐."

"그 정도로 끝난 게 다행이었지, 자칫했으면 미쳤다는 말이나 들었을걸."

"나도 얼마 안 가서 그런 상식 정도는 생겼거든?"

아까의 공포는 그새 잊었는지 맑은 목소리로 웃는 여자나, 삿대질을 하며 꽥꽥대는 여자를 보니 어지간히 겁도 없다 싶다. 이완은 손을 허리에 얹고 잔소리를 시작했다.

"지금 그게 문제가 아닙니다. 내가 이럴 줄 알았어요. 이렇게 질질 흔적을 흘리고 다닐 줄 알았다고! 지금껏 눈치도 못 챘단 말이잖아요. 손을 잡지 않아도, 등만 보고 따라가도 되는 건데, 그것도 몰랐죠?"

"그러게, 나도 처음 알았네."

이완의 이마로 힘줄이 빠득 돋았다.

"그러게 나도 처음 알았네? 로 끝내면 안 되잖아요! 민호 씨는 자신의 능력에 대해서 좀 제대로 연구할 필요가 있어요. 게다가 진희 씨가 어떻게 돌아왔는지도 모르잖아요! 진희 씨는 과거에서 미아가 될 뻔했다고요!"

"야, 그러고 보니 너 정말 어떻게 돌아왔어? 나 아니면 데리러 갈 사람이 없었을 텐데 어떻게 삼거리 골목에서 자빠져 있을 수가 있지?"

진희는 눈썹을 찌푸리다가 한숨을 쉬었다. 열이 너무 심해서 기억이 나는 게 아무것도 없었다. 민호는 머리를 긁고 물러앉았다.

"에이, 됐어. 어떻게 돌아왔는진 모르지만 무사히 왔으니 됐지 뭘. 장소는 약간 어긋났지만 그나마 두나네 집 근처였다는 게 천만다행이야."

"그게 그렇게 천만다행이다, 로 어물쩍 넘길 일입니까? 왜 시간 여행자가 아닌 진희 씨가 스스로 시공을 이동해서 올 수 있었는지 원인 분석을 해야……."

"그게, 아마 진희는 전생에 은하계를 구한 나폴레옹 장군이었을 거야. 그래서."

이완은 머리를 쥐어뜯으며 앓는 소리를 냈다.

"제발 생각 좀 하고 말 좀 해요, 민호 씨. 나 좀 살려 줘요. 저혈압

환자가 고혈압으로 죽게 생겼어요. 코르티솔 과다분비로 피가 끈적해져서 심장마비가 오거나 뇌혈관이 터져서 죽고 말 거라고요. 네? 민호 씨."

진희는 진심으로 괴로워하는 불쌍한 사내를 생각해서 입을 틀어막고 웃음을 참아야 했다.

결국 이완은 거대한 한숨과 함께 말을 삼켜 넣었다. 2차 방정식만 되어도 사고가 멈추는 여자에게 시공의 이동과 웜홀 이론에 대한 복잡한 이야기를 하라는 건 범죄나 마찬가지였다. 이완은 대충 포기하고 그녀가 수용 가능한 범위 안에서 잔소리를 늘어놓기 시작했다.

"네, 됐고요. 다음엔 어디 훌쩍 갈 때 뒤에 꼬리가 달렸나 안 달렸나 확인 좀 하고 가세요. 대체 피해자를 얼마나 양산해야 조심을 할 겁니까?"

이 사람 은근히 시끄럽고 말이 많은 사람이었구나. 진희는 웃으며 찬찬히 기억을 더듬었다.

그 이후에 있던 이야기는 조각조각 분산된 이미지 형태로 꿈속에서 이합집산을 되풀이했다. 이동에서 귀환까지 3일. 정신을 잃은 채 앓다가 눈을 뜨기까지 꼬박 하루. 기억 조각들은 앞뒤 순서가 뒤엉켜 진위를 확신하기 쉽지 않았다. 사람들이 말하는 것처럼 정말 모든 일이 꿈이었다고 애써 믿으려 했던 이유도 그것이었다.

하지만 기억의 파편은 적지 않았다. 심지어 잠들기 직전 혹은 잠에서 설핏 깨어났을 때, 아무런 이유도 없이 문득 새로운 조각 기억이 떠오를 때도 있었다. 꿈속에서 퍼즐 조각이 들어맞듯이 두세 개의 조각이 짤깍, 이어지기도 했다.

새로이 발굴되는 조각들은 과연 꿈이었을까, 현실이었을까. 진희는 확실하지 않은 것은 말하지 않았다. 어차피 아무도 믿어 주지 않을 것, 공연히 허튼사람이 되느니 덮는 것이 나았다.

그럼에도, 10년이 훨씬 넘은 파편들은 여전히 선명했다. 어둠 속에서 빛나던 눈, 거칠게 고막을 긁던 목소리, 인두로 지지는 것 같던 입술의 감각, 그의 주변을 꽉 채우고 있던 숨 막히던 냄새, 무겁고 나른하고 끔찍할 정도로 달큼하게 느껴지던 그 냄새, 냄새까지.

❀　　❀　　❀

"진사 어르신, 청을 하나 드릴 거이 있습네다."

서그럭서그럭. 거칠고 텁텁한 목소리가 방문 밖에서 흘러들어 온다. 습기를 먹어 얼룩진 창호지 위로 두 개의 그림자가 어른어른한다.

언제부터인지 모르겠는데 퀴퀴한 이불에 몸이 감싸여 있었다. 그새 정신을 잃었었구나. 진희는 열이 잔뜩 오른 머리를 애써 흔들었다. 속이 울렁대고 어지러웠다.

"향이 고 에미나이가 오늘 밤에 머리를 얹는다 들었습네다. 긴데 해필 다른 사람도 아니고 성정이 괴악하기로 소문난 심 별감이 나섰다니 걱정이 됩네다. 그 인간이 아조 신이 나서 베루고 있다 들었시요."

목소리 한 토막만으로도 그가 누구인지 알 수 있었다. 자신에게 도망치라 했던 바로 그 사내였다. 달빛에 비친 그는 어깨가 넓었고 정수리로 동글게 틀어 올린 머리카락은 뻣세게 튀어나와 있었다.

옆에 있는 키 큰 사내는 폭이 넓은 갓을 쓰고 있었는데 도포라도 갖춰 입었는지 그림자가 풍성하고 물렁했다. 그는 느른하게 부채질만 하며 말이 없었다. 이상하다 싶을 정도로 긴 침묵이 이어지다가 맑고 차분한 목소리가 흘러들어 왔다.

"허허, 향이가 벌써. 세월도 빠르군. 평양루에 향이 보러 들를 때마다 오라바이 오라바이 하면서 자네만 꼬리처럼 졸졸 따라다니던 게 엊그제 같은데."

"벌써는요. 나이 열넷이믄 꼭 찼다고들 하디요. 향이 동무 승연이는 열 살 적에 심 별감한테 머릴 얹디 않았습네까. 그 담날 자진하려 해서 야단이 났댔구요. 심 별감 손버릇 몹쓸 소문이야 남산골 청계골에 따르르하디 않습네까."

"그것참……."

"기레서 디리는 청인데, 혹 진사님께서 향이 머리를 얹어 주실 수 있으신디요."

키가 큰 사내는 부채질을 멈추었다. 대답이 늦어지자 그가 한숨을 쉬며 덧붙인다.

"진사님, 사실 제깟 놈이 나슬 일이 아니란 건 잘 압네다. 길치만 향이는 저한테 누이 같은 에미나이야요. 아시잖습네까. 다섯 살 기지바이가 기생이든 각설이든 하루 한 끼만 먹게 되면 됴캇다고 했댔시요. 기레서 황해도 대원서 한양까지 사백 리 그 먼 길을 저랑 같이 구걸하믄서 타박타박 따라온 겁네다. 제발 불쌍하게 여겨 주시라요."

"되었네. 행수가 정한 것이니 내가 입을 덧댈 일은 아닐세. 심 별감이 모질긴 해도 애들을 상하게 하면 장사 못 할 거라는 건 알 테지. 철철이 비단 두루마기를 해 입고 여름마다 한산세모시 새 저고리에 술판 투전판마다 끼어드는 뒷돈이 다 이 집에서 나오는데 향이를 크게 상하게 하진 않을 게야."

"진사님, 고조 향이가 마음에 안 차십네까? 기레서?"

"그런 말이 아니지 않나."

"진사님께선 상처하신 지두 꽤 되셨고 향이도 그간 퍽 귀애하디 않으셨습네까. 또 향이두 진사님을 얼마나⋯⋯."

저런, 쯧쯧. 속이 불편한 모양인지 키 큰 사내의 헛기침 소리가 난다.

"그건 아니지. ⋯⋯그만하게."

허탈한 듯, 씁쓰레하게 웃는 소리가 따라붙었다.

"그 아이가 날 따른 건⋯⋯ 내가 철마다 옷이나 댕기, 엿이나 강정이나마 좀 챙겨 주었기 때문이지. 특별한 생각이 있어 그런 건 아닐세. 예전에 기명으로 쓰라고 이름자라도 내려 준 건 그 애의 본이름이 석녀(石女)와 비슷하게 들려 기방에 어울리지 않는다고 생각을 했었고, 그날따라 그 아이에게 새벽에 핀 분꽃 향이 나는 것 같아서 생각나는 대로 글자를 주었을 뿐이야."

"기레두 나리."

"설마하니 아기 기생 때 사탕에 혹해서 따라다닌 걸 연모했다고 우기려는 건 아니겠지? 사탕을 연모했다면 믿겠네만."

"⋯⋯."

"이 바닥에서 별감들 눈에 밉보이면 길게 힘들지. 게다가 심 별감이 평양루 조방꾼(기둥서방) 노릇 한 게 벌써 10년이야. 어찌하겠나. 향이도 하룻밤 울고서 털고 일어나 강해져야겠지. 어차피 기생으로 평생을 살아가야 할 거면, 헛된 기대니 자존심이니 빨리 버리고 단단해져야 덜 아플 걸세. 나도 딱하지 않은 건 아니네만, 기생과 정드는 것만큼 허망한 것도 없지 않나."

그는 말하기 괴로운 듯, 흔들리는 목소리를 가다듬었다. 펄럭, 펄럭. 부채가 다시 느릿하게 움직였다.

"진사님, 실은 향이가 하룻밤 울고 말 일이 아닌 것 같아 청을 드리는 겁네다. 심 별감이 묘칠 전 약방에서 수은을 사 가는 걸 봤습네다.”

수은을? 덩치가 큰 사내의 움직임이 멈춘다. 혹시…… 하며 말끝을 흐리는 것을 보며 어깨가 바라진 사내가 고개를 끄덕였다.

“기렇습네다. 양매창(매독)이나 임병이라는 소문이 있시요. 수표교 마구상 옆에 전에 일하던 약방이 있잖습네까. 기리루 수은을 사러 왔댔시요. 방 서방이 오데 불펜하시냐 물어도 벨거 아니라 딱 잡아떼구는 어적어적 걸어갔다 했습네다. 제깐엔 더러운 벵은 아니라 믿고 싶은 모양이지만, 두드러기나 종기도 보이고, 고 묘은 비단옷에 창질 고름을 묻히고 다니고, 소피를 볼 때마다 찔끔찔끔 식은땀을 뺀다는 걸 보니끼니 의심스럽기는 합네다. 수은을 써서 오쩌다 낫는다 해도, 얼굴이 꺼멓게 되고 사지를 벌벌 떨다 덩신까지 이상해져서 사람 아조 못쓰게 만드는 기 수은 독 아닙네까. 고조 사람 구실 제대로 하긴 틀렸습네다.”

“……”

“향이는 이제 열넷입네다. 창병에 걸려 죽기는 너무 아깝지 않습네까. 진사님 정도 되는 분께서 청을 넣으시믄, 정홍 행수도 수이 거절은 못 하실 겁네다. 예?”

대답은 들리지 않았다. 수많은 말보다 많은 것을 담고 있는 무거운 침묵을 끝으로 무겁고 둔탁한 발걸음 소리가 멀어진다. 진사라 불린 사내의 그림자가 사라졌고, 어깨가 넓은 그림자 하나만 우뚝하니 남았다.

저 사람은 다시 이 방으로 들어올까.

진희는 들키지 않으려 숨을 가늘게 내쉬었다. 시간이 얼마나 지났는지 모르지만 두렵던 마음이 한 꺼풀 걷혔다.

자신을 해코지하기는커녕 곱게 이불에 싸 놓고 간 것이 고마워서일까. 곱구나, 하던 그 음성이 깊고 푸근해서일까. 그가 얼굴을 만지던 손가락의 감촉이 아플 만큼 선명했다.

저 사람이 다시 안으로 들어오지 말았으면, 하고 빌지 않는 자신이 문득 이상하게 느껴졌다.

한 번 더 눈을 떴을 때, 방은 뜨끈한 것을 넘어 절절 끓고 있었다. 몸은 땀에 흠뻑 젖었고, 머리맡에는 꿀물이 담긴 그릇이 놓여 있었다.

그 사람은 어디 있을까? 왜 들어와서 나를 깨우지 않았을까?

그럼 내가 나가 보아야 하나? 나가서 누구를 찾아야 하지?

진희는 무엇을 해야 할지 필사적으로 생각했다. 여기서 얌전히 기다리면 될까? 민호가 돌아가려면 아까 타고 들어온 그 그림이 필요하려나? 그러면 이 방으로 되돌아오려나?

순간 진희는 방에 걸려 있던 월죽도가 종적 없이 사라졌음을 깨달았다. 정신이 아득해졌다.

부지불식간에 집에 돌아와 정신을 차린 진희는 부엌에 걸려 있던 월죽도가 자신의 방에 걸린 것을 알게 되었다.

왜 저것이 방으로 들어왔는지 궁금하지도 않았다. 다만 그림 속의 보름달을 보면, 황금의 달과 같은 홍채가 떠올랐고, 그 눈을 가진 사내의 목소리가 생각났다. 거칠고 툽툽하고 질긴 목소리. 하지만 중독성 약물처럼 고막에 들러붙어 있는 그 목소리. 인두로 지지는 것 같던 입술의 감촉. 하지만 그곳에 남은 감각은 통증이 아니었다. 그리고 가장 끈덕지게 남는 것은 코끝에 감기는 그 냄새였다.

그 사람은 대체 누굴까? 다시 얼굴을 볼 수 있을까?

자리에 누운 채 벽에 붙은 그림을 바라보던 진희는 드디어, 낯선 방에서 보고 온 그림과 눈앞의 그림이 무엇이 다른지 알아차렸다.

까만 어둠 속에서 섬뜩할 정도로 선명하던 달의 황금빛이 희미하게 퇴색했고, 달 외에는 아무것도 없던 밤하늘에는 매끄러운 버들가지처럼 흘러내리는 여덟 줄의 시가 길게 꼬리를 늘이고 있었다.

5
소환! 미스 고스트 에그

진희마저 들어간 후, 사방은 조용해졌다. 이완은 조심스럽게 일어나 부엌 벽에 걸어 둔 미인도에 손을 대 보았다. 아무 일도 일어나지 않는다. 그저 괴괴하고 섬뜩할 뿐이다.

"좀 아깝지? 저 그림에 눈코입이 있었으면, 아까 여자가 그림 밖으로 나와서 네 소원이 무엇이냐, 물어봤을 텐데."

민호가 따라 일어나 부스스한 머리를 어깨에 기대고 선다. 그걸 진짜로 믿습니까? 하고 웃으려다 이완은 고개를 저었다. 아까 그림에서 나온 사람들의 형체를 보았으니 헛소리라 치부하기도 어렵게 되었다.

"근데 눈코입을 누가 그려 주는 거야? 소원은 누구 소원을 빌어야 하지? 그림 주인인가? 아니면 그려 준 사람인가? 아, 그래. 일단 돈이 최고지. 내가 그림 주인인데, 응."

중얼대는 소리를 듣고 있으니 좀 허탈했다.

"……안 무섭습니까?"

"아, 맞다! 무서운 걸 깜박 잊어버렸어. 40만 원이나 주고 산 거라 본전 뽑을 생각 하다가."

"무서운 걸 깜박 잊기도 합니까? 본전은 또 뭐예요? 설마 얼굴도 없는 미인도를 서울 옥션에 걸어 놓고 팔 생각이었나요? 아니면 40만 원을 내놓아라, 소원이라도 빌어 보게요?"

"내 마음이여! 내 그림 내가 본전을 어떻게 뽑든!"

"아무렴요. 어련히 알아서 잘 뽑으시겠지요."

이완은 입을 비쭉이며 대답했다.

"하여간 그림은 안락재 민호 씨 방에 가져다 두겠습니다. 아무래도 여기 걸어 놓으면 사람도 많이 드나들 텐데 신경 쓰이잖아요. 그리고 민호 씨, 본전 뽑으려면 어디 가서 40만 원 주고 샀다는 말은 하지 마세요."

"응? 왜?"

민호는 졸린 눈을 비비더니 또랑또랑 물었다.

"난 난생처음 문화예술 장르에 거금을 쾌척한 거라고. 장물을 산 것도 아니고, 카드깡을 한 것도 아니고, 딸라 빚을 낸 것도 아니고, 그 이름도 위대한 현찰박치기 계좌이체로, 정정당당 위풍당당하게 사들였단 말이야."

나는 당당하다! 라는 외침이 온몸에서 쏟아져 나왔다. 이완은 입을 한참 실룩거렸다. 이게 참, 웃을 일은 아닌데 왜 웃음이 나오지? 이런 말을 들을 때마다 이렇게 무식미 넘치는 여자와 어떻게 같이 살아야 하나 걱정이 날로 커지는데, 옆에 있으면 무의식이 해탈 모드로 자동 전환하는 모양이다.

억지로 좋게 생각하자면, 같이 살면 평생 맛있는 것 먹는 것하고 하루 종일 웃게 되는 것 두 가지만큼은 장담할 수 있을 것 같다. 여자가 몰고 다니는 사건 사고 따위는 이제 될 대로 되라는 기분이었다.

그림에 뭔 귀신인지 유령인지가 붙었는지는 모르겠지만, 이런 여자 옆에 있으면 찍소리도 못하고 물러날 것 같다. 당신은 승리할 거요. 이기고 돌아오시오. 갑자기 아이다 공주가 된 기분에 이완은 하릴없이 웃고 말았다. 그의 라다메스 장군은 눈에 보이는 악당들과 싸우는 것도 모자라서 눈에 뵈지 않는 것들과 맞장을 뜨고도 틀림없이 승리하여 돌아올 것이다. 지피지기 백전불패 대신 무식한 귀신에겐 부적도 안 통한다는 정신으로 무장한 여자는 어떻게 생각하면 꽤 믿음직스러웠다.

"아무래도 미인도 전 주인들을 만나 봐야 할 것 같습니다. 그동안 무슨 일이 있었는지 알아봐야겠어요."

"응. 그래."

민호는 졸린 목소리로 웅얼대며 이완의 어깨에 머리를 비볐다. 어깨가 따끈따끈, 뱃속이 화끈화끈하다. 이완은 사방을 둘러보고 깨어 있는 사람이 있는지 확인한 후 여자의 이마에 가만히 입을 맞춰 주었다.

두 사람은 나란히 벽에 기대고 앉았다. 맞잡은 손이 간지러웠다. 이완은 여자의 귓가에 대고 나직하게 말했다.

"그래도 그때 진희 씨랑 무사히 돌아와서 다행이에요. 못 돌아왔으면 나를 이렇게 만날 일도 없었겠지요."

"응. 그러고 보니 천지신명이 나를 도왔나 봐."

"그러게 왜 혼나면서도 그렇게 자꾸 도망을 다녔어요? 문제가 해결되는 건 아무것도 없는데. 그렇게 여행을 가면 기분이 좀 풀어지나요?"

민호는 눈을 감은 채 고개를 갸웃했다.

"그게 말야, 시간을 벗어나면, 지금 겪고 있는 힘든 일이 동화나 소설에 나오는 남의 이야기처럼 느껴져. 나를 누르고 있는 문제는 여전히 그 시간에 붙잡혀 있는데, 나는 다른 시간으로 쏙 빠져나온 거야. 얼마나 신나. 그 고얀 것들이 뱀 허물처럼 벗겨져서 땅에 굴러다니는 꼴을 보면, 아하! 별거 아닌 게 나를 괴롭혔구나, 저건 이제 나를 괴롭힐 힘이 없어! 하는 기분이 되어서 안심이 되고, 그것에 대고 메롱을 하고 싶어져. 으하하하."

"하하, 그렇군요."

"응. 그런데 더 좋은 건, 원래 시간에 돌아가서도 뱀 껍질이 나한테 달라붙지 못한다는 거야. 별것도 아닌 게 까불어! 그런 기분이 들어. 그리고 실제로 부딪쳐 봐도 다 어떻게든 넘어가더라고. 내가 골백번 같은 걱정을 되풀이하지만 않으면 말이지. 그렇게 하루씩 눈앞에 오는 대로, 내가 옳다고 생각하는 방법대로 열심히 살면 되더라고. 이완 씨도 과거로 갔을 때 그런 느낌 들지 않았어?"

"전혀요. 저는 그곳에서 절대 정착할 수 없으니, 어차피 다시 돌아가서 그 문제를 맞닥뜨려야 한다고 생각했으니까요. 언제든지 다른 시간에 정착할 수 있는 사람과 정착할 수 없는 사람의 차이일 겁니다."

흠, 그런가? 민호는 고개를 기우뚱하더니 다시 이야기를 이었다.

민호는 운구차가 장지로 떠나기 직전 무사히 돌아올 수 있었다. 장례식을 치르던 집안은 아이들이 없어져 발칵 뒤집혀 있었다. 워낙 정신없던 참이라 사람들은 민호 아버지의 죽음을 슬퍼할 경황조차 없었다. 사실 그의 나이도 나이였거니와, 와병기간도 길었기 때문에, 사람들은 그의 죽음을 기꺼이 호상이라 칭했다.

엄마가 돌아가시고 몇 해 되지 않아 풍을 맞은 아버지는 오랫동안 몸을 움직이지 못하고 누워 앓았다. 그는 자신의 여자를 아끼는 법을 배우지 못한 세대의 전형적인 남편이자, 아들과 딸을 차별하는 것을 당연하다 여기던 세대의 전형적인 아버지였다. 죽은 후 대를 잇고 제사를 모시는 것은 맏아들이고, 딸은 어차피 다른 집안사람이 될 것이니 재산이나 정을 주는 대신, 집안 망신이 되지 않도록 어릴 때부터 단단히 잡도리를 해 두어야 한다—이것은 그의 신념으로는 당연한 것이었다.

하지만 민호는 그의 신념과 교육철학 따윈 알 바 아니었고, 그저 아버지가 들어올 때마다 인사만 하고 방에 들어가 자는 척하기에 바빴다.

와병 중엔 자신의 불편함이 우선인 까다로운 환자였다. 대소변 수발까지 하게 된 가족들에게 하루가 멀다 하고 불평과 훈계를 늘어놓았다. 너희는 왜 이렇게 병구완에 정성이 없느냐, 나는 평생 너희를 위해 등골이 빠지게 일을 했는데 너희는 왜, 왜, 왜. 제대로 나오지도 않는 목소리로 되풀이해 나무라며 남은 정을 바닥까지 긁어 떼어 버리고는 세상을 떴다.

민호는 아버지의 시신을 앞에 두고도 눈물이 별로 나오지 않아 당황했다. 엄마가 돌아가셨을 때는 죽음이 무엇인지조차 제대로 몰랐지만 엄마를 이제 볼 수 없다는 것을 인식한 순간부터 눈물이 폭포처럼 쏟아졌다. 하지만 아버지가 돌아가셨을 때는 그저 가슴이 돌덩이처럼 무거워 숨이 막힐 뿐이었다.

처음에 민호는 그것이 슬픔이라고 생각했다. 하지만 다른 시대로 발을 디디는 순간, 가슴을 짓누르던 무게가 사라지는 것을 깨달은 민호는 그것이 슬픔이 아닌 다른 감정이라는 것을 알아차렸다. 민호가 기억하는 슬픔은 시간의 장벽을 넘어서 훨씬 질기게 이어지는 감정이었다.

민호는 찬찬히 생각했다. 나는 아빠가 돌아가셨을 때보다, 올케들이 나를 똥 묻은 공 던지듯 이리저리 던질 때 더 아팠다. 누구의 집에 가는 게 어떠냐, 말이 나올 때마다 올케들의 날 선 거절의 말이 터졌고, 그럴 때마다 온몸이 오그라들고 숨을 쉴 수가 없었다. 민호는 불현듯 깨달았다.

……난 무서웠던 거구나.

울타리도 기댈 데도 하나 없이 혼자가 된 것이, 무서웠던 거구나.

민호에게 있어 가족이란, 엄마를 기둥으로 해서 주변을 두르고 있는 사람들이었다. 엄마가 살아 계실 때만 해도 종종 연락하고 아무 일도 없이 문득 집에 들어와 엄마 얼굴을 보고 가곤 하던 오빠들은 엄마가 돌아가신 후부터는 일없이 집에 들르는 일을 그만두었다. 친척과 이웃들도 마찬가지였다. 엄마가 살아 계실 때는 그렇게 자주 놀러 오던 이웃집 아줌마들도 엄마가 돌아가신 후에는 집에 얼씬도 하지 않았다. 민호는 종종 엄마가 모든 사람을 이어 주는 끈끈이 아교 같은 사람이 아니었을까 생각했다.

아버지가 돌아가신 것은, 이미 무너져 있는 울타리를 뒤늦게 확인한 것뿐이었다.

민호는 자신을 울타리 안으로 받아 넣어 준 큰올케를 떠올렸다. 여태껏 자신을 키워 준 고마운 큰올케는 엄마와 성격이 많이 다르고 화도 많이 내곤 했지만, 그럼에도 시누이인 민호를 지금까지 키워 준, 책임감 강하고 속정이 있는 사람이었다. 어쩌면 모양은 다르지만 큰올케 역시 엄마처럼 큰 울타리를 갖고 있고, 그 안에 있는 이들을 끈끈이 아교처럼 이어 붙이는 사람일지도 몰랐다.

민호는 생각을 멈추고 일어나서 주변을 둘러보았다. 새로운 풍경이 펼쳐져 있었다.

푸르스름한 도포에 양태 너른 갓을 쓴 사람이 뒷짐을 지고 한적한 걸음을 옮긴다. 뒤에선 가야금 소리가 가늘게 흘러나온다. 열린 대문 밖으로, 누런 개 한 마리가 좁은 골목길을 뛰어다니는 것이 보인다.

아랫도리를 홀떡 벗은 꼬꼬마 두서넛이 개를 뒤쫓아 고함을 지르며 뛰어간다. 얼굴에 와 닿는 볕은 따뜻하고, 빛은 눈부시다.

그러고 보면 어디서든 언제든 사람이 못 살 데는 없었다. 다른 시간으로 들어갈 때, 먹고사는 문제, 장래 문제 따위를 걱정한 적도 없었다. 그냥 부딪쳤다. 한 번에 한 가지씩만 일을 해결했다. 내 앞에 놓인 하루만 살아가면 되는 일이었다.

나는 무섭지 않아.

크게 숨을 들이쉬었다. 허파로 새 공기가 흠뻑 들어가는 것이 느껴진다. 몸이 깃털처럼 가벼워졌다. 돌아가서 부딪칠 일도 두려울 건 없다. 주먹을 꾹 움켜쥐었다. 팔뚝에 새로운 힘이 돋는 것 같았다.

왜 그런 결론이 나왔는지도 알지 못한 채, 민호는 열여섯 살에, 자신에게 주어진 삶의 양식을 받아들이게 되었다.

이완은 어깨에 머리를 기댄 여자가 색색 소리를 내는 것을 들으며 천천히 눈을 감았다. 그동안 그 많은 오빠가 하나밖에 없는 여동생을 왜 이렇게 방치했나, 여자는 왜 오빠들에게 몇 달씩 연락도 없이 고아처럼 살아가고 있나 의아했는데 이제 조금 이해가 갔다.

가뜩이나 혜택 없는 의무에 치이던 며느리들은 새로운 짐덩이가 될 수 있는 존재에 과민하게 반응했을 것이고, 이 속없고 물렁한 여자는 딱한 올케들에게 짐이 되기 싫어 먼저 거리를 두었던 모양이다.

이완은 문득 당신도 외로웠습니까, 묻고 싶어졌다.

그는 사람이란 기본적으로 태어나면서 죽을 때까지 혼자이고, 넓은 바다에서 고립된 섬, 혹은 혼자 떠도는 통나무배와 비슷하다 생각했다. 언제 뒤집힐지 몰라 불안하긴 하지만, 귀찮게 부딪치는 것이 없으니 나쁘지는 않다 생각했었다.

그러면 나는 왜 이 여자와 결혼을 하려는 걸까? 내가 감당하기 힘든 문제점까지 끌어안고서. 단순히 성욕일까? 나와 이 여자는 학자들의 말처럼 2년짜리 강력한 페로몬에 잠식된 상태일까?

새액, 새액, 옆에서 가벼운 숨소리가 귀를 간질인다. 이완은 여자의 동그란 어깨를 조금 더 힘주어 잡았다. 손바닥 안에 꽉 쥐인 말랑말랑한 어깨 살의 감촉만으로도 속에서 뜨끈한 용암이 출렁인다.

눈을 꽉 감았다. 만약 이곳이 자신의 집이고, 주변에 사람들이 아무도 없다면, 아마 나는 자신을 통제할 수 없었을 것이다. 이완은 여자를 좀 더 깊이 끌어안은 채 중얼거렸다.

"그래도 통나무배 두 개가 만나서 묶이면 혼자 떠다닐 때보단 덜 흔들리진 않을까. 적어도 뒤집히진 않을 테니까."

과연 그럴까? 여자와 맞닿는 부분은 모든 것이 혼돈했고, 여자에게는 어디에서든 예측 가능한 부분이 없었다. 나는 그저 눈이 먼 상태로, 달콤하게 취하여 통증도 느끼지 못한 채, 맞닿아 부딪치는 부분마다 부서져 가고 있는 건 아닐까?

아아, 정말 부질없다.

이완은 생각하는 것을 접고 잠을 청했다. 어스름하게 추석날 아침이 밝아 오고 있었다.

❀　　❀　　❀

이완이 가장 먼저 만나 보아야겠다 생각한 사람은 정국과 그의 은사인 한승헌 교수였다. 미인도에 대해 여쭤 볼 게 있다는 말에 한승헌 교수는 명절 연휴임에도 흔쾌히 시간을 내 주었다.

하지만 정작 미인도가 이완의 가방에서 나오자 그의 몸이 순간적으로 굳었다. 그림을 샀을 거라고는 생각하지 못한 모양이었다. 교수님? 옆에서 정국이 조심스러운 목소리로 불러도 대답하지 않고 그림을 노려보던 노교수는 한참 만에야 무거운 목소리로 물었다.

"자네가 이 초상화를 산 건가? 김 사장한테?"

"아닙니다, 교수님. 저한테 팔려고 들고 온 적은 있었는데, 하도 가격을 터무니없이 불러서 퇴했습니다. 그런데 제가 아는 사람이……."

말을 하던 이완은 짧게 한숨을 쉬고 말을 고쳤다.

"저와 결혼할 사람이 우연히 사게 되었다고 하더군요. 김성길 씨 부인한테요."

"아하. 결혼할 사람이 생겼나? 자네 눈에 들었다니 어느 집안 영애인지 궁금하군그래. 혹시 같은 일을 하는 사람인가?"

간신히 웃음을 되찾은 교수가 다시 물었다. 하지만 그림을 펼쳐 든 주름진 손은 가늘게 흔들리고 있었다.

"아닙니다. 유아교육을 전공한 여자고, 이쪽에 대해서는 전혀 모릅니다."

"흠, 어느 정도 가격으로 거래가 된 건가? 시세를 잘 모르는 사람이면 바가지를 썼을지도 모르는데?"

"교수님……."

이완은 난처하게 웃었다. 골동품 매매를 업으로 하는 사람에게 사들인 가격을 꼬치꼬치 물으면 곤란했다. 아, 미안하네. 한승헌 교수는 별로 미안한 기색도 없이 비어 있는 얼굴만 뚫어지게 들여다보다가 혼잣말처럼 중얼거렸다.

"그림하고 주인이 만나는 건 인연이지. 집이나 땅도 돈 많이 주는 사람하고만 거래가 되는 건 아냐. 타이밍이 있고, 그때 끌려서 나서는 사람이 있고, 운때도 있고. 그래서 이런 고서화가 제 주인 만나는 것도 사실 인연이라고 하지. 남자 여자 만나는 것이 조건이나 계획대로 되는 게 아닌 것처럼."

노교수는 안경 너머로 이완을 가만히 건너다보며 말을 이었다.

"하여간 김성길 그 사람, 이 그림을 어지간하면 안 팔려고 그랬었는데 의외군."

"그러긴 했습니다. 그래도 저희와 그림이 인연이 닿았던 모양입니다."

"그럼 자네, 혹시 이 그림을 나한테 팔 생각은 없나? 김성길 사장처럼 말도 안 되는 가격을 부르는 게 아니라면 값은 제대로 쳐 줌세."

"교수님! 무슨 말씀이십니까? 예전에 이 그림에서 이상한 기운이 느껴졌다고 말씀하지 않으셨습니까?"

정국이 황망한 얼굴로 고함쳤다.

"그랬지. 전 주인들은 더 자주 느꼈을 거고. 그래서 김성길 그 사람한테 헐값에 되팔았겠지."

"그런데 왜 사시겠다는 겁니까? 혹시 지금 병원에 입원해 계신 박화백님이 그런 청을 하시던가요?"

교수는 한참 동안 말이 없더니 애매하게 고개를 끄덕였다.

"박 화백이 그 부탁을 했던 것은 꽤 오래됐어. 나 말고도 만나는 사람마다 강청을 하고 있어. 하지만 김성길이 부르는 가격이 너무 터무니없어서 아무도 엄두를 못 내고 있었지."

이완은 조심스럽게 말을 끊었다.

"죄송합니다만 교수님, 이 그림은 제 것이 아니라 판매하는 것은 어렵습니다."

"음, 자네 약혼자라 하지 않았나? 그럼, 한번 물어봐 줄 수는 있지 않겠나?"

사실 민호에게 부탁을 하면 선뜻 들어주리라는 믿음은 있었다. 하지만 교수의 말이 워낙 뜬금없었고, 연인이라는 구실을 이런 일에 이용하고 싶지도 않았다.

하지만 노교수는 웃음기를 거둔 얼굴로 말없이 독촉했다. 이완은 가림막 뒤로 가서 민호에게 전화를 걸었다. 명절 당일이라 바쁜지 한참 만에야 전화를 받은 민호는 이야기가 끝나기도 전에 커다랗게 고함을 질렀다.

— 안 돼! 박 실장님, 팔면 안 돼! 나 그거 필요하단 말이야. 야 이 잡놈의 새끼야아아! 죽는다! 너 국그릇 엎어 놓고 어디 가아아! 안 치우고 내빼면 핥아 먹게 할 테다, 이 개샤부리쉩히야아아!

이완은 얼른 전화를 끊었다. 황급히 교수의 얼굴을 살피니 노교수가 얼빠진 얼굴로 그를 보다가 쓰게 웃고 만다.

"됐네. 내가 실언을 했어. 늙다 보니 할 말 못 할 말을 가리지 못했구면. 못 들은 이야기로 하게."

아무래도 분위기가 이상했다. 이완과 정국은 노교수의 얼굴을 지그시 살폈다. 그는 등을 소파 등받이에 기대고 눈을 반쯤 감았다. 한참 동안 말을 아끼던 노교수가 툭, 뱉었다.

"그림 속의 여자 얼굴을 본 적이 있어."

네? 정국이 커다랗게 눈을 뜨고 덤비듯 몸을 앞으로 내밀었다. 교수는 눈을 떠서 초상화 속 여자의 빈 얼굴을 보며 쓸쓸하게 웃었다.

한국화가 박철웅 화백은 한승헌 교수와 동향의 막역지우였다. 언제부터인가, 선배 화가에게서 샀다는 얼굴이 없는 여자 그림을 벽에 걸어 두곤 했다.

존재감이 대단한 것은 젖혀 두더라도 섬뜩한 그림이었다. 놀러 갈 때마다 불쾌했지만 간섭하지 않았다. 슬럼프 때문에 술에 젖어 살다가 결국 알코올 중독까지 얻은 친구는 예전부터 앓던 조울증이 몹시 심해진 상태였고, 이런저런 주사와 기벽도 많은 편이었다.

"씨발, 저거 얼굴을 그려 줄까, 태워 버릴까."

술에 취해 희번덕대는 눈으로 그가 대낮부터 주정질이다.

"철웅이 이 사람? 그림값을 휴짓값으로 만들 참이야?"

"왜? 왜 내가 손을 대면 휴짓값이야? 그린 놈이 어떤 놈인지 모르지만, 내가 그놈보다 못하리라는 보장이 있나? 나도 저 정도 그림은 얼마든지 그릴 수 있어. 최고 화원 소리 듣던 사람 중에서도 나처럼 술주정뱅이가 있었잖아? 나도 그릴 수 있다고! 못 그릴 줄 아나?"

친구는 머리를 쥐어뜯으며 히득히득 웃었다. 광기로 얼룩진 검은 눈동자가 무저갱처럼 끔찍하게 느껴졌다.

"내가 눈깔이라도 그려 줄까. 나긋하고 겁 안 나는 순하고 사슴 같은 눈으로? 주둥이라도 좀 그려 줄까. 살벌하고 뾰족한 입이 아니라, 멍청하게 헤실헤실 웃는 입으로? 아예 마릴린 먼로처럼 백치미가 뚝뚝 떨어지게 게슴츠레한 눈하고 한 근짜리 입술로 그려 줄까. 매력점도 찍어 주면 좋겠군. 그럼 저년이 사뿐사뿐 나와서 나긋나긋 웃으면서 소원을 들어주려나?"

"대체 왜 이래? 왜 그림을 가지고 트집이야. 그나저나 저 얼굴 없는 걸 왜 계속 걸어 놔? 기분 이상하게."

친구는 머리를 움켜잡고 중얼거렸다.

"씨발, 밤에 저년이 움직이는 것 같더란 말이야. 자꾸 헛것이 들리고, 말을 시키는 것 같고. 살 때 이상한 소리를 들었더니만."

단순히 주사라고 생각했다. 애초 자부심만큼이나 좌절감도 심했고, 주벽도 기벽도 승한 친구였다.

친구는 자신을 두고 곯아떨어졌다. 승헌은 눈앞에 놓인 거울을 들여다보다가 순간 쭈뼛했다. 거울 안에서 무엇이 움직이는 느낌이 들었다. 하지만 뒤를 돌아보니 아무것도 변한 것이 없었다.

승헌은 고개를 갸웃하고는 머리를 긁었다. 무얼 잘못 봤겠지. 옷장, 경대, 잡동사니가 놓인 상이 하나, 벽에는 시계와 달력, 족자가 두어 점 두서없이 걸려 있었고, 창문도 방문도 꼭꼭 닫혀 움직일 만한 것이 없었다. 스티로폼을 외벽에 놓고 벽지를 다시 발라 웃풍도 없고 소리까지 부드럽게 죽어 버리는 조용한 방. 밖에선 눈이 오고 있었고, 방바닥은 쩔쩔 끓었다. 승헌은 다시 거울을 곁눈질했다.

내가 잘못 보았다. 잘못…….

"……헉!"

승헌은 입을 틀어막았다. 거울 속에 비친 그림이 움직였던 것이다. 주변의 공기가 부옇게 일렁이면서 얼굴 없는 여인이 밖으로 튀어나올 듯 꿈틀거리기 시작했다. 온몸에 있는 털이 곤두섰다.

이 녀석이 말하던 게 주사가 아니었다?

그렇다면, 저 여자가 소원을 들어준다는 여자인가? 혹시 그럼 지금 그림 밖으로 나오는 건가? 그는 하얗게 질린 채 벽으로 바짝 붙어 그림을 노려보았다.

이런 이야기가 있었을 줄이야. 이완은 바짝 긴장해서 주먹을 움켜쥐었다.

"그래서, 여자가 나왔습니까?"

아니, 아닐세. 교수는 손을 저으며 쓰게 웃었다.

"그럼 혹시 그림 속 여자와 무슨 이야기라도 하셨습니까?"

정국이 급하게 나서서 물었다. 교수는 안경을 내려놓고 마른세수를 했다.

젊은 시절의 나는, 어쩌면 지금보단 용감했던 걸까. 아니면 그 시절에만 허락되었던 감정이 너무 지독했던 걸까.

그게 정말 네 인생에서 가장 중요한 소원인가?

그림 속 여인의 목소리엔 경멸이 스며 있었던가? 아무리 생각해도 기억나지 않는다.

그림 위로 움직이던 희미한 덩어리는 끝까지 그림 밖으로 나오지 않았다. 물결 소리에 뒤섞인 것 같던 목소리가 희미해지고, 일렁이던 뿌연 기운도 서서히 사라지기 시작했다.

숨 막히는 적막 속에서 승헌은 두려움보다 심한 부끄러움을 느꼈다. 나는 그때 무엇이라 대답했어야 옳았을까. 교수는 음울한 목소리로 말했다.

"아닐세, 나는 그때……."

"……."

"무언가 실수를 했던 것 같아. 그래서 미련이 남았던 모양이야."

박 화백의 광증은 날이 갈수록 심해져 그의 아내의 손에 의해 정신병원에 갇히게 되었고, 그림은 원주인에게 헐값에 다시 팔렸다. 박화백은 병원에 갇혀서 하염없이 그림을 찾았다. 태워 버렸다 찢어 버렸다 아무리 말해도 들은 척도 하지 않았다.

하지만 한 교수는 어쩐지 친구를 조금은 이해할 수 있는 기분이 들었다. 자신도 얼마 안 되는 돈을 털어 그 그림을 사들이고 싶은 욕구에 시달렸다. 다만 그 욕구를 가로막은 것은 김성길의 당찮은 욕심이었다. 그가 부르는 가격은 집을 팔아도 감당할 수 없었던 것이다.

정국은 답답한지 한숨만 푹푹 쉬다가 조심스럽게 말했다.

"교수님, 이런 말씀 드려도 될지 모르겠습니다만, 김 사장님이나 박 화백님이나 교수님께 너무하시는 것 같습니다. 김성길 사장은 교수님이나 박 화백 이름을 팔아 가며 여기저기 허튼소리를 지껄이고 다니고, 박 화백님은 친구라는 핑계로 오만 귀찮은 부탁은 다 하시잖습니까? 병원에 입원하기만 하면 죽는소리하면서 불러 대고, 호의를 베풀어도 호의인 줄도 모르고요. 교수님 같으신 분이 왜 그런 분들을 딱 잘라 내치지 않으시는지, 저는 들을 때마다 속상합니다."

한 교수를 존경하고 오랫동안 따르던 최 과장은 그런 소문이 들려올 때마다 분했던 모양이다. 한 교수는 쓸쓸하게 웃었다.

"두 사람 다 처음부터 그랬던 건 아니지. 잘나가던 때도 있지 않았나. 둘 다 날개가 꺾인 딱한 사람이야."

성길은 젊은 시절엔 한국화단에서 촉망받는 신예였다. 국전에서 상을 두 차례나 받았고, 한승헌 교수의 막역지우 박철웅 화백의 동문 선배이기도 했다.

하지만 그는 어렸을 때부터 공공연한 이방인이었다. 동두천 기지촌에서 양색시의 혼혈 아들로 태어났다는 멍에에서 끝내 자유로워질 수 없었다. 그로 인한 숱한 시비와 몇 번의 폭행으로 실형을 받은 적도 있었고, 이판사판 돈이나 벌겠다고 나간 베트남전에서는 병까지 얻어 오게 되었다.

그는 외상 후 스트레스 장애와 고엽제 후유증으로 의심되는 수전증으로 인해 화가로서의 길을 포기하게 되었다. 그러고는 수십 년이 지난 지금까지 별다른 직업도 정착지도 없이 부평초처럼 떠돌며 살고 있었다.

그나마 그의 어머니가 악착같이 팔지 않고 남겨 둔 그림 덕을 보았다. 그녀가 귀머거리 매춘부였던 어미에게 물려받은 그림은 대부분 오원의 것이었는데, 그림 수준은 오원의 이름값대로 중구난방이고 위작으로 의심되는 것도 있었지만 팔아먹지 못할 정도는 아니었다. 그는 상속받은 고서화들을 인사동에 엮인 선후배들에게 하나씩 팔아

가며 연명했다.

박철웅 화백의 이름은 이완도 어렴풋이 알고 있었다. 그가 젊었을 때 그렸던 그림들이 드물게 거래가 되는 모양인데 이완은 그의 작품을 실물로 본 적은 없었다. 다만 그가 한국화와 서양화를 접목하는 데 가장 적극적이었던 신진세력의 대표 주자였던 것은 알고 있었다.

그의 선배인 성길은 기존 한국화의 전통에 가장 충실한 화가라 서로 지향하는 바는 달랐으나, 두 사람은 상대를 라이벌 삼아 투지를 불태우거나 혹은 서로 격려하며 국전에서 번갈아 상을 휩쓸었다. 성길은 후배 철웅을 인정하는 데 몹시 인색했으되 철웅은 성길 선배가 장래의 한국화를 짊어질 기둥이라 말하기를 주저하지는 않았다. 하여 화단에서는 성길보다 겸손한 모양새라도 갖추었던 철웅을 더 좋게 봐 주는 편이었다.

박 화백은 작품 활동과 병행하여 모교에서 교수직을 맡아 강의를 하기도 했었다. 그때까지만 해도 박 화백의 앞길은 탄탄대로처럼 보였다.

황금기는 길지 않았다. 한국화단을 이끌 투톱으로 알려졌던 두 화백 중 한 명은 베트남 전쟁에 참전했다가 작품 활동을 접었고, 한 명은 술과 광증으로 화가로서의 생을 서서히 마감하게 되었다.

박철웅 화백은 가벼운 조울 증세가 있었는데, 성길이 베트남으로 떠난 후부터 증세가 갑자기 악화되었다. 그는 성길에게서 구입한 미인도에 광적으로 집착하기 시작했다. 아내가 그림을 몰래 팔아 버린 후, 정신병원에 입원과 퇴원을 반복하던 그는 결국 교단에서도 축출되고 작품 활동도 거의 접은 채 서서히 폐인이 되어 갔다.

그는 한 교수를 만날 때마다, 그림을 어떻게든 찾아 사 오라, 방법이 없으면 훔쳐 오기라도 하라며 눈을 빛냈다. 한 교수는 하루가 다르게 무너져 가는 친구에게 자신이 보았던 것, 들었던 것, 자신이 알고 있는 것에 대해서 한마디도 말할 수 없었다.

"그림에 대해선 약혼자하고 한번 의논을 해 보게. 섭섭지 않을 만큼은 생각하고 있어."

이완은 눈을 가늘게 뜨고 노교수를 살펴보았다. 평생을 고고한 학자로 보낸 교수의 눈에는 예전에 보지 못하던 열기가 일렁이고 있었다. 이완은 한승헌 교수도 박 화백만큼이나 그 그림을 원하고 있음을 확신했다. 교수는 무거운 목소리로 덧붙였다.

"시간 한번 내서 철웅이라도 만나 보게."

❀　　❀　　❀

비어 있는 안락재로 돌아간 이완은 반갑게 꼬리를 치며 달려드는 검정 강아지에게 밥을 챙겨 주고 대청소를 했다. 물걸레질까지 빡빡해 가며 청소를 끝내고 나면 스트레스도 좀 풀리고 기분도 나아지는데 오늘은 하도 정신이 없어서 기운만 다 빠져나간 것 같다.

미인도고 귀신이고 유령이고 웃기지도 않다. 대체 열두 살 먹은 꼬꼬마도 아닌데 박 화백이나 멀쩡한 한승헌 교수님 같은 분까지 이게 무슨 일인지 모르겠다.

이완은 졸린 눈을 비비며 인터넷을 뒤적이기 시작했다. 세계의 미스터리, 신비주의, 오컬트, 공포체험 따위를 다루는 카페들은 한국이든 미국이든 적지 않았다. 이완은 한국에 있는 미스터리 카페를 뒤적이다가 오컬트 신비주의 카페를 하나 찾아냈고 꾸벅꾸벅 졸면서 그곳에 있는 허무맹랑한 이야기들을 읽어 보았다.

그곳에 올라온 이야기들에 대면 얼굴 없는 미인도의 전설은 애교에 불과했다. 그곳의 이야기대로라면 지구는 외계 우주인이 창조했고, 세상은 귀신과 유령들로 가득 차 있으며 사람들의 실종 사태는 대부분 이계로 통하는 공간으로 빠져들었기 때문이었다. 피식피식 실소하던 이완은 문득 쓸쓸하게 웃었다.

내가 미인도의 이야기를 다른 사람에게 늘어놓는다면 비슷한 반응이 나오겠지?

그는 쓸쓸하게 웃으며 창을 끄려다가 문득, 링크로 연결된 작은 배너를 보고 마우스를 멈췄다.

'시간여행연구회'

아하. 이름은 들어 본 적이 있다. 민호를 사정없이 부려 먹던 김준일 교수가 운영하던 카페. 그는 링크를 타고 카페로 들어가다가 고개를 갸웃했다. 카페 매니저의 닉네임은 '야광귀 소년'으로 얼마 전 탈퇴한 초대 카페지기에 이어 새로 선출된 2대 카페 매니저라는 인사가 올라와 있었다.

김준일 교수가 민호 씨와 틀어지면서 결국 이 짓도 집어치웠나?

이완은 김 교수가 없는 게 다행이다 싶어 일단 가입신청서를 적어 보았다. 시간 여행자에 대한 정보를 얻을 곳이 필요했다. 그가 알고 있는 가장 상위 레벨의 타임 트래커는 만성 뇌세포 부족 사태로 제대로 된 정보를 제공하지 못했다.

신청 양식은 간단했다. 자신이 겪었던 시간 여행 혹은 신비 체험에 대해서 솔직하게 적어 보라는 것이었다. 물론 적을 내용은 태산처럼 많았지만 민호 씨의 경험을 적고 싶지 않았던 이완은 소원을 들어준다는 얼굴 없는 미인도 이야기를 적어 보냈다.

세 시간 후, 카페 운영진에게서 답장이 왔다. 자작나무 타는 냄새가 너무 향기로워 카페 가입을 불허한다는, 나름 시적인 표현을 사용한 거절 메시지였다.

꽃   꽃   꽃

명절 연휴의 마지막 날 저녁, 민호는 안락재로 복귀하지 않았다. 이제나저제나 한참 기다리던 이완은 그녀가 삼거리에 있는 7공주의 집에 모여서 중요한 의논을 하고 있다는 것을 알게 되었다. 안락재에서 한 번만 더 회합을 가졌다간 박이완이란 사나이가 속을 앓다가 빼빼 죽는 꼴을 보게 될 것 같다는 것이 그네의 공통된 결론이라 했다. 네, 잘도 아시네요. 안 오면 저는 편합니다.

이완은 성길이 침을 뱉었던 부분 주변으로 잔디가 노랗게 죽어 있는 것을 보고 쓰게 웃었다. 사람들 다 보는 앞에서 잔디에 락스를 들이붓다니, 미친놈 소리를 들어도 할 말이 없어서 아주 자랑스러워 죽겠다.

같이 있던 사람들이 동네 배꼽 친구들이라 했던가. 그렇다면 안락재에서 걸핏하면 화재 소동이 벌어져 소방차들이 줄줄이 소환되었던 것을 알고 있을지도 모른다. 그것만으로도 점수 따기는 글러 먹은 판에 친구들 앞에서 민호 씨를 '쌩까는', '간덩이가 부어터진' 짓을 했으니, 거기 있던 친구들이라면 이 집에 발가락 하나 디디기 싫을 것이다.

그래서 민호가 난데없이 "그림에 대해 의논하는 중이니까 삼거리 옆 정열의 빨간 지붕 집 두나네로 올래?" 하고 물었을 때 이완은 깜짝 놀라고 말았다.

7공주의 보스라 불리는 김숙자 여사는 의외로 체구가 자그마했다. 반백인 머리를 어찌나 짜글짜글 볶아 놓았는지 먹구름을 머리에 덩실 이고 있는 것 같았다. 짙게 갈색이 든 뿔테 안경을 쓰고 목장갑을 끼고 긴 사다리를 타고 올라가 지붕 홈통에 못질을 하던 여자는 '윤

민호 씨 남자친구'라는 한마디에 바로 사다리에서 내려와 대문을 열어 주었다. 그러더니 일산 아줌마들처럼 별스러운 호들갑도, 여하한 확인 절차도 없이 생면부지의 사내를 거실로 안내했다.

안방에서는 손님이 거실에 와 있는 것도 모르고 문을 조금 열어 둔 채 바글바글 토론이 한창이었다. 이완은 밖에서 잠시 기다리기로 했다. 바닥엔 달걀귀신 족자를 턱 펴 놓고, 둥글게 모여 앉아 토론판을 벌인 처자들은 똑 아마조네스 군단 같아 함부로 인사하고 끼어들 만한 분위기가 아니었다.

"걍 홀랑 태우면 지레 겁먹고 튀어나오지 않을까? 그러면 도망가기 전에 냉큼 붙잡으면 되지."

초전박살 사막의 여우 장군이 포문을 연다. 이런 맙소사. 그림 속 여자를 본격 소환하기로 한 건가? 저 여자는 그림을 태워서, 놀라 그림에서 튀쳐나오는 귀신을 붙잡아서 뭔 짓을 하려는 모양이다. 이완은 지끈지끈 울리는 머리를 꽉 잡았다. 누가 저 멍청한 계획을 제발 좀 말려 주세요. 이완은 주변에 포진한 7공주와 그녀의 어머니에게 두 손 모아 빌고 싶었다.

"그림을 완전 못쓰게 될 수도 있잖아. 태웠다가 아무것도 안 나오면 어떡해."

"일단 소금부터 뿌려 보면 어때? 그럼 못 견디고 톡 튀어나오지 않을까?"

결혼생활의 짠맛을 조금씩 맛보기 시작한 배불뚝이 맏언니는 나름 돌다리도 두드려 본다.

"집에 맛소금밖에 없다. 근데 귀신이 맛소금 같은 걸로 튀어나온다니? 맛소금도 순도가 90퍼센트가 넘기는 한다만."

딸들의 뒤에 앉아 이완이 사 들고 온 사과를 식칼로 석석 깎고 있던 보스 여사가 심드렁하게 끼어들었다. 한참 고민하던 처자들이 다시 아이디어를 짜내기 시작했다.

"아무래도 안 되겠지? MSG나 이물질이 들어갔으면 뭔가 순결하지 않잖아. 순수한 게 중요한 거지, 천일염처럼 맑고 투명하고 순수한 거."

순수 타령을 하는 것은 순수, 순진과는 거리가 100만 광년은 떨어져 있다는 에로 처자 박이레였다.

"영화에서 보면 뭔 성수라는 게 있다던데? 그런 거 성당 같은 데서 구해서 확 뿌리면 되지 않을까? 아, 그러면 그림이 막 녹으려나?"

"설마 성수에 염산 불산 섞어 두겠어? 혹시 비쌀까?"

"성수에 소금을 녹여서 쓰면 확실하지 않을까?"

"언니들, 혹시 아는 목사님이나 수녀님, 신부님 중에서 엑소시스트 투잡 뛰는 분 없을까?"

"그러다가 그분들이 튀어나온 달걀귀신하고 말 한 마디 못 붙이게 쫓아내면 어떡해? 목사님이나 신부님은 달걀귀신과 대화를 허락해 줄 것 같지 않은데?"

그러나 대화보다 더 큰 문제는, 여기 모인 여자들 중 종교계 쪽, 하다못해 '도를 아는' 사람들 쪽으로라도 인맥이 있는 사람은 단 한 명도 없다는 사실이었다.

"근데 퇴마사라는 직업은 우리나라에 왜 없는 거야?"

"없긴 왜 없어. 반만년 전통의 퇴마사 있잖아. 여자, 남자 다 있잖아. 그 사람들은 대화도 주선해 주지 않나?"

민호가 말하는 반만년 전통의 남녀 퇴마사가 박수와 무당을 말하는 것을 알게 된 이완은 웃어야 할지 울어야 할지 알 수 없게 되었다.

"이야, 근데 보통 영화에서 퇴마사들은 작두 타고 방울 흔드는 게 아니고 은 십자가를 들고 앞으로 척 폼 나게 내밀고 그러지 않나?"

"근데 그 비싼 아이템을 어디서 구하냐. 코딱지만 한 은반지 하나도 이만 원인데 이따만 한 은 십자가라면 엄마가 노후자금으로 남겨 둔 주식 팔아야 할걸?"

7공주는 보스 여사의 눈치를 재빨리 보더니 그녀가 눈썹 머리를 실룩하자마자 황급히 말을 돌렸다.

"아, 그래. 마늘이 그렇게 효과가 좋대. 게다가 값도 싸잖아. 저 앞에 트럭에서 마늘 한 접에 12,000원 하던데?"

"오오. 그럼 마늘 한 통이면 120원, 120원으로 귀신을 쫓아낼 수 있다니, 좋다!"

"맞아 맞아. 다 쓰고 나면 찧어서 국에 넣으면 되는 거고. 귀신을 쫓았다고 알리신이 사라지진 않을 거 아냐. 근데 뭐 마늘 100통이 다 필요하진 않잖아. 엄마, 엄마아? 집에 마늘 있어요?"

"다져서 얼려 놨는데?"

"아우우우, 왜 쓸데없이 부지런을 떨고 그래, 엄마는!"

다져서 얼린 게 효과가 있을까? 언니, 신빨은 알리신이야, 아님 마늘 그 자체야? 그런데 다진 냉동마늘은 어쩐지 폼이 안 나는데. 마늘즙이라도 내서 성수처럼 확확 뿌려 준다면 모를까. 아니면 마늘 팩? 빤드르르한 피부를 홀딱 뒤집어 놓으면 홧김에 혹 튀어나오려나? 여자들이 와글와글 떠들어 대는 동안, 천만다행으로 보스 여사께서 삼겹살을 위해 남겨 둔 마늘 몇 통을 기억해 냈다.

그림에서 귀신을 떼어 내려는 계획은 의외로 걸림돌이 많았으나, 일단 구하기 쉬운 마늘과 맛소금, 라이터 불 따위로 모이는 분위기였다. 두나는 얼른 일어나서 안방과 연결된 베란다 선반에서 깐 마늘 몇 개와 맛소금 한 봉지를 꺼내 들고 들어왔다.

이완은 이쯤에서 돌아가야겠다고 생각했다. 마늘이나 맛소금, 혹은 라이터 불 정도로 어마 뜨거라, 튀어나올 순진한 달걀귀신이면 그 많은 사건 사고를 일으키지도 않았겠지. 정국이나 한 교수에게 들었던 심각한 이야기가 윤민호와 주변인들의 필터를 통과하자 모조리 무게를 잃어버리고 희화화되고 있었다.

사람들이 모여 머리를 맞대면 더 좋은 방법이 나오게 되어 있다지만, 덤 앤 더머 군단이 모여 의논해 봐야 개뿔 괜찮은 것이 나올 턱이 없다. 소수점 이하의 숫자는 곱하면 곱할수록 작아지는데, 이들의 아이큐도 그러한 모양이었다.

……민호 씨하고 오랫동안 같이 놀다가 옮은 게 틀림없어.

윤민호라는 여자의 뇌 내 보톡스는 골치 아프게도 전염성이 몹시 강한 모양이었다. 자신도 안전하리라는 보장이 없다. 그렇잖아도 안락재에는 제본 작업 중인 신나라 화끈지사의 춘화첩이 얌전하게 놓여 있다. 자신마저 바보가 되어 뭔 짓을 저지르기 전에 얼른 제본 작업을 해서 돌려주고, 자신의 흑역사를 봉인할 생각이었다.

"아 참, 우리 고스트 달걀을 소환하기 전에 소원이나 한 가지씩 생각해 보자."

민호의 말에 두나가 발가락으로 다리를 꼬집으며 핀잔을 준다.

"뭔 말이야? 소원은 민호 네가 비는 거 아니었어? 정말 급하고 중요한 소원이 있다고 했잖아. 그것 때문에 우리 모두 모이라 한 거 아니었어?"

"그야 그렇지만, 사람이 이렇게 여럿 있으면 또 알아? 알라딘의 램프 요정도 그렇게 인색하지는 않았어. 몇 가지씩 들어주잖아. 나중에는 알라딘 말고 다른 놈 소원도 막 들어줬고. 동화에서 봐봐, 난쟁이도 요정들도 소원은 항상 기본 세 개야. 그러니까 다른 사람한테 삼세번까지 물어볼 수도 있다고."

"민호 너는 더 빌 거 없어?"

"내 소원은 한 가지면 됐어."

욕심 없는 여자는 인심도 좋았다. 기다렸다는 듯 에로 처자에게서 대답이 튀어나왔다.

"좋아 좋아, 그럼 난 복권 당첨! 로또, 로또 당첨!"

로또, 로또, 로또, 로또, 여기저기서 똑같은 대답이 우후죽순으로 치솟았다.

"요새 당첨자가 많아서 1등 상금 좀 별로라는데? 언니, 어떤 사람은 1등인데 10억밖에 못 받았대."

"저거 배불러 터진 거 봐, 그것만 있으면 난 평생 먹고 놀고 살 건데!"

"돈 가치 자꾸 떨어지는데 10억으로 평생 사냐?"

"그럼 로또 당첨 100억, 아니 200억."

"난 오백억."

"난 천억."

"난 조! 백조! 삼백조! 오백조! 오오오!"

소원이 대한민국의 일 년 예산을 훌쩍 넘는 금액까지 올라가자 민호가 툭 튀어나왔다.

"돈 말고는 빌 게 그렇게 없냐?"

"……."

"돈은 힘 좋을 때 땀 흘려서 벌고, 돈 주고 살 수 있는 건 그걸로 대충 좀 사면 되잖냐. 다른 소원 좀 빌어 봐. 내가 나머지 기회가 오면 정말 양보한다니까?"

와글대던 마루가 조용해졌다. 왜인지 다들 조금씩 부끄러움을 느끼는 것처럼 보였다. 돈을 빼놓고 나니, 무엇을 빌어야 할지 알 수 없게 된 듯도 했다.

이완 역시 무슨 소원을 빌어야 할지 몰라 당황스러웠다. 다만 이완은—은행 평균잔액으로 따져 보면 가장 가난할 게 틀림없는— 민호가 돈타령에 끼어들지 않았다는 것이 은근히 자랑스러웠다. 민호가 손뼉을 퉁퉁 치며 말했다.

"자기 머리 굴려서 돈 말고는 나오는 게 없다면, 다른 사람이 대신 소원을 빌어 주면 어떨까? 달걀귀신이 아니라도 그 사람이 생각날 때마다 빌어 줄 수 있는 그런 거 있잖아."

"응. 그거 좋다. 그 사람에게 꼭 필요한 거."

희한하게 분위기가 반전되었다. 이완은 탁자에 턱을 괴고 앉아 민호가 만들어 내는 새로운 분위기를 방문 사이로 구경했다.

모인 여자들은 집안끼리도 잘 알고 지내는 친구들이라고 했다. 그래서 그런지 나이 차가 있는데도 격의 없이 유쾌하고 따뜻한 분위기였다. 민호 씨가 저런 기운을 몰고 다니는 걸까? 이완은 지금까지 저런 분위기의 모임을 겪어 보지 못했다는 것을 새삼 실감했다.

민호는 2년째 임용고시를 준비하고 있는 사라라는 아가씨에게 올해는 꼭 임용고시에 합격해서 아이들과 신나게 학교생활을 하라고 빌어 준다. 배 속에 아이를 담고 있는 맏언니는 아이를 위해 대신 복을 빌어 주었다. 아이가 건강하고 예쁘게 태어나서 많은 사람을 위해 훌륭한 일을 하고, 세상에서 제일 행복한 사람이 되면 좋겠어. 배를 가만히 쓰다듬으며 미소 띤 얼굴로 소원을 빈 맏언니는 자신의 소원 따위는 빌지 않아도 충분히 행복해 보였다.

여서야, 집에만 박혀 있지 말고, 돈 걱정 접어 두고 여행이라도 다녀와. 집 밖으로 나가서, 좋은 사람들을 많이 만나 봐. 세상에는 너 왕따시키고 괴롭혔던 사람보다 너를 행복하게 해 줄 착하고 좋은 사람들이 많을 거야. 이레야, 너는 너만 사랑해 주는 에너자이저 변강쇠 정력 킹을 만나서 결혼해라, 얼른 좀 결혼해서 그 사람하고 너 해 보고 싶은 거 다 해 보고 코피가 쏟아지고 깨가 쏟아지게 잘 살아, 하는 민호의 말에 모두 손뼉을 치며 동조했다. 두나 언니! 용기 있는 사람이 미인을 차지하는 거래. 힘내! 하는 이레의 말은 알쏭달쏭했지만 진희와 함께 강력한 독신주의 투톱을 차지하는 두나의 얼굴이 새빨개졌다.

엄마, 오래도록 아프지 말고 건강하게 행복하게 사세요. 아빠하고 지금처럼만 깨가 쏟아지게 사세요. 엄마 더 예뻐지세요. 세상에서 제일 행복한 사람이 되세요. 아무도 엄마 속 안 썩이게 해 주세요. 특히 아빠! 울 아빠 철 좀 들게 해 줘요! 일곱 딸은 엄마 이야기가 나오자 애교 있게 손가락으로 팔로 하트를 그려 보이며, 한편으로 깔깔 웃으며 소원을 빌었다.

돈에서 벗어난 소원들, 남을 위해 빌어 주는 소원들은 조금 더 풍요하고, 더 따뜻하고 아름다웠다. 이완은 입에서 사각거리는 사과 맛이 점점 더 달게 느껴졌다.

이완은 고개를 수그리고 생각에 잠겼다.

나도 사실 빌고 싶은 소원이 있다. 아마 여기 있으면 미인도의 여자가 들을 것 같지도 않고, 이런 허무맹랑한 것을 믿는 것도 아니고, 이루어질 거라 생각하는 것도 아니지만, 나도 저런 기원 한 가지 정도는. 중얼대던 이완은 당혹스러운 듯 머리를 긁었다.

나도 바보가 되어 가는 걸까?

스스로 이런 생각을 했다는 게 창피한 이완은 고개를 수그리고 머리를 툭툭 두드리다가 중얼거렸다.

"어때. 누가 듣는 것도 아니고, 정말 믿는 것도 아니고, 그냥 말해 보는 것뿐인데."

그는 고개를 무릎 사이로 폭 묻고는 중얼거렸다. 조심스러운 목소리가 허공으로 흩어진다. 내 소원. 내가 간절히 원하는 소원은…….

"음, 민호 씨가 조, 조금만 욕을 덜하고, 조금만 더 아는 게 많아지고, 조, 조금만 더 조신해지면…… 아무 걱정 없이 결혼할 수 있지 않을까……?"

물론 가능성 제로인 것은 알지만 그러면 모든 문제가 해결될 것 같다는 달콤한 유혹을 뿌리칠 수 없다. 그러면 결혼해서 창피를 당할 일도 없고 화를 낼 일도 없고 마냥 행복해질 것 같은데.

이완은 두 손으로 뺨을 감싸고 꾹꾹 눌렀다. 아무리 생각해도 너무 이기적인 것 같다. 여자를 입맛대로 고치려는 나쁜 남자가 된 것 같잖아. 그는 한심한 소원을 조금이라도 무마할까 싶어 자신 없는 말로 덧붙였다.

"그렇게만 된다면 난 무슨 일이라도 해 줄 수 있는데. 그 일에 필요한 희생쯤은 얼마든지 기쁘게 감수할 거고. 그렇게만 된다면 민호 씨도 좋고 나도 좋은 일이니까."

말할수록 가소롭고 가증하기 짝이 없다. 아, 젠장. 그는 퍼뜩 정신을 차리고 고개를 흔들었다.

"뭐야. ……지금 내가 무슨 소릴 하는 거야."

이건 이기적 유전자에 바보 바이러스가 감염되어서 나타난 이상 증세가 틀림없다. 그는 자리에서 일어섰다. 살짝 열린 방문 틈으로, 미인도를 둘러싸고 황제펭귄 떼처럼 둥그렇게 모여 있는 여자들의 진지한 뒤통수들과 등짝들이 보였다.

"진희 소원은 내가 빌어 주마."

사과를 다 깎은 후, 이번엔 달인의 솜씨로 밤을 깎아 높직하게 괴고 있던 보스 여사가 싱긋 웃으며 나섰다. 휘! 일곱 딸이 입을 모으고 휘파람을 분다. 보스 여사가 한번 손짓하자 순식간에 쥐 죽은 듯 조용해진다. 여자는 천천히 입을 뗐다.

"우리 진희가 모든 것을 버릴 수 있을 만큼 열렬히 사랑하는 사람을 만나고, 결혼도 해서 오래오래 행복하게 살게 해 주세요."

진희의 눈이 동그래졌다. 민호도 밤을 우득우득 씹다가 멈추고 눈을 끔벅거렸다.

"아줌마, 저 그런 거 싫은데요. 전 지금 이대로 사는 게 제일 좋아요. 물러 주세요."

진희가 웃으며 손을 저었다. 사랑을 위해서 뭔가를 버려야 한다니, 진희의 성격이나 가치관으론 어림도 없는 일이었다. 천마산 7공주를 길러 낸 보스는 정말 조직의 대보스처럼 입꼬리로만 웃으며 묻는다.

"넌 여자들이 왜 사랑에 빠지는지 모르겠지? 자신이 가진 걸 모두 버려야 할지도 모르는데 왜 결혼을 하려는지 이해가 안 가지?"

"네."

대체로 남자들은 자신이 쌓은 것을 포기하지 않는다. 결혼해서 무엇인가를 포기해야만 할 상황은 수도 없이 많다. 하지만 누가 희생해야 할지 양자택일해야 할 때, 포기하는 것은 대부분 여자다. 포기하고 양보하고 내주고 점점 닳아빠져 가는 엄마들의 신산스러운 삶을 보면서도, 어떻게 여자들은 여전히 사랑을 하고 결혼을 할까. 어떻게 그렇게까지 멍청해질 수 있는 걸까.

물론 궁금하긴 하다. 내가 쌓아 온 것들을 깡그리 포기하도록 만드는 그 감정에 휩쓸리면 대체 어떤 기분일지. 세영 씨와의 감정처럼 담담한 종류는 아니겠지. 하지만 호기심이 인생을 잡아먹게 놔둘 수는 없었다. 보스 여사는 심드렁하게 툭 내뱉었다.

"네 엄마가 많이 힘들었던 거 안다. 내가 제일 잘 안다."

진희는 고개를 끄덕였다. 두나의 어머니는 진희의 어머니와 같은 동네에서 오랫동안 함께 살았고, 친척처럼 가족처럼 진희네 집 대소사를 챙겨 주었다. 그녀는 말이 많은 편은 아니었지만 생각이 깊었고, 특히 날벼락처럼 뒤집어쓰게 된 종부의 삶으로 오랫동안 힘들어하던 엄마에게 큰 버팀목이 되어 주었다.

"살면서 한 번쯤은 그 바보 같은 2년짜리 페로몬에 푹 빠져 보는 것도 괜찮아. 그래야 제대로 사람이 된다."

"아줌마, 제대로 사람이 되는 게 결혼을 해야만 되는 건 아니잖아요. 남에게 피해 안 끼치고 앞가림 잘하고 살면 되는 거죠."

저 아주머니도 나처럼 남녀 간의 사랑은 페로몬의 2년짜리 화학작용이라 생각하는 걸까? 그러면서 왜? 진희가 의아함을 감추고 짐짓 명랑한 목소리로 말하자 보스 여사는 달관한 도사 같은 어투로 단언했다.

"하여간, 안 무른다."

뒤를 돌아보니 모두 눈을 말똥거리며 어깨를 으쓱한다. 이 집에서 보스를 거역할 수 있는 사람은 아무도 없었다. 진희는 이것이 부질없는 말장난이라는 것을 알지만 어쩐지 억울했다.

"자, 이제 내가 소원을 빌 건데."

드디어 민호가 목소리를 잔뜩 낮추고 좌중을 둘러보았다. 사람들은 긴장한 얼굴로 민호를 바라보았다. 달걀귀신을 소환하려는 진정한 목적. 그림의 주인이 친히 소환하려는 그 간절하고 절박한 이유. 민호는 족자 앞에서 무릎을 꿇고 엄숙하게 알 마늘을 여자의 얼굴에 얹었다. 무시무시한 침묵이 방을 감쌌다.

아무 일도 일어나지 않는다.

민호는 포기하지 않고 더욱 장엄한 포스로 순도 90퍼센트의 맛소금을 여인의 얼굴 위로 솔솔 뿌리기 시작했다.

여전히 아무런 일도 일어나지 않는다.

사람들은 침을 꼴깍 삼키면서 두리번두리번했고, 이완은 머리를 쥐어뜯고 싶은 것을 간신히 참았다. 저 정도로 그림에 손상이 가지는 않을 거야. 마른 거니까. 마른 거니까 털어 내면 돼. 털어 내면.

하지만 민호가 한 손으로 라이터 불을 켜 들고 족자 가까이에 아슬아슬 갖다 댔을 때는 자신도 모르게 입을 틀어막았다. 미, 민호 씨! 민호 씨! 입술이 달싹달싹하는 순간, 심호흡을 크게 한 여자에게서 커다란 고함이 터졌다.

"불이야! 불이야! 이봐요, 아가씨! 불이야! 불이 났어!"

이완은 귀를 틀어막고 다리를 꼬았다. 소리 지른 건 저 여잔데 부끄러움은 자신한테 쏟아지는 것 같다. 사방 고요하고 잠잠한 중에, 민호는 떨리는 목소리로 말을 걸었다.

"저기, 계란 양? 듣고 있나요? 나왔나요?"

"……."

"내 소원은, 음…… 나, 나도 좀, 음, 네이롱의 검색창, 그, 박이완 실장님처럼 음, 똑똑하고, 까, 깔끔하고 우아하고 조신한 아가씨가 되고 싶어요."

모여 있는 여자들 사이로 시베리아의 바람이 일었다. 설마 이런 소원이었어? 차라리 로또 연속 10회 당첨을 빌어! 모두 입을 벌린 채 땡땡 얼어붙었다. 그중 가장 강력하게 얼어붙은 것은, 마루에 앉아서 귀를 기울이고 있던 살아 있는 네이롱의 검색창이었다.

나와, 나와 똑같은 소원이었어?

반가운 일이긴 하지만 아주 반갑지도 않은 것이…… 설마, 나만 믿어, 나 믿지? 하면서 그렇게 자신만만 가슴을 텅텅 치던 근거가 이거였단 말인가?

이완은 머리가 어질어질해서 주저앉을 지경이었다. 방 안에서는 여전히 시베리아의 바람이 불고 있었고, 스스로도 무척 민망했는지 민호가 으르렁대며 족자를 번쩍 쳐들었다. 그녀의 얼굴에 얹혀 있던 빤드르르한 마늘들과 덜 순결한 맛소금 알갱이들이 바닥으로 좌르르 굴러 떨어졌다.

"자! 고스트 달걀 양? 내가 많이 급한데 좀 나와 보면 안 될까? 안 나오면 진짜로 불을 싸질러 버리는 수가 있어요. 아니면 소금물을 한 바가지 부어 줄 수도 있다고. 우리 좋게 좋게 말로 할 때 나오자고요, 응?"

"……."

"계란 양? 그림 주인님한테 소원까지 다 들어 놓고 의리 없게 이러지 말자. 저번에 민낯으로 나오려고 버르적대다 못 나온 거 다 봤거든? 그래서 내가 이렇게 친히 도와주잖아. 자, 나와 보지?"

"……."

"야! 내가 뭐 존나 어려운 거 빌었냐! 얼굴 생기면 나온다며! 약속대로 좀 나와 보란 말이야! 내가 힘들게 얼굴까지 만들어 줬는데 이러기야!"

뭐? 얼굴을 만들어 줘? 이게 무슨 소리야!

이완은 벌떡 일어나 안방 문을 확 열어젖혔다. 열 개의 시선이 한꺼번에 와 꽂힌다. 민호의 입이 멍, 벌어지는 것이 보인다. 하지만 그런 게 문제가 아니다. 민호가 번쩍 쳐들고 있는 족자를 본 순간, 이완은 말 그대로 절규하고 말았다.

"민호 씨이이! 대체 그림에! 무슨! 짓을! 한 겁니까!"

손에 들린 족자가 펄럭였다. 족자의 비어 있는 얼굴에 드디어 형태가 나타났다. 진한 연필 선으로 이목구비가 뚜렷하게 그려져 있었다. 얼굴의 절반을 차지하는 왕방울 눈, 손톱보다 작은 입, 바늘처럼 뾰족한 코, 미소녀 변신 만화에서 한 번쯤 봤을 법한 얼굴이 둥실 떠올랐다. 얼굴을 만들어 준 얼치기 화가는 얼굴이 시뻘게진 채 황급히 변명했다.

"아, 내, 내가, 절대 이루어지지 못할 소원을, 하, 한번 빌어 봤는데…… 그, 그래서 그런가, 이년이 왜 안 나와……."

"민호 씨이이이! 으아아!"

마지막 소원이 너무 난이도가 높았는지, 달걀귀신은 끝내 소환에
응하지 않았다.

6

프로젝트, 마이 페어 레이디

"민호 너, 달걀귀신 소환할 필요 없다."

광란과 비탄에 빠진 이완 앞에 지우개를 툭 집어 던진 보스 여사가 다리를 꼬고 앉아 밤을 집었다.

"내가 어지간하면 진희나 네가 하는 일엔 잔소리 안 하려 했다 만……."

"아줌마?"

열 쌍의 눈이 한꺼번에 보스 여사에게 모였다. 까드득. 그녀는 작지만 무게가 얹힌 목소리로 선언했다.

"너 말하는 꼴을 들으니, 그 소원은 천생 내가 들어주어야겠구나."

이번에는 열 개의 입이 떡 벌어졌다. 까드득까드득. 보스 여사는 경악의 시선을 깨끗이 무시하고, 앞에 놓인 생률을 태연하게 씹어 먹었다. 밤 씹는 소리에서 대단한 포스가 쏟아져 나왔다.

이, 이 엄청난 말을 아무렇지도 않게 지껄이는 콩알만 한 여사님은 대체 뭐 하시는 분이냐. 이따 민호 씨에게 꼭 물어봐야겠다. 이완의 등 뒤로 식은땀이 천천히 흘러내렸다.

"그 정도 소원으로 귀신까지 쑤석일 게 뭐 있어? 사람은 맘먹으면 못 하는 게 없는 거야."

그, 글쎄? 사람이 맘을 아무리 야물게 잡쫘도, 우주가 거꾸로 돌아도 안 되는 일은 있지 아니하더냐. 그들의 속마음을 듣기라도 한 듯 보스 여사는 콧방귀를 뀌었다.

"사람은 누구나 선생님을 잘 만나야 하는 법이지. 마침 추석이고 이 집에 널 제대로 가르칠 만한 분들도 와 계시니 잘됐구나."

두나가 둥그레진 눈으로 옆 방문을 곁눈질했다.

"어, 엄마 혹시…… 똥벽이 할아버지한테 부탁할 거야?"

"박두나 너 말버릇 봐라, 버릇없게! 동벽이라고 제대로 말 안 해? 버릇처럼 그러다가 할아버지 앞에서 튀어나오면 어떡할래? 아빠가 장난으로 그렇게 부르신다고 너희도 그러는 거 아냐. 다른 사람들 앞에선 꼭 박 교수님, 하고 부르라고 했어, 안 했어?"

보스 여사는 두나의 등짝을 쩍 소리 나게 후려갈긴 후, 민호를 향해 단언했다.

"조신해지는 게 별거냐. 네이롱의 검색창이 별거냐. 매에는 장사 없지. 그 집 애들은 다 조신하고 다 훤칠훤칠 잘생기고 다 네이롱이잖냐. 두 분 교수님들한테 부탁해 보마."

심드렁 심드렁 차분차분한 목소리에서, 드센 처자 일곱을 키운 보스의 관록이 훅훅 넘쳐흘렀다. 끼아아아아. 엄마, 보스 여사님, 그러지 마세요. 그게 가능할 것 같아요! 매에 장사 없는 게 뭐야! 딸들은 뭉크의 스크림 사나이처럼 얼굴을 싸쥐고 절규했다. 민호는 어리둥절했고, 이번엔 이완의 손에서 지우개가 툭 떨어졌다.

"아주머니, 매에는 장사 없다는 게 무슨 말씀이십니까. ……체벌을 하신다고요?"

까드득, 까드득, 까드득, 보스 여사는 가타부타 말도 없이 밤만 씹었다. 밤 씹는 소리는 이제 언니들의 껌 씹는 소리보다 백배는 무서웠다. 민호는 체벌 따위는 신경도 쓰지 않고 보스 여사의 손을 꼭 잡고 물었다.

"아줌마, 정말 제가 조신해질 수 있을까요? 저도 네이롱의 검색창이 될 수 있어요? 제 뇌세포가 정말 방어레벨이 높아서요. 새로운 것이 들어오면 막 공격해서 죽이는 것 같아요. 정말로 가능할까요?"

"매에는 장사 없단다."

보스 여사는 다정하게 되풀이해 주었다. 민호는 여전히 미심쩍은 얼굴로, 하지만 그래도 혹시나 하는 강렬한 열망이 담긴 눈으로 보스 여사를 올려다보았다.

"아줌마. 제가 맷집이 좀 많이 실한데요."

"맞다 보면 몸의 세포들이 각성하는 날이 온단다. 내가 보장하지."

"하지 마세요. 민호 씨! 안 해도 돼요. 김정호 개집도 괜찮고 광화문 앞에서 욕 타령 달 타령을 석 달 열흘 불러도 괜찮으니까 하지 마……."

"민호야, 하지 마아아!"

"민호 언니, 절대……."

"할게요, 할게요! 아줌마, 나 그거 해요! 야, 니들 말리지 마! 지금 달걀 여사도 안 나와서 눈앞이 깜깜했는데, 말리는 년들은 죽는다!"

민호의 절박한 목소리가 천지를 갈랐다. 주먹을 불끈 쥐고 흔들어대는 그녀의 눈빛이 어찌나 처절한지 친구들은 아무도 그것을 말리지 못했다. 이완 역시 말리지 못했다. 자신도 똑같은 소원을 빌었다는 사실은 둘째 치고, 연인의 눈 속에선 무서운 기세로 불길이 솟구치고 있었다.

이완은 뒤로 엉거주춤 물러앉아 여자친구의 천하제일 강력 맷집에 대한 자랑질을 듣고 있어야 했다. 물론 교수씩이나 되는 사람들이 저렇게 연약한(?) 여자를 체벌할 것 같진 않지만, 그래도 가슴을 텅텅 치며 투지로 불타오르는 위풍당당 약혼녀를 보니 몹시 미안하면서도 뭐랄까 끝도 없이 서글퍼졌다.

"그런 절실한 소원을 들었으면 램프의 지니 총각이 아니라 누구라도 나와 들어주어야지. 안 그러니? 걱정 마라. 너라고 마이 페어 레이디가 못 되겠니? 더 라인 인 스빠인, 스따이스 마인리 인 더 쁠라인(The rain in Spain stays mainly in the plain), 스페인 평야에 비만 내리면 되는 거야."

뭔가 이상한 언어를 주루루 옮은 보스는 웃는 기색도 없이 장담했다. 한때 삼성 주식 불패 신화와 분당, 일산 운수대통을 예언했던 얼치기 여도사님의 장담이라 동그랗게 모여 앉은 신도들은 아멘으로 화답하고 싶은 충동을 느꼈다. 무슨 말인지 모르겠지만 하여간 스페인 평야에 비가 내리면 민호가 공정한 아가씨가 되는 것이다!

두 명의 메인교사를 빼놓고도 여러 방면에서의 보조교사들이 절대적으로 필요했다.

남편이 아내에게 운전을 가르치면 연수가 끝나자마자 가정법원으로 드라이빙을 하게 된다는 금과옥조에 따라 이완이 가장 먼저 교사진에서 탈락했다.

옥상에 피워 놓은 모닥불 사진으로 프로필 사진을 바꾼 선정은 민호만이라도 자신이 겪었던 아픔을 겪지 않기를 간절히 바란다며, 왕복 차량 운행을 조건으로 민호의 피부 관리, 네일과 헤어 및 직장인의 매너에 대해 주 1회 방문지도를 맡기로 수락했다. 그리고 의상디자인학과에 재학 중인 이레가 패션과 코디 일습을 전방위 밀착 방어해 주는 데 동의했다.

언어순화 밀착 모니터링은 근처에 살고 있는 동갑내기 한문 선생님과 일곱 용사가 도움을 주기로 잠정 합의했다. 기간은 내년 추석까지 1년. 1년이면 무슨 일이든 할 수 있는 기간이 아니더냐! 모두스 비벤디!

삼거리 건너 정열의 빨간 지붕 집 천마산 7공주의 보스 김숙자 여사가 진두지휘하는 '마이 페어 레이디 프로젝트'는 그렇게 시작되었다.

❀　　❀　　❀

두나의 어머니이자 7공주의 보스인 김숙자 여사는 젊은 시절, 동네에서 삼성 아줌마, 천마산 작은 손, 혹은 아이참돈 여사라고 불리었다. 삼성 보험 모집인도 아니었고, 부동산 투기로 한몫 잡은 복부인도 아닌—물론 복부인이 되기 위한 꿈과 의지만은 충만했을지 모르나 종잣돈이 없어 큰손이 되진 못한— 보스 여사에게 그런 별명이 붙은 데에는 좀 처량한 이유가 있었다. 친한 아줌마들에게 걸핏하면 '삼성 주식 사세요. 대치동에 땅 좀 사세요. 안 살 거면 나한테 돈 좀 돌리든가. 아이 참, 내가 돈이 좀만 있었다면.' 노래를 하고 다녔기 때문이다.

민호도 어릴 때 집에 놀러 온 두나 엄마가 큰올케의 손을 꼭 잡고, "분당에 땅 좀 사세요. 강남만큼 뜰 거 같아요. 아이 참, 내가 돈만 좀 있다면." 하거나, "지금 달러 좀 사세요. 지금 금 좀 사세요. 둘 데 없으면 내가 갖고 있다가 가격 좋을 때 내가 알아서 팔아 줄게요, 아이 참, 내가 돈이 조금만 더 있었으면." 하던 것을 기억하고 있었다. 하지만 아줌마의 영업이 썩 성공적이지 못했던 이유는, 당시만 해도 참해 보이던 아줌마와 복부인 일수장사 같은 영업질이 매우 안 어울렸기 때문이라 하였다.

당시 동네 아주머니들은 당연히, 보스 여사의 정보를 신뢰하지 않았다. 그때 만약 동네 아줌마들이 보스 여사 말에 귀가 팔랑거려 딸라 빚이라도 내서 투자를 했다면 지금쯤 다들 타워 팰리스에서 반상회를 하고 있을 것이다. 하지만 정작 보스 여사는 노상 돈이 궁해 동동거려서 그녀의 말에 신뢰가 가지 않았노라, 동네 아줌마들은 두고두고 울며 회개하는 중이었다.

알고 보면 아줌마도 주식시장과 부동산 세법 따위를 빠삭하게 알고서 그런 이야기를 하는 것이 아니었다. 최근 보스 여사가 '선물거래'를 주식시장에서 거래되는 크리스마스 선물 및 생일선물용 주식 거래로 알고 있었음이 세간에 밝혀져 딸들을 충격과 공포에 빠뜨리기도 했다.

하지만 어찌 되었든 투자자란 결과로만 말하는 법. 최근 잘나갔던 인덱스 펀드니 한때 잘나갔던 브릭스 펀드 따위 알지 못해도, 그저 못 먹어도 삼성 아줌마 외길로 몰빵한 결과는 전설의 마젤란 펀드의 피터 린치나 버크셔 헤서웨이의 워런 버핏 부럽잖을 만큼이나 찬란했다. 나라가 외파에 시달리며 까불리고 경제가 엎치락뒤치락하는 20여 년간, 보스 여사도 육아와 세파에 엎치락뒤치락 고군분투하며 자그마치 1,000퍼센트 이상의 수익률을 찍었던 것이다.

물론 두나네가 그로 인하여 재벌 꼬랑지쯤 되었느냐 하면 그것은 또 아니었다. 두나네 집 재정 상태는 구멍이 열 개쯤 뚫린 커다란 항아리와 비슷했다. 보스 여사는 자식들에게 들어가는 돈만큼은 아까워하는 법이 없었는데, 아들이 낳고 싶어서 안달하다 저 짝이 났다고 흉을 보는 사람들에게 보란 듯이 다른 집 장손 장남들에게 해 주는 것 이상으로 딸들에게 펑펑 쏟아부었다.

말려야 할 영감님마저 속도 없이 신나게 돈질을 부추겼다. 부부의 브레이크 없는 딸부심이 첫 번째 패착이었고, 그러한 딸들이 일곱이나 되었다는 게 두 번째 패착이었다. 하지만 그 항아리에서 제일 거대한 구멍은 해마다 사건 사고 리스트를 갱신하는 박 영감님이었다.

화려한 꽃무늬 셔츠를 좋아해서 알로하 영감님이라는 별명을 갖고 있는 박 영감님과 보스 여사는 나이 차가 많은 부부로, 박 영감님은 무려 새장가였단다. 얼굴도 별로, 돈도 별로, 나이는 더 별로인 사나이의 '돌싱 탈출 성공기'는 천마산 인근에 사는 사나이들에게 한 줄기 빛이었다.

오래전에 환갑 칠순을 상큼하게 넘긴 박 영감님은 바라진 떡대와 달리 무척이나 연약(?)한 사나이였다. 물론 박 영감님이 연약한 것은 딱히 나이 때문만은 아니었다. 알 사람은 다 아니까 하는 얘긴데, 영감님은 아직 한나 두나가 코찔찔이 시절부터 비실비실하여, 저 정력을 가지고 어떻게 애를 일곱이나 낳았는지 천마산 일대의 미스터리로 회자할 지경이었다.

하긴, 아직 새파랗게 젊던 보스 여사에게 새장가를 들던 당시부터 술병으로 속이 아프네, 손이 떨리네 게걸대긴 했었더란다. 그 와중에 "훼손의 완성은 라이방(Ray—Ban)이지!"를 외치며 밤이고 낮이고 새카만 선글라스에 오색찬란한 콘택트렌즈를 돌려 끼고 다녔고, 알로하셔츠 황금 뱀 줄 목걸이 차림으로 음주가무에 열중하여 '밤드리 노니다가' 간경변, 간암으로 진행될 때까지 병을 키워 버렸다.

결국 보스 여사에게 뒷덜미를 잡혀 병원으로 질질 끌려 들어가게 되었고, 수술이네 항암이네 어쩌네 한껏 야단을 치르고서는 '비실비실 사나이'에서 본격 '연약한 사나이'의 경지로 들어서 버렸다. 어찌나 연약한지 막내딸이 대학생이 될 때까지 밖에서 돈을 벌거나 집에서 알전구 하나 가는 꼴을 보지 못했다.

다행인지 불행인지 항암 치료를 하면서 정자가 죄 죽어 버려 일곱

254

째 박이레가 막내가 되어 버렸다는 것이 일련의 사태가 낳은 유일한 수확이었는데, 항암 치료로 빠진 머리카락이 새로 날 때까지, 아니 머리카락이 난 이후로도 지금까지 쭈욱 일곱 종류의 가발을 색깔별로 돌려 쓰고 다니면서 마을 사람들에게 눈요기를 시켜 주었던 것도 나름 별도의 수확이라면 수확이라 할 수 있겠다.

하지만 보스 여사는 그런 연약하고 화려한, 나름 꽃 같은(?) 남편을 딱히 힘들어하지도 구박하지도 않았다. 심지어 젊은 사람 부럽잖을 정도의 우쭈쭈 라이프를 영위하며 나름 닭살커플로 동네 물을 흐렸다.

동네 영감들은 동전 한 푼 집에 들이지도 않고 집안일 하나 돕지 않으면서도 마누라의 사랑을 받는 방법에 대해 너무나도 궁금해하고 부러워했으나. 영감은 "딸을 일곱쯤 낳으면 모든 문제가 해결돼."라는 말로 약만 올릴 뿐이었다.

집안 살림을 돕고 정원을 가꾸는 것은 딸들이, 전구 갈기, 톱질, 망치질, 페인트칠, 화장실 변기 수리 등은 아들 같은 딸들이, 돈을 버는 것은 취업한 딸들이, 엄마의 어깨 다리를 주무르고 함께 목욕탕과 쇼핑을 다니는 것은 애교 많은 딸들이, 술 마시고 사고 치고 경찰서에 앉아서 마누라 이름까지 까먹고는 종종 다른 여자 이름도 불러 대는 아버지를 모시러 가는 것은 전투적이고 목통 좋은 딸들이 도와주니 마누라가 얼마나 신간이 편하겠느냐. 자고로 여자란 줌치에서 짤랑짤랑 엽전 소리 나고, 사방 둘러 할 일이 눈에 걸리지 않으면 잔소리를 할 일이 없는 법이다, 라는 것이 뻔뻔쇠 영감님의 지론이었다.

그뿐만 아니라 영감님은 걸핏하면 콧바람이 나 세상 유람을 다니며 돈질을 해 댔는데, 역마살이 얼마나 강력하게 끼었는지 일 년 중 절반은 집에 없을 지경이었다. 그렇게 영험한 꿈을 시리즈로 꾸는 보스 여사도 이상하게 영감의 콧바람에 곧잘 넘어가곤 했다. 두 사람은 탁자에 '우리 프라하에 좀 다녀옴.', '로마에 한 달 정도 다녀옴.', '바오밥을 보고 싶으니 세렝게티에 다녀오겠음.' 따위의 종이쪽을 식탁 위에 얹어 놓고 증발했다가 엄청난 카드고지서와 함께 귀환하는 경우가 종종 있었다.

재벌 꼬랑지는커녕 천마산 큰손조차 되지 못하고 작은 손에 머물러야만 했던 이유들은 대략 그런 것들이었다.

정열의 빨간 지붕 집, 천마산 7공주를 휘어잡고 있는 보스 여사에 대한 기나긴 이야기를 들은 이완은 말 한 마디 하지 못하고 입만 벌리고 있었다. 넋이 동실동실 유체이탈을 한 기분이었다.

그런 그녀가 윤민호의 '마이 페어 레이디 프로젝트'에 팔을 걷어 붙이고 나섰다?

이완은 이것이 두 여자의 파워 게임이 되리라 직감했다. 과연 어느 쪽의 파워가 더 강력할까가 관건이 되겠지. 천군만마를 얻은 것 같기도 하고 개미지옥에 빠진 것 같기도 했다.

❀　　　❀　　　❀

"궁중요리 무형문화재 기능 보유자요? 다른 분은 고고미술사학과 교수라고? 정말 바로 허락을 하셨단 말입니까?"

이완은 보스 여사의 말을 듣고 눈을 가느스름하게 떴다. 믿을 수 없을 만큼 좋은 조합에 믿을 수 없을 만큼 순적한 진행이었다.

그러잖아도 민호의 전통요리에 제대로 된 계보나 근거를 만들어 주고 싶었다. 적성에 맞지도 않고 어울리지도 않는 유치원 교사보다는 재능도 있고 이미 다져진 소양도 탄탄한 영역을 개발해 키워 주고 싶었다. 궁중요리 무형문화재 기능 보유자라면 민호의 훌륭한 기반이 되어 주지 않겠는가.

그리고 민호에게서 가장 아프게 느껴지던 것은 한국사 영역에 대한 완벽할 정도의 무식함이었다. 더욱이 이완이 한국 고미술품을 다루고 있으니 그 무지가 더욱 뼈저리다. 아무리 대학입시 전문교사들조차 역사는 포기하라 조언했다지만 적어도 남편이 고미술품 딜러라면, 청자, 분청사기, 백자 정도는 구별할 줄 알아야 하지 않겠는가. 그런데 고고미술사 교수님이라니. 어떻게 이렇게 맞춤으로 예비한 듯한 교수진이 나타날 수 있을까.

게다가 이완의 머릿속을 꽉 채우고 있던 "매에는 장사 없다."에 대한 걱정은, 막 안방 문을 열고 들어온 인자하고 유쾌한 백발 노부인을 본 순간 깨끗하게 사라지고 말았다.

"요리 전문가가 아니라 육아 전문가가 더 맞을 거예요. 궁중요리 경력은 30년이지만 육아 경력은 40년이 다 되어 가니까요. 호호호. 남편부터 대학생 막내까지 줄줄이 육아 대상이죠. 유치원 선생님이라 했지요? 반갑네요. 육아 전문가끼리 인사나 합시다. 다들 라도재 여사라고 부르지만 여기서는 또재 할머니라고 하니까, 편한 대로 불러요."

노부인이 반갑게 인사를 하며 민호의 손을 잡아 주었다. 목소리가 매끄러운 편은 아니었지만 말투가 온화하면서도 명랑해 밝은 분위기가 만들어졌다. 그녀는 남편이 미국에 교환교수로 가게 되는 바람에 자신도 휴직을 신청해서 현재 뉴욕에 머무르는 중인데, 명절이고 볼일도 있어 두나네 와서 한동안 머무를 거라고 덧붙였다.

조선왕조 궁중요리 무형문화재 기능 보유자, 궁중요리 연구소 라도재 대표, 결식아동 후원회 사무장, A대 한식조리학과 강사. 보스 여사가 중간에서 휘황한 직함을 줄줄 읊었지만 정작 당사자는 소탈하기 그지없었다. 손을 저으며 유쾌하게 웃더니, 자신이 강의 나가서 하는 일이라야 학교에서 주는 돈으로 학생들과 맛난 것을 만들어 나누어 먹고 대장금의 '맛이 좋구나 왕' 처럼 품평을 하는 일뿐이라 실토했다.

나이가 적지 않은데도 젊은 아가씨처럼 가뿐가뿐 돌아다니는데 움직임이 깃털처럼 가벼웠다. 긴 머리를 위로 자연스럽게 틀어 올려 흰 구름이 머리에 몽실 앉은 것 같았는데 목이 길어 학처럼 우아했고, 한 무릎을 세우고 앉아 있는 모습은 편안하면서도 기품이 있었다.

민호는 할머니를 보며 침을 줄줄 흘렸다. 자신이 바라던 이상형의 모습이었다. 저 할머니의 우아함과 조신함과 능력의 십분의 일이라도 얻게 된다면 이번 프로젝트는 대성공이었다.

교수님의 집안은 두나네의 유일한 친척 집이라 했다. 두나네 집안은 생각보다 단출했다. 두 집안 모두 2대가 풍성해서 모아 놓으면 그럭저럭 박씨 혼성 축구단 정도는 만들 수 있을 정도라 했지만 워낙 멀리 살아 모이는 일이 드물다고 했다. 밖에서 7공주들이 시끄럽게 떠드는 소리가 들린다.

"아재들도 왔다고? 웬일이야, 맨날 그렇게 바빠서 못 온다더니?"
"할머니 할아버지 따라온 거야? 누구누구 왔어?"
"어, 윤이 아재! 와, 진짜 오랜만이다. 어릴 때 보고 몇 년 만이야? 윤식이랑 윤위 아재도 왔네?"
"윤식이야 워낙 자주 왔지만 큰아재 막내 아재는 정말 오랜만이다! 다른 아재들은? 맨날 바쁘긴 뭐가 그렇게 바쁘대?"
잠시 후 시끄러운 소리가 잦아들고, 키가 멀대 같은 총각들이 안방에 따라 들어와 꾸벅 인사를 하더니 또재 할머니를 호위하듯 뒤로 둘러앉는다.

보스 여사의 말은 허언이 아니었다. 오목조목 고양이상인 두나네 자매들도 어디 가서 얼굴 빠진다는 이야기는 듣지 않지만 노부인의 아들들은 그야말로 그믐날 바닷가의 등대 불빛처럼 광채가 났던 것이다. 게다가 인간 윤민호가 이름을 알고 있는 미국 대학에 다녔다는 걸 보면, 뇌 속에 든 것도 네이롱 정도가 아니라 구글이 정도는 되는 모양이다. 세상에! 역시 세상은 넓고 멋진 남자는 많은 거였다.

민호와 달리 이완은 아재들이 묘하게 신경에 거슬렸다. 그들은 방에 들어서면서부터 무엇이 거슬렸는지 힐끔힐끔 민호와 자신을 곁눈질하기 시작했던 것이다. 그러더니 차를 한 잔쯤 마시고 나서부터는 민호에게 번갈아 가며 말을 붙이기 시작했다.

윤이라는 맏형은 중후하고 딱딱한 분위기였는데, 민호와 말을 할 때는 부드럽게 미소를 지어 보였다. 윤식이라 불리는 총각은 소년처럼 목소리가 맑고 말투가 유쾌했다. 스물여섯이나 먹은 주제에 10대라 해도 좋을 만큼 동안인 데다, 뺨에 쏙 들어간 보조개가 특히 귀여웠다. 저거 길 가다가 윙크 한 번 날리면 100미터 전후방 여자들 다 쓰러지겠다, 민호가 생각한 순간, 그 총각이 민호를 향해 살짝 윙크를 날렸다.

민호의 입이 떡, 벌어졌다. 이 총각들 뭐여? 눈이 심하게 나쁜가? 여자 취향이 좀 특이한가? 난생처음 당해 본 윙크에 당황한 민호는 어떻게 대응해야 할지 몰라 한참 허둥허둥하다가 벌쭉 웃어 주는 것으로 나름 예의를 갖춰 주기로 했다. 그러자 윙크 사나이는 보조개가 쏙 패도록, 그야말로 만년의 빙하가 사르르 녹을 만한 미소로 화답했다.

민호의 가슴으로 갑자기 난데없는 자신감이 솟아올랐다. 얼쑤, 이런 분위기면 이번 프로젝트는 벌써 절반이 성공일세.

하지만 민호와 달리 이완은 피가 거꾸로 솟았다.

"이봐요. 윤식 씨라 했습니까? 지금 제 약혼녀에게 뭐 하는 짓입니까?"

"약혼녀요? 아 네에, 약혼녀시군요. 그냥 윙크했는데요. 그냥 인사예요. 반가워서 하는 인사."

윤식은 얼굴을 구깃구깃하더니, 말끝을 길게 늘였다. 저 자식은 왜 말투가 저 모양이야? 처음 보는 사이에 윙크까지 할 정도로 반가울 일이 뭐가 있어! 왜 자꾸 실실 웃어! 민호 씨, 당신은 왜 그렇게 입을 벌리고 웃고 있습니까? 이완의 속이 점점 뒤집히는 것도 모른 채, 그들은 민호에게 자꾸 말을 붙인다.

"결혼 언제 하세요? 아, 아직 안 정해졌다고요? 프러포즈는 받으신 거고요? 에이, 그것도 아닌데 약혼자는 뭐가 약혼자예요."

"약혼자의 어떤 점에 반했습니까?"

"우와아아? 약혼자분이 려 갤러리의 실장님이시라고요? 뉴욕 려 갤러리는 저희도 잘 알죠, 얘기는 가끔 들었거든요. 저희가 지금 사는 곳이 롱아일랜드예요. 맨해튼 5번가에서 한 시간도 안 걸리는 곳이죠."

"려 갤러리 젊은 실장님이 보통 성격이 아니었다는 소문이 있던데 정말 그런가요?"

이완은 점점 속이 부글부글 끓어올랐다. 민호 씨에게 자꾸 말 거는 것도 기분 나빠 죽겠는데 어째 포커스가 점점 나한테 옮겨지는 것 같다? 저 자식들 나를 지금 은근히 씹어 대고 있는 것 맞지? 성질대로 한마디 쏘아붙이려던 이완은 문득 입을 다물었다.

맨해튼 뮤지엄마일에 있는 려 갤러리 본점을 알고 있고 롱아일랜드에 산다. 넓다면 넓지만, 그곳의 한인사회도 의외로 빤한 바닥이니 나에 대해 알 수도 있다. 제법 큰 유산을 상속받은 교포 3세가 미국 시민권을 포기하고 한국으로 귀화를 했으니 거미줄처럼 얽힌 한인사회에서 소문이 좀 퍼질 법도 하다.

하지만 가장 큰 문제는 저 노부부가 묘하게 낯이 익다는 사실이었다. 이완은 교수 부부를 곁눈으로 한참 동안 바라보았다. 시선을 눈치챈 노부인이 명랑하게 웃으며 물었다.

"왜요. 이제야 알겠어요? 영 못 알아봐서 섭섭할 뻔했네."

맙소사, 매장에 오셨던 손님이었군. 이완의 이마로 땀이 쭉 흘러내렸다.

그러면 그렇지. 처음 볼 때부터 계속 낯이 익다는 느낌이 들었다. 그런데 언제 왔는지 무엇을 사 갔는지는 기억이 잘 나지 않았다. 기억해라, 기억해. 모든 방문객을 다 기억할 순 없지만 이렇게 익숙하게 느껴질 정도면 적어도 지나가다 들른 뜨내기는 아니라는 뜻이었다.

두나 어머님이 분명 동벽 할아버지라 부르라고 했었지. 박 교수님이라 했으니, 박동벽? 여전히 기억나지 않는다. 대체 뭘 사 갔지? 언제 온 손님일까? 아무리 기억을 쥐어짜도 마찬가지였다. 아아. 민호 씨는 평생을 이런 느낌으로 살아왔던 거구나. 하지만 깨달음은 깨달음이고, 이런 상황에서 '어이쿠 죄송하지만 기억이 안 나네요. 저희 매장에서 무얼 사 가셨습니까?' 하고 물을 수는 없었다. 겉으로는 매끄럽게 웃으며 등 뒤로 땀을 찔찔 흘리고 있을 때, 뒤에 서 있던 노교수는 점잖게 나무랐다.

"여보, 어지간히 해요. 못 알아보는데 왜 자꾸 사람 난처하게 해? 너희도 그만해라."

"아버지, 그런데 저희도 얘기만 듣다가 궁금해서 그래요."

"글쎄 그만하라지 않아! 대체 예의도 없이 뭐 하는 짓이야. 그만 입 다물고 사과해라."

갑자기 사천왕처럼 변한 노교수가 언성을 높였다.

"어…… 그렇게 무례해 보였어요?"

"당연하지 않으냐. 내가 너희를 그렇게 버릇없게 가르쳤냐!"

그는 엄한 표정으로 아들들을 나무랐다. 그들은 아버지에게 고개를 꾸벅 숙인 후 작은방으로 가 버렸다. 윤식 아재라는 인간은 나가면서도 민호에게 싱긋 웃어 보이는 것을 잊지 않았다.

이완은 정작 자신에게는 사과 한 마디 없이 사라진 악당들에게도 짜증이 났지만 민호에게 더 화가 났다. 그는 민호의 손을 잡아채서 마당으로 끌고 나와 성질대로 쏘아붙였다.

"민호 씨 지금 뭐하자는 겁니까? 왜 이렇게 헬렐레 웃고 있어요?"

"어? 내가 뭘? 그럼 거기서 질질 짜고 있어?"

"인기 많으니까 웃음이 절로 나오죠? 외간 남자 윙크 받으니까 뇌세포가 막 활성화됐군요! 오오, 인기 있는 여자의 삶이란 이런 거구나, 하는 거대한 깨달음이 해일처럼 찾아왔죠? 올레, 유레카!"

민호는 눈을 둥그렇게 뜨고 질투에 찬 사나이의 광란의 주둥이질을 지켜보았다.

"다들 저보다 성질도 지랄맞지 않은 것 같고 잘생겼고 훤칠하죠? 집안도 좋아 보이고 아이비리그 간판도 반짝반짝하네요. 이제 저 중에서 다트로 찍어서 들이댈 일만 남은 겁니까?"

아니, 대체 이게 뭔 날벼락이야. 누가 저 인간한테 지랄랄라 열매를 먹인 거냐. 민호는 당황해서 손을 내저었다.

"아니, 내가 뭘 어쨌다고! 내가 저 총각한테 윙크하라고 시켰냐, 손을 쭈물대길 했냐, 주둥이를 들이대기를 했냐? 그냥 인사하고 웃고 얘기만 했잖아. 그럼 사람이 인사하고 이거저거 물어보는데 조동이 딱 다물고 오홍홍 오홍홍 콧바람 일으키면서 웃기만 하냐?"

"그럴 스킬이 되기나 해요? 그러면서 남자들 얼굴을 왜 그렇게 열심히 쳐다봐요? 다들 반반하게 생기긴 했더만, 그래서 눈을 뗄 수가 없었던 거예요?"

"아니 그럼 그 남자들이 물어보는데 두나 얼굴 보면서 제 이름은 김말자 방년 십팔 세여요, 그래야 하냐고! 그리고 아재들이 꽃미남인 게 그렇게 큰 문제야? 똥밭, 돌짝밭보단 꽃밭이 보기에도 낫잖아! 홍익 꽃 몰라? 홍익 꽃!"

"얼굴에 환장했어요? 사람이 왜 그렇게 단세포예요? 홍익 감 먹어 보고 나니 이제 홍익 꽃입니까? 기분 삼삼하시겠네요."

"뭐야! 지금 왜 말이 그렇게 막 나와? 내가 무슨 짓을 했다고 이 래!"

"무슨 짓을 했는지 말로 해야 알아요? 남자애들 보고 침 흘리는 꼴 을 꼭 애인한테 보여 줘야 해요?"

민호 씨, 저 기분 나쁩니다. 다른 남자들이 내 여자한테 말 붙이고 수작 거는 거 기분 나빠요. 온몸으로 외치고 있는데, 미래의 페어 레 이디는 아니나 다르랴 엉뚱한 곳에 반응한다.

"나 침 안 흘렸어! 난 잘 때하고 먹을 때 말고는 침 안 흘려! 그리 고 남자애 아냐! 윤이 오빠는 이완 씨보다, 아니 나보다도 나이가 많 다고! 왜 그 눈썹 길고 목소리 굵고 켄터키 교수님처럼 무게 딱 잡고 있던 첫째 오빠는 나이가 서른둘이라고 했단 말이야!"

이완의 머릿속에서 갑자기 핑, 스칼렛의 현이 나가는 소리가 들렸 다.

"윤이 오빠라? 지금 남자친구 앞에서 다른 남자한테 오빠라고 했 습니까?"

"오빠가 아니면? 그럼 형이라고 하나? 아니면 윤이 씨?"

핑, 퐁. 스칼렛은 계속 단말마의 소리를 낸다.

"그게 아니고! 왜 다른 남자한테 함부로 오빠 소릴 하냐 말이에요! 저한테는 한 번도 그런 말 안 해 주셨으면서, 처음 본 남자한테 오빠라는 소리가 잘도 나오죠?"

이완은 자신이 점점 한심해지는 것을 느끼면서 급속한 지각붕괴에 빠졌다. 현재 내 말은 전혀 논리적이지도 않고, 타당하지도 않고, 누가 들어도 우습게 들릴 게 뻔하고, 그런데 걷잡을 수 없이 화는 나고. 민호는 벙벙한 얼굴로 이완에게 물었다.

"박 실장님 나보다 나이 어리잖아. 동생이잖아."

"……"

"말해 봐! 동생 맞아, 안 맞아!"

"……동생 맞습니다."

이완은 땅속으로 처박히는 기분으로 대답했다. 민호는 다시 빡빡 확인 사살을 한다.

"박윤이 씨는 나보다 나이 많잖아. 오빠 맞아, 안 맞아!"

"……맞습니다."

"맞는데 왜! 오빠 맞는데 대체 왜 이 난리냐고! 엉?"

이완은 입을 꽉 다물고 말았다.

아마 선정 씨나 진희 씨는 자기 남자친구에게 이따위 질문을 해 대지는 않겠지. 자기 남자친구 앞에서 처음 보는 다른 남자에게 오빠, 오빠 소리를 하면서 부아를 지르지도 않겠지. 가뜩이나 민호 씨보다 나이 어린 것이 신경 쓰이는데 동생, 동생 확인 사살을 하지도 않겠지.

모르는 것은 죄가 될까? 모르고 저러는 것에 화를 내는 것이 옳을까? 그냥 조곤조곤 설명하는 것이 좋을까? 초등학생에게 미적분을 모른다고 화를 내는 것이 옳을까?

그래. 초등생이 뭘 알겠어. 더하기 빼기부터 하나씩 확실하게 알려 주는 것이 맞지. 알고도 저런 말을 하는 건 아니니까. 악의로 남자 긴장 타게 하고 찔러보느라 저런 말을 하는 건 아니니까 화를 내면 안 돼.

아냐. 악의로 찔러보는 눈치라도 있으면 차라리 낫겠다. 차라리, 제발!

머리통이 북새가 되었다. 여자는 단순한데 내 머릿속은 왜 점점 뒤죽박죽이 되는가.

이완은 머리를 흔들었다. 어차피 저 여자에게 통하는 방법은 한 가지뿐이다. 그는 이런 말까지 대놓고 하기가 무척 창피했지만 정공법으로 솔직하게 말하기로 결정했다.

"민호 씨. 남들한테 오빠 소리 하는 거 남자친구로서 굉장히 거슬립니다."

"왜?"

"다정해 보이고, 꼭 연인처럼 느껴져요. 오빠라는 호칭은 연인 간에도 쓰이는 거잖아요."

"에이, 그거 아닌데. 나보다 나이 많은 남자인데 선배는 아니라서 그냥 그렇게 부른 건데."

고개를 흔들던 민호가 갑자기 눈을 갸름하게 치뜨고 이완의 얼굴을 요리조리 살폈다.

"혹시 이완 씨, 여자친구한테 오빠 소리 듣고 싶었었어? 이완이 오빠아아~ 그런 콧소리?"

짧은 침묵이 흘렀다. 이완은 아니라고 끝내 부인하지 못했다. 푸와하하! 민호는 바닥을 구르면서 웃기 시작했다. 이완이 오빠아아. 오빠? 으하하하하하. 누나한테 오빠 소리를?

이완은 땅속으로 100미터쯤 파고 들어가 누워 버리고 싶었다. 다른 여자들은 이런 상황에서 저렇게 미친 듯이 바닥을 굴러다니면서 웃지 않겠지. 하지만 이완은 그 말을 입 밖으로 내지도 않고 눈만 질끈 감은 채 꼿꼿하게 그 자리에 서 있었다.

이건 내가 지고 갈 십자가다. 평생 지고 가야 할, 매우 거대하고 무거운 십자가.

이완은 마이 페어 레이디 프로젝트에 적극 협조하기로 굳게 결심했다.

"이완 씨, 잘생긴 남자들 많다고 걱정할 거 없어. 이완 씨도 굉장히 잘생겼잖아."

웃음을 그친 민호는 바닥에 쭈그리고 앉은 채 나름 진지하게 말했다. 하지만 이완은 기뻐할 마음이 별로 들지 않았다.

"잘생겨서 좋아하는 거면, 제가 못생기게 변하면 어떡할 건데요? 제가 민호 씨가 해 주는 요리 다 주워 먹고 산타클로스처럼 배가 나오고, 머리가 벗겨지고 골룸처럼 변하면 어쩔 건데요?"

민호는 눈을 껌벅이더니 이내 선선히 대답했다.

"내가 그거 접때 생각해 본 적이 있는데 말이야, 썩 나쁘지 않을 것 같더라고."

"정말입니까?"

"응. 골룸이라도 이완 씨라면 예뻐 보일 것 같아."

이완은 당황했다. 저, 저 말이 얼굴을 그리 밝히는 여자한테서 나온 말이 맞나? 이럴 때 나는 좀 감동을 해야 하는 걸까? 자신이 꿈꾸던 연애와 완벽하게 반대편 노선을 걷고 있는 여자 덕에 이완은 가끔 자신의 반응이 옳은 것인지조차 의심스러웠다.

"그러고 보면 골 씨 총각도 나름 나쁘지 않아. 만화 주인공처럼 크고 호수같이 파란 눈에 얇고 선명한 입술에 빗살무늬토기형의 뾰족하고 계란 같은 얼굴에 시원시원 넓은 이마에 우유처럼 뽀얀 피부를 갖고 있었어."

"……."

이완은 침묵했다. 이럴 때 좋아해야 하나, 슬퍼해야 하나. 나는 왜 여자의 말 한 마디 한 마디에 매번 천국과 지옥을 오가는 팔자가 되어 버렸는가.

"골룸은 입술이 제일 도발적이지 않아? 이완 씨하고 입술이 비슷하다고. 얇고 가늘고 날카롭고 섹시하고 말할 때도 오물오물하고? 어이 씨, 꼴리네. 저기 나 지금 뽀뽀해도 돼?"

핑. 드디어 스칼렛의 마지막 현이 끊어지고 말았다. 곰도 넘는 재주는 있다고⋯⋯가 아니고, 이따위 말에조차 도발당하다니. 이완은 얼결에 키스를 '당하기' 전에 냉큼 여자의 허리를 끌어안고 입술을 댔다.

골룸하고 입술이 닮았다는 말을 듣고도 꼴리는, 내가, 세상에서, 제일 멍청한 거야, 내가! 낭만적 분위기 제로, 에로틱 분위기 제로, 달콤한 분위기 제로, 제로제로제로제로! 제기랄제기랄제기랄! 나한테 어쩌라고 이래. 좋아해야 하는지 짜증을 내야 하는지도 헷갈리게 된 불쌍한 사나이는 어쩔 수 없이 머릿속을 싹 비우고 키스에만 몰두했다. 제로 뽀뽀의 맛은 제로 칼로리 콜라의 맛처럼 요상하게 달았다.

"어느 잡놈의 새끼들이 남의 집 마당에서 풍기문란을 일으키고 있냐아아아!"

커다란 고함이 동네를 쩡쩡 울렸다. 대문이 활짝 열리면서 커다란 꽃무늬가 일렁인다. 화려한 색깔의 알로하셔츠, 라이방 선글라스, 일곱 색깔 가발의 사나이가 큼직한 가방을 돌돌돌 끌고 들어선다. 주인 장인 알로하 영감님이다.

꼬꼬마 똥벽이 놈이 왔다고 해서 불나게 날아왔더니 이 잡것들은 뭐 하는 거냐. 아저씨 안녕하세요, 그동안 잘 지내셨죠? 어디 잠시 다녀오신다더니 오늘 오셨나 봐요? 에이, 풍기문란은요. 겨우 뽀뽀 가지고. 아주아주 담백하죠, 그럼요. 민호가 앞에 나서서 총알받이가 되는 동안 이완은 얼굴을 싸쥐고 안락재로 뺑소니를 놓았다.

그날 저녁 안락재로 1차 숙제가 전달되었다. 사용하지 말아야 할 낱말과 문장이 적힌 긴 리스트였다. 아오 쉣, 우라질, 우라질레이션, 오라질, 미친, 존나, 씨발, 씨붐바, 가위로 잘라서 광화문에 널어놓을, 따위가 예쁜 궁서체로 정성껏 적혀 있었다.

❁   ❁   ❁

토요일 오후, 두나와 이레, 그리고 진희가 안락재로 들이닥쳤다. 마이 페어 레이디 프로젝트를 위한 오리엔테이션이라 했다.

진희의 손에 들린 DVD 속에서는 눈이 커다란 여자가 커다란 검은 줄무늬 리본이 달린 엄청나게 커다란 모자를 쓰고 웃고 있었다. 오드리 헵번 주연의 영화 '마이 페어 레이디' 였다.

"할머니가 이번 주말부터 궁중요리 강습하고 동서양 테이블 매너 강의해 주신대. 신부 수업할 사람 있으면 민호 언니랑 같이 배우라고 해서 나도 신청했지롱. 어후, 나 빨리 시집가고 싶어. 내 자기야랑 해 보고 싶은 게 너무 많아."

이레가 한숨을 쉰다. 이게 지금 민호 언니 남자친구 있는데 말조심 안 하지. 두나가 머리통을 쥐어박는다. 진희가 웃으며 나섰다.

"남자친구도 없으면서 무슨 신부 수업이니. 그러면서 왜 여대에 갔어."

"진희 언니네 아빠가 나 어릴 때, 여대에 다니면 미팅, 소개팅이 하루 열 건씩 쇄도한다고 했단 말이야. 그 말을 믿다니 바보 같지 뭐야."

이완은 들리지 않게 한숨을 쉬었다. 바보 맞다. 이 동네 처자들은 다 바보다. 민호 씨가 천마산 일대에 사는 여자들을 죄다 바보로 만든 게 아니고서야 저런 말 따위가 통했을 리가 없다.

"아 참. 민호 언니, 할아버지가 민호 언니 한국사능력검정시험 보면 어떻겠냐고 하시던데? 교재 주문하셨고."

으잉? 소파에 늘어져 건들거리고 있던 민호가 발딱 일어나 앉는다.

"이런 오라질, 시험이라고? 내가 학교 졸업하고 그놈의 시험에서 해방됐다고 8.15 해방처럼 만세 삼창을 한 게 엊그제 같은데, 뭐? 다시 시험?"

"잘됐네요. 뭔가 시험을 보지 않으면 잘 안 하게 되니까. 등급별로 나뉘어 있으니 기초부터 보면 되겠네요."

옆에서 라이트 박스를 설치해 놓고, 세일러 문이 된 미인도를 조심조심 지우던 이완이 고개를 끄덕였다. 간만에 희망의 빛이 일렁인다. 아우우우 된장! 저 달걀 계집애는 왜 안 나와서 나를 고달프게 해! 민호는 몸을 죄죄 꼬며 투덜거린다. 진희가 나섰다.

"아, 민호야, 그 할머니가 우리한테 너 만날 때마다 어떤 욕을 몇 번이나 하는지 세어 오라 하시던데?"

"욕을? 왜?"

"글쎄? 하여간 오라질, 된장, 두 번이야."

"아오 쉣! 야야야, 인간적으로 '된장'은 욕이 아냐! 간장, 고추장, 청국장은 욕이 아니잖아! 이 청국장 같은 새꺄, 이 간장 같은 놈, 하면 욕이 되겠어? 진희 이년이……."

"얘, 민호야. 아오 쉣하고 새끼하고 이년, 도합 다섯 번이다."

진희는 생긋 웃으며 까딱없이 수를 더했다. 으아아아, 입을 쥐어뜯던 민호가 진희 앞으로 바짝 다가갔다.

"그 할머니도 이상하네! 내가 쓰는 욕을 수집해서 뭐 하신대?"

"너 그때 할머니한테 숙제 받았잖아. 우리가 언어순화 모니터링 요원인 거 잊었어? 그 할머니 우리 소집해서, 맛있는 거 많이 해 줄 건데 밥값은 해야지? 하면서 싹 웃는데 완전 으스스했어. 그리고 이 근처에 싸리나무나 버드나무가 혹시 있던가? 하시더라고."

민호의 등 뒤로 식은땀이 쫄쫄 흘렀다. 그 사람 좋아 보이던 또재 여사가 무려 회초릿감을 찾으신다. 역시나 사람은 겉모양으로만 판단하면 안 되는 거였다.

"몇 번 이상이면 회초리 맞는대? 설마하니 정말 '매에는 장사 없다'가 가훈이래?"

"그건 맞아. 윤식 아재가 그러는데, 어렸을 때 제일 많이 들은 말이 '하루라도 안 맞으면 엉덩이에 가시가 돋치냐'였대."

두나의 대답에 민호는 머리를 싸쥐고 고뇌에 빠졌다. 하지만 고뇌는 오래가지 않았다.

"괜찮아. 난 체력도 좋고 맷집도 좋으니까. 하다 하다 안 되면 몸으로 때우면 되는 거지."

이완의 손에서 지우개가 빠드득 찌그러졌다. 싸리나무 버드나무 이야기부터 슬슬 혈압이 오르기 시작하는데, 몸으로 때운다는 말에 혈압이 상투를 친다.

"아니, 민호 씨. 사람이 뭔가를 하기로 칼을 뽑았으면 무라도 잘라야지, 왜 시작도 안 하고 몸으로 때울 생각부터 해요?"

"그게, 아주 안 한다는 게 아니고, 내가 할 수 있는 만큼 최선을 다한다는 거야. 진인사개천용 몰라? 다 먹고살자고 하는 짓이잖아."

"진인사대천명이고요, 후우, 먹고살긴 뭘 먹고살아요. 인과관계가 안 맞는 말로 얼렁뚱땅 넘어가지 마세요. 그리고 중요한 건 결과를 내는 거죠. 완벽하게 끝을 보겠다는 마음으로 목숨 걸고 해도 결과가 나올까 말까 한데."

"아우우, 그런 일에 내놓을 만큼 목숨이 하찮은 건 아니잖아."

"민호 씨, 친구분들이 왜 아까운 시간과 에너지를 쏟아부으면서 민호 씨를 도와주려는지 잊어버리셨습니까? ……아닙니다. 됐습니다."

옆에서 친구들이 보고 있는데 언성을 높이며 싸울 수는 없었다. 이완은 지우개를 집어 던지고 방 안으로 들어가 버렸다. 문을 닫는데 쾅, 하는 소리가 울렸다. 저도 모르게 힘이 들어간 모양이다. 어차피 이판사판, 점수는 처음 만났을 때부터 다 날려 버린 판이니 상관없다.

민호 씨에겐 근본적으로 문제가 있다. 먹고살기만 하면 돼. 죽지만 않으면 돼. 그러니 시간만 낭비하고 결과로 남는 게 없는 것이다. 사람이 무언가를 성취하고 획득하는 것이 그렇게 만만한 줄 아나? 이완은 자타공인 성취기대수준이 높은 완벽주의자였기에 저런 적당주의자의 말을 들으면 짜증이 났다.

당신의 문제는 능력 부족이 아니라 성취 기준이 낮은 거였나?

영화가 시작했는지 귀청을 찌르는 오프닝 음악이 흘러나오기 시작했다. 여자의 커다란 쇳소리가 울려 퍼진다. 이완 씨이이! 영화 시작했어! 얼른 나와!

나오기는 개뿔, 내가 왜? 내가 당신처럼 3초 레드 썬인 줄 아십니까?

하지만 이성의 외침과 달리 이완은 팔짱을 낀 채 눈썹을 찌푸렸다. 나갈까 말까, 한판 붙을까 말까. 이순신 장군의 절절한 고뇌가 전해지는 것 같다. 천마산 달 밝은 밤에, 방 안에 홀로 앉아 큰 고민 끌어안고 시름하던 차에, 어디서 목통 큰 여자 소리, 남의 애를 끊나니.

"나와, 왜 안 나와아!"

목소리가 이젠 방문 앞에서 들린다. 이완은 미간을 찌푸린 채 방문을 열었다. 내가 홀랑 따라 나갈 줄 아십니까? 라고 큰소리를 쳐 줄 참이었다. 하지만 문밖에 서 있던 여자가 '야! 나왔다!' 하며 만세를 부르더니 뺨에 두 손을 대고는 쪽 소리가 나게 뽀뽀를 해 주자 페로몬, 호르몬, 뇌 내 보톡스, 엔도르핀, 코르티솔, 안드로젠, 테스토스테론 따위가 뇌 속에서 해일처럼 쏟아지는 바람에 남은 뇌세포를 지키던 열두 척의 배가 한 방에 침몰했다. 제기랄, 제기랄! 이완은 1초도 버티지 못하고 여자가 잡아끄는 대로 질질 끌려 나왔다.

관객은 여섯 명으로 늘어 있었다. 인사동에서 빈 매장을 지키다가 안락재로 퇴근한 다크 나이트 경 앤드류가 에로 처자와 천마산 행동대장 사이에 얼떨떨한 얼굴로 앉아 있었다.

"마이 페어플레이가 뭐야? 왜 그런 이름이 붙었어? 무슨 내용이야?"

정말이지 모든 영역에서 공평하게 무식이 흐른다. 이완은 노량대첩을 치르는 장군처럼 비장하게 대답했다.

"마이, 페어, 레이디, 입니다!"

"아, 마이 페어 레이디! 그 노래 알아. 유치원 영어 시간에 영어 선생님이 게임하면서 틀어 주었던 노래에서 런던 브리지가 나와. 런던 브리지 올롤롤, 올롤롤, 올롤롤, 런던 브리지 올롤롤, 마이 페어 레이디! 런던 브리지 다른 이름이 페어 레이디야?"

아아. London bridge is Falling down, 그 쉬운 동요를 올롤롤로 바꾸면서도 한 치의 부끄러움이 없는 저 패기. 이완은 심드렁하게 대답했다.

"런던 브리지는 템즈강에 있는 가장 오래된 다리예요. 하도 많이 무너지고 새로 짓고 하다 보니 그런 노래까지 생긴 거고요. 옛날에는 런던 브리지를 건너가면 바로 술집이랑 작부 집들이 있었답니다. 남자들이 그리로 페어 레이디를 찾으러 갔나 봅니다. 믿거나 말거나지만."

"아? 그럼 페어 레이디가 작부 집 아가씨 말하는 거야?"

"아, 아뇨, 원래는 정숙하고 예쁜 여자를 뜻해요. 영국 왕 헨리 2세의 여자 중에서도 페어 레이디가 있었는걸요. 정확히 말하면 아름답고 기품 있기로 유명한 '페어 로자문드'라고."

"오, 그래? 그 여자가 왕비였어?"

"아뇨, 왕비는 엘레아노르란 여잔데, 그 여자가 페어 로자문드를 죽여요. 엘레아노르 여사는 프랑스 본토에 남편보다도 땅이 많았던 여자라, 권력욕하고 성질머리가 보통이 아니었거든요."

"우와, 그럼 이 영화가 그 두 여자 나오는 얘기야? 장희빈, 장녹수, 여인천하 그런 거구나?"

"그건 아니고요. 이 영화는 전혀 다른 이야기예요. 이 영화의 원작은 버나드 쇼의 피그말리온이라는 희곡이에요. 뒷부분의 내용은 전혀 달라지지만."

"피를말리온?"

"……피, 그, 말, 리, 온! 왜 그리스신화에서 어떤 조각가가 돌로 여자를 조각했는데 그 조각을 너무 사랑하게 되어서 신이 그 여자를 사람으로 만들어 준다는 이야기 있잖아요. 그 조각가 이름이 피그말리온이에요."

"아, 그 이야긴 안다. 그럼 조각가하고 조각이 주인공인 영화야?"

"후, 그건 아니고, 그걸 모티프로 해서, 버나드 쇼라는 사람이 '자기 뜻대로 빚어 만들어 낸 여자와 사랑에 빠지는 이야기'를 쓴 거예요. 영국 코벤트 가든에서 꽃을 파는 하류층 아가씨하고 언어학자 상류층 교수가 사랑에 빠지게 되는 얘기죠. 원작은 원래 영화, 뮤지컬처럼 해피 엔딩은 아니었어요. 냉소적이었던 입센주의자인 버나드 쇼는 결말이 해피 엔딩으로 바뀐 걸 보고 격노했었죠."

"입싼주의가 뭔데?"

"······입센주의자요. 버나드 쇼가 입센을 추종했는데······ 입센 아시죠? 인형의 집, 노라요."

"인형의 집은 또 뭐야, 애들이 갖고 노는 바비 인형 집 같은 거 말하는 거야? 노라? 바비 인형 이름인가?"

이완은 숨을 크게 들이쉬고는 한참 만에야 조용조용 대답해 주었다.

"입센이라는 사람이 쓴 희곡이에요. 노라는 거기 여주인공이고요. 인격을 가진 여성의 정체성 문제를 정면으로 다룬 최초의······."

"으으, 내용하고 관련 있는 이야기만 해 줘. 대갈통이 터질 것 같다고. 그래서 이 영화가 뭔 얘기야? 그거 잠깐 미리 알고 보려는데 뭐 이렇게 알아야 할 게 많냐고."

저 뇌는 대체 호두, 땅콩 이상의 크기는 될까. 이완은 자포자기하고 대답했다.

"네에, 페어 레이디가 어떤 얘기냐 하면요. 신데렐라 얘깁니다. 얼굴만 예쁘면 장땡이다, 끝이 좋으면 다 좋다, 그거죠."

"저런, 설명 잘 하시다가 이걸 어째요."

진희가 옆에서 웃는 얼굴로 끼어들었다. 민호의 반응에 민망한 모양이었다. 이완은 피시시 웃으며 툭 집어 던졌다.

"설명이 문제가 아니라 가용 능력 문제라서요. 이 정도 밑 빠진 독이라면 제가 어쩔 수 있는 문제가 아니죠."

순간 진희의 얼굴이 눈에 띄게 굳었다. 아차. 소파에 등을 기대고 있던 이완은 확 몸을 일으켰다.

내가 미쳤나. 내가 대체, 대체 민호 씨에 대해 무슨 소리를.

습관대로 나온 비꼬인 말이었다. 내가 아무리 자세히 설명해 봤자 민호 씨가 1퍼센트나 알아듣겠나, 하는 마음이 그대로 튀어 나갔다. 그것이 사실이라 해도, 그걸 입 밖으로 내서는 안 되었다. 그것도 친구들 앞에서. 그는 한 손으로 입을 가린 채 황급히 말했다.

"미안합니다. 민호 씨."

"어? 왜? 영화 시작해서 못 들었는데, 뭔 말을 했는데?"

민호는 어리둥절한 얼굴로 이완을 쳐다보았다. 이완은 자신이 한 말을 차마 되풀이하지 못하고 그저 고개를 숙였다.

"아닙니다. 아닙니다. 정말 미안해요. 제가 못된 습관이 있어서. 고치겠습니다."

"뭔 일인지도 모르는데 왜 자꾸 사과해? 뭔지 모르지만 못된 습관 있으면 고치면 좋지 뭐."

진희의 푸르스름한 시선이 약간 누그러졌다. 하지만 그녀의 시선과 상관없이 이완은 좋아하는 여자한테 그따위 말을 이죽댄 자신을 믿을 수가 없었다. 그는 잔뜩 풀이 죽은 목소리로 민호가 물은 것에 대해 뒤늦게, 정성껏 설명했다.

"오드리 헵번은 여기서 지독한 사투리를 쓰는 꽃 파는 여자로 나와요. 지금 저렇게 왁왁대는 소리가 영국 코크니 사투리인데 하류층 노동자들이 쓰는 말이에요. 그리고 그 사투리를 퀸즈 잉글리쉬로 고치면 기품 있는 레이디로 바꿀 수 있다고 내기를 건 언어학자가 나오죠. 실험대상이 된 아가씨가 언어훈련을 받으면서 요조숙녀가 되어가고요."

"아하? 말투만 고치면 조신한 숙녀가 되는 거야? 편하네."

"편하지 않습니다. 말투, 몸가짐 같은 거 바꾸기 힘들어요. 영국 상류계급선 말투와 배워야 할 교양, 행동 양식 같은 것이 다른 계급하고 확실하게 구별이 되었어요. 어릴 때부터 몸에 배도록 교육받지 않으면 습득하기 힘들었죠. 케임브리지와 옥스퍼드 대학 같은 경우, 학교별 악센트 차이까지 있어서, 그 대학 출신들은 억양만 듣고도 동문인지 아닌지 구별하기도 했습니다. 언어는 사람들을 구별하는 중요한 장벽이었어요. 사실 우리도 상대방이 얼마나 교양 있는지는 말하는 것만 들어도 알잖아요."

"그건 그래. 하하하, 그런 걸로 따지면 나는 제일 밑바닥으로 들어갈 거야. 틀림없어."

여자는 너무도 태연하게 말했다. 제발 그렇게 당당하게 말하지 마세요. 그거 창피한 거잖습니까. 하지만 이완은 그렇게 말할 수 없었다. 그러기엔 자신도 고약한 버릇을 티끌만큼도 고치지 못했다. 하지만 그대로 두고 보기엔 또 너무 속이 아팠다.

"배경을 알고 보면 더 재미있게 볼 수 있어요. 민호 씨."

"그 모든 것을 다 알아야만 재밌게 볼 수 있는 건 아니잖아. 그냥 봐도 재미있는데."

"알고 보면 더 재미있죠. 아는 만큼 보이고, 보이는 만큼 더 재밌지 않겠습니까?"

"글쎄? 이 영화만 해도 원작 결말이 해피 엔딩이 아니란 걸 알게 되면 보통은 짜게 식지 않겠어?"

"인생에 대해 깊이 사고하면서 얻어지는 게 있는 거죠."

"그런 거 얻으면 사는 게 더 즐거워지나? 편해지나? 그건 아니잖아. 그런데 굳이 알아야 해?"

"후우, 그게, 그런 게, 사람이 원숭이, 개, 벌레들과 다른 점입니다. ……아 제기랄, 제가 또 실수했어요. 미안해요."

"……근데 이완 씨, 왜 자꾸 사과해? 나 기분이 이상해지려고 해."

이완은 머리를 짚었다. 이젠 정말 눈물이 나오려 했다. 아픈 침이 목구멍으로 느릿느릿 넘어갔다. 그는 손으로 얼굴을 가린 채 마른세수를 했다. 손가락 사이로, 맞은편에 앉아 있는 진희가 안타까운 듯 눈썹을 가만히 찌푸리는 것이 보인다.

아, 아아아, 에에에, 아이이이, 에이이이, 영화 속 눈이 큰 여자는 녹음장치에 입을 대고 하루 종일 목이 째져라 부르짖는다. 의자에 꼼짝 못하고 묶인 채로, 울 것 같은 얼굴로 되풀이한다. 아이이이. 에이이이. 목청이 터지게 연습해도 발음은 고쳐지지 않는다.

— 더 라인 인 스빠인 스따이스 마인리 인 더 쁠라인(The rain in Spain stays mainly in the plain, 스페인에서 비는 주로 평야 지대에 내린다).

— 더 레인 인 스페인 스테이스 메인리 인 더 플레인!

— 더 라인 인 스빠인.

— 더 레인 인 스페인!

— 더 라인 인 스빠인, 스빠인!

— 더 레인 인 스페인! 스페인, 스페인!

여자가 악을 쓰며 연습을 할 때마다 신경질적인 교수는 짜증을 바락바락 내며 고치고, 고치고, 고친다. 교수는 내기에 이기는 것에만 집중해 여자의 고통 따위는 고스란히 무시한다. 스페인의 비가 평야 지대에 내리건 산골짝에 내리건, 비가 스페인에 내리건 대한민국에 내리건. 민호는 예쁜 여자가 스빠인, 스빠인 하며 부르짖는 꼴을 보며 한숨을 쉬었다. 두나네 엄마가 이 프로젝트를 발주하면서 스페인의 비 어쩌고 했던 말이 이거였구나.

어쩐지. 보스 여사가 자신만만 고칠 수 있다고 할 때부터 알아봐야 했다. 아줌마는 젊어서 이 영화를 보셨던 거였고, 그러니 저렇게 묶어 놓고 달달 볶으면 몇 달 안 가 내 강력한 유전자를 갈아엎을 수 있다고 확신한 거였다.

그러니까 요는, 내가 저 불쌍한 여자의 꼴이 되어야 한다 이거지.

네이롱 검색창의 말이 맞긴 맞다. 끝이 좋아서 다 좋은 신데렐라 영화였다. 여자는 단 몇 개월 만에 억양을 뜯어고치고 조신한 몸가짐을 배운다. 몇 번의 쪽팔리는 현장실습을 통해, 결국엔 언어전문가에게 영어를 가장 완벽하게 구사하는 외국계 왕족이라는 말까지 듣게 된다. 실제로 변한 그녀는 왕비나 공주처럼 우아하고 아름다웠다. 교수는 내기에 승리했고, 꽃 파는 아가씨는, 인생을 말아먹고 귀찮게 하는 여자 따위 내 삶에 들이지 않겠다고 노래하던 독신주의자 교수를 사로잡는 데 성공한다.

원작이 옳았어. 원작 제목이 피를 말린다 했었나. 저 꼴로 살려면 피가 말라서 가뭄의 논바닥처럼 쩍쩍 갈라지고 말 것이다. 영화는 영화일 뿐. 나는 죽었다 깨나도 몇 달 만에 저렇게 우아하게 변하지는 못할 거야.

민호는 고개를 흔들고 잠시 생각에 잠겼다.

사실 나 혼자만이라면 저렇게 우아하고 간지럽게 살 생각도 없고 그럴 필요도 없다.

……하지만, 이 사람을 위해서라면.

민호는 옆에 앉아 있는 사람을 물끄러미 내려다보았다. 그는 집중해서 영화를 보는 대신, 소파에 등을 기대고 눈을 감고 앉아 있다.

피곤했나? 하긴 남의 집에서 자고, 며칠 동안 신경도 많이 썼으니.

하지만 자세히 보니 자고 있는 건 아니었다. 목울대가 느리게 꿈틀거리는 것이 보였다. 눈을 꽉 감고 있는데 미간에 힘을 주었는지 깊은 주름이 잡혀 있었다. 입은 꾹 다물려 있는데, 숨을 쉴 때마다 어깨와 가슴이 천천히 오르락내리락한다. 무슨 생각을 하는 건지, 아까 왜 자꾸 미안하다 했는지 종내 알 수 없었다.

영화는 길었다. 끝나고 나니 벌써 시간이 한참 지나 저녁때가 되어 있었다. 삼거리 집 아가씨들 사이에 낀 다크 나이트 경은 영화는 뒷전으로 한 채 대청 구석에서 머리를 맞대고서는 하하호호 떠들고 앉아 있다. 무슨 일인지 흑기사께서는 얼굴이 빨갛고, 두나는 막냇동생의 등짝을 짝 소리 나도록 후려갈긴다.

"재미있었어요?"

눈을 뜬 사내가 애써 웃으며 부드럽게 묻는다.

"응. 재밌네. 해피 엔딩이네."

"그렇죠. 그래서 이 영화가 인기가 많았죠. 좋은 게 좋은 거니까."

"근데 아무래도 이상한 게 있어. 힘주다 중간에 끊은 것처럼 뒷맛이 어째 찜찜한 게."

"예?"

"왜 저 여자는 처음부터 자기를 레이디로 정중하게 대접해 주던 피커링 대령이 아니고 자기한테 그렇게 막말을 하고 막 무시하던 히긴스 교수를 사랑하게 된 거지? 바보 아냐? 음, 역시 나쁜 남자가 여자한테 인기가 있는 건가?"

이완은 눈을 가느스름하게 떴다. 이런 반응이 나올 줄은 몰랐다. 머리를 싹 비운 할리우드식 해피 엔딩에 홀랑 말려 들어갈 줄 알았다.

"그렇군요. 민호 씨 같으면 어떻겠어요?"

"오쉐쉐쉐! 트럭으로 줘도 싫어. 내가 뭐가 아쉬워서 저런 남자한테 막소리를 듣고 평생 살아? 꽃 파는 여자가 거지야? 열심히 자기 손으로 일해서 먹고사는 사람을 왜 사람 취급 안 하냐? 사람이 물건이야? 지들이 뭔데 막 사람을 갖고 내기야? 대가리에 든 게 많으면 다야? 돈 좀 많으면 다야? 차라리 저 대머리 신사 대령님이라면 모르겠지만."

이완은 멍청한 얼굴로 여자를 쳐다보았다. 자신이 생각하기에 영화 속 히긴스 교수와 일라이자는 박이완과 윤민호와 비슷했다. 여자가 깨닫지 못할 뿐이지, 자신의 속마음은 히긴스 교수보다 크게 나을 것이 없었다. 내 필요에 맞게 상대를 뜯어고쳐야 한다는 강박과 여자에 대해 문득문득 치솟는 경멸, 그러면 안 된다는 생각과, 사랑이라는 이름으로 감싸인 여자에 대한 욕망이 무섭게 충돌하고 있다.

민호는 투덜투덜하며 중얼거렸다.

"여자가 아무리 진짜로 귀부인이 돼도 저 망할 교수는 인정 안 할 것 같아. 무도회에서 공주, 귀족 소릴 듣는 게 무슨 소용이야. 저는 여전히 여자를 꽃 파는 거지 취급하고 있는데."

이완은 말없이 여자를 쳐다보다가 더듬더듬 대답했다.

"맞습니다. 그게 버나드 쇼가 정말 의도했던 원작의 주제였어요. 전체 흐름과 히긴스 교수의 성격을 보면 저렇게 생각 없는 해피 엔딩이 나올 구조가 아니죠. 다만 대중들의 요구에 의해서 해피 엔딩으로 바뀐 거예요. 원작에서 일라이자는 자신을 인격적으로 대우하지 않은 히긴스와 헤어집니다."

"오, 올레! 그럼 아까 노라? 바비 인형의 집인가, 그것도 내용이 비슷한 거였어?"

이완은 천천히 웃었다. 여자가 중요한 포인트는 제대로 기억하고 있어 주어 고마웠다.

"인형의 집에선 남편에게 사랑받던 노라라는 여자가 나와요. 그런데 어떤 사건을 계기로, 자신은 인격체로 대우받은 게 아니라 남편의 구미에 맞을 때만 사랑받은 인형에 불과했다는 것을 깨닫죠. 그래서 사건이 해결되고 여전히 자신을 인형 취급하면서 사랑한다는 남편을 벗어나겠다, 선언하고 집을 나가죠."

"오호! 좋은데? 그 아줌마 대박 화통하고 멋지네. 얘기 좀 자세히 해 줘 봐."

여자는 아까와 달리 눈을 반짝이며 이야기를 청했다.

진희는 맞은편에 앉아, 어딘가 균형이 안 맞는 듯하면서도 묘하게 맞물려 돌아가는 두 사람의 대화에 귀를 기울였다. 마이 페어 레이디에서 시작된 여성의 주체성 담론은 버나드 쇼의 피그말리온, 입센의인형의 집을 거쳐 아서 왕의 기사인 가웨인 경과 그의 아내 라그넬전설까지 이어졌다.

"그런데, 아서 왕을 구하려면 수수께끼를 풀어야 한다는 거죠."

"수수께끼가 뭐였는데?"

"여자가 가장 원하는 것이 무엇인가, 하는 거였습니다."

"아하? 돈인가? 로또! 옛날에도 로또 같은 거 있지 않았나?"

"하하, 돈이나 명품 가방같이 눈에 보이는 건 아니었어요. 당연히기사 중엔 답을 아는 사람이 없었습니다. 근데 라그넬이라는 여자 괴물이 나와서 가웨인 경이 나와 결혼한다고 약속하면 대답을 알려 준다고 해요. 라그넬은 슈렉보다 백만 배는 못생긴 초록색 괴물이에요.세로 길이보다 가로 길이가 더 큰 뚱보에 머리는 잡초 같고 피부는초록색인 여자라고 묘사가 되어 있죠."

원탁의 기사 가웨인 경은 왕을 위해 괴물 여인과 결혼하기로 결심한다. 라그넬은 그에게 답을 알려 준다.

답은 무얼까. 여자가 가장 원하는 것. 진희는 잠시 고개를 갸웃하며 생각했다. 원탁의 기사, 중세 시대에 만들어진 기사문학, 그 시대를 살아가던 여자들은 무엇을 원했을까? 헨리 2세의 왕비인 엘레아노르처럼 권력을 탐했을까, 아니면 귀네비어처럼 사랑을 원했을까.아니면 그저 예나 지금이나 한결같이 재력을 원했을까. 이완은 빙긋웃으며 답을 알려 주었다.

"Women desire most is sovereignty, the ability to make their own decisions. 여자는 '자기 스스로 결정하는 힘'을 가장 원한다고 했어요."

민호와 진희는 눈을 동그랗게 떴다. 자기 스스로 결정하는 힘이라? 의외였다.

"그래서 결혼해?"

"결혼해요. 약속이니까요. 그런데 반전. 침실에 들어가니 오크 처자가 허물을 벗고 미녀가 되는 거죠. 미녀가 가웨인 경에게 선택을 하라고 해요. 낮에 미녀가 되는 걸 원하느냐, 밤에 미녀가 되는 걸 원하느냐."

남자라면 골이 실히 터져 나갈 조건이겠다. 밤의 미녀를 골랐다간 사람들이 다 보는 낮에 괴수를 아내라고 데리고 다녀야 하고, 그렇다고 낮의 미녀를 골랐다간 매일 밤 뚱보 괴수와 자야 하는 것이다.

생각해라 생각해. 물광 박이완 모드를 낮이나 밤 중 하나만 선택할 수 있다면. 민호는 불쌍한 기사 양반에게 한껏 이입해서 머리가 터지게 고민해 보았지만 답은 나오지 않았다.

"……열나 고민했겠다. 가웨인은 뭐라고 대답했어?"

"'오직 그것은 당신의 선택에 달린 것입니다. 제가 선택할 문제가 아니며 당신이 어떤 것을 택하건 기꺼이 지지하겠습니다' 라고 하죠. 수수께끼의 해답처럼 여자에게 결정권을 주었어요. 그 여자의 몸이고, 그 여자의 삶이니까요."

"우와, 대박 얍삽한데 또 대박 멋지다."

민호는 손뼉을 치며 감탄했다. 그래서 라그넬은 어떻게 하기로 했는데? 눈을 반짝이며 몸을 앞으로 기울인 민호에게 이완은 다시 웃으며 대답했다.

"그 말에 라그넬에게 걸린 저주가 풀립니다. 그게 저주를 푸는 방법이었던 거죠. 그래서 둘이선 행복하게 잘 살았답니다."

이야! 그거야말로 진정한 해피 엔딩이네. 꽃 파는 아가씨 이야기보다 훨씬 쌈박해, 좋으아. 내일 애들한테 이야기해 주어야지. 민호는 만세까지 불러 가며 신이 났다.

거실 구석에서 머리를 맞대고 있던 두나와 이레가 고개를 쭉 빼고 쳐다본다. 다크 나이트 경은 언제 도망쳤는지 종적 없고, 두 여자만 남아 민호에게 음흉한 미소를 날린다. 언니! 얘기 다 끝났으면 와 봐! 이 그림 좀 봐 줘요. 내가 역사적인 대발견을 했어! 이건 논문을 써서 발표해야 해! 에로 처자의 호출에 민호는 냉큼 엉덩이를 떼었다.

진희는 소파에 눈을 감고 앉아 있는 사내를 물끄러미 바라보았다. 표정은 담담했지만 어딘지 지쳐 보였다.

외적인 조건은 차치하고라도, 처음 만났을 때 생각했던 것보다 퍽 괜찮은 사람처럼 보였다. 민호에게 한때의 기분으로 집적대는 게 아니라는 것도 확실했다. 자신과 정말 어울리지 않는 여자를, 자신의 인생을 걸고 안고 가려 필사적으로 노력하는 것이 눈에 보였다.

"정말 해박하시네요. 민호가 정말 멋진 분을 만났군요."

사내는 눈을 감은 채 무겁게 웃었다.

"좋게 봐 주셔서 감사합니다. 그런데 그게 칭찬이 되나 모르겠네요. 해박하다는 게 민호 씨에게 무슨 의미가 있습니까?"

"칭찬받는 거 싫으시면 무를까요?"

진희가 맑은 목소리로 웃으며 덧붙였다.

"아까처럼 두 분이 저녁마다 재미있게 대화를 한다면, 민호는 몇 년 가지 않아서 미니 검색창 소리를 듣게 될 것 같은데요?"

그럴 리가. 이완은 쓴웃음을 짓다가 물었다.

"진희 씨, 만약 민호 씨가 일라이자라면."

"예."

"히긴스 교수를 정말로 가차 없이 버리고 나가 버릴까요?"

"당연히 그래야죠."

이완의 입가에서 웃음이 사라진다. 에이 설마요, 도 아니고 그럴

지도 모르겠어요, 도 아닌, '당연히 그래야죠.' 눈을 감고 있는데도 서늘하고 푸르스름한 시선이 느껴진다. 내가 무엇을 묻는지 알고 있으면서도 저렇게 대답을 해 주다니. 정말이지 저 여자는 나하고 비슷한 구석이 너무 많다.

"진희 씨. 히긴스 교수도 일라이자를 위해 많은 노력을 했습니다. 그 노고를 인정하실 생각은 없으신가요?"

"히긴스 교수는 일라이자의 삶을 위해 노력한 게 아니고 자신의 내기를 위해 노력한 거니까요."

여자의 대답은 차분하지만 내용만큼은 여전히 대쪽이다. 이완은 고개를 끄덕이며 빙긋 웃었다. 그렇지. 나 같아도 그렇게 대답했을 것이다. 그런데도 억울하고 분해서 눈물이 나올 것 같다. 언짢게 해 드렸다면 죄송해요. 여자의 차분하고 맑은 목소리가 이어졌다.

"민호는 일반적인 잣대로 판단하면 영원히 좋은 점수를 받지는 못할 거예요. 좁은 시간에 박혀 살고 있는 사람들의 시각으로 판단할 수 없는 부분이 있고, 그것 때문에 평가 절하되는 부분도 많을 거라고 생각했어요."

"……그렇습니까."

"곱고 정교하게 다듬어진 일본식 정원도 아름답지만, 아마존의 무성한 처녀림도 충분히 웅장하고 멋지지 않나요?"

이완은 눈을 가느스름하게 떴다.

"진희 씨는 민호 씨를 그렇게 이해하고 계시는군요."

"예. 아무래도 시간 여행자만이 갖고 있는 특별한 시선에 대해서는 꽤 오랫동안 생각을 해 왔으니까요. 그래도 시간에서 벗어나 사람들을 바라보는 느낌이 어떤 것인지는 여전히 상상하기 어려워요. 이완 씨는 민호를 어떻게 이해하고 계신지 궁금하긴 하네요."

이완은 대답하지 않았다. 긴 침묵이 이어지자 진희는 웃음기 어린 목소리로 말했다.

"처음에 이완 씨 이야기를 듣고 당황하긴 했었어요. 예전부터 저 흰 죽이 잘 맞는 편이라, 나이 서른 넘어서도 결혼을 안 하고 있으면, 우리끼리 같이 살자고 약속도 했거든요. 저랑 같이 살면 훌쩍 여행을 갔다가 일 년 만에 돌아와도 괜찮다고 이야기도 했었어요. 아파트 청약 당첨되면 꾀어 보려고 했는데, 갑자기 거대 방해세력이 나타났지 뭐예요."

여자가 유쾌하게 웃고 있는데도 이완은 여전히 웃을 수 없었다. 분명 농담이란 걸 아는데도.

저 독신주의자 아가씨는, 내가 민호 씨와 결혼하는 것을 좋아하지 않는다. 우리 두 사람이 상극이라 할 만큼 어울리지 않는 것이 잠시 관찰한 저 여자의 눈에도 보였다는 뜻이다.

"저를 어떻게 생각하시는지 압니다. 진희 씨 보기에 저는 히긴스 교수와 다를 바가 없겠죠. 제가 아마존의 원시림처럼 신성하고 웅장한 숲을 내 필요와 입맛에 맞게 모조리 쳐내고 일본식 정원으로 만들려는 사람으로 보이실 겁니다. 뭐, 아니라고 잡아떼지는 못하겠네요. 속에 그런 생각이 꽉 차 있는 건 사실이니까요."

서늘한 눈이 동그랗게 벌어졌다.

"저런. ……뭐 아주 아니라고는 말씀 못 드리겠지만……. 하지만 똑같은 건 아니죠."

예상외로 진희는 고개를 저었다.

"솔직히 말하면, 제가 보기엔 민호가 일라이자보다 더 강적이긴 해요. 그래도 이완 씨는 민호 씨를 있는 그대로 받아들이려고 최선을 다하고 계시잖아요. 그거면 된 거 아닐까요?"

"……."

"이완 씨가 가혹할 정도로 노력하고 있는 거 알아요. 그렇게 자괴

감을 갖지 않으셔도 돼요. 두 사람이 기질이 너무 달라 걱정한 것뿐이에요. 이완 씨가 모르실 거라 생각했는데 모르는 결에 티를 냈나봐요. 정말 미안해요."

이완은 푸른 눈의 여자를 가만히 쳐다보았다. 여자의 말이 진심을 담은 것 같아 그나마 조금 위로가 되었다.

하지만 진희의 위로는 두 사람의 기질이 너무 다르다는 것, 그리고 그로 인해 파생되는 문제에 대한 해결책이 전무하다는 사실도 은연중에 털어놓은 것과 진배없었다. 입안으로 쓸개즙 같은 물이 가득 고였다.

이런 고민을 아는지 모르는지, 대청 구석에서 수군수군 난상토의를 벌이고 있던 민호가 책을 한 권 들고 득달같이 날아와 이완의 손을 붙잡고는 방 안으로 뛰어 들어갔다.

"이완 씨, 대박 대박! 이거 봐 봐."

여자가 들이댄 책을 자세히 보려던 이완은 입을 딱 벌리고 말았다. 미스터리의 정체는 이완이 지난번 무진 창피를 감수하고 세상 빛을 보게 만든 '쓸데없이 품질 좋은' 춘화집이었다.

"대체! 이, 이 책이 왜 밖에 나와 있습니까! 민호 씨, 제, 제가 민호 씨한테 분명 눈에 안 보이게 잘 숨겨 두라고 했잖아요!"

"아까 이레가 이런 책이 있다는 이야기 들었다고 보여 달라고 졸라서 잠깐 꺼냈지. 이레는 이거 보려고 둘이 따라온 거라고. 이렇게 역사적인 의의가 있는 음란서적은 널리 알려 세상을 이롭게 해야 한다면서."

"이롭기는 개뿔! 보여 달란다고 다 보여 줍니까! 민호 씨는 창피한 것도 없어요?"

그러잖아도 넉살 좋던 다크 나이트께서 얼굴이 불타올라 방으로 줄행랑을 놓더니만. 그다지 순진하지 않은 박쥐 기사께서 저럴 정도면 무슨 일이 있었던 건가 짐작했어야 했는데.

"알았어, 알았다고. 나도 쪽팔리는 게 뭔지는 아는 나름 조신한 여자야. 근데 이거 말이야. 대발견이라니까. '조선 피임사' 같은 논문 쓸 때 중요한 자료가 될 거라고."

'나름 조신' 좋아한다. 이완은 고함을 빽 지르다가 황급히 목소리를 낮췄다.

"미쳤어요! 조선 피임사는 또 뭐예요!"

"아냐 아냐, 이레가 그러는데, 옛날엔 돼지 창자, 소 창자로 콘돔을 만들어 썼다는 거야! 그런데 지금까지 증거가 없었는데 이 그림에 순대 콘돔이 역사적으로 존재했다는 것이 나타난대. 이 그림을 자세히 보면 말이지. 선이, 여기 중요 부위에 아삼삼하게 나타난 요 신비의 선이!"

"신비의 선은 뭐고 순대 콘돔은 또 뭐예요!"

"왜! 옛날 사람들도 나름 피임했을 거 아냐?"

"하긴 뭘 해요. 생기는 대로 낳는 거지! 그러니까 애들만으로 축구팀을 만들죠. 며느리도 낳고 시어매도 낳고 손주며느리도 낳고, 삼대가 한꺼번에 해산을 한단 말입니다! 멀리 갈 거 있습니까? 민호 씨도 조카인 진희 씨하고 나이가 동갑이잖아요!"

이완이 당황한 목소리로 대답했다. 민호는 지지 않고 꿋꿋이 반론을 펼쳤다.

"그래도 옛날 기생들은 영업 때문에라도 뭔가 수를 냈을 거 아냐. 손님 받는 대로 죄다 애가 생기면 영업 어떻게 해. 이거 자세히 보라니까?"

민호는 남자 여자가 얽혀 있는 그림을 펼쳐서 코앞으로 들이댔다. 그는 수염쟁이 사나이가 거사를 치르는 그림을 곁눈으로 보고는 시선을 돌려 버렸다. 얼굴이 불타올라서 아예 껍질이 벗겨질 지경이었지만 민호는 그림이 뚫어질 지경으로 관찰하는 중이었다. 이런 걸 보면 여자들이 남자들보다 더 낯이 두껍다. 그는 불퉁하게 말했다.

"대체 결혼도 안 한 아가씨들이 아무리 알 거 다 안다 해도 그렇지, 어떻게 남자의 그 부분을 발라 먹을 것처럼 관찰을 하고 떠들어댈 수 있어요? 다른 친구들하고도 그런 얘기 막 하고 그러세요?"

"아니, 뭐 사람마다 다르긴 해. 근데 남자들은 안 그러나? 결혼 안한 총각들은 여자 얘기는 일 그램도 안 하나? 오빠들이 그러는데 친구들끼리 야한 얘기도 엄청나게 하고 정보도 막 주고받고 그런다던데?"

이완은 입을 다물고 말았다. 그렇게 얘기하면 할 말이 없다. 남자 중에선 여자친구와의 육체관계를 술자리에서 자랑스럽게 까발리는 놈도 적지 않다. 그걸 영상으로 찍어 놓고 본다는 미친놈도 있고, 여자가 헤어지자 하면 영상을 인터넷에 풀겠다고 벼르던, 개보다 못한 놈도 있었다.

게다가 이완이 알기에, 민호는 남녀상열지사를 열심히 부르짖던 것치고는 정말 순진하고 아는 것이 없었다. 그는 한숨을 쉬고 허당처자가 궁금해하는 '조선 피임사'에 대해 아는 대로 대답해 주었다.

"피임법이 있긴 했습니다. 체외사정 같은 방법을 쓰기도 했는데 실패율이 워낙 높았고, 말씀대로 돼지 내장 같은 걸 쓰기도 했나 본데 일단 고기를 많이 먹는 문화가 아니라, 재료를 구하는 것 자체가 어렵고 사용도 보관도 불편해서 거의 사용을 못 했을 거예요. 그래서 기생들 같은 경우는 창호지를 썼다고 해요."

네이롱의 검색창 따위 지옥에나 가 버리라지. 하지만 검색창의 의무는 검색어가 입력되면 결과를 내야 하는 것 아니던가. 이것 역시 이상하게 조건반사가 걸린 모양이었다.

"창호지를? 어떻게?"

"깔때기처럼 고깔을 만들어서, 여, 여자 몸속에 넣고 관계를 갖는 거죠."

이완은 여전히 이런 대화가 불편했다. 서툴렀던 첫날 밤 이야기도 아직 거북해서 민호에게조차 입에 담지 않는다. 이완은 이런 상황이 될 때마다 자신이 이 정도로 보수적이었나 하는 쓰디쓴 생각을 하곤 했다.

"으악, 그게 돼? 그, 그런데 이완 씨는 어떻게 그렇게 잘 알아? 나는 여행을 그렇게 많이 다녔는데도 한 번도 못 봤는데."

"당연히 보면 안 되죠! 관음증 환자도 아니고! 이상한 눈으로 보지 마세요! 저는 그림 보고 안 거니까요."

"무슨 그림을 봐? 다른 춘화집에도 조선 피임사 자료가 더 있어?"

"저번에도 한 번 얘기 나왔었던 것 같은데, 왜 김홍도가 그렸다고 전해지는 춘화 중에, 그, 그런 게 있어요. 창호지 고깔을 사용하는 거! 아, 물론 저는, 김홍도가 춘화를 그렸다고 생각은 하지 않지만, 하여간, 그런 그림이 있습니다. 정말이라니까!"

"근데 말이야, 그거 하다가 안 찢어져? 그거 효과 있어?"

"창호지 생각보다 질겨요. ……아니 근데 찢어지는지 아닌지 효과가 있는지 없는지 써 보지도 않은 제가 어떻게 압니까? 사 놓은 콘돔 300개도 못 써 보고 있는데 창호지 같은 걸 왜 쓰겠어요?"

여자가 우물쭈물 묻는다.

"……콘돔 왜 못 써 보고 있어?"

"지금 무슨 말씀을 하는 거예요? 민호 씨도 혼후관계주의자라고 하셨잖습니까. 아직 식 안 올렸잖아요. 그런 주제에 남녀상열지사 노래는 왜 하고 다녔는지, 진짜. 누군 좋아서 참고 있는 줄 압니까?"

아오 쉣. 내가 내 발등을! 왜 그따위 맘에도 없는 말을! 민호는 괴상

한 표정을 지으며 한참 머리를 후려갈기더니 중얼거렸다.

"왜 근데 300개나 샀어? 그건 유통기한 없어? 주말에 일을 치른다고 치면 일주일에 하나씩, 그렇게 300주면 6년이나 되는데? 아무리 고무라도 6년이면 더위에 눌어붙지 않을까?"

"미쳤어요! 왜 일주일에 한 번이에요? ……당연히 유통기한 있고요, 그거 금방 써요. 하루에 다섯 개씩 쓴다고 치면, 두 달밖에 못 씁니다. 정말이에요! 결혼식만 올려 봐요!"

이완은 화를 벌컥 내며 고함을 질렀다. 얼굴로 새로운 불길이 오른다. 민호가 아리송한 얼굴로 물었다.

"정말? 주말이나 휴일에만 하는 거 아니고 매일? 근데 하루에 어떻게 다섯 번을 해?"

"왜 못 해요? 누굴 고자로 알아요? 초저녁에 두 번 하고, 한밤중에 두 번 하고 새벽에 한 번 더 하면 다섯 번이지. 남녀상열지사니 뭐니 야한 척은 다 하고 다니면서 일주일에 한 번이 뭡니까! 누굴 말려 죽이려고!"

부아가 난 이완은 빡빡 고함을 지르며 열을 올렸다. 얼쑤. 여자의 얼굴이 점점 화창해진다. 여자는 드디어 만세를 부른다. 춤도 출 것 같다.

간신히 열을 식히고 밖으로 나가니, 진희도 두나도 이레도 조용하게 그의 얼굴만 쳐다본다. 무거운 침묵이 흘렀다. 한참 후 이레가 들릴락 말락 중얼거린다.

"민호 언니 좋겠다……."

이완은 못 들은 것으로 하기로 했다.

이완이 밤늦게 마루로 나와 보니, 친구들은 다 돌아갔고, 민호만 마루에 엎드려 조선 피임사를 연구하고 있었다. 그림 속에선 허우대 멀쩡한 영감님이 신방 문풍지에 구멍을 내고 남녀상열지사를 아싸리 아싸리 관찰하는 중이었고, 그 그림을 들여다보는 민호도 아싸리아 싸리 신이 났다. 이완은 참지 못하고 비죽거렸다.

"종이에 구멍 나겠습니다. 공부를 그렇게 열심히 해 보시죠?"

"왜 이래? 이것도 공부야."

"볼 거 다 봤고, 알 거 다 알면서 무슨 새로운 공부를 해요?"

"무슨 말이야, 학문의 세계는 끝이 없는 거야! 공부는 평생 하는 거라 하지 않아?"

저게 정말 인간 윤민호의 입에서 나온 말일까? 이완이 기가 막혀 말을 잇지 못하자 민호가 투덜거리며 덧붙였다.

"그리고 볼 거 다 본 것도 아닌 것이, 저번에 움막에서 한 번 해 봤을 때 너무 어둡고, 너무 아프고, 너무 헤매다 금방 끝나서 뭘 봤는지 생각 하나도 안 난단 말이야. 저기 이완 씨, 우리 결혼하고 첫날밤에, 어, 응, 불 켜 놓고 하면 안 될까?"

이완은 굉장히 자존심이 상했다. 그는 손등으로 얼굴을 문지르며 퉁명스럽게 내뱉었다.

"……불 환하게 켜 놓고, 그렇게 눈을 말똥말똥 뜨고 저를 관찰할 겁니까? 제가 긴장할 거란 생각 안 듭니까? 그리고 저희 그날 밤에 그렇게 금방 끝나진 않았어요. 저도 처음 해 본 건데 그 정도면 오래 간 거 아닙니까?"

하지만 말을 할수록 자존심은 점점 바닥으로 처박히는 기분이었다. 그는 고개를 옆으로 돌리고 말을 끊었다.

"하여튼 전 싫습니다. 정 궁금하면 19금 영화라도 보시고 혼자 연구하세요."

"왜! 내가 왜 내 남자 거 대신 다른 남자 걸 보고 결론을 내려야 해? 어차피 이완 씨도 내 거 다 볼 거잖아."

이 여자는 이런 종류의 이야기를 하는 데 상당히 부주의하다. 어떤 말이나 행동이 남자에게 불을 지르는지, 어떤 말이 남자를 당황하게 하는지 잘 모르는 것 같다. 이런 말을 줄줄 하면서도 몸을 식게 만들다니 그것도 재주라면 재주다.

만약 다른 여자가 저런 말을 한다면 그건 분명 유혹이다. 고급 유혹 레벨에도 못 드는 대놓고 날 잡아 드시라는 유혹. 이완은 1초에 백 번씩, 유혹에 응하는 것이 예의인가 아닌가를 따져 보다가 고개를 젓고 물러앉았다. 아무리 생각해도 저건 유혹이 아니다. 그냥 눈치와 무드가 없는 것뿐이다.

민호는 그 책의 주인공에게 '빅맨'이라는 별명이 붙었다는 것을 알려 주었다.

민호는 갑자기 잔소리가 사라져서 고개를 들고 두리번거렸다. 그가 벽에 등을 기대고 담요를 두르고 졸고 있었다.

민호는 담요 아래로 비어져 나온 그의 발가락들을 멀뚱멀뚱 바라보았다. 어쩌면 사람이 발가락까지 저렇게 귀엽고 잘생겼냐? 참 세상 불공평하다. 마음에 딱 들지 않는 건 발톱을 자로 잰 것처럼 똑바로 잘라 놓았다는 점과 발톱 사이에 때 한 줄 없이 뽀얗고 깨끗하다는 점뿐이었다.

자로 줄을 그어서 줄 맞춰서 깎는 걸까. 밤마다 발톱 전용 칫솔에 비누를 잔뜩 묻혀서 발톱 사이를 박박 닦아 주기라도 하나. 어떻게 발톱까지 엄친아 범생이냐? 자고로 사람이라면 발톱도 좀 울퉁불퉁하고 발톱 속에 가뭇가뭇하니 때 같은 것도 애교로 좀 남겨 줘야 정이 가지 않냐 말이다.

다만 발가락 위로 까만 털이 소복하게 올라온 것은 발가락이 귀여운 것만큼이나 마음에 들었다. 모범생 집단에서 반항아가 고개를 발딱 쳐든 것처럼 보이지 않느냐! 손가락을 내밀어 까만 잡초를 헤집자 꾸벅꾸벅 졸던 사내가 힉, 소리를 내며 발을 얼른 담요 속으로 거두어들인다.

"왜, 왜 이래요! 변태예요?"

"응? 발가락 털 만지는 게 변태야?"

"그럼 아닙니까?"

진짜 변태를 못 봤구나. 중얼대던 민호는 자신도 사실 진성 변태를 본 적이 없다는 사실을 떠올리고 입을 다물었다.

주변에서 제일 변태에 가깝다고 생각하는 건 에로 처자 박이레뿐이었는데, 까놓고 말하면 이레 역시 남자친구 한 번 사귀지도 못한 채 지금껏 야동 수집, 소품 수집, 고수위 소설 특급 100선, 따위로 망상만 잔뜩 키워 온 불쌍 처자일 뿐, 진정한 변태라 하기는 어려웠다.

"아, 아니, 뭐 민호 씨가 변태라도…… 전 상관은 없는데요, 아, 그게 아니라 왜 뜬금없이 이래요?"

"안심이 되잖아. 책상도 옷장도 깔끔하고, 와이셔츠랑 바지는 칼 각이고, 속옷도 라인 잡아 다려 입고 손톱 발톱까지 반듯반듯한데, 몸에 나는 털까지 모내기 논처럼 딱딱 줄 맞춰서 올라와 봐. 으으, 상상만 해도 겁나서 어떻게 살아."

저도 모르게 각 잡고 줄 맞춰서 털이 자라는 모습을 상상하던 이완은 식겁했다

"모내기 논…… 그딴 거 상상하지 마세요! 아, 미치겠어. 여자가 좀 조신하게, 아니 조신까지는 바라지도 않아요. 일반적이고 상식적인 것만 상상해 주면 안 됩니까?"

"그렇지만 상상이 되는 걸 어떡해."

민호는 투덜대며 머리를 긁었다. 도무지 솔직 담백과 오버 사이의 미묘한 선을 알 수가 없었다. 그러니 박이완에게 어울리는 레벨의 조

신과 우아의 영역은 짐작도 할 수 없었다. 그래도 걱정 마시라. 민호는 가슴을 쿡쿡 쳤다.

"박 실장님, 조금만 기다려 봐."

"예?"

"지금은 힘들겠지만 나만 믿고 조금만 기다리라고. 프로젝트는 딱 1년이라고. 나 믿지, 응?"

"대체 믿긴 뭘 믿어요……. 그리고 그런 대사는 남자가 하는 거라니까요. 여자 입에서 그런 말이 나오는 것부터가 미스예요."

이완은 이제 기가 막히지도 않아, 고개를 저으며 눈을 감았다. 프로젝트를 맡은 교수님 부부가 아무리 능력이 좋고 조신, 우아의 모범을 보여도 과연 이 프로젝트가 성공할 수 있을지 심히 의심스럽다.

"그나저나 아까 진희 씨가 재미있는 이야길 하더군요. 서른 살까지 결혼 안 하고 있으면 같이 살기로 했다면서요? 그게 대체 무슨 말인가요?"

"아, 옛날에. 같이 살면 재밌을 것 같았거든. 협동이 잘 될 거 같잖아. 난 요리하고 진희는 청소하고 정리하고. 그런데 그 이야길 아직도 해?"

"청소는 제가 더 잘…… 어, 음, 그게 아니고, 하여간 그 말을 들으니 진희 씨하고 저하고 민호 씨를 사이에 둔 연적이 된 기분이었어요."

민호는 갑자기 발을 버둥대며 폭소했다. 걔가 레즈인 줄 알아? 하더니 문득 머리를 흔들고 일어나 앉는다.

"그러고 보니 걔, 남자하고 결혼 안 한다는 얘기는 어릴 때부터 계속했었어. 남자를 계속 사귀어서 잊어버리고 있었다. 생각해 보니 그럴 수도 있네. 나도 좋아하고 두나도 좋아하고."

이완은 머리를 흔들며 앓는 소리를 냈다.

"그럴 수도 있네가 뭐예요. 친자매처럼 가까운 사이라면서 그런 것도 눈치를 못 채요? 아, 하긴 그 정도 눈치가 빨랐으면 진희 씨가 뒤로 따라붙었을 때 바로 알아채긴 했겠죠."

"아, 대갈통 사방으로 눈이 달린 것도 아닌데 뒤에 따라붙은 걸 내가 어떻게 알아. 하여튼, 내가 혹시라도 정흥 아줌마를 만나면 그날 혹시 뭐 본 게 있는지 물어볼게."

"정흥 아줌마는 또 누굽니까? 두나 씨 어머니 말고 또 진희 씨를 본 사람이 있어요?"

"아, 정흥 아줌마라면 봤을 가능성도 있어. 청계천 쪽에서 장사하는 아줌마야."

이완은 고개를 갸웃했다. 청계천에 사시는 아주머니가 천마산에 와서 진희 씨를 볼 일이 있나? 장례식에 오셨나?

"장례식 날 아무도 날 데려가겠다고 안 해서 정말 눈앞이 깜깜했거든. 그때는 확 다른 시대로 가서 살아 버릴까, 그랬어. 나 오면 밥 먹여 주겠다는 사람은 꽤 있었거든. 내가 몸으로 하는 일은 좀 잘하잖아? 나무도 잘 하고 장작도 잘 패고, 여물도 잘 베고 소죽도 잘 쑤고. 그중에서 청계천 수표교 쪽에 평양루라는 기생집이 있었는데, 정흥이라는 대장 아줌마가 나를 아주 좋아했거든."

"뭐가 어째요? 기생집? 정흥이라는 아줌마가 기생이었습니까? 대장이면, 행수기생?"

"응. 행수님이란 말은 어떻게 알아?"

이완은 사색이 되어 담요를 걷어치웠다. 현대와 과거를 똑같은 시대처럼 이야기를 하니 아주 헷갈려 죽겠다. 그보다 기생집이라?

"그런 덴 대체 왜 갔어요? 가서 무슨 일을 어떻게 했어요? 진희 씨가 거기 있을 동안 민호 씨는 기생집에서 대체 뭔 짓을 하고 있었냐고! 열여섯 살이라도 알 건 다 아는 나이잖아! 말을 해, 말을! 글자 하나 점 하나 빼놓지 말고!"

아이고, 이번엔 또 어디서 미스가 난 거냐. 민호는 허둥지둥 자기 머리통을 후려갈겼다.

7
동치 5년, 병인년 겨울의 평양루

"나이도 어린 에미나이가 기특하구나야. 요런 걸 오데서 배웠네? 똑 수라간 아기항아님 같구나야."

평양루의 행수 정홍은 민호를 몹시 마음에 들어 했다. 민호는 그동안 숱하게 많은 시간과 공간을 떠돌았지만 관록 있는 시간 여행자답게 어느 무리에든 쉽게 섞였고, 상대의 마음에도 쉽게 스며들었다. 깐깐하기로 소문난 정홍에게도 마찬가지였다.

"고조 온제든 밥 먹기 힘들어지믄 여게로 오라우. 오늘처럼만 해 주면, 등짝 따순 방에서 이밥은 배부르게 먹게 해 줄 거니끼니. 기생질 시키겠다는 고 아니니 걱덩 말라."

연회를 앞두고 반빗과 침모, 일꾼들이 한꺼번에 이질에 걸려 자빠져 있을 때였다. 인구가 한창 도시로 몰리던 시기답게 수도 한양의 하수 처리 능력과 위생 상태는 최악이었고, 장티푸스, 콜레라, 이질 따위의 돌림병이 심심하면 창궐했다.

이 근처에 천마산이 있느냐, 윤 진사님 댁이 있느냐, 뜬금없이 나타나 헤매던 떠돌이 하나가 반빗간에 붙어 있다가, 사람들이 죄 자빠지고 일을 할 사람이 없어지자 얻어먹은 밥값을 하겠다며 맹랑하게 팔을 걷고 나섰다.

키는 껑충했지만 열다섯 살밖에 안 된다 하여 내심 불안했는데, 간신히 병에서 벗어난 안잠자기 오 씨와 어찌어찌 연회상 비슷한 것을 차려 냈다. 그날 음식 맛을 본 한성 판윤과 휘하 관리들은 새로 사람을 들였느냐 음식 맛이 그럴듯하다며 정홍을 치하했다.

정홍은 맹랑한 계집이 집도 절도 없는 뜨내기이며, 밭일이나 부엌일을 돕고 밥술이나 얻어먹고 산다는 말을 듣고부터 그녀를 반빗아치로 붙잡아 두려 여러 말로 꾀었다. 안잠 오 씨는 엉덩이 무겁고 손이 무디었고 나이 든 찬모들은 허리가 좋지 않아 상 한 번 차리고 나면 노상 앓는 소리만 한다 하였다. 민호는 생각나면 들르겠다 퉁겨 놓고 내뺄 수밖에 없었다.

부엌에서 타고 들어간 월죽도는, 진사님 댁이 아니라 쪽팔리게도 그 기생집에 붙어 있었다. 민호는 윤 진사님이 평양루의 단골이라는 것을 알게 되어 대단히 실망했다. 멋진 고조할아버님께서는 진사 시험에 합격한 다음에 천마산에 있는 본가에도 안 가고, 수표교 근처에 집을 한 채 마련해서는 기생집에 뻔질나게 드나드시는 모양이었다.

1년 후, 아버지의 빈소에서 뛰쳐나온 민호는 바로 정홍을 떠올렸다. 그래. 갈 데가 없어지면 언제든지 오라 했었지. 거기 가서 반빗간에 붙어 앉아 밥이나 해 주고 깨진 부뚜막이나 그때그때 진흙으로 잘 때워 주고, 틈틈이 나무 삭정이나 한 뭇씩 주워 들이면 구석방에 엎혀살 수 있을 듯싶었다. 아무렴 뱀눈을 하고 째리는 올케들과 조카들의 눈치를 보며 이 집 저 집 떠도는 것보단 낫지 않겠느냐.

이러다 기생 되는 거 아닌가, 위험하지 않을까, 하는 걱정은 애초부터 하지 않았다. 일단 민호는 어지간한 남자들보다 키가 훌쩍 커서 도저히 '기생감'이 못 되었고, 아무나 붙잡아서 기생 만드는 게 아니란 것도 귀동냥으로 알고 있었다.

기생이 되려면 늦어도 일곱 살 때부터 행수기생 밑에서 엄하게 교육을 받아야 했다. 시, 서, 화, 소리, 악기, 춤, 몸가짐, 기생으로서의 태도. 배울 것은 많았고, 사대부들과 시문을 주고받을 정도까지 되어야 했다. 얼굴도 못생기고 머리도 나쁘고 재주까지 메주면 제대로 기생 소리도 못 듣는 삼패가 되어 술집 작부로 떨어지는 판이었다. 평양루의 행수기생인 정홍은 아기 기생들에게 엄하고 매섭기로 소문이 나 있었다.

1년 만에 다시 만난 정홍은 몹시 분주해 보였다. 눈이 볼그레하게 부은 채 소복 차림으로 불쑥 들어간 민호를 보고도 싫은 기색 없이 반가워했고, 오래 병을 앓던 아버지가 돌아가셨다, 갈 곳이 없다는 말에는 손을 잡아 주며 갈 곳 없으면 이곳에서 일하면서 지내려느냐 묻기도 했다. 하지만 얼굴의 근심을 완전히 숨길 수는 없었다.

본디 기생집이란 하루가 멀다 하고 별감이나 사령 왈패들, 주정꾼들의 패싸움으로 시끄럽게 마련이지라지만 그날따라 시장통 한복판에 떨어진 듯했다. 정홍은 장죽 끄트머리에 불을 댕기고는 길게 한숨을 쉬었다.

"오늘 동기(童妓) 에미나이 하나가 머리를 얹게 되어서. 심천성 별감께서 얹어 주갔다 나섰다가 파작이 나서 조래 심통이라네."

심 별감이 누군지는 안잠과 찬모들에게 들어 알고 있었다. 대전별감, 그러니까 궁궐에서 뭔 심부름을 해 주는 사람이라는데, 양반나리님 소리까진 못 들어도 돈은 푼푼해서 매일 항라 비단 갑사로 옷을 빼입고 큰소리치는 놈이라 했다. 웃는 모습이 쥐새끼 같고 하는 짓은 재수 없는 평양루의 기둥서방이라고도 했다.

"명색 사난이라는 고이, 쫌 기분 나쁘다고 군교에 사령에 십 리 안 왈짜들을 다 모아 왔서. 총계촌, 남산 꼭지단들까지 끌고 와서 이 난장이니, 아조 덩신이 없구나야. 평양루 조방꾼 이름이 아깝디, 비윗장을 긁었다 하면 번번이 패악이니. 천하의 망종 같으니."

"그 아기 기생, 행수님이 되게 아끼시는 아이인가 봐요."

정홍은 볼이 쏙 패도록 장죽을 빨아들이며 다시 한숨이다.

"다섯 살 때 아바이가 저를 쌀 한 말에 화적 떼한티 팔아 치운 걸 알구, 뒷문으루 도망 나온 당돌한 에미나이다. 길에서 만난 동네 거렁뱅이 오라비하구 비렁질을 하며 황해도 대원에서 한양까디 왔다지 않네? 제발 기생이 되게 해 달라고 요게 대문 앞에서 이틀을 엎어져 있었다. 같이 온 거렁뱅이 오라비는 지전에서 머슴을 살게 되았디만 지는 갈 데가 없다면서."

"아, 예."

"그때 황해 지역이 살 데가 못 되았서. 내래 잘 알디. 장질부사에, 이질에, 한 해는 뼈까지 말라붙은 가뭄이구 두 해는 큰물이 져서 마을 사람 절반이 굶어 죽구, 살아남은 절반은 도적 떼한테 속곳의 이까지 털리던 때였디. 고향이 피양이라 잘 안다. 비쩍 말라비틀어진 꼴에, 눈만 빤짝이며 울며 비는 꼴이 똑 나를 보는 거 같았어야. 하긴, 여게 있는 에미나이 중 고런 사연 한 자락 없는 년들이 또 오데 있갔네."

땋은 머리를 곱게 뒤로 틀어 옥비녀를 맵시 있게 꽂은 정홍은 나이 마흔이 무색하게 젊고 고왔다. 여염 아낙들은 나이 열다섯만 지나면 한 해에 십 년씩 푹푹 삭아 버리고, 애 두엇만 낳았다 하면 노파처럼 쭈그러지기 마련인데, 드문 예외가 궁중의 여자들과 반가의 여자들, 그리고 기생들이었다.

평양루의 주인인 정홍은 평양에서 유명한 일패 기생이었는데 관찰사의 첩으로 한양에 들어와 살다가 나이 서른이 되어 늙었다는 이유로 버림을 받았다 하였다.

다행히 그녀는 정에 목숨을 걸다 내쳐진 선배 기생과 퇴기들의 비참한 말년을 잘 알고 있었기에, 남자들에게 간 쓸개를 다 빼어 주는 척하며 재물을 뜯어내는 데 최선을 다했다. 그렇게 모은 돈으로 수표교 어름에 평양루를 차리게 되었다는 건 알 만한 사람은 다 아는 이야기였다.

문이 열리면서 하얀 다기가 놓인 소반을 들고 키가 작고 앳된 여자아이가 들어섰다. 곱게 자수가 놓인 붉은 비단 치마에, 겨드랑이까지 바짝 도련이 올라가고 가는 팔의 윤곽을 고스란히 드러낼 정도로 소매통이 좁은 저고리를 입고 있었다. 희게 분을 바르고 입술을 발갛게 찍긴 했으나 빨간 댕기를 머리 꼬랑지에 드리운 걸 보면 아직은 아기 기생인 모양이었다. 아마 오늘 머리를 얹게 되는 그 동기인 듯했다. 그녀는 민호가 있는 것을 보고 한참 머뭇거리다 결국 작은 소리로 통사정을 한다.

"어머니, 정말 안 되겠습니까? 정말 평생에 딱 한 번 소원입니다."

"이 에미나가 아직 덩신 못 채리고. 덩히 미친 게냐. 어디 쥐방울만 한 게 첫날밤을 네 좋은 대루 골라 먹을라 하네? 네년이 뭔 열녀 춘향이라도 되는 줄 아네? 아님 기어이 통나무를 타고 싶은 거이네?"

"어머니."

"아무리 오색 옷으로 티장하고 선녀 가무에 글자락이나 쓴다 자랑해 보았댔자, 니는 기생이야. 개똥에 금칠한다고 귀해진다든? 니 신세가 개똥보다 나은 줄 아네? 오마니가 숨이 넘어가두, 갓난이가 뒤져 나가두 웃으면서 술 따르고 춤추고 밑 팔아야 하는 기 기생년 팔자야. 똑똑히 알아 두라우."

"그래도 어머니, 어차피 사람 취급 못 받을 기생이니, 다른 여염집 여자들과 달리 마음에 둔 님을 품는 것 정도는 바랄 수 있지 않습니까. 단 한 번이라도. 다른 선배님들 말씀처럼 그걸로나마 위안을……."

"이런 미친 것들! 어떤 년이 그따위 골 빈 소릴 네 귀에 넣었네? 고런 멍텅한 년들 때문에 너같이 어린년들 뱃속에 헛바람이 드는 기야. 기생 정만큼 세상 허망한 것이 없느니라."

매섭게 야단을 치던 정홍은 한참 만에 누그러진 소리로 혀를 찼다.

"내래 향이 니를 너무 곱게만 갤친 모양이야."

"……."

"삼정승 육판서의 첩이 되고, 간 쓸개 빼놓을 만큼 괴임을 받는다 해서 정경부인 소릴 한 본이나 듣게 될 줄 아네? 첩살림 설움은 안당하믄 모르는 기야. 버림받으면 다음 날 바로 아무 사난에게나 다릴 볼려야 닙에 풀칠이라두 헌다. 냄새 꼬린 녑전냥이라도 탁실히 모아 늙은 담에 살 궁리나 하라우. 개꿈에 빠졌던 선배들이 지금 오뗜 꼴로 년명하는디 잊디 말라."

"……예."

"지금 너 때문에 심 별감을 오찌 달래야 할디 모릴 판이야. 오제부터 왈패들을 모아 와서 방방이 틀어 앉아 왜장질을 치는 거, 네년도 알지 않네? 그나마 윤 진사님이 나서 주셨고 그치들을 큰돈으로 막아 주셨으니끼니 기나마 기 정도디, 어종이떠종이가 푼돈이나 바르고 나샀으몬 니 머리채 내 머리채를 같이 휘어잡어 큰길에서 태질을 했으리. 고마워하디는 못할망덩 다른 사난을 입에 담다니, 경을 칠 일이야. 알간?"

302

"잘못하였습니다."

"알았으면 되었어. 덩갈하게 목간하고, 몸단장하고, 저녁때 진사님 곱게 모실 둔비나 하라우."

"예."

향이라 불린 아기 기생은 눈물이 괸 눈으로 다소곳하게 고개를 숙였다.

❀   ❀   ❀

그날 밤, 평양루의 작은 방에서 향이는 윤형순 진사와 초야를 치렀다. 해가 떨어지기 전까지 두 사람이 든 방에서는 가야금 가락만 한참 흘러나왔고, 주안상이 들어가고 난 뒤로는 그 소리마저 사라졌다.

달이 중천으로 오르자 사내는 그제야 향이의 머리를 짓누르고 있는 무거운 장식들을 내려 주었다. 뒤이어 촛불이 꺼졌다. 왈패들이 밤새 주정하며 행패를 부리는 바람에 행랑것들이며 찬모와 안잠자기들은 바짝 긴장을 하고 주변을 지켜야 했다.

불 꺼진 방에선 가는 흐느낌이 오래도록 끊이지 않았다. 왜 우느냐. 사내는 부드럽게 물었다. 모르옵니다 나리, 송구합니다. 하지만 이유를 알 수 없다는 울음은 도무지 멎지 않았다. 향이야, 쉬이이, 향이야. 꽃처럼 고운 아이야. 왜 우느냐. 아파서 이러느냐. 아니옵니다. 서러워 이러느냐. 어린 네게도 사는 게 이리 서러우냐. 아니옵니다. 정말 아니옵니다. 송구하옵니다 나리. 향이야. 예쁜 아이야. 왜 이리 우느냐. 왜 이리 자꾸 우느냐. 눈물에 작은 네가 푹 잠기겠구나.

"그래, 그만하자. 그러니 너도 그만 울어라. 손님방에 들었다가 밤새워 운 걸 들키면 내일 무서운 행수 어른게 치도곤을 당할 게다.

쉬이, 그만."

그는 울음소리가 새어 나가지 않도록 향이를 꼭 안고 달랬다. 그는 잠들기 직전 향이를 안은 채 조용한 목소리로 말했다.

"자느냐."

"아니옵니다."

"내 한 가지 청할 게 있다."

다음 날 새벽, 사내는 동이 트기도 전에 집으로 돌아갔다. 새벽에 군불을 때러 일어난 민호는 아직도 사방이 어둑한데 구종도 별배도 말도 없이 평양루 솟을대문을 나서는 사내의 뒷모습을 볼 수 있었다. '윤 진사 댁'을 본거지 삼아 돌아다닌 적이 많은 민호였지만 윤 진사를 실제로 본 적은 그때가 처음이었다.

그는 키가 몹시 크고 야윈 사내로 흰 도포를 입고 소매를 떨치고 걸으면 다리가 긴 학이 유유자적 움직이는 것처럼 보였다. 움직임은 무겁다기보다 우아하고 부드러운 쪽에 가까웠는데, 새벽빛이라 그런지 뒷모습이 몹시 쓸쓸해 보였다.

전갈을 받은 정홍은 화장도 못 한 얼굴로 급히 따라 나와, 어린아이가 손님을 밤새 불편하게 해 드린 데 대해 머리가 땅에 닿도록 사죄했다. 잠시 후 속치마 바람으로 뛰어나온 향이가 빨갛게 부은 눈을 하고 바닥에 엎드렸다.

"잘못하였습니다. 용서해 주세요, 진사 어르신."

"당찮구나. 네가 잘못한 게 무어가 있지?"

목소리는 여전히 부드럽고 온화했다. 얼굴이 희고 맑은 사내는 서 있는 모습 자체만으로도 기품이 넘쳤다. 아무리 보아도 기생집이나 뻔질나게 드나드는 난봉꾼으로는 보이지 않았다.

향이는 제대로 대답하지 못하고 잘못하였노라 하염없이 훌쩍이기

304

만 했다. 이년, 어디서 눈물을 보이고! 정홍이 매섭게 나무라자 진사가 뒤를 돌아서 그녀를 제지한 후, 담담히 향이를 내려다보았다.

"잘못이 아니라 했다. 내 분명 거절해도 좋다 했잖느냐."

"잘못하였습니다. 나리. 잘못……."

"잘못이라, 네 의사를 말한 것이 잘못이 되느냐. ……그럼 다시 한 번 생각하고 대답해 주겠느냐?"

고요한 음성이 그의 발치에 엎드린 향이에게로 떨어졌다.

"내 너를 마음에 두고 있느니. 나와 함께 본가로 가려느냐."

"……."

"기생 정이 허망함을 모르지 않아 마음을 진즉 덮어 두려 했지만 잘 되지 않았다. 일이 이리되었으니 연을 잇고 싶구나. 별채를 네게 줄 것이고, 종도 옷도 원하는 대로 줄 것이며, 원한다면 전답도 먹고 살 만큼은 해 주마. 정홍이 자네에게도 섭섭지 않을 만큼 사례하겠네."

정홍의 입이 저도 모르게 벌어진다. 별채를 주겠다는 말은 첩으로 데려가겠다는 말이었다. 윤 진사는 올해 스물아홉으로 상처한 지 꽤 되었으나 재취를 하지 않은 상태라 들었다. 투기할 본부인도 없고, 허우대 좋고 성품도 후덕한 데다 나이까지 젊었다.

듣기로, 천마산 어름에는 아흔아홉 칸 규모의 본가가 있고 이천석 지기 논과 과수원도 딸려 있어 그 마을 사람들은 그 집 땅을 밟지 않고는 지나다닐 수도 없다 했다. 물론 문중의 세가 크니 기생을 본처로 들이는 것은 불가능할 것으로되, 윤 진사의 제안은 간신히 머리를 얹은 설익은 기생으로서는 더 이상 바랄 수 없이 좋은 조건이었다.

하지만 맨바닥에 엎드린 작은 기생은 고개를 젓고 있었다. 아예 소맷부리가 흠뻑 젖을 정도로 울면서도 고집을 꺾지 않았다. 정홍은 기가 막혀 발을 굴렀다. 저, 저년이, 저 철없는 년이 오쩌자고.

"안채가 아니라 별채라 그러는 것이냐? 물론 나도 마음 같아선 안채를 맡기고 싶다만, 그랬다간 문중과 어르신들의 반대가 심할 것이고 자칫하면 데려갈 수조차 없게 될까 그리하는 것이다."

"아니옵니다. 절대 그런 것이 아니옵니다!"

"그러면, 이유를 물어도 되겠느냐?"

그는 끝까지 온화하고 부드럽게 물었다. 향이는 엎드린 채 눈물에 잠긴 목소리로, 잡힌 새처럼 떨며 고했다.

"정인이 있나이다. 어릴 때부터, 아주 어릴 적부터 사, 사모해 온 자가 있사온데, 그자를 마음에 품고 진사님께 의탁할 염치가 없습니다."

그는 짐작하고 있었다는 듯, 고개를 끄덕였다.

"그 사람은 네 마음을 아느냐."

"……모르나이다. 하지만 제 마음이 제 뜻대로 되지 않음을 부디 용서하여 주십시오."

그는 다시 고개를 끄덕이고는 천천히 몸을 돌렸다. 부채를 펴 들고 한 번, 두 번 얼굴을 향해 펄럭이며 걸음을 뗐다. 서너 걸음쯤 걸어간 그는 돌아보지 않고 조용히 말했다.

"다른 사내들 앞에서는 울지 말거라. 특히 그 사람 앞에서는."

평양루 솟을대문 안으로 향이를 끌고 들어온 정홍은 퉁퉁 부은 눈으로 아직도 울고 있는 향이의 뺨을 있는 힘껏 후려쳤다. 체구가 작은 향이는 맨바닥으로 호되게 나동그라졌다.

"이 철없는 에미나이가 배은망덕도 유분수디, 고마우신 진사님께 밤새 몹쓸 소리를 잘도 좋아렸구나야. 마음에 둔 정인이 있어? 기게 기생이란 년이 이불 속에서 속속곳, 다리속곳까지 다 벗구서 할 말이네?"

"잘못하였습니다, 어머니."

"별채뿐 아니고 전답까지 내려 준다 하디 않네? 지금 니년은 발치루다 굴러온 황금을 걷어찬 거이야, 알간? 니 됴아하는 머슴아가 저분과 비교가 될 성싶으네? 정녕 미친 게 아니야?"

그 정인이 누군지 묻지 않는 것을 보니 정홍도 상대를 잘 아는 모양이었다.

"하지만 고마운 분께 거짓을 고할 수는 없었습니다. 진사님은 저를…… 저를 예전부터 마음에 두고 계셨습니다. 하지만 좋아하는 사람이 있사온데, 어찌 호사만 바라고 좋으신 어른의 마음을 농단하겠습니까."

"이 에미나이가 아조 많이 컸구나야. 이제 갓 머리 올린 것이 감히 행수에게 훈계를 다 하고?"

"죄송합니다."

"마음이란 간사한 것이야. 바꾸면 되는 것이다."

"하지만……."

"배불러 터진 소릴 지껄이는 걸 보니, 네가 된맛을 아직 못 보아서. 어릴 적에 밥만 먹게 기생 시켜 달라 울던 걸 깡그리 잊은 게야. 이럴 줄 알았으면 오젯밤에 심 별감님께 기양 넘길 걸 그랬구나. 사지를 꽁꽁 묶여서 매타작을 당하면서 초야를 치르고, 양매창에 걸려서 밑구멍이 썩고 코가 떨어져 나가도록 내비려 뒀으믄 이따위 소릴 좋아리진 않갔지."

정홍은 싸늘하게 쏘아붙였다.

"오늘 저녁부터 네년 신참례를 할 거이야. 덩신 빠짝 들 때까지 매일 손님을 넣을 테니끼니, 멋대루 하라우. 오데까지 허튼소릴 하는지 두고 보갔어."

정홍은 치마꼬리를 휘감아 바람을 일으키며 안으로 들어가 버렸다. 나동그라진 향이는 머리가 산발이 된 채 한참 동안 맨바닥에 앉아 있었다. 민호가 주춤대며 붙잡아 일으키려 하자 고개를 저으며 혼자 힘으로 비틀비틀 일어섰다. 눈물 자국과 시뻘겋게 손자국이 남은 얼굴은 그래도 담담했다. 민호는 그 아이의 눈이 맑고, 차가울 정도로 깊어 보인다는 것을 알았다.

"여기까지 같이 왔다는 그 오라버니를 좋아하는 거야? 지금 지전인지 어딘지에서 머슴 살고 있는?"

"지금은 윤 진사님의 친구분이신 이 역관님 댁에서 행랑살이를 하셔요. 하지만 오라버니는 돈이 없어 더부살이를 하고 있을 뿐이지, 저 같은 천것은 아닙니다."

민호는 그래도 잘 이해가 되지 않았다. 고조할아버지가 실시간으로 바람맞는 순간을 보는 기분이 퍽 이상하기도 했다. 그동안 주워들은 바로는, 고조할아버지인 윤 진사는 말수도 적고 허튼소리를 쉽게 지껄이는 사람은 아니었다. 가볍게 생각하고 데려가려는 건 아닐 텐데.

"어, 향이라고 했나? 내가 저분을 조금, 응, 아주 조금 아는데 말이지, 저분이 성격이 퍽 좋으셔. 내가 들어 보니까, 집에서나 마을에서나 칭찬이 자자한 분이더라고. 시험 봤다 하면 장원급제 할 거라고들 하고. 내가 천마산 쪽에 있는 진사님 본가도 가 봐서 아는데, 동네에서 제일 큰 집 맞아. 아흔아홉 칸. 진짜야."

"저도 진사님이 좋은 분이신 건 알아요."

"그 이 역관님? 그 집에 있는 오빠가 그렇게 대단해? 뭐가 그렇게 대단해? 어, 아니 그게, 머슴이라며."

향이는 차가운 시선으로 민호를 일별했다.

"그 오라버니에 대해서 아무것도 모르면서 함부로 말하지 마세요."

"어……."

민호는 입을 멍하니 벌렸다. 얼굴이 붉게 얼룩진 작은 기생은 단단한 목소리로 단언했다.

"저는 알아요. 그 오라버니는 하늘이 내리신 분이에요."

❀   ❀   ❀

음? 이야기를 듣던 이완은 눈썹을 찡그리고 고개를 갸웃했다.

"하늘이 내린 사람이라. 그 오라버니가 유명한 사람입니까?"

"그건 아니고 그냥 머슴이었어. 근데 향이 말로는 정말 천재라더라고. 어 그게, 박 실장님도 물론 머리가 좋고 네이롱이잖아. 그런데 향이 오라버니 자랑하는 거엔 쨉도 안 돼."

"참 내. 옛날 책들 봐요. 옛날 사람들 이야기엔 원래 뻥이 좀 심해요. 어떻다고 합니까?"

"그 오라버니는 한 번 본 걸 절대 잊어버리지 않는대. 글도 배운 적 없는데 뒤에서 들은 걸로만 천자문을 읽게 되었대. 쓰는 건 잘 못하지만."

"허……. 동화책 위인전 단골메뉴인 '어깨너머 천자문'인가요? 그리고요?"

"더 대박인 건 한 번 본 사람이나 물건, 장면 같은 것도 맘만 먹으면 남김없이 기억할 수 있다는 거야. 10년 전에 본 거든 20년 전에 본 거든 상관없대. 잠깐 나무 꼭대기에 앉았다 날아간 독수리 깃털이 어떤 모양으로 꺾어졌는지, 10년 전에 본 그림에서 대나무가 몇 그루이고 국화가 몇 송이가 어떤 모양으로 그려져 있는지. 어릴 때 향이를 사 가려던 도적 떼 얼굴하고 옷차림, 두목의 턱 밑에 난 사마귀에, 끈 떨어진 짚신 모양까지 다 기억하고 있대."

이완은 가만히 눈썹을 찌푸렸다. 옛이야기에서 으레 등장하는 전형적 과장법이라 볼 수도 있지만 그렇다기엔 묘사가 지나칠 정도로 자세했다.

아주 드물게 그런 사람이 있다고 들었다. 장면을 사진처럼 찍어서 오랫동안 기억할 수 있는 사람. 그 여자의 말이 허풍이 아니라면 범상한 사람은 아닐 것이다.

그런데 고작 머슴이라? 스무 살이 훨씬 넘도록 실력을 드러내지도 못하고? 믿을 수 없다. 낭중지추(囊中之錐), 송곳은 언젠가 주머니를 뚫고 존재를 드러내는 법이다.

"그 오라버니는 다른 집에 머슴을 살지만 심부름 갈 때 가끔 향이를 보러 평양루에 들렀대. 정말 친동생처럼 생각했나 봐. 대장 기생 아줌마는 '노랑눈아, 노랑눈아' 그러더라고. 뭐 직접 보니까 눈도 노랗다기보다 외국인이나 황달 걸린 사람처럼 밝은 갈색? 그런 정도더만."

"아, 그 오라버니라는 사람을 본 적이 있습니까?"

"그날 저녁에 처음 보고 나중에도 종종 만났어. 생긴 게 좀 우리나라 남자 같지 않고 특이하긴 해. 머리는 갈색 기가 좀 든 데다 꼬실꼬실하고, 얼굴은 계란처럼 갸름하고, 눈이랑 코는 크고 부리부리하고, 요오렇게 웃는 상인데 멀리서 보면 훤하니 눈에 잘 띄는 스타일이야. 키는 큰 편이 아닌데 일단 떡대가 캬아, 죽여줘요. 헬스장 아저씨들처럼 어깨가 딱 바라지고 목통이 두껍고 땅땅한 데다가, 가슴하고 팔뚝에 근육이 주렁주렁? 음, 향이가 그리고 보니 짐승남 스타일을 좋아하나? 아, 물론 내 스타일은 아니야. 난 윤 진사님처럼 마르고 키 크고 학같이 호리호리한 스타일이 좋거든. 우리 고조할아버지가 한 스타일 했어."

"……저도 마르고 키 크고, 학처럼 호리호리하잖습니까?"

이완은 갑자기 말을 끊고 담요를 머리 위로 확 뒤집어쓰더니 한참 만에야 퉁명스럽게 물었다.

"아, 됐습니다. 그나저나 민호 씨는 그 사람이 가슴근육이 주렁주렁한 걸 어떻게 압니까? 벗겨 보기라도 했어요?"

민호는 어리둥절한 얼굴로 대답했다.

"뭔 말이여, 개나 소나 다 벗고 다니니 알지. 여름엔 웃통 벗고 다니는 남자가 입고 다니는 남자보다 많구만. 옷 없는데 별수 있어? 옛날 남자들 몸매 볼만한 사람 별로 없어. 애든 어른이든 잘 못 먹고 말라서 갈비뼈는 조르르 나왔는데 배만 바가지처럼 볼록하게 나와 있지. 아랫배를 잘 보면 때가 세 겹으로 껴 있고, 가려워서 긁은 데는 허옇게 살비듬이 일어나 있어."

"……."

"손에 때가 겹으로 앉으면 손등이 트기 시작하는데, 정월 지날 때쯤이면 양반나리님들 말고는 손등이 쩍쩍 안 갈라진 사람이 없어. 추우면 팔을 가슴으로 꽉 모으고 손은 겨드랑이에 꽂고, 허리를 잔뜩 고부리고 종종종 뛰어다니는데, 근육이 아무리 섹시해도 그 꼴이면 만년의 발정이 식어, 걱정 마."

이완은 풀썩 실소했다. 이런 이야기를 들을 때마다 책에서 배운 역사와 실존하는 사실 사이의 괴리를 느끼곤 했다. 그가 머릿속에 담아 둔 숫자와 텍스트가 가득한 연표 속에서, 웃통을 벗은 배가 볼록한 사내들이 손을 겨드랑이에 끼고 허리를 잔뜩 구부리고 종종 뛰어다니는 모습 따윈 없었다.

"네, 그래서요."

"근데, 대장 기생 아줌마 말이 좀 그래. 그 머슴 오라버니가 성질이 좀 요상한 데가 있다는 거야. 진득하게 한 자리에 자리 잡고 살지도 못하고, 좀 멍하고 정신을 빼놓을 때도 있고, 한 가지에 정신이 팔리면 나머지는 깡그리 잊어버린다는 거지. 돈을 착실히 잘 모으는 편도 아니라 머슴질을 한양서만 7년을 했는데 아직도 돈 한 푼, 방 한 칸 없이 이 집 저 집 더부살이만 한다는 거야. 종이가게, 약국, 변 역관 댁, 이 역관 댁, 여름 논에 메뚜기도 아니고 여기 폴짝 저기 폴짝, 향이가 세상 물정 몰라 저런다고 가슴을 퍽퍽 치면서 속상해하더라고. 나도 향이라는 애가 잘 이해는 안 됐었지. 아니 뭐 고조할아버지 딱지를 놔서 내가 뭐라 하는 건 아니야."

"그래서 향이는 어떻게 되었습니까?"

"어쩌긴, 아주 경을 쳤지. 박 실장님 기생 신고식? 신참례? 그런 거 알아?"

민호는 누운 채 눈을 멀뚱거리며 기억을 더듬었다.

❀　　❀　　❀

향이의 신참례가 행해진 곳은 평양루에서 가장 요요하고 운치 있는 방이었다. 연회상은 흐드러지게 늘어지고 군불을 많이 넣은 방은 바닥이 절절 끓었다. 벽에 발린 세 겹 육배지엔 기생들이 사용하던 사향이 배어 나른한 기운이 감돈다. 옻을 두 번 덧칠한 고급 팔배지 장판 위로 문채 있는 화문석을 깔았고, 빈 바람벽에는 소박한 월죽도와 꼬리가 날카롭고 기세가 매서운 석파란 두 점이 걸렸다. 머리를 곱게 틀어 올리고 화려한 칠보 떨잠으로 장식한 어린 기생은 손을 무릎 위에 가지런히 포개고 고요히 앉았다.

손님들이 비좁게 들어찼다. 흰 도포에 옥관자에 호박 갓끈이 달린 갓을 쓴 손님이 둘, 깃을 꽂은 초립에 새 비단 바지저고리, 붉은 철릭을 입은 별감과 집장사령이 둘, 윤건을 쓰고 창의를 입은 중늙은이가 하나. 그중 창의를 입은 중늙은이는 벌써 술이 올라 얼굴이 벌그데데

하고, 아랫목에 방만히 앉은 별감은 철릭을 헐겁게 풀어 헤치고 사타구니에 손을 넣어 긁적이는 중이었다. 사내들의 번질번질한 시선은 이제 기생으로서의 삶을 갓 시작한 앳된 계집에게 향해 있었다.

"들어갑시다."

새로 들어서는 사내는 수표교 건너에 사는 이응헌이라는 역관이었다. 사타구니를 긁던 사내가 들어오우, 하며 고개를 끄덕였다. 평양루의 조방꾼이자 개차반으로 일대에 소문이 짜르르한 대전별감 심천성이었다. 평안하오, 하고 먼저 인사를 하니 뒤를 이어 비슷한 인사말이 주섬주섬 튀어나왔다. 가운데 앉아 있던 앳된 기생도 자리에서 일어나 평안합시오, 하며 고개를 수그린다.

기방에 드나드는 것이 중인이나 한량들이라고는 하지만 돈푼이나 있는 자들이다 보니 손님 간에도 인사와 대화의 규칙이 존재했다. 기방의 룰을 모르는 초짜들은 기존 손님들에게 공공연히 '따'를 당했고, 그런 일로 시비가 붙는 일도 비일비재했다.

응헌은 주변을 가만히 살펴보았다. 친구인 윤 진사가 귀애하며 머리를 얹어 준 기생의 신참례가 있다고 해서 와 보았더니 정작 친구는 오지 않고 심술궂기로 소문난 한량들만 방에 빼곡하다. 그는 속으로 혀를 끌끌거렸다.

오늘의 주인공은 어깨를 바르르 떨면서도 꼿꼿이 버티고 있었다. 행수가 그간 입이 마르도록 칭찬하던 아이였다. 시도 잘 짓고, 논어 맹자까지는 무난히 읽어 식견 높은 선비님들의 말상대가 될 정도라 하였으나, 정홍이 그녀를 가장 자랑삼던 부분은 창이었다. 특히 춘향가를 잘 불렀는데, 청주에서 유명한 소리선생까지 모셔 와 가르칠 만큼 목청이 좋고 감정을 싣는 것이 뛰어나다 하였다.

"좌중에 할 말이 있소."

며칠 동안 꽁하며 심통을 부리던 심천성 별감이 나섰다.

"새로 손님이 오셨는데, 기생 소리 한 자락만 들어 봅시다."

"좋소이다. 정홍이 말이, 새 아이가 춘향가를 그렇게 잘한다는데."

"글쎄, 원 어디 이렇게 볼품없이 덜 여물어서야 뱃심이 있겠소?"

"십 년만 뱃심 허릿심을 주어 가며 기생질을 하면 목소리에도 힘이 오를게요."

"어따, 김 사령 이 사람 말씀하시는 것 보시오? 왜 기생이 뱃심 허릿심을 준단 말이오? 절굿공이가 절구통을 찧을 때 힘주는 건 절구통이 아니라 공이란 말이오. 아니 그러하냐, 향이야?"

향이는 웃는 표정을 무너뜨리지 않은 채 짯짯하게 대답했다.

"절굿공이가 힘을 쓰지만 절구도 받치려면 힘을 써야 할 줄 아룁니다."

기생 신참례 때 오가는 음담은 신입 기생을 단련한다는 핑계로 좀 더 적나라하고 공공연하게 이루어지며, 점잖은 사내들도 그때만큼은 음담과 패행을 딱히 제지하지 않았다. 기생이란 인격을 갖춘 사람이 아닌 물건이라, 사용하기 좋게 초장에 길을 잘 들여야 하는 가죽 신발, 혹은 가축과 비슷한 존재이기 때문이었다.

능란하게 받아넘기지 못하는 신참 기생들은 수치심에 겨워 울고불고하게 마련이었고, 그럴수록 그들은 재미있어 하며 희롱의 강도를 키울 뿐이었다. 하지만 향이는 체구도 자그마하고 얼굴도 앳되어 보이는 주제에 부네탈이라도 쓴 양 독하게 웃고 있었다. 그럴수록 사내들은 호승심이 인다.

"옳거니, 요거 말하는 거 봐라. 그리하면 요 잘록한 절구통은 힘이 좋으냐 아니 좋으냐."

"아직 잘 모르겠사옵니다."

향이는 은근슬쩍 허리를 더듬는 손길에 진저리를 내면서도 용케 참으며 살짝 물러앉는다.

"모른다? 머리까지 얹어 놓고 어찌 모른다? 머리 얹어 준 진사님이 밤새 헛공이질을 했나 보구려. 여보시오 선비님들, 요놈의 절구통이 절굿공이를 받칠 힘이 있는지 없는지 어찌 알아보면 좋겠소?"

"그야, 직접 찧어 봐야 아는 게지. 말 난 김에 지금이라도 찧어 보시구려. 우리가 품평해 줄 터이니."

창의 영감의 대거리에 왁자한 웃음이 터졌다. 심 별감은 허리를 더듬던 손을 아래로 슬쩍 내려 엉덩이를 세게 움켜쥐더니 좌중을 향해 씩 웃어 보인다.

"쯧쯧, 아직 방뎅이가 이리도 물러 터져서야 원. 절구통이 쓸 만큼 야물려면 우리네 절굿공이로 밤이건 낮이건 두드려 주는 게 최고인데. 이제부터 어느 세월에 그렇게 만들지 앞이 깜깜하오이다. 허허허."

좌중에 모인 사람들은 얼굴이 크게 일그러진 향이를 곁눈질하며 히죽히죽 웃었다.

"자, 그럼 목도 컬컬하니 사랑가나 한 자락 듣고 새 기생이 쳐 주는 술 한 잔씩 받는 게 어떻겠소?"

"좋소이다. 좋소이다."

향이는 부채를 맵시 있게 펴 표정을 정돈했다. 부채를 내렸을 때는 아까와 똑같은 표정으로 돌아와 있었다.

오늘 무슨 일이 있어도 손님들에게 우는 모습 따위 보이지 않을 것이다. 이 자리에서 아랫도리를 받는 용도의 계집 따위를 딱히 여기는 사내는 없을 터이고, 향이는 자신의 치욕과 눈물을 남의 웃음거리로 만들 생각도 없었다.

향이는 손등에 힘줄이 돋도록 부채를 움켜쥐고는 이 도령과 춘향이의, 현실에선 결코 이루어질 수 없는 사랑 이야기를 읊어 내렸다.

이리 오너라 업고 놀자 이리 오너라 업고 놀자

사랑, 사랑, 사랑, 내 사랑이야 사랑, 사랑, 사랑, 내 사랑이야

이이이이 내 사랑이로다 아매도 내 사랑아

니가 무엇을 먹으랴느냐 니가 무엇을 먹으랴느냐

둥글둥글 수박 웃봉지 떼뜨리고 강릉 백청을 따르르르르 부워 씰랑 발라 버리고

붉은 점 옵벅 떠 반간 진수로 먹으랴느냐

아니 그것도 나는 싫소

그러면 무엇을 먹으랴느냐 니가 무엇을 먹으랴느냐

당동지지루지허니 외가지 당참외 먹으랴느냐

아니 그것도 나는 싫소

그러면 무엇을 먹으랴느냐 니가 무엇을 먹으랴느냐

포도를 주랴 앵도를 주랴 귤병 사탕에 혜화당을 주랴 아매도 내 사랑아

시금털털 개살구 작은 이 도령 서는 데 먹으랴느냐

저리 가거라 뒤태를 보자 이리 오너라 앞태를 보자

아장아장 걸어라 걷는 태를 보자

빵긋 웃어라 입속을 보자 아매도 내 사랑아

창이 끝나자 응헌이 점잖게 운을 뗐다.

"목소리가 청청하고 좋소이다. 내 좌중에 할 말이 있소. 처음 보는 계집에게 말 좀 묻겠소이다."

심 별감의 지나친 농지거리를 한 풀 식히려면 별수 없었다. 빨리 신참례를 시작해 일찍 끝내고 놓아주는 것이 그나마 저 아이에게 덜 괴로울 것이다. 기명 소개부터 시작하는 것이 제대로 된 순서였다.

"네 명색이 무엇이냐?"

"기생이옵니다."

"에라이, 너 같은 기생은 첨 보았다. 이년아, 썩 내려가서 내 발 닦을 물이나 가져와라."

옆에 있던 창의 영감이 향이의 뺨을 내리치며 이죽거렸다. 창의 영감이 하는 짓은 기방 오입쟁이라면 으레 알고 있는 기본적인 신참례 과정이었다. 네 처지는 무수리 종년밖에 되지 못한다는 의미였다. 향이는 뺨이 얼얼했지만 참고 다시 되풀이했다. 기생이옵니다. 기생이옵니다. 응헌이 서둘러 말을 막고 나섰다.

"그래, 기생이로구나. 네 이름은 무엇이냐?"

"예, 아침 이슬 함빡 머금고 얼굴을 내민 분꽃처럼 향기롭고 싶어 향이라 하옵니다."

"그렇구나. 예쁘고 향기로운 이름이로다. 네 나이가 몇이냐?"

"이팔 춘향이보다 두 살 덜 먹은 열넷으로 아뢰옵니다."

이제 좌중에 있던 다른 이들도 수억수억 문답에 끼어든다.

"어허, 젖비린내 나는 년인 줄로만 알았는데 다 큰 처녀로구나. 버들개지 물오르듯 딱 좋을 때다. 고향은 어디인고?"

"황해도 대원이옵니다."

"어째서 이 먼 곳까지 흘러왔는고?"

"역병에 큰물에 도적 떼에 조실부모하고 좋은 님을 만나고저 타박타박 사백 리 길을 걸어왔나이다."

"좋은 님이라. 어린년이 잔망하구나. 그래 사모하는 정인을 만나기는 했는고? 정인이 없으면 이곳에서 한 분 골라 봄이 어떠냐. 기꺼이 네 정인이 되어 줄 것이야."

이럴 때 없다 하면 손님 중에서 정인을 하나를 골라야 하는 난감한 상황이 벌어질 수도 있다. 역시 대답이 정해져 있는 문답이었다.

"있사옵니다."

"오호라. 그 서방님은 누구냐?"

작은 기생은 잠시 망설였지만 고개를 살짝 수그리고 대답했다.

"장…… 서방님이세요."

응헌은 놀라서 말을 멈췄다. 저 아이의 머리를 얹어 준 것은 분명 친구 윤형순 진사였다. 예전에 향이라는 이름을 새로 지어 준 것도 윤 진사라 들었다. 그런데 정말 갓 머리를 얹은 주제에 마음에 둔 다른 사내가 있었단 말인가? 아니면 그저 갖다 붙이는 성씨인가?

물론 신참 기생의 신고식에 나오는 서방의 성씨야 매일 바뀔 수도 있지만 살짝 떨리는 목소리를 들으니 기분이 찜찜하긴 했다. 옆에서 창의 영감이 계집을 을러멘다.

"네깟 것에게 그런 서방이 웬 말이냐, 당찮으니 버리거라."

"정이 들어 못 버리겠나이다."

"정이 들어 못 버려? 그래, 정이 어디에 들었단 말이냐?"

"……뱃속 깊이 들었사옵니다."

"그래? 안 뵈는데? 그놈의 정을 얼마나 깊이 감춰 놨기에 이렇게 터럭만큼도 안 보이는 게냐?"

사내들의 시선이 꽁꽁 동여맨 가슴과 붉은 치마에 감추어진 아랫배를 더듬는다. 향이의 가면처럼 웃는 표정이 조금 더 딱딱해진다.

"깊이깊이, 아조 깊이 보이지 아니하게 숨겼나이다."

"그래서야 쓸 말인가. 그리 깊이 묻어 두면 장 서방 왔을 때 어찌 찾아 내놓으려누. 미리 한번 찾아보아야 쓰겠다. 저고리 속에 숨겼느냐."

"아니옵니다."

"믿을 수 없구나. 저고리를 벗어 보아라."

이제 본격적인 시작이었다. 선배들에게 이 모진 과정을 자세히 들어 두었던 향이는 별말 없이 얌전하게 고름을 풀고 몸에 바짝 달라붙어 있던 저고리를 벗었다.

"저고리 속에도 없구나. 속적삼 속에 들었느냐?"

"아니옵니다."

"믿을 수가 없구나. 속적삼을 벗어 보아라."

속적삼까지 벗고부터 동그란 어깨가, 하얀 팔뚝이 드러나기 시작했다. 킬킬대고 웃던 사내들이 풋풋한 기생의 맨살을 보며 천천히 말을 줄였다. 눈동자에서 번들번들 열기가 오르기 시작한다.

향이는 눈을 감았다. 굶주림을 피하기 위해 기생집 대문 앞에 엎드렸지만, 기생의 삶을 자신의 것으로 받아들이기로 결심한 이유는 한 가지 더 있었다. 사모하는 자를 위해서였다. 기생들은 비록 천출이긴 하지만, 마음에 간직한 사내에게 연모의 정을 고백할 수 있다 들었다. 여염 여인들 같으면 꿈도 꾸지 못할 일이었다.

어차피 여염 여인의 삶은 아비에게 팔릴 때부터 포기하고 살았던 향이였다. 운이 좋으면 기생으로라도 깊은 정을 쌓아 부부의 연 비슷한 것을 맺어 볼 수 있지 않을까. 스스로 선택한 길이 그렇다면 이 과정은 피할 수 없는 시간이었다. 도망칠 생각은 없었다. 다만 이 시간이 얼른 지나가기를.

"저고리엔 숨기지 아니하였구나. 치마 속에 숨겼느냐, 치마를 벗어 보아라."

화려하게 수놓인 푸른색 비단 치마와 헐거운 단속곳까지 차례차례 벗겨지고 나니 부러 남겨 둔 흰 속치마가 한 장 남는다. 속치마 안으로 손을 넣어 더듬던 심 별감이 속바지까지 벗겨 들고 사람들 앞에 홀홀 흔들며 투덜댄다.

"바지 속에도 주머니 속에도 들지 않았소. 어린년이 깊이도 숨겨 둔 모양이오. 네 이년, 정을 속속곳에 숨겼느냐?"

"아니옵니다."

"믿을 수 없구나, 속속곳을 벗어 보아라."

희게 웃는 가면이 잠시 균열했다. 향이는 눈을 부릅뜨고 웃으면서 바지 형태의 속속곳을 벗어 내놓는다. 하지만 눈이 번들거리는 사내들은 그 웃음이 소름 끼치게 차갑다는 것을 인식할 정신이 없었다. 옆에 있던 중늙은이가 심 별감 대신 속치마를 훌렁 들추어 안을 엿보더니 캬악, 타구에 가래를 뱉으며 투덜댔다.

"다리속곳 하나 남았는데, 그래도 뵈지 않으니 어쩌리?"

"앙큼한 년이 깊이도 감추었구나. 치마를 들추어 보아라."

여기까지 와서는 향이도 드디어 머뭇머뭇한다. 속치마 아래로는 작은 끈 모양으로 된 다리속곳 한 장뿐이었다. 농익고 한참 바닥을 구른 기생이라면 치맛자락을 살랑살랑 팔랑대며 나긋나긋 사내들 약을 올리는 식으로 무사히 넘길 수도 있으련만 이제 갓 머리를 올린 신참 기생에게 그런 능란한 요령까지 바랄 수는 없었다. 들추어라, 보아야겠다, 나리 이러지 마시어요. 결국, 향이가 떨리는 목소리로 애원했다.

"네 이년, 속치마를 찢어발겨야 하겠느냐!"

향이는 황급히 속치마를 두 손으로 잡고 들추었다. 모인 사내들의 야차 같은 시선이 맨몸에 그대로 내리박혔다. 손가락 하나 정도 되는 폭의 천 조각으로 간신히 가려놓은 치부가 보일락 말락 드러났다. 사내들의 눈에 끈적한 용암이 이글이글 차올랐다.

뒤에서 채를 잡고 앉은 늙은 기생은 눈썹을 찌푸리고 한숨을 쉬면서도 나서지 않고 지켜보기만 한다. 동기가 신참례를 치르는 것은 기생으로서 가장 모질고 힘든 경험이었다. 그녀 역시 이런 과정을 여러 번 겪고서야 제대로 기생 소리를 듣게 되었다.

자신의 아내와 딸들은 외간 사내에게 손끝 하나 시선 한 자락 엮이면 안 된다 믿는 사내들이었지만, 기생이란 이리저리 헤집히도록 태어난 여자들이라고, 아무런 위화감도 없이 믿었다. 다만 저 작은 아이는 너무 독했다. 저렇게까지 울지 않고 버티는 아이는 본 적이 없었다. 끝까지 웃고 있는 모습은 오히려 섬뜩하기조차 했다.

다리속곳 속에 숨겼느냐, 어느 골짜기에 들었느냐, 심 별감은 다리속곳까지 벗기려 손을 내민다. 향이는 속치마 자락을 입에 물고, 양손을 허우적대며 그의 손을 만류해 본다. 어딜 감히, 심 별감은 향이의 손등을 매섭게 후려친다.

향이의 눈에서 드디어 눈물이 쏟아지기 시작했다. 하지만 흐느끼는 소리는 한 자락도 내지 않고, 목으로 꿀꺽꿀꺽 소리를 삼켰다. 뒤에 앉아 있던 노기는 혀를 차며 향이의 얼굴을 살피다가 깜짝 놀랐다.

향이는 웃고 있었다. 두 눈을 똑바로 뜨고 고개를 빳빳이 세운 채, 눈물을 줄줄 흘리며 가면처럼 웃고 있었다.

향이는 끝까지 고개를 수그리지 않았다. 정홍 행수가 하던 말을 이제 제대로 알 것 같았다. 이것이 기생이었다. 그리도 화려하고 당당해 보여 꿈에도 부러워하던 황진이와 계월향도 모두 이런 과정을 겪고서야 기생이 되었던 것이다. 아무리 귀하고 몸값 비싼 일패 기생들이라도, 이렇게 사내들에게 유린당하며 울던 날이 있었을 것이다.

나는, 사람이 아니다. 나는, 여자도 아니다. 다른 여자들이 보물처럼 간직하는 곳을 유린당하고도 아무 부끄러움도 느끼지 않고 웃어넘길 수 있어야, 제대로 기생이 되는 것이다.

다만 눈물은 아무리 노력해도 멎지 않았다. 향이는 얼굴을 가릴 생각을 접고 웃는 얼굴을 타고 내려가는 눈물을 내버려 두기로 했다.

우는 것은 오늘 하루, 딱 하루만.

시간이 지날수록 사내들의 여흥은 무르익어 갔다. 그들은 향이의 속치마가 눈물로 흠뻑 젖을 때까지, 이래야 제대로 기생이 되는 거라

껄껄대며 기나긴 훈계와 패담을 늘어놓았다.

❀   ❀   ❀

이완은 속이 거북해 눈을 감았다. 듣고만 있어도 구역질이 난다. 아무리 평균 수명이 짧고 혼인을 이르게 하던 시대라지만, 그 작은 소녀에게 쏟아진 일들은 이해할 수 없을 만큼 추악했다. 그 사내들도 집에 아내와 딸들이 있을 것 아닌가.

"그걸 어떻게 그렇게 자세히 아십니까. 밖에서 몰래 듣기라도 하셨습니까?"

이완이 쓴 물을 삼키며 묻자 민호가 머리를 긁으며 고개를 끄덕였다.

"집에 돌아가려고 그랬지 뭐. 월죽도가 걸려 있던 행랑방에 들어갔는데 그림이 없어졌더라고. 안잠 아줌마가 거기 걸렸던 그림이 지금 손님 받고 있는 향이 아씨 방에 걸려 있을 거라고 알려 줬거든. 그래서 냉큼 가 봤는데 벌써 시작을 했더라고."

"잠깐만요. 그때 진희 씨는 행랑방에 없었습니까?"

"어? 없었는데?"

이완은 눈썹을 찡그리고 생각에 잠겼다. 그날 있었던 일들은 어째 갈수록 오리무중이다.

"그래서 어떻게 하셨습니까?"

"상이라도 내가면서 그림을 빼 올까 하고 근처에서 얼쩡거리다가 아주 꼭지가 돌았지 뭐. 그렇게 엿 같은 소릴 밤새 들을 줄 알았다면 가 보지도 않았을 건데."

"그래서요? 혹시 뭔 짓을 저지르신 건 아니죠?"

"음, 솔직히 말하면, 뒷간에서 생똥물을 갖다 저놈의 방구석에다 퍼부을까 열댓 번이나 생각했는데 죽을힘을 다해서 참았어. 나야 기회 봐서 바로 튀면 그만이지만 걔는 어떡해."

까딱 잘못했으면 대형 참사가 일어날 뻔한 순간이었다. 이완은 가슴을 쓸어내렸다. 그는 여전히 여자의 모험담을 웃으면서 들을 수가 없었다.

"근데, 신고식은 의외로 엉뚱하게 끝났어."

그 뒤로도 계속 이어진 과한 희롱에 눈살을 찌푸리고 있던 응헌은 문득 벽에 붙은 두 폭의 그림에 시선을 돌렸다. 그중 하나는 그림체가 눈에 익다. 잎의 꼬리가 길고 날카롭게 떨어지는 난 그림. 김정희의 제자이자 난화(蘭畵)로 유명한 석파 홍선군의 작품이었다.

"석파란이로구나. 역시나 기개가 매섭고 서릿발 같아 좋구나. 이곳에 대원위 대감도 다녀가셨더냐."

두어 해 전부터 천하를 호령하게 된 '대원위 대감'이라는 말에 여자를 희롱하던 기세가 무르춤해진다. 향이는 눈물을 얼른 씻고 치맛자락을 정돈한 후 대답했다.

"예, 대원위 대감께서 와신상담하시던 시절에 종종 이곳에 들러 술값 대신 선배님들의 치마폭에 난을 몇 대 쳐 주고 가셨다 들었습니다. 미욱한 계집이 며칠 전 머리를 얹게 될 때, 행수께서 선물로 내리셨습니다."

"그렇다면 옆의 이 그림은 어느 화원의 작품이냐. 화제도 낙관도 없으니 짐작할 수가 없구나."

"화원이랄 것도 없는 자의 그림이옵니다. 나리께서는 서화에 조예가 깊으시니 수준을 바로 알아보시었겠지요. 하온데, 마음에 드시는지요."

향이는 화가의 이름을 대는 대신 조심스럽게 되물었다.

"흠. 준법은 미숙하고 붓질이 조심스럽긴 하지만 그림의 맛이 있다. 솔직담백하고 상쾌한 그림이로다. 뉘 것이냐?"

"아마도 나리께서는 잘 아시리이다. 미욱한 년에게 오라비처럼 챙기는 이가 있사온데, 그가 두어 해 전 야주개의 지전에서 일하며 그린 것이옵니다. 대원에서 함께 한양으로 온 오라비옵니다."

향이의 목소리에서 자랑스러워하는 기색이 느껴진다. 모인 사내들의 눈이 둥그레졌다.

웃기시네.

밖에서 듣고 있던 민호는 콧방귀를 뀌었다. 그럴 리가 없다. 옆에 지렁이처럼 달린 글자가 없긴 하지만 저건 분명 우리 고조할아버지 건데? 저 아이가 무언가 잘못 알고 있거나, 오라비라는 사람이 남의 그림을 얻어서 뻥을 친 것이 분명했다. 하지만 지금 그 자리에 뛰어들어가서 따질 수는 없었고, 또 그것이 중요한 것도 아니었다.

"대원에서 함께 온 오라비라? 그럼 지금 우리 집에서 머슴살이를 하는 노랑눈이 장 씨 녀석을 말하는 것이더냐? 그 녀석이 이 그림을 그렸다고?"

"예, 지전에서 일할 때 그곳의 화보나 왕 서방이 그려 파는 세화를 많이 보았고, 그 그림들을 기억해서 나뭇가지로 따라 그려 보았다 하였사옵니다. 이 그림은 심부름 간 집에서 봤던 그림을 기억해 두었다가 못 쓰게 된 종이와 몽당붓 한 자루를 얻어 그려 보았다며 제게 주었사옵니다."

응헌의 눈매가 더욱 가늘어졌다.

"거짓을 고하는 것이 아니냐? 노랑눈이 녀석이 우리 집에서 일한 지도 이태가 넘어간다. 하지만 그림 그리는 것을 한 번도 보지 못했는데. 게다가 붓질이 쉬운 줄 아느냐. 그림 한두 번 보는 것만으로는 이렇게 그릴 수가 없느니라."

"하오나 틀림없는 사실이옵니다. 종이가 워낙 비싼지라 오라비는 연습을 위해 종이를 살 형편이 되지 않았습니다. 붓도 처음 써 보아 생각만큼 잘 나오지 않았다고 하였사옵니다."

그림을 쥔 응헌의 손이 가늘게 떨렸다.

응헌은 바로 자리에서 일어나 수표교 너머에 있는 자신의 집에 가서 노랑눈이 장 씨라는 머슴 놈을 끌고 오라 명령했다. 얼마 지나지 않아 향이의 고향 오라비 장이라는 머슴이 빈 지게를 짊어진 채 평양루에 잡혀 왔다.

낯이 익다. 작년에 민호가 평양루에서 잠시 일할 때 한 번 본 얼굴이었다. 영문도 모르고 끌려온 사내는 향이가 신참례 중인 것을 알고 당황하다가, 주인을 보고는 지게도 벗지 못한 채 얼른 고개를 숙였다.

"향이가 받았다는 이 그림, 네가 그렸느냐."

응헌이 긴 족자를 들어 올렸다. 그는 그림을 흘낏 보더니 바로 고개를 끄덕였다.

"내가 알기로, 너는 글도 제대로 쓰지 못하고 붓도 한 번 잡아 본 적이 없다. 그런데 어떻게 그렸느냐?"

그는 당황한 얼굴로 머리를 긁었다.

"어, 자, 잘 모르갔습네다."

"모르긴 뭘 몰라! 네놈이 그렸다면서!"

"기, 기양 손이 가는 대로 그린 긴데 어드러게 그렸는지, 어드레 설명해야 할지 저도 잘 모르갔습네다."

뒤에 서서 지켜보던 민호는 다시 콧방귀를 뀌었다. 그럴 줄 알았다. 자기가 그린 게 아니니 설명을 못 하는 게 아닌가. 그때 몽당수염 사내가 엄하게 명령했다.

"그렇다면, 그때 무슨 일이 있었는지 자세히 설명해 보아라."

왕 서방이 세화를 그리다가 나직하게 욕설을 뱉으며 종이를 옆으로 휙 밀어 버린다. 가운데로 긴 선을 잘못 그어 비싼 종이 한 장을 못 쓰게 된 것이다.

왕 서방은 두리번거리다가 뒤에서 먹을 갈고 있던 머슴에게 선심 쓰듯 못 쓰게 된 종이를 내어 준다. 이거 가져가서 방문 구멍 난 데 발라라. 바람 들더라, 한다.

그는 종이를 조심스럽게 펼쳐 보았다. 한가운데 길게 그어진 선. 그는 길쭉한 선을 보며, 문득 심부름을 갔던 집에서 보았던, 종이 한가운데를 가로지르는 길고 굵은 대나무 그림을 떠올렸다. 대나무, 대나무 잎사귀, 바위, 밤하늘, 달과 구름. 배치를 조금 옮겨 그려 보면 무난하게 비슷한 그림을 만들어 낼 듯싶었다.

그는 왕 서방이 들어갈 때까지 기다렸다. 종이 위에서 자꾸 대나무 하나가 튀어나오려 꿈틀거렸다. 왕 서방이 들어간 후 그는 닳아서 못 쓰게 된 몽당붓을 먹물에 조심스럽게 담아 보았다.

"……응?"

겁도 없이 손이 움직였다. 갑자기 훅, 속에서 불이 솟는다. 그림을 그린다기보다 종이 속에 숨어 있는 것을 시원하게 끄집어내 보고 싶었다.

숨어 있는 대나무, 바위, 구름, 노란 달이 기다리고 있던 듯 차례차례 모습을 드러냈다. 안타까웠다. 그림에서 보았던 것처럼 옅고 짙은 농담은 잘 나타나지 않는다. 물과 붓을 다루는 요령만 있으면 좀 더 잘 그릴 수 있을 것 같다. 매해 똑같은 세화나 새 꽃 고양이 나부랭이를 그리고 있는 왕 서방보다 훨씬 더.

어느덧 제법 큰 그림이 펼쳐지기 시작했다. 닳아빠진 붓에서는 날카로운 선이 나오지 않고 선을 긋다 서투르게 흔들린 부분도 있었지만 아무래도 좋았다. 길고 힘 있게 위로 뻗은 대나무, 아래로 시원시원 늘어진 잎사귀들, 묵직하게 자리한 검은 바위, 옅게 어둠으로 물든 밤하늘, 그리고 달.

그는 홀린 듯이 완성된 그림을 내려다보았다. 신기해. 종이에 그림을 그리는 건 나뭇가지로 흙 위에 그리는 것과 완전히 다르구나. 그는 그제야 자신이 땀으로 흠뻑 젖어 있는 것을 알게 되었다. 몸은 천천히 식었지만 심장은 여전히 크게 북소리를 내며 뛰었다.

그는 그림을 한참 동안 바라보다가 문득 생각했다.

달을 눈부신 황금색으로 칠하면 좋겠다.

그는 왕 서방이 접시에 노랗게 풀어 놓은 물감을 듬뿍 묻혀 달을 칠했다. 손톱으로 긁으면 벗겨질 만큼 아주 진하게 칠했다. 달은 황금 덩어리처럼 찬란해졌고, 그때부터 그림이 펄떡거리며 살아 숨 쉬기 시작했다. 그는 자신이 생명을 부여한 그림을 흡족하게 내려다보았다.

아아, 좋다. 좋다. 정말 좋구나.

그는 붓을 내려놓고 숨을 크게 들이쉬었다. 그리고 자리에서 펄쩍 뛰었다. 술을 마신 것도 아닌데, 막걸리를 한 말은 마신 것 같다. 피가 펄펄 날뛰는 것 같은 이상한 기분이었다. 춤을 추고 싶었다. 펄쩍, 다시 뛰었다. 펄쩍, 펄쩍, 펄쩍. 신이 났다. 내가 만들어 놓은 그림이란 놈이 정말로 숨을 쉰다. 심장 속을 펄떡이며 뛰는 피가 그림으로 옮겨 간 기분이었다.

그는 이 그림을 향이에게 보여 주었다. 지전에 두었다가는 욕심 많은 주인이 뺏어서 팔아 버릴 것이고, 동료 머슴 중에선 그림을 볼 줄 아는 놈이 없었다. 향이는 눈물까지 글썽이며 감탄했다. 오라버니, 그림 두실 곳이 없으면 저에게 주실 순 없으신가요? 소중히 평생 간직하고 싶습니다.

그는 어쩐지 으쓱해지기도 했고 별달리 그림을 걸어 둘 곳도 없고 하여, 향이에게 선선히 그림을 넘겨주었다. 애초에 물건에 집착하는 성격도 아니었고 그 순간 크게 흥취가 오른 것만으로도 충분했다. 게다가 향이는 친누이처럼 아끼는 동생이었다. 향이가 머리를 얹으면 향이 방에 두어도 좋고, 평양루 행랑채에라도 걸어 두면 심부름을 오가면서 들여다보기도 좋을 것이다.

"그 뒤로는 종이를 얻어서 그림을 그려 본 적이 없느냐?"

"지전에서 일하는 동안엔 가끔 베려진 종이가 나올 때가 있었습네다. 길 때마다 한두 장 갖고 가서 붓질 연습은 해 봤습네다만 제대로 기려 본 적은 없었시요. 기러다가 나리 댁으로 옮겨 신세를 지게 되었시요. 그 후로는 붓을 잡아 본 적이 없습네다만 나리께서는 좋은 그림과 화집을 많이 갖고 계셔서 틈틈이 보고 배우고 있시요."

"많이 배웠다? 걸린 그림은 오가며 본다 해도 화집은 못 보았을 텐데? 훔쳐보았느냐?"

"아이고, 그런 경을 칠 일을! 아니라요! 도련님들께서 심심파적으루다가 화집을 딜여다 보실 때 술 시중을 들다가 어깨 너머로 보았습네다."

"그렇게 잠시 본 것 가지고 배웠다 할 수 있겠느냐. 솔직히 말해 보아라. 그림을 어디서 따로 배운 것이 아니란 말이냐?"

응헌은 계속 추궁했다. 머슴은 지게를 등짝에 매단 채 땀을 뻘뻘 흘렸다.

"아닙네다! 죄 기억해서 그리는 기야요. 내래 한 번 본 그림은 다 기억할 수 있습네다. 지금이라도 오데 있는 오떤 그림을 그리라 하시몬 똑같이 기릴 수 있습네다."

응헌은 한동안 말을 멈췄다. 그는 눈을 크게 뜨고 한참 동안 머슴과 월죽도를 바라보다가 내뱉었다.

"거짓말하지 마라. 그건 사람으로 될 일이 아니다. 그게 어떻게 가능하냐?"

아이고 미치갔네, 중얼대던 사내는 얼굴을 구기고는 통사정하듯 말했다.

"아이고 나리, 참말 진짠데 오쩝네까? 기양 절로 막 기억나고, 저 대나무도 저절로 막 그려졌시요! 종이 속에서 막 뭔가가 튀어나오려고 불근불근합네다. 붓만 대 주면 저들이 알아서 막 뛰쳐나옵네다. 기레서 대나무두 산두 꽃두 제 흥대로 절로 생겨나는데⋯⋯. 이것참, 밥 먹으면 똥 나오고, 물 마시면 오줌 나오고, 술 마시면 춤 나오고 노래 나오잖습네까? 기걸 어드러게 설명을 합네까?"

그가 진땀을 빼며 말했다. 그는 자신에게는 당연한 '저절로'가 얼마나 말도 안 되는 해명인지 영 이해하지 못하는 얼굴이었다.

툇마루로 나와 둘러선 사람들은 여전히 빈 지게를 매단 채 머리를 조아리는 머슴과 응헌의 손에 들린 월죽도를 보고 아연한 얼굴을 했다. 응헌은 단호하게 말했다.

"그렇다면 지금 당장 기억나는 그림을 그려 보아라. 향이야! 지필묵을 대령하여라."

이후로 신고식은 파작이었다. 얼쩡대며 눈치를 보던 민호는 자신이 타고 들어온 월죽도가 이 사람 저 사람의 손으로 넘나들고, 건상투 홑저고리 차림의 머슴이 사람들에게 떠밀려 방 안으로 들어가는 것을 절망적인 눈으로 지켜보아야 했다.

"여기 종이와 붓, 먹이 있다. 무엇을 그릴 수 있겠느냐."

상을 옆으로 밀어 놓은 응헌은 긴 종이를 펼쳐 놓고 흥분한 눈으로 물었다.

"뭐든 그려도 되는 겁네까? 귀한 종이를 버리게 되면 오쩝네까?"

"종이 걱정 따윈 집어치우고, 무엇이든 그릴 수 있는 것을 그려 보아라. 생각나는 것은 무엇이든. 향이야, 어서 먹을 갈지 않고 무얼 하느냐."

입성을 다시 정돈한 향이는 양반 어르신들 사이에서 당황해서 두리번대는 사내를 보며 자랑스럽게 미소했다. 은은한 묵향이 퍼질 때쯤 생각을 마친 머슴이 고개를 끄덕였다.

"지난번 나리 뫼시고 빙장 어르신 댁에 갔을 때 봤던 그림들을 그려 보갔습네다."

응헌은 흥분한 눈으로 고개를 끄덕였다. 응헌의 장인은 완당 김정희의 제자이자 유명한 역관인 이상적으로, 그의 집에는 청나라를 오가며 수집한 문인화들이 상당히 많은 편이었다. 그는 김정희에게 세한도를 선물 받고, 청에 드나들며 숱한 문인들에게 화제를 받아 오기도 했다.

먹물을 붓에 묻힌 사내가 떨리는 손으로 종잇조각에 점을 몇 번 찍어 보며 농도를 가늠했다. 눈꺼풀 속에서 눈동자가 두룩두룩한다. 불끈 솟은 어깨 근육이 팽팽하게 긴장하는 것이 보인다. 방 안은 바늘 떨어지는 소리가 들릴 만큼 치밀하게 조용했다.

주욱.

그는 초장부터 선을 대담하게 그었다. 화면 아래를 커다랗게 차지하고 있는 큼직한 바위 언덕이 바로 윤곽을 드러냈다. 울퉁불퉁 길쭉한 괴석이 진한 색으로 묵직하게 바닥에 자리 잡았다. 바위 언덕에 씩씩하게 솟구친 소나무가 너덧 그루, 그리고 잎이 넓은 활엽수가 연이어 솟아 그림에 활기를 준다. 아래로는 담백하고 정갈한 작은 정자, 그 위로 봉우리가 높이 솟은 산이 우람하게 병풍처럼 둘렸다. 획에서 조심스러움이 느껴지긴 했으나 짜임새가 좋은 그림 한 폭이 순식간에 완성되었다.

"다 되었습네다."

그는 땀에 흠뻑 젖은 얼굴로 고개를 들었다. 열기가 가라앉지 않은 눈이 맑게 빛나고 있었는데, 그 때문에 꼭 선계의 사람처럼 보였다. 응헌은 낮게 신음했다.

"놀랍구나. 빙장 어르신 댁에 있는 계산송정, 그 왼쪽 부분을 따서 그린 게로구나."

"그 그림 이름이 계산송정입네까?"

"그렇다. 현재 심사정 선생의 그림이다. 그 그림은 전체로 보았을 때는 왼쪽 뾰족 봉우리가 과하다 하여 관원수 김광국 선생이 제문을 남겼는데 이렇게 달리 잡아 따로 그리니 구도가 훌륭하다."

갑자기 칭찬을 받은 사내는 벌그데데한 얼굴로 두리번거리다가 결국 머쓱하게 웃고 말았다. 응헌이 낮은 목소리로 달래듯 말한다.

"이 그림은 다른 곳에서는 볼 수 없었을 것이다. 꽤 오랫동안 장인 어른께서 갖고 계시던 거라 들었다. 그때 나를 따라 장인어른 댁에 갔을 때 벽에 걸린 것을 잠시 봤던 것이 전부 아니냐. 그런데 어떻게 눈앞에 본 것처럼 따라 그릴 수 있느냐."

머슴은 멀뚱하게 눈만 껌벅이고 있다. 저절로 기억나고, 저절로 그림이 불끈대고, 붓만 대면 저절로 튀어나온다는데 할 말이 있을 턱이 없다.

"좋다! 다른 것을 그려 보아라! 산수화든, 영모화든, 화조도든, 괴석화든, 아무것이라도!"

먹물이 채 마르지도 않은 그림을 옆으로 밀어 두며 응헌이 채근했다.

이번에는 가로로 길게 놓인 그림이었다. 붓질 몇 번에 감을 얻었는지, 그는 더 이상 머뭇거리지 않았다.

왼쪽 아래에 작은 언덕배기가 부드럽게 놓이고, 높직한 언덕이 뒤를 받치고 있다. 사이로 자잘자잘 어린나무와 큼직한 나무들이 종류대로 늘어섰다. 멀찍이 높은 봉우리가 희미하게 보이는데, 그 앞으로 잔잔하니 깨끗한 물이 흐르고, 맞은편 강가에선 갈대가 바람에 일렁일렁 흔들린다.

바위 언덕 아래 시원한 나무 그늘에 정자가 한 채 운치 있게 지어진다. 차라도 나누려는지 두 사람이 마주하고 인사를 나누는데, 그 뒤로 보이는 툭 트인 강물 위로 작은 거룻배가 유유자적하고, 배 위에서는 어린 뱃사공이 태평하게 노를 젓는다.

"온 이런 맙시사. 역관 나리 댁에서 머슴 사는 향이 동향 오라바이 아니네?"

이야기를 듣고 달려온 정홍 행수도 말을 잇지 못했다. 왜장질을 치러 온 별감 교꾼 왈짜패도 멍하니 둘러서서 구경하고 앉았고, 남색 치마저고리에 각색 장식으로 머리를 화려하게 꾸민 기생들도 줄줄이 따라 나와 발돋움까지 하며 들여다본다.

손님으로 온 듯한 흰 도포 차림의 선비들도, 번듯한 사모관대 차림의 양반님도 부채로 얼굴을 가린 채 힐끔힐끔 구경하고, 행랑채에서도 반빗간에서도 와르르 몰려와 툇마루 밖에 서서 구경 판이 벌어졌다.

하지만 그는 주변에 모인 사람들의 존재를 인식하지 못했다. 무아지경에 빠진 채 기억을 더듬으며 그림을 그린다. 흔들리는 갈대의 모습을 꼼꼼하게 한 줄기 한 줄기 채워 넣고 산의 내부를 옅은 먹선을 사용한, 마의 껍질을 늘어놓은 듯한 모양으로 자연스럽게 채운다. 무성한 나뭇잎은 쌀알 같은 작은 점으로 채우고, 앞에 놓인 바위들은 강하고 시원스럽게, 도끼로 내리치듯 마감한다.

"이건 누구 것을 보고 그린 것이냐."

"기양 소인이 생각해서 기렸습네다."

"그냥 생각해서? 이런 맙소사. 그, 그렇다면, 이 준법은 다 어디서 배웠느냐."

응헌이 떨리는 목소리로 물었다. 그림을 그리던 사내는 문득 꿈에서 깨어난 듯 고개를 흔들었다. 저고리가 땀에 젖어 등짝에 달라붙었고 이마와 콧잔등에 땀이 송골송골한데 그것조차 의식하지 못하는 것 같았다. 그는 멍한 목소리로 물었다.

"준법이 무업네까?"

"네가 쌀알처럼 나뭇잎을 그린 것은 미점준(米點皴)이요, 마에서 뽑은 가는 가닥처럼 산과 언덕을 채운 것은 피마준(披麻皴)이요, 도끼로 강하게 내리치듯 깎아지른 바위를 그린 것은 부벽준(斧劈皴)이다. 이것들을 대체 뉘게서 배웠느냐!"

응헌이 발을 구르며 물었다. 사내가 손등으로 이마의 땀을 문지르며 대답했다.

"소, 소인은 모릅네다. 준법이고 뭐이고 아무것도 모릅네다. 고조 기억나는 대로 필요한 데 넣은 것뿐입네다. 향이에게 준 거 말고 제대루 그려 본 건 지금이 처음입네다! 믿어 주시라요!"

완성된 그림을 본 정홍은 눈을 크게 뜨고 입을 손으로 가렸다. 둘러선 다른 사내들도 말을 잃었다. 모여 선 사람들은 쥐 죽은 듯 홀린 듯 눈앞에 놓인 큰 그림을 들여다본다. 믿을 수 없다. 이건 붓을 처음 잡아 보는 자의 솜씨가 아니었다.

더 그려 보아라, 더! 응헌의 채근은 그가 지쳐서 나가떨어질 때까지 계속되었다. 향이가 중간중간 술을 한 잔씩 따라 주면 그는 얼굴을 돌리지도 않고 받아 마시고, 턱으로 흘러내리는 땀을 손등으로 문지른 후 다시 달려들어 그렸다. 한참을 무아지경으로 그리다가 종이

위로 땀이 떨어지면 그제야 소매로 땀을 문지르고, 다시 날듯이 붓질을 해 댔다. 무시무시한 집중력이었다. 모여 서 있는 사람들은 한마디도 하지 못했다.

그는 연속으로 대여섯 장을 그리고 나서야 간신히 물러앉을 수 있었다. 달이 하늘 꼭대기에 올라 있었다. 응헌은 자리에 앉은 채 신음을 토했다. 바닥에 여기저기 널린 그림들과 추레한 몰골의 머슴을 번갈아 보며 그는 장탄했다.

"하늘이 내린 자로다. 이 놀라운 재주를 지금껏 허비하고 있었다니 이 일을 어찌할꼬."

주변으로 사람들이 구름처럼 둘렸는데도 사방은 쥐 죽은 듯 조용했다. 응헌은 앞에 부복한 사내의 어깨에 손을 얹고 말했다.

"경유, 자네는 이제부터 다른 일은 아무것도 하지 말고 그림만 그리도록 하게. 내가 자넬 위해 방을 하나 내주도록 함세."

사방에서 놀란 목소리가 터져 나왔다.

"아니 나리, 그게 무슨 말씀이십니까? 저 천한 녀석을요!"

"아닐세, 이자의 아비는 젊었을 때 군(軍)에서 싸우다 병을 얻어 고생했다 들은 적이 있네. 군졸이었으면 천출은 아닌 것이지. 그리고 하늘이 내린 재주에 귀천이 대체 무슨 의미가 있단 말인가."

모인 사람들은 눈이 벙벙해졌다. 하지만 무엇보다 놀란 사람은 그림을 그린 당사자와 향이였다. 향이는 두 손으로 입을 가렸다. 붉어진 눈에 새로 눈물이 차올랐다.

그녀는 그림을 정돈하는 척, 그의 옆에 쪼그리고 앉아 조그맣게 속삭였다. 오라버니, 저는 언젠가 오라버니께 이런 날이 올 거라고 알고 있었습니다. 믿고 있었어요. 향이의 목소리는 벅차게 떨렸다.

"오라버니께서는 조선 최고의 화원이 되실 겁니다."

이완은 긴장하여 자세를 고쳐 앉았다.

어쩐지 그럴 것 같았다. 그 월죽도가 윤 진사의 그림은 아닐 거라 애초부터 짐작하고 있었다. 월죽도가 노랑눈이 머슴의 첫 번째 작품이라면 미인도와의 수준 차이도 이해가 간다. 미인도는 아마 기량이 절정에 이르렀을 때의 작품일 것이다.

"그 노랑눈이라는 머슴을 나중에 다시 만난 적은 없습니까?"

"왜 없겠어? 다음 날 집에 돌아오기 전에도 한 번 더 봤지. 그 아저씨가 그림을 다시 들고 나타나지 않았으면 나 집에 못 올 뻔했어."

민호는 아찔했던 그때 이야기를 덤덤하게 털어놓았다.

"요 꺽실한 에미나이 좀 보래. 와 사난들이 쓰는 방을 힐끔대는 거이네?"

"으라라라라! 그, 그게……."

문풍지 찢어진 구멍으로 행랑방을 엿보던 민호는 놀라 자빠질 뻔했다.

장례식 중간에 나와 꼬박 하루를 넘게 밖에서 보냈으니 슬슬…… 이 아니라 당장 집에 가 봐야 할 것 같은데, 엊저녁 그 소란통 덕에, 그 망할 놈의 그림이 당최 어디에 있는지 알 수 없게 되었던 것이다. 꼭두새벽부터 일어나 향이의 방과 행랑채를 오가며 탐정질을 벌이던 참이었다.

목소리의 주인공은 어제 끌려와 그림을 그리던 머슴 아저씨였다. 팔짱을 끼고 민호를 위아래로 훑어보고 있는데 오갈 데 없는 도깨비 봉두난발이라 무섭다기보다 우스웠다. 머리는 망건 한 장 없이 대충 건상투를 틀어 올렸는데 머리칼에 곱슬기가 있어 이리저리 삐죽삐죽

비어져 나왔다. 입성은 여전히 추레했고 밝은 황갈색의 홍채만 형형했다. 그는 민호를 보고는 고개를 기웃하더니 이내 벙긋 웃어 보이며 알은체를 한다.

"너 길구 보니 작년에 여게서 잠깐 있었던 반빗이구나야. 작년에 행수 어르신 칭찬이 자자했었는디 역마살 때문인디 이밥두 고깃국두 돈두 죄 마다하구 바로 튀어 버렸다면? 가만, 이름이 민호, 윤민호라 했디?"

기억력이 좋은 머슴은 의외로 웃는 얼굴이 유쾌하고 정감이 있었다. 민호는 고개를 끄덕였다.

"긴데 님자는 와 행랑방 앞에서 얼쩡거리고 있네? 군불 넣으러 왔서? 아니, 기보다 혹시 이 방에 있던 항아님이 오데로 갔는지 알간?"

"항아님? 달에 산다는 선녀요? 아니면 궁궐에서 일하는 나인들 이야기하는 거예요?"

"아니, 어조께 그림 속에서 항아님이 요게로 나온 모양이야. 친척 아즈마이를 따라 왔댔는데 티 하나 없이 눈부시게 하얀 옷을 입구, 눈에 푸른 물과 달빛이 든 거 보니 사람이 아니고 똑 월궁항아님이야. 긴데 그림을 향이 방으루 옮긴 담에 고만 없어져 버렸서. 너 혹시 자그마하구 물색 고운 항아님이 돌아다니는 거 못 봤네?"

그럴 리가. 그림에서 나온 건 항아가 아니고 나 혼자고, 여기서 돌아다니는 사람들은 물색 고운 기생님들하고 엿 같은 손님들뿐이지 않나. 민호가 대답 없이 고개를 살랑살랑 젓자 그는 한숨을 푹 쉬더니 짚신을 벗고 안으로 성큼성큼 들어서서 벽에 월죽도를 걸어 놓는다.

"혹 걸어 놓으면 다시 항아님이 오실지도 몰라서 향이한테 잠시만 내달라 하였서."

"오오! 우리 고조할아버지 그림이 여기 있었네요!"

민호가 반색을 하며 펄쩍 뛰자 머슴의 눈이 둥그레진다.

"이 에미나이 말하는 거 보래? 이거이가 와 니 고조할아바이 그림이네? 이건 내 그림이야. 아니, 내래 향이에게 준 것이야."

으악! 민호는 말실수를 한 것을 알아차리고 얼른 입을 쥐어질렀다. 고조할아버지가 이제 갓 스물아홉인 향이의 첫 남자 윤 진사님이라 말한다면 저 사나이가 참말로 잘 믿어 주겠다.

물론 속으로는 그게 왜 아저씨 그림이냐, 그 정도로 그림을 그릴 줄 알면 굳이 거짓말을 하지 않아도 될 텐데 꼭 그렇게 자기 그림이라 뻥을 쳐야겠느냐, 고조할아버지의 명예를 위해 떨쳐 일어나고 싶었지만 일단은 윤 진사님이 고조할아버지라는 것을 들키지 않는 것이 최선이었다. 현재 윤 진사님은 아직 새장가도 안 갔고 앵앵이도 없다. 귀환을 결심한 민호는 진실과 정의를 포기하고 말았다.

"아, 아니 내가 그림을 잘못 봤어요. 아주 비슷한 그림이죠. 네."

"나이도 어린 에미나가 싱겁기는, 냉수나 마시고 정신 채리라우."

그는 풀썩 웃고는 툇마루에 주저앉더니 일 보러 갈 생각은 않고 방을 자꾸 곁눈질한다. 민호는 속이 탔다.

"항아님 찾는 거예요?"

"어, 음."

항아님은 뭔 개뿔이냐. 여기는 기생집이니 고운 여자가 쌀랑거리고 다녔으면 백 퍼센트 기생이지 무슨. 하지만 저렇게 비장한 얼굴로 여자를 찾는 사내에게 차마 진실을 말할 수는 없었다. 민호는 발을 건들건들 흔들며 애써 예의를 갖추어 물었다.

"다른 분들한테는 여쭤 보셨어요? 안잠 아줌마나 행랑채 김씨 아저씨나."

"알 게 뭐래. 풀려나서 간신히 와 봤더니 항아님은 없구, 옆방에선 그림 구경하던 양반나리님하구 기생 기지바이가 하나 붙어서리 방구레가 꺼지라구 밤새 낑낑깽깽 하구. 내래 항아님 오데로 가셨는지 물어보디도 못하고 줄행랑을 놓았디."

과연 줄행랑을 놓았는지 '낑낑깽깽.avi'를 감상했는지는 하늘만 아실 거라 생각하며 민호는 슬쩍 말을 돌렸다.

"항아님이 많이 예뻤나 봐요?"

"아무렴. 선계에 사는 선녀지 인간이 아니야. 기가 맥히게 곱디. 새하얀 옷을 떨쳐입고 시원한 호수 같은 눈으루다 나를 말끄러미 보고 있는데 백옥같이 순수하기루야 갓 피어난 새하얀 목련 같고, 눈빛이 청량하구 시원하기로는 아침 이슬 맞고 피어난 파란 분꽃이었디. 내래 태어나서 그렇게 숨 막히게 고운 츠네는 처음 보았어야. 몸에서 꿀 같은 냄새가 솔솔이 피어나는데. 어후."

코끝으로 매운바람이 횡횡 부는데, 그는 손으로 부채질을 펄럭펄럭한다. 알나리깔나리, 첫눈에 반하셨군요. 민호는 다 큰 아저씨가 진지하게 선녀니 목련이니 하는 것이 너무 우스워 킬킬대고 웃었다.

"혹시 이름이 뭐래요? 나이 같은 건 안 물어봤어요?"

흐으, 이런! 그는 앓는 소리를 하며 고개를 저었다. 정신 채리면 다시 묻는다는 걸, 정신이 혹 빠져서 잊어버렸디. 그가 괴로운 듯 중얼거린다. 이걸 어쩌나. 이름, 번호, 주소부터 땄어야지. 민호는 아예 큰 소리로 웃다가 그가 부리부리한 눈으로 흘겨보는 바람에 닝큼 입을 다물었다.

"아 참, 어, 어제 그림 잘 그리시던데요. 뒤에서 잠깐 봤는데 깜짝 놀랐어요. 완전 대박."

민호는 손가락을 척 들어 보이며 말을 돌렸다. 실없는 소리 말라우. 그가 싱겁게 웃으며 말을 이었다.

"제대루 된 화원들 그림에 대면 턱도 없어. 너 단원이나 혜원 화첩 같은 거 본 적 없디? 내래 두 책 다 보았디. 나리의 빙장 어르신도 유명하게 그림을 모으시는데, 고 두 책을 오렵게 빌려 와서 주인나리한테 구경하라 부르시디 않았갔어? 따라가서 어깨 너머루 보구선 혼이 빠지는 줄 알았어야. 그분들이야말로 신필이구, 하늘이 내린 솜씨디."

뇌세포를 풀가동하던 민호는 단원 김홍도라는 퍼즐과 혜원 신윤복이라는 퍼즐을 간신히 맞출 수 있었다.

"어제 보니 아저씨도 만만찮던데요? 그 사람들은 조기교육을 받았을 테니까 잘 그리는 건 당연한 거지만 아저씨는 조기교육을 못 받고도 그렇게 그리는 거니까 아저씨가 더 대단한 거잖아요. 계급장 떼고 같은 조건에서 싸우면 아저씨가 이길걸요?"

"요 기집아이 말하는 것이 요상쿠나야. 도화서 최고 화원들하구 나 같은 무지렁이하구 비교가 되갔어?"

"안 될 건 또 뭐예요. 어제 그린 그림도 그렇게 멋졌는데 매일 열 장이나 스무 장쯤 그리다 보면 금방 늘 건데요. 아저씨도 이제 매일 그림만 그리게 됐잖아요."

"기레기레. 길구 보니 니 말두 맞구나야. 내래 이제 시작이니까. 꿀릴 게 뭐이가 있서."

그는 기분 좋게 웃었다. 괜히 내숭을 부리며 빼는 대신 호방하게 자신이 가진 가능성을 인정하는 게 보기 좋아 민호는 옆에서 계속 비행기를 붕붕 태웠다.

"이참에 그 단원? 혜원? 그 사람들처럼 멋지구리한 이름도 새로 지으면 어때요? 사람들이 계속 노랑눈아, 그러면 이상하잖아요? 아저씨도 원 자 돌림으로 멋진 거 하나 지어 봐요!"

"와하하하, 이야, 요거 정말 재밌는 물겐이로구나야. 기레, 기렇디! 그분들이 원 하면 나도 원 하면 되는 거이디. 당신들만 원이요? 나도 원이요! 알간? 하하하하!"

민호는 어쩐지 이 호탕한 오라버니가 마음에 들었다. 괜히 얄망궂게 빼는 것도 없고, 속도 화통하게 턱턱 맞는다. 할아버지 그림을 자기 것이라 우기지만 않았다면 여기서 의형제를 맺어도 될 정도였다. 그가 유쾌하게 웃는 얼굴로 물었다.

"야야, 기런데 무슨 원으로 하면 됴캇어? 내래 글을 제대로 배우딜 못해서."

민호도 갑자기 반벙어리가 되었다. 한문이라면 한일 두이 석삼 이후는 기억나는 게 없다. 내가 외울 몫을 진희 같은 년이 다 빼앗아서 외워 버리기 때문에 이 사달이다. 한문 따위 몰라도 먹은 것을 똥으로 만드는 데는 아무 지장이 없는 시대인 줄 알았는데 이런 뒤퉁스러운 일이 있나. 한참 머리를 굴리던 민호는 퍼뜩 좋은 생각을 떠올렸다.

"아, 맞다! 아까 아저씨가 말했잖아요. 그 사람들만 원이 아니고, 아저씨도 원 하면 된다고. 그럼 그렇게 하세요. '나도 원'! 그걸로 호를 하면 되잖아요. '나도원'! 나도원 노랑눈이, 우와 폼 난다!"

와하하하하하! 사내는 고개를 젖히고 커다랗게 웃음을 터뜨렸다. 맞은편 마구간에 있던 점박이 말이 고개를 삐죽 내밀고 투레질을 한다.

"이야, 요 에미나이 참말로 마음에 든다! 내 주변엔 순 고리타분한 심심첨지들뿐인데 이거 완전 재밌는 에미나이로구나. 됴아, 네 말도 맞다. 나라고 못 할 게 뭐 있갔어? 나도원, 내래 낭중에 제대로 화원이 되면 사람들한테 '나도원'이라 불러 달라 하갔어."

민호는 어깨가 으쓱해졌다. 하지만 '나도원'이라는 호를 가진 화가가 있는지 기억을 더듬다가 이내 풀이 죽고 말았다. 단원과 혜원은 아는데 나도원이라는 호는 기억이 안 나는 걸 보니 그 정도로 유명한 화가는 못 된 모양이었다. 그래도 미래의 화원님은 민호의 어깨를 두

드리며 호언했다.

"나중에 유명한 화원이 되면 찾아오라우. 재미있는 호를 지어 준 턱을 해야 하잖갔어? 맛난 밥하구 술은 언제든 사 줄 테니끼니. 아님, 막걸리 한 병 받아 와서 절 한 번만 하면 기지바이지만 제자로 받아 주고, 그림도 공짜로 갤쳐 주갔어. 어때?"

"뭔 말이에요, 난 밥도 잘하고 일도 잘하는데 왜 그림을 배워요!"

민호는 기겁해서 소리를 빽 질렀다. 사생대회 때마다 졸라맨을 그리고 비웃음을 샀던 것은 아픈 추억이었지만 고작 아픈 추억 때문에 그림을 배운답시고 얼마 안 되는 소중한 뇌의 에너지를 낭비할 수는 없었다. 맞다 맞다. 기것도 뭐 길쿠나야. 그는 큰 소리로 호호탕탕 웃었다.

"배우는 게 싫으몬 됴아하는 그림이 뭔지 말하라. 고조 내 솜씨가 삼삼하니 괜찮아디면 멋지게 한 장 기려 주디."

중학생인 민호는 고서화의 세계를 바늘귀만큼도 몰랐고, 오래된 작품성 있는 그림이 얼마나 큰 가치를 갖는지도 알지 못했다. 지금은 그저 벽에 걸린 저 월죽도를 타고 들어가는 일만 급했다. 민호는 두 번 생각할 것도 없이 나오는 대로 툭 대답했다.

"나그네 그림이 좋겠어요."

왜 그런 대답이 나왔는지 알 수 없었다. 민호는 대답을 해 놓고도 고개를 갸웃했다. 그건 노랑눈이 화원도 마찬가지인 모양이었다.

"나그네? 요 기지바이 보래. 와 뜬금없이 나그네를 그려 달라 하는 기야?"

"그야, 제가 떠돌이니까 그렇죠."

"많이 떠돌았네? 온제부터 그런 신세가 됐네?"

"음, 열 살, 아마 그때부터 계속 떠돌아다닌 것 같아요. 처음에는 돌아가신 엄마를 찾아보겠다고 여기저기 돌아다니다가 아예 떠돌이

신세가 됐죠. 이게 편해요."

민호는 대답을 하고서야, 자신이 그동안 스스로를 떠돌이로 생각하고 있었음을 깨달았다. 맞다. 시간 위를 떠돌면서 여행하는 사람들도 일종의 나그네지. 시간 역시 사람들이 딛고 살아가는 또 다른 길 아니던가. 듣고 있는 사내의 눈에 연민의 빛이 어린다.

"너두 길쿠나야. 나두 그 나이 되기 전에 오마니 돌아가시구 그때부터 떠돌이루 살았는데. 이것 참 반갑다구 하긴 뭐해두 동무를 만난 것 같구나야. 내래 일케 매인 거 없이 떠도는 것이 더 편하디."

그랬구나. 민호는 그가 자신과 어쩐지 비슷한 부분이 많다고 느끼며 고개를 끄덕였다.

"아버지는요? 어릴 때 돌아가셨나요?"

"응. 나 태어나구 바루 죽었다 했디. 양이놈들허구 싸우다 병을 얻어서 사람 구실 못하다가 나중에 투전 노름빚에 쫓겨 강물에 빠져 죽었다 했다. 태어나긴 경기 광주께라 했는데 아바이 돌아가시구 아바이가 남겨 준 고리땡빚에 쫓기던 오마니가 나만 달랑 업고 황해도 대원으루다 도망친 거이디. 결국 오마니도 흉년 들구 역병 돌 때 고생만 하다가 굶어 돌아가셨디."

"노랑눈이 아저씨도 어렸을 때 고생 많이 하셨겠네요. 저도 며칠 전에 아버지가 돌아가셨어요."

그의 입이 떡 벌어진다.

"슬프지 않나. 무슨 독한 에미나이가 울지도 않네."

"잘 모르겠어요. 슬픈 것도 슬픈 거지만……."

"무섭진 않았나. 내래 오마니 돌아가시고선 슬픈 것보다 어떻게 살아야 하나 겁이 나서 숨도 못 쉬고 울었디."

민호는 노란 눈의 사내를 멀끄러미 올려다보았다. 저 아저씨도 슬프다기보다 무서워서 울었구나. 하긴 세상에 있는 슬픔 중 많은 부분은 두려움일지도 모른다. 민호는 덤덤하게 대답했다.

"처음엔 많이 무서웠는데 여기까지 오니까 좀 괜찮아졌어요. 거리가 멀어지니까 무서운 것도 멀어지는 것 같아요."

그는 여전히 딱하다는 얼굴로 민호의 머리를 쓰다듬어 주었다.

"걱정할 것 없다. 어차피 사난이든 기지바이든 누구나 길 위에서 떠돌이루 살다가 길 위에서 죽는 팔자디. 오마니가 그러셨다. 너두 길 위에서 태어났고, 세 갈래 길 위에서 신선처럼 훨훨 재미있게 살다가 길 위에서 죽을 거라고."

"네. 알아요. 저도 그렇게 살게 될 것 같아요."

어쩐지 묘한 동지의식에 민호는 희미하게 웃어 보였다. 그는 좀 더 부드러운 목소리로 덧붙였다.

"나중에 언제든 오라, 내래 그림 솜씨가 좋아지면 네가 말하는 나그네 그림, 길 위를 신선처럼 훨훨 돌아다니는 그림을 그려 주디."

민호는 딱히 미덥지 않은 얼굴로, 유명한 그림쟁이가 되기나 하라, 내가 나도원이라는 호를 만들어 준 것이 창피하지 않게, 한양에서 '나도원' 하면 개나 소나 다 알 정도로 유명하고 돈 잘 버는 화원이 되기나 해라, 그러면 소문 듣고 꼭 찾아가서 그림도 얻고 밥도 얻어먹고, 열아홉 살이 지나면 술까지 얻어먹어 주겠노라 못을 박고는 새끼손가락을 걸고 도장까지 찍었다.

그리고 그가 뒷간에 가겠다며 자리를 비운 사이 벽에 걸린 그림을 통해 꽁지가 빠지게 돌아왔다.

❀   ❀   ❀

민호는 이완의 얼굴을 보며 고개를 갸우뚱했다. 이완은 턱을 한 발이나 빼놓고 이야기를 듣고 있었다.

"민호 씨, 지금 뭐라 했습니까? 민호 씨가 호를 뭐라고 지어 주었다고요?"

"응, 너희들만 원이냐, 하기에 나도 원이라고 하라고……."

"혹시 그 사람 본명은 아십니까?"

"노랑눈이."

"……그게 사람 이름일 리는 없잖습니까!"

"어, 그런가? 대장 기생이 가끔 장아, 장이 어디 있느냐 그러기도 하고 그 주인나리가 장씨 놈이라고 한 것도 듣긴 했다. 아, 그날 그 텁석부리 아저씨가 분명 경유, 자네는 이제부터 그림만 그리도록 하게, 그랬었어! 아, 그래그래. 장경유! 이름이 장경유다!"

이완의 입이 더욱 커다랗게 벌어진다. 민호는 그를 만난 이후로 이렇게 멍청한 얼굴은 처음 보았다. 그가 더듬더듬 대답했다.

"경유는 이름이 아니고 자(字)입니다. 성인이 되어서 관례를 치르거나 결혼을 하면 부르는 이름이요. 그 사람 이름은 따로 있습니다."

으잉? 민호는 눈이 동그래졌다. 아니 이 사람이 갑자기 그 아저씨를 어떻게 안다고 이러시나?

"그걸 이완 씨가 어떻게 알아?"

"제가 모를 리가 있습니까? 석사 때 논문을 그 사람 작품으로 썼는데요!"

민호는 어리둥절한 얼굴로 눈을 껌벅거렸다. 이완은 머리를 감싸쥐고 앓는 소리로 대답했다.

"그 노란 눈을 가진 머슴은, '나도 원'이라는 뜻의 호를 가진 오원(吾園) 장승업입니다."

오, 마이, 갓! 오, 마아아이, 갓! 이완은 머리를 쥐어 싸맨 채 머리를 무릎에 박았다.

저 익숙하고 활달한 그림을 그린 사람이 궁금했을 뿐이다. 저 요상한 미인도에 대체 어떤 사연이 있는지 궁금했고, 저런 그림을 그린 사람이 누군지 이름자라도 알고 싶었을 뿐이다.

하지만 새끼줄을 주웠더니 끄트머리에 황소가 딸려 왔다더니, 지금이 딱 그 꼴이다. 내가 살다 살다 이렇게 기가 막힌 일은 처음 겪는다. 장승업의 호를 나도원—오원으로 붙여 준 패기만만한 주인공이 내 옆에 있었을 줄이야! 어쩐지, 그것이 보통 패기였겠느냐. 무식한 자는 용감하고, 용감한 자는 미인을 얻거나 새 역사를 창조하게 마련이었다. 뇌 내 보톡스여 영원하라. 이완은 결국 머리를 움켜잡고 미친 듯이 웃기 시작했다.

예전에 이완은 수장고에서 장승업의 호취도를 본 적이 있었다. 영모도 대련 두 폭 중 독수리를 그린 것으로, 어린 이완의 키보다 조금 더 큰 그림이었는데, 잘 만들어진 영인본이었다.

이완은 그림을 처음 보는 순간, 벼락을 맞은 듯했다.

두 마리의 수리가 있었다. 나무에 앉아 있는 두 마리의 수리. 그리고 왼쪽에는 완만하게 휘어 위로 기운차게 뻗은 고목이 있었다. 새까맣고 기운차게 표현된 나무등치와 맑은 농담으로 가볍게 표현된 나무의 속살, 멀찍이 보이는 흐린 꽃잎과 잎사귀는 먹의 농담 변화 하나만으로 리드미컬하고 화사한 화면을 만들었고, 오른쪽으로 기괴하게 비틀린 두 개의 나뭇가지가 뻗어 나갔다.

독수리 두 마리는 그 위에 늠름하게 앉아 있었다. 하늘에서 바람을 타고 날다가 사냥을 위해 막 내려앉은 듯, 고개를 외로 틀어 아래를 노려보는 독수리, 아래에 제왕처럼 고고하게 앉은 또 한 마리의 독수리. 두 날짐승은 창공을 지배하는 자가 누구인지 똑똑히 알아둬, 하는 듯한 오만한 눈빛을 갖고 있었다.

두 마리 독수리의 시선은 같은 곳을 향하고 있고, 눈매와 부리는 보는 사람을 움츠러들게 할 만큼 매서웠다.

무서워.

……대단해. 대단하다. 저게 사람이 그린 거란 말이야?

이완은 믿을 수 없었다. 그림 속의 독수리는 살아 있는 것을 그대로 그림에 박아 놓은 것 같았다. 사진같이 정치한 묘사 때문이 아니라 그 동세(動勢), 그리고 안에서 폭발하듯 넘치는 힘 때문에.

튀어나올 것 같다. 금방이라도 깃털을 부르륵 털고 일어나, 저 날카로운 부리와 발톱을 들이대면서 나한테 날아올 것 같아.

리움 미술관에 있는 호취도 실물을 보게 된 것은 대학생 때였다. 몽인 정학교의 화제는 딱히 감흥이 없었지만 두 마리의 사나운 수리만큼은 여전히 살아 있는 것처럼 그를 노려보았다.

깃털 하나하나까지 살아서 뻗치는 듯한 강건한 힘, 부리부리한 눈에서 상대를 압살할 듯 쏟아져 나오는 기운, 오른쪽으로 크게 비틀려 나온 두 개의 나뭇가지는, 거대한 물뱀에 휘감겨 몸부림치는 라오콘의 팔다리만큼 역동적이고 힘이 넘쳤다.

힘, 힘, 힘으로만 꽉 채운 그림. 물론 이완은 그 그림이 구도나 테크닉 면에서도 절정의 기량을 보여 주고 있다는 것을 알고 있었으나, 그림에서 보이는 것은 오로지 넘쳐 나는 수컷의 냄새, 사내다운 에너지 한 가지뿐이었다. 이완은 그림에 내재한 에너지가 자신을 질식할 듯 누르는 것을 느꼈다.

이완은 그 후로 오원의 작품을 수도 없이 찾아보게 되었다. 집안의 소장품 중 오원의 작품이 적지 않아, 그의 그림을 공부하는 데 큰 도움이 되었다.

그의 원숙기 작품을 보고 있노라면 순수하게 감탄밖에 나오지 않았다. 물론 술에 취해서 그려 댄 작품의 수준은 천차만별이었고, 미완작을 제자들이 갈무리한 것도 적지 않았다. 하지만 그의 본 실력은 어느 날 갑자기 새로운 작품에서 벼락처럼 드러나 사람의 혼을 빼놓곤 했다. 어느 날 정신을 차려 보니 이완은 어느새 오원 컬렉터, 혹은 오원 전문가라는 말로 불리고 있었다.

오원은 그렇게 많은 작품을 남겼음에도 세간에 알려진 정보는 놀랄 정도로 적었고, 그나마도 구름 잡는 것 같은 내용과 믿을 수 없는 소문이 뒤섞여 있었다. 그 허무맹랑한 정보들은 종종 비슷한 말로 끝을 맺고 있었다. 그는 조선 말기 문인화의 정신세계와 고답적 형식에 찌들어 쇠퇴해 가는 화단에 기적같이 찾아온 천재였으며, 그 혼란한 세상길에서 훨훨 노닐다가 간 신선이었노라고.

신선이라.

이완은 그 말에, 혼돈한 세상에 태어나 죽지 못해 삶을 이어 갔던 사람들의 가련한 희망이 투영되어 있다고 생각했다.

이완은 웃음을 멈추고 어리둥절한 얼굴로 옆에 앉아 있는 여자를 보았다. 시간이라는 길 위를 훨훨 노닐며 오가는 사람도 신선이라 한다면, 아마 이 여자도 신선 소리를 듣기에 부족함이 없을 것이다.

여자는 과거로 돌아다니면서, 아무런 두려움도 없이 그 시대에 동화되어 사람들의 일에 개입한다. 그것이 유명한 사람들이 아닌, 기록되지 않은 백성의 일이라면 그래도 괜찮으리라 생각했다.

하지만 오원 장승업은 조선 시대에서 세 손가락 안에 꼽히는 화가다. 아니, 조선뿐 아니라 한국 회화사 전체를 통틀어 가장 놀라운 재능을 가진 화가였다. 타고난 재능을 가장 놀랍게 낭비한 화가이기도 했지만. 어쨌든 그 말은, 여자가 함부로 개입해서는 안 되는 사람이라는 뜻이었다.

하지만 무슨 상관일까. 그의 시간은 이미 굳어 박제가 되었는데?

그렇지만 민호 씨가 과거로 가서 만드는 사건들은 민호 씨 입장에선 아직 일어나지 않은 사건 아니던가? 그녀의 의지로 제어할 수 있고, 내가 옆에서 부탁하고 강제하면 그것을 얼마든지 바꿀 수 있지 않나.

여자에게 얽힌 시간의 패러독스는 매번 아무리 생각해도 혼란스러웠다. 정작 당사자는 전혀 혼란스러워하지 않는 것이 더 아이러니했다.

여자에게는 과거와 현재의 구별이 큰 의미가 없었고, 현재에서 미래를 열심히 준비해야 한다는 상식도 마찬가지로 큰 의미가 없었다. 과거에서든 현재에서든 눈앞에서 벌어지는 모든 일은 그녀에겐 직접 개입해서 헤쳐 나가야 할 '현재의 일'이었다.

이완은 두 폭의 월죽도를 들고 와 나란히 내려놓았다. 기생집과 통하고 있는, 윤 진사의 시가 붙은 지저분한 월죽도. 똑같은 그림에 7언 율시만 빠진 월죽도. 그는 민호에게 이 그림을 그린 화가는 고조할아버지가 아닌 장승업이라는 유명한 화원이며, 월죽도는 아마도 그의 첫 작품일 거라는 말을 해 주었다.

민호는 눈앞의 그림이 고조할아버지 작품이 아니라는 데 대해 몹시 배신감을 느꼈으나 홍시 맛이 나서 홍시 맛이 난다고 한 이완에게 화를 낼 수는 없었다.

"그런데 이 그림이 어째서 윤 진사님 손에 들어가서 이 집에 물림으로 내려오는 걸까요?"

"그러게. 고조할아버지가 혹시 향이에게 얻은 걸까? 향이가 같이 가는 걸 거절하긴 했지만 진사님께 선물을 해 줄 순 있었을 거 아냐."

"글쎄요. 향이라는 기생은 오라버니를 은애했던 것 같은데 그 그림을 남에게 주었을까요?"

"그런가? 하지만 돌고 돌다가 할아버지한테 간 건 맞는 것 같은데? 아니면 누가 두 개로 갈라서 한 장을 할아버지한테 주었거나. 할아버지는 거기다 멋들어지게 시를 쓰셨고. 자손들은 할아버지 시가 붙어 있으니까 당연히 할아버지 그림이라 생각했겠지."

하나가 풀리면 새로운 의문이 계속 꼬리를 물고 나온다. 이완은 일단 앞장 폐기 문제는 접어 두고 제일 중요한 이야기를 끄집어냈다.

"그렇다면 민호 씨, 미인도 역시 장오원의 작품이 될 것 같습니다."

"확실해?"

딱 잘라 단정하기는 어려웠지만 이완은 고개를 끄덕였다.

김성길 사장은 그림을 팔 때 월죽도와 미인도가 같은 화원의 그림이라 분명히 말했었다. 작자 미상의 그림을 유명한 화원의 그림과 묶어서 같은 화원 것이라 들이대면 당연히 의심을 했겠지만, 미숙한 작자 미상의 그림과 묶어서 같은 화원의 작품이라 한 거라면 거짓말일 이유가 없다. 그리고 미숙과 능숙의 차이는 있었지만 두 그림에서 동일하게 느껴지는 자유분방함과 생동감은 오원의 트레이드마크였다.

게다가 원래는 흰색이었을 여자의 저고리 동정 색이 거무스름하게 변해 있는 것을 보면 화가가 오원일 가능성이 더 커진다. 흰색이 저런 식으로 흑변한 것을 보면 백연이라는 납이 든 안료를 썼다는 말인데, 그 안료가 쓰인 한정적인 시기는 오원이 활동하던 시기와 일치하며, 오원은 백연을 자주 사용한 화가이기도 했다. 간송미술관에 있는 삼인문년도 역시, 백연의 흑변 피해를 잘 보여 주는 작품 아니던가. 그 시기에 이런 분위기의, 이 정도의 화력을 가진 화원이라면 오원 말고는 생각하기 어렵다.

"그럼 노랑눈이 아저씨는 왜 이 그림에 얼굴을 안 그렸을까? 왜 도장도 안 찍었을까? 사람 헷갈리게?"

"오원은 자신의 것을 꼼꼼히 챙기는 편이 아니었어요. 그래서 호인이든 성명인이든 낙관용 도장을 엄청나게 잃어버렸습니다. 잘 알려진 이야기예요. 제자들이 허구한 날 잃어버린 도장을 새로 파 주었다는 이야기가 전해질 만큼요. 첫 작품은 아마 찍을 도장이 없었을 거고, 미인도는 도장을 잃어버렸거나, 완성이 안 되었다고 생각해서 집어치웠거나 둘 중의 하나겠죠."

"그럴 리가 있나? 왜 그림을 그리다 집어치운대?"

"……그럴 리가 있습니다. 많습니다. 오원은 워낙 술을 마시고 그림 그리는 걸 좋아해서, 흥취가 오르면 엄청난 속도로 그림을 그렸다가 흥이 깨면 집어치워서 미완작도 많고 그림의 수준도 완전 들쭉날쭉이었습니다. 제자들이 고생이 많았어요. 매일 스승 술친구 해 주어야죠, 그리다 집어치운 그림 완성해 줘야죠, 도장 잃어버릴 때마다 새로 파 줘야죠, 어디서 사고 치고 다니면 돈 싸 들고 다니면서 뒷수습 다 해 주어야죠. 그렇다고 그림을 제대로 가르쳐 주는 것도 아니에요. 그런데 제자들은 빠돌이처럼 그래도 좋다고 내내 돈을 펑펑 써 가면서 쫓아다녔답니다."

하지만 문제는 저 미인도. 저건 취해서 막 휘두른 그림이 분명 아니다. 심혈을 기울여 그린 그림인데, 어째서 얼굴 부분만 딱 남겨 두고 붓을 치웠을까.

저 정도 되는 그림이면 제자들이 다른 작품들처럼 함부로 마무리를 할 수 없었을 거란 짐작은 된다. 하지만 나머지는 고스란히 오리무중이다. 대체 모델이 되었던 여자는 누구이며, 왜 그림에 저런 이상한 전설이 깃들게 된 걸까?

"민호 씨, 그 후로 평양루에 가신 적 있으세요?"

"아니, 그 후로는 가 본 적이 없어. 진희 실종 사태 때문에 나도 식겁했었거든."

"시간이 꽤 흘렀는데 그 노랑눈이 장 씨라는 사람, 지금 만나면 알아볼 수 있을까요?"

"응. 그 사람 눈이 노르께하니 특이해서 얼굴 보면 바로 알걸?"

한참을 생각하던 민호는 갑자기 펄쩍 뛰어 일어났다.

"아! 그러면 내가 저 얼굴 없는 여자 그림을 싸 갖고 가서 얼굴을 그려 달라 하면 어떨까? 저 월죽도를 타고 가면 어차피 노랑눈이 형씨가 나오는 거 아니냐고. 금방 갔다올게!"

"아, 혼자서요? 기생집으로 갈 거 아닙니까? 아, 가, 가는 건 좋은데요, 그게 좀……."

민호는 고개를 갸웃했다. 평소 같으면 펄펄 뛰며 말릴 사나이가 몹시 소극적으로 말린다? 민호는 뱁새눈을 뜨고 코를 바짝 들이대며 이완의 표정을 살폈다. 그가 뜨끔한 얼굴로 한 걸음 물러선다.

"기생집으로 갈지 어디로 갈지는 알 수 없지. 그 월죽도 어느 순간부터는 우리 고조할아버지 집에 와 있잖아. 대체 왜 그렇게 나뉘어서 가게 되었는지는 모르겠지만 적어도 윤 진사님이나 향이가 갖고 있으면 노랑눈이 아저씨가 어디 있는지는 알 수 있을 거고, 어쨌든 만날 수는 있을 거란 말이야."

"아, 뭐 그래도 혼자 그렇게 무작정 그림을 받으러 가는 건 좀……."

"아 진짜. 이완 씨, 생각해 봐! 눈코입을 그려 오면 달걀귀신을 소환할 수도 있고, 일단 그림값이 팡팡 뛸 거야, 팡팡! 그거 이완 씨 줄게. 응? 난 본전만 찾아도 충분해. 응?"

"눈코입을 다 그리면, 저희 세대에선 어차피 판매 못 합니다. 이거 얼굴 없는 그림을 본 사람이 한둘이 아닌데, 이 얼굴을 누가 그렸느냐 하면 과거로 돌아가서 원래 화가가 그려 줬어요, 할 겁니까? 그렇다고 다른 사람이 그려 줬어요, 하면 그 순간 이 그림은 똥값이 되는 겁니다. 하여튼 그림을 봤던 사람들이 다 죽기 전에는 아무 데도 못 팔아요. 차라리 돈만 따진다면 지금 무당 좋아하는 기업 총수나 국회의원한테 말 잘해서 넘기는 게 훨씬 비싸게 받을 수 있을 겁니다. 문제는 그게 아니고요……."

민호는 눈동자를 데굴데굴 굴렸다. 저 인간이 이상하게 말꼬리를 잘잘 끄는 꼴이 이상하다. 이완이 한참 머뭇대다가 결국 결심한 듯 말한다.

"민호 씨, 그림 받으러 가실 때 말입니다."

"응."

"혼자 가지 마시고, 꼭 저랑 같이 가세요."

"음, 이완 씨가 불안해하는 건 나도 이해하는데 말이야. 그런데 사실 말하자면 이완 씨랑 같이 가는 게 더…… 위험할 수도 있을지도 모르는 것도 같……."

민호가 꾸물꾸물 말을 흐리자 이완은 몹시 상처받은 듯한 얼굴로 눈을 내리깔고 한숨을 쉬었다. 자기가 걸리적대는 것을 저도 잘 아는 것이다. 제기랄, 괜히 말했다. 그 짠한 얼굴을 보니 마음이 찢어지는 것 같다.

하지만 이 사람과 함께 가면 위험도가 몇 배로 증가한다는 것은 부인할 수 없었다. 내가 아무리 서바이벌의 여왕이라도 나 혼자 살아남기에 급급할 때가 대부분 아니었더냐. 챙겨야 할 사람이 옆에 있으면 둘 다 위험해질 게 뻔했다.

"그래도 노랑눈이 장 화원을 만나러 가는 거면, 어쨌든 저한테 이야기는 꼭 해 주세요. 몇 가지 부탁할 것도 있고, 물어볼 것도 있고……."

이완이 문득 말을 멈추고 열없이 머리를 긁었다. 엥? 인간 박이완의 반응이 뭔가 일반적이지 않다?

"무슨 일인데? 뭘 물어볼 건데?"

"음, 제가 석사 논문을 오원의 진품과 위작에 대해서 썼는데, 확실하지 않은 부분이 많아서 꽤 애를 먹었거든요. 그 사람은 삶 자체가 애매하고 알려진 것도 없는 데다 낙관은 걸핏하면 바뀌고, 술에 취한 정도에 따라 작품 수준 차이가 너무 많이 나서, 진위 검증도 상당히 난해하거든요. 당사자에게 확인을……. 아, 이게 아닌데."

"이완 씨가 쓴 게 맞으면 다행이지만 아니라면 어떻게 되는 거야? 당사자에게 물어봤는데 아니랍니다. 그래서 이전 논문을 없던 것으로 하고 새로 쓰겠습니다. 하면 되는 거야?"

"……그럴 리가 없잖습니까!"

"그럼 굳이 갈 필요 없잖아. 그런 거야말로 모르는 게 약이야!"

그래도 사내에게선 이상하게 "됐습니다, 혼자서 잘 갔다 오시든가!" 하는 말이 나오지 않는다. 눈치가 뭔가 이상하다. 왜 저렇게 인상을 북북 구기고, 왜 손을 쥐어뜯고 있고, 왜 저렇게 안절부절못하지? 그는 킁, 헛기침을 하더니 고개를 옆으로 홱 돌린 채 툭툭 내뱉었다.

"민호 씨는 잘 모르실지 모르지만, 오원 같은 기인은…… 좀 특별해요. 많이 특별하죠."

"그런데?"

"아 뭐, 됐습니다. 혹시 나중에라도 가시게 되면, 제 이름이 들어간 자필 서명이나 한 장만 받아 주시면……. 아니, 그림이면 더 좋고요. 화제에 제 이름 좀 꼭 적어 달라 하세요. 절대 안 팔 거니까 시대가 안 맞아도 상관없어요. 아니면 쓰던 붓이나 벼루를 좀 얻어 오셔도 되고, 입던 옷이든 부채든 뭐라도 가져오시면……. 이름 적어서. 그게, 제가 업계에서 나름 오원 전문가, 오원 컬렉터로 불리고 있으니까, 아니, 아 진짜, 이게 아니고요! 그러니까, 민호 씨, 이러지 말고 가실 때 저랑 같이 가자는 겁니다."

농담이겠지, 썰렁한 농담일 거야. 민호는 얼빠진 얼굴로 이완을 바라보았다. 항상 냉소적이고 쌀쌀맞게만 보이던 사나이가 갑자기 열일곱 여드름투성이 고등학생처럼 보였다. 장미꽃을 한 송이 쥐고 팬레터를 감춘 빠돌이 고등학생이 아이돌 소녀 가수 앞에서 누나는 특별해요, 하고 중얼대는 모습이랄까, 모습이랄까, 랄까?

민호는 입을 실룩이며 올해 서른 살이 된, 허우대 멀쩡한 사나이를 쳐다보았다.

1분 후, 민호는 바닥을 구르며 폭소하기 시작했다.

8
미인도의 저주

〈박철웅〉

이완은 종합병원의 중환자실 앞에서 환자 이름과 병실을 거듭 확인하고는 고개를 갸웃했다. 박철웅 화백이 정신질환으로 고생한다 들었는데 신경정신과의 폐쇄병동이 아니라 중환자실?

지난번 한 교수에게 박 화백을 한번 찾아가 보라는 말을 듣고도 내내 미적미적 미루고 있던 이유는 그런 광증에 휘말린 사람을 만나고 싶지도 않거니와, 그림에 얽힌 이상한 이야기를 자꾸 듣는 것도 내키지 않았기 때문이다.

하지만 그림의 화가가 누군지 밝혀지고 나니 갑자기 사정이 달라졌다. 그림을 살리고 싶었다. 그러자면 그림에 무슨 사연이 있는지 제대로 알아 두어야 했다.

"박철웅 환자분은 말기 암 환자십니다. 췌장에서 시작해 간으로 전이되었는데 말기라서 손을 쓸 수가 없었습니다. 항암치료는 한 번

355

만 받으시고 포기하셨고, 현재 진통치료만 받고 있는데도 통증이 너무 심해서 발작을 일으키기도 하고 자극을 받으면 갑자기 상태가 안좋아질 때도 있습니다. 면회는 가족과 보호자가 동행했을 경우만 가능하고, 정해진 시간 외에는 금지되어 있습니다."

병실에서 나온 간호사는 단호한 표정으로 고개를 저었다.

"언제까지 입원해 계실까요?"

"아직 정확히 말씀드릴 수 없네요. 도와드리지 못해 죄송합니다."

이완은 병실 문에 붙은 이름 팻말만 들여다보며 혀를 찼다. 한승헌 교수님은 그래도 용케 면회를 하셨던가 본데.

몇 미터 떨어진 곳에 있는 데스크에서 큰 소리가 들렸다. 머리를 지나치게 새까맣게 염색한 나이 든 여자가 가슴을 꽉꽉 치며 간호사들에게 큰 소리를 내고 있었다. 여자는 때에 결은 몸뻬와 원래 색을 알 수 없게 된 천으로 된 운동화에 유행이 한참 지난 꽃무늬 셔츠를 입고 있었는데, 머리카락만 새까맣고 눈가, 입가, 목덜미에는 주름이 조글조글해서 더욱 나이 들어 보였다.

"나는 쉬는 날도 제대로 없어요. 다음에 언제 올 줄 알고. 얼마 남지도 않았다면서. 한 번만 보게 해 줘요. 그냥 보내기엔 내가 너무 분해서 그래."

"위험해서 그래요, 할머니. 너무 아파서 자해도 하고 간병인 목을 조른 적도 있어요. 보호자나 가족이 아니면 면회가 되지 않아요. 나중에 보호자분이 면회라도 오시면 말씀하셔서……."

간호사는 차근차근 설명했다. 여자는 고개를 흔들더니 간호사에게 물었다.

"보호자가 누구로 돼 있어요? 다른 가족인가? 친구인가? 혹시 한승헌이라는 사람 아니에요? 그래도 한때 저 인간한테 마누라 소리듣고 살았는데 어떻게 면회 한 번 못 해. 어이구우."

간호사는 난감한 얼굴로 고개를 저었다. 만약 여자가 전 부인이라면 더욱 조심스러웠다.

"허락도 없이 보호자의 정보를 드릴 수는 없어요. 할머님 성함과 전화번호를 남겨 두고 가신다면 다음에 보호자분께 여쭤 보고 연락드리도록 하겠습니다."

간호사는 친절하게 제안했으나 몸뻬를 입은 노파는 암담한 얼굴로 고개를 저었다.

이완은 눈썹을 찌푸렸다. 박철웅 화백의 전 부인인가? 박 화백의 광증을 곁에서 혹독하게 지켜보았을 여자, 미인도가 남편을 망치는 것을 보다 못해 그림을 헐값에 팔아 치워 남편을 광란에 빠뜨린 여자, 그리고 결국 그의 곁을 떠날 수밖에 없었던 여자.

……미인도에 대해서 새로운 것을 알고 있을지도 모른다.

"얼굴 없는 여자 그림을 아느냐고?"

벤치에 앉은 여자는 킬킬대고 웃기 시작했다. 입에서 술 냄새가 풀풀 올라왔다. 이완은 그녀가 눈치채지 못하게 살짝 물러앉았다.

"알지, 잘 알고말고. 그 그림을 성길이라는 개새끼한테 되파는 대신 불에 싸질러 태우지 못한 게 천추의 한인데. 지금도 후회하는 중이야."

대형 쇼핑센터에서 청소 일을 하고 있다는 노파는 뒤축이 구겨진 운동화를 건들건들 흔들었다. 손에는 초록색 소주병이 쥐여 있었다. 여자는 사는 게 하도 피곤해서 커피를 하루에 대여섯 잔씩, 그리고 일을 끝낸 저녁이나 쉬는 날에는 소주를 한두 병씩이라도 마셔야 버틸 수 있다고 변명처럼 덧붙였다.

"그 그림을 당신 약혼자가 갖고 있다고?"

"예. 우연히 구입하게 된 모양입니다."

여자는 이완을 물끄러미 바라보더니 이내 쯧쯧, 한참 동안 혀를 찼다.

"그거 잔소리 말고 당장 가서 태워 버려. 세상에 그런 몹쓸 물건이 없지. 자네 약혼자나 자네 신세 망치고 싶지 않으면."

이완은 눈썹을 확 찌푸렸다. 생전 처음 보는 노파가 이 무슨 재수 없는 말인가. 하지만 이완이 그동안 겪은 일이나 얻은 정보를 종합하면 근거 없는 헛소리는 아닐 거란 생각이 들었다.

"무슨 일이 있으셨습니까? 지금 그 그림을 찾는 사람은 한두 명이 아닙니다. 소문도 꽤 이상하게 났고요."

"이상한 말이 나는 게 당연하지. 재수 없는 그림이니까 어딜 가든 사고를 일으키는 게야."

노파는 술병을 거꾸로 들었다. 병 주둥이에 한두 방울씩 맺히는 소주를 혀를 길게 빼어 핥아 먹었다. 이완은 눈썹을 찌푸리며 조금 더 뒤로 물러앉았다.

"난 귀신이 붙었다거나 그런 말은 애초에 믿지 않았어. 그래도 배울 만큼 배웠다는 사람이 그따위 말을 믿는 건 우스운 일이잖아? 그래서 그 인간이 얼굴도 없는 요상한 그림을 돈을 처들여 사 왔을 때 한판 싸우긴 했지만 그래도 벽에 걸어 두는 것까지 뭐라고 하진 않았어. 남편이 환쟁이다 보니 나도 그림은 조금 볼 줄 알아. 그게 물건이라는 건 알았고, 놔두면 값이 오를 거라고 생각했어."

하지만 남편이 점점 그림에 집착하는 것을 보며 여자는 그림이 거슬리기 시작했다.

그림을 판 성길이라는 선배는 베트남으로 훌쩍 떠났고, 남편의 정신은 점점 심하게 흐트러졌다. 가끔 그림을 들여다보며 얼굴을 그려 주면 되느니 마느니 이상한 소리를 중얼거리기도 했다.

하지만 정작 얼굴을 그려 주지는 못했다. 그리려다 몇 번 붓을 집어 던지는 것도 보았다. 나중에 팔 때 값이 떨어질까 봐 그러나 하는 생각도 했지만, 작품 자체의 존재감이 너무 커서 손을 못 대는 것 같기도 했다. 그래서 꽤 오랫동안 그림 속 여자는 얼굴을 얻지 못했다.

"이상하군요. 소원을 들어준다는 건 그저 전설일 뿐이잖습니까? 얼굴을 그려 준 사람도 없고, 소원을 이룬 사람도 하나도 없는데, 그걸 뭐라고 다들 믿고 있습니까?"

여자는 다시 킬킬거렸다.

"그 그림을 사려고 안달하는 사람들이 누군지 알아?"

"정가에 계시던 분이나, 기업의 회장이나, 박 화백이나, 한 교수님 정도로 알고 있습니다."

"그 외에도 몇몇 더 있어. 그런데 말이야, 그 사람들은 한 번씩은 그림을 가졌거나 보았던 사람들이야. 그게 무슨 말인지 알아?"

"예? 그게 무슨……?"

"전 주인들은 얼굴을 그리지 않은 상태로 뭔가 소원을 하나씩 빌어 봤을 거야. 문제는, 그 소원이 어떤 형태로든 이루어진 게 분명해. 그러니까 그림이 세상에 다시 나오자마자 이렇게 미친 듯이 달라붙는 거지."

"얼굴을 그리지 않았는데도 소원을 들어주었다고요? 그런 말은 금시초문인데요?"

"그 사람들이 미쳤나? 그런 일급비밀을 털어놓았다간 자기가 그림을 못 사게 될 텐데?"

"어떻게 아셨습니까?"

"남편이 비 맞은 중처럼 머리 싸쥐고 중얼대는 소릴 들었지. 한두 번 들은 게 아니야. 얼굴 없는 여자가 잠깐 그림 밖으로 나올 때가 있는데, 그때 원하는 걸 말하면 들어는 준다나."

이완은 꿀꺽 침을 삼켰다. 자신도 본 적이 있다. 얼굴이 없는 여자가 나왔었다. 여럿이 함께 보지 않았으면 헛것을 보았다고 생각했을 것이다.

"그래서, 소원이 이루어졌답니까?"

늙은 여자는 씁쓸하게 웃으며 고개를 끄덕였다.

"뭘 빌었는지는 모르지만, 눈치를 보아하니 박철웅 저 인간은 소원성취는 했던 것 같아. 돈벼락 복권 당첨 같은 소원이면 좋았을 텐데 그건 아니었던 게구."

여자는 어깨를 들썩이며 웃더니 얼굴을 바짝 들이대며 물었다

"그런데, 이봐, 정말 문제가 뭔지 아나?"

"……?"

"그렇게 이루어진 소원이 뒤끝이 굉장히 좋지 않았던 모양이야. 저 인간이 정신병원에 입원해서 제일 많이 했던 말이 뭐냐 하면, 그년이 소원은 들어주었는데 내가 아직 얼굴을 그려 주지 않아서 여자가 보복을 한다는 거야."

이완은 기가 막혀서 말도 제대로 나오지 않았다.

"그게 말이 됩니까? 정말 그렇게 믿었다고요?"

"그러게. 그래서 나중에 저 인간은 그림을 망치는 한이 있어도, 그림값이 폭락하는 한이 있어도 얼굴을 그려 주려고 했었어. 하지만 나는 그 그림이 꼴도 보기 싫었지. 그 그림이 남편을 미치게 하는 게 뻔히 보였거든. 그래서 그림을 팔았던 김성길이란 인간이 베트남에서 오자마자 되팔았고 남편한테는 태워 버렸다고 했는데, 남편은 그 말을 듣고 거짓말이라면서 내 목을 졸랐어."

이완은 입을 다물지 못했다. 늙은 여자는 미스터리 공포 특급 따위에 나올 법한 싸구려 이야기를 너무나도 진지하게 하고 있었다.

"아마 다들 비슷했을 거야. 자살한 기업 총수도, 몰락한 국회의원도, 다른 사람들도, 그리고 승헌 씨도."

"승헌 씨……라고요? 한승헌 교수님 말씀입니까? 그분을 아십니까?"

"알지. 꽤 잘 알지."

여자는 어깨를 움츠렸다. 한참 있더니 주머니를 부스럭거리며 담배를 찾아 물었다. 불을 붙이는 손이 달달 흔들렸다.

"난 그 사람 약혼녀였어. 5년을 사귀고, 결혼하려고 양가 부모하고 인사까지 했었어. 하지만 그 사람은 당시만 해도 학비조차 제대로 못 내고 허덕대던 찌질이 궁상 대학원생이었고, 박철웅은 젊은 나이인데도 그림 한 점에 몇 백씩 받고 팔던 잘나가던 화가에, 학교에선 교수님 소리까지 듣던 사람이었어. 그때가 삼십 년 전이었다고."

이런 맙소사. 이완은 여자의 얼굴을 볼 자신이 없어 손끝에서 타들어 가는 담뱃불만 지켜보았다.

"승헌 씨가 우리 신혼 셋방 잡을 돈으로 등록금을 내야 할 것 같다고, 일단 결혼해서 몇 년만 부모님하고 같이 시골살이 좀 하자고 하더라고. 듣는 순간 마음이 쫙 식었지. 5년이면 오래 사귀었고, 알 거 다 알고, 애틋할 것도 없을 때지. 그러잖아도 구차하고 구질구질하게 살게 될 미래에 점점 진력이 나고 있었어."

"예."

존경하는 교수님의 치부일 수도 있는 이야기를 이렇게 들어도 되나 싶었지만 이완은 잠자코 입을 다물었다. 그림에 대해서 이렇게 잘 아는 사람을 만나기가 쉽지는 않을 테니까.

"나는 그렇게 사느니 헤어지겠다고 했고, 승헌 씨는 어떻게든 돈을 빌려 보려고 친구인 철웅 씨한테 갔던 거야. 철웅 씨는 돈을 빌려주는 대신 그따위 여자와는 헤어지고 더 좋은 여자를 만나라고 했다는군."

"예?"

이완은 얼빠진 소리만 내뱉었다. 여자는 다시 웃었다.

"나는 몰랐지. 결국 나하고 헤어진 승헌 씨가 군대에 갔을 때, 박철웅 그 인간이 나한테 와서 결혼하자고 했거든. 예전부터 좋아했었는데 친구 약혼자라서 말도 못 하고 있었다고."

이런 맙소사. 한 교수님이 인연이니 어쩌니 했던 말 뒤에는 매운 이야기가 들어있었다. 두 사람은 막역지우 아니었던가? 이런 일이 있었는데도 어떻게 친구로 지낼 수가 있지?

"나중에 한승헌 그 사람, 독하게 공부 끝내고 교수도 되고, 똑똑한 여자하고 결혼도 하더라고. 철웅 씨한테, 각자 다 인연이 있던 거라고, 자긴 이제 다 잊었다, 괜찮다 하면서 종종 집에 놀러 오기도 했었어. 어지간히 속도 없다고 했지."

"예."

"난 그 사람이 오는 것이 정말 싫었어. 점점 미쳐 가는 남편에게 얻어맞고 모진 소리를 듣고, 정신병원에 들락대는 남편 수발을 하면서 매일 울며 지내던 때였지. 그 사람은 나하고 달리 아내하고 잘 살고 있다는 이야기를 들었어. 그럴 때마다 그따위 절름발이 년하고 결혼한 주제에, 속으로 열심히 비웃고 욕을 퍼부었지만 실상은 아주 미칠 것 같았지."

이완은 한 교수의 아내를 알고 있었다. 가끔 신문지상에 이름이 오르는 사람으로, 한 교수보다 나이가 세 살 더 많은 고법 판사였다. 부인은 사고로 한쪽 다리를 절었고, 얼굴도 그리 곱지 않았고 자식을 낳을 수도 없었다. 하지만 총명한 데다 정치적인 계산과 입지를 다지는 일에 능하고 법률 쪽으로 최고의 자문인지라, 학문만 곧이곧대로 파는 한 교수에게 좋은 창과 방패가 되어 주었다.

두 사람은 소문난 잉꼬부부였다. 법정에서 억세고 단호한 아내는 집에 오면 남편에게 그렇게 지극정성이고 교수는 아내를 평생 존중

하고 아껴 준다고 했다.

"한 교수, 더 좋은 마누라 만나려고 약혼녀하고 헤어졌나 보다, 철 웅이한테 고맙다고 해라, 하는 농담 같지도 않은 농담이 내 귀까지 들어올 때마다 속이 미어지더만. 저 빌어먹을 인간하고 이혼한 지 20년이 넘어가는데도 지금까지도 후회하는 중이야. 하지만 어쩌겠 어. 내 발모가지를 내가 도끼로 찍은 것을."

담배 연기가 길게 흩어졌다. 이완은 쓰게 웃으며 고개를 저었다. 한승헌 교수와 박철웅 화백 사이에, 그림을 매개로 이런 뒷이야기가 숨어 있을 줄은 몰랐다. 여자는 담배를 꽁초까지 야물게 피우고 꼬릿 불을 낡은 운동화로 밟아 비볐다.

"누군지 몰라도 이 세상에 몹쓸 걸 남겼어. 그런 그림은 보면 알겠 지만 보통 정념으로 되는 건 아니지. 얼굴이라도 제대로 박아 줄 거 아니면, 깨끗하게 태워 버려. 아니면 당신이나 당신 여자도 그림에 미쳐서 평생을 말아먹을지도 몰라. 저 그림은 우리 두 사람 사이를 찢은 것도 모자라서 남은 인생까지 아예 작살내 놓았다고."

노파는 자조하듯 음침하게 웃었다. 이완은 재수 없는 소리를 한다 고 화를 벌컥 내려다가 머리를 흔들며 자리에서 일어났다. 이런 여자 하고 싸워서 뭐하나. 허황한 말, 미신에 눈이 먼 여자의 신세 한탄일 뿐이다.

하지만 속에서 불안감이 한 꺼풀 덮이는 것은 어쩔 수 없었다. 얼 굴이 나왔을 때 빌었던 것은 아니지만, 민호와 이완은 소원을 빌기는 했었다. 아니 그 자리에 모인 사람들이 다 빌었다. 심지어 대신 빌어 주기까지 했다. 허황한 말인 건 알지만 그때의 일이 영 찜찜하다. 이 완은 이를 지그시 물었다.

"다들 그림을 사 가서 무얼 하시려는 걸까요?"

"그야 뻔하지. 이번엔 여자 귀신이 곤조를 부리지 않게 얼굴을 완성해서, 지난번 소원을 물리고 다른 것을 빌어 보려는 게지."

아아. 그런 거였나? 입속으로 쓴 침이 고였다. 첫 번째 소원의 결말이 얼마나 끔찍했으면, 그 소원을 얼마나 되물리고 싶었으면, 얼마나 더 강렬한 새로운 소원이 생겼으면.

"그치만 누가 감히 그 그림에 얼굴을 그리겠느냐고. 그림을 조금이라도 볼 줄 아는 사람이라면 손 못 대. 절대. 누가 그렸는지 몰라도 사람의 솜씨가 아니지. 그래서 몹쓸 물건이고, 그래서 태워 버리라는 거야."

이완은 말없이 고개를 끄덕였다. 다른 말은 몰라도 그 말만큼은 동조할 수 있었다. 다른 사람도 아닌 오원의 그림이었다. 그것도 기량이 절정에 오른 장년기의 걸작. 아마도 제대로 낙관이 박혔으면 호취도 이상으로 찬탄을 받았을 작품이다. 그걸 알고서 아무나 얼굴을 덧대 그린다는 건 미친 짓이다.

어떻게 할까.

이완은 이 황당무계한 이야기를 민호 씨에게 조조이 전하는 대신 삼켜 두기로 했다. 영 신경 쓰이고 거북하지만 이런 일로 그림을 다시 팔자거나 폐기할 생각은 없었다. 안목이 있는 사람이라면 누구나 집착할 만한 신품(神品). 오원의 대표작이 될 수 있는 그림인 것이다.

정 그림이 문제가 된다면, 오원이 직접 그림을 완성하고 제문과 낙관까지 받아 와 먼 훗날 공개하면 해결되는 것 아닌가.

이완은 고개를 끄덕였다. 일석이조다. 얼굴이 완성되면 있는지 없는지 알 수 없는 그림의 저주에서 벗어나는 데다 그림의 가치가 폭등할 것은 명약관화다. 다른 사람에게는 불가능한 해결책이지만, 민호 씨에게는 불가능한 일이 아니다. 민호 씨도 어차피 얼굴을 완성시켜 올 생각이었는데, 거기에 작은 이유가 하나 더 붙은 것뿐이다.

그리고 설사 완성을 하지 못한다 해도 우리 두 사람 사이에 문제가 생길 이유는 없다. 민호 씨도 나를 위해 열심히 노력하는 중이고 나역시 민호 씨를 위해 할 수 있는 모든 것을 할 생각이다. 문제가 될 것은 아무것도 없다.

아무래도 함께 다녀오는 게 좋겠다. 민호 씨의 서바이벌 능력이 월등한 것은 맞지만, 그래도 여전히, 여전히 이완은 그녀를 혼자 보내는 것이 걱정스러워 죽을 지경이었다.

❀   ❀   ❀

이완은 눈앞에 놓인 '한국사 교재'를 아연하게 내려다보았다. 손끝 발끝까지 먼지 하나 없이 단정한 정장 차림인 노교수는 손에 열여섯 권짜리 만화한국사를 들고 있었다.

〈초등학생을 위한 만화한국사 1, 고인돌과 함께하는 선사시대 이야기〉

어렵게 시간 내 주셔서 감사합니다, 정중하게 인사하려던 생각이 깡그리 날아가 버렸다. 만화책을 대청의 탁자 위에 각을 잡아 쌓아 놓고는, 옷에 구김이 가지 않도록 매무시를 잘 가다듬고 자리에 앉은 동벽이 점잖게 말을 걸었다.

"민호 씨는 지금 어디 있습니까?"

"이거 한국사 수업 교재 맞습니까, 교수님?"

"맞습니다. 민호 씨 어디 있느냐 물었습니다만."

키가 큰 데다 몸집까지 중후한 교수가 주는 무게감은 대단했다. 성격도 어지간히 엄격해 보였다. 저런 교수님한테 똥벽이니 뚱벽이니 불러 대는 두나 씨가 새삼 대단해 보였다.

"······곧 나올 겁니다. 그런데 교수님, 말씀 편하게 내리십시오."

"······."

"그런데, 교재가 왜 하필 만화책입니까? 역사에 대해 잘 모른다고 해도 민호 씨는 대학 졸업한 사람이고, 지금 서른한 살입니다. 초등학생을 위한 만화책이라뇨."

지금 장난하나? 만화가 아니라도 쉽고 재미있는 교재는 많이 있다. 이완은 민호와 함께 싸잡아 모욕을 당한 기분이었다. 동벽은 이완을 올려다보지도 않고 차갑게 말했다.

"자넨 그럼 처음 역사 공부 시작하는 학생에게 글씨 빡빡한 통사나 조선왕조실록, 승정원일기 들이댈 생각이었나? 통사 읽어 보니 재미있던가?"

"안 될 건 없잖습니까, 교수님. 1차 사료도 보조 교재로 얼마든지 사용할 수 있……."

"이제 막 공부를 시작하려는 사람에게 1차 사료로 수업이라. 하긴, 똑똑하고 머릿속에 든 게 많다는 걸 자랑하는 데는 가장 효과적이겠지. 한문이 잔뜩 얹힌 사료를 들이댈 때 사람들이 지레 겁먹는 꼴을 보는 것도 기분이 나쁘지 않을 테고."

이완의 얼굴로 열이 쏠렸다. 그런 마음이 희미하게나마 든 적이 없는 건 아니었고, 그때마다 부끄럽게 생각한 것도 사실이었다. 하지만 이렇게 정통으로 찍히고 나니 꼭 백주에 발가벗겨진 기분이었다.

"그런 말이 아니지 않습니까. 사학은 베이스가 되는 정보의 양도 중요한데, 텍스트가 이렇게 적고 쓸데없는 내용이 많은 것을 교재로 굳이 사용해야 합니까?"

"가르치는 건 날세. 쓸데 있고 없고는 내가 판단해."

"교수님, 저도 학부 전공이 한국사였고 고미술품 딜을 직업으로 갖고 있는 사람입니다. 그리고 민호 씨는 제 약혼자고요."

"자네, 약혼자와 보호자를 착각하고 있는 게 아닌가?"

이완은 찔끔해서 입을 다물었다. 그건 그렇다. 약혼자라는 이유로 가르치는 교수에게 보호자처럼 나서서 이래라저래라 할 수는 없었다.

그는 부글부글하는 속을 누르고 빌딩처럼 쌓인 만화책을 바라보았다. 아이들이나 좋아할 듯한, 조잡하기 짝이 없는 그림체, 불량식품의 색깔 같은 단순하고 화려한 컬러. 그는 만화라는 매체를 좋아하지도 않았고 깊이 있는 철학이나 예술을 키치 형식으로 접근하는 것도 싫어했다. 이런 방법은 정련한 금을 얻는 것이 아니라 싸구려 도금을 얻는 것에 불과했다.

"내 보기엔 박 실장도 이걸로 처음부터 같이 공부하는 것도 괜찮을 것 같은데. 스마트폰으로 검색 몇 번만 하면 나오는 정보로 그리 잘난 척하는 걸 보니 헛공부를 한 게지. 같이하려나? 이 만화책 꽤 재밌네."

이 영감이 제정신인가? 이완은 눈을 가늘게 뜨고 동벽을 노려보았다. 적어도 역사나 미술사를 정식으로 공부한 사람이라면 만화 따위를 텍스트로 사용하지는 않는다. 아무래도 무언가 좀 이상하다. 결국 이완은 입술을 비틀고 이죽거렸다.

"교수님, 혹시 이 출판사에서 로비라도 받으셨습니까? 기왕이면 좀 멋지고 폼 나는 교재로 받으셨으면 좋았을 텐데요."

금테 안경 너머로 보이는 눈이 가늘어지더니, 목소리가 낮게 가라앉는다.

"버릇없고, 안하무인에, 그놈의 잘난 척. 어지간히 하게."

이완은 숨을 훅, 몰아쉬고 간신히 말했다.

"……교수님, 저한테 혹시 무슨 유감이 있어서 이러십니까? 혹시 제가 교수님께 무슨 손해를 끼친 게 있습니까?"

"손해랄 것까진 없지만 유감이 없지는 않아."

"유감? 제가 교수님께 섭섭한 일이나 몹쓸 짓을 한 게 있습니까?"

"글쎄. 자넨 몹쓸 짓을 직접 당해야만 유감스러워하나?"

이완을 이를 꽉 물었다. 이건 지금 생트집을 잡는 게 틀림없었다. 이완이 성질대로 쏘아붙이려 할 때 쿵쿵대며 뛰어오는 발걸음 소리가 들렸다.

"와아, 교수님 오셨어요? 여기 계신지도 모르고 안채에서 기다렸지 뭐예요. 많이 기다리셨어요? 이거 시원하게 먼저 드세요! 어? 이건 뭐예요?"

안채에서 오미자화채를 들고 달려온 여자가 탁자에 오미자화채를 내려놓더니 맞은편에 털썩 주저앉았다. 친화력 무림 제일 고수답게 두나네서 한 번 본 것만으로 바로 친해진 모양이다. 너무 친해진 게 문제인지, 입을 벌리고 크허허허 웃기까지 하신다.

이완은 진땀을 빼며 손짓 발짓으로 눈치를 주었다. 민호 씨, 캥거루 야생마도 아니고 집에서도 왜 이렇게 둥둥 뛰어다닙니까. 얼굴 보자마자 그렇게 관우 장비처럼 웃어 대지 말고 예의 바르게 인사 먼저 하세요. 무릎 좀 꿇고 얌전하게 앉을 수는 없습니까? 손님 앞에서 여자가 다리를 그렇게 척 벌리고 앉으면 어떡합니까. 제발 창피한 것 좀 알고 조신하게 행동하면 안 됩니까? 아 정말, 제발 다리 좀 오므리고 앉으라고요. 다 큰 여자가!

"어서 와요. 안 늦었으니 그렇게 급하게 안 뛰어와도 돼요. 이런 거 들고 오다 넘어져서 유리라도 깨지면 크게 다치려고. 편히 앉아요, 편히."

여자를 바라보는 동벽의 눈매가 확 달라졌다. 말투도 자신에게 내뱉던 것과 반대로 정중하고 부드럽게 바뀌었다. 이완은 말을 멈추고 동벽을 노려보았다. 이건 또 무슨 늙은 제비족인가. 재수 없고 역겨워 입도 못 떼는 사이, 동벽은 자신의 방석을 민호에게 내밀었다.

"여기 앉아요. 여자는 여름이라도 찬 바닥에 그렇게 앉으면 몸 상합니다. 이거 같이 나눠 마시고 합시다. 오미자화채가 색이 정말 곱게 나왔네요. 맛도 좋고. 수업은 어렵지 않고 재미있을 거니까 민호 씨는 마음 편하게 가지세요. 자, 원서로 수업하진 않을 테니, 전공하신 분께서는 물러나 주시고."

동벽은 콧방귀를 뀌며 이완을 비꼬았다. 이완은 시뻘게진 얼굴로 동벽에게 묵례를 하고 자리에서 물러날 수밖에 없었다. 이가 갈려 미칠 것 같았지만 그 자리에서 한마디도 할 수 없었다. 민호 씨가 요란하게 달려올 때 넘어져서 다칠까 하는 걱정보다 시끄러운 것에 먼저 신경이 갔고, 찬 바닥에 덜렁 주저앉을 때, 흉하게 앉는 모습이 먼저 들어왔지 방석을 주어야 한다는 데 생각이 닿지 않았던 것이다.

망할! 그는 부글대는 속을 어쩌지 못하고 머리를 쥐어뜯었다.

이거 괜히 시작했나?

물론 두나 어머니의 호의는 고맙고 프로젝트는 반드시 성공해야 하는 것이지만, 첫판부터 이렇게 짜증이 일어서야 오래갈 수 있을까?

게다가 뒷골을 누르는 듯한 이 찜찜한 기분은 뭐지?

이완은 팔짱을 낀 채 끙끙 앓다가 자리에서 일어났다.

적어도 민호 씨를 가르칠 사람이라면 제대로 된 사람인지 나라도 검증을 해야 하지 않을까?

저 동벽이라는 사람에 대해서 찬찬히 알아봐야 할 것 같다.

❀　　　❀　　　❀

민호는 멍하니 앉아 아이들을 바라보았다. 햇볕이 따스한 가을날 오전, 동화 구연 시간. 기운이 빠지고 해파리처럼 축축 늘어지는 게 영 집중이 되지 않는다.

오늘의 동화는 뭐냐. 선녀와 나무꾼? 선녀와 나무꾼이라. 한숨이 저절로 흘러나온다. 이 동화는 민호가 굉장히 싫어하는 동화 중 하나였다. 자료를 만들어 놓은 것이 있으니 억지로 해 줄 뿐이었다. 민호는 그림판을 집어 들었다.

쉬는 시간에 안경을 쓴 꼬마 신사가 한 명 다가와 고개를 바짝 든다. 눈이 또랑또랑하고 말 많고 나서기 좋아하는 녀석이다. 근처에서 좀 산다 하는 집인 모양이고, 그 엄마는 천마산 일대에서 알아주는 빅마우스에 마당발로 '우아한 싸가지'라는 별명으로 불리고 있다 했다. 동네 행사에, 아줌마들 모임에, 도무지 안 끼는 데가 없고, 속한 모임은 많은데 그놈의 우아한 싸가지로 모임마다 폭풍을 불러일으킨다고도 했다.

"구연동화 재미있었어요. 뭐 옛날에 다 읽은 거긴 한데 선생님이 읽어 주는 실력이 괜찮으시네요."

민호는 속으로 콧방귀를 핑, 뀌었다. 콩알만 한 놈 말하는 꼴 좀 보소. 제 엄마하고 아주 똑같구나. 저걸 성질대로 쥐어박을 수도 없고.

사실 아이들을 보면, 그 집에서 엄마 아버지가 어떻게 사는지, 어떤 말을 하고 사람들을 어떻게 대하는지가 얼추 보인다. 아이들이 괜히 어른의 거울이라는 것이 아니다.

문제는 저 아이는 저 말이 얼마나 재수 없게 들리는지 짐작도 못하고 엄마의 말투를 흉내 내고 있다는 점이다. 아이 잘못이 아니란 건 아는데 덜 예뻐 보이는 건 어쩔 수가 없다.

"혁주가 재미있었구나. 선생님도 기분 좋네?"

"그런데요 선생님, 선녀가 나빠요. 정말 나빠요."

"왜?"

"나무꾼을 버리고 애들을 데리고 하늘나라로 갔잖아요. 그리고 데리러 오지도 않잖아요. 나무꾼 혼자 외롭게 남겨 놓고, 자기만 혼자 잘 먹고 잘 살아요. 못된 여자예요. 사람이 그렇게 살면 안 되는 거예요."

머리가 빡 돈다. 이야, 요 콩알만 한 놈아. 뭐가 어쩌고 어째?

"야, 혁주야, 그럼 나무꾼은 착하냐? 사슴은 착하냐?"

"사슴은 은혜를 갚았으니까 착하고요, 나무꾼은 불쌍해요."

순식간에 머리로 증기가 올라왔다. 야, 꼬꼬마야. 인간적으로 생각해 봐라. 민호는 교사의 본분을 잠시 잊고 정의롭게 비뚤어져 버렸다.

"왜? 선녀가 왜 나무꾼을 데리러 다시 와야 하냐? 나무꾼이 뭐가 좋아서?"

"네?"

"봐 봐, 여기선 착한 사람이 아무도 없어. 은혜 갚은 사슴은 나무꾼한테 여자들 목욕하는 거 훔쳐보다가 옷을 훔치라고 꼬드긴 나쁜 놈이라고. 언니 선녀들은 옷 잃어버린 동생을 버려두고 가서 데리러 오지도 않았지. 그런데 그중에서 존나 아니, 제일 악질이 그 나무꾼 새끼…… 나무꾼 놈이라고."

사모님 말투를 흉내 내던 꼬꼬마는 순식간에 얕은 내공을 털리고 우물우물 물었다.

"왜요? 불쌍한 나무꾼이 왜 나빠요?"

민호는 이 빌어먹을 동화책이 아이들의 가치관을 흐리는 몹쓸 물건이라는 생각을 지울 수가 없었다. 불쌍하면 착한 거냐? 그러면 더럽게 불쌍한 김성길 같은 인간도 더럽게 착한 거겠구나.

교사의 중립성 따위, 개나 먹으라지. 교사는 어린이들에게 정의와 진실의 기준을 세워 줄 필요가 있다. 산타클로스는 이 세상에 없고,

루돌프는 크리스마스이브에 초속 9미터로 날지 못하며, 여자를 살살 홀려 납치한 나무꾼은 나쁜 놈이라고 말해 줄 의무가 있는 것이다.

"생각해 봐. 일곱 살 넘은 남자 어린이는 여탕에 가면 안 되지? 여자들이 창피해하겠지? 그런데 나무꾼은 여탕에 몰래 구경을 가서 여자들 목욕하는 거 훔쳐봤지, 또 옷까지 훔쳤어. 치한에 도둑놈이라고 도둑놈. 그런 짓을 했다간 경찰에 잡혀간다고."

"어, 네? 네에."

민호가 생각하는 나무꾼의 죄는 한도 없었다. 사기에, 절도에, 성추행, 부녀자 유인 및 납치, 이제는 하늘로 못 돌아간다는 협박이 가미된 사기결혼, 하늘로 도망친 여자를 끝끝내 집까지 찾아간 진저리 나는 스토킹. 선녀 입장에서 생각하면 날벼락도 그런 날벼락이 없지 않느냐. 나무꾼 같은 놈에게 걸리지만 않았으면 어느 멋진 날개족 신선족과 결혼해서 샤랄라 인생을 살고도 남았을 아가씨가 인생을 망쳐도 오지게 망친 판인데 어떻게 나무꾼이 불쌍하다는 말이 나오느냐. 대대손손 고자, 아니 내시를 만들어도 시원찮을 멍멍이인 것이다. 민호는 말을 하면서도 점점 열이 올라 콧김을 풍풍거렸다.

"선녀는 못된 게 아니잖니. 선녀는 아이들을 데리고 자기를 납치한 사기꾼 집에서 탈출한 거야."

당황한 안경신사가 한참 꾸물꾸물한다. 반박할 깜냥이 못 되는 신사는 눈치를 보다가 슬쩍 말을 돌린다.

"어 근데 선생님, 존나는 게 뭐예요?"

"세상에, 얘 좀 봐! 누가 그런 이상한 말을 함부로 하니? 응?"

"어? 아까 선생님이 그러셨는데요."

아이고, 눈앞이 깜깜하다. 정의의 사도가 잠시 그런 말을 했던가. 왜 너는 그런 걸 다 기억하고 그러니! 사람 곤란하게.

"아, 조, 존나는 건 말이지, 많이 쓰는 말은 아닌데."

"아닌데요. 우리 아빠도 형도 많이 쓰는데요? 선생님도 가끔 쓰시고요."

야 인마, 내가 언제……? 라고 말하고 싶었지만 확실하지는 않았다. 하도 많이 쓰다 보니 아이들 앞에서는 안 쓴다고 조심해도 언제 튀어 나갔는지 알 수 없는 일이다. 민호는 머리를 쥐어박으며 통탄했다.

"굉장히, 많이 뭐, 그런 뜻으로 쓰는 거긴 한데."

"어, 그럼 존나는 게 굉장히 많은 거예요? 저 과자는 존나 많은 거예요?"

"어, 음 아니 정확하게 말하면 그렇다기보다……. 일단 너는 그 말을 쓰면 안 되긴 하는데."

"선생님, 그러니까요, 정확하게 존나는 게 뜻이 뭐냐는 거예요. 엄마가 그러시는데요, 사람이 뭔가를 딱 물으면 정확하게 딱 물은 것에 대해 대답을 하는 거래요."

야, 이 우아한 싸가지야. 알고도 말 못 하는 괴로움을 네가 아냐? 뭐 굳이 정확하게 말하자면 말이지, 아, 뭐가 존나 이렇게 구린 시추에이션이냐. 차라리 야 그거 선생님이 깜박 안 예쁜 말 썼다. 잊어버려 레드 썬! 하고 넘어갔어야 했는데. 민호는 진득한 땀을 흘리며 공격을 토스했다.

"아빠가 나중에 그런 말 쓰실 때 아빠한테 여쭤 봐라."

레드 썬, 레드 썬. 잊어버려라. 좆나든 존나든 여쭤 보라고 하는 말까지도 모조리 잊어버려라. 민호는 머리털 나고 가장 강력하고 간절하게 붉은 태양을 소환했다.

그날 저녁 천마산 인근의 나래 유치원 원장은, 7세반 학부모에게 항의전화를 한 통 받게 되었다. 존나, 성추행, 사기, 절도, 스토킹 따

373

위의 어휘로 가득 찬 우아한 전화는 장장 한 시간이 넘게 이어졌다.

며칠 후 금요일 저녁, 수습 기간을 드디어 다 채운 윤민호 선생님은 그동안 수고해 주셔서 고맙습니다, 하는 퇴출 선고를 받게 되었다.

얄궂게도, 그녀의 휴대전화에는 오늘 수습딱지 떼는 날이냐, 케이크 사 가지고 안락재로 퇴근하겠다는 메시지가 들어와 있었다. '정직원 승진 턱으로 맛있는 저녁 해 주세요, 점심 조금만 먹고 가겠습니다~' 하는 추신이 분홍색 하트 사이에 둘러싸여 깜박거린다.

민호는 너무 속이 상해서 차마 아니라고 답장을 보낼 수조차 없었다. 자신이 잘렸다는 사실 자체보다 이 사람을 실망시킨다는 것이 훨씬 속상했다. 집에 오면 얼굴 보고 솔직하게 털어놓아야지. 케이크라도 사 오면 그거라도 먹고 물광 백 미터 사나이 얼굴이라도 보면서 기운을 차리고 싶은 마음뿐이었다.

직장인으로 출근했다가 백수가 되어 터덜터덜 퇴근한 민호는, 그날이 프로젝트 2주차 수업일이라는 것과, 별로 어렵지도 않은 과제를 깡그리 잊어버리고 있었다는 사실을 깨달았다. 두 명의 친구들이 그간 자신에게서 수집한 기나긴 욕설 리스트를 할머니에게 제출했고, 민호는 자신을 인자한 눈으로 바라보던 교수님에게 숙제를 하나도 하지 못했음을 실토해야 했다.

표정이 엄격해진 두 사람의 등 뒤로 정말 싸릿대 한 묶음이 놓여 있었다. 민호는 입을 떡 벌리고 말았다. 옴마이 갓. 아, 저것은, 그러니까 바구니를 짜려고 꺾어 온 것이겠다. 홈패션 핸드메이드 수제 공방 DIY 등 바구니 만들기. 인간의 삶을 풍요롭게 하는 다양한 취미생활!

……일 리가 개뿔이다! 그럴 리가 없지 않으냐.

으아니 교수님들, 우리 인간적으로 상식적으로 생각을 좀 해 보아요. 지금이 몇 세기인데 촌스럽게 회초리질인가요. 제가 귓구멍이 막힌 것도 아니고 말로 해도 알아듣는데……라고 하기엔 해 놓은 것이 아무것도 없어 귓구멍이 막힌 것과 별반 다르지 않았다.

욕설은 모니터링 요원(?)들과 함께한 시간이 길지 않았음에도 불구하고 하루 평균 22개였다. 어렵지도 않은 과제를 잊어버려서 교수님이 가장 쉬운 걸로만 골라 낸 테스트를 빵점으로 깔아 준 건 기억력이 아니라 '의지와 성의' 문제라는 말도 사실이었다.

……그래서 종아리 서른 대.

서른 대가 아니라 백 대를 맞는대도 할 말이 있을 리가 없다. 민호는 인상을 우그러뜨리고 엉거주춤 일어나서 바지를 걷었다.

저 또재 할머니가 겉보기에 저렇게 인자해 보이지만 떡대 튼실한 아들들이 꼼짝 못 한다는 말을 허투루 듣는 게 아니었다. 매에는 장사가 없다는 게 가훈이랬던가. 그 말을 어째서 귀담아듣지 않았던고.

문득 체벌 이야기가 나오자마자 하지 말라며 펄펄 뛰던 이완이 생각났다. 이런 기분이었던 모양이다. 역시 나 생각해 주는 건 이완 씨밖에 없어. 괜히 콧잔등이 시큰해졌다.

사람이 그렇게 말을 함부로 하면 안 된다. "하다 하다 안 되면 몸으로 때우면 되지." 하는 말이 씨가 되어 며칠 되지도 않아서 멋지게 열매를 맺고 말았다. 오늘부로 유치원에서 잘려서 백수가 된 것도 모자라서 산뜻하기도 하구나. 미간을 잔뜩 구긴 할머니가 싸릿가지를 하나 뽑아 손에 쥐고 굵기를 가늠한다.

"……민호 씨?"

막 중문을 열고 들어선 사내의 손에서 꽃다발이 툭 떨어졌다.

❀   ❀   ❀

딱!

"스물."

싸릿대는 가늘지만 낭창하게 잘 휘었고, 피부에 닿으면 매운 소리를 내며 그대로 달라붙었다. 바람을 가르는 날카로운 소리가 울릴 때마다 민호는 등을 동그랗게 구부리고 감전된 것처럼 펄떡펄떡 소스라쳤다. 아주 오그라지게 아파서 죽을 것 같다. 민호의 얼굴로 눈물 콧물이 정신없이 흘러나왔다.

딱! 딱!

다시 종아리에서 매서운 소리가 일었고, 민호는 그때마다 자지러졌다. 수효를 세는 소리가 간신히 흘러나왔다.

"스물하나, 스물둘."

딱, 딱! 딱!

뒤로 갈수록 회초리가 바람을 가르는 소리가 더욱 매서워졌다. 악다문 잇새로, 수를 헤아리는 소리가 한참 만에야 흘러나왔다.

"……스물여덟, 스물아홉, 서른. ……다 됐습니다."

"흐어엉, 이완 씨, 흐어어어!"

거대한 울음이 터졌다. 민호는 자리에 주저앉아 펑펑 울었다. 나 맷집 좋다고 했잖아. 내가 눈 딱 감고 맞으면 되는 거잖아. 왜 멋대로 나서고 지랄이야. 이게 뭐야, 이게에에!

바지를 걷고 서 있는 사내의 다리에 지렁이 같은 피멍이 빼곡하게 얽혀 있었다. 이완은 휘청휘청하며 바짓단을 내렸다. 민호는 눈물 콧물을 쏟으며 울고 있고, 도재 여사도 표정이 좋지 않다. 이완은 민호 쪽은 돌아보지도 않고 말했다.

"……옷 갈아입고 오겠습니다. 방에는 들어오지 마세요."

"정말로 체벌을 한다고요? 다 큰 성인을? 말로 해도 충분합니다. 다 알아들어요!"

케이크 상자까지 집어 던지고 뛰어온 사내는 회초리를 움켜잡고는 으르렁거렸다. 하지만 도재 여사의 태도는 단호했다.

"어른이 약속을 했으면 더더욱 지켜야 하고, 무엇인가 하기로 했으면 결과를 내야 하지 않나요."

"하지만!"

"민호 씨가 먼저 부탁한 거예요. 우리는 조카애가 부탁하기에 도와주기로 했던 거지 시간 낭비를 하러 와 있는 건 아니에요. 분명 경고했고, 민호 씨 입으로 약속도 했어요."

구구절절 맞는 말이라 할 말이 있을 턱이 없었다. 따스한 분위기의 노부인은 완전히 다른 사람이 되어 있었다.

"필요한 것은 여전한데 마음이 해이해진 거죠. 물론 사람이니까 그럴 수 있어요. 하지만 그래서는 이룰 수 있는 게 아무것도 없죠. 기억력이나 능력 문제가 아니라 의지와 성의 문제예요. 대가가 없다고 해서 무책임하게 넘어가려는 생각은 초장부터 싹을 잘라 두어야 해요."

"그래도 첫 번째니 이번만은……."

"오늘이야말로 그냥 넘어가면 다음에도 동일한 사태가 계속 반복되겠죠."

이완은 회초리를 든 손목을 붙잡고 통사정을 했다.

"그래도 여자를 이렇게 때리는 법이 어디 있습니까? 아예 못 봤다면 모를까 제가 그 꼴을 어떻게 눈 뜨고 보란 말입니까."

"그럼 자네가 대신 맞아 주면 되겠군. 약혼자가 맞고 있는 것을 눈 뜨고 보고 있을 생각이었나?"

뒤에서 인상을 쓰고 앉아 있던 동벽이 얄밉게 한마디 뱉었다. 머리를 망치로 맞은 것 같았다.

두 번 생각할 것도 없었다. 이완은 황급히 여자를 밀어내고 자리에 서서 바지를 무릎까지 걷어 올렸다. 할머니가 눈썹을 찌푸리며 고개를 젓자, 뒤에 앉아 있던 동벽이 회초리를 뺏어 들었다. 뒤로 밀려서 주저앉은 민호가 무슨 일인지 몰라 멍청한 얼굴로 두리번거린다. 동벽은 가라앉은 목소리로 말했다.

"두나야, 민호 씨 좀 잡고 있어라."

"……네, 할아버지."

두나의 대답이 떨어지기 무섭게 날카로운 파공음과 함께 다리에서 격통이 일었다. 신음이 터지려는 것을 간신히 삼켰다. 교수라는 사람은 손에 전혀 정을 두지 않고 있었다.

"큰 소리로 세게. 서른까지."

"하나."

정신을 차린 민호가 몸을 뻗대며 고함을 치기 시작했다. 두나야, 이거 놔. 너 나한테 죽는다. 진희야, 이거 놔! 내가 잘못한 건데 저거, 내가 맞아야 하는 거야. 왜 이완 씨가 끼어들고 지랄이래!

"욕하면 횟수가 더 늘어날 줄 알아요."

엄한 목소리가 떨어졌다. 안 해요, 안 할게요. 제발 이러지 마세요. 저러면 안 되잖아. 이완 씨, 박 실장님, 그러지 마! 그러지 마아아! 저리 가아아! 대청은 순식간에 울부짖는 소리로 채워졌다.

이완은 여자에게 울지 말고 들어가 있으라 할까 하다가 바닥에 놓인 A4용지를 보고 입을 다물고 말았다. 지난주 숙제로 내 준 듯한, 선사시대에 관한 테스트 문항이었는데 유치원생도 풀 만한 문제임에도 단 한 개의 답도 맞히지 못한 것이 한눈에 들어왔다.

어떻게 저렇게 전혀 모를 수가 있을까. 고인돌 제작 시기가 고려시대라는 발상은 어디서 나왔으며, 건설 목적이 '비를 피하기 위해서', '식탁으로 쓰려고'라니.

내 아내가 될 사람의 수준이 저 모양이라니. 창피해서 얼굴로 불이 쏟아지는 것 같다.

사실 교수님도 저 지경인지는 모르고 만화책 따위를 들이대는 패기를 부렸을 것이다. 노력한다고 될까? 프로젝트? 안 봐도 안다. 해봐야 안 될 것이다. 나는 여자의 본데없는 말투와 무식을 앞으로도 숱하게 이런 식으로 커버하며 살아야 할 것이다. 명징하지만 너무나 비참한 결론에 이완은 이를 꽉 물었다. 그는 여자를 돌아보지도 않고 침착하게 말했다.

"민호 씨."

"응! 응, 얼른 들어가. 내가, 내가 혼나야 하는 건데 왜 박 실장님이 그래!"

"거기 앉아서 똑똑히 봐 두세요. ……윽, 둘."

말을 끝내기도 전에 다시 날카로운 소리가 울렸다. 여자는 몸부림을 치며 울기 시작했다.

괜찮냐? 아프진 않냐? 대체 이게 웬일이냐. 앤드류는 허옇게 질린 얼굴로 입술을 들썩였다. 약을 바르다가 앤드류가 들어오자마자 황급히 바지 자락을 내린 이완은 싸늘하게 앤드류의 말을 막았다.

"앤디, 나 괜찮으니까 아무것도 묻지 말고 잠시만 나가 주면 고맙겠다."

맛있는 저녁이라도 한 숟갈 얻어먹겠다고 따라 올라온 것이 죄라면 죄, 앤드류는 억지로 태연한 척 투덜거렸다.

"됐어. 어차피 이레 씨한테 얘기 다 들었어. 그냥 약 발라. 내가 발라 줘?"

하지만 맞은 자국을 보여 주기는 싫었는지 이완은 다리를 안으로 모으고 약을 서랍 속으로 집어넣었다. 앤디는 침대 곁에 놓인 의자에 조심스럽게 앉다가 책상 위에 엎어 둔 '시험지'를 들여다보았다. 한국사에 대해 기본적인 것밖에 모르는 앤드류조차 얼빠진 웃음소리를 냈다.

"아주 보면 볼수록 걱정이 돼서 돌아가시겠다. 이거 뭔가 공부를 한 거 맞아? 초등학생용 문제도 안 되는 것 같은데. 민호 씨 정말 대학 나온 거 맞나? 너 어떡할래? 엉?"

앤드류가 문제를 훑어 내려가며 기가 막힌 듯 헛웃음을 지었다. 이완은 날 선 소리로 쏘아붙였다.

"놔두지 어떡하긴 뭘 어떡해. 그 상태가 노력 좀 한다고 해결될 문제로 보여?"

앤드류는 한숨만 거푸 쉬더니 결심한 듯, 무거운 목소리로 말하기 시작했다.

"내가 민호 씨가 싫어서 이러는 건 아닌데 말이야. 걱정이 안 될 수가 없다."

"……."

"너 내년에 박사 코스 들어갈 생각이지? 강의 들어오는 것들도 어지간하면 맡을 거지?"

"……."

"이 안락재, 나중에 간송미술관처럼 변경할 생각도 하고 있지?"

"……."

"공적인 자리나 행사에 설 일이 점점 많아질 텐데, 그때 민호 씨한테 네 파트너나 행사 안주인 역 맡길 수 있겠어?"

이완은 짧게 신음했다. 함께하는 삶이 구체적인 모습을 드러낼수록 숱한 걸림돌들이 튀어나온다.

앤드류의 걱정은 기우가 아니다. 한국에서의 운신 폭이 커질수록 부부동반으로 공적인 자리에 서게 될 일도 많아질 것이다. 강연이나 리셉션이나 공식행사를 치러야 할 때, 나는 민호 씨에게 안주인 역을 맡아 달라 할 수 있을 것인가. 어딜 가서든 그녀를 반려자로 자신 있게 소개할 수 있을 것인가.

아니. 이완은 천천히 고개를 저었다.

나는 그녀가 축하하러 오는 것조차 걱정해야 할 것이고, 내가 주최하는 모임의 안주인 역할을 다른 여자에게 맡겨야 할 것이다. 내가 있는 곳에 아예 오지 못하도록 봉쇄하지 않는 한, 어디에선가 내 여자가 욕설을 퍼부으며 싸움판을 벌이고 있지는 않을지, 내 손님들에게 무식이 넘치는 소리를 지껄이며 남들의 비웃음을 당하고 있지 않을지 신경을 곤두세우는 날이 이어질 것이다.

나는 민호 씨와 함께 사는 동안 그녀가 싸질러 둔 지뢰들을 처리하거나 같이 똥물을 뒤집어쓰는 일들을 계속 겪어야 할 것이다. 이완은 앤드류의 시선을 느끼며 억지로 대답했다.

"난 지금도 노력하고 있어."

"그래, 너 노력하는 건 나도 아는데, 나도 민호 씨 쿨하고 멋지고 너 정말 좋아하고 대박 능력자란 것도 아는데, 그렇다고 문제가 해결되는 게 아니잖아. 너 예전에 나한테 그랬잖냐. 모든 것을 사랑으로 넘길 수 있는 페로몬의 유효기간은 고작 6개월에서 2년밖에 안 된다며. 2년 지나면 어쩔 건데? 그나마 6개월은 벌써 지나갔다!"

"……."

"민호 씨가 문제를 일으킬 때마다 네가 이렇게 막아 대고, 감수하고, 참고 버티는 거, 언제까지 할 수 있겠어?"

나뿐만 아니라 누구의 눈에도 훤하게 보이는 미래. 이완은 아픈 침을 삼키며 화끈대는 다리를 지그시 쓰다듬었다. 앤드류는 손가락을 비비 꼬며 한숨을 쉬었다.

"너도 보통 사람보다 훨씬 까다롭고 어려운 사람이라는 거 잊지 말라고. 너 같은 진성 깐깐이 깔끔쟁이 비위를 어떤 여자가 다 맞춰 주고 살아. 대화 수준을 맞추기도 쉽지 않은 데다 넌 말을 편하고 소탈하게 해 주는 편도 아냐. 공통점도 거의 없고, 거기다 한쪽이 지나치게 기울어진 관계야. 둘 다 얼마나 힘겨운 노력을 해야 하는지 알 거 아냐. 근데 대책 없이 시간만 보내다가 덜렁 결혼식 올릴래? 그래 놓고 죽을 때까지 전쟁만 치를 작정이야?"

앤드류는 민호 씨를 싫어하지 않는다. 그리고 우리 두 사람의 인연을 잘 알고 있으며, 우리 두 사람이 결혼을 한다면 아무런 사심 없이 기꺼이 축하해 줄 사람이다. 그런 앤드류의 입에서 이런 말이 나올 정도인 것이다.

앤드류를 탓할 일이 아니다. 이완은 고개를 수그리고 머리를 흔들었다.

나는 민호 씨를 견딜 수 있을까? 한두 달이 아니고, 일이 년도 아니고, 평생을? 시간이 흐를수록 편안해지는 것이 아니라 점점 견디기 어려워지는 그 긴 시간을? 이완은 이마를 한 손으로 감싼 채 웅얼거렸다.

"앤디…… 동화에 보면 신데렐라하고 왕자하고 결혼해서 행복하게 살았다잖아."

"얼씨구. 그런데?"

"그래, 신데렐라는 행복했다 치자. 그럼 왕자는? 왕자는 행복했을까?"

얼씨구 얼씨구. 얼빠진 얼굴을 하던 앤드류는 결국 눈썹을 찌푸렸다.

하녀들이나 하는 막일 허드렛일을 도맡았던 재투성이 아가씨. 그저 얼굴이 곱고 발이 작았다는 이유로 왕비가 되었던 여자. 다섯 살 어린아이부터 서른 살 결혼을 앞둔 여자들까지 환상처럼 꿈꾸는 주인공, 너무 당연한 연역 결과처럼 영원히 행복하게 사는 표상이 된 여자.

사람들 눈에, 민호 씨가 신데렐라처럼 여겨지리라는 것은 부인할 수 없다. 심지어 앤드류마저 그렇게 생각하고 있다. 그녀와의 깊은 인연을 생각하면 그따위 뒷소리가 부질없게 느껴지지만, 조건으로만 보았을 때 천칭이 기울어지는 것 역시 사실이다.

그래서 정말 속물 같지만, 민호 씨는 나와 결혼하는 것을 당연히 행복해하고 자랑스러워할 거라 생각했다. 그런 생각을 하는 것이 한심해 입 밖으로 낸 적은 없었지만, 어쨌든 그녀를 행복하게 해 주는 요소를 가졌다는 것은 좋은 일이라고 위안했다.

하지만 왕자는 어떨까? 재투성이가 하녀와 결혼했다는 빈축을 평생 안고 살았을 왕자는?

그렇다면 거지를 헌신적으로 바라지해서 결국 제 몫을 하게 만든 평강공주는 또 어떨까? 그녀의 결혼생활의 대부분은 거지 아내로서의 삶이었을 것이다. 정말 행복했던 기간은 얼마만큼이었을까?

온달과 신데렐라의 대척점에는 거지의 아내가 된 공주와 재투성이 하녀의 남편이 된 왕자가 있다. 한쪽이 신분상승혼이면, 상대방은 신분하락혼. 온달과 신데렐라는 동화 속에서나 아름다운 법이고, 현실은 어쩔 수 없는 제로섬이다. 현실 세계의 평강은 애라도 들어섰느냐 소리를 들어야 하고, 이혼한 여자를 선택한 에드워드 8세는 실제로 왕실에서 쫓겨나기까지 했다.

남자가 불행해지는 모습을 보면서도 신데렐라는 행복할 수 있을까? 그럼에도 동화의 결말은 어찌 그리 천진하게 '영원히 행복하게 살았습니다'가 되는 걸까?

이완은 머리를 감쌌다. 병원에서 들었던 노파의 목소리가 일렁거린다. 소원을 빌어 놓고 얼굴을 그려 주지 않으면 좋지 않은 일을 몰아온다는 초상화. 그녀는 우리 두 사람 사이를 찢어 놓기 전에 그림을 태워 버리라 경고하며 웃었다.

……설마, 그 일로 지금 이런 문제점이 튀어나온 거라고?

이완은 황급히 고개를 저었다. 아닐 것이다. 이것은 초상화에서 야기된 문제가 아니다. 사람은 본디 불길한 이야기일수록 잘 믿게 마련이다. 원시시대부터 각인된 위험 회피를 위한 유전자 때문이니 솔깃하는 것까지야 어쩔 수 없는 일이지만, 이런 문제로 휘둘리는 게 멍청하고 한심한 일은 맞다.

"앤디. 이쯤 하자. 우리 두 사람은 서로 많이 다른 것뿐이야. 그건 살면서 하나씩 고쳐 나가면 되는 거야. 너무 걱정하지 마."

"고쳐 나간다고? 너 그때 민호 씨 공부시키는 것도 실패했잖아. 지금 교수님 수업하시는 것도 틀다 틀어. 그런데 무슨 재주로 민호 씨를 네 수준에 맞게 뜯어고칠 건데? 그리고 나이 서른 넘은 사람이 말처럼 쉽게 고쳐지겠냐? 습관 하나를 평생 못 고쳐서 주변 사람 고생시키는 경우가 얼마나 많은데."

이완의 입에서 신음이 흘러나왔다. 반박할 수 없었다. 숱한 관계 전문가들이 누누이 강조했던 말이 떠올랐다.

'사랑하는 사람을 자신에 맞게 개조하려 하면 안 돼요. 있는 그대로 받아들이고 있는 그대로 사랑하세요.'

알고 있다. 한 사람이 다른 누군가를 자신에 맞춰 뜯어고치는 순간 그 관계는 파국으로 치닫게 된다는 것을. 자기 자신도 고치기 어려운데 강제로 남을 뜯어고치려는 노력이야말로 얼마나 헛될 것인가.

이완의 주정뱅이 아비 역시 이완의 결벽이나 강박 증세, 말에 가시를 박아 비꼬는 습관을 고치기 위해 얼마나 자주 허리띠를 휘둘렀던가. 하지만 증세는 점점 심해질 뿐이었다. 상처와 증오, 스트레스, 공포, 회피반응. 자신의 구미에 맞게 상대를 고치려 할 때 나타나는 것들이다. 평생 함께 사랑하며 살아야 할 사람과의 관계가 그런 단어로 점철되어야 한다니, 생각만 해도 끔찍하다.

순간 이완은 퍼뜩 정신을 차렸다.

……내가 대체 지금 무슨 생각을 하는 거지?

민호 씨가 흠이 많다지만, 지금까지 몇 번이나 나에게 망신과 곤혹스러움을 안겨 주었지만, 내 성격도 결코 좋다고 말할 수는 없다. 나 역시 친구들 앞에서 민호 씨에게 창피를 주었다. 어차피 누구도 완벽하진 않아. 이런 내가 감히 누굴 뜯어고치고 말고를 해. 적어도 평생을 함께하기로 결심한 사람이면 뜯어고치려는 생각보다 끌어안고 보호하며 앞을 헤쳐 나가는 게 맞다. 잠시라도 그런 생각을 했다는 게 창피했고, 이따위 말을 가장 가까운 사람에게 듣고 있다는 사실 자체가 자존심이 상했다.

"내가 끝까지 참으면 돼."

"야. 너……."

"내가 해. 참아도 내가 참고, 뜯어고쳐도 내 성격을 뜯어고쳐. 나도 만만찮게 더러운 성질이라 억울하지도 않아. 참다가 죽기야 하겠어?"

"아 씨, 이런 결론을 듣고 싶었던 건 아닌데."

앤드류는 인상을 북북 쓰며 무거운 목소리로 중얼거렸다.

"민호 씨가, 네가 힘들어한 만큼 행복해하겠냐?"

"그러길 바라."

"네가 그렇게 힘들어하는데, 민호 씨가 행복하겠냐! 민호 씨 그렇게 뻔뻔한 여자 아니잖아!"

"모르길 바라."

"……야, 박이완! 넌 불행을 견디기 위해서 결혼하냐? 대체 왜 결혼하는데?"

제기랄. 이완은 미간을 잔뜩 우그리고 입을 다물었다.

뻔히 보이는 미래의 그림. 내가 괴로움을 평생 참고 버티든, 민호 씨를 일일이 뜯어고치든, 남보다 못한 상태가 되어 결별하든, 어느 쪽이든 한 푼어치도 녹록한 그림이 아니다. 이완은 풀기 없는 목소리로 중얼거렸다.

"……운명적인 사랑 때문이라고 하면 웃을 거냐?"

"웃을 거냐고 묻는 걸 보니, 너 스스로도 우습다는 생각은 드나 보다. 엉?"

앤드류는 정말 고개를 돌리고 기가 막힌다는 듯 웃었다.

이완은, 두 사람 사이에는 불가항력이라고밖에 말할 수 없는 요소들이 분명 있다고 생각했다. 하지만 그는 '운명적'이라는 낱말이 주는 어감 자체가 한심하고 우스워서 민호처럼 당당하게 말할 수 없었다.

그런데 문제는, 에로스의 금 화살에 맞은 연인들은, 시간이 흐르면 의무처럼 납 화살도 맞게 되는 모양이다. 어쩌면 그 납 화살의 이름은 냉철한 이성일지도 모른다. 때가 되어 두 번째 화살을 맞게 되면, 나는 페로몬의 광대 짓에서 벗어나 민호 씨를 볼 때마다 경악하고 후회하게 될까?

하지만 다른 방법을 생각하기엔 늦었다. 그러기엔 그 여자를 너무 많이 좋아한다. 도무지 무를 수 없을 만큼 많이. 이완은 길게 한숨을 쉬었다.

"이제 그만하자. 내가 알아서 할 테니 민호 씨에게 아무 말도 하지 마."

"진희야, 나 어떡해……."

민호의 얼굴은 말라붙은 눈물이 얽혀 꼬질꼬질했다. 들어오지 말라던 이완의 방 앞에서 안절부절못하던 민호는 진희에게 끌려 방으로 들어서자마자 바로 꺽꺽대는 소리를 터뜨렸다.

"저번부터 불안불안해도 잘 버텼다고 생각했는데. 이제 진짜 끝인가 봐."

"민호야, 얘. 진정해. 사람 그렇게 쉽게 헤어지지 않아."

하지만 진희는 말을 하면서도 확신이 없었다. 아무리 보아도 애초부터 천칭의 높낮이 차이가 너무 심했다. 아니 높낮이가 문제가 아니다. 두 사람은 하나부터 열까지 너무 달라서 같은 천칭에 올려놓을 수조차 없는 사람들이었다. 그렇게 어울리지 않는 사람끼리 억지로 붙어 있고자 하면 당연히 삐걱대는 소리가 나오는 것이니, 이런 상황으로 치닫는 것이 전혀 이상하지 않았다. 애초에 이 두 사람이 연인으로 엮였다는 것 자체가 불가사의였다.

하지만 여기서 그런 이야기를 끄집어낼 수는 없었다. 이완과 마찬가지로, 진희도 민호가 우는 것이 견디기 힘들었다.

"이완 씨 사람 괜찮아 보이던데. 종아리 대신 맞아 주었다고 화내면서 헤어지자 할 사람 아니잖아. 일단 가서 미안하다고 사과부터 하고 앞으로 잘해 줘. 그럼 되잖아. 민호야. 민호야?"

하지만 민호는 코를 훌쩍이며 맹렬하게 고개를 저었다.

"진희야, 나 그, 그렇게, 뻐, 뻔뻔한 년 아니던. 괴로워 뒈질 때까지, 차, 참겠다고, 호, 혼자 참겠다고 그러는데, 거기다 대고, 겨, 결혼하자고 들이댈 만큼, 못된 년은, 아냐. 그, 그렇게, 흐엉, 흐으, 내가 어떻게 그래. 그 착한 사람한테 어떻게! 나 같은 년이 그러며, 벼, 벼락 맞어, 자자손손이, 대대로, 벼, 벼락 맞는다구. 흐, 흐어어어."

듣지 말아야 할 말을 들었구나.

진희는 이완이 민호로 인해 어떤 고민을 하고 있는지 어렵지 않게 짐작했다. 단순히 오늘 대신 맞아 준 것이 분하고 창피해서 그러는 게 아니다.

그의 주변 상황과 사회적 위치를 생각하면 그의 고민과 당혹감은 정당하다. 그것이 결혼에 대한 망설임으로 이어진다 해도 그를 비난할 수는 없을 것이다.

연인 간에 일어나는 문제는 사랑으로 이해하고 해결한다 하지만, 한 번으로 그것이 끝나리라는 보장은 없다. 아니, 사랑의 이름으로 참고 넘어간 문제는 반드시 다시 나타난다.

오늘의 문제 역시 지난번 음주, 가무나 김정호 개집 사태와 연결되어 나타난 동일한 문제다. 그런 식으로 얼굴을 조금씩 바꾸어서 사람이 만신창이가 돼서 폭발할 때까지 되풀이되는 것이다.

"앤드류 말이 맞아. 틀린 거 하나도 없어. 이대로 결혼했다간 그 사람의 발모가지를 잡아채고 말 거야. 응, 오지게 잡아챌 거라고. 그 사람…… 나랑 결혼해서 평생을 그리 살아야 한다고 결심하기까지 얼마나 끔찍했을까."

"……."

"그 말까지 듣고서 차마 그 사람을 붙잡아 둘 용기가 안 나. 불꽃이 백만 번 튀었다고 해도, 거미줄처럼 운명이 얽혔다고 해도, 아닌 건 아닌 거야."

진희는 민호의 손을 붙잡고 찬찬히 달랬다.

"민호야, 그럼 지금 가서 그 사람한테 바로 헤어지자고 할 거야?"

"당연히 그래야 하지 않아? 흐어, 흐으으."

한숨이 저절로 나왔다. 그러는 게 나을까? 아직은 알 수 없다. 그런 말을 하기에는 이르다. 아직은.

"그러지 마. 네가 그러지 마. 특히 지금은."

진희는 고개를 저으며 가만가만 달랬다.

"그 사람은 여전히 널 끔찍하게 좋아하잖니. 그렇게 좋아하지 않으면 대신 맞아 줄 리도 없고 너를 위해 애를 써 줄 생각도 없겠지. 지금 네가 그만두자고 하면, 헤어질 생각도 안 하고 있는 그 사람이 얼마나 놀라고 충격을 받겠어. 자기 마음 추스르기도 힘든데 네 마음까지 돌리려고 부탁하고 애걸하고 하려면 그 스트레스도 오죽하겠니. 저번에도 이완 씨, 그렇게 힘들어하면서도 일산까지 쫓아와서 그 고생을 하고 갔잖아."

"그래도 이건 아니잖아."

"너 그 사람 싫어하는 거 아니지? 결혼하고 싶지?"

민호는 얼굴을 일그러뜨리며 고개를 끄덕였다. 진희는 한숨을 쉬며 말했다.

"그 사람도 너 좋아해. 점잖고 쌀쌀맞아 보여도 너 좋아서 미치려는 거, 보면 알아. 그 사람이 어떻게 하는지 기다려 보고, 그 사람이 헤어지자고 하지 않는다면."

"……"

"아무 말도 하지 마. 힘들겠지만, 그 사람을 위해서 조금만 뻔뻔해져. 응? 너를 위해서가 아니라 그 사람을 위해서. 그리고 네가 그 사람을 위해서 할 수 있는 최선을 다해서 사랑해 주면 되잖아, 응?"

"그러고 싶은데, 내가 할 줄 아는 게 없어! 나도 내가 왜 이 모양인지 모르겠어!"

민호는 이불을 뒤집어쓰고 어깨를 들썩이기 시작했다.

"진희 씨? 다른 분들은? 민호 씨는 지금 어디 계십니까?"

실내복으로 갈아입은 사내는 걷는 것이 불편해 보였다. 애써 태연한 것처럼 말하고는 있는데 사내의 얼굴을 먼발치에서 봐도 알아볼 수 있을 만큼 핼쑥해져 있었다.

"교수님하고 두나는 집에 갔고, 민호는 지금 방에 있어요. 민호가 너무 울어서 제가 같이 있었어요.”

“일당백 여전사께서 별일도 아닌 걸로 유난이군요. 울 일도 많습니다.”

그가 차게 내뱉었다. 진희는 퉁명스럽게 말하는 사내가 속으로 민호보다 더 많이 울고 있는 것처럼 보였다. 방으로 향하던 이완이 문득 고개를 돌렸다.

“죄송하지만 두나 씨에게 교수님에 대해 몇 가지 여쭤 봐 주실 수 있으신지요.”

진희는 고개를 끄덕였다. 이완은 잠시 말을 고르다가 눈썹을 살짝 찌푸리더니 고개를 저었다.

“아닙니다. 제가 나중에 직접 뵙고 여쭤 보도록 하겠습니다. 혹시 두나 씨 전화번호 좀 알 수 있을까요?”

눈이 팅팅 부은 채 방에서 기다리던 여자는 이완이 노크를 하자마자 뛰어나와 목을 끌어안고 울었다.

이완은 눈썹을 찡그렸다. 이렇게 하늘이 무너져라 울 일이 아니었다. 자신을 위해서 기꺼이 총을 맞아 주고도 원망 한 마디, 생색 한 자락 내세우지 않던 여자는 고작 자신이 몇 대 대신 맞아 준 것 때문에 한마디 말도 못 하고 울기만 했다.

이럴 때 무슨 말을 해 주어야 할지 알 수 없었다. 이완은 여자를 방으로 데리고 들어와 말없이 안아 주었다. 여자가 우는 것을 보는 것은 매를 맞는 것보다도 훨씬 괴로운 일이었다.

제발 울지 마, 울지 마. 내가 무슨 짓이든 해 줄 테니 제발 좀.

하지만 말이 나오지 않았다. 그는 한참 만에야 퉁명스럽게 중얼거렸다.

“별일도 아닌데 왜 이렇게 난리예요. 울 일도 많습니다! 지금 와서 말하긴 그렇지만 맷집은 내가 더 좋아요. 아 진짜, 안 그쳐요? 시끄럽단 말입니다."

흐, 흐으, 흐어, 눈물 콧물을 문질러 가며 여자가 울음에 브레이크를 잡으려 안간힘을 쓴다. 미안해, 미안해, 어, 으어, 머리가 나빠서 미안해, 고, 공부 안 해서 미안해! 성의가 없어서 미안해! 어, 미, 미안해! 여자가 우는 것이 점점 견디기 힘들어진 이완은 고함을 버럭 질렀다.

"미안하다 소리 하지 마세요! 그 소리가 제일 듣기 싫어요! 얼른 안 그치죠! 숨 딱 막고 버티면 금방 그쳐요. 아 진짜, 제발 좀 울지 말라니까!"

이완은 손수건을 꺼내 여자의 지저분한 얼굴을 닦아 주며 조금 누그러진 목소리로 말했다.

"그래도 기특하다고 해 줄게요. 미안해서 얼굴 안 보고 다른 데로 도망가 버릴 줄 알았어요."

"흐어, 흐어, 내가 그렇게 째 죽일 년은 아냐. 미안해. 많이 아팠지. 아까 똑똑히 잘 보라고 해서 끝까지 눈 뜨고 봤어. 흐이씨. 흐으, 미안해. 미안해."

"제기랄, 그런 말은 잘도 듣죠."

이완은 속으로 자신에게 욕을 퍼부으며 인상을 썼다. 지금 와서 생각하니 왜 그런 말을 했을까 싶다. 똑똑히 잘 보라는 말에는, '내 꼬락서니를 보고 반성하고, 네 태도를 확실하게 뜯어고치도록 해' 라는 마음이 적잖이 담겨 있었다. 이완은 한참 동안 여자의 등을 투덕투덕 두드렸다.

나도 미안해.

그의 생각을 듣기라도 한 듯, 여자가 울음을 그치고 눈을 깜박거렸다. 소복하게 부은 눈과 축축하게 젖은 속눈썹이 애처로웠다.

여자가 울음을 그치고서야 자신의 심장을 누르고 있던 악력이 사라진다. 이완은 피시시 웃으며 여자의 뺨을 주욱 잡아당겼다. 여자가 발갛게 부은 눈을 하고는 벌쭉 따라 웃었다. 웃는 입이 우스꽝스럽게 찌그러졌다. 이완은 여자를 끌어당겨 뺨을 비볐다.

"나 괜찮으니까 신경 쓰지 마세요. 이제 안 아파."

"……."

"그리고 앞으론 울지 마세요. 울다가 웃으면 어디에 털이 난다던데."

"어디?"

"……."

"어, 뭐 어디에고 좀 나면 어때. 털 많은 짐승남도 나름 섹시하잖아. 이완 씨만 해도 발가락 털이 섹시하고."

……괜히 말했다. 민호 씨는 왜 내숭 한 자락 없이 저런 말을 아무렇지도 않게 하는 걸까?

이완은 머리를 푹푹 헤집었다. 아니, 내가 유난하게 구는 건지도 모른다. 여자를 사귀어 보는 게 처음이라 남자는 어때야 한다, 여자는 어때야 한다, 고정관념에 의한 이중 잣대를 정해 놓고 들이대고 있는 건지도 모른다.

나만 힘든 건 아니고, 여자도 나로 인해 마찬가지로 힘든 게 있을 것이다. 이완은 한풀 누그러진 톤으로 말을 돌렸다.

"공부하기가 힘든가요? 만화책도 읽기 힘들어요?"

"만화책은 수업할 때 봤는데 괜찮아. 그리고 드라마나 이야기로 듣는 건 되게 재미있어. 재미있게 들은 이야기는 기억 잘 나. 저번에 이완 씨에게 들은 아서 왕의 기사와 괴수 마누라 이야기는 유치원에서 고대로 이야기도 해 주었고 주막집 봉놋방에서 이야기꾼한테 밤새워 들은 이야기도 모조리 애들한테 해 주고 그러는데 뭐. 나 애들한테 이야기 재미있게 해 주는 선생님으로 소문났다고."

그 재수 없는 노교수의 방법이 아주 틀린 건 아니었나? 하지만 그러면 뭐 하나. 결국 고인돌 식탁설을 주창했으면서. 이완은 씁쓸하게 웃었다.

"······그렇군요."

"하지만 무언가를 읽고 외워야 한다고 생각하면 눈앞이 깜깜해져. 바로 졸리고 토 나오······ 어, 하여튼 뭔가 힘들어."

구토씩이나. 이완은 한숨을 쉬며 한발 물러나 앉는다. 내가 더러운 것에 거부 반응이 있듯, 내 여자는 공부의 형태로 머리에 무엇을 넣는 일에 거부 반응이 있는가 보다. 민호 씨가 까다로운 나에게 너그럽고 대범했음을 내내 잊고 있었다. 이완은 그렇게 마음을 다잡아 보기로 했다.

"그래도 어쨌든 잊지 않고 해 볼게. 해 보는 데까진 열심히 노력해 볼게."

"······안 해도 괜찮아요. 민호 씨."

이완은 여자의 머리를 꽉 안아 주었다.

"당신도 내 성질머리나 결벽증 고치려고 먼지 구덩이 속에서 버티면서 연습하라는 말 안 했잖아요. 내 성격 고치라고 잔소리 한번 한 적 없잖아요."

"난 지금 그대로의 이완 씨가 좋은데?"

이완은 희미하게 웃었다.

"나도······ 이대로의 민호 씨도 좋아요. 나 때문에 억지로 힘들게 뜯어고치면서 괴로워하는 거 보고 싶지 않아요. 프로젝트 같은 건 싫으면 안 해도 돼요. 다 괜찮아요. 정말요."

"······."

"다만 나를 생각해 준다면, 위험한 데 머리 들이밀고 싸우지만 마세요. 그리고 나를 생각하면서 욕하기 전에 딱 한 번만 참아 주세요. 많이도 안 바랄게요. 전 그거면 돼요. 그리고 이제 이딴 일로 울지 마세요. 일당백 여전사가 체면 상하게. 괜찮다니까. 나 정말 괜찮아요."

여자는 눈을 끔벅끔벅하며 고개를 끄덕였다. 이완은 어렵게 싱긋 웃어 보였다. 괜찮지 않을 미래의 숱한 상황이 보이면서도 그는 그렇게 말하기로 했다.

함께 길을 가기 위해서는 이성과 논리적 인과와는 무관한 끈덕진 의지가 필요한 건지도 몰랐다. 혹은 무심하고 담담하게 흘러가는 시간이 필요한 건지도 모르겠다.

어쨌든, 지금은 다시 털고 일어나 함께 손잡고 걸어갈 때였고, 괜찮아, 괜찮아 하는 말의 씨를 부지런히 뿌려 두어야 할 때였다.

넘어가요, 민호 씨. 손 꽉 잡고, 힘들어도 어떻게든 같이 올라가요. 한 번만 더, 한 번만 더, 응원해 가면서. 가끔 기억날 때마다 신데렐라의 왕자도, 거지의 아내 평강공주도 영원히 행복하게 살 수 있다고 말해 주세요. 그러다 보면 언젠가 눈앞을 가로막던 봉우리들이 모조리 발아래로 사라지고, 사방 둘러봐도 파란 하늘만 보이는 때가 오지 않을까요?

이완은 침대에 반쯤 누운 채 머뭇머뭇 다리를 내밀었다. 여자는 그의 바지를 걷어 올리고 아직도 화끈대는 종아리에 약을 바르기 시작했다. 동벽의 호칭이 교수님에서 망할 영감, 빌어먹을 노인으로 바뀌는 것은 순식간이었다. 이완은 기분이 조금, 아주 조금 좋아졌다.

여자는 이완의 부탁대로 더는 미안하다는 말을 하지 않았다. 이완은 눈을 꾹 감았다. 복잡한 속과는 별개로 여자의 손이 닿을 때마다 속이 용암처럼 끓어올랐다. 이 정도면 조건반사라 해도 될 지경이다.

이래서 로미오와 줄리엣은 사랑을 했고, 이래서 안나 카레니나는 남편과 자식을 버렸겠지. 사랑, 사랑, 그 치명적이고 유통기한이 짧은 호르몬 때문에.

그는 쉽게 변질하는 화학물질이 욕구하는 대로 여자에게 입을 맞추는 대신 주먹을 꾹 쥐고 인내했다. 달콤하고 간지러운 향이 아픈 피부 속으로 스며드는 것 같았다.

9
그림을 욕망하는 사람들

"……아, 정말 징그럽다. 이게 무슨 일이지."

그는 혼잣말하는 것을 멈추고 손가락으로 탁자를 다그락거렸다. 최근 려 갤러리는 미인도 매입의사를 타진하는 전화에 파랑 주의보였다. 제일 많이 온 것은 김성길 사장이고, 한승헌 교수, 전농동 갑골의 이명석 사장, 최정국 과장, 그리고 난생처음 들어 보는 사람들에게서도 전화가 빗발쳤다.

전화를 끊은 지 10분도 지나지 않아 다시 내선전화 불빛이 반짝거렸다.

— 실장님! 갑골 이명석 사장님 전화요.

"……또 미인도 때문인가? 알았어. 돌려 줘."

이완은 고개를 절레절레 흔들었다. 아무리 오원의 작품이라도 진저리가 날 지경이다. 어떤 계집의 초상인지 이 정도로 사람이 몰리면 없던 귀신도 들러붙을 것이다.

다행인지 불행인지 이 사람들은 민호 씨의 전화번호를 알지 못했다. 만약 이 사람들이 민호 씨의 전화번호라도 갖고 있었다면 어땠을까 생각하니 아찔했다.

이 초상화가 오원의 것임을 알게 된다면 다들 반응이 어떨까? 이완은 쓴웃음을 지었다.

한 교수는 일이 좀 급하게 되었노라, 미인도를 구입할 수 있도록 설득하면 안 되겠느냐 한다. 박 화백한테 가 보니, 생각보다 건강이 좋지 않아. 죽은 사람 소원도 들어준다는데, 좀 안 되겠나. 긴 한숨 뒤에는 한 교수의 욕망이 도사리고 있다.

원래 한 교수는 이런 사람이 아니었다. 최정국 과장은 한 교수의 부탁을 되풀이하면서도 대체 교수님이 왜 저러시는지 모르겠다는 하소연도 같이 늘어놓았다.

하여간 젊은 사람이 재주도 좋아요, 아니 운이 좋은 건가, 라는 말로 운을 띄운 건 갑골의 이명석 사장이었다. 여의도에서 선거철마다 그 그림의 행방을 묻던 어르신, 점복을 신봉하는 것으로 이름이 알려진 기업 총수와도 선이 닿은 모양이었다. 어느 정도면 거래가 되는지 알아보기 위해 점잖게 변죽을 퉁기고 있다. 어르신께서 섭섭지 않게 후사하신다 하셨습니다, 하는 말에는 소름까지 끼쳤다.

이완은 이를 지그시 물고는 매끄러운 어조로 같은 대답을 되풀이했다. 제 그림이 아닙니다. 제가 파는 것이 아닙니다. 김성길 사장이 저한테 되사서 그쪽에다 팔겠다고 했다고요? 김성길 사장은 여기 오지도 않았습니다만. 그림 주인이 분명 팔지 않겠다고 했습니다. 다시 물어는 보겠지만 큰 기대는 하지 마십시오.

전화기를 던지듯 내려놓았다. 어쩌면 김성길 사장이 다시 쳐들어와서 행패를 부릴 수도 있겠다.

"……피곤해."

이완은 한참 동안 마른세수를 한 후, 작은 메모지를 꺼내 미인도에 대해 얻은 정보를 번호를 매겨 가며 찬찬히 정리해 보았다.

1. 그림의 모델이었던 여자는 사람이 아니다. 실제로 뭔가 나오려고 하는 모습을 본 적도 있다.

2. 그림 속 여자의 얼굴을 그려 주면 여자가 나와서 소원을 들어준다.

3. 얼굴을 그려 주지 않아도, 나오지 않은 상태로 말해도 소원이 이루어지는 경우가 있다. 전 주인 중 상당수는 얼굴을 그리지 않고도 소원을 이루었다.

4. 하지만 그렇게 이루어지는 소원에는 좋지 않은 일이 따라온다. 부부 사이의 파탄이나 파산, 몰락, 비참한 죽음 등으로 이어진다.

5. 그것을 안 전 주인들은 그 그림을 다시 사들여 얼굴을 완성하고, 끔찍하게 변질한 이전 소원 대신 새로운 소원을 빌고 싶어 한다. 당연히 집착할 수밖에 없다.

이 정도로 사람의 집착이 몰리는 물건이라면 소유자에게 결코 좋은 일이 아니다. 노파의 말대로 태워 없애는 게 가장 좋을지도 모른다.

하지만 그림이 오원의 것으로 추정되는 이상 태워 없앨 수는 없다. 단원이나 혜원의 풍속화첩에 귀신이 붙었다는 소문이 돈다 해서 그 책을 덜렁 태워 버릴 사람이 누가 있겠는가. 이완은 쓴웃음을 지으며 몇 줄을 추가해서 적어 넣었다.

side
1. 미인도의 화원은 오원 장승업으로 추정되며 따라서 함부로 얼굴을 그려 줄 수 없다.

2. 민호 씨도 나도, 그곳에 모였던 민호 씨 친구들도 모두 소원을 빌었다.

3. 민호 씨의 경우, 그림을 그린 장 화원에게 직접 그림을 받아 올 수 있다.

→ 저주의 해소와 그림의 가치 상승으로 연결.

이완은 적어 놓은 종이를 보다가 핏 실소를 터뜨렸다. 어른이 된 후로 귀신이니 유령이니 한 번도 믿어 본 적이 없는데, 이런 걸 진지하게 써 놓고 고민하는 자신의 꼴이 한심하기 그지없다. 그는 종이를 구겨 던져 버렸다.

대체 그 그림은 정체가 뭐냐? 오원은 평생 기생집을 전전한 것치고 여자 복이 없기로 유명했고 제대로 결혼생활을 하지도 못했다고 전해진다. 그렇다면 대체 누구를 그린 것이냐. 왜 이따위 이상한 전설이 붙어 버린 것이냐.

내가 민호 씨라면.

……당장 그림을 타고 들어가 오원을 찾아 붙잡고 물어볼 것이다. 당신은 대체 무슨 생각으로 이 그림을 그렸습니까? 고작 그림 한 장에 이렇게 무시무시한 정념, 열기, 의지, 생명력을 죄다 발라 놓고, 왜 얼굴은 그리지 않았습니까?

표정조차 지을 수 없는 한 장의 그림은 시간이 지나면서 사람들의 욕망이 응집된 이상한 물건이 되어 버렸다. 그리고 이 이상한 물건은 현재, 물적 욕망에서 가장 자유로운 여자의 손으로 떨어졌다.

어찌할까, 고민하는데 다시 전화벨이 삐르륵삐르륵 울린다.

— 김성길 사장이 안락재로 직접 갈 것 같습니다. 약혼자분께서 안락재에 계시는 걸 알고 있고, 김 사장 집도 퇴촌이라 안락재에서 가까워요. 한승헌 교수님께서 2억 원대로 미인도를 매입하겠다고 의

사를 타진하신 걸 알게 됐고, 더 높이 부른 곳도 있었던 모양입니다. 아주 펄펄 뛰고 난리가 났어요. 게다가 추심업체에 실력행사에 들어간 것 같은데 질이 정말 안 좋은 곳 같아요. 돈이 회수가 하도 안 되니 그런 데로 넘어간 거죠. 부인하고 애를 계속 거론하고 김성길 씨 집 근처에서 얼쩡대면서 가족까지 협박하는 모양입니다.

정국의 급한 전갈에 이완은 자리에서 벌떡 일어났다. 빌어먹을! 등 뒤로 소름이 쭉 돋는다.

이완은 민호와 관리인 정 씨에게 김성길 사장이 오면 절대 들이지 말라 말을 해 두고, 황급히 차 열쇠를 챙겨 들고 뛰어나왔다. 머리 위로 쏟아지는 열기가 지글지글했다.

하지만 안락재에 도착하니 김성길은 없고, 성길만큼이나 밉상인 동벽이 제비처럼 반드르르 차려입고 민호와 다정하게 마주 앉아 있었다.

❀　　　❀　　　❀

"아, 이것이 그 미인도인가요? 솜씨가 대단하군요. 신품이라 할 만한데요. 오호. 이건 혼례 화첩이군요."

민호가 구경이라도 해 보시라 그림 뭉치를 들고 나오자 동벽은 가방에서 흰 장갑을 꺼내어 끼고는 조용조용 그림을 넘겼다. 혼례 화첩을 보면서는 그림 분위기 참 좋군요, 중얼거리며 빙긋 웃어 보이기도 했다. 그는 잠시 후 미인도를 들어 보이며 물었다.

"지금 이 미인도를 사겠다고 하는 사람이 많다면서요. 그래 민호 씨는 마진 듬뿍 붙여서 팔 생각이 있습니까?"

"아직은요. 중요한 일에 쓸 데가 있거든요. 다 쓰고 나면 이완 씨한테 선물로 주거나 팔아서 선물을 사 주거나 그러려고요. 명색 애인인데 해 준 게 너무 없어요."

민호는 머리를 긁으며 웃었다. 동벽은 조심스럽게 목소리를 낮췄다.

"판매를 하신다면 저한테 팔면 어떻겠습니까? 가격은 제대로 쳐서 드리겠습니다."

민호는 입을 다물고 교수를 응시했다. 등으로 소름이 우쩍 솟았다.

이 그림을 여기저기서 찾는다는 것은 이완에게 들었다. 오늘만 해도 댓바람부터 전화를 해서는 누군가 그림을 사러 와도 절대 문 열어 주지 말고 말도 섞지 말라고 신신당부를 하더니 아예 인사동에서 안락재로 바로 날아왔던 것이다. 하지만 오늘 처음 이 그림을 본 교수님마저 그럴 줄은 몰랐다. 민호는 엉덩이를 뒤로 쭉 물렸다.

"왜 필요하신데요? 교수님 이거 처음 보시는 거잖아요."

"아아, 처음 보는 건 아니에요. 젊었을 때 볼 기회가 있었습니다."

"그런데 왜요? 왜 사시려고 하는 건데요?"

그는 한참 동안 뜸을 들이다가 내키지 않는 듯 천천히 대답했다.

"솔직하게 얘기하지요. 제 선생님께서 이 그림을 갖고 싶어 하십니다. 얼굴을 당신 손으로 완성해서 돌아가실 때 품고 가고 싶다 하셨습니다. 예전에 화력이 출중한 한국화가로 이름을 날리기도 했고, 이 그림의 주인이기도 했습니다."

"지금 이 그림을 찾는 사람이 한둘이 아니라고 했어요. 이 그림의 예전 주인이었던 사람들이 거의 다."

"저도 얘긴 들었습니다. 하지만 민호 씨, 지금 저희 선생님은 몸이 몹시 안 좋으십니다. 젊어서 힘든 일도 많이 겪으셨고, 남들에게 제대로 이해받지 못하고 광인 소리 들으며 평생을 사신 분이지만, 제가 정말 존경하는 분입니다. 그런데 그분이 사실 날이 얼마 안 남았습니다."

"……."

"선생님께선 그 그림에 대한 집착이 있습니다. 당신 손으로 꼭 그 얼굴을 완성해서 갖고 가고 싶다고 하셨습니다. 평생 물욕이란 것도 모르고 사신 분입니다. 마지막 소원이니 들어 드리고 싶습니다."

"……생각해 볼게요."

"괜찮은 값으로 드리겠다 약속할 테니, 다른 사람에게는 넘기지 마세요. 특히 김성길 사장한테요. 제 가격을 주지도 않을 거고, 엮여서 좋을 거 하나 없는 사람입니다. 갑골 사장도 그냥 장사꾼이라 일단 가격 후려치기부터 할 가능성이 커요. 저는 적정한 값만 부르신다면 흥정도 없이 현찰로, 원한다면 금으로 지불하는 것도 가능합니다."

민호는 눈을 갸름하게 떴다. 저 교수님 그래도 신사 같은 줄 알았더니, 자기가 그림을 사고 싶어서 남을 뒷담을 까신다? 게다가 금은 또 뭔가. 통장으로 돈이 오가지 않게? 세금 문제 때문에? 아니면 구린 돈을 처리할 일이라도 있나? 어째 수상쩍은 냄새가 난다. 민호는 코를 실룩이며 엉덩이를 조금 더 뒤로 물렸다.

그러잖아도 지난번 이완에게 그렇게 세게 회초리질을 한 데 대한 앙금이 남아 있다. 차라리 그걸 내가 맞았으면 이런 앙금 따윈 없었을 것이다.

물론 1차 대역죄인은 민호 자신이었지만 삐칠 만한 이유도 있었다. 민호가 종아리를 걷고 있을 때는 여자를 어찌 때리느냐 한 번만 봐주자 할머니와 다투던 교수님이 이완 씨가 나서자마자 조금도 사정을 안 봐주고 손등에 핏줄이 오를 정도로 세게 매질을 했던 것이다. 박 실장님한테 분명 감정이 있어 보였다.

"생각해 볼게요. 박 실장님하고 의논해 보고요."

동벽은 내키지 않는 듯 고개를 끄덕였다. 그렇군요. 그는 높이 쌓인 만화책들을 북 벨트로 꼼꼼하게 묶어 민호 앞으로 내밀었다.

"다음에 만날 때까지 이 만화책이든 역사 소설이든 아니면 역사 드라마든 재미있게 보고 계세요. 나중에 만날 땐 재미있게 본 이야기를 해 주시면 됩니다. 그러면 제가 그 뒤에 얽혀 있는 더 재미있는 이야기들을 해 드리지요."

"어, 그게 숙제예요? 그래도 돼요?"

"물론이에요. 역사는 사람들이 먹고 자고 사랑하고 미워하고 싸우고 화해하고, 다 그렇게 사는 이야기, 재미있는 이야기들이에요. 민호 씨의 주변 사람들처럼 현재에서 어울려 사는 사람들의 여러 가지 이야기들이 오래오래 모여서 쌓인 게 역사거든요. 어렵고 고리타분한 한문, 라틴어 따위로 박제된 이야기가 아니랍니다."

방문과 창문까지 열어 놓고 대청에서의 수업에 온 신경을 곤두세우고 있던 이완은 기가 막혀 헛웃음을 터뜨렸다. 그러잖아도 처음에 수업이랍시고 들고 온 교재가 만화책이라는 점에서부터 신뢰는 바닥을 쳤는데, 이젠 역사 드라마 중 재미있을 것 같은 것을 하나 골라서 보라고?

역사소설이나 드라마는 역사가 아니다. 중학생도 그것을 혼동하지는 않는다.

……게다가 미인도를 원한다?

선생이 위독한데 그 그림을 원하고 있다? 한국화가? 그림의 전 주인? 젊어서 그 그림을 보았던 적이 있었다?

이완은 희미하게 누군가와 연결이 되는 것 같아 눈썹을 찡그리다 고개를 저었다.

설마. 어떻게 지금, 이렇게 딱 맞춘 것처럼 들이댈 수 있지?

가만있자, 김성길 사장이 그림을 안락재에 팔려고 백방으로 수소문했다 했었지? 그렇다면 동벽이라는 사람도 그림을 사려고 두나 씨네 선을 대 놓고 기다리고 있었던 것 아닐까? 그렇다면 기다렸다는 듯이 민호 씨를 가르치겠다고 했던 것도 그 그림에 접근하기 위해서일 수도 있다.

그보다…… 교수라는 직업이 이렇게 한가할 리가.

한번 의심이 솟아나니 걷잡을 수 없었다. 진작 검증 작업을 했어야 했는데. 이완은 긴 한숨과 함께 전화기를 들었다.

❀　　❀　　❀

"저, 잠깐만요. 똥벽 할아버…… 아니, 교수님에 대해 여쭤 보실게 있으세요? 아, 아하하, 궁금하신가요? 네, 제, 제가 아는 대로 말씀드릴게요. 그런데 저도 지금 퇴근해서요. 잠깐만 좀 씻고 올게요. 얼굴이, 하, 아, 하하하."

천마산 7공주의 행동대장이라 불린다는 고등학교 체육 선생님은 이완과 독대하게 되자 굉장히 수줍어했다. 퇴근한 지 얼마 안 돼서, 옷은 학교에서 입었던 트레이닝복 그대로였고 운동장에서 학생들하고 같이 뛰기라도 했는지 머리카락에 뽀얗게 먼지가 얹혀 있었다.

한참 만에야 욕실에서 나온 행동대장은 머리를 곱게 빗어 내리고 꽃무늬 치마에 하늘하늘한 블라우스 차림으로 나타났다. 산더미 같은 사과를 쟁반에 담아서. 이완은 기겁한 티도 못 내고 입을 삐끔거렸다.

"제, 제가 퇴근이 제일 빨라요. 가까워서. 진희도 금방 올 거고요. 엄마 아버지는 또 가을맞이 단풍 구경 가셨나 봐요. 단풍 구경 가시면 또 어디 온천, 어디 온천 찍고 오실 거예요."

"아, 예. 부모님들께서 여행을 좋아하시나 봐요? 저번에도 알로하 셔츠에 선글라스 차림으로 들어오시는 것 뵈었는데요."

"아버지가 자칭 패션왕이세요. 알로하셔츠 뱀줄 목걸이까지만이면 말도 안 해요. 가발에 무지개 칼라렌즈도 봐 드릴 수 있어요. 일전에 는 귀 뚫고 하트 귀고리 하셨고요. 어깨에는 문신도 하셨어요. 어깨 의 BCG접종 자국 때문에 스타일을 구긴다고 거기다 빨갛게 화살 박 힌 하트 박으셨어요. 우리 아버지는 하시고 싶은 건 다 하시고 사세 요. 다행히 하고 싶으신 게 좀 소박하시죠. 사업을 한다거나 국회의 원 나가셔서 집안을 말아먹진 않으셨거든요."

새빨간 하트 아래 '사랑과 정열을 그대에게'라는 글자까지 박은 후, 알로하 영감님은 하루에도 몇 번씩 팔뚝을 까고 그 오그라드는 문구를 마누라에게 들이댔다. 일곱 딸은 두 분이 행복하면 자식들이 창피한 건 아무래도 좋다고 생각해서 너그럽게 문신 비용을 갹출했 다. 보스 여사는 하트 문신을 들이대는 사나이를 보고 눈물 그렁그렁 감을 하더니만 다음 날 통장을 홀랑 털어서 단풍 구경을 가 버린 것이다.

두나는 이야기를 하면서 사과를 하염없이 깎아 내밀며 어색하게 웃어 댄다. 이완은 민호가 과일을 하도 번개처럼, 그것도 산더미처럼 깎아 대서 전혀 우아하고 아름답다는 생각을 못 했지만, 두나가 땀을 찔찔 흘리며 사과 토끼를 만들고 있는 것을 보니 우아 조신은 집어치 우고 속이 터져 죽을 지경이었다.

게다가 저렇게 손으로 사과를 주물럭대면 어떻게 먹으라는 건가. 민호가 모양을 낸답시고 사과 쥐, 사과 거북, 통 사과 아저씨, 통 사 과 수류탄 따위를 만들어 올 때마다 정신이 어찔어찔했지만, 토끼의 귀를 만든답시고 사과 과육의 절반을 깎고 있는 행동대장 처자를 보니, 민호가 만든 작품들이 엄청 아름답고 경제적이며 창조적인 것임을 알게 되었다.

"제, 제가 깎겠습니다. 주세요."

"아니에요! 이런 건 제가 깎아야죠! 당연히!"

두나는 한사코 손에서 칼을 놓지 않는다. 퇴근하는 길인지 현관문을 열고 들어오던 진희의 눈이 동그래졌고, 큼직한 가방을 둘러메고 따라 들어오던 이레는 두나의 사과 깎는 꼴을 보고 콧방귀를 뀐다.

"안녕하세요, 이완 오빠…… 아니 형부. 그런데 두나 언니 지금 뭐 해? 왜 안 하던 짓을 하고 그래?"

"이레 너 좀 가만있어 봐, 이렇게라도 점수를 따 놔야……."

중얼대던 행동대장이 이완의 얼굴을 보고는 얼른 입을 다물고 배시시 웃는다. 이마에 진땀이 쫑쫑 솟은 것이 보인다.

아하, 점수라. 이완은 푸스스 웃고 말았다. '남자는 여자를 귀찮게 하네' 사태를 유발한 공범으로서, 그때 까인 민호의 점수를 조금이라도 만회해 주고 싶은 모양이었다. 그녀의 동지애가 짠하기는 했으되, 점수는 전혀 올라가지 않는 작금의 상황이 안타까울 뿐이었다.

"S대학교…… 고고미술사학과 교수라고요?"

이완은 두나에게 노교수가 근무하는 학교에 대해 듣고 입을 멍하니 벌리고 말았다.

"확실한가요?"

"그럼요. 엄마 아버지가 그 얘기 들었을 때 얼마나 좋아하셨는데요. 완전 마을 잔치하려고 했었는걸요. 두 분이 뜯어말려서 안 하셨지만요."

두나는 고개를 끄덕였다. 이완은 기가 막혀 헛웃음을 지었다.

……이럴 줄 알았다. 이럴 줄.

자신의 모교였다. 적어도 고고미술사학과에 저 교수가 없다는 것은 아주 잘 알고 있었다. 한국사로 학사 4년, 고고미술사로 석사 3년 과정을 보내는 동안 이완은 저 교수 얼굴은 고사하고 이름 한 번 본 적이 없었다. 외부 강사조차 아니었다.

사기꾼에게 제대로 걸렸군그래.

두나 어머니가 동벽의 사기 행각을 모르는 것이 놀라웠지만, 사실 친척들의 호사에 일일이 검색해서 확인 작업을 하는 사람이 썩 많을 것 같지는 않다. 다만 저 가짜 교수에게 불행이라면, 이완의 모교 교수를 사칭했다는 것뿐이었다.

두나는 동벽이 온갖 폼 나는 직함이란 직함은 다 달고 다닌다고 전해 주었다. 무슨 박물관의 이사장이니, 문화예술계의 폼 나는 행사의 주최자니, 대기업 미술관의 자문이니. 하여간 그 점잖은 교수님은 가끔 명절 인사를 올 때마다 뭔가 새로운 직함을 달았다고 아버지한테 은근히 자랑질을 했으며, 속없는 아버지는 그럴 때마다 좋다고 아껴 둔 양주를 따고 밤새워 노래를 하고 춤을 추고, 꼬박꼬박 축하선물 나부랭이를 챙겨 주었다고도 했다.

교수는 개뿔, 시간강사조차 되지 못하는 허언증 환자에게 대체 무슨 짓을 당했는지 모르겠다. 속이 부글부글 끓어올랐다.

그렇다면 혹시 할머니는?

그는 스마트폰을 꺼내 그 자리에서 바로 확인해 보았다. 조선 시대 궁중요리 주요무형문화재 기능보유자, 라도재. 조선 궁중요리연구소 라도재.

검색 결과를 들여다본 이완은 눈썹을 찌푸리고 허탈하게 웃음을 터뜨렸다.

"……역시나."

현재 기능 보유자는 또재 할머니가 아닌 다른 사람이었다. 구한말

수라간 궁녀 출신의 할머니로부터 궁중요리의 계보를 잇고 있다는, 꽤 유명한 요리 연구가였다.

이거 뭐야. 부부가 쌍으로 사기를 치고 있었어?

너무 허술해서 웃음이 날 지경이었다. 요즘 같은 시대에, 조금만 조사하면 알 일인데 겁도 없다. 언제까지 들키지 않을 거라 생각했나? 두나 씨의 부모님도 참 어지간하다. 조금만 확인하면 알 수 있는 일인데 그 긴 세월을 덮어놓고 믿고 있었다니.

"두나 씨. 할아버지 할머니가 집에 자주 오시는 편인가요?"

"그렇지는 않아요. 명절 때 인사차 오시긴 하지만, 몇 년 동안 못 오실 때도 많았어요. 워낙 바쁘셔서요."

"아하."

이완은 고개를 끄덕였다. 몇 년에 한 번 올까 말까 하는 친척이라면 그럴 수도 있겠다. 그는 표정을 애써 숨기며 좀 더 캐물었다.

"자주 보는 친척이 아니면 좀 서먹서먹하기도 하겠어요. 어른들끼리 다툼이 있거나 그런 일은 없었나요?"

"아, 아니에요. 할아버지는 좋은 분이세요. 우리 아버지한테 껌벅 죽고, 또재 할머니는 엄마하고 사이가 좋아서 다른 집들처럼 명절 때 싸움이 나거나 그러는 일은 없어요. 또재 할머니가 오면 그 명절은 잔칫날이 되니까 저희야 좋죠, 뭐."

"아하. 그렇군요. 아재들도 자주 오는 편인가 봐요?"

"그건 아니에요. 평소엔 거의 못 보고 사는데, 윤식 아재는 자주 와서 지내는 얘기를 해 주죠. 공부하다 너무 힘들면 잠깐 머리 식히러 들어오거든요. 어떤 땐 몰래 온 거 들켜서 할머니한테 혼나기도 하고."

아하, 머리를 식히러 한국에 오신다?

이완은 속으로 콧방귀를 뀌었다. 그때 아재들이 졸업했다는 대학

들은 이름만으로도 입이 딱 벌어질 정도였다.

아이비리그에 줄줄이 포진한 그 대학들이 돈만 내면 들어갈 수 있는 유치원이나 출석만 하면 졸업장 쥐여 주는 대한민국 고등학교인 줄 아나? 그곳엔 오밤중에 식은 피자 조각으로 끼니 때우면서 공부하는 학생들이 수두룩하다. 가난해서 그런 게 아니라 밥 챙겨 먹을 시간이 없어서. 미국과 한국이 마실 가듯 머리 식히러 오갈 만한 거리도 아닌데, 뭐? 머리를 식히러 한국에?

일가족이 대를 이어 사기를 치고 있군그래.

결론이 나왔다. 두 사람이 두나 씨네 친척인 것은 맞는지만, 미술사 교수도, 궁중요리 연구가도 아닌 사기꾼들이었다. 김성길 사장이 미인도를 안락재로 팔러 온 것을 알고, 친척을 통해 민호 씨에게 냉큼 선을 댄 것이 분명했다.

이것들을 그냥!

까맣게 모르고 당한 걸 생각하니 화가 나서 머리가 터질 것 같았다. 그는 사과에 손도 대지 않고 곰곰이 생각에 잠겼다. 저 빌어먹을 인간들을 어떻게 혼꾸멍내 주어야 속이 시원할까. 두나 어머니에게 말씀을 드려야 할까, 경찰에 고소를 할까, 아니면 적당한 선에서 이 엉터리 프로젝트나 집어치우고 조용히 물러나라고 할까.

가만, 그런데 이게 조용히 넘겨도 되는 일일까?

집안에 사기꾼이 하나 있을 때 가장 먼저, 그리고 가장 오랫동안 피해를 입는 것은 가족들이다. 그리고 가까운 일가친척과 친구들로 피해의 범위를 넓혀 가게 되어 있다. 피해의 정도는 사기꾼과의 정서적 거리와 비례하는 법이고, 가까울수록 그것을 인정하기도 쉽지 않아 피해를 키운다. 이완은 두나가 포크까지 찍어서 집어 준 사과를 몰래 내려놓으며 물었다.

"혹시 교수님이나 할머님이 두나 씨네 집에 무슨 사업을 한다거나 하면서 투자하라고 한 적은 있습니까?"

"아뇨, 돈 이야기는 절대 안 해요. 엄마가 우리한테도 어릴 때부터 얼마나 단단히 얘기해 뒀는데요. 절대로 돈 없다고 말하지 말고, 없다는 티도 내지 말라고요. 할아버지나 할머니한테 용돈이라도 달라고 한 마디만 하면 다리몽둥이를 분질러 놓겠다고 했거든요. 저 어릴 땐 할아버지가 엄마한테 전해 주라고 작은 동물 장식품 같은 걸 선물로 주고 가셨는데, 그런 것까지 죄다 돌려주라고 야단치고 그러셨어요."

"아, 맞다. 옛날에 누군가가 그거 할머니한테 안 돌려주고 너한테 몰래 선물로 준 적 있었다며."

옷을 갈아입고 온 진희가 옆에서 웃으며 물었다. 두나는 애잔하게 한숨을 푹 쉬었다.

"그랬지. 윤식 아재 그 인간이 혀짤배기소리로 '뚜나 누나 이걸 보며 매일 나를 생각해 줘, 다른 남자 생각하면 절대 안 돼' 그런 망발을 했었지. 난 또 순진하게 '그래그래, 내가 하루 한 번씩 윤식 아재 꼭 생각할게. 하늘땅 별땅!' 손가락 걸고 약속까지 했었다? 아아, 내 흑역사. 하여간 그놈의 돼지를 밤마다 끌어안고 자다가 엄마한테 들켜서 사흘 내내 먼지가 나도록 얻어터졌고."

세 여자는 얼굴을 마주 대고 깔깔깔 웃음을 터뜨렸다. 두나 씨 역시 그 얄미운 놈에게 상당히 유감이 있는 모양이었다.

"언니, 그때 윤식 아재한테 받은 게 뭐였는데?"

"반짝반짝 노랑 돼지 장식품. 내가 엄마의 어명을 어기고 그 아령보다도 무거운 돼지 새끼를 소중하게 간직한 이유는, 그 터질 것 같은 볼따구하고 쏙 들어간 보조개가 너무 닮았기 때문이야."

그래도 아기 돼지 시절엔 얼굴 완전 땡그랗고 말랑말랑 포동포동 귀엽기라도 했는데, 지금은 운동 빡세게 해서 말랑인지 포동인지 다

망했어. 유들유들 주둥이질 때문에 시끄러워 죽겠다니까. 두나의 깊은 탄식에 세 사람은 다시 폭소를 터뜨렸다.

"그 친척 집하고 꽤 의가 좋은 모양입니다."

"그럼요. 자주는 못 봐도 우리한테 유일한 친척이고, 정말 잘해 주시거든요."

이완은 잠시 생각에 잠겼다. 분위기를 보니 이 집 사람들이 저 사기꾼들에게 피해를 당한 것은 없는 모양이었다.

그러면 저 인간들의 정체를 두나 씨네 집에까지 까발려야 할까 아니면 나만 알고 적당히 묻어 두어야 할까.

만약 까발리면 두나 씨네 집은 유일한 친척 집, 게다가 꽤 사이좋게 지내는 집안과 의절을 하게 될 것이다. 사기꾼이라고는 했으나 두나 씨 집에 딱히 피해를 준 것은 없다.

아니 누구에게 피해를 끼쳤는지도 아직 확실치 않다. 이번에 미인도에 집적댄 것만 아니면 우리에게도 딱히 피해를 끼친 것은 아니다. 사실 집적댄 것뿐이지 나쁜 짓을 한 것도 아니었다. 그림을 사고 싶어서 그물을 쳐 놓고 대비하고 있었다는 것 자체가 죄가 될 수는 없는 일이니까.

여하튼 그놈의 그림이 원흉이다. 미인도의 저주라는 게 정확하게 어떤 방식으로 이루어지는지는 모르겠지만, 적어도 민호 씨처럼 사건 사고를 블랙홀처럼 빨아들이고, 속이 불편할 만한 화두를 지뢰처럼 여기저기서 펑펑 터뜨리고 있다는 것만은 알겠다.

그 그림을 원한다는 화가 선생이 누군지는 모르겠지만 제자 한번 잘 키웠군그래.

아니지, 그 스승 핑계도 거짓말일지 어찌 아나.

혀를 차던 이완은 이내 쓴웃음을 지었다.

내가 그래도 사람 보는 눈은 정확한 편이라고 생각했는데.

이완은 나이를 먹으면 먹을수록 그 사람이 살아온 인생이 얼굴과 분위기에 나타난다고 믿었다. 하지만 아닌 경우도 있는 모양이다.

도재 여사는 쾌활하고 소탈하면서도 기품이 있었고, 동벽은 중후하고 품위 있는 분위기가 흘러 두 사람이 갖다 붙인 직업을 처음에는 추호도 의심하지 않았었다. 동벽은 이완이 그동안 만나 보았던 학교의 총장급 손님들, 혹은 박물관이나 문화예술단체의 경영진급 손님들과 풍기는 분위기까지 비슷했다. 그래서 눈썰미가 좋은 편인 이완까지 속아 넘어갔던 것이다.

하긴, 사기도 아무나 치는 건 아니겠지.

그는 안락재로 돌아와 동벽에게 수업 마치면 정자로 와 주십사고 전언을 넣었다. 민호 씨가 만든 국화차와 코스모스차가 정자의 탁자 위, 예쁜 유리단지 안에 곱게 갈무리되어 있었다.

포르르르, 포포포포. 물이 끓기 시작했다.

❀　　　❀　　　❀

"고고미술사학과 교수님이시라고요?"

"그렇네만. ……왜, 약혼녀를 가르치는 데 재직증명서라도 필요한가?"

동벽은 단정하게 앉아 점잖은 목소리로 되묻는다. 이완은 그의 앞에 놓인 찻종에 차를 따르며 입을 비틀었다.

"아, 천만에요. 요새는 워낙 공문서 위조도 많아서 받아 봤자죠. 하여튼 다음 주부터는 두 분 다 안 오셔도 됩니다."

찻잔을 입에 댄 동벽이 잠시 움직임을 멈췄다. 그는 다시 한 모금을 마시고 점잖게 잔을 내려놓았다. 안경 너머의 눈이 가늘어졌다.

"왜 그걸 자네가 결정하나? 그걸 결정하는 건 자네가 아니라 민호 씨 당사자야."

Women desire most is sovereignty, the ability to make their own decisions. 이완은 자신이 민호에게 해 주었던 라그넬의 이야기를 떠올리고는 쓴웃음을 지었다.

"이유는 묻지 않으십니까?"

"……그래. 이유가 뭔가?"

"개 같은 사기꾼한테 약혼녀의 교육을 맡길 정도로 너그럽지 못해서 말입니다."

동벽의 움직임이 멈췄다. 안경 너머로 날카롭게 빛나던 눈이 살짝 벌어졌다.

"당신이 교수직을 사칭했던 그 학교가 내 모교라는 사실을 모르셨던 모양인데, 하여튼 유감입니다. 싸우든 말든 죽이 되든 밥이 되든, 내 여잔 내가 붙들고 가르치겠어. 그러니 조용히 입 다물고 있을 때 얌전히 꺼지세요."

흰 눈썹이 크게 꿈틀거렸다. 하지만 그는 입을 꽉 다물고 있을 뿐 이완의 말을 부인하지는 못했다. 그는 한참 동안 이완을 마주 노려보다가 결국 시선을 아래로 내리깔았다.

"가르치긴 무얼 가르친다고. 잘난 척 잔소리나 있는 대로 하다가 민호 씨 기나 죽이고 싸움이나 하겠지."

이완은 동벽의 넥타이를 움켜잡고 확 끌어당겼다. 이게 무슨 짓이야! 일그러진 동벽의 얼굴이 가까워지자 이완은 매끄럽게 웃으며 이죽거렸다.

"고매하신 짝퉁 교수님, 사기꾼인 거 들통나셨으면 말입니다, 어이쿠 미안하네, 하고 찌그러져서 얌전히 계시는 게 예의겠죠? 제가 남의 집안일에 참견하기 싫어하고 게을러 빠져서 고소까진 안 할 생각이었습니다만, 자꾸 이러시면 귀찮아도 소장을 쓰게 됩니다. 그걸 원하신다면 언제든지.”

“남에게 피해를 준 건 없네. 고소가 성립은 안 될 걸세.”

그는 방어적인 태도로 말했다.

“교수님쯤 되시면 사칭이라는 말을 모르실 리가 없겠죠? 게다가 피해를 안 준 게 아니고, 피해를 주기 직전이었죠. 미인도를 낚아채려 하지 않았습니까? 지금 그 그림 한 장에 사람들이 개떼처럼 몰려드는 판인데?”

“…….”

“내 눈에 흙이 들어가도 그 그림이 사기꾼 손에는 못 들어가게 합니다.”

“그건 민호 씨 그림일세. 왜 자네가 나서서 이 야단이지? 민호 씨가 누구에게 거저 준다거나, 불에 태워 버린다 해도 자네가 나설 일이 아니잖나!”

“아직도 그림에 미련이 남으셨습니까? 혹시라도 민호 씨가 댁에게 거저 줄 것 같아서? 들통이 난 주제에 개꿈도 참 풍작으로 꾸십니다.”

이완은 그의 얼굴에 바짝 들이대고 사근사근 말을 이었다. 동벽은 눈썹을 찌푸리며 뒤로 몸을 물렸다.

“자네 지난번에 사람들 앞에서 나한테 몇 대 맞았다고 이렇게 막말을 하는 겐가? 하지만 내가 그 말을 안 했으면 자넨 대신 맞아 줄 생각 따윈 끝까지 못 했을 거 아닌가! 저 여자는 왜 하는 짓마다 저 모양인가, 왜 저 한심한 정신머리를 확 뜯어고치지 못하나, 그런 생각밖에 없지 않았어?”

이완의 머리로 열이 확 몰렸다. 아니라고 딱 잘라 부인할 타이밍을 놓쳤다. 대신 나설 생각까지 못 했던 건 사실이었기 때문이다. 하지만 그때는 당황해서 아무 생각도 못 했던 거였다. 그대로 두고 볼 생각은 정말 없었다. 이완은 입술을 비튼 채, 차분차분 말했다.

"교수님. 나오는 대로 떠벌리라고 입이 터져 있는 건 아닙니다. 입구(口) 자는 벌린 입 모양이지만 사실은 사방이 다 막혀 있는 글자죠. 앞으론 조물주께서 만드신 대로, 드시는 건 벌어진 입으로 드시고 싸는 건 입이 아닌 뒤로만 하시는 게 좋겠습니다."

"건방진……. 새파랗게 젊은 놈이 주제도 모르고 감히!"

"아하."

이완은 다관을 들고 자리에서 몸을 일으켰다. 어쩌면 저 작자 말대로 남들이 뻔히 보는 앞에서 맞은 것 때문에 더 화가 난 건지도 모르겠지만 저 사기꾼 입으로 그런 말을 듣고 있으니 기분이 몹시도 상쾌했다.

"고명하신 교수님이야말로 아직 주제를 모르시는 모양입니다. 감히 어디서."

이완은 어느새 미지근해진 다관을 그의 머리 위에서 뒤집었다. 그는 후드득 몸서리를 치며 짧게 비명을 삼켰지만 벌떡 일어나 피하는 대신 자리에 앉은 채 찻물을 고스란히 맞았다. 노란색 찻물과 흐늘흐늘 늘어진 국화차 찌꺼기가 그의 흰 머리 위에서 주르르 흘러내렸다.

"아차, 실수. 미끄러졌군요."

"……."

"세탁비라도 받으시려면 지금 이 길로 경찰서에 가셔서 인적사항 다 까고 소장이라도 쓰시면 어떻겠습니까? 조서 작성할 때 곤란한 질문들이 좀 나오겠죠?"

동벽의 등이 들들 흔들리는 것이 보인다. 밑천이 들통난 판에, 한마디도 할 수 있을 턱이 없다. 이완은 무릎을 접고 그와 시선을 맞춘 후 천연덕스럽게 웃었다.

"내 여자에 대해 더 이상 나서지 마세요. 한마디만 더 하면 이 자리에 바로 두나 씨하고 민호 씨를 부를 테니까.”

흰 머리카락에서 노란 꽃이 송이송이 피었다. 저 나이가 먹도록 사기꾼 노릇이나 하는 인간과 잘 어울렸다. 찻물과 찌꺼기가 얼굴을 타고 그의 와이셔츠와 양복을 흠뻑 적신다. 무릎 위에 놓인 사내의 주먹으로 퍼렇게 힘줄이 돋은 것이 눈에 들어왔다.

“자네가 알게 되면 이런 꼴을 당할 거라 생각은 했지만…… 생각했던 것보다 기분이 정말 좋지 않군.”

“녹차 마사지라도 했다고 생각하시면 기분이 좋아지실 겁니다. 하여튼 이런 상황에서도 그렇게 점잔 떠실 필요는 없습니다.”

이완은 빙긋 웃으며 손수건을 내밀었다. 그는 그것을 받아 이마로 흘러내리는 물기를 닦고, 차 찌꺼기를 꼼꼼하게 털어 냈다. 그 동작에서마저도 침착한 척, 품위 있는 척 용을 쓰는 꼴이 보여서 이완은 짜증이 났다.

고급 옷감으로 만들어진 핸드메이드 슈트, 세련된 배색의 실크 넥타이와 쓰기 쉽지 않은 액세서리인 칼라 바, 손목에서 얼핏얼핏 보이는 고전적인 디자인의 금장시계와 단아하고 고급스러운 반지까지. 저런 소품들까지 세심하게 준비해 위장을 하니 나 같은 사람까지 속아 넘어가는 것이다.

안경을 벗어 들고 한참 동안 닦던 사내는 엉망이 된 옷을 내려다보고는 한숨을 쉬더니 이완을 향해 고개를 수그렸다.

“기분을 상하게 해서 유감…… 미안하네. 부탁이니 민호 씨에게는 지금 있었던 일은 말하지 말게. ……내 안사람에게도. 수업은 오늘부로 그만두겠네.”

“물론 민호 씨에게 말하지는 않을 생각이었습니다만, 그건 당신의 부탁 때문이 아니라 아무것도 모르는 민호 씨가 속상해하는 것이 싫어서라는 건 알아 두십시오. 두나 씨네 집안일은 제가 알 바 아니니,

그 집에 가셔서 알아서 실토하시든 평생 불안해하면서 사시든 알아
서 하시고. 다만."

이완은 차갑게 덧붙였다.

"두 분 다 다시는 뵙고 싶지 않군요. 당신 두 분의 유전자를 잘 물
려받은 아드님들도요. 그리고 어떤 아드님인지 두나 씨네 집에 종종
놀러 오시는 모양인데, 아이비리그에 적을 두고 있으면서 머리 식히
려고 한국에 시도 때도 없이 놀러 온다는 말이 다른 사람 귀에 얼마
나 재미있게 들리는지 전해 주셨으면 좋겠습니다. 가족치료를 받으
시는 것이 좋겠다고 진지하게 조언 드립니다."

그의 눈썹이 다시 크게 꿈틀거렸다. 가족들까지 싸잡아 모욕을 당
했으니 분해 죽겠지. 하지만 콩가루 집안의 가장이 할 말이 있을 턱
이 없다. 그는 결국 한숨을 쉬더니 고개를 끄덕였다.

"……알겠네. 이야기해 두겠네."

"좋습니다. 민호 씨에겐 두 분이 사정이 생겨서 못 오시게 되었다
고 말씀드리겠습니다."

"알았네."

이완은 자리에서 일어나 연녹색 물이 든 그의 드레스셔츠를 내려
다보며 고개를 숙였다.

"그러면 좋은 저녁 되시길 바랍니다. 안녕히 가십시오."

이완은 그날 저녁 민호에게 '마이 페어 레이디 프로젝트' 가 교수
님들의 개인 사정으로 조기 종결되었음을 전했다. 놀란 민호가 계속
전화를 했지만 두 사람은 받지 않았다.

두나를 통해 간신히 연결된 동벽은, 우리가 가르치지 않아도 민호
씨는 혼자서도 배운 대로 잘 할 수 있을 거라는 말만 하고 전화를 끊
어 버렸다. 민호는 유일한 구세주로 여겼던 프로젝트가 좌초하여 몹

시 당황하고 속상해했지만, 이완은 속이 시원했다.

❀   ❀   ❀

민호는 한참 동안 의기소침했다. 어쩐지 말수도 적어지고 활기차게 방방대고 돌아다니는 것도 뜸해졌다. 낮에 전화해 보면 항상 집에 박혀 있다는 대답만 돌아왔다. 이완은 윤민호답지 않은 반응이 몹시 신경이 쓰였다.

하지만 여자를 눈여겨보던 이완은 여자가 기분이 우울하고 의기소침하다기보다 필사적으로 말을 참고 있는 것을 알게 되었다.

혼자서도 할 수 있어. 안 돼, 안 돼, 이 바보 멍청이 아니, 바보 똥 멍청이, 하는 말을 가끔 중얼거리기도 했고, 습관적으로 시끄럽게 떠들다가도 갑자기 말을 뚝 끊고 황급히 다른 곳으로 뛰어가는 일도 있었다.

이완은 대체 무슨 일인가 싶어 말을 하다 말고 날래게 뛰는 여자를 따라갔다. 짝짝 소리가 야물게 울렸다. 이게 무슨 소리지? 조금 더 고개를 내민 이완은 입을 딱 벌리고 말았다. 여자는 구석에서 등을 돌린 채 자신의 입을 있는 대로 후려갈기고 있었다. 이완은 너무 놀라 말리지도 못하고 멍하니 바라보기만 했다.

문득 여자가 며칠 전에 조심스럽게 묻던 말이 떠올랐다.

"이완 씨. 남자들은 군대에서 그렇게 욕을 많이 한다며. 정말 그래? 나중에 제대해서 어떻게 고쳐?"

"그렇다더군요. ……저 군대 안 다녀왔으니 묻지 마세요."

"아, 깜박 잊었다. 어, 그럼 남자 중딩, 고딩들도 욕을 그렇게 많이 한다며. 미국도 그렇지? 쉐쉐쉐 뽀큐뽀큐 그런 거 맨날 떠들고 다니지 않아? 걔들은 사회 나가서 어떻게 뜯어고쳐?"

"제가 트리니티 스쿨 출신이라 슬랭에 대해 일반화를 시키긴 좀 어려울 것 같습니다."

그 말이 무슨 말인지도 알 수 없는 민호는 다시 시무룩하니 있다가 묻는다.

"얘기하다가 답답하고 속이 터질 것 같을 때 어떻게 없애, 이완 씨는?"

"꾹꾹 참았다가 집에 와서 청소를 합니다. 소독약 냄새 풍기면서 먼지 한 톨 없이 대청소를 하고 나면 스트레스가 좀 가라앉아요."

여자의 얼굴이 절망적으로 일그러진다. 이완은 혀를 차며 물었다.

"욕을 안 퍼부으면 그렇게 속이 터질 것 같습니까?"

"아니 뭐 그렇다기보다, 가끔 똥 벼락을 퍼부어 줄 인간들이 있는데 그때마다 진짜로 똥을 퍼부을 순 없어서 대신……."

"그러면 좀 풀립니까?"

"음, 좀?"

"정말 속이 풀립니까? 정말 문제가 해결됩니까? 잘 생각해 보세요."

"문제는 더 커지고, 속은 풀리…… 잘 모르겠다, 아오 쉐에에아으으으, 이게 아니고. 쉘? 쉠? 쉥! 아오 씽!"

민호는 제 주둥이를 죽 잡아당기며 퍽퍽 때린다. 이완은 여자의 손을 얼른 잡아 멈추게 한 후 한숨을 쉬었다. 대체 저렇게 야물게 맞아도 통제가 안 되는 말본새를 어떻게 하면 좋을까.

"욕을 못 해서 속이 터질 것 같으면요, 민호 씨."

"응."

"모아 놨다가 저한테 터뜨리세요. 제가 한 귀로 듣고 한 귀로 흘려 줄게요."

"싫어어어어! 아오 쉣쉥쉥쉐리리! 아니 아니, 내가 미쳤어? 내가 왜 이완 씨한테? 꽃으로도 때리지 않, 아니, 꽃으로도 욕하면 안 되는 이완 씨한테 어떻게 그런 짓을 해! 그런 짓 안 해도 나 혼자 충분히 고칠 수 있어! 정말이야! 욕이 튀어나오려면 요렇게, 퍽, 주둥이를 후려 까면 되는 거지. 매에는 장사 없어."

흑기사가 대신 회초리를 맞은 효과가 남아 있긴 한가 보다. 이완은 고개를 저으며 대답했다.

"후려 까면이 아니고 후려치면, 혹은 때려 주면, 이라고 하시면 됩니다."

……그래서 지금 저 여자는 욕이 나올 때마다 자기 주둥이를 '후려 까고' 있는 것이고.

기다리던 변화지만 속이 편치 않았다. 이완은 들키지 않게 뒷걸음질을 해서 물러났다.

여자의 입술 주변은 며칠 되지도 않아 폭격 맞은 자리처럼 변했다. 이완은 볼 때마다 착잡해서 견딜 수가 없었다. 당장 집어치우라고 꼭 그렇게 해야 하냐고 붙잡고 뜯어말리고 싶었다.

그렇다고 무조건 집어치우라고 할 수도 없었다. 민호 씨가 정말 처음으로 작정하고 고치려는 것이고, 그 말본새 때문에 유치원에서도 번번이 해고당하고 있으니 앞으로의 사회생활을 위해서라도 이번 기회를 놓치면 안 된다.

안다. 아는데, 볼 때마다 짠하고 속상하고, 바늘방석에 앉아 있는 기분이었다.

오랜만에 날이 쾌청했다. 토요일이니 인사동으로 나오라고 해 볼까. 날도 이렇게 좋은데, 맛있는 거라도 사 주면서 고맙다고 해 볼까.

이제 그만해도 된다고, 요새 그래도 많이 나아지지 않았냐고.

하지만 보름 넘도록 집에서 폐인처럼 두문불출하던 민호는 아침부터 전화를 꺼 놓고 다시 연락두절이었다. 이완은 민호와 연락이 되지 않으면 바로 신경이 곤두섰다.

"앤디? 민호 씨 어디 간다고 연락 없었어?"

"어? 아침나절엔 분명 집에 있다고 했었는데? 또 어디 간 거 아냐?"

이완은 짜증스러운 기분으로 안락재로 향했다.

프로젝트가 무산되었으면 할 수 없는 거지, 왜 이렇게 오랫동안 당신답지 않게 늘어져 있느냐. 어차피 직장도 쉬는 참에 하고 싶은 거라도 맘껏 하면 얼마나 좋은가. 내가 방세를 받나 생활비를 받나. 지금 통장에 땡전 한 푼 없는 것도 아닌데, 하다못해 다른 아가씨들처럼 시내 나와서 쇼핑 한번을 안 하나. 인사동에만 와도 예쁜 것들이 얼마나 많아. 나와서 데이트나 하자고 전화라도 하면 얼마나 좋은가 말이다.

밥 사 준다 옷 사 준다 아무리 불러내도 박혀서 나오지도 않고. 그렇게 집에 박혀서 오만 우울의 오라는 다 뿜고 있더니 말도 없이 대체 어딜 간 거야.

이완은 검정 강아지가 맹렬히 꼬리를 치며 달려드는 것도 못 본 척하고 안채로 들어섰다. 또 말도 없이 시간 여행을 간 거라면 꽤 화가 날 것 같았다.

여자의 책상은 단출하고 휑했다. 사당동 옥탑방에서 살 때는 방이 몹시 지저분해 보였는데 알고 보니 그건 집의 잡동사니가 죄다 민호 씨 방에 쌓여 있어 그랬던 것뿐이었다.

여자는 이완처럼 열을 내어 먼지를 닦지는 않지만 또 크게 어지르는 것도 없었다. 깔끔한 성격이다 지저분한 성격이다를 떠나, 일단 여자의 소지품 자체가 정말 단출했다. 세탁실과 드레스룸이 따로 있는 구조다 보니 이젠 방이 썰렁해 보일 지경이었다. 이완이 인테리어를 해 주고 세팅한 것에서 늘어난 것이 거의 없는 걸 보면 여자는 필요가 넘쳐 죽기 직전에는 물건을 사지 않는 모양이었다.

이완은 눈을 끔벅이며 책상 위를 보았다. 분명 교수님이 준 만화책 몇 권만 꽂혀 있던 책꽂이에 못 보던 책이 두어 권 꽂혀 있었다.

"이게 뭐야!"

'한국사능력 검정 시험 기출 문제집—초급'

얼빠진 얼굴로 책을 꺼내 펼쳐 보았다. 앞부분의 요점정리엔 연필 자국이 가득했고 문제를 풀었던 흔적도 빼곡하게 남아 있었다. 머리가 핑 돌았다.

이런 맙소사. 이것 때문에 계속 집에 틀어박혀 있었던 거였어?

……말을 하지. 내가 도와줄 수 있었는데.

이완은 순간 헛웃음을 짓고 고개를 저었다. 자신은 좋은 선생으로서의 자질이 전혀 없다. 초창기에 몇 가지 가르쳐 준다고 나섰다가 그 조금을 못 참고 얼마나 구박을 했던가. 가짜 교수의 엉터리 수업도 크게 도움이 되었을 것 같지 않고, 혼자서 이렇게 속을 앓으며 몰래 공부를 하고 있었던 거구나. 얼마나 힘들었을까. 목 안쪽이 싸르르 아팠다.

제일 낮은 등급이라도 좋으니 어쨌든 합격했으면 좋겠다.

이완은 컴퓨터를 켠 후 시험 일정을 확인했다.

민호는 오글오글 초등학생들을 헤치고 쭈뼛거리며 걸어 나왔다. 진희가 근무하는 중학교에서 한국사능력 초급 검정시험이 있었다.

죽을 똥을 싸면서 공부한다고는 했는데 고삼 때보다 더 퇴락한 머릿속에 들어오는 건 없고, 어찌어찌 들어온 것은 콩나물시루에 물을 붓고 흔든 것처럼 훌훌 빠져나갔다.

그보다 더 속상한 것은, 같은 반에서 시험을 보는 응시생 중 열에 아홉은 초등학생 정도고, 자신처럼 나이를 드실 만큼 드신 '삭은 응시생'은 몇 명 없다는 사실이었다. 아이들이 뛰어나가 엄마한테 시험 쉬웠어, 5급 나올 것 같아! 하고 재잘대는 소리를 듣는데 창피해서 몸이 오징어처럼 오그라들었다. 나는 어려웠어. 어려웠다고. '지나가는 학부모 5' 정도로 위장을 하고 싶지만 애가 없으니 될 일이 아니었다.

그래도 아는 건 열심히 풀었는데.

민호는 시험지를 들고 비슬비슬 걸으며 문제를 확인했다. 물 반 고기 반……이 아니라 아는 거 반 모르는 거 반. 답을 알 수 없으니 합격했는지 떨어졌는지도 알 수 없었다. 시험지에 코를 박고 가다가 복도를 지나가던 양복 차림의 학부모 7과 부딪친 민호는 풀 죽은 목소리로 사과했다.

"저, 죄송합니다……."

"정답 맞혀 봤습니까? 몇 점 나왔습니까?"

민호는 눈을 둥그렇게 뜨고 고개를 들었다. 넥타이를 바짝 올려 맨 사나이가 복도에서 팔짱을 끼고 기다리고 있었다.

아오 제기랄, 네이롱도 모자라서 천리안인가. 어떻게 알았지? 어떻게 알았어? 아무한테도 말 안 했는데 아오 쉘, 아오 씽. 민호는 시험지를 뒤로 감추려다가 이완의 눈이 날카로워지는 것을 보고는 쭈뼛쭈뼛 내밀었다.

이완은 그 자리에 서서 문제를 훑기 시작했다. 청해진을 설치하고 해적 소탕하고 황해 해상 무역…… 이건 을지문덕 아니고 장보고입니다. 매소성 기벌포 전투는 수나라 아니고 당나라예요……. 제주도 상인이고 많은 재산을 내어 굶주린 백성을 구한 사람은 신사임당이 아니고 김만덕이죠, 신 여사가 5만 원권 모델이 된 게 돈이 많아서는 아니잖아요. 최치원은 신라, 정몽주는 고려, 최익현은 조선이니 순서가 가, 나, 다가 되어야죠. 이완은 중얼중얼하며 빠르게 점수를 매겼다.

찍, 찍, 찍, 동그라미, 동그라미, 찍, 찍, 동그라미, 찍. 찍이 많아질수록 민호의 어깨가 점점 쭈그러들기 시작했다. 이완은 그것을 눈치채지 못한 채 빠르게 점수를 계산했다. 후우, 한숨이 나온다.

"……53점 나왔습니다."

가장 낮은 등급인 초급 검정에서도 가장 아래 단계 6등급의 커트라인인 60점을 넘지 못했다. 풍선에서 바람이 푹 빠지듯 허탈했다. 어디 취직용으로 쓰이지도 못하는 고작 초급 검정시험인데. 여자는 풀기 없는 목소리로 중얼거렸다.

"응. 떨어졌네. 그럴 것 같았어."

"……민호 씨."

"푸는데 기억이 잘 안 나더라고. 열심히 했는데, 내 대가리가 왜 이 모양인지 나도 잘 모르겠어. 박 실장님은 정말 대단하네. 정답지를 안 보고도 답을 다 알아. 그래도 인터넷에 답 다 뜨니까 정답 맞혀 주러 여기까지 안 와도 되는데. 괜히 사람 쪽팔리게."

아차. 그는 급히 시험지를 접어 치웠다. 내가 대체 무슨 짓을 했는지 모르겠다.

"아 그게, 민호 씨 점수 매겨 주러 온 건 아니었어요. 이 정도면 잘했어요. 맛있는 거라도 같이 먹자고 데리러 온 거예요."

"잘하기는 개뿔, 입에 침이나 좀 바르고 말해. 마빡에, 으, 그게 아니고 이마에 '너는 한심하다' 하고 써 있는데 뭘. 초등학생들도 다 붙는 거 떨어졌잖아."

이완은 주변을 둘러보았다. 부모님의 손을 잡고 삼삼오오 따라가는 아이들은 표정이 밝았다.

"한심해하는 거 아니에요. 정말입니다. 조금만 더 하면 될 것 같잖아요…… 민호 씨."

"글쎄 이젠 됐어…… 괜찮다니까."

"제가 도와드릴게요. 다음엔, 제가 정말 짜증 안 내고, 화 안 내고 도와드릴게요. 민호 씨."

"아니야. 하나를 보면 열을 안다고, 내가 되어 먹을 것 같지 않아."

"왜 사람이 한 번만 하고 포기해요? 그래도 반이나 맞았는데. 조금 더 하면 되는 거잖아요! 7점만 더 땄으면 6급이고, 17점만 더 올라갔으면 5급이었다고요. 왜 이렇게 사람이 쉽게 포기해요?"

"이완 씨, 나 쉽게 포기하는 사람이라 그러는 거 아니야. 그냥 페어 레이디 프로젝트가 똥망한 것뿐이야. 열심히 했는데 초등학생도 다 붙는 시험에서 50점이 해볼 만한 상황은 아니잖아. 어차피 이력서용으로 급수 따려고 한 게 아니고 공부 좀 해 보려고 시험 본 거였어."

민호는 고개를 들고 물끄러미 그를 올려다보다가 축 늘어진 시래기 꼴로 중얼거렸다.

"그래도, 나 내가 할 수 있는 대로 힘껏 한 거야. 내 대가리가 이것밖에 안 돼서 정말 미안한데, 그래도 좀 고생했다고 한 번만 말해 주면 안 돼?"

이완은 번쩍 정신을 차렸다. 이런 맙소사. 내가 왜 자꾸 이러고 있지? 나를 위해서 힘들게 고생하고 나온 사람한테 고생했다, 애썼다 토닥거려도 모자랄 판에.

이완은 여자를 끌어안고 등을 가만히 투덕거렸다. 고맙고 미안했다. 나 아니고 다른 남자를 만났으면 이런 고생까지 안 해도 되었을지 모르는데. 사람들이 흘끔흘끔하는 시선이 느껴진다.

눈을 감고 여자의 귀에 대고 속삭였다. 정말 고생했어요. 잘했어요. 애썼어요. 고마워요. 무슨 말을 해도 여자의 섭섭함이 사라지진 않겠지만 이완은 열심히 여자의 등을 두드렸다. 여자는 기분이 조금 누그러졌는지 작은 목소리로 중얼거렸다.

"그래도 이완 씨, 너무 걱정하지 마. 내가 어떻게든 해 볼게. 방법이 아주 없는 건 아니잖아."

❀　　❀　　❀

"프로젝트 2요? 그게 뭡니까? 혹시……."

이완은 찻잔을 내려놓고 눈을 가늘게 떴다.

"혹시 그거 이름이 '마이 에그 레이디 프로젝트' 아닌가요?"

"힉, 으아니 어떻게 그렇게 한 큐에 알아냈어?"

"이마에 써 있는데요. ……이마 가리지 마세요. 가려도 다 보여요."

심드렁한 태도에 민호는 팔을 붕붕 저으며 설득을 시작했다.

"그게 사실, 에그 레이디가 페어 레이디보다 먼저 발주된 선배잖아. 말만 통하면 에그 레이디 쪽이 훨씬 쉽고 간편하고 실현 가능성도 더 큰 것 같잖아?"

"절대 안 돼요. 민호 씨, 오원의 그림을 작정하고 망칠 게 아니라면 그 그림에 다시 손대지 마세요. 그거 티 안 나게 지우느라고 얼마나 고생을 했는데요!"

"안 그려! 원래 화가하고 친구 먹었는데 그걸 왜 내가 그리냐? 접때 이야기했잖아! 그냥 살짝 가서 노랑눈이 아저씨한테 그려 달라 하면 되지. 도장까지 아예 꽝꽝 받아 올까? 그럼 내가 조신한 숙녀가 되는 것도 모자라서 그림값도 엄청 뛰고 응? 좋지?"

민호는 저 냉정하고 독설 쩌는 사나이가 여드름투성이 빠돌이가 되어 얼굴을 붉히던 것을 떠올리고 설득의 방향을 바꿔 보았다. 벼루든 먹이든 옷 쪼가리든 노랑눈이 아저씨가 쓰던 걸 갖다 달라지 않았던가. 박이완 이름 석 자도 넣어서!

아니나 다를까 펄쩍 뛸 것 같던 사나이의 흉흉한 기세가 푹 쭈그러들었다. 그는 코를 실룩거리다 무게를 잡고 헛기침을 한다.

"뭐, 민호 씨도 아시다시피 저는 꽤 합리적이고 상식적인 사람입니다. 미인도에 얼굴이 생기면 소원이 이루어진다는 말 따위는 전혀 믿지 않아요."

아니, 솔직히 말하면 램프의 요정이나 신데렐라의 대모가 튀어나와 협공을 해도 윤민호란 인간을 홀딱 갈아엎을 수 있을 것 같진 않다.

하지만 이완도 계속 찜찜한 부분이 있었다. 노파에게 들었던 악담. 믿는 것은 아니지만 어쨌든 불길한 이야기인지라 계속 신경 쓰인다. 노파는 그림을 불에 태우라 했었다. 하지만 오원의 신품을 불에 태워야 한다니, 턱도 없는 소리 아닌가. 그렇다면 민호 씨의 말대로, 오원 당사자가 직접 얼굴을 그려 주는 것이 가장 명쾌한 해결 방법이었다. 낙관이라도 받아 오면 더 바랄 수 없이 좋은 일이고.

게다가 오원을 직접 만나 볼 기회라니.

……그가 그림 그리는 것을 눈앞에서 직접 볼 수 있다니.

눈앞이 아찔하면서 뇌 속이 깨끗하게 지워지는 것 같다. 이완은 저절로 흘러나오려는 신음을 꾹꾹 누르며 짐짓 불퉁한 목소리를 내보았다.

"뭐, 정히 가겠다면 말리진 않겠습니다. 다만 저하고 꼭 같이 가야 합니다. 절대 혼자 가면 안 됩니다."

여자의 눈이 둥그레진다. 이렇게 단숨에 허락이 떨어질 줄 예상하지 못했나 보다.

야심 찬 프로젝트가 좌초하면서 자발적으로 나섰던 도우미들은 크게 애도했다. 교수님들이 바쁘셔서 하차했다는 말에 두나는 고개를 갸우뚱했다. 두 분은 현재 꽤 한가하시며, 집에서 아버지하고 하루 종일 점 백짜리 동양화를 감상하거나, 고량주 한 병을 걸고 골패짝을 짜그락대며 70가지 게임을 시전하는 것이 일과였던 것이다.

가장 아쉬워한 것은 에로틱 패션 디자이너를 꿈꾸고 있는 박이레였다.

"언니, 그래도 패션이나 코스메틱 같은 건 배워도 괜찮잖아. 언니는 얼굴이 작고 몸매가 모델 같아서 울트라 초섹시한 옷들도 잘 어울릴 거란 말이야. 형부가 5초 만에 코피 한 사발 쫙 터지게 만들어 줄 수 있는데! 망사 스커트, 누드 에이프런 스타일 원피스, 리본이나 원터치 단추 하나로 논스톱 탈의되는 옷 같은 거, 벌써 디자인도 다 해 놨단 말이야. 가슴이 두 배로 커 보이도록 뽕 좀 넣어 주고 화끈하게 라인 파 놓은 블라우스도 있어, 언니. 계란 프라이 가슴이라도 두 배로 커 보이면 조금은 화끈해진단 말이야."

"A/4컵을 두 배로 곱해 봐야 A/8컵이고, 노른자 터진 프라이는 열 개를 얹어도 화끈하지 않아. 이레야, 가능성 없는 데 투자하지 말고 너나 잘하라고."

모인 사람들은 계산이 잘못 됐다, 두 배로 커지면 A/8컵이 아니라 A/2컵이 되는 거라 설명하려다 입을 다물었다. 두 배로 부풀려 봤자 A컵의 절반밖에 안 되는 상황을 굳이 확인해 주고 싶지는 않았다.

저 꼴리는 망상을 엉뚱한 데 투사한 이레는 실망에 찬 한숨을 쉬었고 두나는 두나대로 "투견한테 염색 브리지 리본 장식해서 뭐하냐. 무는 버릇부터 잡아야지." 하다가 어물어물 말을 삼켰다. 전투고양이의 목에 딸랑이를 달 사람이 이제는 아무도 없었던 것이다.

그리하여 민호의 입에서 2차 프로젝트인 '마이 에그 레이디' 이야기가 나오자 친구들은 민호가 내용을 말하기도 전에 다들 콧물이 튀어나올 정도로 콧방귀를 뀌어 주고는 빛의 속도로 줄행랑을 놓았다.

❀　　❀　　❀

"진희야, 그때 네가 봤다던 그 눈이 노란 사람 있지? 눈에 황금 달이 든 것처럼 보였다던 사람. 그 사람이 월죽도하고 달걀귀신 그린 사람이래."

"어머, 말도 안 돼."

어지간한 일에는 놀라는 법이 없는 진희가 눈을 커다랗게 떴다.

"아냐, 그때 사실 노랑눈이 아저씨가 분명 대나무 그림은 자기 거라고 하긴 했었어. 나는 그때 아저씨가 개구라를 치는 거라 생각했지. 그거 고조할아버지 그림이라고 대대로 전해지고 있었잖아. 그런데 이완 씨 말이, 달걀귀신도 노랑눈이 아저씨가 그린 그림일 거라는 거야."

"정말? ……확실해?"

"응, 믿긴 어렵지만 전문가가 한 말이니까 아마 틀림없을 거야."

민호는 이완의 체면을 위해서 그가 노랑눈이 형님의 빠돌이인 것을 말하지 않기로 했다.

"그 그림이 다른 사람 손에 있으면 어떡해?"

"아, 그 그림은 향이라는 애가 갖고 있을 거야. 그 노랑눈이 아저씨가 누이동생처럼 생각하는 여자앤데 걔한테 선물로 주었거든. 그런데 향이가 그 아저씨를 꽤 좋아해서 어지간하면 버리지 않고 갖고 있을 거야. 아저씨가 어디에 살고 있는지 정도는 알려 줄 거고."

"향이?"

"응, 평양루 기생집에 있는 아기 기생. 그 아저씨 고향이 황해도 쪽인데, 향이라는 누이동생 같은 애하고 구걸하면서 떠돌다가 한양에 간 모양이더라고."

"그 아저씨는 향이라는 여자애가 좋아하는 것도 모른대?"

"모르는 것 같던데? 그 아저씨 눈치 대박 없게 생겼더만. 이완 씨 말로는 그림 실력만큼은 조선 최고라고 했지만 나머지는 완전 허당 같아."

"그림 재능이 조선 최고라고? 말도 안 돼. 어느 집에서 머슴을 살고 있었다며? 이름이……."

"머슴 맞아. 머슴 일 하는 거 내가 봤어. 이완 씨가 분명 장오원이라는 사람이 그렸다고 했고 그 사람이 머슴이었던 것도 맞대. 너 있던 데가 평양루라는 기생집이었는데 거기에 향이가 아기 기생으로 있어서 종종 들렀던 모양이야. 다들 노랑눈이, 하고 부르는데 내가 멋지구리하게 호도 지어 주고 왔어. '나도원'이라고. 원이 화가라는 뜻이래. 그래서 나도 화가다! 아이 엠 원, 투! 나도 원! 멋지지?"

"어머 세상에. 너 돌아다니면서 그런 짓 하고 다니는구나. 얘, 아주 바람직하다."

진희는 재미있다는 듯 웃었다. 하지만 장오원, 장오원 하며 고개를 갸웃갸웃하는 것이 역시나 그리 유명한 화가는 아닌 모양이었다. 하긴 아는 사람만 아는 고미술품의 세계에서 유명해 봐야, 그 역시 그들만의 리그인 것이지.

"하여간 노랑눈이 그 아저씨가 나중에 찾아오면 밥 사 준다고 했어. 술 한 병 사 들고 와서 절 한 번만 하면 제자로도 삼아 준다고 했고. 그런데 내가 그림 배워 뭐 하냐? 밥이나 제자 대신에 달걀귀신에 눈코입 그려 주는 걸로 퉁 치자고 하면 될 거야. 난 그걸 가지고 돌아와서 달걀귀신을 얼른 소환해서 소원을 말하면 되는 거지.”

진희는 입을 꾹 다물고 생각에 잠겼다. 진희도 이완 씨처럼 마이 에그 레이디 프로젝트 따위를 신뢰하지 않는 것 걸까? 한심하게 생각하는 걸까? 하지만 지금 이것저것 가릴 계제는 아니었다. 게다가 돈이 드는 것도 아니니 이 정도면 밑져야 본전 아니던가.

“진희야, 내가 지금 좀 급해. 이완 씨는 자기한테 다 터뜨리라고, 괜찮다고는 하는데 괜찮지가 않아. 안심하고 있다간 사람 하나 죽겠어. 내가 지금 당장 뭔 수를 내지 않으면 불쌍한 사나이 한 명이 밤마다 혼자 질질 울다가 멸치처럼 삐리삐리 말라 비틀어져 죽을 거라고.”

“그 말은 맞다. 상황이 급하긴 하지.”

진희는 한숨을 쉬며 말끝을 흐렸다.

“그래서, 난 지금 당장 이 달걀귀신 그림을 가지고 그 노랑눈이 화가 아저씨한테 가 봐야 해. 월죽도도 같은 사람이 그린 거라니까, 이걸 타고 가면 될 거야. 기왕 간 김에 사인인지 낙관인지 도장도 받아 오면 일석이조겠지? 어쨌든 빨리 이 얼굴을 완성해서 여자를 소환해야겠어.”

진희는 무슨 말을 할 듯 입술을 달싹이다 다시 입을 다물었다. 민호는 미인도 족자를 돌돌 말아 팔에 끼었다.

자, 이제 프로젝트 2, ‘마이 에그 레이디 프로젝트’를 실행할 일만 남았다.

여행을 위해 특별히 준비할 것은 없다. 한복만 해도 시기별로 형태와 유행이 다르기 때문에 현대의 한복을 입고 들어가나 티셔츠를 입고 들어가나 이상하게 보이는 것은 마찬가지라는 것이 민호의 생각이었다. 대신 그곳에서 어떻게든 옷을 얻어 입는 능력이 관건이라 믿었다. 비렁질, 구걸질, 막노동으로 얻어먹고 얻어 입는 능력만큼은 발군인 여자는 동갑내기 조카를 보며 비장하게 말했다.

"만약 이완 씨가 나를 찾으면 급한 일이 있어서 잠시 지방에……."

잠시 우물거리던 민호는 한숨을 쉬면서 말을 고쳤다.

"그래. 그 사람한테는 구라를 치면 안 되겠지. 아주 짠하고 불쌍해서 뻥도 못 치겠다. 마이 에그 레이디 프로젝트를 위해서 잠깐 다녀오겠다고 전해 줄래? 아주아주 금방 갔다 올 거라고."

"왜, 네가 직접 말하지."

"아냐. 이번엔 그러면 절대 안 돼. 그 사람 펄펄 뛰면서 완전 진드기같이 따라붙을 거야."

아아, 덕질과 빠심의 세계는 참 경이롭다. 여왕처럼 도도하고 자존심 작렬인 사나이가 그렇게 꼭 따라가겠다고 눈을 부라릴 줄 누가 알았겠나.

"그런데?"

"거……걸리적거린단 말이야. 서바이벌에 심각하게 방해가 돼. 그렇지만 이 말까지 솔직하게 하면 그 자존심 강한 사람이 얼마나 상처를 받겠어. 그러니까 말 좀."

"그건 싫다, 애."

진희가 단호하게 거절하며 생긋 웃었다. 드디어 무엇인가를 결심한 얼굴이었다.

"나도 같이 가자."

〈2권에서 계속〉